JENNY ASHCROFT
Das Echo unserer Träume



GOLDMANN
Lesen erleben

Jenny Ashcroft

# Das Echo unserer Träume

Roman

Aus dem Englischen
von Henriette Zeltner

GOLDMANN

Die englische Originalausgabe erschien 2018 unter dem Titel
»Island in the East« bei Sphere, London.



1. Auflage
Deutsche Erstveröffentlichung Dezember 2018

Umschlaggestaltung: UNO Werbeagentur, München
Umschlagmotiv: Frauenkörper: Arcangel/MALGORZATA MAJ
Kopf und Blüte: GettyImages/Shestock und GettyImages/emilbaiera
Pavillion + Landschaft: GettyImages/DuKai photographer
Redaktion: Antje Steinhäuser
MR · Herstellung: kw
Satz: KompetenzCenter, Mönchengladbach
Druck und Bindung: GGP Media GmbH, Pößneck
Printed in Germany
ISBN: 978-3-442-48801-8
www.goldmann-verlag.de

Für meine Eltern, Jean und Frank

*Singapur, Oktober 1897*

Die Hitze im Schlafzimmer war erdrückend, feucht, beengend und wurde von den geschlossenen Fensterläden gefangen gehalten. Seit etlichen Tagen war keine frische Luft mehr ins Zimmer gedrungen. Maes Hals war ganz feucht, und ihre Kopfhaut juckte. Sie spürte, wie der Schweiß unter dem Kleid an ihr herablief. Draußen lärmten die Zikaden im Garten und dem angrenzenden Dschungel. In der Ferne hörte sie Affen kreischen. Stumm lauschte sie dieser nächtlichen Kakophonie und versuchte, den Gedanken zu verdrängen, dass sie all das nie wieder hören würde. Jetzt war es nur noch eine Frage von Stunden, bis sie gehen würde – nicht wie von ihr erhofft, nicht wie von ihr geplant –, aber fort, von diesem Ort, dieser Insel. In der drückenden Luft ging ihr Atem schneller. *Nicht allein*, erinnerte sie sich und legte eine Hand auf ihren Bauch. *Nicht allein*.

Es war fast so weit.

Ihr Blick schoss hinüber zu ihrem Sekretär, der nur als Schatten zu erkennen war. Darauf Stapel von Papieren: Reisedokumente, Zertifikate … auch Banknoten aus Alex' Safe. Sie hatte schreckliche Angst, dass es nicht genug Geld sein würde. Es musste genügen. Sie runzelte die feuchte Stirn, als sie zum wiederholten Mal Panik überkam, dem könnte nicht so sein. Jetzt war es ohnehin zu spät, noch irgendetwas zu unternehmen.

Sie wollte unverzüglich aufbrechen. Das Warten fiel ihr am schwersten. Doch sie musste erst noch Harriet sehen. Endlich hatte sie gewusst, was zu tun war. Nervös krallten sich ihre Finger in das Bettlaken unter ihr. *Halte durch. Sie wird kommen.*

*Sie wird kommen.*

Eine Stunde verging. Sie zerbrach sich den Kopf darüber, wo David war, was er wohl dachte. Dann starrte sie die Tür an und versuchte, Harriet mit purer Willenskraft dazu zu bringen, durch sie hindurchzutreten. *Komm schon.*

*Komm.*

Und endlich vernahm sie ein Geräusch in dem ansonsten stillen Haus. Sie hätte ihn überall erkannt: Harriets Schritt, der die Dielenbretter knarzen ließ. Sie ließ die Tür nicht aus den Augen und wartete. Sie blieb völlig reglos. *Halte durch.* Der Knauf drehte sich, die Tür ging auf, Kerzenschein fiel herein, und ihre Zwillingsschwester betrat das Zimmer.

Sie blickte Harriet in die Augen, die ihren eigenen so vollkommen glichen, und sah, wie sie sich in verzweifeltem Schrecken weiteten.

»Oh Gott«, sagte sie. »Oh Mae.«

# 1. Kapitel

*London, Januar 1940*

Ivy blieb vor der Tür des Wartezimmers stehen und holte tief Luft. Ihr Blick ging zu ihren Arbeitsschuhen auf dem Linoleum des Krankenhauses und den an den Knöcheln Falten werfenden Nylonstrümpfen. *Du schaffst das.* Sie strich die Jacke ihrer Navy-Uniform glatt und trat ein.

Im Wartezimmer war es still. An einer Eichentür am anderen Ende des Raums hing ein Messingschild mit der Aufschrift DOCTOR MICHAEL GREGORY, MBCHB, MD, CCT, FRCPSYCH. Abgewetzte gepolsterte Stühle standen an zwei der anderen Wände aufgereiht, ein Schreibtisch an der dritten. Ein Empfangsfräulein, etwa so alt wie Ivy – also noch keine Mitte zwanzig –, saß dort. Sie hatte ein zerfleddertes *Time Magazine* vor sich und eine Zigarette in der Hand.

Sie schaute lächelnd zu Ivy hoch. »Hallo.«

»Hallo. Ivy Harcourt. Ich habe einen Termin bei Doctor Gregory.«

»Ja, natürlich.« Das Empfangsfräulein deutete mit ihrer Zigarette auf die Eichentür. »Es wird nicht mehr lange dauern. Er spricht noch mit einem Matrosen, der gerade vom Mittelmeer zurück ist. Nehmen Sie Platz.«

Ivy setzte sich auf den nächstbesten Stuhl und merkte, wie dessen Federn knarzten. Sie schlug die Beine übereinander und stellte sie gleich danach wieder parallel nebeneinander.

Das Empfangsfräulein musterte sie neugierig. »Eine Tasse Tee?«

»Nein danke«, sagte Ivy.

»Kakao?«

»Nein, sehr freundlich.«

»Dann Kaffee? Wir haben Camp.«

Ivy schüttelte den Kopf. »Vielen Dank.« Sie konnte sich nicht vorstellen, irgendetwas zu trinken.

Die junge Frau taxierte sie weiter. »Geht es Ihnen gut?«, fragte sie schließlich.

»Anscheinend nicht.« Ivy lachte gezwungen. Es klang schrecklich nervös. »Ich schätze, deshalb bin ich hier.«

Das Empfangsfräulein wollte offensichtlich noch mehr sagen, doch da ging die Eichentür auf. Ein blasser Junge in weißer Matrosenuniform schlich gesenkten Hauptes heraus. Ein anderer Mann folgte ihm. Doctor Gregory, schloss Ivy aus seinem Tweedanzug und dem souveränen Auftreten. Er trug eine Brille und ein knallrotes Taschentuch in der Brusttasche. Ivy fragte sich, wie oft er das wohl seinen Patienten anbot.

Er drehte sich zu ihr. Seine Augen blickten freundlich. »Officer Harcourt«, sagte er, »kommen Sie herein.«

Das Sprechzimmer war klein und wurde von einem Gasofen beheizt. Es gab darin einen Schreibtisch aus Mahagoni, zwei gepolsterte Stühle und ein einziges Fenster, das kreuz und quer mit braunem Klebeband bedeckt war, damit es bei einem Bombenangriff nicht zersplitterte. Auf dem Linoleumboden lag ein Teppich, und eine Vase mit Plastikblumen stand auf dem Schreibtisch. Jemand hatte versucht, den Raum ein wenig gemütlich zu machen.

Doctor Gregory ließ Ivy auf einem der Stühle Platz nehmen und setzte sich selbst auf den anderen. Er streckte den Arm aus und angelte sich eine Akte und auch seine Pfeife vom Tisch. Ob es sie störe, wenn er rauche. (Das tat es nicht.)

»Nun denn«, sagte er. »Sie haben ja einiges hinter sich.«

Ivy räusperte sich. »Mir …« Ihre Stimme versagte. Sie setzte erneut an. »Mir geht es gut.«

»Ihre Rippen bereiten Ihnen keine Schmerzen mehr?«

»Nein.«

»Auch keine Atembeschwerden mehr?« Demonstrativ vertiefte er sich in ihre Akte. Ivy dachte sich, dass er das ihr zuliebe tat, damit es weniger so aussah, als wüsste er ohnehin bereits alles über sie. »Sie hatten eine hässliche Infektion wegen des Staubs«, sagte er. »Ich lese hier, dass Sie neun Stunden lang verschüttet waren.«

»Es geht mir besser.«

Er lächelte besorgt. »Aber Sie wurden an mich überwiesen.«

Sie schluckte und wünschte, sie hätte vorhin um ein Glas Wasser gebeten. »Ja.«

»Weil der Arzt, der Sie seit dem Unfall behandelt hat«, ein weiterer Blick in die Unterlagen, »Doctor Myer, meint, Sie seien noch nicht wiederhergestellt für den Dienst.«

»Nein.«

»Halten Sie sich für wiederhergestellt?«

»Ich möchte zurück an die Arbeit.«

»Hm«, machte Doctor Gregory. »Doctor Myer macht sich Sorgen wegen«, er blätterte und rückte seine Brille zurecht, »wegen wiederkehrender und akuter Anfälle von Klaustrophobie zusammen mit schweren Schocksymptomen.« Er sah Ivy an. »Stimmt das?«

Ivy zwang sich, seinem Blick standzuhalten. »Es geht mir gut.«

Mit einem Ausdruck von Mitleid kniff er die Augen ein wenig zu. »Er scheint diese Meinung nicht zu teilen. Und man hat mich darüber informiert, dass Sie um eine Versetzung von Ihrem alten Posten in Camberwell gebeten haben. Dass Sie das Gesuch noch vom Krankenhaus aus eingereicht haben?«

»Das stimmt.«

»Die Bombe hat Sie ganz nah bei dem Bunker, in dem Sie gearbeitet haben, erwischt, nicht wahr?«

»Ja.«

»Und Sie hatten früher an diesem Abend bei der Arbeit bereits einen schweren Schock erlitten?«

»Ja.« Sie presste die Antwort hervor.

»Und nun wollen Sie nicht mehr dorthin zurück?«

»Würden Sie das wollen?«

»Wir sind nicht hier, um über mich zu sprechen.«

Ivy rutschte auf ihrem Stuhl herum. Es war so heiß in diesem Zimmer.

»Ivy«, sagte Gregory, »ich möchte, dass Sie mir mit Ihren eigenen Worten erklären, warum Sie sich nicht vorstellen können, nach Camberwell zurückzukehren.«

Sie schwitzte in ihrer Uniform aus Wollstoff und deutete auf den Heizofen. »Macht es Ihnen etwas aus, den etwas runterzudrehen?«

Er legte die Pfeife auf die Armlehne, stand auf und ging durchs Zimmer. Als er vor dem Ofen in die Hocke ging, um an dem Einstellungsrad zu drehen, schaute er zu Ivy zurück. »Ich weiß, wie schwer das für Sie sein muss«, sagte er. »Sie möchten nicht hier sein. Das möchte niemand. Ich versuche, es nicht persönlich zu nehmen.« Er lächelte. Es war ein Scherz. Ivy bemühte sich, ebenfalls ein Lächeln zustande zu bringen. »Aber damit ich Ihnen helfen kann, gesund zu werden«, sagte er, »muss ich Ihnen diese Fragen stellen. Ich möchte, dass Sie mir vertrauen und über alles sprechen, was passiert ist. Es wird viel leichter werden, wenn Sie das tun. Klingt das nachvollziehbar?«

»Ja«, sagte Ivy, obwohl sie sich nicht sicher war.

»Gut.« Er setzte sich wieder und blätterte weiter in der Akte. »Beginnen wir mit etwas, das ein bisschen einfacher ist. Wann sind Sie in den Dienst der Navy getreten?«

»Zu Beginn des Krieges.«

»Warum die Navy?«

»Mein ehemaliger Dozent hat das vorgeschlagen.«

»Wegen Ihrer Sprachkenntnisse?«

»Ja. Er wusste, dass sie dort Leute brauchten, die Deutsch sprechen. Er schlug mich vor.«

»Und Sie sind Lauscherin.« Gregory lächelte sie fragend an. »Was genau ist das eigentlich?«

Ivy schaute auf seine Unterlagen. »Haben Sie das da nicht drinstehen?«

»Tun Sie mir doch den Gefallen und erklären Sie es mir.«

Ihr Rücken kribbelte. Sie hatte Gregorys Worte von vorhin noch im Ohr. *Sie hatten früher an diesem Abend bei der Arbeit bereits einen schweren Schock erlitten.* Sie wusste, wohin er sie lotsen wollte. »Ich darf nicht über meine Tätigkeit sprechen«, sagte sie. »Die Wände haben Ohren.«

Er verzog den Mund. »Ein netter Versuch, Ivy. Aber die einzigen Ohren hier sind meine, und ich habe eine offizielle Verpflichtung zur Geheimhaltung unterschrieben. Also …« Er nickte ihr zu, damit sie fortfuhr.

»Wir hören Funksprüche ab«, sagte sie zurückhaltend.

»Wer ist ‚wir'?«

»Frauen und Männer des Navy-Geheimdienstes. Und ein paar von der Air Force.«

»In Camberwell?«

»Ja.«

»Und wen hören Sie ab?«

»Schiffe, Funksprüche aus Deutschland …«

»Aber hauptsächlich Piloten, oder?«

»Ja«, sagte Ivy zögernd. »An unserem Posten.«

»Britische Piloten?«

»Manchmal. Aber hauptsächlich interessiert uns, was die von der Luftwaffe sagen.«

»Warum?«

»Sie verraten Dinge, wenn sie sich unterhalten«, sagte sie. »Darüber, wo ihre Schiffe unten gerade sind. Wir schicken das an die Admiralität. Dazu deren Kurs und die Flughöhe. Es hilft dem Oberkommando zu wissen, wo sie ihre Spits hinschicken sollen, um sie abzufangen.«

»Sehr clever.« Der Doctor zog an seiner Pfeife. »Ist das alles, was Sie hören? Die Koordinaten und die Ziele?«

»Nein«, sagte sie zurückhaltend.

»Nein?«

»Nein. Die Männer reden auch über andere Sachen.«

»Und zwar?«

»Den Mond«, sagte sie, obwohl sie wusste, dass es nicht das war, was er von ihr hören wollte. »Wie schön er über der See aussieht.«

»Das tut er von da oben aus wohl.«

»Ja.«

»Was kriegen Sie noch zu hören?«

Sie fühlte sich eingeengt, in die Ecke getrieben.

»Die Piloten reden mit uns«, sagte sie, immer noch ausweichend.

»Sie reden mit Ihnen?«

»Sie vermuten, dass wir sie abhören.«

Gregory musste lächeln. »Und was sagen sie so, Ivy?«

»Dinge wie *Guten Abend, mein Fräulein. Deutschland ruft an.*«

»Verstehe. Ich spreche auch ein wenig Deutsch.« Er schaute in seine Unterlagen. »Sie haben in Cambridge studiert?«

»Ja.«

»Auch Japanisch?«

»Ja.«

Er blickte wieder zu ihr hoch. »Ich liebe Sprachen.«

Sie lächelte angestrengt und machte sich auf seine nächste Frage gefasst.

»Und was sagen unsere Jungs so?«, fragte Gregory. »In ihren Spitfires?«

»Vieles.«

»Nennen Sie mir ein Beispiel.«

Sie holte tief Luft. »*Tally-ho*«, sagte sie. »*Achte auf deine Höhe, deinen Flügel. Banditen auf zehn Uhr.*« Sie zuckte mit den Schultern. »Sie reden über alles Mögliche.«

»Und«, sein Blick nahm einen schmerzlichen Ausdruck an, »manchmal hören Sie, wie sie sterben.«

Obwohl sie darauf gefasst gewesen war, zuckte sie zusammen.

»Ivy?«

»Ja«, sagte sie.

»Wie fühlen Sie sich, wenn Sie sie sterben hören?«

»Traurig. Sehr traurig.«

»Noch mehr?«

»Ich denke an die Menschen, die sie lieben. Ich frage mich, ob sie je erfahren, was passiert ist.«

Sein Gesicht nahm einen bedrückten Ausdruck an, als verstünde er.

Für einen Moment herrschte Schweigen. Hoffnungsvoll fragte sie sich, ob er es dabei belassen würde. Doch er fuhr fort: »Sie haben jemand sterben hören, nicht wahr? Jemand, der ihnen am Herzen lag?«, fragte er. »Bei Ihrem letzten Einsatz, eine knappe Stunde bevor Sie selbst von dieser Bombe getroffen wurden.«

Sie starrte vor sich hin.

»Ivy?«

»Darüber möchte ich nicht sprechen«, sagte sie.

»Ich glaube, dass es Ihnen helfen wird.«

»Ich möchte es vergessen.«

»Ich weiß«, sagte er, »aber ich glaube, das können Sie nicht. Erst nachdem Sie sich der Sache gestellt haben.«

Sie antwortete nicht.

»Sie können vor so etwas nicht davonlaufen, Ivy. Sonst werden Sie Ihr ganzes Leben auf der Flucht verbringen.«

Sie schaute auf ihre Halbschuhe. An der rechten Spitze war eine Schramme. Sie sollte sie putzen.

»Dr. Myer hat mir berichtet, dass Sie im Krankenhaus im Schlaf Felix' Namen gerufen haben und dass Sie nur bei Licht überhaupt schlafen konnten. Er schreibt hier«, Gregory tippte auf seine Akte, »dass Ihre Klaustrophobie, nachdem Sie verschüttet gewesen waren, so schlimm war, dass Sie nicht mehr in den Bunker wollten, wenn die Sirenen losgingen. Dass Sie ihn angefleht haben, auf der Station bleiben zu dürfen.«

Ivy spürte, wie sie rot wurde.

»Niemand verurteilt Sie«, sagte Gregory, »allenfalls vielleicht Sie selbst.«

»Mir geht es wieder gut«, sagte sie. »Wirklich.«

»Sie brauchen zum Schlafen also kein Licht mehr?«

Ivys Wangen wurden noch heißer.

»Wie sind Ihre Nächte zu Hause denn jetzt, Ivy? Wie geht es Ihnen im Bunker?«

Sie antwortete nicht. Aber sie sah sich selbst, wie ein Kind vor Angst zitternd, unter dem gewellten Dach des Luftschutzunterstands ihrer Großmutter, wo sie darauf wartete, dass die nächste Bombe sie finden würde.

»Warum wollen Sie nicht nach Camberwell zurück?«

»Ich«, fing sie an, »ich …«

»Was macht Ihnen mehr Angst?«, fragte Gregory sanft. »Die Vorstellung, an den Ort zurück zu müssen, wo die Bombe Sie erwischt hat, oder dahin, wo Sie mitanhören mussten, was Ihrem Liebsten Schreckliches widerfuhr?«

»Er war nicht mein Liebster.«

»Nein?«

»Nein. Nicht mehr.«

»Vielleicht«, meinte Gregory, »macht das die Sache noch schlimmer?«

Ivy zerrte an ihrem Kragen. »Der Ofen ist immer noch so heiß.«

»Ich kann mir nicht vorstellen, wie traumatisch das gewesen sein muss«, sagte Gregory, »so etwas mitanhören zu müssen, das muss furchtbar für Sie gewesen sein. Und dann am selben Abend selbst fast umzukommen.«

Ivy wandte sich zu dem beschlagenen Fenster. Es dämmerte. Vier Uhr und fast schon Abend.

»Warum sind Sie so erpicht darauf, wieder zu arbeiten, Ivy? Was versprechen Sie sich von einer anderen Stelle?«

»Dass ich darüber hinwegkomme.«

»In der Schule wären Sie jetzt durchgefallen«, sagte Gregory.

Irritiert sagte Ivy: »Verzeihung?«

»Sie werden nicht darüber hinwegkommen«, erklärte er. »Das können Sie erst, nachdem Sie verarbeitet haben, was passiert ist.«

»Ich habe es verarbeitet.«

»Sie sprechen ja nicht einmal darüber.«

Wieder blickte sie zum Fenster.

»Was da draußen beschäftigt Sie, Ivy?«

»Dass es dunkel wird«, sagte sie.

»Und?«

»Ich bin im Dunkeln nicht mehr gern draußen.« Das Geständnis rutschte ihr heraus, bevor sie darüber nachdenken konnte.

Er seufzte. »Na dann, los. Gehen Sie nach Hause.«

Sie sah ihn überrascht an. »Sie schreiben mich diensttauglich und stimmen meiner Versetzung zu?« Es kam ihr zu einfach vor, zu schön, um wahr zu sein.

»Natürlich nicht«, sagte Gregory. »Wir sehen uns morgen wieder. Kommen Sie um eins, damit wir mehr Zeit haben.«

*

Sie war schon um fünf vor da und entschlossen, es heute besser zu machen.

»Wieder da?«, fragte das Empfangsfräulein.

»Ich fürchte, ja«, sagte Ivy.

Die Frau musterte sie nachdenklich. »Darf ich fragen, was Ihnen fehlt?«

»Es geht mir gut.«

»Tut es das?«

»Ja.«

Die junge Frau seufzte. »Das sagen sie alle.«

Der Ofen in Gregorys Sprechzimmer heizte an diesem Tag nicht so heftig. Als Ivy beim Krankenhaus angekommen war, hatte es zu regnen begonnen. Die Tropfen glitten an der Fensterscheibe herunter.

»Im Moment wohnen Sie bei Ihrer Großmutter«, sagte Gregory. »Ist das richtig?«

»Ja.«

»Und vorher?«

»Da wohnte ich mit ein paar der anderen Mädchen in einer Truppenunterkunft bei der Dienststelle, in der Nähe von Camberwell.«

»Vermissen Sie sie, die anderen Mädchen, meine ich?«

»Sie rufen mich relativ oft an.«

»Ach ja?«

»Ja«, sagte sie. »Sie erkundigen sich, ob es mir schon besser geht.«

»Tun sie das?« Er lächelte fast. »Gehen Sie manchmal zusammen mit den Mädchen aus?«

»Manchmal zum Tee. Sie haben mich auch gefragt, ob ich nächste Woche zu einer Tanzveranstaltung mitkomme.«

»Das klingt nach einer guten Idee.«

»Tut es das?« Ivy war sich da nicht so sicher.

Gregory musterte sie. »Gefällt es Ihnen bei Ihrer Großmutter?«

»Ja.«

»Sie hat Sie großgezogen, nicht wahr?«

»Richtig.«

»Macht es Ihnen etwas aus, mir zu erzählen, warum?«

Es machte Ivy etwas aus, aber sie antwortete dennoch. »Meine Eltern sind beide im letzten Krieg ums Leben gekommen.«

»Das ist sehr traurig.«

Es würde ihm nicht gelingen, sie aus der Fassung zu bringen. Nicht damit. »Ja, das ist es«, sagte sie.

»Wie sind sie gestorben?«

»Mein Vater fiel in Mesopotamien. Meine Mutter steckte sich kurz nach meiner Geburt mit der Grippe an. Sie war Krankenschwester in einem Lazarett. Aus Australien.«

»Ist sie hier begraben?«

»Ja.«

»Besuchen Sie ihr Grab?«

Das tat Ivy. Oft. Früher, als sie noch klein war, war ihre Gran jeden Monat mit ihr zum Friedhof gegangen. Gemeinsam hatten sie ihr die Bilder gezeigt, die Ivy in der Schule gezeichnet hatte, oder erzählten ihr von Ausflügen ans Meer.

»Ivy?«

»Ja, ich besuche ihr Grab.«

»Und das Ihres Vaters? Konnten Sie das auch besuchen?«

»Ich verstehe nicht ganz, warum wir darüber sprechen.«

Gregory erwiderte nichts.

Ivy seufzte. »Einmal«, sagte sie. »Wir sind einmal dorthin gereist.« Es war das einzige Mal gewesen, dass Ivy ihre Gran je hatte weinen sehen. *Mein Junge,* hatte sie gesagt, als sie vor dem einfachen Holzkreuz gestanden hatten. CAPTAIN BEAU ALEXANDER HARCOURT; ROYAL LONDON GUARDS. 1898 – 1918 war darauf zu lesen gewesen. *Mein Junge.* »Es gab so viele Gräber dort«, sagte Ivy. »Es war schrecklich.«

»Dachten Sie an Ihre Eltern, Ivy, als diese Bombe Sie begrub?«

Ivy zuckte zusammen. Deshalb also sprachen sie darüber. »Nein«, sagte sie. »Das habe ich nicht getan.«

»Gar nicht?«

»Ich glaube nicht.«

»Was haben Sie dann gedacht? Schließlich waren Sie sehr lange verschüttet.«

Ihr Blick huschte zum Fenster. Es regnete jetzt heftig. Sie hatte keinen Schirm dabei.

»Neun Stunden unter einem Gebäude gefangen, das ist eine lange Zeit«, sagte Gregory.

»Ist es«, sagte Ivy.

»Wollen Sie nicht darüber reden?«

»Nein«, sagte sie. »Nicht wirklich.«

»Ich möchte trotzdem, dass Sie es tun.«

»Das habe ich befürchtet.«

»Ivy, würden Sie mich bitte ansehen?«

Langsam und mühevoll wandte sie den Blick von den Regentropfen ab, wie er es verlangte. Er betrachtete sie durch seine Brillengläser. Heute trug er ein blaues Tuch in der Brusttasche seines Blazers.

»Sie haben Ihre Schicht frühzeitig beendet«, begann Gregory. Er blickte nicht in seine Unterlagen. »Es war erst kurz nach zehn Uhr abends.« Er klang, als würde er die ersten Zeilen einer Geschichte vorlesen. »Sie hatten gerade gehört, wie Felix abgeschossen worden war.«

»Ja«, sagte sie leise.

»Man hat sie nach Hause geschickt.«

»Ja.«

»Weil es Sie sehr mitgenommen hat.«

»Natürlich hat es mich mitgenommen.«

»Hatte es schon Entwarnung gegeben?«

»Ja«, sagte sie.

»Es muss sehr dunkel auf der Straße gewesen sein.«

»Das war es.«

»Beschreiben Sie es mir, Ivy.«

Sie verlagerte ihr Gewicht in dem Sessel. »Es war kalt«, sagte sie. »Neblig. Ich hatte meine Taschenlampe nicht dabei.«

»Also konnten Sie nichts sehen.«

»Nicht viel.« Sie hatte sich langsam, stolpernd, an den Gebäudemauern entlanggetastet. Hatte sie immer noch geweint? Sie konnte sich nicht erinnern. Wahrscheinlich.

»Wo waren Sie«, fragte Gregory, »als sie die Flieger kommen hörten?«

»Ungefähr auf halbem Weg zur U-Bahn.«

»Sie haben nicht mit ihnen gerechnet?«

»Nein. Sie kamen aus dem Nichts.«

»Keine Sirene?«

»Erst nachdem sie anfingen, ihre Bomben abzuwerfen.«

»Und sie bombardierten überall um Sie herum?«

»Ja.«

»Wie war das?«

Sie blies die Backen auf und atmete wieder aus, die Erinnerungen kamen gegen ihren Willen: die blendenden Blitze, der ohrenbetäubende Lärm und die plötzliche Hitze der Flammen. Und die Todesangst, als sie durch den Nebel rannte.

»Sie müssen ja außer sich vor Angst gewesen sein«, sagte Gregory.

»Ich konnte nichts hören«, sagte sie, »nichts sehen.«

»Dachten Sie, dass Sie sterben würden?«

Ivy gab ein seltsames Geräusch von sich, irgendetwas zwischen Lachen und Schluchzen. »Ja«, sagte sie, »so fühlte es sich an.«

»Was passierte dann?«

»Da war ein Mann, er tauchte einfach so auf.« Ihre Stimme stockte, als sie ihn erwähnte. »Ich stieß mit ihm zusammen, fiel fast hin. Danach weiß ich nichts mehr.« Sie schloss die Augen, war wieder dort. Warum hatte Gregory sie dorthin zurück gezwungen?

»Was passierte als Nächstes?«, fragte er.

»Ich wachte auf. Ich lag auf dem Bauch. Mein Gesicht wurde gegen Stein gepresst. Als ich die Hände hob«, sie nahm sie nur ein paar Zentimeter hoch, um es zu demonstrieren, »berührte ich auch Stein.«

»Ihre Rippen waren gebrochen, nicht wahr?«

»Ja. Der Mann – er hieß Stuart – lag auf mir. Alles war schwarz.« *Wir befinden uns in einem Hohlraum,* hatte

Stuart geflüstert. *Bewegen Sie sich kein bisschen, damit wir nicht riskieren, dass er einstürzt.* »Es wurde einfach nicht hell.« Ivy erschauerte, als sie an die absolute Dunkelheit zurückdachte. »Egal, wie sehr ich meine Augen anstrengte. Es blieb komplett schwarz.«

Gregory notierte etwas.

»Dieser Mann, Stuart«, sagte er, »erzählen Sie mir von ihm.«

»Er hat mir das Leben gerettet.« Wieder brach Ivys Stimme.

»Inwiefern?«

»Er hat mich beruhigt, abgelenkt. Er stellte mir so viele Fragen«, sie holte tief Luft, »über alles Mögliche. Er redete und redete, erzählte mir von seiner Frau, seinen Kindern. Es hielt mich davon ab, zu schnell zu atmen und so den ganzen Sauerstoff aufzubrauchen.«

»Und das tat er, bis Sie gerettet wurden?«

»Nein.«

»Nein?«

Ivy sah ihn an. »Sie wissen, dass er das nicht getan hat.«

Gregory hielt ihrem Blick stand. Ivy sah zur Uhr an der Wand. Sie war nun schon über eine Stunde hier. Bestimmt war es Zeit zu gehen.

Gregory fragte: »Wie fühlten Sie sich, als sie hörten, dass Leute Ihnen zu Hilfe kamen?«

»Ich dachte, dass ich das vielleicht nur träume.«

»Sie brauchten lange, um zu Ihnen vorzudringen, nicht wahr?«

»Ja.«

»Beinah hätten sie aufgegeben. Und der Sauerstoff wurde zunehmend knapp, sodass es schwer war zu schreien.«

Ivy nickte.

»Wieso haben die Leute weitergesucht, Ivy?«

»Ich habe an den Steinen gekratzt. Eine Frau hörte mich.«

»Und Stuart tat nichts?«

»Nein.«

»Warum nicht?«

Ivy schluckte. »Sie wissen, warum.«

»Erzählen Sie es mir, Ivy. Was war mit ihm?«

Sie starrte auf ihren Schoß. Sie konnte sein Gewicht auf ihrem Rücken noch immer spüren, sein Kopf, der sich gegen ihren Nacken presste. »Er war tot«, sagte sie. »Er ist verblutet.«

»Sie waren also in einem winzigen Loch gefangen, während ein toter Mann auf Ihnen lag. Ein Mann, der Ihnen das Leben gerettet hatte. Und Sie hatten eben erst erfahren, dass jemand, der Ihnen sehr am Herzen lag, abgeschossen worden war.«

Der Regen zeichnete Muster auf die Glasscheiben. Die Wanduhr tickte.

»Was für eine furchtbare Nacht muss das gewesen sein, Ivy. Was für eine schreckliche, schreckliche Nacht.«

*

»Ich möchte mit Ihnen über Felix sprechen«, sagte Gregory bei ihrer fünften Sitzung. Es war wieder ein regnerischer Vormittag. Ivys wollene Uniformjacke roch in dem warmen Sprechzimmer unangenehm feucht. Durchs Fenster fiel nur schwaches Licht herein. Auf dem Schreibtisch brannte eine kleine Lampe. »Als ich noch ein Kind war, hatte meine Nachbarin einen Kater namens Felix«, sagte Gregory.

»Einen Kater?«

»Ja.«

»Oh«, Ivy wünschte sich, der Ofen würde nicht brennen. »Was für einen Kater?«

»Einen deutschen, Ivy. Meine Nachbarin war Deutsche.«

Sie merkte, wie ihr übel wurde.

»Felix war kein Pilot der Royal Air Force, oder? Auch wenn alle das denken.«

Sie brauchte einen Moment, um sich zu fassen. »Wie kommen Sie darauf?«

»Nur so eine Ahnung«, sagte er und klang dabei kein bisschen anklagend. »Ich bat einen Freund, mir die Namen der britischen Männer zu besorgen, die in jener Nacht abgeschossen wurden. Das waren nur zwei, und keiner davon hieß Felix.«

»Bitte«, sagte sie, »erzählen Sie es niemandem.«

»Tue ich nicht.«

»Wenn die anderen Mädchen das erfahren würden. Wenn meine Vorgesetzte …«

»Werden sie nicht. Ich spreche nie über das, was hier gesagt wird. Aber es muss sehr schwer für Sie sein, das alles für sich zu behalten.«

Sie zupfte an einem losen Faden ihres Blazers. »Meine Gran weiß es.«

»War er Bomberpilot?«

Sie schüttelte den Kopf. »Jagdflieger. Er flog eine Messerschmitt.«

»Wie haben Sie beide sich kennengelernt?«

»In meinem ersten Jahr in Cambridge. Er war älter als ich, nur ein paar Jahre. Vor dem Krieg arbeitete er in London als Übersetzer an der deutschen Botschaft, aber er kam mich immer wieder besuchen.«

»Wann kehrte er zurück nach Deutschland?«

»Als der Krieg ausbrach. Er wollte nicht.«

»Nein?«

»Er hasste die Nazis. Sein Vater war gegen Hitler. Er tauchte unter, vor ein paar Jahren schon.« Sie zog weiter an dem Faden, der immer länger wurde. »Felix bat mich, ihn zu heiraten«, sagte sie und wunderte sich, weil sie zum ersten Mal unaufgefordert sprach. »Er sagte, wenn ich ihn heirate, könne er in England bleiben.«

»Aber Sie haben Nein gesagt.«

»Ich liebte ihn nicht. Nicht mehr.« Wieder zupfte sie an dem Faden. »Ich hatte ja keine Ahnung, was noch kommen, was für ein Krieg das sein würde.« Sie schaute zu Gregory hoch. »Hätte ich gewusst, was es für ihn bedeuten würde zurückzukehren, dann hätte ich ihm geholfen, ihn gerettet.«

»Das konnten Sie nicht wissen«, sagte Gregory.

»Er schrieb mir«, sagte Ivy, und die Worte kamen wie von selbst. (War das ein Fortschritt? Würde sie heute Nacht nicht von Felix träumen?) »Letzten Sommer. Er gab den Brief einem Flüchtling mit, einem jüdischen Mann. Der brachte ihn zum Haus meiner Großmutter.«

»Und was schrieb Felix Ihnen?«

»Dass es die Hölle sei. Er glaubte nicht daran, den Krieg zu überleben. Er bat darum, dass ich mich bei ihm melde, um ihn wissen zu lassen, dass er mir noch etwas bedeutete.«

»Haben Sie das getan?«

»Nein«, sagte Ivy. »Ich hatte zu große Angst. Schließlich wusste ich nicht, was passieren würde, wenn jemand mitbekam, dass ich versuchte, Briefe nach Deutschland zu schmuggeln. Ich war einfach zu feige.«

»Bedeutete er Ihnen denn noch etwas?«

»Nicht genug. Jedenfalls damals nicht.«

»Heute schon?«

»Ja«, sagte sie.

»Wann haben Sie ihn das erste Mal über Funk gehört?«

»Gleich, als ich in Camberwell anfing. Ich erkannte seine Stimme. Danach versuchte ich immer, sie herauszuhören. Ich wollte nicht, dass ihm etwas zustieß.«

»Natürlich wollten Sie das nicht.«

»Er war nett«, sagte sie, »zu den anderen Piloten. Vor allem zu den Jungen, die noch neu waren. Er erinnerte sie daran, ihre Flughöhe zu überprüfen und den Sauerstoffgehalt. Er sagte stets, er würde auf sie aufpassen.«

»Klingt, als wäre er ein guter Mensch gewesen.«

»Das war er.« Ivy presste die Hände an ihre Wangen. Erst da merkte sie, dass sie weinte. »Er hat so gelitten, als er starb. Seine Maschine brannte.«

»Das tut mir leid.« Gregory beugte sich vor und gab ihr sein Taschentuch. Das rote, das sie bei ihrem ersten Termin an ihm gesehen hatte. »Niemand sollte so etwas mitanhören müssen.«

»Niemand sollte derart leiden müssen.«

»Nein«, stimmte er ihr zu. »Das sollte niemand.«

»Er hat das nicht verdient«, sagte Ivy. »Ich habe ihn im Stich gelassen.« Sie wischte sich über die Augen. »Als ich danach von der Bombe verschüttet wurde, kam mir das wie eine Strafe vor.«

»Ja«, sagte Gregory, »ich dachte mir schon, dass Sie das sagen würden.«

*

»Meine Gran hat Shortbread für Sie gebacken«, sagte Ivy bei ihrer neunten Sitzung und überreichte ihm die Blechdose, als er sie hereinbat.

»Ich liebe Shortbread«, sagte er lächelnd. »Bitte richten Sie ihr meinen Dank aus.«

»Sie ist froh, dass ich zu Ihnen komme.«

»Findet sie, dass Sie das brauchen?«

»Sie hat den Großteil ihrer Zuckerration für das Shortbread verbraucht, also ja.«

Sie setzten sich. Gregory zündete seine Pfeife an. »Haben Sie gestern mal versucht, ohne Licht zu schlafen?«

»Ja«, sagte sie.

»Und?«

»Ich schlief ein, aber dann bin ich wieder aufgewacht.«

»Hatten Sie wieder einen Albtraum?«

»Ja.«

»Waren Sie darin verschüttet, oder ging es um Felix?«

Sie zögerte. »Beides«, gestand sie.

Er machte sich eine Notiz.

»Ich habe das Licht wieder angemacht«, sagte sie, »aber dann ging sowieso der Alarm los, also mussten wir in den Anderson-Unterstand.«

»Wie ging es Ihnen während des Luftangriffs?«

»Ich hatte schreckliche Angst«, sagte sie und wünschte sich, sie könnte ihm eine andere Antwort geben. »Dabei waren die Bomben gar nicht so nah, aber der Lärm, der Unterstand, das stürmte alles auf mich ein …« Ihre Haut wurde klamm, wenn sie nur davon sprach. »Ich konnte nicht atmen und nicht richtig sehen.«

»Und wann hörte das auf?«

»Erst als der Alarm vorbei war«, sagte sie. »Ich lag am Boden, und meine Gran kniete neben mir. Ich kann mich nicht mal mehr daran erinnern, wie ich dort hinuntergekommen bin.«

Gregory nickte gemessen. »Danke, dass Sie mir das anvertraut haben.«

*

Bei Ivys zwölftem Termin schlug Gregory vor, dass sie eine Runde im gegenüberliegenden Park spazieren gehen könnten. Es war ein stürmischer Tag, kalt und leicht dunstig. In der Luft hing noch der Geruch des Kordits der nächtlichen Luftangriffe. An einem Kiosk holten sie sich zwei Becher süßen Tee. Ivy bestand darauf zu bezahlen. Inzwischen mochte sie den Arzt mit der sanften Stimme und den freundlichen Augen. Sie pustete auf ihren Tee, um ihn abzukühlen, während sie dem Weg um den Teich herum folgten.

»Hier draußen sind Sie entspannter«, stellte Gregory fest.

»Ja«, sagte sie, »ich bin lieber im Freien.«

»Wenn Sie eine Situation als schwierig empfinden oder wieder an einen beengten Ort müssen oder einfach so Panik bekommen, suchen Sie in Gedanken einen Platz wie diesen auf. Das hilft vielleicht.«

»In Ordnung.«

Sie gingen noch ein Stück weiter. Als sie an einer Bank vorbeikamen, schlug Gregory vor, sich für einen Moment zu setzen.

»Gestern habe ich Sie aufgefordert«, fing er an, »mit

Ihren Kolleginnen zu dieser Tanzveranstaltung zu gehen. Waren Sie dort?«

»Ja.«

»Und wie war's?«

»Es war …« Sie verstummte. Wie sollte sie ihm die endlose Fahrt mit der U-Bahn, den Fußmarsch bei Stromausfall bis zu dem Saal, den Lärm der Band und die Hitze der vielen Körper beschreiben? »Erträglich.« Sie schaute stirnrunzelnd auf ihren Tee. »Früher habe ich so etwas geliebt.«

»Und Sie wünschen sich, es würde wieder so.« Das war keine Frage.

Ivy antwortete trotzdem darauf. Es wurde so viel einfacher, ehrlich zu sein. Ihm gegenüber zumindest. »Ja«, sagte sie.

»Und haben Sie getanzt? Ich schätze, dass Sie oft aufgefordert wurden.«

»Ein- oder zweimal.«

»Und haben Sie angenommen?«

Sie sah ihn im Licht dieses Wintermorgens von der Seite an. Er betrachtete sie durch seine Brillengläser. Sein Atem war als weißes Wölkchen sichtbar.

»Sie wissen, was ich darauf sagen werde«, antwortete sie.

»Dann sagen Sie es«, erwiderte er.

»Nein«, sagte sie. »Ich habe nicht getanzt.«

»Wegen Felix?«

»Ja.«

»Denken Sie, er würde wollen, dass Sie für den Rest Ihres Lebens am Rand einer Tanzfläche sitzen? Und dass Sie sich solche Vorwürfe machen?«

Sie dachte an die besitzergreifende Art, mit der er auf

Partys in Cambridge immer ihre Hand gehalten hatte, an seine Befürchtungen, sie würde jemand anderen finden, nachdem er zum Arbeiten nach London gegangen war. Und an die Worte in seinem letzten Brief. *Sag mir, dass du mich noch lieben kannst, sag es mir, und ich werde daran glauben, dass ich das hier durchstehe.*

»Ja«, sagte sie, »ich glaube, das würde er wollen.«

»Was würden Sie sagen, wenn ich Ihnen mitteilte, dass Sie nach Camberwell zurückmüssen?«

Es war ihre fünfzehnte Sitzung.

»Ich will nicht nach Camberwell zurück«, sagte Ivy.

»Aber Sie wollen zurück an die Arbeit?«

»Ja.«

Gregory legte seine Fingerspitzen unter der Nase aneinander. »Warum?«

»Weil ich darüber hinwegkommen will.«

»Wieder durchgefallen, Ivy«, sagte er.

»Schön.« Sie ließ ihren Blick an die Decke wandern und suchte nach Worten. »Ich will wieder ich selbst sein, arbeiten, normal sein. Ich habe es satt, im Garten zu arbeiten, zu stricken und all diese Dinge zu tun, die meine Gran mir vorschlägt, damit ich auf andere Gedanken komme. Ich bin es leid, jemand zu sein, den man auf andere Gedanken bringen muss. Ich will ich selbst sein.«

Seine Augen wurden schmal, und sie hätte nicht sagen können, ob Zustimmung oder Enttäuschung aus ihnen sprach.

»Sie müssen zurück nach Camberwell«, sagte er.

»Was?« Sie starrte ihn entsetzt an. »Ich …«

Er hob die Handflächen, und sie verstummte. »Nur für

eine Schicht«, sagte er. »Man hat mich gebeten, Sie heute Nachmittag herüberzuschicken. Ich halte es nicht für besonders ratsam, aber das spielt anscheinend keine Rolle. Es gibt akuten Bedarf an mehr Lauscherinnen, und irgendwer bei der Admiralität möchte sehen, welche Fortschritte Sie machen.«

»Kann man denn nicht an einem anderen Ort sehen, welche Fortschritte ich mache?«, fragte sie mit erstickter Stimme.

»Ich fürchte, nein. Gehen Sie von hier direkt hin. Ich sehe Sie morgen wieder. Dann können wir darüber sprechen, wie es gelaufen ist.«

Sie machte den Mund auf, um zu protestieren, aber er kam ihr zuvor. »Sie müssen hingehen, Ivy, es tut mir leid. Ein Befehl, selbst wenn er Kummer auslösen mag, ist immer noch ein Befehl.«

Sie blieb noch einen Moment sitzen und starrte vor sich hin. Aber weil es tatsächlich nichts gab, das sie dagegen tun konnte, erhob sie sich und ging langsam davon, ihre Schritte schwer vor lauter Furcht.

*

»Es war … in Ordnung«, sagte sie am nächsten Vormittag. »Aber bitte zwingen Sie mich nicht, dorthin zurückzukehren.«

»Nein?«

»Nein.« Sie hätte ihm davon erzählen können, welche Panik sie erfasst hatte, als sie auf den Bunker zuging, vorbei am Schutt der Gebäude, die über ihr eingestürzt waren. Sie hätte beschreiben können, wie ihre Hände gezittert hatten, als sie die Kopfhörer mit dem Mikrofon aufsetzte.

Welche Trauer sie gepackt hatte, als sie an ihrem Funkgerät drehte und die Stimmen der Männer und Jungen hörte. Aber das brauchte sie gar nicht. Sie sah an der Sorge in seinem Blick, dass er sie auch so verstand. »Ich habe es gemacht«, sagte sie nur. »Ich habe bewiesen, dass ich es kann. Wahrscheinlich könnte ich es auch noch einmal tun, wenn es wirklich sein müsste, aber bitte sagen Sie nicht, dass Sie mich dorthin zurückschicken werden.«

»Das werde ich nicht«, sagte Gregory. Zum ersten Mal saß er hinter seinem Schreibtisch. Ivys Akte war nirgends zu sehen, vor ihm lagen nur irgendwelche offiziell aussehenden Papiere. »Sie werden versetzt«, sagte er.

»Wirklich?« Sie lehnte sich in ihrem Sessel zurück. »Bin ich diensttauglich?« Sie hatte erwartet, dass sich die Nachricht anders anfühlen würde.

»In meinen Augen sind Sie noch zu gar nichts tauglich. Aber das gestern war ein Test, und Ihre Vorgesetzte ist der Meinung, dass Sie ihn bestanden haben. Man braucht Sie im Ausland.«

»Im Ausland?«, echote sie.

»Ja«, sagte er, »dafür hat Ihr Japanisch gesorgt.«

»Mein Japanisch?« Sie schien geradezu zwanghaft alles wiederholen zu müssen, was er sagte.

»Im Osten wird die Lage brenzlig.« Er nahm seine Brille ab und rieb sich die Stirn. »Wenn ich könnte, würde ich Sie noch für ein paar Monate freistellen. Ich möchte Sie weiterhin sehen, bis Sie abreisen, um Ihnen noch ein paar Bewältigungsstrategien gegen Ihre Klaustrophobie beizubringen. Die weite Reise, die Kabinen … ich weiß wirklich nicht, ob das eine gute Idee ist.«

Jetzt, wo er es sagte, war sich Ivy da auch nicht so sicher.

»Wann reise ich ab?«, fragte sie.
»Nächste Woche.«
»Wohin? Wo im Osten?«
»Ihr Ziel heißt Singapur, Ivy. Was halten Sie davon?«

# 2. Kapitel

Bevor ihre Enkelin an diesem Nachmittag – deutlich später als sonst – nach Hause kam und ihr die Neuigkeit mitteilte, hatte Mae schon sehr lange nicht mehr an die Insel gedacht, von der sie fast dreiundvierzig Jahre zuvor geflohen war. Es war ein hart erkämpftes Vergessen gewesen. Nach jener Nacht ihrer Flucht hatte sie sich jedes Mal, wenn ihr Sohn Beau lächelte und dabei aussah wie sein Vater, oder immer wenn sie an einem Abend im Hochsommer die Grillen hörte, unwillkürlich und blitzschnell an den heißen, nach Gewürzen duftenden tropischen Ort zurückversetzt gefühlt. Sie wusste nicht mehr genau, wann das aufgehört hatte. Aber während Beau heranwuchs und Automobile Kutschen verdrängten, hatten die Erinnerungen langsam nachgelassen, waren blasser geworden. Sie waren ihr inzwischen so fern, dass es sich jetzt, mit ihren vierundsechzig Jahren, anfühlte wie ein Schlag, als sie den Namen des Orts in ihrer Küche hörte.

»Wohin, hast du gesagt?«, fragte sie Ivy, weil sie es noch einmal hören musste.

»Singapur.«

*Singapur.*

Unfähig, sich zu bewegen, starrte sie ihre Enkelin an. Sie war gerade dabei, ein Kaninchenragout zuzubereiten, jetzt verharrte das Messer in ihrer Hand über einer halbierten Zwiebel. Ivy, die von den aktuellen Ereignissen selbst überwältigt war, bemerkte ihren Schock nicht. Sie schien sich in ähnlicher Verfassung zu befinden: Ihre sahnige Haut hatte eine leicht fiebrige Röte angenommen; sie wirkte so energiegeladen wie schon seit Wochen nicht mehr. Sie zog ihre Jacke aus und nahm die Kappe ab, die genau wie ihr schwarzes Haar voller Regentropfen war, und hängte die Sachen auf. Sicherheitshalber mit dem Rücken zu Ivy legte Mae ihre Hand, nicht die mit dem Messer, an ihre Brust und versuchte, ruhiger zu atmen. Ivy sprach weiter und erzählte, dass schon in sechs Tagen eine Koje für sie gebucht sei. »Ich wusste gar nicht, was ich sagen sollte, als Gregory es mir mitteilte«, sagte sie, »aber jetzt«, sie sah für einen Moment in die Weite, »ich weiß auch nicht … es fühlt sich an, als könnte es ein Neubeginn sein.« Sie hatte die Tür zum Garten offen stehen lassen, durch die nun kalte Luft hereindrang und Licht nach draußen fiel.

»Ivy, Schätzchen«, hörte Mae sich selbst sagen, »mach doch die Tür zu.«

Ivy blickte erstaunt über ihre Schulter, tat aber dann wie geheißen.

Mae wischte sich mit einem Unterarm über die Augen, aus denen wegen der Zwiebeln Tränen flossen. Sie hielt immer noch das Messer in der Hand und konnte nicht fassen, was gerade geschah. Wie war das möglich? Sie fühlte sich verfolgt. Dabei hatte sie sich so sicher geglaubt. Sie wollte Ivy raten, nicht zu gehen, sie anflehen zu bleiben, doch sie wusste nicht, wie sie das anstellen sollte, ohne sich zu verraten.

Sie ließ das Messer klirrend fallen, sodass Ivy erst auf das Brett blickte und dann Mae ansah. Erst jetzt schien sie Maes Unbehagen zu bemerken. Ihre Miene wurde sanfter. »Gran«, sagte sie, »ich will nicht, dass du dir Sorgen um mich machst.« Das sagte sie immer und mit solcher Entschiedenheit, damit nur ja jeder glaubte, es ginge ihr gut. »Abgesehen davon ist es in Singapur viel sicherer. Dort herrscht kein Krieg.«

»Noch nicht«, murmelte Mae tonlos.

»Dort wird es keine Bomben geben«, sagte Ivy. Mae hätte nicht zu sagen gewusst, ob Ivy sie oder sich selbst beruhigen wollte. »Und Gregory sagt, dass ich dort Seeleute, keine Piloten abhören werde.«

»Es ist so weit weg«, sagte Mae, und ihr wurde erst in dem Moment bewusst, wie zutreffend das war. »Du bist noch nicht bereit dafür.« Noch eine Wahrheit. Ivy mochte Fortschritte gemacht haben, stellte sich den Dingen wieder mutiger. Sie hatte sich zu dieser Tanzveranstaltung geschleppt und zu der Schicht nach Camberwell, aber es bedeutete nicht, dass sie schon genesen war. Mae fuhr sich mit den Fingern durchs Haar, langsam sickerte das ganze Ausmaß der Nachricht zu ihr durch: Ivy würde in weniger als einer Woche abreisen, an einen Ort, der Tausende Meilen entfernt war. Während der erste Schock abebbte, wurde ihr klar, wie verrückt dieser Plan war. Selbst wenn Ivy an einen anderen Ort als Singapur versetzt würde – nach Ceylon, Malaysia oder Bombay –, hätte sie es verhindern wollen. Ivy war doch um Himmels willen gerade erst wieder in der Lage, mit der U-Bahn zu fahren. Wie konnte man da auf die Idee kommen, sie ans andere Ende der Welt zu schicken?

Genau das fragte sie Ivy.

Und Ivy sagte, sie wüsste es nicht, aber dass sie schon zurechtkommen würde. Sie versicherte Mae, dass sie zurechtkäme. Wirklich.

Mae ließ sich auf einen Stuhl fallen. »Ich habe deiner Mutter versprochen«, sagte sie, »als du erst einen Tag alt warst, dass ich auf dich aufpassen würde. Es war das Letzte, worum sie mich bat.«

»Ich muss wieder anfangen, selbst auf mich aufzupassen.«

»Ich habe Angst um dich.«

»Ich habe auch Angst«, sagte Ivy, »aber die habe ich dauernd. Ich weiß gar nicht, wie ich zulassen konnte, dass ich so geworden bin.«

»Oh Ivy …«

»Ich habe schon den ganzen Heimweg lang darüber nachgedacht. Hier in London gibt es einfach zu viel, das mich erinnert. Gerade vorhin, auf der Straße, hatte ich solche Angst vor einem neuen Bombenangriff. Jedes Mal, wenn ich an einem Bombentrichter vorbeigehe, wenn ich den Staub rieche, will ich wegrennen.« Mit großen Augen blickte sie Mae an, schien um Verständnis zu flehen. »Ich bin es so leid, mich zu fürchten. Und wenn ich hierbleibe, werde ich den Rest des Kriegs wahrscheinlich damit verbringen, immer mehr Angst zu haben, nicht weniger.«

Mae sah zu Ivy hin und bemerkte nicht zum ersten Mal, wie erschöpft sie wirkte. Ihr hübsches Gesicht war verkniffen, und die Schlaflosigkeit hatte dunkle Ringe unter ihren Augen hinterlassen. In den letzten Wochen hatte sie so stark abgenommen, dass die Uniform um sie herumschlotterte. Und wie lange war es schon her, dass sie gelacht, so richtig gelacht hatte? Mae konnte sich nicht daran erinnern, und das brach ihr fast das Herz.

»Du erzählst mir doch dauernd«, sagte Ivy, »dass ich alles hinter mir lassen muss. Dass ich das verdiene.«

»Das tust du auch, Liebling. Ich wünschte nur, du würdest das auch selbst glauben.«

»Tja, was, wenn das hier meine Chance für einen Neubeginn ist? An einen Ort zu gehen, an dem ich nicht dauernd daran erinnert werde.«

»Denkst du denn, dass du Felix vergessen kannst?«, fragte Mae zweifelnd.

Ivy zögerte. »Ich denke, dass ich zumindest versuchen kann, die Bombe zu vergessen.«

Das wäre immerhin ein Anfang. Mae seufzte und fühlte sich gegen ihren Willen besiegt. »Möchtest du denn nach Singapur?«, fragte sie zaghaft. Irgendwie gelang es ihr, bei dem Wort ein Schaudern zu unterdrücken.

Ivy zuckte mit den Schultern. »Ich weiß nur, dass ich nicht hierbleiben kann.«

Mae fuhr sich mit der Hand übers Gesicht. »Oh Ivy«, sagte sie, »damit habe ich nicht gerechnet.«

Irgendwie, ohne dass Mae bereit war, die Nachricht zu akzeptieren, kamen sie von der Diskussion darüber, ob Ivy gehen würde, zu den Dingen, die vor ihrer Abreise noch zu erledigen waren: die Impfungen, ein paar Stunden zur Auffrischung ihrer Japanisch-Kenntnisse, passende Kleidung für die Tropen. Sie aßen zu Abend, hörten im Radio die Nachrichten, und zum ersten Mal aß Ivy, die sich in den Sessel am Feuer gekuschelt hatte, ihren Pudding ganz auf. Als ob sie über die vielen Gespräche vergessen hätte, nicht hungrig zu sein. Mit schierer Willenskraft gelang Mae eine neutrale Miene, wann immer Singapur erwähnt wurde. Sie ließ sich den Schock kein einziges Mal mehr anmerken.

Trotzdem war sie erleichtert, als Ivy früh zu Bett ging. Sie wartete, bis sie ihre Schritte im Zimmer oben hörte, dann schloss sie die Augen und ließ sich in ihrem Sessel zurücksinken. Sie fühlte einen körperlichen Schmerz von der langen Anstrengung, ihre Gefühle im Zaum zu halten.

Wenigstens gab es keinen Bombenangriff. Sie blieb lauschend am kleiner werdenden Feuer sitzen. Und selbst als klar war, dass es keinen Alarm mehr geben würde, konnte sie sich nicht aufraffen, ins Bett zu gehen. Sie hätte sowieso nicht schlafen können.

Stattdessen stieg sie die knarzenden Stufen hinauf und öffnete Ivys Zimmertür. Sie betrachtete ihre schlafende Enkelin. Ihr Atem ging gleichmäßig, sie schien keinen Albtraum zu haben. Bestimmt würde noch einer kommen. So war es immer. Mae lehnte den Kopf an den Türrahmen und ließ den Blick durchs Zimmer schweifen: über Ivys Kleider, die auf dem Stuhl vor der Frisierkommode lagen, die Bücher auf dem Fenstersitz und die weiß gestrichene Truhe in der Ecke. Darin befanden sich alle Jahrbücher aus Ivys Schulzeit und längst abgelegtes Spielzeug, von dem Mae sich einfach nicht trennen konnte.

Auf dem Dachboden stand noch genau so eine Truhe, voll mit den Sachen von Ivys Vater: Maes geliebtem Jungen. Früher war das hier sein Zimmer gewesen. Als er zwei war, hatte sie ihm Tiere an die Wände gemalt. Gemeinsam hatten sie Bauklötze aus Holz und Spielzeugsoldaten in die Regale geräumt. Sie sah ihn immer noch so deutlich vor sich, als säße er hier: mit seinen kräftigen Beinchen im Schneidersitz, die Zunge zwischen die Zähne geklemmt, während er mit seinen Figuren eine Schlacht nachspielte. Sie konnte die Wärme seiner Wange spüren, wenn sie ihn hochnahm, um ihm einen Kuss daraufzudrücken. Sie hörte sein Kichern. *Komm, Mama, spiel mit mir. Es macht viel mehr Spaß, wenn wir zusammen spielen.* Schmerzerfüllt schloss sie die Augen. Es wurde niemals leichter.

Und es erschien ihr zu schwer, zu schrecklich, dass sie kaum zwanzig Jahre, nachdem sie hatte mitansehen müssen, wie ihr Sohn in den Krieg zog, auch dessen Tochter gehen lassen sollte.

Zum hundertsten Mal fragte sie sich, was sie dagegen tun konnte. Mit Dr. Gregory sprechen, ein Gesuch an die Navy richten … Doch sofort fielen ihr Ivys Worte wieder ein. *Was, wenn das hier meine Chance für einen Neubeginn ist?* Sie erinnerte sich an die Verzweiflung in ihrer Stimme und wusste, dass sie sich ihr nicht in den Weg stellen durfte.

Oder doch?

Nein, nein, das durfte sie nicht.

Sie musste sie ziehen lassen.

Bestimmt würde nichts passieren. Ivy hatte recht: Es war in Fernost tatsächlich sicherer. Im Moment zumindest. Und es konnte doch niemand mehr dort sein, der sich erinnerte.

Nicht nach all den Jahren.

Das *konnte* nicht sein.

In den folgenden Tagen quälte diese Frage sie weiter. Selbst dann, wenn sie Ivy mit einem entschiedenen Lächeln zu ihren verschiedenen Terminen verabschiedete. Immer wieder gingen ihr die lang verdrängten Namen der Menschen durch den Kopf, die sie auf der Insel gekannt hatte: *Sally, David, Laurie …* Ihre Gesichter tauchten vor ihrem inneren Auge auf, als hätten sie die ganze Zeit über in ihrem Unterbewusstsein gewartet. Sie versuchte, sich wieder und wieder einzureden, dass sie längst nicht mehr dort waren; gestorben vielleicht oder an einen anderen Ort gezogen. Pensioniert. Ivys Wege würde keiner von ihnen kreuzen. Natürlich nicht. Mae gab sich die größte Mühe, sich selbst von dieser Tatsache zu überzeugen.

»Du machst dir immer noch Sorgen«, sagte Ivy, als sie sich an einem frostigen Morgen mit einem Kuss von ihr verabschiedete. Ihr Ton war locker, aber ihre blauen Augen blickten voller Kummer. »Das merke ich dir an.«

Mae ärgerte sich darüber, dass sie Ivy das Herz schwer machte. »Mir geht's gut«, sagte sie und drückte ihre Hand. »Du wirst mir fehlen, das ist alles.«

»Mir kommt es vor, als gäbe es da noch etwas, das du mir verheimlichst …«

»Nein«, sagte Mae und zwang sich zu einem gleichmütigen Ton. »Bestimmt nicht.«

Ivy kniff die Augen ein wenig zusammen und schien zu überlegen, ob sie weiter nachbohren sollte.

Mae streckte die Hand aus und strich den sowieso schon geraden Kragen glatt, während sie sich zu einem Lächeln zwang. »Du musst los«, sagte sie und schluckte die Worte, mit denen sie Ivy bitten wollte zu bleiben, hinunter. *Was, wenn das hier meine Chance für einen Neubeginn ist?* »Du kommst zu spät zu deinen Impfungen.«

Ivy zögerte noch einen Moment, doch dann nickte sie zu Maes Erleichterung und ging.

Als sie später wieder nach Hause kam, lachten sie über einen Lieutenant, der jedes Mal zurückgezuckt war, wenn die Krankenschwester sich ihm mit einer Nadel genähert hatte. Mae war sich sicher, richtig entschieden zu haben, als sie vorher geschwiegen hatte. Und auch wenn sie den Verdacht hegte, dass Ivy sich – ihnen beiden zuliebe – zu guter Laune zwang, lachte sie mit. Alles andere wäre ihr vorgekommen, als ließe sie ihre Enkelin im Stich.

Im Bemühen, sich zumindest in einer Hinsicht zu beruhigen, begann sie, die Zeitungen zu durchforsten, um Bestätigung dafür zu finden, dass Singapur so sicher bleiben würde, wie es ihr zu glauben ein solches Bedürfnis war. Allerdings dominierten die Kämpfe im Mittelmeerraum und in Afrika die Berichterstattung. Das Einzige, was sie fand, war ein Artikel, in dem kritisiert wurde, wie wenig die Insel auf den Krieg vorbereitet sei – *die Gewässer der Umgebung sind ungesichert; auf den Landebahnen ist es ruhig, denn man verfügt gerade mal über das Minimum an Flugzeugen. Nur die Kneipen sind proppenvoll. Dort herrscht lärmende, entspannte Prahlerei, die so gar nicht zur heraufziehenden Bedrohung durch das japanische Kaiserreich passt.* Nachdem Mae das gelesen hatte, fühlte sie sich eher schlechter als besser.

Die Tage verstrichen zu schnell. Erst waren es noch fünf bis zu Ivys Abreise, dann drei und ziemlich plötzlich gar keiner mehr.

Am Morgen ihres Aufbruchs war es feucht und neblig. Ein Auto mit Scheinwerfern, die wegen der Verdunkelung abgeschirmt waren, kam sie abholen. Mae war froh, dass sie sich wenigstens in der vertrauten Umgebung ihres Hauses Lebewohl sagen konnten. Beau hatte sie am Hafen verabschiedet, und es wäre zu viel für sie gewesen, das zu wiederholen.

Sie wirbelte nervös umher, als der Fahrer Ivys Koffer zum Auto trug, wollte wissen, ob Ivy sicher sei, nichts vergessen zu haben. Dabei hatte sie ihr sogar beim Packen geholfen. Ihre Stimme kam ihr selbst fremd vor, angespannt von der Trauer, die sie zurückhielt, bis Ivy wirklich fort war.

»Ich habe alles«, sagte Ivy leise, und ihre Augen unter der Kappe wurden feucht.

Der Fahrer war inzwischen beim Wagen. Mae sah ihm zu, wie er den Koffer einlud, dann seinen Platz hinter dem Steuer einnahm und wartete.

»Gran …«, begann Ivy und sah sie durch den Schleier unvergossener Tränen eindringlich an.

»Komm her«, sagte Mae und zog sie in ihre Arme, wie sie es schon so viele Hundert Male getan hatte. Ivy klammerte sich an sie. Ihr Körper fühlte sich durch die Stoffschichten so dünn an, so verletzlich. *Geh nicht.* Diesmal hätten sich die Worte fast verselbstständigt. *Nicht dorthin. Bleib bei mir.*

»Ich verspreche dir, dass mir nichts passieren wird«, flüsterte Ivy, als könnte sie Maes Gedanken lesen.

Mae sagte nichts. Sie traute sich nicht, noch irgendwas zu sagen.

Ivy drückte sie fester. »Mir wird nichts passieren«, wiederholte sie.

Mae nickte und verzog das Gesicht. Und weil sie wusste, dass sie es nicht mehr über sich bringen würde, wenn sie es nicht sofort tat, drückte sie Ivy noch ein letztes Mal und schob sie dann sanft von sich.

Ivy zögerte noch eine Sekunde. Aber dann drehte sie sich mit einem tapferen Lächeln, das Mae fast das Herz zerriss, abrupt um und ging rasch zum Auto.

Sie stieg ein und sah durch das beschlagene Fenster zu Mae hinaus. Die verschränkte die Arme und grub sich die Fingernägel in die Haut, weil sie gegen das verzweifelte Bedürfnis ankämpfte, ihr nachzulaufen und sie noch einmal zu umarmen, solange sie noch Gelegenheit dazu hatte.

Es fühlte sich wie ein Gnadenakt an, als der Wagen schließlich wegfuhr.

Mae blieb auf der feuchten Stufe vor dem Haus stehen und starrte ihm nach, als er schon längst nicht mehr zu sehen war. Dabei gingen ihr so viele Wünsche durch den Kopf. *Lass sie in Sicherheit sein.*

*Lass sie heimkehren.*

Und während ihre Gedanken wieder zu der fernen Insel wanderten, auf der Ivy sich in einigen Wochen befinden würde: *Bitte, lass keinen von ihnen mehr dort sein.*

# 3. Kapitel

*Singapur, 1941*

Laurie hätte seine Versetzung zurück nach Singapur fast abgelehnt. Als sein Vize-Admiral ihn zum neuen Chef der Combined Intelligence, einer Abteilung bestehend aus Navy, Army und Air Force zum Ausspähen japanischer Aktivitäten, der Region ernannte, hatte Laurie ihm gesagt, er solle sich lieber nach jemand anderem umsehen. Er selbst sei zu alt für einen weiteren Einsatz in den Tropen. *Ich sollte mit meiner Frau am Kaminfeuer sitzen und den Enkelkindern beim Aufwachsen zusehen.* Darauf hatte sein Vize-Admiral erwidert, das müssten die Enkel zwischenzeitlich ohne ihn hinkriegen, weil sein Land ihn brauche. *Die Japaner kommen, und wir müssen alle Kräfte mobilisieren, bevor sie landen und es verdammt noch mal zu spät ist.*

Wie sich herausstellte, war das jedoch leichter gesagt als getan. In den letzten paar Wochen hatte Laurie feststellen müssen, dass die Führung der Insel, was die rasch zunehmende japanische Bedrohung anging, erschreckend ineffizient handelte. Sie war daran jedoch nicht allein schuld, denn es ließ sich nur schwerlich eine Abwehr aufbauen, wenn das Kriegsministerium jedes Ersuchen um Waffen und Soldaten abwies. *Die aktiven Fronten in Europa haben Priorität.* Auf seiner Fahrt zur Arbeit auf der Navy-Basis von Singapur verfluchte Laurie die Verantwortlichen für ihre Kurzsichtigkeit.

Er lenkte seinen Dienstwagen, einen Sedan, am Wachposten vorbei und zu dem Gebäude, in dem sein Büro untergebracht war. Die milde Luft roch nach Salz, Fisch und dem Auspuff seines Autos. Auch wenn es jetzt noch nicht so glühend heiß war, wie es später werden würde, war die Morgenluft jetzt schon schwindelerregend. Er hatte die intensive Hitze vergessen, die sich über Tage, ja, das ganze Jahr erstreckte: ein erbarmungsloser, unendlicher Sommer. So viel hatte sich verändert, seit er zuletzt auf der Insel gelebt hatte: das alte Stadtzentrum aus Schindelhäusern, mit all seinen hölzernen Ladenfronten, Pferdekutschen und Gaslaternen, war verschwunden. Stattdessen gab es jetzt Kaufhäuser, Kinos mit Klimaanlage, Cocktailbars und Tanzsäle. Asphaltierte Straßen mit Gehsteigen verliefen dort, wo früher unbefestigte Wege und dichte Baumgruppen gewesen waren. Am Ortsrand streiften keine Tiger mehr herum. Doch die Luftfeuchtigkeit war unverändert. Er wischte sich mit seinem Taschentuch über die Stirn und musste daran denken, wie er das schon als Siebenundzwanzigjähriger getan hatte. Und er staunte immer noch darüber, dass er jetzt, mit siebzig, zurück war und es wieder tat.

Er parkte vor dem Gebäude der Combined Intelligence und stieg aus. Seine Hosenbeine fühlten sich von der Luft feucht an, als er sein Büro betrat.

Der Raum war stickig. Er öffnete die Fenster und schaltete den Deckenventilator ein. Dann setzte er sich an seinen Schreibtisch und sah die Papiere durch, die seine Sekretärin dort für ihn bereitgelegt hatte. Erleichtert nahm er zur Kenntnis, dass endlich zwei Schiffe mit Truppen aus Afrika herüberverlegt wurden. Das genügte zwar nicht und war längst nicht so viel, wie sie alle erhofft hatten, aber immerhin etwas. Auch seiner Bitte um mehr Personal zum Abhören war man, dank der Intervention des Vize-Admirals, nachgekommen. Laurie blätterte durch die Informationen über die entsandten Kräfte. Es waren ein paar Männer und einige Frauen. Darunter nicht viele Japaner, aber alle beherrschten das japanische Morse-Alphabet. Sein Blick blieb an einer Frau hängen, die Japanisch sprach. Studium in Cambridge. Er verzog beeindruckt den Mund und überflog die Einzelheiten. Name: Ivy Louise Harcourt. Alter: 24. Nächste Angehörige: Großmutter, Mae …

Er erstarrte.

Dann blinzelte er. Blinzelte wieder. Der Name stand immer noch dort. *Mae Harcourt, geb. Grafton.*

»Mein Gott.« Er lehnte sich zurück, der Stuhl knarzte, und starrte auf das Blatt Papier. »Mae Grafton.« Er sprach es laut aus, damit ihm ihr plötzliches Wiederauftauchen schwarz auf weiß weniger unwirklich vorkam. »Mein Gott.«

In jüngster Zeit hatte er öfter an sie gedacht. Seit er wieder auf der Insel war und bei Alex wohnte. Da war sie plötzlich wieder in sein Bewusstsein getreten. Nicht dass er mit Alex darüber gesprochen hätte. Alex erwähnte Mae ihm gegenüber niemals.

Dabei hatten sie früher andauernd von ihr gesprochen.

Laurie hatte sich Sorgen um sie gemacht, nachdem sie verschwunden war, trotz allem, was zuvor passiert war. Er hatte sich nicht vorstellen können, wie sie zurechtkommen würde. Er hatte Alex viele Male gebeten, ihm einen Hinweis zu geben, wohin sie eventuell verschwunden sein konnte. Doch Alex hatte sich geweigert – er war damals ebenso stur wie heute. Laurie wusste gar nicht mehr genau, wann er schließlich aufgegeben und nicht mehr nachgebohrt hatte. Es musste wohl nach seiner Versetzung nach Südafrika, in eine ganz andere Welt, gewesen sein. Auf einer Party in Kapstadt hatte er seine Frau Nicole kennengelernt. Ihr Lächeln hatte ihn fasziniert, genau wie ihr exotischer Akzent und ihr Lachen. Rasch hatte er sich aufgrund ihrer Herzlichkeit, ihrer Wärme und direkten Art in sie verliebt. Bis heute staunte er darüber, dass sie seine Liebe erwidert hatte. Sie war sein Ein und Alles geworden, und als ihre Babys nach und nach das Haus in Camps Bay mit Leben füllten, hatte er die Gedanken an alles andere hinter sich gelassen.

Hätte doch nur Alex das Gleiche tun können. Aber er wohnte bis zum heutigen Tag in derselben Villa in Bukit Chandu, in der auch Laurie jetzt logierte und in der die Zwillinge einst gelebt hatten. Alex weigerte sich, von dort wegzugehen, und bevorzugte die Gesellschaft von Geistern. Von all den Dingen, die sich in jenem schrecklichen Jahr ereignet hatten – und es hatte sich vieles ereignet –, bekümmerte ihn am meisten, wie sein alter Freund sein Leben gefangen in einer unabänderlichen Vergangenheit verbracht hatte.

Jetzt rutschte er auf seinem Stuhl nach vorn und stützte den Kopf in die Hände. Wie sollte er Alex das beibringen? Er sah sich noch einmal Ivys Papiere an. Es kam ihm so seltsam vor, überhaupt von ihrer Existenz zu wissen. Er fragte sich, warum Mae ihre nächste Angehörige war? Was war ihren Eltern, Maes Kind, zugestoßen? Für Laurie stand außer Zweifel, dass er das Mädchen persönlich treffen und sie danach fragen musste.

Ob Alex sie, diese Ivy, auch sehen würde? Laurie bezweifelte, dass er es freiwillig tun würde.

Obwohl es vielleicht sogar zu seinem Besten wäre.

Während Laurie noch darüber nachsann, arbeitete es bereits in ihm, wie er das einfädeln konnte. Er hatte schon Nicoles Stimme dazu im Ohr, obwohl sie so weit weg in ihrem gemeinsamen Cottage an der englischen Südküste war. *Lass es doch einfach gut sein, und misch dich nicht in anderer Leute Angelegenheiten.* Dieses eine Mal würde er nicht auf sie hören.

Er sah auf die Uhr und kam zu dem Schluss, dass der Mann, den er brauchte, inzwischen auch bei der Arbeit sein musste. Deshalb griff er nach seinem Telefon und bat um eine Verbindung. Während er darauf wartete, dass diese zustande kam, gingen ihm wieder die Ereignisse jenes Jahres durch den Kopf. Er sah die Zwillinge vor sich, ihre bildhübschen Gesichter: die dunkelblauen Augen, ihre milchweiße Haut und das schwarze Haar. Sie glichen sich in jeder Hinsicht, doch schnell wusste jeder sie zu unterscheiden. Alex pflegte zu sagen, das liege an Harriets Haltung, an der Art, wie sie einen ansah. Laurie schloss kurz die Augen und erinnerte sich.

Im Hörer klickte es. Eine Stimme sagte »Ja?« und zwang ihn in die Gegenwart zurück. Er räusperte sich und erklärte dem Lieutenant, was er von ihm wollte und welche Vorbereitungen er für die neue Lauscherin Ivy Harcourt treffen sollte.

Als Laurie auflegte, überwältigten Erinnerungen und auch Trauer ihn erneut. Nicht zum ersten Mal in seinem Leben fragte er sich, ob es damals auch anders hätte kommen können.

Gab es irgendetwas, das irgendeiner von ihnen hätte tun können, um damals den Lauf der Dinge zu ändern?

Fast ein halbes Jahrhundert war vergangen, aber er wusste es nach wie vor nicht.

*44 Jahre zuvor, Januar 1897*

Hätte das Gewitter die Insel an jenem Morgen nicht heimgesucht, wäre wahrscheinlich eine größere Menschenmenge im Hafen gewesen, um die *Empress of India* und ihre verblüffende Fracht in Augenschein zu nehmen. Schon seit die Neuigkeit kursiert war, dass zwei mittellose Waisen, die zwanzigjährigen Zwillinge Harriet und Mae Grafton, aus Indien kommen würden, waren sie in Singapur Stadtgespräch gewesen. Die Gattinnen der Kolonialherren – die sogenannten Mems –, die sich noch vom kleinsten Häppchen Tratsch unterhalten ließen, waren von der seltsamen Geschichte der beiden geradezu elektrisiert. Ihren Ehemännern (von denen viele für ausgerechnet den Mann in der britischen Kolonialverwaltung tätig waren, bei dem die Mädchen wohnen sollten) erging es nicht anders. Keiner konnte es erwarten, den ersten Blick auf die Zwillinge zu werfen. »Ich stelle mir dauernd vor, wie sie wohl aussehen«, sagte Lauries Schwester Sally. Er befand sich überhaupt nur auf der Insel, weil sie ihn dazu gebracht hatte, sich dort um eine Stelle zu bewerben. Wann immer er Landurlaub hatte, wohnte er bei ihr und ihrem Mann in dem Bungalow, den die Regierung ihnen zur Verfügung stellte. »Ich habe gehört, sie sollen ziemlich hübsch sein. Die armen Dinger.«

Laurie war sich sicher, dass bei trockenem Wetter alle da gewesen wären und auf die *Empress* gewartet hätten. Aber der Regen, der jetzt die kochende Hitze linderte, war geradezu biblisch. Er prallte mit Wucht von den Dächern der Hafengebäude ab, traf die Palmen, die Kapuzen der Träger, durchweichte die chinesischen Tagelöhner, die herumhasteten, um die Fracht des Dampfers zu entladen.

Lauries Freund Alex, ein erfolgreicher Kaufmann und im Begriff, sich selbst zu einer Geschäftsreise einzuschiffen, starrte wütend unter seinem Schirm hervor auf die rollenden Wellen. Eines der Schiffe seiner Firma war, bereit zum Lossegeln, direkt neben der *Empress* vertäut. Sogar im Schutz der Kaimauer schaukelte es heftig.

»Ich hasse diese Zustände«, sagte er. »Sie werden uns Zeit kosten.«

Laurie, der selbst schon genügend stürmische Passagen hinter sich hatte, konnte ihm nur zustimmen.

Alex lachte. »Das klingt nach großer Anteilnahme«, sagte er. »Warum bist du noch mal hier?«

»Die Frage habe ich mir auch schon gestellt.«

Sie sahen beide Sally fragend an, die mit ihrem eigenen Regenschirm zwischen ihnen stand. Doch die war zu beschäftigt damit, die Gangway des Schiffs konzentriert im Auge zu behalten, um es überhaupt zu bemerken.

Es war ihre Idee gewesen herzukommen.

Ihre Augen hatten geleuchtet, als Laurie am Vorabend

von Alex' Abreise erzählt hatte. Sie hatte verkündet, dass sie ihn doch wirklich einmal richtig verabschieden mussten, *den lieben Alex*. Sogleich hatte sie jemand vom Personal mit der Nachricht zu seinem Haus geschickt. Selbst als sie heute Morgen bei strömendem Regen aufgewacht waren, hatte sie sich geweigert, auch nur in Erwägung zu ziehen, Alex im Stich zu lassen. *Das wäre allzu unhöflich.* Laurie, den ihre Scharade amüsierte, hatte gemeint, Alex hätte bestimmt Verständnis. »Es ist ja nicht so, als ob wir ihn jemals zuvor verabschiedet hätten. Du kennst ihn doch nicht einmal besonders gut.« Sally hatte mit einem »Tss« reagiert und gesagt: »Oh doch.« (Was nicht stimmte. Laurie dagegen traf ihn oft auf ein paar Drinks oder um zusammen zu essen. In England hatte ein gemeinsamer Bekannter sie einander vorgestellt. Laurie war diese Freundschaft in dem Jahr, das er nun schon auf der Insel lebte, immer wichtiger geworden. Allerdings ging Alex Begegnungen mit Sally oder ihrem Ehemann Roger eher aus dem Weg.) Und trotzdem: »Wir gehen«, hatte Sally gesagt und energisch ihr Bonnet aufgesetzt. »Ich kann Alex einfach nicht enttäuschen.«

Seit er sie mit seiner Kutsche abgeholt hatte, hatte sie kaum ein Wort mit ihm gesprochen. Während der ganzen Fahrt zum Hafen blickte sie nur aus dem Fenster und beklagte, wie langsam sie auf den überschwemmten unbefestigten Wegen vorankamen und dass ihre pünktliche Ankunft infrage stünde.

»Machen Sie sich keine Sorgen um mich«, hatte Alex trocken bemerkt.

Sally hatte weiter aus dem Fenster geblickt und es sich verkniffen zu sagen, dass sie das ohnehin nicht tat.

Jetzt stand sie mit großen Augen am Kai. Plötzlich griff sie nach Lauries Arm. »Sieh mal«, sagte sie. »Sieh doch.«

Zwei Frauen waren oben an der Gangway der zweiten Klasse der *Empress* erschienen und umklammerten beide den Regenschirm zwischen sich. Sally holte hörbar Luft.

Alex verzog den Mund. Laurie hatte ihm erzählt, wie sehr Sally diesen Augenblick herbeigesehnt hatte. Seit sie vor zwei Wochen von der Chorprobe heimgekehrt war: Damals war sie mit der Neuigkeit herausgeplatzt, dass die Zwillinge kommen würden, um hier bei dem Mann zu leben, der als die rechte Hand des Gouverneurs galt – David Keeley. Seither hatte sie kaum mehr von etwas anderem sprechen können. Jeden Nachmittag hatte sie ihre Scones gebacken – nach dem Rezept, das schon ihre Mutter zu Hause in Devonshire benutzt hatte, nur wurde das Gebäck hier in Singapur deutlich schwerer (»Wegen der ganzen Feuchtigkeit«, pflegte Sally zu jammern). Trotzdem servierte sie es den anderen Mems auf ihrer an den Dschungel grenzenden Terrasse, während sie die Angelegenheit der Grafton-Zwillinge immer wieder gemeinsam durchkauten.

Über irgendjemand, der die Direktorin der Schule kannte, welche die Zwillinge in Simla besucht hatten, war durchgesickert, dass die Mutter der beiden ein *Dienstmädchen* gewesen war und noch dazu (das wurde nur geflüstert) *unverheiratet*. Sie hatten jedoch einen *sehr reichen* Gönner, Mr Palmer, Besitzer einer Kautschukplantage, der von Beginn an für ihren Lebensunterhalt aufgekommen war. (Er wäre, so vermutete man, ihr Vater.) Mr Palmer sei sehr kränklich, der *arme* Mann, und sorge sich um die Zwillinge, *wie nett von ihm*. Er habe die Mädchen, die sich glichen *wie ein Ei dem anderen*, hergeschickt, damit sie bei seinem entfernten Verwandten leben sollten: David Keeley. Eine der beiden solle *ihn heiraten*, nur dann würde David den gesamten Besitz von Mr Palmer erben.

»Man weiß einfach nicht«, pflegte dann stets jemand nach einem Bissen Scone zu sagen, »ob man diese Angelegenheit aufregend oder skandalös finden soll.«

Am Ende war man zu dem Schluss gekommen, dass es vor allem skandalös und David, ein Mann mit beschränkten Mitteln, definitiv nur an Mr Palmers Geld interessiert sei. Er würde noch eine Menge davon benötigen, wenn er jemals sein ehrgeiziges Vorhaben verwirklichen wolle, selbst Gouverneur zu werden. Welchen anderen Grund sollte er auch haben, ein (auch hier wurde wieder geflüstert) *uneheliches* Kind zur Frau zu nehmen?

»Ich bin mir nicht sicher, ob ich überhaupt das Geringste mit ihnen zu tun haben möchte, wenn sie hier sind«, sagte eine der Frauen. »Wirklich schamlos, dass sie beide kommen, um sich um seine Hand zu streiten.«

Laurie – der normalerweise versuchte, die Unterhaltung zu ignorieren, indem er vorgab, in einem Korbsessel zu schlummern – hatte sich in diesem Fall verpflichtet gefühlt, den Mund aufzumachen. »Ich vermute doch, dass keiner von ihnen eine andere Wahl blieb.«

Sally, die durchaus über einen gewissen Scharfsinn verfügte, wenn sie auch vorrangig Rogers Karrierebestrebungen im Hinterkopf hatte und darauf bedacht war, nicht unangenehm aufzufallen, hatte ihm daraufhin einen entsetzten Blick zugeworfen. *Sei still*, hatten ihre Lippen tonlos in seine Richtung geformt.

Die übrigen Damen hatten ihn nur verwirrt angesehen.

»Aber«, hatte dann eine von ihnen zögernd eingewandt, »welche Wahl gebührt denn auch Mädchen wie ihnen?«

Laurie hatte tief geseufzt, aber nichts mehr dazu gesagt. Diese Frauen mit ihren Scharen von Bediensteten und Amahs zum Aufziehen der Kinder interessierten ihn einfach zu wenig, als dass er sich die Mühe gemacht hätte, sie umzustimmen. Später hatte er allerdings Sally erklärt, er würde sich wünschen, dass sie sich nettere Freundinnen suchte.

»Andere gibt es nicht«, hatte die kurz und bündig erwidert. »Und da ich nun mal nur diese habe, verärgere sie bitte nicht.«

Ihr Bedürfnis, diese Freundinnen zu beeindrucken, war wahrscheinlich mit ein Grund, warum sie sich heute in diesem Regen hierher begeben hatte. Er beobachtete, wie sie sich auf die Unterlippe biss. Einerseits ärgerte er sich über sie, andererseits tat sie ihm leid. Ihre Augen folgten den Zwillingen, die inzwischen das Ende der Gangway erreicht hatten. Ihre Gesichter waren unter dem tropfenden Schirm unmöglich zu erkennen. Ein chinesischer Kuli erwartete sie auf dem Dock und hatte schon zwei Koffer neben sich stehen.

»Miss Graftons«, schrie er gegen den peitschenden Regen an. »Ja? Ja? Sie ganz gleich.« Er tippte mit dem Zeigefinger erst an sein eigenes Gesicht und zeigte dann auf ihre. »Ganz gleich.«

»Wir sollten hingehen und ihnen behilflich sein«, meinte Alex und setzte sich in ihre Richtung in Bewegung.

Laurie sah das genauso und folgte ihm.

»Das könnt ihr nicht tun«, zischte Sally und versuchte, sie aufzuhalten, »ihr wurdet einander doch noch gar nicht vorgestellt. Außerdem haben sie doch diesen Jungen, der ihnen hilft.« Dabei war der Mann dort mindestens fünfzig, aber sie nannte alle männlichen Bediensteten Jungen. Laurie hatte es aufgegeben, sie zu verbessern.

Alex wollte weitergehen, aber sie verstellte ihm den Weg.

»Also ehrlich«, gab sie zu bedenken, »Sie wollen sie doch nicht in Verlegenheit bringen, oder?«

Alex runzelte die Stirn. Aber inzwischen hatte der Kuli schon die Koffer der Zwillinge genommen und führte sie zu zwei Ponys, die vor einen Gharry gespannt waren. Sie folgten ihm und waren schon so gut wie fort.

Doch dann blieb eines der Mädchen stehen. Es trat unter dem schützenden Schirm hervor und drehte sich um, sodass es Laurie, Alex und Sally direkt ansah. Offensichtlich hatte sie bemerkt, dass man sie beobachtet hatte. Laurie konnte nicht anders als zurückzustarren. Alex erging es offenbar genauso. Es war nicht allein die Schönheit des Mädchens, die seinen Blick fesselte (obwohl Sally recht gehabt hatte; sie war sehr hübsch). Da war aber noch etwas anderes. Eine fast schmerzhafte Verletzlichkeit, wie sie so ungeschützt dastand und der Regen auf sie herabfiel. Alex musste das auch gespürt haben, denn er bewegte sich in ihre Richtung. Im selben Moment wandte sie sich ab und eilte zu dem Kutschwagen hin.

Alex fluchte. »Wir hätten hingehen sollen.«

»Jetzt ist es zu spät«, bemerkte Sally.

»Man sollte doch meinen«, sagte Laurie, »dass Keeley persönlich gekommen wäre, um sie abzuholen.«

Alex, der sich im Vorjahr mit David wegen dessen selbstherrlicher Beilegung einer Lohnstreitigkeit überworfen hatte, lachte kurz auf. »Keeley geht niemals in den

Regen hinaus. Er bleibt lieber im Trockenen und lässt die anderen zu sich kommen.«

»Vielleicht ist es ihm peinlich«, meinte Laurie. »So würde es mir an seiner Stelle ergehen, wenn man bedenkt, mit welcher Absicht sie zu ihm geschickt wurden.«

»Peinlich?«, echote Alex. »Mir ist noch nie ein Mann begegnet, dem es gleichgültiger gewesen wäre, was andere von ihm denken.«

»Ich frage mich«, fuhr Laurie fort, während die Zwillinge die Stufen des Wagens hinaufkletterten, »was sie von ihm halten werden.«

»Vermutlich nicht viel.« Alex schnalzte mit der Zunge. »Es kommt mir … ich weiß auch nicht, irgendwie falsch vor, sie so ziehen zu lassen.« Er wandte sich an Sally. »Werden Sie sie besuchen?«

»Vielleicht«, sagte Sally.

»Sie macht sich Sorgen, was die anderen davon halten werden«, sagte Laurie. »Wegen der Eltern der Mädchen.«

Alex sah sie vielsagend an.

Sally, die oft erwähnte, wie attraktiv und noch dazu sehr *reich* Alex doch sei, wurde rot. »Ich werde darüber nachdenken«, erklärte sie. »Das werde ich.«

»Das hoffe ich«, sagte Alex. Dann wandte er den Blick wieder den Zwillingen zu, die jedoch bereits im Inneren der Kutsche verschwunden waren.

Der Kuli gab den Ponys die Peitsche, sodass sich der Gharry in Bewegung setzte. Die Räder ließen Wasser in alle Richtungen spritzen.

Seufzend sagte Alex, er müsse nun auch aufbrechen, um dem Unwetter zuvorzukommen. »Man sieht sich in ein paar Wochen wieder.«

Laurie schüttelte ihm die Hand. »Bis dann.«

»Hast du gesehen, wie diese Leute zu uns herübergestarrt haben?«, fragte Mae Harriet, als der Gharry losfuhr.

»Ja«, sagte Harriet missbilligend. Deshalb war sie ja auch stehen geblieben und hatte sich umgedreht.

»Sie müssen etwas gehört haben«, sagte Mae ebenso grimmig. Vom Rand ihres neuen Bonnets tropfte es auf den Schoß des Seidenkleids. »Sie wissen alle Bescheid.«

Harriet sagte nichts mehr. Es hatte keinen Sinn, es abzustreiten. Ganz offensichtlich hatten die Frau und die beiden Männer über sie gesprochen. Sie und Mae kannten die Anzeichen dafür inzwischen genau genug. Schon ihr ganzes Leben lang war verstohlen über sie getratscht worden. Harriet wünschte sich nur, dass die ständige Wiederholung eines Tages bewirkte, dass sie die Neugier der anderen nicht mehr als so schmerzvoll empfinden würden.

Mae blickte aus traurigen dunkelblauen Augen zu ihr hinüber. Harriet hätte so gern irgendwas Tröstliches gesagt. Schön wäre auch gewesen, wenn Mae selbst ein paar aufmunternde Worte eingefallen wären. Normalerweise gelang das einer von ihnen. In ihrer Kindheit hatte, wann immer es schlechte Nachrichten gab – noch einen Schulwechsel oder einen Brief von den Eltern einer Freundin, die darauf drängten, dass man sie trennte –, eine der anderen ihre trübe Stimmung ausreden können. In letzter Zeit hatte diese Bürde allerdings häufiger auf Harriet gelastet. Wenn damals in Simla ein Offizier mit einer von ihnen getanzt hatte, wurde derjenige puterrot vor Scham, sobald eine übereifrige Mem ihm ein *Wörtchen* über ihre Mutter ins Ohr flüsterte. Mae war es zunehmend schwergefallen, diese Beleidigungen zu ertragen. Harriet wusste schon nicht mehr, wie oft sie ihre eigene Kränkung hinuntergeschluckt hatte, um ihr zu versichern, es spiele keine Rolle und eines Tages werde es für sie beide anders. *Das schwöre ich dir.* Aber als sie jetzt in ihrem durchweichten Kleid dasaß, ihr von der unruhigen Seefahrt immer noch übel war und sie die Tatsache, von nun an in Singapur zu sein, erschütterte, brachte sie das nicht über sich.

Den Rest der Fahrt zu ihrem neuen Heim legten sie schweigend zurück, während ihre zunächst noch tropfnasse Kleidung in der stickigen Enge langsam trocknete. Harriet bemerkte, dass Maes normalerweise glänzendes Haar sich unter ihrem Bonnet kringelte. Sie vermutete, dass ihres das Gleiche tat und dass David von ihrem Anblick nicht besonders beeindruckt sein würde. Das tröstete sie ein wenig.

Sie konnte ohnehin nicht glauben, dass sie tatsächlich auf dem Weg zu seinem Haus waren. Noch bis sie das Schiff in Bombay bestiegen, hatte sie versucht, einen Ausweg zu finden. Wenn sie nur einen Penny eigenes Geld besessen hätte, dann hätte sie vielleicht einen gefunden. Aber Mr Palmer hatte die Schecks für ihre Reise und ihre neuen Kleider (diesmal war es nicht nötig, Sachen aus zweiter Hand zu erstehen) an ihre Lehrerinnen gesandt, nicht an sie persönlich. So wie sie schon ihr Leben lang ohne Mitspracherecht vom Waisenhaus in Internate und aufs College geschickt worden waren, hatte man auch diesen Umzug nach Singapur arrangiert, bevor sie wussten, wie ihnen geschah. Als ihre Schuldirektorin ihnen endlich den Brief von Mr Palmer gezeigt hatte, war das gesandte Geld bereits komplett ausgegeben: für ihre Tickets bei der

Peninsular and Oriental Steam Navigation Company sowie für die guten Stoffe im Laden der Schneiderin am Ort.

*Es ist für sie an der Zeit zu heiraten*, hatte in Mr Palmers Brief gestanden. *Ich muss wissen, dass sie versorgt sind. Inzwischen ist klar, dass nicht viele über die erbärmlichen Umstände ihrer Geburt hinwegsehen werden, aber Keeley hat sich überzeugen lassen.*

Harriet hatte gefragt: »Warum konnte er das Geld nicht einfach uns überlassen?«

Da hatte ihre Direktorin ihnen erklärt, sie sollten dankbar sein, dass er überhaupt für sie aufkomme. »Es gibt viele wie ihn, die das nicht tun.«

Auf der hektischen Suche nach einer Alternative hatte Harriet gefragt, ob sie sich nicht stattdessen um eine Arbeit bewerben könnten, zum Beispiel als Gouvernanten oder etwas dergleichen, nur um zu verhindern, was Mr Palmer forderte. Mae, die vor Verlegenheit, die auch Harriet empfand, weil die *erbärmlichen Umstände* so offen angesprochen wurden, dunkelrot angelaufen war, hatte geschwiegen. Die Direktorin hatte den Kopf geschüttelt und sichtlich Mitleid mit ihnen empfunden, aber sie blieb auch hartnäckig dabei, ihren Ruf nicht zu riskieren, indem sie ihnen ihre Erlaubnis gab oder Referenzen ausstellte. Vom Geld für Briefmarken ganz zu schweigen. Das hatte sie auch den anderen Mädchen verboten.

Und so waren Harriet und Mae nun hier. In Singapur.

Harriet versuchte, durch das Fenster des Gharrys einen Blick auf ihre neue Umgebung zu erhaschen. Der Regen machte das jedoch unmöglich. Sie konnte nur verschwommen die Vegetation erkennen und die eine oder andere Rikscha. Der Wolkenbruch ließ erst nach, als sie in eine

Straße bogen, die Nassim Road hieß und von der sie wusste, dass David dort wohnte. Mit der behandschuhten Hand wischte sie über das Glas und spähte hinaus. Die Straße war von Bäumen gesäumt. Außerdem standen darin weiße, kastenförmige Bungalows, sehr ähnlich den von Briten in Indien gebauten.

Endlich fuhr der Wagen langsamer und blieb schließlich vor einem Haus stehen, das vermutlich David gehörte. Es stand am Ende einer schmalen Einfahrt und war ringsum von Palmen umgeben. Es war größer als die anderen in der Straße und mit einer ebenerdigen Veranda ausgestattet, aber keinesfalls prachtvoll. Gewiss war es nicht vergleichbar mit der Sorte Villa, die David sich würde leisten können, nachdem er sein Erbe gesichert hatte. Sie fragte sich, ob er schon ein Objekt im Auge hatte, aber bevor sie Mae diese unangenehme Möglichkeit mitteilen konnte, trat ein Mann vor die Tür.

Er blieb unter dem Blätterdach stehen, anscheinend weil er nicht nass werden wollte. Er war Mitte dreißig oder vielleicht ein wenig älter und trug einen weißen Leinenanzug. Sein blondes Haar war ordentlich gekämmt, seine wässrigen Augen, mit denen er nach Harriet und Mae Ausschau hielt, waren unauffällig. Er war weder besonders attraktiv noch unattraktiv, weder groß noch klein. Harriet missfiel er sofort, schon allein weil es sich bei ihm zweifellos um David Keeley handelte.

Sie kletterten aus der Kutsche und schüttelten ihre zerknitterten Röcke aus. David blieb immer noch, wo er war. Die Stimme, mit der er sagte, »Ich bin froh, Sie hier zu haben – und ich hoffe, es wird Ihnen zusagen«, war leise, aber selbstsicher. Harriet merkte, dass er sich die Worte zurechtgelegt hatte. Er führte sie in einen gekachelten Flur, der feucht und nach gekochtem Reis roch.

Ihm fiel auf, so wie es immer und bei jedem war, wie exakt sie einander glichen. Dann machte er eine Bemerkung, dass er ihnen verschiedenfarbige Haarbänder geben musste.

Scherzte er?

Harriet blickte zu Mae. Die musterte David abwartend und dachte offensichtlich das Gleiche.

Er lächelte schließlich, um sie wissen zu lassen, dass es so war. Mae lächelte daraufhin auch ein wenig, aber eher verlegen als amüsiert. Harriet wusste nicht, wie sie reagieren sollte.

»Ich werde Sie jetzt allein lassen«, sagte er. Ein Mädchen in einer Tunika und weiter Hose trat vor. »Ling wird Ihnen Ihre Zimmer zeigen. Ich muss ins Büro.« Er seufzte. »Was für einen Regen wir heute Morgen hatten.« Er nickte jeder von ihnen kurz zu und versicherte, dass man sich zum Dinner wiedersehen würde, dann war er fort.

Ling zeigte ihnen wortlos die Zimmer, beide klein und genauso gefliest wie der Flur. Möbliert mit niedrigen Einzelbetten, Moskitonetzen, Kleiderschränken und Schreibtischen aus Teakholz. Harriet wurde klar, dass David die Möbel extra für sie angeschafft haben musste. Sie empfand das jedoch nicht als einladend. Es verursachte ihr vielmehr Unbehagen, sich vorzustellen, wie er stille Vorbereitungen getroffen hatte, um sie bei sich aufzunehmen.

»Er wirkt immerhin sympathisch«, sagte Mae. »Ich glaube, er hat sich bemüht, freundlich zu sein.«

»Er wirkt sehr förmlich.«

Mae blickte sich im Zimmer um und schien nachzudenken. Harriet wartete auf ihre Zustimmung, als Echo ihres eigenen Unbehagens, aber Mae zuckte nur mit den Achseln, meinte, sie sollten jetzt wohl auspacken, und begab sich in ihr eigenes Zimmer nebenan.

Als Harriet ihr nachschaute, fiel ihr ein, dass seit ihrer Ankunft keiner von ihnen Mr Palmers Plan erwähnt hatte. Doch auch wenn niemand darüber sprach – weder sie beide noch David –, war sie sich sicher, dass alle daran gedacht hatten. Sie erschauerte ein wenig, denn die seltsame Komplizenschaft ihres gemeinsamen Stillschweigens beunruhigte sie erst recht.

Der Nachmittag verging, und nach dem Wolkenbruch wurde es zunehmend heißer, weil die Sonne vom Himmel brannte, und mit Einbruch der Dämmerung plötzlich wieder kühler – genau wie sie es aus Indien gewohnt waren. Sie badeten in einer Eisenwanne, die Ling hinter der Küche für sie mit heißem Wasser gefüllt hatte, dann zogen sie sich fürs Abendessen um. David kehrte aus dem Büro zurück, und sie aßen zusammen eine geschmacklose Mahlzeit aus gedünstetem Huhn und gedämpftem Reis.

Zuerst sprach keiner von ihnen. Mae brach das erstickende Schweigen und stellte David Fragen zu seiner Person. Harriet wusste nicht, ob es sie wirklich interessierte oder sie einfach nur gegen das Unbehagen anredete, aber wie auch immer antwortete David und erzählte ihnen von seiner Arbeit, bei der er jeden Bereich der öffentlichen Verwaltung beaufsichtigte, und davon, dass alles, was der Gouverneur – ein Mann namens Soames – wissen musste, über ihn lief. Ja, das war eine beträchtliche Verantwortung, doch Soames verließ sich auf ihn. Sie waren Cousins.

David hatte in Eton zwei Jahre unter ihm studiert, danach noch in Oxford. Und ja, eines Tages wolle er selbst Gouverneur werden. Soames' Amtszeit ende im kommenden Jahr, und der Plan sah vor, dass er danach übernehmen sollte. Nachdem gewisse Angelegenheiten geregelt seien.

Mae fragte nicht, worum es sich bei diesen *gewissen Angelegenheiten* handeln mochte. Auch Harriet tat das nicht. Sie wussten beide nur zu gut, dass Gouverneure immer verheiratet und auch reich waren. Harriet wurde flammend rot. Wie bequem für David, dass er nun einen Weg gefunden hatte, an eine Ehefrau und zugleich an Geld zu kommen. Sie starrte auf ihren Teller mit dem ungenießbaren Essen und wurde zunehmend wütender darüber, dass er ihre und Maes Mithilfe für selbstverständlich hielt. Und sie fühlte sich gedemütigt, weil sie gerade in seinem Speisezimmer saßen und ihm allen Grund gaben, genau das zu tun.

Sie hob den Blick, sah ihn an und stellte irritiert fest, dass er sie ansah. Sie versuchte immer noch, aus seiner amüsierten Miene schlau zu werden, als Ling eintrat, um abzuräumen.

Sie verharrte, als sie Harriets vollen Teller bemerkte, und fragte, ob mit dem Essen alles in Ordnung sei. Harriet wollte die Gefühle des Mädchens nicht verletzen und erklärte, sie habe einfach nicht viel Appetit, auch wenn das nicht die Wahrheit war. »Es hat sehr …«, sie suchte nach einem positiven Begriff, »gesund geschmeckt.«

»Hat es Ihnen geschmeckt?«, fragte David.

»Ja«, antwortete sie wieder Ling zuliebe.

Aber David, der immer wieder bemerkte, wie wenig Menschen seine Vorliebe für einfache Speisen teilten, schien sich am meisten darüber zu freuen.

Harriet tat in dieser Nacht kaum ein Auge zu. Ihre Gedanken kreisten um die Suche nach einer Möglichkeit, wie sie und Mae so bald wie möglich von diesem Ort verschwinden konnten. Sie brauchten eine Anstellung, doch ohne Referenzen und ohne Geld wusste sie nicht, wie sie das bewerkstelligen sollten. Falls sie es jemals für möglich gehalten hatte, dass David ihnen helfen würde, wenn er erst verstand, was sie wollten, war diese Hoffnung verflogen, als sie gesehen hatte, welche Mühe er sich mit ihren Zimmern gegeben hatte.

Die Luft war drückend heiß. Durch das kleine offene Fenster drang kaum ein Windhauch, nur der nächtliche Lärm der Tiere: Affen, Grillen, der Flügelschlag der Fledermäuse. Ihr Körper juckte vom Schweiß, der jeden Zentimeter ihrer Haut bedeckte.

Sie war immer noch wach, als die Uhr schon Mitternacht schlug.

Unten öffnete und schloss sich die Tür von Davids Studierzimmer, als hätte er genau bis zu diesem Zeitpunkt gewartet, um mit der Arbeit aufzuhören. Seine Absätze klackten auf dem Fliesenboden unten. Er ging von seinem Studierzimmer zum Esszimmer, den Flur einmal hinauf und hinunter, dann zurück ins Esszimmer. Harriet hoffte, dass die Arbeit ihn beschäftigte, aber sie hatte die schlimme Vorahnung, dass er stattdessen überlegte, ob er sich für sie oder Mae entscheiden sollte.

Der gleiche Gedanke ging Mae durch den Kopf, die im Zimmer nebenan auch keinen Schlaf fand. Aber im Unterschied zu Harriet erfüllte diese Vorstellung sie nicht mit Zorn. Nicht mehr.

Sie mochte auch einst geträumt und auf eine Liebesgeschichte gehofft haben, wie sie sie in Indien so oft beobachtet hatte. Als Kind war sie von den jungen Frauen fasziniert gewesen, die auf der Jagd nach einem Ehemann aus England gekommen waren. Immer ein atemloses Lächeln auf den Gesichtern. Da waren Ehen blitzschnell geschlossen worden. Und schon bald danach lagen Babys in Gitterbettchen und so weiter. Sie hatte wirklich geglaubt, ihre Zukunft könnte Glück verheißen. Sie war sich nicht sicher, wann genau sie die Wahrheit begriffen hatte. Irgendwann während ihrer Zeit in Simla jedenfalls, auf einer dieser schrecklichen Partys, wo niemand ein zweites Mal mit ihr oder Harriet getanzt hatte.

Sie war verzweifelt gewesen, nachdem Mr Palmers Brief angekommen war und sie erkannt hatte, dass sogar der Mann, den sie schon lange als ihren und Harriets Vater akzeptiert hatten (kein charmanter Prinz, der darauf wartete, sie zu retten), zu diesem Schluss gekommen war: Für sie war eine Ehe nur möglich, wenn er sie erkaufte. Und sie wusste, er hatte recht. Diese Menschen, die sie am Anleger angestarrt hatten, waren wie eine Bestätigung gewesen: Wo auch immer sie und Harriet hinkamen, würde es solche geben, die nur darauf warteten, sie zu verabscheuen. Sie ertrug das einfach nicht mehr. Und sie fürchtete, wenn sie Harriets Plan folgten und Gouvernanten wurden, dann würde es für sie beide im Leben niemals mehr geben.

Deshalb hatte sie sich beim Abendessen auch solche Mühe gegeben. In Simla hatte die Direktorin sie beiseitegenommen, bevor sie mit Harriet aufgebrochen war. Sie wollte Mae davon überzeugen, dass diese Chance auf Ehrbarkeit – und eine Familie – zu gut war, um sie sich entgehen zu lassen. »Lass dir von deiner Schwester nichts anderes einreden.« Mae hatte Harriet nichts von diesem Gespräch gesagt. Sie wusste, dass diese dafür niemals Verständnis hätte. Sie war die Stärkere, diejenige, die es immer schaffte, die nötige Kraft für einen weiteren ihrer unzähligen Neuanfänge aufzubringen. Mae wusste nicht, wie sie das anstellte, aber sie hatte sich entschieden. Und David war gar nicht so schlecht. Ein bisschen gestelzt, ja, aber nicht unsympathisch: Sie könnte lernen, ihn zu mögen. Und wenn sie ihn heiratete – den stellvertretenden Gouverneur, der eines Tages selbst Gouverneur sein würde –, dann würde sie nie wieder ausgegrenzt werden. Harriet konnte bei ihnen leben, und sie hätten Freundinnen, richtige Freundinnen. Dazu ein Zuhause, aus dem keiner sie vertreiben würde. Ein Leben. Mae war in der Lage, David vieles nachzusehen, wenn er ihnen nur das bot.

Sie drehte sich auf die Seite und wartete auf den Schlaf, während sie auf Davids Schritte lauschte, der unten auf dem gefliesten Boden hin und her ging.

*

»Ich frage mich, wie das alles vor sich gehen soll«, sagte Sally am nächsten Morgen beim Frühstück zu Laurie.

»Mit Alex?«, fragte er und wusste sehr gut, dass sie das nicht meinte.

Sie warf mit der Serviette nach ihm, aus der einige Toastkrümel fielen.

Sie waren nur zu zweit. Das Kleinkind, Lauries zweijährige Nichte, war schon in die Obhut ihrer Amah gegeben worden – Laurie hörte die beiden oben im Haus singen –, und Roger war bereits zur Arbeit in sein Büro der Zivilverwaltung aufgebrochen. Das befand sich, wie die Gouverneursvilla und eine Kaserne der Army, im Zentrum der kleinen Stadt Singapur, eine zehnminütige Rikscha-Fahrt von den sanften Hängen des Fort Canning Parks entfernt.

»Mit den *Mädchen*«, sagte Sally. »Ich habe Roger schon gebeten, alles herauszufinden, was er kann.«

»Ich schätze, dass er sich darauf richtig freut.« Laurie konnte sich nicht vorstellen, dass sein strebsamer Schwager große Lust hatte, seinen Chef zu verärgern, indem er herumschnüffelte.

Wie sich herausstellte, brachte Roger sehr wenig in Erfahrung.

»Sie sind hier«, erklärte er, als er nach Hause kam. »Aber niemand bekommt sie zu Gesicht.«

Sally, die ihn neugierig mit einem fertigen Limetten-Tonic auf der vorderen Veranda erwartet hatte, fragte: »Warum?«

»Anscheinend haben sie keine Lust auf Besuch«, sagte Roger und streckte die Hand nach dem Drink aus. »Die Reise war sehr anstrengend für sie. Keeley meinte, er würde mir Bescheid sagen, sobald es ihnen besser ginge.«

Sally ließ sich in einen der Korbsessel auf der Terrasse plumpsen. »Ich wette, es geht ihnen prima«, sagte sie. »Er will nur keinen von uns dort haben.« Geistesabwesend trank sie Rogers Limonade selbst.

»Du warst doch nicht mal sicher, ob du dort überhaupt hinwillst«, erinnerte Laurie sie.

Sie erwiderte nichts darauf und behielt nur die Flüssigkeit noch eine Weile in ihrem Mund, während sie die Augen leicht zusammenkniff.

Laurie musste über ihre grimmige Miene beinah lachen. Fast wünschte er sich, David wäre hier, um sie zu sehen. Offensichtlich hatte ihm noch niemand erklärt, dass der sicherste Weg, um eine Frau wie Sally anzustacheln, darin bestand, zu versuchen, sie abzuwimmeln. Nach ihrem jetzigen Gesichtsausdruck zu schließen, hatte sie bereits vergessen, dass es je zur Debatte gestanden hatte, ob sie die Mädchen besuchen würde. Blieb nur noch zu klären, wann es ihr gelingen würde.

*

Harriet, der es recht gut ging und die sich nach einem Tag im Haus schon ruhelos fühlte, war draußen im Vorgarten, als David an diesem Abend nach Hause kam. Sie hatte beschlossen, vor dem Abendessen ein wenig frische Luft zu schnappen. Der Rasen war nicht allzu groß, aber es gab ein paar Orchideen, die sie sich ansehen wollte. Sie hatten auch in Simla welche gehabt, und Harriet hatte bei ihrer Pflege geholfen. Jetzt beugte sie sich über die Blüten, pflückte ein paar Blütenblätter und inhalierte den Duft Indiens: das einzige Zuhause, das sie je gekannt hatte.

»Hallo.«

Sie riss die Augen auf. David kam, diesmal in einen anderen Leinenanzug gekleidet, die Einfahrt herunter. Sie vermutete, dass er so gekommen war, wie er heute Morgen aufgebrochen war: mit einer Rikscha. Er hatte keine eigene Kutsche, denn das sei zu teuer.

»Harriet«, sagte er, »nicht wahr?«

»Ja.«

»Dann sind Haarbänder doch nicht nötig«, sagte er und lächelte diesmal schon schneller.

Sie erwiderte sein Lächeln nicht.

»Ich habe diese Blumen gepflanzt«, sagte er.

»Oh?«

Er nickte und betrachtete die Blüten. »Waren Sie gerade traurig?«, fragte er. »Es kam mir so vor.«

»Mir geht es gut«, log sie.

»Ich möchte, dass Sie glücklich sind.«

»Möchten Sie das?«

»Das möchte ich.«

*Dann lassen Sie mich gehen*, hätte sie ihn am liebsten gebeten. Doch sie tat es nicht, weil sie wusste, er würde der Bitte nicht nachkommen. Außerdem besaß sie einen gewissen Stolz.

Stattdessen ließ sie die Blütenblätter aus ihrer Hand fallen und richtete sich gerader auf, bereit, wieder hineinzugehen.

»Sie sprechen nicht so viel wie Ihre Schwester«, sagte er. »Heute Morgen beim Frühstück haben Sie kaum geredet.«

Es war eine trockene Mahlzeit aus Käse und Zwieback gewesen (David behauptete, das gesüßte einheimische Brot sei schlecht für die Gesundheit). Harriet hatte, erschöpft nach ihrer schlechten Nacht, kaum zugehört, während Mae sich wieder einmal um Smalltalk bemüht hatte.

»Ich bin mir nicht sicher, ob ich so viel zu sagen habe«, erklärte sie David.

Aus irgendeinem Grund schien ihm diese Antwort zu gefallen.

Dabei war das überhaupt nicht ihre Absicht gewesen.

Am selben Abend, nach einem weiteren faden Essen, fragte sie, ob er ihr und Mae Geld leihen würde, damit sie ausgehen und die Insel erkunden könnten. (Sie hegte den Gedanken, dass, wenn sie eine Frauenzeitschrift auftrieb, darin bestimmt Annoncen von Agenturen für die Vermittlung von Erzieherinnen stünden.) Doch David hatte erwidert, dass es ihm lieber wäre, sie und Mae würden zu Hause bleiben, zumindest vorläufig.

»Es gab schon Gerede«, sagte er. »Auf das ich persönlich nichts gebe, aber dennoch möchte ich es nicht weiter anheizen. Mir gefällt außerdem die Vorstellung nicht, dass Sie allein unterwegs sind.«

»Aber wir haben die ganze Reise von Indien bis hierher allein unternommen«, sagte Harriet.

Darauf erwiderte David nichts. Er musterte sie nur mit dieser nachdenklichen Miene. Sie zwang sich, seinem Blick standzuhalten. War es Einbildung oder wurde der Ausdruck seiner Augen irgendwann sanfter?

»Ich werde Sie begleiten«, sagte er schließlich. »Vielleicht in die Kirche am Sonntag. Soames meinte, wir sollten hingehen. Vorläufig bleiben Sie einfach beim Haus.«

»Ich glaube, du hast ihn verärgert«, sagte Mae später, als sie zum Schlafen hinaufgingen.

Harriet sagte nichts. Es war ihr lieber, das Gefühl, das überhaupt nicht getan zu haben, nicht auch noch in Worte zu fassen.

Als an diesem Abend die Uhr zwölf schlug, schloss David wieder die Tür seines Arbeitszimmers und ging unten im Flur auf und ab.

Am nächsten Tag stieg Mae nach einem weiteren endlosen Vormittag und noch mehr Zwieback zum Mittagessen die Treppe hinauf, um einen Mittagsschlaf zu halten. Harriet starrte einstweilen die Wände im Salon an. Dann trat sie auf die Terrasse hinaus und kam wieder herein. Eine Stunde lang entwarf sie einen Bewerbungsbrief für den Posten einer Gouvernante (nur für alle Fälle). Darin zählte sie ihre Fremdsprachen auf – Französisch, Hindi, Deutsch – und die Schulen, die sie besucht hatte. Aber als sie damit fertig war, war es noch nicht einmal fünf Uhr. Sie trommelte mit den Fingern auf die Schreibtischplatte und ging dann, einem Impuls folgend, in die Küche, um Ling ihre Hilfe im Garten anzubieten. Sie sagte, sie habe am Vorabend ein bisschen Unkraut gesehen und würde sich gern darum kümmern, wenn Ling nichts dagegen habe. Ling, die diesen Vorschlag, was Harriet allerdings zu spät bemerkte, als Kritik auffasste, lieh ihr trotzdem eine Schürze und ein paar Werkzeuge für die Gartenarbeit.

Harriet lächelte dankbar und erklärte, sie habe es nicht als Beleidigung gemeint. Dann ging sie hinaus und machte sich an die Arbeit. In der schwülen Hitze war es ziemlich anstrengend, doch während sie das Unkraut aus der Erde entfernte, vergingen die Minuten wenigstens.

An den nächsten beiden Nachmittagen kehrte sie wieder in den Garten zurück und widmete sich nach den Orchideen auch den anderen Blumenbeeten, bevor sie begann, die Hecke zu stutzen.

Am Freitagnachmittag kam David viel früher als sonst die Einfahrt herauf und überraschte sie zum zweiten Mal.

»Sie mögen meinen Garten«, sagte er und blieb neben ihr stehen. Sie bemerkte eine Schachtel in seiner Hand. »Ling hat es mir erzählt.« Er streckte ihr den Karton hin. »Die habe ich Ihnen gekauft.«

Neugierig und kein bisschen misstrauisch wischte Harriet sich die Hände an ihrer Schürze ab und nahm die Schachtel entgegen.

Langsam öffnete sie den Deckel. Drinnen lag ein Paar Gartenhandschuhe aus feinstem Leder. Sie blinzelte zu David hoch. Er beobachtete sie und wartete auf ihre Reaktion.

»Ich könnte nicht sagen, was Sie denken«, meinte er.

»Ich weiß auch nicht, was ich denke«, gestand sie.

»Gefallen sie Ihnen?«

»Sie sind wunderschön.«

Er sah verunsichert aus. »Aber gefallen sie Ihnen?«

Sie blickte wieder auf die Handschuhe und sagte nichts.

»Werden Sie mir dafür danken?«, fragte er.

»Ich danke Ihnen«, sagte sie und verspürte einen Anflug von Übelkeit.

Am Abend lag sie erhitzt und wach in ihrem Bett, hörte die Uhr zwölf schlagen und die Tür von Davids Studierzimmer sich öffnen und wieder schließen. Sie erwartete, dass er begann, auf und ab zu gehen, aber diesmal ging er zur Treppe und kam herauf.

Sie drehte sich um und starrte auf die Tür, irritiert von seinem neuartigen Verhalten. Seine Schritte erreichten den Treppenabsatz. Er kam den Flur entlang. Sie umklammerte das Laken, als ihr klar wurde, dass er zu ihrem und Maes Zimmer kam.

Seine Absätze klackten auf den Fliesen. Vor ihrer Tür blieb er stehen.

Sie hielt den Atem an.

Langsam, um kein Geräusch zu machen, setzte sie sich auf und fixierte durch die Falten des Moskitonetzes ihre

Tür. Die Klinke bewegte sich, als ruhe eine Hand darauf. Sie schluckte, obwohl ihr Mund ganz trocken war, und wartete, ob sich die Klinke erneut bewegen würde. Dabei hatte sie keine Ahnung, was sie in diesem Fall tun würde.

Nichts passierte.

Aber die Tür knarzte, als habe jemand dagegengedrückt.

Sie hörte ein Seufzen.

Dann dauerte es viel zu lange, bis sie hörte, wie die Schritte sich entfernten.

# 4. Kapitel

*Die Meerenge von Singapur, Juni 1941*

Die Hängematte schaukelte von der Bewegung des Schlachtkreuzers, auf dem Ivy zu Hause war, seit sie England an jenem trostlosen grauen Morgen vor vier Monaten verlassen hatte. Benommen schlug sie die Augen auf. Eine warme, sanfte Brise wehte ihr ins Gesicht. Sie konnte unter sich das Wasser rauschen und über sich die Möwen kreischen hören. *Möwen*. Ihre Augen wurden größer, sie war jetzt richtig wach, weil ihr klar wurde, was dieses Geräusch bedeutete. An ihren warmen Wangen spürte sie, wie sie lächelte. Die Insel musste schon ziemlich nah sein. Sie waren fast da. Endlich.

Sie setzte sich in ihrer Hängematte auf, und das Haar fiel ihr offen über den Rücken. Die aufgehende Sonne färbte das Meer und die wenigen Wolken am Horizont golden. Sie erspähte einen denkbar schwachen Schatten von Land und schnappte voller Vorfreude nach Luft. Der Schock, den sie zunächst empfunden hatte, als Gregory ihr von ihrem neuen Posten erzählt hatte, war jetzt nur noch eine ferne Erinnerung, die sie im Meer von Gibraltar zurückgelassen hatte. Nach so vielen Monaten auf See konnte sie es kaum erwarten, anzukommen. Sie schaute zu den anderen Mädchen in ihren Hängematten, und es reizte sie, ihnen zu sagen, wie nah die Insel schon war, doch sie schliefen alle noch ahnungslos.

Seit das Wetter heißer geworden war, was nun schon Wochen zurücklag, hatten sie draußen geschlafen. Nach den ersten Tagen der Reise, als Ivy in die winzigste Kabine gepfercht in einen Eimer würgte, während der Kreuzer durch den Atlantik krachte, hatte die frische Luft wie Balsam auf ihre Nerven gewirkt. Da waren keine Flugzeuge, keine Sirenen, nur das Brummen der Motoren der übrigen Schiffe ihres Konvois sowie das Rauschen des Bugs, der durchs Wasser pflügte, und dann war das Unmögliche passiert: Sie hatte begonnen, wieder zu schlafen. Sie träumte nicht, erwachte nicht mehr schreiend unter dem vermeintlichen Gewicht eines toten Mannes auf sich. Irgendwann hatte sie sogar aufgehört, sich Sorgen zu machen, es könne wieder passieren. *Ich kann dir gar nicht sagen, wie es sich anfühlt, nicht mehr ständig müde zu sein,* hatte sie Mae geschrieben. *Ich hatte es schon vergessen.*

Sie hatte von unterwegs mehrere Briefe abgeschickt, also sie ausgehändigt, damit sie weitergeschickt würden, sobald sie einen Hafen angelaufen hatten. In der Hoffnung, sie würden Mae bald erreichen und sie beruhigen, weil sie tatsächlich gut zurechtkam. Sie hatte ihr von dem jähzornigen Kapitän berichtet – *nicht begeistert von der Tatsache, Frauen an Bord zu haben. Er musste die männlichen Offiziere umquartieren und getrennte Zeiten fürs Abendessen einführen, da wir uns nicht unter sie mischen dürfen. Höchst unpraktisch natürlich.* Und sie hatte auch von den anderen jungen Frauen erzählt, *alle sehr gesprächig und nett.* Sie hatte geschildert, wie sie, weil es sonst nichts zu tun gab, ihre Tage in der zunehmend wärmeren Sonne vertrödelten, mit Kartenspielen, mit ihren Übungsunterlagen zum japanischen Morsealphabet und lesend. *Wir könnten fast im Urlaub sein,* hatte sie geschrieben. *Der Krieg scheint in einer anderen Welt stattzufinden, wären da nicht unsere Handbücher und all die Soldaten, die uns von den Decks der anderen Schiffe zuwinken.* Andere Mädchen (nicht Ivy) waren dunkelbraun geworden; eine hatte wegen eines Sonnenstichs sogar den Sanitäter aufsuchen müssen. (»Verdammt noch mal«, hatte der Kapitän geschimpft.)

Anfang Mai hatten sie Port Said erreicht und die Truppentransporter des Konvois zurückgelassen – Männer, die für den Wüstenkrieg vorgesehen waren. *Ich sah sie in der Sonne davonmarschieren,* schrieb Ivy. *Und ich fragte mich, was mit ihnen passieren würde …* Mit den anderen hatte sie sich, die glühende Sonne auf ihren Wangen, über die Reling des Decks gebeugt. Männer mit Fez hatten am Ufer gestanden, hatten Perlen hochgehalten und Preise geschrien. »Nein danke«, hatten sie zurückgerufen. Und dann »Viel Glück, viel Glück« für die Soldaten. (»Hört mit dem Verbrüdern auf«, hatte der Kapitän von der Brücke gebrüllt.)

Ihr Schlachtenkreuzer und die zwei verbliebenen Truppenschiffe waren in den Indischen Ozean weitergefahren. Zum Frühstück wurden frische Orangen und Pfirsiche, die auf den Feldern Ägyptens gereift waren, serviert. *Es wird jetzt so heiß,* mit ihrer verschwitzten Hand hatte Ivy die Tinte auf dem Papier verwischt, *sogar die Brise fühlt sich schwer an, und man kann kaum einschlafen, aber sogar noch schwerer wieder wach werden. Die Mädchen plau-*

*dern alle, wenn wir in unseren Hängematten liegen. Sie erzählen, wo sie herkommen und von ihren Jungs zu Hause. Ich habe ihnen nichts von Felix' Tod gesagt. Alles könnte ich sowieso nicht sagen, und sie wären bestimmt nett, wenn sie das bisschen wüssten, das ich erzählen könnte. Doch dann würde ich mich schrecklich fühlen, wie eine Betrügerin. Auch von der Bombe habe ich ihnen nicht erzählt. Das hätte ich wahrscheinlich tun sollen, aber ich fühle mich jetzt so viel mehr wie ich selbst. Da möchte ich nicht, dass die verängstigte Version von mir der Mensch wird, für den sie mich halten. Gregory wäre sehr verärgert. »Versagt, Ivy«, würde er sagen. Er hat mir aufgetragen weiterzureden. Aber habe ich nicht schon genug geredet?*

Gelegentlich kamen sie an kleinen Inseln mit weißen Stränden, Palmen und türkisfarbenem Wasser vorbei. *Einsame Bilderbuchinseln, auf denen nur noch Schatztruhen und Piraten fehlen.* Delfine waren neben ihrem Schiff geschwommen, gesprungen und hatten sich bewundern lassen. Sie hatten alle auf Zehenspitzen gestanden und sich hinausgebeugt, um besser zu sehen, und dabei die kühle salzige Gischt auf ihrer Haut gespürt. (»Geht zum Teufel noch mal von der Reling weg«, brüllte der Kapitän. »Wir haben schon genug Scherereien mit euch, auch ohne eine retten zu müssen, die über Bord geht.«)

*Ich glaube, dass ich die Reise genieße, Gran. Tatsächlich genieße. Ich habe Spaß.*

*Auch wenn ich ständig an Felix denke. Ich weiß, du wünschst dir, es wäre nicht so. Aber es erscheint mir so unfair, dass ich alles genießen kann und er nicht. Manchmal will ich ihn vergessen, will vergessen, dass sein Tod meine Schuld ist. Dann habe ich ein so schlechtes Gewissen deshalb.*

*Ich frage mich ständig, ob es einen Unterschied gemacht hätte, wenn ich ihm zurückgeschrieben hätte, als er mich darum bat. Wäre er auch abgeschossen worden, wenn er sich nicht derart hoffnungslos gefühlt hätte?*

Ivy hatte sich diese Frage monatelang wieder und wieder gestellt. Aber sie wusste es nach wie vor nicht. Selbst jetzt nicht, als sie sich Singapur näherten und sie in ihrer Hängematte schwitzend schaukelte, den Blick auf den kontinuierlich heller werdenden Himmel gerichtet.

Eines der Mädchen gähnte laut. Dann ein anderes. Die Sonne stieg höher und schien mit jedem Zentimeter heißer.

Ivy streckte sich und kletterte aus der Hängematte. Sie trat barfuß auf dem salzigen Deck an die Reling. Inzwischen waren sie schon viel näher, und sie konnte über die ruhige See die Insel deutlich erkennen. Grüne Hügel erhoben sich aus dem Wasser, ihr Grün war von weißen Gebäuden getupft.

*Endlich.*

Ein Schauder, gemischt aus Nervosität und Vorfreude, lief ihr über den Rücken.

*

Sie hätten eigentlich an der Navy-Basis anlegen sollen, aber wegen der vielen einheimischen Arbeitskräfte, die gerade streikten, wurden sie zum alten Hafen bei der Keppel Bay umgeleitet. Es handelte sich um eine kleine Kaianlage, gebaut für Flottillen von Langheckbooten, aber nicht für eine Armada von Truppentransportern. Als die Anker ausgeworfen und die Gangways ausgelegt waren, die über das glühend heiße Ufer schrammten, war der abgegrenzte Bereich schnell überfüllt. Soldaten in Khakihemden und -shorts quollen aus den Schiffsbäuchen. Viele strömten zu den Platanen in einiger Entfernung, wo Frauen in pastellfarbenen Kleidern Klapptische mit Tee-Urnen und Porzellantassen aufgebaut hatten. Darüber hing ein Transparent mit der Aufschrift THE WI WELCOMES YOU TO SINGAPORE. Das Women's Institute heißt sie in Singapur willkommen. Rotgesichtige Offiziere gestikulierten und bliesen in Trillerpfeifen. Viele Reihen von mit Planen zugedeckten Lastwagen tuckerten stehend vor sich hin; der Benzingestank machte die ohnehin schon drückende Luft noch schlechter.

So eine Hitze hatte Ivy noch nie erlebt. Fern von der Brise auf dem offenen Meer fühlte sie sich kompakt an. Die Sonne brannte gnadenlos, und ihre Haut war von einem feuchten Film überzogen. Noch bevor sie und die anderen Mädchen auch nur die Gangway heruntergegangen waren, waren sie allesamt vollkommen verschwitzt.

Ein Lieutenant mit Schnurbart und dunklen Schweißflecken unter den Ärmeln seines Khakihemds stand am Kai. Er erklärte ihnen, er hieße Tomlins und dass alle bis auf Harcourt mit ihm kommen sollten. Ein Lastwagen warte, um sie zu ihren Quartieren zu bringen.

»Und was ist mit mir?«, fragte Ivy.

Da kniff er die Augen auf eine Weise zusammen, die den Eindruck vermittelte, er wisse gar nicht, wo er anfangen solle. Schließlich sagte er nur, für sie wäre ein anderes Arrangement getroffen worden. Verwirrt fragte Ivy, was für ein Arrangement das denn sei. Da meinte Tomlins, jemand würde sie direkt hier abholen kommen; der Befehl stamme von ihrem Freund Commodore Hinds.

»Von wem?«, fragte sie.

»Er kennt anscheinend Ihre Großmutter.«

»Meine Großmutter?«, fragte Ivy verblüfft.

»Ja«, sagte Tomlins, »als sie hier gelebt hat.«

Ivy runzelte die Stirn und war jetzt erst recht verwirrt. »Gran hat nie in Singapur gelebt.«

»Warum kann sie nicht einfach mit uns mitkommen?«, fragte ihre alte Kabinennachbarin Kate.

»Weil es nicht geht«, gab Tomlins knapp zurück. »Können wir dann vielleicht, wenn es ansonsten nichts gibt?!« Er schüttelte den Kopf, als könne er gar nicht fassen, dass sie all diese Fragen stellte, und ließ ihnen noch eine Minute, um sich hastig voneinander zu verabschieden. Dann meinte er, sie würden sich ja schon bei ihrer Schicht am nächsten Tag sehen, und scheuchte alle bis auf Ivy davon, die allein am Kai zurückblieb.

Von Tomlins seltsamen Äußerungen, dem Tempo, in dem sie alle verschwanden, und der Tatsache, dass für sie anscheinend vorgesehen war, mit Fremden zu leben, war Ivy aus dem Konzept gebracht. Sie wurde aus nichts davon schlau, war aber besonders perplex wegen Tomlins' Aussage, Mae habe in Singapur gelebt. Sie kam zu dem Schluss, dass er sich irren musste – ihre Großmutter hätte ihr das doch erzählt. Weil ihr nichts anderes einfiel, setzte sie sich auf ihren Koffer und wartete darauf, abgeholt zu werden.

Das war nicht gerade der beste Start.

Nach und nach wurden die Truppen aus den Schiffen auf Lastwagen verteilt, die anschließend wegfuhren. Ivy sah ihnen hinterher, einem nach dem anderen, und wurde sich ihres ungeklärten Status immer bewusster. Mit einem Finger fuhr sie sich in den Kragen ihrer feuchten Bluse. Ihre Füße kochten in den kurzen Söckchen und Plimsoll-Schuhen. Ihr Blick glitt wieder über das Dock, als sie, nicht weit entfernt, einen Mann in weißer Uniform bemerkte, der sie ansah. Er war viel älter als die anderen Männer hier, hatte unter seiner Mütze graues Haar und wettergegerbte Haut. Sie überlegte, dass er vielleicht gekommen war, sie abzuholen, doch dann schüttelte er den Kopf, als habe er sich irgendetwas anders überlegt, und ging fort.

*Seltsam*, dachte sie.

Sie wartete weiter. Noch mehr Lastwagen fuhren davon. Sie schaute auf ihre Armbanduhr und blinzelte. Fast eine halbe Stunde war schon vergangen. Würde tatsächlich jemand kommen, um sie abzuholen?

Sie kam gerade zu dem Schluss, *wahrscheinlich nicht*, und überlegte, ob sie losgehen und sich helfen lassen sollte, vielleicht am Stand des Women's Institute, als direkt am Wasser ein Motorrad hielt, von dem ein Soldat in Khakihemd und -shorts abstieg. Sie sah, wie er seinen gebräunten Unterarm vor die Stirn hielt, um seine Augen zu beschatten, sich dann umsah und den Anleger auf die gleiche Weise absuchte, wie sie es getan hatte.

Sie setzte sich auf ihrem Koffer etwas gerader hin. War das endlich der angekündigte Jemand? Angesichts der Vorstellung, er könne es sein, verspürte sie eine deutliche Anspannung und machte sich bereit, auf ihn zuzugehen und zu fragen. Doch bevor sie sich rühren konnte, merkte er, dass sie ihn ansah, und erwiderte ihren Blick. Trotzdem tat er keinen Schritt auf sie zu. Offensichtlich hatte er keine Ahnung, wer sie war. Verlegen senkte sie den Blick, weil er sie dabei ertappt hatte, dass sie ihn anstarrte. Wen auch immer er hier am Kai suchte, eine einsame Wren war es eindeutig nicht.

Sie hatte dennoch das seltsame Gefühl, er sähe sie immer noch an. Verlegen fächelte sie ihrem glühenden Gesicht heiße Luft zu. Es war eindeutig.

Sie würde nicht hinsehen, um sich zu vergewissern.

Sie tat es doch.

Und sie wusste nicht mal, warum sie es tat.

Jetzt musterte er sie aus leicht zusammengekniffenen Augen. Selbst aus der Ferne konnte sie sein fragendes Lächeln erkennen. Als versuche er, auf irgendetwas zu kommen. Wahrscheinlich fragte er sich, ob sie einander schon einmal begegnet waren.

Sie lächelte ihn entschuldigend an, zuckte innerlich zusammen und hob ihre feuchtheiße Hand. *Nein, nein,* wollte sie damit ausdrücken, *wir kennen uns nicht. Machen Sie sich keine weiteren Gedanken über mich.*

Er betrachtete sie weiter. *Ich mache mir Gedanken über Sie,* schien er ihr mitzuteilen.

Tatsächlich sah es sehr danach aus, als würde er im nächsten Moment den ursprünglichen Auftrag vernachlässigen, wegen dem er hier war, und zu ihr herüberkommen. Sie stand auf – auch das, ohne eigentlich zu wissen, warum, oder was sie sagen wollte –, aber in dem Moment wurde sie abgelenkt, weil jemand mit amerikanischem Akzent ihren Namen rief.

»Officer Harcourt, sind Sie das? Bitten sagen Sie mir, dass Sie das sind.«

Eine Frau, deren Barett auf ihren blondierten Locken

klebte, und die wie Ivy eine weiße Uniform der britischen Navy trug, allerdings mit einigen Fettflecken darauf, kam auf sie zugerannt. »*Sind* Sie es?«, fragte sie noch mal.

»Ja, das bin ich«, sagte Ivy und stellte mit gewisser Beunruhigung fest, wie erhitzt die Frau aussah. Ihr Gesicht war noch deutlich röter, als Ivy ihr eigenes wegen des Soldaten gerade eben empfunden hatte.

Es reizte sie, sich umzudrehen und nachzusehen, ob er noch da war und weiter in ihre Richtung schaute.

»Gott sei Dank«, keuchte die Frau und blieb stehen. Dann beugte sie sich vor, wobei ihre Locken nach vorn fielen, und stemmte die Hände in die Hüften.

Ivy hatte schon Sorge, dass sie ohnmächtig würde, und fragte, ob die andere sich vielleicht auf ihren Koffer setzen wolle.

Die Frau meinte, es ginge ihr gut, sie brauche nur einen Moment.

In der Zeit warf Ivy einen verstohlenen Blick in Richtung des Soldaten und sah gerade noch, wie er wendete und davonfuhr. Sie fragte sich, ob er dabei immer noch lächelte, schalt sich aber sogleich im Stillen selbst, weil es geradezu lächerlich war, dass sie das interessierte.

Es interessierte sie nicht.

Überhaupt nicht.

Resolut verbannte sie ihn aus ihren Gedanken und widmete ihre ganze Aufmerksamkeit der keuchenden Amerikanerin, die sie vor sich hatte. Sie fragte nach, ob diese nicht irgendetwas brauche.

Die Frau versicherte ihr, dass es ihr gut gehe. »Es tut mir leid, dass ich so spät dran bin. Ich hatte einen Platten.« Sie schluckte, richtete sich wieder auf und sah Ivy mit großen

Augen an. »Was für eine Aufgabe.« Sie atmete tief aus. »Geht es Ihnen gut?« Bevor Ivy darauf antworten konnte, sagte sie: »Natürlich nicht. Sie müssen ja schmelzen. So ergeht es allen, die zum ersten Mal hier sind. Und eigentlich auch allen anderen. Wahrscheinlich könnten Sie einen anständigen Drink vertragen. Ich auch, aber damit müssen wir noch warten.« Sie schluckte wieder und stellte sich dann als Alma Davies vor. Schließlich griff sie nach dem Griff von Ivys Koffer, meinte, sie sollten sich jetzt lieber auf den Weg machen und führte sie quer über den Kai. »Ich hatte solche Sorge, dass Sie nicht mehr hier sein würden.«

»So wäre es beinahe gewesen«, sagte Ivy. »Ich wollte gerade zum Women's Institute gehen.«

Alma warf ihr einen entsetzten Blick zu. Trotz allem musste Ivy darüber lächeln.

»Finden Sie das komisch?«, fragte Alma mit gespieltem Ernst zurück. »Ein Glück, dass Sie denen entkommen sind. Meine zukünftige Schwiegermutter ist eine von denen und absolut furchterregend. So wie all diese Mems. Ganz im Ernst, mit denen wollen Sie nichts zu tun haben. Ein Glück, dass ich rechtzeitig gekommen bin. Sie können mich später zu dem erwähnten Drink einladen, um mir zu danken. Nicht mit Tee, Sie Britin. Wir können uns übrigens duzen, finde ich.« Sie lachte kehlig und wartete Ivys Zustimmung zu diesem Vorschlag gar nicht erst ab. »Komm schon«, sie deutete mit ausgestrecktem Zeigefinger geradeaus, wobei ein Diamant an ihrer Hand aufblitzte, »trödel nicht rum.«

»Bist du verlobt?«, fragte Ivy im Gehen.

»Ja. Mit Phil.«

»Ist er auch hier?«

Almas Lächeln verschwand. »Das war er. Jetzt ist er in Ägypten.«

»Wie kommt es, dass du bei den Wrens bist?« Ivy wechselte in den Laufschritt, denn nach Monaten an Bord hatte sie Mühe, mit Alma mitzuhalten. »Du bist doch Amerikanerin, nicht wahr? Keine Kanadierin.«

»*Kanadierin*?« Alma fiel die Kinnlade runter. Hätten ihre Augen nicht so schalkhaft ausgesehen, hätte sie genauso entsetzt gewirkt wie vorhin, als Ivy die Women's Institution erwähnt hatte. »Neeeiiin, ich bin aus Chicago, aber hier aufgewachsen. Mein Vater war im Bankwesen tätig. '39 ist meine ganze Familie zurück in die Staaten gezogen, nur ich bin geblieben.«

»Wegen Phil?«

»Hm, ja. Als er zur Army ging, habe ich entschieden, es auch zu tun. Erst wollte ich zum Auxiliary Territorial Service, weil er ja auch in der Army ist, aber dann brauchte die Navy Fahrer, also ging ich dorthin.« Sie holte tief Luft. »Wir sind fast da.« Mit der Hand deutete sie auf einen cremefarbenen Sedan am Straßenrand. »Lass uns zu unserem Quartier fahren, damit du auspacken kannst.«

»Sind wir zusammen untergebracht?« Es kam ihr wie die erste gute Neuigkeit vor.

»Das sind wir. Auf Anweisung von Commodore Hinds höchstpersönlich.«

»Aber wer ist dieser Commodore Hinds?«

»Ach, er ist reizend«, sagte Alma. »Du wirst ihn mögen.«

»Aber ich verstehe nicht, warum er nicht wollte, dass ich mit den anderen Mädchen abgeholt werde.«

»Da bin ich überfragt«, sagte Alma. »Aber es freut mich,

dass er so entschieden hat. Die beiden anderen in unserem Haus sind Krankenschwestern, die immer nur arbeiten und mit Spaß nicht viel am Hut haben. Du wirst da anders sein, das kann ich jetzt schon sehen.«

»Ach ja?« Ivy freute sich darüber. Sie war fast versucht, es später Gregory zu schreiben.

»Unbedingt.« Alma grinste schon wieder. »Also enttäusch mich nicht.«

Sie unterhielten sich weiter, während Alma fuhr und sich dabei häufiger zu Ivy drehte, als auf die Straße zu achten. Nachdem sie den Hafen verlassen hatten, waren sie auf breiten, palmengesäumten Straßen unterwegs, die auf der einen Seite am Meer, auf der anderen an Läden, Banken, Büros von Reedereien und anderen Gebäuden vorbeiführten. Die Hitze schlug Ivy ins Gesicht. Es roch nach Staub, Abwasser, Salz und Fisch. Während sie Radfahrer und sonnenverbrannte Soldaten in kurzen Khakiuniformen überholten, flatterten ihre Haare und ließen Luft an ihre verschwitzte Stirn. Dann wurden die Gebäude prächtiger, sie sah große Anwesen mit Säulengängen. Alma wies sie auf die Sehenswürdigkeiten hin: die klassizistische Fassade des Hauptpostamts, den weißen Pavillon und die Rasenflächen des Kricket Clubs, das sogar noch weißere Portal des Hotels Raffles, vor dem Rolls-Royces und Rikschas parkten.

»Das sieht aus, als hätte man Teile des alten England ausgeschnitten und in die Tropen versetzt«, sagte Ivy.

»Fühlst du dich also schon wie zu Hause?«

Ivy blinzelte ins helle Sonnenlicht und dachte an die trüben Straßen Londons, die sie zurückgelassen hatte – die klaffenden Lücken, wo einst Gebäude gestanden hatten, die Schilder, auf denen »*Business as usual*« stand, und die verklebten Fenster. Dann antwortete sie: »Nein, eigentlich nicht.«

»Tja, dafür wird das hier definitiv auch nicht sorgen«, sagte Alma, die auswich, als ein Laster der Army hupte. Sie zeigte auf eine Seitenstraße, in der lauter Laternen hingen. »Chinatown«, sagte sie laut, um den Motor zu übertönen. »Es ist fünfmal so bunt und zehnmal so eng wie der Rest der Insel.«

Ivy verrenkte sich den Hals und schaute in eine Gasse mit bunt bemalten Häusern. Die Gebäude waren mit verzierten Fensterläden bestückt, und zwischen ihnen standen dicht gedrängt Marktstände und Einheimische mit pyramidenförmigen Sonnenhüten. Sie hörte ausländische Stimmen und das Brutzeln von Speisen. Fremdartige Düfte hingen in der Luft: gedämpfter Reis und Gewürze.

»Jetzt schau mal hier rüber«, sagte Alma und überholte ein Fahrrad. »Da rechts, auf dem grünen Hügel, das ist Fort Canning, wo die Villa des Gouverneurs und das General Head Quarter sich befinden. Hier beginnt die Orchard Road.«

Sie fuhren eine Prachtstraße mit sorgsam beschnittenen Bäumen und edlen Geschäften entlang, deren Fenster von Klimaanlagen beschlagen waren. Alma schwärmte davon, was man wo bekam: Nylonstrümpfe, Pralinen, Kosmetika … *In Singapur gibt es keine Rationierung.* Sie versprach Ivy, mit ihr hierherzufahren, wann immer sie wolle, es wäre ihr ein Vergnügen. Ihre Miene änderte sich andauernd und spiegelte ihre Emotionen: Furcht, wenn ein anderer Wagen ihnen zu nahe kam, Vorfreude, wenn sie von Gerüchten über ein neues Rouge sprach, Sorge, wenn sie ihre Hoffnung äußerte, dass Ivy nicht zu müde sei, weil sie noch fünfzehn Minuten brauchen würden, um ihr Haus in Bukit Chandu zu erreichen. Ivy konnte sich nicht erinnern, jemals einen so offenen und authentischen Menschen kennengelernt zu haben. Je mehr Alma erzählte, desto sympathischer wurde sie Ivy. Dass man sie von den anderen getrennt hatte, wunderte sie nach wie vor, doch sie machte sich keine Sorgen mehr darüber. Auch wenn sie Alma erst seit ganz Kurzem kannte, hatte sie überhaupt nicht mehr das Gefühl, mit einer Fremden zusammenwohnen zu müssen.

Sie ließen das Stadtzentrum hinter sich, und die Menschenmassen wurden weniger. Statt Läden waren Wohnblocks zu sehen, später Villen. Nach und nach beherrschte der Dschungel das Bild. Es hatte nur Minuten gedauert, und sie befanden sich schon in einer völlig anderen Welt. Ivy staunte über die radikale Veränderung. Abgesehen von vereinzelten Autos oder Lastwägen, die ihnen entgegenkamen, waren sie das einzige Fahrzeug auf der Straße. Die haushohe Vegetation bildete ein Blätterdach über ihnen. Die Luft roch süß, nach Erde und Gras. Grillen zirpten im Gebüsch. Doch da war noch ein anderes Geräusch: ein schrilles Kreischen.

»Affen«, sagte Alma. »Die reinste Pest. Wenn du die Fensterläden nicht verriegelst, findest du sie in deinem Zimmer, wo sie deine Sachen durchwühlen.«

Sie bogen rechts ab und fuhren leicht bergauf. Hier gab es wieder mehr und noch größere Villen. Die Mauern waren weiß gekalkt, die breiten Veranden wurden von schwarz-weiß gestreiften Rollos beschattet, und großzügige Rasenflächen waren von dichten Palmenwäldchen gesäumt. In einem Garten spielten zwei europäisch aussehende Jungen in Shorts und Kniestrümpfen Kricket. In einem anderen saßen einige Damen beim Tee, die sehr ähnlich gekleidet waren wie die Damen vom WI bei den Tee-Urnen am Hafen.

»Es ist sehr beeindruckend«, sagte Ivy und nahm die luxuriöse Ruhe in sich auf. »Und so still.«

»Ich liebe es«, sagte Alma verträumt. »Unser Haus, bei dem wir in einer Minute sein werden, gehörte Phils Ma und Pa, bis sie es zur Verfügung stellen mussten. Er ist darin aufgewachsen.«

»Und wo wohnen sie jetzt?«

»In der Stadt. In einer der Wohnungen gleich bei der Orchard Road. Die meisten Häuser hier wurden für Offiziersfamilien oder als Quartiere wie unseres requiriert.« Sie bog erneut ab. »Ich fürchte, für dich wird es eine ganz schön lange Fahrt zur Arbeit sein. Der Funkabhördienst befindet sich oben bei Kranji, nahe der Grenze zu Malaya. Niemand soll wissen, dass er dort ist. Ich schätze, er wäre sonst ein Ziel, wenn … na ja«, sie verzog das Gesicht, » … du verstehst schon.«

»Wieso weißt du dann davon?«

»Oh, ich weiß allerlei. Das ist bei uns Fahrern so.«

»Ach ja?« Ivy lächelte.

»Oh ja«, sagte Alma. »Ich werde überall hingeschickt. Oft hole ich Reporter in Kranji ab. An den meisten Vormittagen werde ich dich auch fahren.«

»Ich kann nicht begreifen, warum man mich nicht einfach dort einquartiert hat«, sagte Ivy.

»Das hab ich dir doch schon gesagt«, meinte Alma. »Commodore Hinds hat das arrangiert.«

»Aber warum?«

»Warum fragst du ihn nicht einfach?«, schlug Alma vor. »Schau.« Sie zeigte auf einen Sedan, der am Ende einer Zufahrt parkte. »Er ist zu Hause.« Sie verlangsamte das Tempo und machte Anstalten abzubiegen.

»Nein!«, rief Ivy und wollte ihr schon ins Steuer greifen. »Das ist doch bestimmt gar nicht sein Wagen.«

»Doch, das ist seiner.« Alma lachte und schob Ivys Hand weg. »Ich schwör's dir. Er wohnt mit einem seiner alten Freunde zusammen, Alex Blake. Keine Ahnung, warum er um diese Zeit zu Hause ist, aber offenbar ist er da.«

Ivy musterte sie und schien zu überlegen, ob sie ihr glauben sollte.

»Ehrlich«, sagte Alma und rieb sich die Augen, »ich schwör's dir wirklich.«

Ivy blickte von ihr zu dem Wagen, den sie inzwischen schon hinter sich gelassen hatten. »Wirklich?«

»*Ja*. Soll ich umdrehen?«

»Heute … nicht.«

»Spielverderberin.« Alma wurde schon wieder langsamer. »Wir sind jetzt sowieso da. *Home sweet home*.«

Sie bogen in die Zufahrt eines zweistöckigen Hauses. Ivy bewunderte dessen Schönheit und hatte die Verwirrung über ihre Einquartierung kurzzeitig vergessen. Es war so weiß wie die anderen Häuser entlang der Straße, stand auf Stelzen und hatte einen großen Vorgarten. Vor jedem Fenster waren die Fensterläden leicht offen, und auf der Veranda gab es etliche bequeme Polstersessel. »Ist das wahr?«, fragte sie, »hier wohnen wir?«

»Hier wohnen wir«, bekräftigte Alma und zog die Handbremse.

Zwei chinesische Mädchen kamen heraus, um Ivys Koffer zu holen, und wehrten ihre Angebote ab, ihn selbst zu tragen. »Ist schon gut, Ma'am«, erklärten sie. »Lassen Sie uns nehmen. Können.« Sie nickten lächelnd. »Können.«

»Lass sie lieber«, sagte Alma, »ärger Dai und Lu nicht. Sie kochen unsere Abendessen.«

»Unsere *Abendessen*?«

Alma lachte. »Komm mit, ich mache einen Rundgang mit dir.« Als sie den mit poliertem Holz getäfelten Flur der Villa betraten, forderte sie Ivy auf, leise zu sprechen; Jane und Vanessa hätten zurzeit Nachtschicht und würden oben gerade schlafen. Flüsternd zeigte sie ihr Wohnzimmer und Bibliothek – überall bestickte Teppiche und Korbmöbel – ein gefliestes Badezimmer und die Küche, wo sie sich beide ein Glas Wasser nahmen. Oben befand sich ein weiterer großer Vorraum. Dort gab es Fenster mit Moskitonetzen davor, durch die eine Brise hereindrang und die Aussicht auf den Dschungel boten. Links und rechts von Ivy verlief ein Flur mit weiteren Fenstern auf der einen und geschlossenen Türen auf der anderen Seite.

»Wir sind an diesem Ende«, sagte Alma leise und führte Ivy nach rechts. »Jane und Vanessa wohnen dort.« Sie zeigte nach links. »Die anderen Zimmer sind abgeschlossen und dienen als Stauraum.« Sie öffnete die Tür zu Ivys Zimmer. »Ta-daa.«

Es war so gediegen und großzügig wie der Rest des Hauses und besaß ein großes Fenster. Sie roch Bienenwachs-Politur und den Duft von Blüten in einer Vase auf der Kommode. Ein Bett mit zeltförmigem Moskitonetz stand in einer Ecke. Ivys Koffer lag bereits davor. Ivy durchquerte den Raum, um ans Fenster zu treten und blickte in den hinteren Garten mit seinen bunten Blumenbeeten und Bäumen. Alma kam zu ihr und erklärte, wenn Ivy sich vorbeuge, könne sie bequem in ihr Fenster gleich nebenan schauen.

»Als Phil noch hier lebte, wohnte ich in diesem Zimmer«, sagte sie. »Er schlief in dem, das ich jetzt habe. Wir unterhielten uns immer noch stundenlang, nachdem seine Eltern schlafen gegangen waren.« Sie stützte die Ellbogen aufs Fensterbrett und legte das Kinn auf ihre Hände. Dann folgte sie Ivys Blick durch den Garten. »Ich bin mir sicher, das alles hier kommt ihm jetzt schon wie eine fremde Welt vor.«

Ivy musterte Alma von der Seite und merkte, wie traurig sie auf einmal aussah. Sie musste sich jetzt sehr einsam fühlen, wo Phil fort war. Ivy überlegte, ob sie etwas sagen sollte. Ihr altes Ich hätte das ohne Zögern getan, aber inzwischen befürchtete sie eher, dass sie Leute in Verlegenheit bringen könnte, so wie es ihr selbst bei bestimmten Themen erging. Da sie jedoch vermutete, ihre eigene Befangenheit stünde ihr im Weg (*sehr gut*, hörte sie Gregory sagen), und weil sie sich während der Reise sehr bemüht hatte, sich von ihrer neuen Schweigsamkeit das Schließen neuer Freundschaften nicht verderben zu lassen, sagte sie: »Es muss schwer sein, jetzt ohne ihn hier zu sein. Da müssen überall so viele Erinnerungen sein.«

»So ist es«, sagte Alma und klang dabei derart dankbar, dass Ivy froh war, nicht geschwiegen zu haben.

»Hast du nie überlegt wegzugehen?«, fragte sie.

Alma zuckte mit den Achseln. »Ich glaube, das wäre noch schlimmer. Hier ist er doch wenigstens real. Oder halbwegs real.« Sie runzelte die Stirn. »Ergibt das irgendeinen Sinn?«

»Aber natürlich.«

Alma lächelte betrübt, sah sich dann im Zimmer um und fragte Ivy, ob es ihr gefiel.

»Nein.« Ivy schüttelte den Kopf. »Nein, es ist furchtbar.«

Alma stieß sie mit dem Ellbogen in die Seite. Dann meinte sie, dass sie jetzt gehen müsse. »Eigentlich sollten wir dich mit einem Drink willkommen heißen, aber der wird warten müssen. Ich muss zurück zum Stützpunkt.«

»Du weißt, dass du Fettflecken auf deiner Uniform hast, oder?«

Alma blickte an sich herab und erinnerte sich offenbar. »Ich werde mich umziehen«, sagte sie, »und *dann* zurück zum Stützpunkt fahren. Brauchst du noch irgendwas?«

Ivy erklärte, ihr fehle nichts. Sie würde ein Bad nehmen und auspacken.

Nachdem Alma gegangen war, entschied sie jedoch, zuerst einen Spaziergang zu machen und sich die Beine nach der langen Zeit auf See zu vertreten. Vorher bürstete sie nur ihre verschwitzte und zerknitterte Uniform noch kurz aus, goss sich ein zweites Glas Wasser ein, trat dann auf die Terrasse hinaus und ging von dort durch den Laubschatten der Zufahrt bis zur Straße. Jetzt, am späten Nachmittag, stach die Sonne nicht mehr so heftig, aber es war immer noch sehr warm. Sie stellte das Glas auf den Boden und zog sich die Plimsolls und die Söckchen aus. Mit den verschwitzten Zehen befühlte sie das Gras. Ein Stück die Straße hinunter heulte ein Motor auf, erstarb dann aber wieder. Abgesehen davon waren die einzigen Geräusche das Zirpen der Zikaden, die Rufe der Vögel und gelegentlich das Kreischen eines Affen. Sie nahm das Glas, spazierte weiter und nippte dabei an ihrem Wasser.

Eigentlich hatte Ivy gar nicht beabsichtigt, zu dem Haus zu laufen, vor dem laut Alma das Auto des Commodore parkte. Es wurde ihr erst bewusst, als sie dort ankam. Sie blieb vor den Hecken stehen und blickte hinauf. Der Wagen stand noch da, und außerdem befanden sich zwei Männer auf der vorderen Veranda. Sie vermutete, dass Commodore Hinds derjenige in der leichten weißen Uniform war. Dann kniff sie die Augen ein wenig zusammen und staunte über die Ähnlichkeit mit dem älteren Mann, den sie vorhin auf dem Kai gesehen hatte. Sie beugte sich vor, stellte ihre Schuhe ab und schlich näher, um besser sehen zu können. Er war es, eindeutig. Wie ausgesprochen seltsam. Er unterhielt sich mit einem Mann in heller Hose, weißem Hemd und Panamahut. Der andere wirkte sehr distinguiert und schien, wie auch Hinds, Ende sechzig zu sein, wenn nicht sogar älter. Sie konnte zwar ihre tiefen Stimmen hören, aber nichts verstehen.

Sie trat noch etwas näher, und die Blätter raschelten, als sie zu lauschen versuchte. Sie war wahnsinnig neugierig, mehr über diesen Commodore Hinds zu erfahren.

»Hallo?«, sagte da eine Stimme hinter ihr.

Erschrocken fuhr sie herum und stieß gegen einen Mann, der fast direkt vor ihr aufragte.

»Mein Gott, entschuldigen Sie«, sagte sie zu seiner Khakibrust.

»Ist alles in Ordnung?«, erkundigte er sich.

»Bestens.«

Sie schaute hoch und blickte in grüne Augen, die sie amüsiert ansahen. Eine Sekunde lang sah sie nichts anderes. Aber als sie das ganze Gesicht des Mannes wahrnahm, erkannte sie ihn. Er war auch im Hafen gewesen, es handelte sich um den Soldaten, der sie ertappt hatte, als sie ihn anstarrte. Sie merkte, wie sie vor Staunen die Augen aufriss. »Sie schon wieder«, sagte sie und dachte im selben Moment, dass es würdevoller gewesen wäre, so zu tun, als hätte sie sich nicht sofort an ihn erinnert.

Seine Augen glitzerten. »Das Gleiche könnte ich zu Ihnen sagen«, meinte er und gab seinerseits auch nicht vor, sich nicht zu erinnern.

Sie war nicht sicher, ob sie das gut oder schlecht finden sollte.

Es fiel ihr sowieso schwer, einen klaren Gedanken zu fassen. Weil sie so perplex war. »Was machen Sie hier?«, fragte sie in dem Versuch, ihre Verwirrung zu überspielen.

»Und was machen Sie hier?«, erwiderte er und ignorierte dabei ihre Frage.

»Sie sind Australier«, sagte sie und ignorierte seine ebenso.

»Das bin ich«, gab er zu.

»Ich bin halbe Australierin«, sagte sie.

»Ja?« Er schien sich immer besser zu unterhalten.

»Ja.«

Ohne sich ablenken zu lassen, fragte er sie erneut, was sie bei den Hecken gemacht habe.

»Ich habe nur … geschaut«, erklärte sie.

»Ah.« Seine grünen Augen wanderten von ihr zu den Sträuchern. Aus der Nähe bemerkte sie, wie dunkel sein Teint war. Als hielte er sich schon eine Weile in den Tropen auf. In seinem hellbraunen Haar hatte er goldfarbene Strähnen. »Was haben Sie denn angeschaut?«, fragte er.

Sie zögerte und überlegte, wie sie ihr Verhalten erklären sollte. »Spielt das eine Rolle?« Das klang schroffer als beabsichtigt, und im selben Moment sah sie die Streifen auf seinem Ärmel. Sie merkte, wie sie rot wurde. Er war ein Major der Army, viel höher als ihr eigener Rang bei der Navy. Er konnte sie problemlos wegen Unhöflichkeit tadeln. Der Lieutenant, der die anderen Mädchen vom Schiff mitgenommen hatte, hätte das bestimmt getan, da war sie sich sicher.

Aber er tadelte sie nicht. Er lachte nur leise auf. Und währenddessen bemerkte sie, dass etwas von ihm wich: ein Schatten, der auf seinem Gesicht gelegen hatte – eine Härte oder Traurigkeit, die ihr zuvor gar nicht aufgefallen war. Sie betrachtete ihn und fragte sich, was das war. Der Krieg wahrscheinlich.

Sie sagte sich, es habe nichts mit ihr zu tun, wandte den Blick zur Straße und sah sein Motorrad am Rand des Rasens stehen. Sie erinnerte sich an das Motorengeräusch, das sie vorhin gehört hatte, und fragte ihn noch einmal, was er hier mache. »Wohnen Sie hier?«

»Nein. Sie?«

»Jetzt ja.«

»Sie Glückliche.« Er blickte zu den Büschen. »Und Sie sind als Spionin hier?«

Unwillkürlich musste sie lächeln. »Nicht ganz«, sagte sie und fügte, weil er sich ja schließlich an sie angeschlichen hatte, hinzu, »sind Sie denn ein Spion?«

Er lachte darüber, und wieder hellte sich seine Miene auf, aber nicht vollständig.

Er sagte: »Ich fürchte, es steht mir nicht frei, darüber zu sprechen.«

Sie kniff die Augen ein wenig zusammen. »Ach wirklich?«

»Ja wirklich. Tut mir leid.«

»Sie klingen nicht, als würde es Ihnen sehr leidtun.« Sie kratzte sich mit dem Fuß am anderen Knöchel. Anscheinend gab es hier Ameisen, die sie in ihre nackten Füße bissen. Sie schüttelte den Fuß, um sie loszuwerden.

»Ich habe mir vorhin schon Sorgen um Sie gemacht«, sagte er. »Sie sahen aus, als hätte man Sie verlassen, wie Sie so allein auf Ihrem Koffer saßen.«

»So war es auch«, sagte sie.

»Aber dann hat man Sie gefunden.«

»Genau.«

»Sonst hätte ich Sie dort auch nicht allein gelassen.«

»Hätten Sie nicht?« Sie legte den Kopf schräg und erinnerte sich daran, wie er sie angesehen hatte. »Tja«, stellte sie fest, »das ist natürlich gut zu wissen.«

Er lächelte. »Also«, sagte er, »warum sind Sie hier in Singapur?«

Sie zog eine Augenbraue in die Höhe. »Ich fürchte, es steht mir nicht frei, Ihnen das zu sagen.«

In seinem Blick blitzte kurz etwas auf. Sie wusste nicht, ob Verärgerung oder Anerkennung, aber zum ersten Mal hatte sie das Gefühl, die Oberhand gewonnen zu haben. Das war zwar kindisch, aber sie freute sich trotzdem darüber.

Er fragte, wo sie herkomme, und sie sagte, London. Er fragte nach ihrem Namen und stellte sich selbst als Kit Langton vor. Er wollte wissen, welche Hälfte von ihr australisch war. Da sagte sie, ohne nachzudenken, und weil sie definitiv nicht über ihre Mum sprechen wollte (es ärgerte sie, dass sie dieses Thema selbst aufgebracht hatte), ihre untere Hälfte. Diese spontane Antwort hatte die unbeabsichtigte Folge, dass er auf ihre Beine schaute, was sie wiederum erneut rot werden ließ.

»Wenn Sie nicht hier wohnen«, sagte sie in der Hoffnung, sie beide von dieser Peinlichkeit abzulenken, »warum sind Sie dann hier?«

»Um mit meinem Kommandanten zu sprechen«, sagte er. »Er wohnt in dem Haus, in das Sie gerade einbrechen wollten. Ich war auf der Suche nach ihm, als ich Sie am Kai sah. Seine Sekretärin hatte mir gesagt, dass ich ihn dort finden würde.«

Ivy machte ein verblüfftes Gesicht. »Commodore Hinds ist Ihr Kommandant?«

»Im Moment schon. Kennen Sie ihn?«

»Nein. Überhaupt nicht.« Sie schaute zu den beiden Männern, die nach wie vor auf der Veranda standen. »Bitte sagen Sie dem Commodore nicht, dass ich hier draußen war.«

Die Frage schien ihn, wie fast alles andere, was sie gesagt und getan hatte, zu amüsieren. Ob er auch andere Leute immer auslachte?

»Warum?«, fragte er.

»Tun Sie es bitte einfach nicht.«

»Sind Sie ihm auch unterstellt?«

»Nein, ich glaube nicht.« War sie das? »Ich weiß es nicht.«

»Sie wissen es nicht?«

»Ich bin gerade erst angekommen. Bitte, sagen Sie ihm nicht, dass Sie mich gesehen haben.«

»Na gut«, sagte er.

»Danke schön.« Sie atmete hörbar aus.

»Ich sollte jetzt sowieso gehen«, sagte er. »Es war sehr nett, Sie kennenzulernen, Ivy.« Er lächelte, als er das sagte, und dabei passierte etwas: Sie spürte, wie sie erstarrte, und plötzlich sah sie nur noch Felix vor sich.

*Felix.*

Für eine Weile schien sie ihn komplett vergessen zu haben. Diese Erkenntnis machte ihr ein schlechtes Gewissen. Sie erwiderte Kits Lächeln knapp und zwang sich mit der schnellstmöglichen Verabschiedung – und bevor einer von ihnen noch irgendetwas sagen konnte –, umzudrehen und ihn stehen zu lassen. Genau wie vorhin im Hafen spürte sie, wie er ihr im Weggehen nachsah. Diesmal jedoch drehte sie sich nicht um, um ihren Eindruck zu überprüfen. Stattdessen duckte sie sich, weil sie ja ungesehen bleiben wollte, hinter die Bäume, bis sie ihr neues Quartier wieder erreicht hatte.

Sie trat in die Kühle des Hauses und eilte, mit immer noch unbehaglichem Herzklopfen, die Treppe hinauf, um sich zum Baden auszuziehen. Erst als sie sich schon in ihr Handtuch gewickelt und auf dem Weg ins Badezimmer im Erdgeschoss an ihren Ameisenbissen kratzte, fiel ihr wieder ein, dass sie ihre Plimsolls neben der Straße hatte stehenlassen. *Idiotin.* Sie zog also Rock und Bluse wieder an und rannte hinaus, um sie zu holen. Aber die Schuhe waren – genauso wie Kit und sein Motorrad – verschwunden. Er musste sie mitgenommen haben, und die verschwitzten Socken noch dazu. Bei der Vorstellung wand sie sich vor Unbehagen. Sie spähte noch einmal zur Veranda hinauf, wo die Männer gesessen hatten, aber dort war niemand mehr. Auch Hinds Wagen war aus der Auffahrt verschwunden. Aus welchem Grund auch immer Kit ihn aufgesucht haben mochte, es schien wichtig genug gewesen zu sein, dass er deshalb aufgebrochen war.

Ivy fragte sich, worum es wohl gegangen war. Sie fragte sich außerdem, ob Kit sein Versprechen gehalten und ihr eigenwilliges Lauschen für sich behalten hatte. Irgendwie vertraute sie darauf, dass er das getan hatte; er wirkte nicht wie jemand, der sein Wort brach.

Aber spielte es überhaupt eine Rolle, ob er es dem Commodore gesagt hatte? Ihre Neugier war doch berechtigt, oder? Hinds hatte schließlich dafür gesorgt, dass sie in derselben Straße, in der er wohnte, einquartiert wurde. Er hatte sie bei den Docks gesehen und kein Wort gesagt. Und sie hatte nichts weiter getan als versucht, herauszufinden, was hinter alldem steckte.

Was *steckte* denn dahinter?

Sie hatte keine Ahnung. Und jetzt hatte sie außerdem keine Schuhe. Die hatte Kit Langton.

»Verdammt«, stieß Ivy hervor, und das Wort hallte durch den Dschungel, der sie umgab, und durchbrach die üppige grüne Stille. »*Verdammt.*«

# 5. Kapitel

Ivy erwähnte Kit nicht, als Alma am Abend nach Hause kam. Sie hatte entschieden, dass es da eigentlich nichts zu erzählen gab. Sie berichtete überhaupt nicht viel von ihrem Nachmittag, nur dass sie es geschafft hatte, ihre Schuhe zu verschusseln. Dieses Eingeständnis führte zu einer groß angelegten und unvermeidlich erfolglosen Suche im ganzen Haus, an der sich Alma, die armen Bediensteten Dai und Lu sowie (weil sie meinte, nicht daneben stehen und zusehen zu können) auch Ivy beteiligten. Sogar Vanessa und Jane, die gleich zu ihrer Schicht im Alexandra Hospital aufbrechen mussten, machten mit. Schließlich verkündete Vanessa, die in ihrer Uniform auf Knien unter den Sesseln im Wohnzimmer suchte, in nüchternem Krankenschwestern-Ton, dass diese Suchaktion sinnlos sei. Sie hatte noch ein Paar weißer Slipper, die sie Ivy leihen konnte. Das entsprach zwar nicht den Vorschriften, und die Schuhe waren, wie sich herausstellte, zwei Nummern zu groß, aber immerhin besser als nichts.

Nachdem die beiden sich auf den Weg ins Krankenhaus gemacht hatten, tauchte ein junger Soldat auf, der sich als Private Sam Waters vorstellte. Er hatte ein rundes Gesicht und lächelte die ganze Zeit, während er Ivy die Papiere zeigte, die sie unterschreiben musste. Er erzählte ihr, dass er ein Verwaltungsangestellter am Stützpunkt sei und auch da sein werde, wenn sie morgen dort anfing. Er bot an, vorbeizukommen und sie persönlich abzuholen, was sie sehr nett fand, doch Alma, die gerade mit einer Karaffe aus der Küche kam, in der sich etwas alkoholisch Aussehendes befand, sagte, dass für Ivy ein Chauffeurdienst vorgesehen sei, aber vielen herzlichen Dank.

»Wenn Sie sich da sicher sind?«, meinte Sam.

»Da sind wir uns ganz sicher«, erklärte Alma mit einem unverbindlichen Lächeln.

»Was haben Sie denn da Gutes?«, fragte er mit Blick auf die Karaffe.

»Das nennt man Cocktail, Sam.«

»Sieht gut aus«, sagte er.

Alma lächelte einfach weiter.

Es war für Ivy ziemlich offensichtlich, dass Sam gerne einen Drink angeboten bekäme, und sie war sicher, dass das auch Alma nicht entging. Aber da Alma, die den Cocktail gemacht hatte, nichts sagte, lud Ivy ihn auch nicht ein.

»Tja«, sagte Sam schließlich, »dann überlasse ich Sie jetzt Ihrem Abendprogramm. Ich freue mich schon, Sie morgen wiederzusehen, Officer Harcourt.«

»Nennen Sie mich doch Ivy«, forderte sie ihn auf.

Er strahlte. »Aber gern, Ivy«, sagte er. »Bis dann.«

Nachdem er fort war, sagte Alma: »Ich glaube, du gefällst ihm.«

»Tue ich nicht«, gab Ivy zurück.

Alma zog nur eine Augenbraue hoch.

Ivy sagte: »Magst du ihn nicht?«

»Ich habe ein komisches Gefühl bei ihm, das ist alles.« Alma trug die Karaffe ins Wohnzimmer, Ivy folgte ihr. Auf dem Tisch stand eine Schüssel mit nach Ingwer duftenden Nudeln. Ivy, die seit dem Frühstück an Bord nichts gegessen hatte, spürte, wie ihr Magen knurrte.

»Warum komisch?«, fragte sie.

Alma stellte die Karaffe ab und runzelte die Stirn. »Er erzählt allen, dass er herzkrank ist«, sagte sie, »er erzählt, das sei der Grund, warum er nicht bei der kämpfenden Truppe ist.«

»Was ist daran verkehrt?«

»Nichts. Wenn es stimmt. Aber ich habe gehört, dass sein Pa Arzt ist und ein ziemlich hohes Tier im Gesundheitsministerium, und da Sam ein Einzelkind ist …« Sie sprach den Satz nicht zu Ende, sondern sah Ivy nur vielsagend an.

»Er hat also seine Beziehungen spielen lassen?«

»Ich weiß es nicht mit Gewissheit. Und es wäre nicht mal Sams Schuld, wenn es so wäre. Mir geht es eher darum, dass er ständig davon redet, wie gern er eine Waffe in die Hand nähme und einen Einsatzbefehl bekäme.« Sie zuckte mit den Schultern, als wolle sie das komische Gefühl abschütteln. »Wart's ab, er wird es dir bestimmt bald ausführlich erzählen.«

»Auf mich wirkte er freundlich«, sagte Ivy.

»Ich weiß«, antwortete Alma. »Sehr freundlich sogar. Dir gegenüber.«

Ivy rollte mit den Augen, setzte sich und vergaß Sam auf der Stelle, wobei ihr einfiel, dass sie Kit eigentlich auch vergessen sollte.

Nach dem Abendessen gingen sie mit dem Rest von Almas Cocktail – eine Mischung aus Rum, frischem Limettensaft, Zucker und Sodawasser – auf die inzwischen im Dunkeln liegende Terrasse. Umgeben vom Rascheln der

Blätter und den abendlichen Geräuschen des Dschungels unterhielten sie sich bis spät in die Nacht. Alma erzählte Ivy mehr von ihrer Familie. Dass ihre ältere Schwester bei Kriegsausbruch mit den Eltern nach Chicago zurückgekehrt war, inzwischen geheiratet hatte und Almas Nichte oder Neffe erwartete. Ivy meinte, dass sie die Familie doch sicher sehr vermisse, was Alma bestätigte, vor allem ihre Schwester.

»Verstehst du dich mit Phils Eltern gut?«

»Ich weiß nicht.« Sie nippte an ihrem Drink und schaute in den dunklen Garten. »Alle paar Wochen bin ich zum Abendessen dort, aber ich konnte bisher nicht herausfinden, was sie eigentlich von mir halten. Phil sagt, sie mögen mich und dass bei ihnen niemand weiß, was sie von einem halten, aber ich weiß nicht. Ich komme mir bei ihnen immer vor, als würde ich zu viel reden.« Sie warf Ivy einen besorgten Blick zu. »Rede ich zu viel?«

»Du redest genau richtig viel.«

»Das ist lieb«, sagte Alma. »Sie jedenfalls nicht. Oder doch, aber dabei sagen sie nicht wirklich was. Phil ist als Thema total tabu. Wenn jemand, meist ich, das vergisst und ihn erwähnt, dann springt Elsie, Phils Ma, auf und läuft ins Badezimmer. Von da kommt sie dann fünf Minuten später mit total verweinten Augen zurück. Phils Pa, Toby, fragt dann nicht mal, ob mit ihr alles okay ist.« Alma schüttelte ratlos den Kopf. »Was soll das? Phil würde sie bestimmt fragen, ob alles okay ist.«

»Tust du es dann?«

»Ja, aber sie sagt in solchen Momenten nur, es ginge ihr gut.« Sie nippte erneut an ihrem Glas. »Dabei geht es ihr eindeutig nicht gut.«

Da erinnerte Ivy sich an all ihre »Mir geht's gut« in der Vergangenheit und fragte sich, ob das bei ihr auch immer so offensichtlich gewesen war. (*Ja*, hörte sie Gregorys Stimme in ihrem Kopf, *das war es*.)

Nach einiger Zeit kamen sie darauf zu sprechen, wie Ivy zur Lauscherin geworden war, auf ihre Sprachen und ihre Zeit in Cambridge. Sie erzählte Alma, dass sie, solange sie denken konnte, Französisch und Englisch gesprochen hatte, da Mae mit ihr immer in diesen Sprachen geredet hatte. Sie war der Meinung gewesen, es sei die einfachste Art, sie zu lernen. Zu Japanisch war sie erst spät gekommen, als eine Lehrerin an ihrer Schule angefangen und Privatunterricht angeboten hatte. »Ihr Vater war Dozent in Cambridge, deshalb ermutigte sie mich später, mich dort zu bewerben.«

»Warst du auch mit einem Kahn auf dem Fluss staken?«, wollte Alma wissen. »Ich habe mich schon immer gefragt, ob die Leute das wirklich machen.«

Ivy lächelte, als sie sich erinnerte. »Das haben wir gemacht. Ich bin auch einmal reingefallen.«

»Im Ernst?«

»Ich war betrunken«, gab sie zu, »wir hätten gar nicht da draußen sein sollen.« Es war nach einem Ball gewesen. »Ich versuchte den anderen weiszumachen, dass ich mit der Stange umgehen konnte, und dann blieb es stecken.« Sie hatte wie eine nasse Ratte im Wasser gestanden, die Haare ans Gesicht geklebt. Dabei hatte sie vor lauter Lachen Bauchschmerzen bekommen.

Alma johlte. »Das hätte ich gern gesehen.«

Ivys Lächeln verschwand, als sie sich erinnerte, wie Felix, der damals von seiner Arbeit in London zu Besuch gekommen war, sie wieder ins Boot gezogen und in sein Jackett gehüllt hatte. Den anderen hatte er gesagt, sie sollten nicht hinschauen und aufhören, sie zu necken. *Man kann die Unterwäsche durch dein Kleid sehen,* hatte er gesagt. *Ist mir egal,* hatte sie bibbernd erwidert und ihn weggeschoben.

»Alles in Ordnung?«, fragte Alma.

»Ja.« Ivy schüttelte sich ein wenig. »Ja.«

»Du klingst wie Phils Ma.«

»Tut mir leid.«

Alma verteilte den Rest aus dem Krug auf ihre Gläser. »Diesmal lasse ich dich so davonkommen«, sagte sie. »Aber bitte versuch es nicht noch mal.« Ihr Ton war streng, wie der einer Lehrerin, aber ihre Augen, als sie Ivy ihren Drink gab, hatten sie warm angeblickt. Wie eine Freundin.

Ivy verspürte, als ihre Blicke sich trafen, eine neue Welle der Dankbarkeit dafür, hier zu sein: in diesem Garten, bei einem Drink mit Alma und nicht oben in Kranji – selbst wenn die anderen Mädchen jetzt dort waren. Sie konnte sich gar nicht erinnern, wann sie sich zuletzt so deutlich nicht allein gefühlt hatte.

Ihr Lächeln war wieder da, als sie das Glas nahm und damit an Almas stieß. »Ich werde mich bemühen«, versprach sie und spürte Erleichterung, als ihr klar wurde, wie aufrichtig sie das meinte.

Sie hatte erwartet, in dieser Nacht gut zu schlafen – vor allem dank des Alkohols –, aber ohne das Schaukeln der Hängematte und wegen der drückenden Hitze im Zimmer warf sie sich in ihrem neuen Bett herum. Sie verhedderte sich in den feuchten Laken und machte sich Sorgen, wie sie während ihrer ersten Schicht in Kranji nach so wenig Schlaf zurechtkommen sollte. In dem stickigen, stillen Zimmer machte die Angst ihr das Einschlafen noch schwerer.

Schließlich fiel sie in einen unruhigen Schlummer voller Bilder: der alte Mann auf der Veranda; Alma mit ihren roten Lippen und dem blonden Haar, *du klingst wie Phils Ma*; die beißenden Ameisen; ihre Plimsolls-Schuhe am Wegesrand. Dann befand sie sich nicht mehr draußen auf der Straße, sondern wieder in Cambridge, an der Tür zu einer tropisch heißen Version ihres Zimmers am College. Felix wartete dort in der Abendgarderobe, die er an dem Abend getragen hatte, als sie in den Fluss gefallen war. Er stand mit dem Rücken zu ihr und starrte durch ein staubiges Fenster; seine Schultern, sein Nacken – das war alles so, wie sie es in Erinnerung hatte. Doch als er sich zu ihr umdrehte, sah sie statt seines Gesicht, statt seiner sanften, hübschen Gesichtszüge und des zurückhaltenden Lächelns lachende grüne Augen und ein freches Grinsen. *Sind Sie als Spionin hier?* Sie wollte auf ihn zugehen, aber da veränderte sich Kits Gesicht, wurde wieder zu dem von Felix, und er schrie. *Mein Gott, nein, nein.* Die Schreie wurden zu Donner, dem Lärm fallender Bomben.

Sie wurde von einem Blitz und lautem Krachen wach. Ruckartig setzte sie sich auf, sprang aus dem Bett und war bereit wegzulaufen. Als sie schon fast bei der Tür war, kam sie richtig zu sich und erkannte, dass der Lärm Donner gewesen war, keine Bomben. *Nur ein Gewitter. Ein Gewitter.* Ihr Herz raste. *Ein Gewitter.* Sie legte eine Hand an ihr verschwitztes Gesicht. *Beruhig dich.* Sie kehrte zu ihrem

Bett zurück, ließ sich wieder auf die feuchten Laken fallen. Mit fliegendem Puls schaute sie sich um und versicherte sich, dass sie hier war, nirgendwo sonst. Sie hätte vor Enttäuschung weinen mögen, denn nach der Reise hatte sie wirklich geglaubt, wenigstens die Albträume überwunden zu haben.

Silbergraues Licht sickerte durch die geschlossenen Fensterläden. Regen prasselte auf das schräge Dach. Vor Müdigkeit und weil der Rum nachwirkte, tat ihr der Kopf weh, aber sie wusste, dass sie jetzt unter keinen Umständen wieder einschlafen würde. Sie versuchte es nicht mal. Mit zitternden Händen öffnete sie ihre Nachttischschublade und holte das gefaltete Blatt Papier heraus, das sie unter ihrer Wäsche versteckt hatte. Es war Felix' letzter Brief an sie. Er hatte ihn von diesem jüdischen Mann, der über Frankreich geflohen war, zum Cottage in Hampstead bringen lassen. Mae hatte ihn für sie aufgehoben, bis sie am Wochenende nach einem Einsatz nach Hause gekommen war. *Ich wollte nicht, dass du ihn allein aufmachst.* Ivy hatte ihn seither so oft gelesen, dass sie jedes Wort auswendig kannte. Trotzdem las sie ihn jetzt wieder.

*Meine liebste Ivy,*
*es ist die Hölle hier. Ich denke dauernd an dich und frage mich, ob du überhaupt real bist, ob das alles wirklich je passiert ist. Ich kann mir eine Welt vor dem hier nicht vorstellen und sehe auch keine danach. Ich schäme mich so für alles, was wir hier tun – die Leben, die wir nehmen, und bei denen wir mitansehen, wie sie genommen werden. Ich wünschte, ich würde von dir hören. Und ich*

*wünschte, ich wäre nie fortgegangen. Ich wünschte, ich hätte eine Möglichkeit gefunden zu bleiben. Vor allem aber wünsche ich mir, du hättest mich genug geliebt, um mich bei dir zu behalten. Ich mache dir keinen Vorwurf. Es ging zu schnell, war zu früh für dich. Das ist mir jetzt klar.*
*Ich glaube, dass ich sterben werde, Ivy. Das Einzige, was mir hilft zu glauben, dass es nicht so kommen wird, bist du. Wenn du mich noch liebst, vielleicht genügt das dann, um mich am Leben zu halten. Liebst du mich? Kann irgendein Teil von dir das? Kannst du mir irgendwie mitteilen, dass du da sein wirst, wenn das alles vorbei ist? Sag mir, dass du mich noch liebst, sag es mir, und ich werde daran glauben, dass ich das hier überstehen kann.*

Sie hatte geweint, nachdem sie den Brief das erste Mal gelesen hatte. Zitternd hatte sie das Papier umklammert, bis Mae sie in die Arme nahm und sagte, sie solle aufhören. *Ivy, Ivy, das ist nicht deine Schuld. Du hättest nicht tun können, worum er dich gebeten hat, und es hätte auch nicht funktioniert. Die haben ihn gezwungen zu gehen. Er musste gehen, das weißt du.* Ivy hatte das nicht gewusst. Auch wenn sie sich daran erinnerte, wie unmöglich es sich angefühlt hatte, Felix' Heiratsantrag anzunehmen – und an ihre beschämende Erleichterung, als er abreiste. Doch als sie seinen Brief vor sich hatte, wusste sie wieder, wie ganz und gar sie ihn einst zurückgeliebt hatte, mit einer Intensität, die sie erschüttert zurückließ, als das Gefühl nachließ. Sie sah nur, dass sie ihn im Stich gelassen hatte. Aber wie sehr sein Unglück und ihre Beteiligung daran sie in den kommenden Wochen auch quälte, sie hatte nichts unternommen: Endlos hatte sie darüber nachgedacht, ihm zu antworten, hatte aber nie geschrieben; sie hatte sich eingeredet, das sei unmöglich.

Inzwischen konnte sie sich nicht vorstellen, warum sie das jemals geglaubt hatte.

Während sie auf den prasselnden Regen lauschte, erinnerte sie sich an den Abend, als sie einander kennengelernt hatten: auf einer Party, während ihres ersten Semesters in Cambridge. Er hatte neben ihr gestanden, und seine Freunde hatten wegen eines Trinkspiels herumgeblödelt. Sie hatte sich bemüht, so zu tun, als hätte sie ihn nicht bemerkt.

Dabei hatte sie ihn erkannt. In den Girton Halls war viel über ihn getratscht worden. Wegen seiner Raffinesse, seiner kleidsamen Ernsthaftigkeit und europäischen Eleganz. Deshalb hatte sie es auch kaum glauben können, als er näher trat und eine Bemerkung darüber machte, was für Clowns seine Freunde doch seien. Dann erzählte er, dass er sie an der Fakultät für moderne Sprachen gesehen habe. »Ivy, nicht wahr?«

»Ja«, hatte sie mit Mühe herausgebracht. »Ja.«

Sie hatten sich im dichten Qualm der Zigaretten den ganzen restlichen Abend unterhalten. Danach war es so süß gewesen, mit ihm zu tanzen, und als sie sich das erste Mal küssten. Dabei war er gar nicht so selbstsicher gewesen, wie Ivy vermutet hatte (nur ein paar Wochen später kam sie dahinter, dass er, genau wie sie, vollkommen unerfahren war). Aber es war sehr echt gewesen. Monatelang hatten sie jede Minute zusammen verbracht – in der Bibliothek, in Cafés, in der Sonne von Cambridge liegend –, bis sie, ganz plötzlich, aufgehört hatte, ehrfürchtig zu ihm aufzuschauen. Sie vermutete, weil sie selbst ein bisschen erwachsener geworden war. Jedenfalls begann sie, Ausreden zu suchen, um auf Abstand zu gehen. Als er anfing, in London zu arbeiten, fragte sie sich schon, wie man die Sache beenden könnte. Er hatte das gemerkt; sie erinnerte sich an den verletzten Ausdruck in seinen freundlichen Augen. Er hatte so viel mehr verdient als das, als sie. *Ich werde glücklich sein mit was auch immer du zu geben bereit bist*, hatte er gesagt.

»Es tut mir leid«, sagte sie in das leere Zimmer und an den Mann gerichtet, der sie nicht hören konnte. »Es tut mir so, so leid.«

*

In der Stadt regnete es noch immer, als Kit und seine zwei Mitbewohner – Briten namens James (Jimmy) Chapman und Tristan Frith und beide Majore bei der Army wie er – halb betrunken in ihr Quartier zurückgekehrt waren, um für die Mission zu packen, zu der sie bald aufbrechen würden. Nein, das stimmte nicht. Sie waren volltrunken. Es war Hinds' Schuld, dass sie damit angefangen hatten. Nachdem Kit auf seiner Veranda mit ihm gesprochen und berichtet hatte, dass die Papiere, auf die sie vor ihrer Abreise gewartet hatten, eingetroffen waren. (Man musste Kit im Übrigen zugutehalten, dass er tatsächlich nichts von der im Gebüsch herumschleichenden Ivy gesagt hatte.) Anschließend war Hinds ihm zur Navy-Basis gefolgt, wo die anderen warteten. Seit der Ankunft in Singapur im Februar waren sie seinem Kommando unterstellt gewesen. Jetzt hatte er ihnen noch ein abschließendes Briefing für die Reise gegeben und ihnen gesagt, sie sollten nach Hause fahren, sich umziehen und ihn dann in seiner Lieblingsbar noch auf einen Abschieds-Scotch treffen. *Nur einen, denn für mehr bin ich zu alt. Danach könnt ihr ohne mich weitermachen. Nur betrinkt euch nicht so, dass ihr vergesst, mit der morgendlichen Flut auszulaufen.*

Kit fuhr sich mit der Hand übers Gesicht und machte sich daran, Dschungelausrüstung in seinen Rucksack aus Segeltuch zu stopfen. Der Alkohol lastete schwer auf seinem Gesicht und seinen Gliedern. Er trank zu viel. Alle drei taten sie das. Sie waren seit Mitte der Dreißigerjahre ein Team. Hatten sich in Friedenszeiten als Rekruten gemeldet. Kit, der einen britischen Vater hatte, war zur Army gegangen, um etwas von der Welt zu sehen; Jimmy hatte es gemacht, weil sechzehn Generationen seiner Familie es auch schon getan hatten; Tristan dagegen hatte sich nur verpflichtet, um seine pazifistischen Eltern zu ärgern (was er inzwischen bedauerte).

Kit hielt mit dem Kompass in der Hand inne, weil er daran denken musste, wie begeistert sie alle gewesen waren, als sie Portsmouth zu ihrem ersten Einsatz verließen. *Goodbye, England. Hello, Hongkong*. Sie waren so verdammt enthusiastisch gewesen. Doch nicht lange nach ihrer Ankunft in China waren die Japaner aufs Festland einmarschiert. Man hatte sie hingeschickt – unmittelbar nach dem Massaker von Nanking –, um geheimdienstliche Informationen zu sammeln. Nicht mal Jimmy sprach von den Dingen, die sie gesehen hatten: die entsetzliche Trauer überall; Berichte von Vergewaltigungen, Verbrannten und Ertrunkenen. Wie Überlebende nur noch vor sich hin gestarrt hatten. Kit hatte geglaubt, schlimmer könne es nicht kommen.

Nur hatte man sie anschließend, nach einer Pause in Malaya, zurück nach Europa geholt, wo sie in den Kampf gegen die durch Frankreich vorrückenden Nazis geschickt wurden. An endlosen Tagen mit Rauch, Granaten und dem Tod hatte er festgestellt, dass es mindestens genauso schlimm kommen konnte. Sie gehörten zur Nachhut und hatten als einer der letzten Züge Dünkirchen erreicht. Jimmy war angeschossen worden und bei ihrer Ankunft schon fast tot. *Wir werden es von hier weg schaffen*, hatte Tristan immer wieder gesagt, während die Messerschmitts im Tiefflug das eisige Meer um sie bombardiert hatten. *Das werden wir*. Kit umklammerte seinen Kompass und hatte die Kugeln und Tristans Stimme wieder im Ohr. Weniger als die Hälfte ihrer Männer war noch am Leben gewesen, um in eines der letzten Boote zu klettern. Kaum waren sie zurück in Blighty, hatte man sie direkt auf ein anderes Schiff nach Ägypten geschickt. In der Wüste sollten sie die Verteidigungsstellungen des Feinds sabotieren und die verheerende Wirkung von Brandbomben unter der glühenden Sonne mitansehen müssen. (»Bist du froh, dass du jetzt etwas von der Welt siehst?«, hatte Tristan gescherzt, ohne dabei zu lächeln.)

Kit seufzte tief, vor allem über sich selbst, wenn er an all das dachte. Diese Erinnerungen taten ihm nie gut. Also schob er sie beiseite, warf den Kompass in den Rucksack und machte weiter mit Packen, während er sich auf die vor ihm liegende Expedition konzentrierte.

Diese Mission war – genau wie der Abschieds-Scotch – Hinds' Idee: Teil seiner Bemühungen, sich auf den japanischen Überfall vorzubereiten, mit dem sie alle rechneten.

»Wie Sie wissen«, hatte Hinds gesagt, als er Kit und die

anderen zum ersten Mal einbestellt hatte, um die Reise zu besprechen, »haben die Japaner den Franzosen bereits den Norden Indochinas abgenommen.« Er beugte sich über seine Karte und zeichnete einen Kreis um das Land, das das Vichy-Regime im September an die Kaiserliche Armee verloren hatte. »Wahrscheinlich werden sie als Nächstes nach Süden vorrücken«, fuhr er fort, »sich für eine Invasion Thailands positionieren und danach Malaya und Singapur einnehmen.« Er fuhr die kurze Strecke mit dem Finger nach. »In einer idealen Welt hätten wir jetzt Streitkräfte zur Verteidigung in Thailand. Aber«, und er seufzte, »unsere amerikanischen Freunde machen sich ja lieber Sorgen um die Größe unseres schon vorhandenen Empires.«

»Die wollen nicht, dass wir uns noch eine Kolonie zulegen?«, wollte Jimmy wissen.

»So ungefähr«, erwiderte Hinds. »Jedenfalls werden sie uns nicht unterstützen, wenn wir in Thailand einrücken, bevor eine japanische Invasion unmittelbar bevorsteht.« Er hatte ihnen berichtet, dass das General Headquarter eine schnelle Verteidigungsstrategie für Thailand vorbereite, jedoch noch zusätzliche Informationen brauche. Kit und seine Mitbewohner – sowie zwei Männer von der Navy – sollten undercover nach Thailand reisen, sich als Touristen ausgeben und Verteidigungspunkte auskundschaften. Danach sollten sie weiter ins südliche Indochina, um weitere Aufklärung zu betreiben, und von dort zurück nach Malaya, um die Bereitschaft für eine Invasion einzuschätzen. (Die würde es nicht geben. Denn alle Waffen zur Luftabwehr, Spitfires und Panzer befanden sich in Europa und Afrika.)

Verglichen mit ihren früheren Missionen war diese relativ sicher, aber natürlich nicht ohne Risiko. Vor allem weil die Japaner Vichys Süden von Indochina jederzeit besetzen konnten. Doch daran würde Kit jetzt nicht denken. Er hatte inzwischen gelernt, sich nicht unnötig mit der Realität von Gefahr aufzuhalten. Viel besser war es, sich selbst immer einen Schritt von seiner eigenen Sterblichkeit fernzuhalten und sich nicht unnötig mit negativen Gedanken zu belasten. Das war die einzige Methode, um weiterzumachen und zu überleben. Für ihn war das fast schon eine Art Religion geworden. *Keine Ablenkungen.*

Mit grüblerischem Blick schaute er zu den Plimsolls, die auf seiner Kommode standen. Er kannte inzwischen Ivys Adresse, dank einer hilfsbereiten Sekretärin der Navy-Basis. Gerne hätte er ihr die Schuhe schon früher zurückgegeben, aber sie war so schnell davongelaufen, dass er nicht hatte sehen können, wohin.

»Wie Cinderella«, hatte Jimmy gesagt, als Kit die Plimsolls auf seinen Schreibtisch stellte.

»Cinderella hat aber nur einen Schuh verloren«, wandte Tristan ein, »und der war aus Glas.«

Alle drei starrten auf die Schuhe. »Was ist diese Ivy demnach?«, fragte Jimmy.

»Ein Ärgernis«, sagte Kit.

Er schnalzte mit der Zunge, während er die weißen Schuhe betrachtete. Ihre Söckchen waren hineingestopft, so wie sie sie zurückgelassen hatte. Ein schwacher Geruch nach Waschpulver ging von ihnen aus, der ihn an zu Hause, an Geborgenheit erinnerte – zwei Dinge, an die zu denken er sich normalerweise nicht erlaubte. Er sah Ivy dauernd vor sich, wie sie am Kai auf ihrem Koffer gesessen hatte.

Da hatte sie derart fehl am Platz gewirkt, allein in all dem heißen Chaos. Aber zweifellos auch wunderschön. Er hatte gespürt, dass sie zu ihm hinübersah; deshalb hatte er sich umgedreht. Wie nannte man das noch? *Das Gewicht eines Blickes*. Es hatte ihm gefallen, dass sie ihn anstarrte.

Noch besser gefiel ihm, wie sie dann wegschaute und anschließend doch wieder zu ihm hin, ihr verlegenes Lächeln dabei.

Genaugenommen hatte ihm eine ganze Menge an ihr gefallen.

Doch dann war diese blonde Wren aufgetaucht. Es war ihm unpassend vorgekommen, hinzugehen und zu stören. Er hatte sich selbst zur Ordnung gerufen und daran erinnert, dass er schnellstens Hinds finden sollte. Er hatte sich gesagt, er habe für nichts anderes Zeit.

Allerdings war sie ihm danach immer wieder in den Sinn gekommen. Sogar als er seine Suche auf dem Kai fortsetzte und danach hinauf zu Hinds' Quartier fuhr, hatte er nicht aufhören können, an sie zu denken: Wer war sie, warum war sie hier, wo war sie einquartiert? Er wusste gar nicht, was mit ihm los war. Deshalb musste er auch fast lachen, als er sie in diesem Gebüsch entdeckte, mit dieser zerknitterten Uniform an ihrem schlanken Körper. Beinah kam es ihm vor, als treibe jemand ein Spiel mit ihm. Er hatte nicht lange überlegt, bevor er sie ansprach. Er musste sogar jetzt noch lächeln, wenn er an ihre Entrüstung dachte. *Sie schon wieder*. Als hätte auch sie den Verdacht, dass mit ihr gespielt würde. Dann die Herausforderung in ihren dunkelblauen Augen, als sie seine schlagfertigen Worte einfach zurückgab. *Ich fürchte, es steht mir nicht frei, darüber zu sprechen*. Er spürte, wie sich seine Lippen zu einem Grinsen verzogen. Und wie sie so getan hatte, als würde sie die Ameisen nicht bemerken, die auf ihren Füßen herumkrabbelten …

Jemand klopfte laut an seine Tür. Tristan rief: »Zwanzig Minuten.« Das erinnerte ihn daran, dass er drauf und dran war, ein Schiff zu besteigen. Verdammt, er musste sich konzentrieren.

Mit mehr Gewalt als nötig zurrte er seinen Rucksack zu, befahl sich, alles, was mit Ivy zusammenhing, zu vergessen. Da hielt er kurz inne, denn er dachte schon wieder an sie: Wie es ihn geschmerzt hatte, sie weggehen zu sehen; dieses Bedürfnis, sie in seiner Nähe zu haben, mit ihr zu reden. Das war … beunruhigend. Sie war beunruhigend. Dabei gab es in seinem Leben keinen Platz für beunruhigende Dinge. (Der Krieg war an sich schon beunruhigend genug.)

Er überlegte, dass er sie wahrscheinlich besser nicht wiedersehen sollte.

Doch dieser Gedanke gefiel ihm nicht wirklich.

Er atmete zögernd aus. Von dem vielen Scotch hatte sein Kopf angefangen zu pochen. Dabei brauchte er einen klaren Kopf, bevor er an Bord ging. Einen Kopf, in dem keine Ivy herumspukte.

Vielleicht sollte er ihr eine Nachricht schreiben und fragen, ob sie sich mit ihm treffen wolle, wenn er zurück sei. Damit läge der Ball wieder in ihrem Feld. Sie konnte entscheiden, darauf zu antworten oder auch nicht, und er konnte die ganze Sache vergessen, solange er fort war.

Entschlossen griff er nach ihren Schuhen. Die Sekretärin hatte ihm gesagt, wo Ivy arbeitete – es hatte ihn interessiert, aber nicht erstaunt, dass es Kranji war. Das lag viel näher bei der Stelle, wo sein Schiff ablegen würde, als bei ihrem Quartier. Daher entschied er, dass die Zeit gerade noch reichen würde, die Schuhe und die Nachricht dort zu deponieren, bevor er sich auf den Weg zum Anleger machte, wo er die anderen treffen sollte.

Er erzählte ihnen von seinem Plan (»Ausgezeichnet«, meinte Jimmy, »das klingt sehr gut.«), stieg dann auf sein Motorrad und zwang, obwohl er betrunken war, seine Augen, geradeaus zu schauen, und raste durch die verregnete Morgendämmerung zur Funkabhörstation.

Dort oben an der Grenze zu Malaya dominierte der Dschungel. Der Abhörstützpunkt bestand aus langen Reihen von Nissenhütten, einer Kantine und einem Wachposten. Er lag zwischen sanfte grüne Hügel geschmiegt, hoch genug, um mit seinen Pylonen aus Metall Signale aufzufangen, aber zugleich von allen Seiten durch die dichte Vegetation abgeschirmt. Kit hielt neben der Hütte des Wachpostens. Als er gerade von seiner Maschine stieg und den Ständer ausklappte, hielt im Regen ein Laster mit eingeschalteten Scheibenwischern an. Mehrere einfache Soldaten, die wohl gleich ihre Schicht beginnen würden, sprangen heraus. Weil es vermutlich am schnellsten ginge, wenn er einen von ihnen um Hilfe bat, trat er ihnen in den Weg. Alle nahmen Haltung an und salutierten. Einer mit einem runden Gesicht, der wie zwölf ausgesehen hätte, wäre da nicht die Kippe in seinem Mund gewesen, hatte die Knöpfe seines Uniformhemdes noch nicht zu. Einerseits wollte er sie rasch schließen, andererseits aber auch grüßen, und so ging seine Hand ein paarmal hin und her, als könne er sich nicht entscheiden, was als Erstes zu tun sei. Als ob Kit das auch nur im Geringsten interessierte.

Er fragte den Soldaten nach seinem Namen.

»Sam Waters, Sir.«

»Sind Sie hier stationiert?«

»Ja, Sir.«

»Als Lauscher?«, fragte Kit zweifelnd. Er war sich nicht sicher, ob es am Alkohol lag, aber irgendwie passte das nicht zusammen. Ivy, die so schlagfertig war, mit ihren neugierigen blauen Augen, war eindeutig der geeignete Typ, aber dieser Sam …

»Ich arbeite in der Verwaltung«, antwortete Sam.

»Ah.« Das ergab mehr Sinn. »Nun, Sam Waters, sie müssen mir einen Gefallen tun. Hier fängt heute jemand neu an, eine gewisse Ivy Harcourt …«

»Ivy?« Der Junge lächelte.

»Sie kennen sie?«

»Ich habe sie gestern Abend kennengelernt.« Er sah aus, als sei es ihm eine Freude gewesen.

Kit war sich nicht sicher, was er davon halten sollte. Er hatte aber keine Zeit, länger darüber nachzudenken. Er griff in das Fach unter dem Sattel seiner Maschine. »Ich habe hier etwas für sie«, sagte er.

Sam starrte die Plimsolls an. Seine Fröhlichkeit verblasste. »Wo haben Sie die denn her?«

»Sie …« Kit runzelte die Stirn. »Es spielt keine Rolle, woher ich sie habe. Ich habe auch noch eine Nachricht. Können Sie dafür sorgen, dass sie beides bekommt?«

»Ist das eine offizielle Nachricht?«

Kit zog eine Augenbraue hoch. »Wir sind wohl an ihr interessiert, was?«

Sam wurde rot. »Ich meinte, ist es dringend?«

»Sagen wir, für mich ist es dringend. Werden Sie sich darum kümmern?«

Sam nickte.

Kit atmete hörbar aus. »Danke, Kumpel.«

Erleichtert stieg er wieder auf sein Motorrad und ließ den Motor an. Als er in beschleunigtem Tempo auf eine Kurve in der Straße zufuhr, warf er einen Blick in den Rückspiegel. Weitere Fahrzeuge trafen beim Stützpunkt ein. Er bremste ein wenig und hielt instinktiv nach den Autos Ausschau. Aus einem sprang eine Frau. Als er ihre weiße Uniform sah und die Art und Weise, wie sie sich die Jacke über den Kopf hielt, meinte er, sie wiederzuerkennen. Allerdings war sie zu weit weg, als dass er es definitiv hätte sagen können. Er spähte über seine Schulter in die Richtung, wo sie eben noch gewesen war. Er malte sich ihr Gesicht aus und dann die erleichterte Miene, wenn Sam ihr die Schuhe gab. Trotz allem musste er wieder lächeln.

Zum Glück hatte er diese Nachricht geschrieben.

*

Ivys erster Tag in Kranji fing nicht besonders gut an. Nachdem Alma sie am Eingang abgesetzt hatte, musste sie warten, durchnässt und mit vom Schlafmangel geröteten Augen. Die Wachleute hatten Probleme, ihren Namen auf der Liste derer zu finden, die Zugang zum Stützpunkt hatten. *Warum sind sie nicht mit den anderen neuen Mädchen zusammen einquartiert worden?* Als man sie endlich durchließ, war sie schon spät dran. Noch später hatte sie endlich die Hütte gefunden, für die man sie eingeteilt hatte.

An der Tür blieb sie stehen, um ihren neuen Arbeitsplatz kurz in Augenschein zu nehmen. Enttäuscht stellte sie fest, dass er keine Fenster hatte und genauso schäbig aussah wie der Camberwell-Bunker zu Hause, nur zehnmal heißer. Zwei Deckenventilatoren drehten sich zwar surrend in der Stille, doch sie änderten nichts an der Backofenhitze. Es roch nach feuchter Erde und Schweiß. Reihen schwitzender Männer und Frauen saßen über Notizblöcke gebeugt und hatten Kopfhörersets aus schwarzem Leder aufgesetzt. Ivy konnte ganz schwach das Knistern der Übertragungen hören. Sie erkannte ein paar der Mädchen vom Schiff, darunter auch ihre alte Kabinennachbarin Kate, doch keine von denen bemerkte sie. Sie waren in das vertieft, was sie hörten, und die konzentrierten Mienen hätten sich nicht deutlicher von dem sorglosen Lächeln unterscheiden können, das sie an Bord gesehen hatte.

»Sie haben sich also doch noch entschlossen, sich zu uns zu gesellen, Harcourt?«

Ivy seufzte innerlich. Es war Tomlins, der Lieutenant vom Hafen. Er saß ganz vorn in der Hütte an einem Schreibtisch und hatte hier eindeutig das Sagen.

»Ich habe Ihnen schon einen Strich wegen Verspätung gegeben«, sagte er.

»Das war nicht meine Schuld.«

»Lustig«, erwiderte er, wirkte dabei aber nicht besonders amüsiert, »ich dachte mir schon, dass Sie das sagen würden. Sie tragen übrigens die falschen Schuhe. Ich nehme an, dass auch das nicht Ihre Schuld ist.«

»Ehrlich gesagt, schon.«

»Es bedeutet jedenfalls einen weiteren Strich.« Dann führte er sie zu ihrem Platz und Headset und nannte ihr die

Frequenz, die sie überwachen sollte. Er erklärte noch, egal, welche Extrawürste woanders für sie gebraten würden, hier brauche sie nicht darauf zu hoffen. Es sei ihm egal, in was für einem Verhältnis sie zu Commodore Hinds stehe.

»Ich kenne ihn nicht einmal«, sagte sie.

»Machen Sie sich nicht lächerlich«, antwortete Tomlins.

Sie hätte ihn am liebsten gefragt, was er denn am Vortag mit seiner Bemerkung über Mae gemeint hatte, verkniff es sich aber. Selbst wenn Tomlins mehr wusste, als er gesagt hatte, bezweifelte sie, dass er es ihr verraten würde.

Er fragte noch, ob sie tatsächlich fließend Japanisch spreche. »Bei dringender Kommunikation fallen sie immer wieder in die gemeinsame Sprache zurück. Sie sind in dieser Schicht die Dolmetscherin, also müssen Sie damit zurechtkommen können.«

»Damit komme ich zurecht«, sagte sie.

»Mal sehen«, sagte er. »Mal sehen.«

Er überließ sie sich selbst. Sie griff nach ihren Kopfhörern, setzte sie langsam auf und war auf die Erinnerungen gefasst, die sie vielleicht überfallen würden. Doch die Echozeichen, die sie hörte, hatten glücklicherweise gar nichts gemein mit den Stimmen panischer Piloten, vor denen ihr inzwischen so graute. Es dauerte nicht lange, bis sie ihre Sorge vergaß und sich ganz in die Geräusche vertiefte, in die Herausforderung, mit dieser neuen Art von Morsezeichen zu arbeiten.

Den Rest des Tages verbrachte sie – abgesehen von der Mittagspause – mit kontinuierlicher Arbeit. Es gab matschige Gurkensandwiches, und sie erfuhr dabei von Kate und den anderen Mädchen, dass sie in feuchten Quartieren zusammengepfercht waren und sie Commodore Hinds verdammt dankbar sein konnte, dass er sie woanders hingeschickt hatte, aus welchen Motiven auch immer. Sie wären gern alle in ihrem Quartier untergekommen. Ansonsten notierte sie den Code für die Leute, die die Entschlüsselung übernahmen, übersetzte jeden Wortfetzen, den sie aufschnappte oder den Tomlin ihr hinwarf: Kursänderungen, Wetterbeobachtungen. Das schien alles harmlos zu sein, obwohl sich da vor dem Golf von Thailand eine ziemlich große Anzahl von Schiffen befand. Sie überlegte deshalb, ob an den Gerüchten etwas dran war, wonach eine Invasion in den Süden Indochinas vorbereitet wurde.

»Sie sind nicht zum Überlegen hier«, sagte Tomlins, »sondern um zu lauschen und aufzuschreiben. Oder hat Commodore Hinds Ihnen etwa eine Beförderung gewährt, von der ich nichts weiß?«

Phasenweise ließ die Kommunikation auf ihrer Frequenz nach, und sie wurde, weil sie nichts zu tun hatte, in der drückenden Hitze lethargisch. Während wirklich langer Phasen der Stille wäre sie vielleicht eingenickt, aber das Gewitter – das inzwischen von Singapur weggezogen war, aber weiterhin anderswo tobte – hielt sie wach, da seine Blitze in Telegrafenmasten einschlugen, was schmerzhaft lautes Krachen in ihren Kopfhörern bewirkte.

Als das Ende ihrer Schicht näherrückte, dachte sie hauptsächlich an Alma, die draußen wartete, um sie nach Hause zu fahren. Später würden sie in die Stadt gehen. Alma wollte, dass Ivy ihren alten Freund kennenlernte, die Bar im Raffles. Obwohl so erschöpft, war Ivy doch froh, dass sie ausgingen. Sie wollte nicht riskieren, früh ins Bett zu gehen, da sie fürchtete, wieder nicht schlafen zu können.

Sie warf einen Blick zu Tomlins und bat ihn stumm, sie

für heute zu entlassen. Doch während er anderen zunickte, wartete er bei ihr bis Punkt sechs. Erst dann ließ er sie gehen.

»Ich möchte, dass Sie morgen um Punkt acht Uhr hier sind«, sagte er. »Und in den richtigen Schuhen.«

»Die habe ich verloren«, sagte Ivy.

»Gehen Sie mir nicht auf die Nerven, Harcourt.«

»Ich möchte Ihnen nicht auf die Nerven gehen«, sagte sie.

»Dann finden Sie sie«, erwiderte er.

Weil sie nicht riskieren wollte, ihn weiter zu reizen, löste sie nur ihre verschwitzten Beine von der Sitzfläche des Stuhls und ging hinaus. Die Wolken waren verschwunden, und die Sonne schien. Die vom Regen durchtränkten Hügel schienen sie zu reflektieren, genauso wie die Wellblechhütten und die Palmen ringsherum. Langsam stellten ihre Augen sich nach der Dunkelheit dort drinnen wieder um. Die Landschaft war spektakulär. Diese Weite, die ausgedehnte tropische Üppigkeit. Das war alles so anders als die Kopfsteinpflaster-Gassen, in denen sie aufgewachsen war, und die Trostlosigkeit von Camberwell. Sie konnte sich daran nicht sattsehen. Sie streckte die Arme hinter sich aus und dehnte ihre verspannten Schultern. Dabei atmete sie die nach dem Gewitter noch frische Luft tief ein.

»Ivy?«

Es war Sam. Sie lächelte. »Ich habe mich schon gefragt, wann ich Sie treffen würde«, sagte sie, eher aus Höflichkeit, weniger weil sie es tatsächlich so meinte.

»Wirklich?«

Weil es ihn dermaßen zu freuen schien, sagte sie: »Ja.« Sie wollte ihn auch nicht kränken.

»Wie ist es Ihnen ergangen?«, fragte er.

»Gut«, sagte sie. »Langer Tag.«

»Ich habe Alma gerade gesehen«, er deutete zum Wachposten, wo tatsächlich Almas Wagen parkte. »Sie hat mir erzählt, dass Sie später ins Raffles gehen. Ich könnte ja mal sehen, ob ich mich mit ein paar von den Jungs zusammentue, und wir auch hinkommen.«

»Wie nett.«

»Fänden Sie?«, fragte er.

»Ja«, sagte sie abwesend und den Blick schon auf Almas Auto gerichtet. »Ich gehe dann mal lieber.« Sie marschierte los.

»Warten Sie«, sagte Sam. »Ich muss Ihnen noch was geben. In der Früh hat jemand irgendwelche Schuhe für Sie abgegeben.«

Sie blieb abrupt stehen. »Tatsächlich?« Ihr Herz begann, heftig zu klopfen. »Wer denn?«, fragte sie absichtlich beiläufig.

»Ein Soldat.«

»Ein Major?«

»Ich habe es nicht so genau gesehen«, sagte Sam. »Tut mir leid. Ich laufe schnell und hole sie Ihnen.«

Ivy wartete und fragte sich, ob das wirklich Kit gewesen war, der sich die Mühe gemacht und ihr die Schuhe den ganzen Weg hierher gebracht hatte. Wie hatte er überhaupt herausgefunden, wo sie arbeitete? Sie konnte trotz ihres Entschlusses und ihres schrecklichen Traums nicht anders, als sich darüber zu freuen.

Sam kehrte nach einer Minute zurück. Er überreichte ihr die Schuhe, in denen immer noch die Socken steckten.

»Ist das alles?«, fragte Ivy seltsam ernüchtert. »War keine Nachricht dabei?« Sie erinnerte sich an Kits Lächeln. Daran, wie er gelacht und sie angesehen hatte. Es schien wahrscheinlich, dass er zumindest eine kurze Nachricht hinterlassen hätte.

»Nein«, sagte Sam. »Nichts.«

Ivy betrachtete nachdenklich ihre Schuhe. Sie wollte sich nicht beschweren, aber sie kam sich missachtet vor, als hätte man ihr mitgeteilt, dass sie nicht wichtig genug sei.

»Ein bisschen unhöflich ist das schon, nicht?«, sagte Sam. »Sie ohne ein Wort einfach nur hier abzugeben.«

»Ja«, sagte Ivy. »Ja.« Ihre Stimme war tonlos. Sie fühlte sich verletzt und konnte nichts dagegen tun.

Aber dann erinnerte sie sich wieder an Felix. Sie sagte sich, dass es keine Rolle spiele, ob Kit Langton ihr eine Nachricht geschrieben hatte.

So war es zweifelsohne am besten.

# 6. Kapitel

*London, Juni 1941*

Mae ging durch Hampstead Village nach Hause, und die Luft des frühen Abends kühlte ihre Wangen. Sie hielt das Telegramm von Laurie mit einer Hand umklammert. Zwanzig Minuten lang stand sie am Postschalter und quälte sich mit der Frage, was sie antworten sollte. Doch dann ging sie, als das Postamt geschlossen wurde, und hatte überhaupt nichts zurückgeschrieben.

Rundherum waren die Fenster teilweise schon verdunkelt, Metzgerei, Lebensmittelmittelladen und Blumengeschäft hatten alle geschlossen. Sie hielt das weiche Baumwolltuch, das um ihre Schultern lag, mit einer Hand zusammen und beschleunigte ihre Schritte in der Angst vor einem frühen Bombenalarm. So beeilte sie sich, bis sie in ihrer eigenen Küche stand.

Die war genau so, wie sie sie verlassen hatte: Der Kessel stand an der Seite des Herds, das Geschirr noch auf dem Abtropfgitter. Sie blieb an der Tür stehen und stellte sich wie immer Ivys Stimme vor, die nach ihr rief. *Hallo, Gran.* Doch das Haus blieb still. Draußen fuhr ein Bus vorbei.

Mae blickte auf die schwarze Schrift des Telegramms in ihrer Hand.

*Ivy gut angekommen STOP Weiß du machst dir bestimmt Sorgen STOP Werde mich kümmern damit es ihr an nichts fehlt STOP Sie sieht genauso aus wie du STOP Hoffe es geht dir gut STOP Dein alter Freund Laurie STOP*

Als sie den Telegrammboten hatte kommen sehen, blieb ihr kurz das Herz stehen, aus Angst, dass Ivy etwas passiert wäre, genau wie damals ihrem Beau. Nur die Erleichterung darüber, dass es Ivy anscheinend gut ging und sie glücklicherweise nicht mehr auf See war, ließ sie Lauries Nachricht, die Tatsache, dass er überhaupt Kontakt aufgenommen hatte, mit relativer Gelassenheit aufnehmen. Sie hatte ja im Grunde schon mit so etwas gerechnet, seit Ivy angekündigt hatte, dorthin zu reisen. Vermutlich war sie sogar froh, dass es Laurie gewesen war, der sie erkannt hatte. Wenn das schon sein musste, dann war es so am besten. Er war immer liebenswürdig gewesen.

Sie fragte sich allerdings, wie viel er Ivy erzählen würde. Nachdem sie sich im Postamt vergeblich gequält hatte, war ihr klar, dass sie niemals die richtigen Worte finden würde, um ihm zu telegrafieren und ihn zu bitten, ihr nichts zu sagen. All das zu erklären, was sie damals getan hatte, ließ sich nicht in ein Telegramm schreiben. Und ohne entsprechende Erklärung konnte sie ihn nicht um diesen Gefallen bitten. Sie hätte Ivy die Wahrheit einfach selbst anvertrauen sollen. Das wurde ihr jetzt klar. Aber es hatte sich unmöglich angefühlt. Und nachdem sie ihre Geheimnisse schon ein Leben lang hütete, war es ihr so selbstverständlich wie Atmen gewesen, das auch weiterhin zu tun.

Sie starrte auf Lauries Worte. Wie er wohl inzwischen

aussah? Es fiel ihr irgendwie schwer, ihn sich alt vorzustellen. Er war so jugendlich gewesen, als sie ihn kennengelernt hatte – groß, schlank, schlaksig, selbst mit seinen sechsundzwanzig Jahren noch, mit großen, wohlwollenden Augen und weich konturierten Wangenknochen. Ganz anders als Alex, der so markante Gesichtszüge hatte. Sie hatte sein Gesicht so sehr geliebt.

*Nein. Tu das nicht.*

Sie schüttelte den Kopf und zwang sich, an irgendetwas anderes zu denken. Da sie kaum Appetit auf ein Abendessen hatte, beschloss sie, sich eine Thermoskanne Tee zu kochen und damit noch vor dem Ertönen der Sirene in den Bunker zu gehen. So musste sie später nicht durch den Garten hetzen.

Mit dem in Ruhe zubereiteten Tee und ihrer Mappe mit Versicherungsunterlagen und Ausweispapieren unter dem Arm ging sie wieder hinaus. Der Himmel war mit der Abenddämmerung verblasst. Der Mond schien und würde den Bombern in dieser Nacht gute Verhältnisse bescheren. Sie kletterte in den Anderson-Bunker hinunter, griff nach den Streichhölzern und zündete die dort hängende Sturmlaterne an. Dann setzte sie sich in ihren Lehnstuhl. Ivy hatte ihn zu Beginn des Kriegs für sie hier heruntergetragen. Sie hatten versucht, sich den Bunker so gemütlich wie möglich einzurichten. Mit Kissen, einem Teppich und einer kleinen Kommode, auf der Bilder standen.

Mae schaute einer Gewohnheit folgend zu den Fotografien. Es gab eine Handvoll von Beau: ein beim Fotografen aufgenommenes Porträt als rundliches Baby zwischen lauter Rüschen und Bändern, daneben ein offizielles Foto in Uniform, auf dem sein perfektes Gesicht ernst und viel, viel zu jung aussah, und ein weiteres in Uniform von seiner Hochzeit. Er hatte den Arm um Ivys Mutter, die süße Louise, gelegt. Die trug ein cremefarbenes Kleid, das Mae von einer der Ladies aus dem Dorf geliehen hatte. Sie lächelten beide, Louise etwas schüchtern. Mae erinnerte sich an ihren Widerstand, das Bild machen zu lassen. *Oh, ich mag keine Kameras,* hatte sie in ihrem Melbourne-Akzent gesagt, während Beau sie lachend im Arm gehalten hatte. *Wer braucht denn schon Bilder, um sich zu erinnern? Das wird alles vorbeigehen, und dann haben wir immer noch uns.*

Eine Woche blieb den beiden zusammen. In ihren Flitterwochen in Swanage. Eine Woche.

Mae wandte den Blick von ihren lächelnden Gesichtern ab, weil es zu wehtat, bei ihnen zu verweilen.

Stattdessen betrachtete sie das Foto von Ivy in einem getupften Badeanzug in Sandbanks. Dorthin waren sie im Jahr vor Kriegsausbruch für eine Woche gereist. Felix war für einen Tag zu Besuch gekommen. Er hatte auch das Foto gemacht. Ivy posierte darauf grinsend mit den Händen in den Hüften, doch nicht lange danach hatten sie gestritten. Wegen irgendeines Abendessens bei einem Freund von Felix, zu dem Ivy nicht kommen konnte. Sie hatten sich sehr oft gezankt. Mae wünschte sich nur, dass Ivy, die so gut darin war, Erinnerungen zu bewahren, auch das nicht vergessen würde – und dass die Streitereien nicht immer ihre Schuld waren.

Sie sah sich Ivys Lächeln genauer an. Laurie hatte recht, sie sah wirklich genauso aus wie sie selbst in jenem Alter. Deutlich erkannte sie sich selbst in ihrer Enkelin. Und noch jemand anderen.

*Harriet.*

Sie schloss die Augen beim Gedanken an ihren Namen. Jahrzehntelang hatte sie diese andere Hälfte von sich selbst vergessen, doch jetzt war sie plötzlich wieder sehr real. Mae erinnerte sich daran, wie sie beide damals gewesen waren, als sie in diesen albernen Kleidern geschwitzt hatten. Jetzt versuchte sie, sich Ivy in Singapur vorzustellen, wo sie dieselben Wege ging, die sie damals genommen hatten. Irgendwie war sie dazu nicht fähig. Sie konnte nicht akzeptieren, dass Ivy wirklich dort war, auch wenn Lauries Telegramm ihr genau das zweifelsfrei mitgeteilt hatte. *Werde mich kümmern damit es ihr an nichts fehlt.* Mae wünschte, sie könnte glauben, dass er dazu imstande wäre, sie zu beschützen. Doch sosehr sie ihm auch vertraute, dem fernen Ort traute sie nach wie vor nicht.

Hätte sie an einen Gott geglaubt, dann hätte sie ihn gebeten, nicht zuzulassen, dass Ivy so verletzt würde wie sie alle damals. Aber da sie das, was nach ihren Monaten in Singapur von ihrem Glauben noch übrig gewesen war, auf den Feldern Mesopotamiens verloren hatte, tat sie es nicht. Sie lehnte einfach nur den Kopf zurück, zu müde, etwas anderes zu tun, als sich ihren Erinnerungen zu ergeben. Erinnerungen an das Jahr, das sie und ihre Zwillingsschwester auf dieser Insel fern im Osten verbracht hatten. Ihr letztes gemeinsames Jahr.

*Singapur, Januar 1897*

Harriet erzählte Mae nichts von den Handschuhen, die David ihr geschenkt hatte, und auch nicht von seiner bereits vor etlichen Tagen entwickelten mitternächtlichen Gewohnheit, vor ihrer Zimmertür zu stehen. Hätte sie es getan, wäre Mae klar geworden, wie wirkungslos ihre eigenen Bemühungen, ihn für sich zu gewinnen, bisher gewesen waren. Sie hätte vermutlich die ermüdenden Versuche, bei jeder Mahlzeit Konversation zu betreiben, aufgegeben und sich nicht mehr für jedes Abendessen sorgsam umgezogen. In vielerlei Hinsicht wäre es eine Erleichterung gewesen.

Doch Mae war so beschäftigt mit ihren eigenen Hoffnungen darauf, Davids Frau zu werden, dass sie seine wachsende Aufmerksamkeit für ihre Schwester gar nicht bemerkte. Sie dachte nur an ihre eigenen Pläne und redete sich ein, dass David sich tatsächlich dahin entwickelte, *sie* zu mögen. Sich selbst redete sie ebenfalls ein, ihn mehr zu mögen. Sie lernte, seine Eigenheiten zu ignorieren – diese seltsame Aversion dagegen, bei Regen hinauszugehen; seine abrupte Sprechweise; die Starrheit seiner täglichen Routine. Stattdessen suchte sie nach seinen guten Eigenschaften. Sie befand, dass er, weil so ruhig, eindeutig eher schüchtern als arrogant war. Sie war überzeugt von seiner Freundlichkeit (man musste sich ja nur die Möbel in ihren Zimmern ansehen, die er gekauft hatte) und davon, dass er seine Kinder lieben würde, wenn sie erst kämen. (Sie dachte auch oft an diese Kinder: ihre warmen Körper auf ihrem Schoß, Ärmchen, die sich lebhaft um ihren Hals legten.) Sie sagte, es liege an Davids Schüchternheit, dass er immer so verlegen reagierte, wenn sie sich mit ihm zu unterhalten versuchte. Bestimmt war nicht Desinteresse der Grund, warum er sie ignorierte. Nein, nein, das nicht.

Immer wenn Harriet sie tadelte, weil sie sich so bemühte

(*Siehst du nicht, wie wenig er das verdient?*), erwiderte sie nichts darauf. Das Gefühl, Harriet sei dahintergekommen, was sie im Schilde führte, verstärkte sich, doch sie konnte sich nicht entschließen, ihre Schwester ins Vertrauen zu ziehen. Sie wollte warten, bis alles entschieden war, bevor sie sich ihren unvermeidlichen Protesten stellte. Derweil fasste sie Harriets Besorgnis als Ermutigung auf. Sicher war diese nur deshalb so beunruhigt, weil sie vermutete, David würde demnächst seine Wahl treffen und einen Antrag machen.

An dem Sonntag, als David endlich mit ihnen ausging, zur Morgenmesse in St. Andrew's – einer weißen Kathedrale nah am Meer –, war Mae sich sogar noch sicherer, dass seine Bekanntgabe unmittelbar bevorstand. Es war ein klarer Morgen. Kutschen säumten den Weg neben dem Rasen von St. Andrew's. Das Gras und die starren Palmen leuchteten im goldenen Sonnenlicht. Vor der Kirche hatten sich eine Menge Leute versammelt. Gentlemen in cremefarbenen Anzügen und mit Tropenhelmen, Damen mit Bonnets und in Seidenkleidern, Kinder, die sich von den Händen ihrer chinesischen Amahs losgerissen hatten. David marschierte schnurstracks zwischen ihnen hindurch und auf den Gouverneur Soames zu: ein Mann von mittlerer Größe, mit dünner werdendem Haar, einem gepflegten Schnurrbart und einer in Spitze gekleideten Frau an seiner Seite. Soames schüttelte David herzlich die Hand, und Mae, die seinen offensichtlichen Respekt und die Anerkennung in seinem Blick bemerkte, als David zuerst sie (*sie als Erste*) und dann Harriet vorstellte, biss sich auf die Lippe. Sie dachte: *Ja, ja, das ist tatsächlich möglich*. Sie sah sich bereits an einem anderen Sonntag an diesem Ort, mit einem Goldring am Finger und einem Kinderwagen neben sich. Deshalb fühlte sie sich hier, auf diesem sonnenbeschienenen Rasen, so überglücklich, diejenige zu sein, die sie war. Und auch wenn ihr wieder bewusst wurde, wie deutlich ihre Schwester, die ihr einen leidenden Blick zuwarf, sie durchschaute, ließ sie sich davon nicht beunruhigen.

Sie war zu glücklich dafür. Und zu aufgeregt.

Dummkopf.

Vielleicht hätte noch alles gut werden können, wenn sie und Harriet an diesem Tag nicht auch noch Laurie und seine Schwester Sally kennengelernt hätten. Mit ausreichend Zeit hätte David sich am Ende vielleicht doch noch für sie entschieden. Harriets Kühle hätte ihn langsam abschrecken können, sodass er begonnen hätte, Maes Bemühungen in einem freundlicheren Licht zu sehen. Vielleicht wäre es so gekommen, wenn nicht alles zwischen ihnen so schnell an die Öffentlichkeit gezerrt worden wäre.

Aber sie trafen Laurie und Sally nun einmal, und es dauerte nicht lange, bis die Dinge an die Öffentlichkeit gezerrt wurden.

Man konnte Sally die Schuld daran geben.

Mae wusste nicht, ob sie ihr die Einmischung je verzeihen konnte.

Sie erkannte Sallys schwerfällige Gestalt und den groß gewachsenen Matrosen neben ihr, kaum dass sie sie auf dem Rasen sah. Die Erinnerung an die beiden im verregneten Hafen war nicht leicht zu verdrängen. Als die beiden Fremden auf die Stelle zusteuerten, an der sie und Harriet standen (David und Soames hatten sich, um etwas Geschäftliches zu besprechen, auf die schattige Veranda der Kirche zurückgezogen), fragte sie sich, wo der andere Gentleman sein mochte, der damals auch auf dem Anleger gewesen war. Er sah gut aus, das hatte sie sogar aus der Ferne bemerkt. Sie schaute sich neugierig um, doch er schien nicht da zu sein.

Dafür stürzte sich Sally auf sie und Harriet. Sie stellte sich und ihren Bruder vor und rief laut, wie begeistert sie sei, sie beide endlich kennenzulernen. Sie sprach weiter davon, wie *erpicht* alle gewesen seien, die kaum sichtbaren Miss Graftons besser kennenzulernen und wie *wirklich viel* sie alle schon von ihnen gehört hätten. Mae wollte sie schon bitten, nicht so laut zu sprechen. Sie war sich sicher, dass die Leute rundherum nur so taten, als würden sie nicht hersehen. Harriet, die nicht das kleinste Lächeln sehen ließ, empfand das eindeutig genauso.

Doch es war Laurie, der Sally ermahnte, leiser zu sein. Bedauernd schüttelte er den Kopf und bat Mae und Harriet, seine Schwester zu entschuldigen. Er reichte ihnen die Hand und sagte, er sei erfreut, ihre Bekanntschaft zu machen. Sein Benehmen, während er sie fragte, wie ihnen Singapur gefiel, ob sie sich schon eingelebt hätten und wie viel sie bereits von der Insel gesehen hätten (Nichts? Tatsächlich? Nun, das ist aber nicht gut.), war zaghaft und freundlich zugleich. Er machte keine Bemerkung über ihre Ähnlichkeit, zuckte aber zusammen, als Sally es tat, und sagte, wie sehr solche Äußerungen Mae und Harriet doch bestimmt langweilten. (Mae mochte ihn dafür.) Und obwohl Sally nicht aufhörte, sie und Harriet zu studieren und dabei taxierende Blicke auf ihre Kleider und auch ihre Gesichter zu werfen – zweifellos schätzte sie dabei den

Preis der Stoffe und ihr Mienenspiel ab –, konnte man ihre Kontrolle fast ignorieren, weil Laurie so freundlich war.

Vielleicht war es seine Freundlichkeit, die Harriet dazu brachte, ihn und Sally für den nächsten Tag zu einem Besuch einzuladen. Oder vielleicht hatte sie unbewusst schon entschieden, ihn bei der Suche nach einer Anstellung um Hilfe zu bitten. (Sie sagte, die Idee sei ihr erst später gekommen, aber Mae war sich da nicht so sicher.) Jedenfalls lud Harriet die beiden ein, als alle auf dem Rasen sich wie auf ein unsichtbares Signal hin zum Gottesdienst in die Kirche begaben.

Sie kamen am nächsten Morgen, gerade als Mae und Harriet den Teetisch im Wohnzimmer deckten.

Harriet wirbelte herum, als es an der Haustür klopfte. »Sie sind da«, sagte sie, und Mae hatte das sichere Gefühl, die Begeisterung in ihrer Stimme habe mehr mit Lauries Eintreffen zu tun als mit dem seiner anmaßenden Schwester.

Man hörte Lings schlurfende Schritte im Flur, dann wurde die Haustür geöffnet. Augenblicke später kam Sally ins Wohnzimmer gestürmt, ein Körbchen mit Scones über dem Arm. Sie erwiderte Harriets Begrüßung kaum, so beschäftigt war sie damit, sich die Möbel und Dekoration des Raums anzusehen. Ihre Augen schossen mit unverhohlener Neugier herum. Harriet stand verlegen da und fühlte sich von diesem plumpen Benehmen offenbar ebenso abgestoßen wie Mae. Erst als Laurie auch eintrat, einen Schritt um Sally herum machte, ihnen beiden für die Einladung dankte und dabei so freundlich lächelte wie vor der Kirche, verflüchtigte sich das plötzliche Unbehagen in dem heißen Zimmer.

»Sollen wir uns setzen?«, fragte er. »Oder ist es die neueste Mode, seinen Tee im Stehen einzunehmen?« Er lachte. »Ich bin so viel auf See, dass ich solche Dinge oft nicht mitkriege.«

Harriet lächelte ebenfalls. »Setzen wir uns«, sagte sie. »So ist es viel besser, denke ich.«

»Ausgezeichnet«, sagte er und lachte wieder herzlich. »Gott sei Dank.«

Kaum hatten sie sich niedergelassen, fand Sally ihre Stimme wieder und bestand darauf, dass jeder ein Scone probierte. Laurie machte eine Bemerkung, wonach man Sallys Backwerke mit Vorsicht genießen solle. Mae hielt das für einen Witz, bis sie einen Bissen von ihrem Scone genommen hatte und meinte, den Mund voller Sand zu haben. Er verzog entschuldigend das Gesicht, während sie versuchte, so zu tun, als sei alles in Ordnung. Doch das war schwer, weil sie an den harten Krümeln und Korinthen beinah erstickte.

Die anderen unterhielten sich weiter. Es ging sehr höflich zu: Ob man Milch oder Zucker nehme; wie lange die Fahrt von Sallys Haus hierher gedauert habe (eine Viertelstunde); die unendliche Predigt am Vortag. Laurie fragte, ob sie schon jemals woandershin gereist seien außer nach Indien und Singapur. Als Harriet meinte, leider nicht, und dass sie nie in England gewesen waren, berichtete er ihnen einiges, was er dort erlebt hatte: den Wechsel der Jahreszeiten; den Lärm und die schlechte Luft in London; seine Entsendungen nach Portsmouth und Southampton. »Ich bin selbst noch ein ziemlicher Neuling in Singapur«, erzählte er, »ich bin gerade mal seit einem Jahr hier. An die Hitze und daran, wie *klein* hier alles ist, habe ich mich noch nicht gewöhnt.«

»Du bist nie lange genug an Land, um dich an irgendwas zu gewöhnen«, sagte Sally.

»Wann werden Sie denn wieder aufbrechen?«, fragte Harriet.

»Bald«, antwortete er. »In gut einer Woche.«

»Und wohin werden Sie segeln?«

»Ich weiß es nicht«, sagte er. »Ich warte noch darauf, es zu erfahren. Ich weiß nie, wo in Asien es als Nächstes hingeht.«

Harriet seufzte. »Wie herrlich es sein muss, so frei zu sein«, sagte sie mit trauriger Wehmut, die den ganzen Raum erfüllte.

Niemand sagte etwas.

Als das Schweigen immer länger wurde, färbten Harriets Wangen sich rot, und sie blickte auf ihren Schoß. Mae spürte, wie peinlich es ihr war, so freimütig gesprochen zu haben. Sie wurde selbst ein wenig rot; zum einen weil Harriet sich derart bloßgestellt hatte, aber vor allem weil sie es nicht ertrug, ihre Schwester so melancholisch zu erleben. *Ich werde das in Ordnung bringen*, wollte sie ihr sagen. *Wart's ab. Du wirst dich nicht mehr lange so fühlen.*

Doch es war Laurie, der als Erster etwas sagte. »Geht es Ihnen gut?«, fragte er und suchte Kontakt zu Harriets gesenkten Augen. Seine Stimme war jetzt sanft und besorgt. »Gibt es irgendetwas …?« Er brach ab, suchte nach Worten. »Ich möchte Sie nicht in Verlegenheit bringen, aber falls Sie irgendetwas brauchen …«

Harriet studierte weiterhin den Rock ihres Kleids. Mae wartete und rechnete damit, dass sie ein tapferes Lächeln aufsetzen und Lauries Angebot ablehnen würde. Doch als sie endlich die Augen hob und ihn ansah, war darin etwas, das Mae lange nicht gesehen hatte: ein Hoffnungsschimmer.

Sie begriff nicht sofort, was das bedeutete. Erst als Harriet Luft holte und sagte: »Ich möchte arbeiten, ich muss Arbeit finden.« Dass ihr überhaupt in den Sinn kam, diesen beinah Fremden, wie nett er auch sein mochte, um diese Art von Hilfe zu bitten.

Mae riss die Augen auf und konnte es kaum fassen, dass Harriet diesen drastischen Schritt gewagt hatte. Es zeigte ihr, wie schrecklich verzweifelt ihre Schwester sein musste.

Harriet wandte den Blick nicht von Laurie ab.

Er rutschte auf seinem Sessel nach vorn. »Sie möchten eine Anstellung?«

»Äh«, sagte Sally und blickte ängstlich zwischen ihm und Harriet hin und her. »Ich bin mir nicht sicher, ob wir uns da einmischen sollten ... Also, weil ... Roger arbeitet ja ...«

Laurie ignorierte sie. »Welche Art von Beschäftigung suchen Sie?«, fragte er Harriet.

Während sie ihm von ihrem Plan erzählte, dass sie und Mae Anstellungen als Gouvernanten finden wollten, nickte er mehrmals und hatte die Stirn konzentriert gerunzelt. Dann stimmte er ihr zu, dass sie in der Tat die Chance bekommen sollten, diesen Weg zu gehen. »Natürlich sollten sie das«, sagte er bekümmert. »Warum denn auch nicht?« Er zögerte nicht, ihr zu versprechen, dass er für sie die Adressen entsprechender Agenturen herausfinden würde, damit sie sich bewerben könnten. Und rasch bot er auch noch Sallys Hilfe an, die jeder von ihnen eine Empfehlung schreiben könnte. »Das würdest du doch gerne tun, nicht wahr, Sally?«

»Was?« Sallys Augenbrauen schossen in die Höhe, aber dann lächelte sie rasch wieder, als wäre ihr wieder eingefallen, dass sich das so gehörte. »Ja«, sagte sie. »*Ja.*« Sie nickte heftig. »Mit Vergnügen.«

Mae, die immer noch verblüfft von all dem war, was sich da so rasant entwickelte, fragte sich, ob sie sich das Zögern in Sallys Ton nur eingebildet hatte. Sie warf einen Blick zu Harriet, um zu sehen, ob die es auch bemerkt hatte, und meinte, in deren zurückhaltender Miene die Bestätigung zu erkennen.

Harriet verlor jedoch kein Wort darüber. Sie wendete sich einfach wieder Laurie zu und dankte ihm mehrfach.

»Bitte«, sagte der«, das ist doch wirklich gar nichts. Jeder würde Ihnen helfen wollen. Dafür brauchen Sie mir nicht zu danken.«

Erst nachdem er und Sally endlich wieder fort waren, wurde Mae bewusst, dass keiner sie auch nur mit einem Wort gefragt hatte, ob sie all das auch wollte. Man schien einfach davon auszugehen. Sie versuchte, sich nicht darüber zu ärgern oder es gar nicht so ernst zu nehmen. Lieber erinnerte sie sich daran, dass David seinen Antrag längst gemacht haben würde, bevor entweder sie oder Harriet irgendwo eine Stelle annähmen. Sie willigte sogar ein, als Harriet sie bat, ihre eigenen Bewerbungsbriefe zu verfassen. Es schien ihr ratsamer, einfach mitzumachen, als zu widersprechen. Abgesehen davon wirkte Harriet plötzlich glücklicher, hatte mehr Farbe und schien etwas von ihrer alten Energie zurückgewonnen zu haben. Mae brachte es nicht übers Herz, ihr das zu ruinieren. Noch nicht.

Als Laurie und Sally am nächsten Tag wiederkamen, hatte Sally die Empfehlungsschreiben nicht dabei. »Ich fürchte, gestern Abend hat mir die Zeit dazu gefehlt«, sagte sie. Laurie hatte allerdings einen Packen von Sallys Exemplaren der Zeitschrift *The Lady* mitgebracht. Er legte sie auf den Korbtisch neben Harriet. Die Seiten waren von der Feuchtigkeit wellig, aber im hinteren Teil jeder Ausgabe gab es Listen von Agenturen in England, die Gouvernanten vermittelten. Harriet blätterte aufgeregt in allen. »Bei manchen steht, dass sie auch für Familien in Indien aktiv werden.« Sie schaute von den Adressen hoch und strahlte Laurie an. »Stellen Sie sich nur vor: *Indien.*«

Dann widmete sie sich wieder den Listen und kringelte Adressen mit Bleistift ein. Auf diese Weise entging ihr, wie Laurie sie ansah. Mae, die den beiden gegenübersaß, dagegen nicht. Sie lehnte sich mit Tasse und Untertasse in der Hand auf ihrem Stuhl zurück und blickte von Harriets niedergeschlagenen Augen zu Lauries Gesicht, das voller Bewunderung war. Dabei staunte sie über einen Stich von Eifersucht. Männer betrachteten weder sie noch Harriet so. Nicht mehr, sobald sie von ihren *erbärmlichen Umständen* erfahren hatten.

Noch nie.

Warum hatte Laurie nicht sie angelächelt?

Sally, die gerade Tee nachschenkte, obwohl das hier nicht ihr Haus war, musterte Laurie ebenfalls und schien eindeutig auch irgendeinen Stich zu spüren. Mae hielt es jedenfalls nicht für Zufall, dass sie nur Augenblicke später seufzte und anmerkte, was für eine Schande es sei, dass Laurie schon so bald wieder zur See müsse, wie sehr sie ihn vermissen würde, aber dass er ja an sein Weiterkommen zu denken habe. Es würde ohnehin noch Jahre brauchen, bevor er einen Rang erreicht hätte, mit dem er heiraten könne.

Laurie warf ihr einen verzweifelten Blick zu. Mae lachte auf, doch es klang überhaupt nicht fröhlich.

Harriet, die gar nicht mitbekommen hatte, was vor sich gegangen war, schaute verwirrt von ihren Adressen hoch.

Es dauerte noch zwei Tage, bis Sally endlich ihre Empfehlungen geschrieben hatte.

»Ihre Eltern habe ich nicht erwähnt«, meinte sie, als sie Harriet die Briefe hinstreckte. Sie hielt sie weiterhin fest, während Harriet sie zu nehmen versuchte. »Sollte ich je danach gefragt werden, werde ich einfach sagen, dass ich nicht weiß, wer sie sind. Ich hoffe, Sie verstehen das, aber es könnte mich gesellschaftlich in eine heikle Situation bringen, wissen Sie.«

»Sally …«, murmelte Laurie verlegen.

Mae, die gerade mit dem Puzzle einer Fuchsjagd begonnen hatte, das sie in Davids Arbeitszimmer entdeckt hatte, lächelte angestrengt. »Nichts läge uns ferner, als Sie in eine heikle Situation zu bringen«, sagte sie.

»Darf ich sie nehmen?«, fragte Harriet.

Sally blickte noch einmal zweifelnd auf die Briefe und ließ sie endlich los. Harriet dankte ihr und erklärte, sie werde den ganzen Nachmittag damit verbringen, alles zum Versenden fertig zu machen. Laurie bot an, am nächsten Tag vorbeizukommen und alles zur Post zu bringen.

Doch am nächsten Tag erschien Sally allein. Sie brachte wieder eine Ladung ihrer trockenen Scones mit. Während sie diese auf einem Servierteller verteilte, berichtete sie, dass Laurie, dessen Abreise schon kurz bevorstand, von seinem befehlshabenden Offizier in den Navy-Stützpunkt gerufen worden sei.

»Aber wenigstens wird sein Freund Alex zurück sein, bevor er aufbricht.« Sie biss in ein Scone und wischte sich die Krümel vom Kleid. Einer blieb an ihrer Unterlippe hängen. »Die beiden sind sehr eng miteinander. Das ist eine gute Freundschaft. Alex ist sehr wohlhabend, müssen Sie wissen.«

Mae, die mit ihrem Puzzle schon Fortschritte gemacht hatte, fragte sich, ob Alex der gut aussehende Mann am Hafen gewesen war. Trotz ihrer Hoffnungen auf David (der ihr und Harriet am Vorabend einen Schlummertrunk angeboten hatte, was sie für ein gutes Zeichen hielt) war sie neugierig, das zu erfahren. Aber sie würde Sally nicht den Gefallen tun, danach zu fragen.

»Oh, sieh sich einer diesen Packen Briefe an«, sagte Sally, als ihr Blick auf die Kuverts fiel, die Harriet auf dem Beistelltischchen deponiert hatte. »Fleißig.« Sie schluckte erstaunlich mühelos. »Ich werde sie dann mitnehmen.«

Ihr Ton ließ Mae aufhorchen. So begeistert hatte sie Sally noch nie gehört. Es war geradezu beunruhigend.

Harriet, die Sally aufmerksam beobachtete, war offensichtlich ebenso alarmiert. »Das ist nicht nötig«, sagte sie zögernd. »Laurie kann das machen.«

Sally winkte ab. »Seien Sie nicht albern, lassen Sie mich das tun.«

»Nein, wirklich«, sagte Harriet, »das wäre zu viel der Mühe.«

»Unsinn. Das ist überhaupt keine Mühe.« Sally stand auf und streckte die Hand danach aus. »Ich nehme sie sofort mit.«

Harriet zögerte.

Sallys Lächeln wirkte zunehmend bemüht.

Mae war sich nicht sicher, was da vor sich ging. Doch instinktiv hatte auch sie das Gefühl, Harriet sollte Sally die Kuverts nicht anvertrauen. Aber sie sah auch keine Möglichkeit, wie das zu verhindern wäre, ohne unhöflich zu sein.

»Ich …« Harriet suchte nach Worten. »Ich bin mir nicht sicher …«

»Kommen Sie schon«, sagte Sally und fuchtelte mit ihrer immer noch ausgestreckten Hand herum.

Mit sichtlichen Bedenken, aber weil sie keine andere Wahl hatte, händigte Harriet ihr die Briefe aus.

Wenn Sally ihnen erzählt hätte, dass sie vorhatte, die Briefe zum Versenden in Rogers Büro zu bringen, wo ja auch David arbeitete, dann hätte sogar Mae – die dem Erfolg von Harriets Bemühungen selbst zwiespältig gegenüberstand – sich bemüßigt gefühlt, auf die Blödsinnigkeit dieser Idee hinzuweisen. Sie war sich jedenfalls sicher, dass Sally die damit verbundenen Risiken absolut bewusst waren und sie absichtlich in die Falle tappte, die sie selbst aufgestellt hatte. Anscheinend war sie letztendlich doch zu besorgt, mit der Empfehlung von Bastardzwillingen möglicherweise ihrem eigenen Ruf zu schaden, und konnte daher nicht zulassen, dass diese Briefe überhaupt verschickt wurden.

Innerhalb weniger Stunden waren die inzwischen geöffneten Kuverts zusammen mit David wieder in der Nassim Road.

Und von da an nahm das Unglück, für Harriet wie für Mae, seinen Lauf.

Sie zogen sich beide gerade zum Dinner um, als David nach Hause kam. Er war deutlich später dran als üblich, obwohl es nicht regnete, worüber Mae sich zunächst kaum Gedanken machte. Sie knöpfte weiter ihr Kleid zu und hörte ihn nur mit halbem Ohr die Treppe heraufkommen. Erst als sie ihn an Harriets Tür klopfen hörte, wurde ihr klar, dass etwas nicht in Ordnung war. Sie drehte sich zu ihrer eigenen Tür und fragte sich, um was es gehen mochte.

Davids Worte, als er Harriet stockend fragte, ob er hereinkommen könne, und wie er ihr dann alles erzählte, worüber Roger ihn informiert hatte, waren durch die dünnen Wände deutlich zu hören. Er klang verletzt. Mae spürte, wie ihre eigene Miene immer finsterer wurde. Sie verstand das nicht. Es wunderte sie, dass er überhaupt mit Harriet sprach. Die Bewerbungsbriefe hatten sie doch beide geschrieben. Warum war David nicht zu ihr gekommen?

Ohne lange zu überlegen schlich sie auf Strümpfen durch ihr Zimmer, öffnete geräuschlos die Tür und schlüpfte in die Dunkelheit des heißen Flurs, wobei ihr Kleid raschelte. Harriets Tür stand einen Spaltbreit offen. Kerzenschein und Davids Stimme drangen heraus. Mae bewegte sich mit angehaltenem Atem ein Stück näher. Einerseits wollte sie sehen, was da drinnen vor sich ging, andererseits verstärkte sich ihr Gefühl, am liebsten gar nichts mehr davon zu hören oder zu sehen.

Jetzt lehnte sie am Türrahmen und spähte hinein. Harriet und David standen einander nah gegenüber: Harriet in einem hellsilbernen Abendkleid neben ihrem Bett. Sie hatte sich noch nicht frisiert, das Haar fiel ihr offen bis auf die Schultern. Ihr Gesicht war praktisch weiß. Die dunklen Augen wirkten riesig darin und standen voller Tränen. Sie weinte selten. Umso schlimmer war es, sie dermaßen aufgelöst zu sehen. Mae verspürte das dringende Bedürfnis, zu ihr zu gehen, aber sie gab ihm nicht nach. Sie hätte sowieso nichts tun können.

David stand halb mit dem Rücken zu ihr. Sein im Profil zu sehendes Gesicht war vor Aufregung fleckig, das normalerweise ordentlich gekämmte sandfarbene Haar zerzaust, als wäre er sich mehrmals mit den Händen hindurchgefahren. Sein Leinenanzug war gut gebügelt wie immer, doch die Krawatte gelockert. Mae stellte sich vor, wie er daran herumgezerrt hatte, als Sallys Roger ihm die besorgniserregenden Neuigkeiten aufgetischt hatte, die dessen ach so unschuldige Frau ihm zugetragen hatte. Die Briefe lagen am Fußende von Harriets Bett zwischen den Falten des Moskitonetzes.

»Ich verstehe nicht, warum Sie sich dazu bemüßigt gefühlt haben, das zu tun«, sagte David. »Sie müssen doch wissen, dass ich Sie nicht gehen lassen kann.«

Harriet sagte: »Wollen Sie mich als Gefangene festhalten?«

»Nicht als Gefangene.«

»Wie würden Sie das sonst nennen?« Harriet klang, als würde sie im nächsten Moment zu weinen beginnen. »Sie wissen, dass ich hier nicht sein will.«

»Ich möchte Sie dazu bringen, dass Sie hier sein wollen.«

»Nein, das möchten Sie nicht. Sie brauchen nur eine Ehefrau und Geld.«

»Ich brauche Sie.«

Mae zuckte zusammen. Die Worte trafen sie wie ein Schlag.

Harriet sagte: »Mich kann man nicht kaufen.«

»Das sehe ich.« David trat einen Schritt auf sie zu. »Das weiß ich. Sie sind nicht wie Mae.«

Das nahm Mae fast den Atem.

»Lassen Sie Mae aus dem Spiel«, sagte Harriet.

»Sie sind anders.« David ignorierte ihre Äußerung. »Sie plappern nicht und heucheln kein Interesse. Sie sind süß, sanftmütig und gut ...«

Mae schloss ihre brennenden Augen.

»Ich will keine Frau, die keinen Stolz besitzt«, sagte David. Er ballte die Hände zu Fäusten und löste diese wieder, als habe er damit zu kämpfen, sich endlich klar äußern zu müssen. »Ich bewundere Sie.«

»Nein.« Harriet schüttelte den Kopf.

*Nein*, dachte auch Mae. Sie biss sich auf die Wangen und versuchte, nicht loszuheulen.

»Ich habe mich für dich entschieden«, sagte David. »Für dich.« Ohne Umschweife war er zum Du übergegangen.

»Nein«, sagte Harriet. »Nein. Ich werde niemals deine Frau.«

»Sag das nicht.«

»Warum nicht?« Inzwischen weinte Harriet hemmungslos. »Es ist die Wahrheit. Finde eine andere, die dich reich macht.«

»Es kümmert mich nicht, ob ich reich werde«, schrie er nun schon. Mae zuckte erneut zusammen. »Nicht mehr. Wenn es so wäre, würde ich deine Schwester heiraten, und die Sache wäre erledigt. Hier geht es nicht um Geld. Du hast ...«, er suchte nach Worten, » ... etwas gemacht. Mit mir. Ich kann nicht mehr so denken wie zuvor. Dauernd muss ich an dich denken. Ich habe ein halbes Monatsgehalt für deine Handschuhe ausgegeben.«

*Was für Handschuhe?* Mae wandte sich ab, lehnte sich an die Wand und merkte, wie sie das Gesicht verzog. *Was für Handschuhe?*

»Bitte«, hörte sie Harriets Stimme, »geh einfach.«

»Sag mir, was ich tun kann.« Er klang so verzweifelt. »Sag es mir einfach, und ich tue es. Ich komme selbst nicht drauf.«

»Lass mich gehen.«

»Das *kann* ich nicht.«

Einige Augenblicke herrschte Schweigen. Stumme Tränen tropften von Maes Wangen.

»Wenn du es nur zulassen würdest«, sagte David, »dann könntest du hier glücklich sein.«

»Ich werde niemals mit dir glücklich sein«, sagte Harriet.

Wieder Schweigen.

Dann sagte David: »Bitte versuch so etwas nicht wieder.«

»Natürlich werde ich es versuchen.«

»Ich werde es herausfinden.« Er überlegte kurz. »Es würde sowieso nichts nützen«, fügte er leise hinzu. »Ich habe diesen Agenturen geschrieben und sie gewarnt, für den Fall, dass du Kontakt zu ihnen aufnimmst. Ich habe ihnen mitgeteilt, was du und deine Schwester seid.«

Harriet gab einen erstickten Schluchzer von sich. »Und was genau wäre das?«

»Das weißt du«, antwortete er leise und zögerlich. Weiterhin war ganz offensichtlich, dass er Harriet nicht wehtun wollte, und das machte alles für Mae noch viel schlimmer.

»Lass mich einfach in Ruhe«, sagte Harriet.

Mae hörte David seufzen, dann seine Schritte. Sie zwang sich, vom Flur zurück in ihr Zimmer zu eilen.

Inzwischen war David wohl noch einmal an Harriets Tür stehen geblieben. »Ich bin der Einzige, der dich je nehmen wird, Harriet. Und ich will dich. Niemand sonst wird es je tun.«

»Du kannst mich aber nicht haben.«

Es trat eine kurze Stille ein. Als David danach noch etwas sagte, tat er es so leise, dass Mae, die ihr Ohr an die Wand presste, sich nicht sicher war, ob sie es richtig verstanden hatte.

Es klang sehr nach: »Ich kriege immer, was ich will.«

»Ich kriege immer, was ich will.«

Die Worte gingen Harriet an jenem Abend endlos lang durch den Kopf. Sie kam nicht zum Abendessen, zog sich nicht einmal aus. Sie legte sich einfach in ihrem eleganten silbernen Kleid auf das harte Bett und hielt dabei die Briefe in der Hand. Sie fühlte sich ganz schwer vor dumpfer Enttäuschung und Wut. Gleichzeitig versuchte sie zu überlegen, was sie und Mae als Nächstes tun konnten. Schon seit einer Weile hatte sie vermutet, dass Mae David heiraten wollte. Wegen all ihrer Versuche, Konversation mit ihm zu machen, und wegen ihres Verhaltens an dem Sonntag vor der Kirche, als sie sich so zu freuen schien, den Gouverneur zu treffen. Es war schmerzhaft deutlich gewesen, aber Harriet hatte nicht gewusst, was sie dagegen tun sollte. Das Letzte, was sie wollte, war, Mae zu beschämen, indem sie irgendetwas sagte – oder sie traurig zu machen, indem sie ihr von Davids Aufmerksamkeit für sie erzählte. Sie hatte so sehr gehofft, dass sich alles von selbst regeln würde, wenn sie erst fort wären, und schließlich in Vergessenheit geraten. Darauf hatte sie sich verlassen.

Jetzt, in der heißen Dunkelheit, platzte ihr fast der Kopf, wenn sie sich ausmalte, dass sie beide in der Falle saßen. Wenn sie nur etwas Geld hätten, etwas eigenes Geld …

Um Mitternacht hörte sie David die Treppe hinaufsteigen und lag angespannt da, weil sie erwartete, dass er kommen und vor ihrer Tür stehen würde. Doch dieses eine Mal tat er das nicht. Sie atmete auf, doch es war keine echte Erleichterung. Nur eine Atempause, das wusste sie. Er würde wiederkommen. *Ich kriege immer, was ich will.*

Am nächsten Tag blieb er zu Hause, es war ein Samstag. Harriet, die ihn nicht sehen wollte, wartete, bis er sich in sein Arbeitszimmer begeben hatte, bevor sie nach unten ging. Mae saß noch am Frühstückstisch, blass und mit verquollenen Augen. Sie bemühte sich um ein schwaches Lächeln für Harriet, brach dann aber doch in Tränen aus. Weil sie begriff, dass sie alles gehört haben musste, was David gesagt hatte, eilte Harriet zu ihr und schloss sie in die Arme. Sie verachtete David nur noch mehr, da er ihre Schwester so achtlos verletzt hatte.

Sie hielt sie an sich gedrückt. »Er verdient dich gar nicht, Mae.«

»Was ist eigentlich nicht richtig an mir?«, fragte Mae. »Was habe ich falsch gemacht?«

»Schsch«, machte Harriet, weil ihr sonst nichts einfiel, »schsch.«

Mae sah mit nassen Wangen zu ihr hoch. »Jeder mag dich lieber«, sagte sie.

Harriet fuhr ein Stückchen zurück. »Das stimmt nicht.«

»Doch. Und du weißt es. David, dann Laurie …«

»Laurie? Sei nicht albern.«

»Ich bin nicht albern«, sagte Mae. Sie schob Harriet auf

einmal gereizt von sich weg. »Er lächelt dich an, das habe ich gesehen.«

»Er lächelt dich auch an.« Das tat er wirklich, aber Mae war immer zu sehr in Gedanken oder mit diesem Puzzle beschäftigt, um es zu bemerken. Sie lächelte auch nie zurück.

»Nicht so wie dich.«

»Warum reden wir überhaupt über Laurie?«, fragte Harriet.

»Wir reden nicht über Lauric.«

Hatten sie das nicht getan? Harriet schloss die Augen. Sie war zu müde für so etwas. Sie sagte: »Wir müssen einfach von hier weg.«

»Was denkst du denn, wohin wir sollen?«

»Ich brauche etwas Zeit, um darüber nachzudenken.«

»Wir können nirgendwohin«, sagte Mae. »*Nirgendwohin.*« Sie wich noch ein Stück von Harriet zurück und wischte sich ruckartig die Tränen weg. »Du willst David nicht«, sagte sie, »und er will mich nicht. Also was bleibt uns übrig?«

Harriet erwiderte nichts. Sie hatte keine Idee.

Mae lachte bitter. Neue Tränen flossen.

»Mae …«

»Nein«, Mae hob die Hand, um Harriet zu zeigen, dass sie sich von ihr fernhalten sollte. Dann, als könne sie es keinen Augenblick länger im selben Raum mit ihr aushalten, stand sie auf und ging hinaus.

Den Rest des Tages verbrachte sie in ihrem Zimmer.

David blieb gnädigerweise in seinem Arbeitszimmer und grübelte dort über Dinge, die Harriet nur erahnen konnte. *Ich kriege immer, was ich will.* Gelegentlich hörte sie seine Schritte auf dem Fliesenboden, wenn er auf und ab ging.

Laurie kam kurz zu Besuch, ein paar Minuten vor vier, ohne Sally und beschämt darüber, was sie getan hatte. Er setzte sich mit Harriet auf die Veranda und fragte, was David gesagt hatte, als er am Vorabend nach Hause gekommen war. Sie berichtete ihm so kurz wie möglich davon. Davids Ankündigung erwähnte sie gar nicht, schon gar nicht im Wortlaut. Doch aus seinen mitfühlenden Blicken und langen Pausen bekam sie den Eindruck, dass Laurie auch so verstand.

»Es tut mir sehr leid«, sagte er. »Schrecklich leid. Sally auch, das kann ich Ihnen versichern. Wenn ich auch nur die geringste Ahnung gehabt hätte, dass sie die Briefe Roger geben würde …«

»Es ist passiert. Machen Sie sich keine Sorgen darüber.«

»Doch, das tue ich.«

»Bitte nicht.«

Er seufzte.

Sie sagte: »Ich überlege die ganze Zeit, ob es irgendwelche anderen Anstellungen gibt, für die ich mich bewerben könnte. Als Verkäuferin vielleicht …« Sie stockte. Niemand auf der Insel würde sie je einstellen, dafür würde David sorgen, und sie würde nie das Geld haben, an einen anderen Ort zu reisen; selbst wenn Laurie genug hätte, um es ihr zu leihen, könnte sie es nicht über sich bringen, ihn darum zu bitten. Aber er besaß ohnehin nicht genug.

»Wo ist Mae?«, fragte er.

»Auf ihrem Zimmer.« Harriet blickte zu ihrem Fenster hinauf. Lauries Augen folgten ihr, und sie sahen sie beide von den offenen Fensterläden zurückweichen.

»Gibt sie mir die Schuld?«, fragte Laurie in gedämpfterem Ton.

»Nein«, sagte Harriet, die jetzt auch leiser sprach, »nein.« Dann fuhr sie vorsichtig fort: »Ich bin mir gar nicht sicher, ob sie so gern Gouvernante geworden wäre.«

»Ja«, sagte Laurie, genauso vorsichtig. »Das habe ich mich auch gefragt. Sie wirkte sehr …« Er suchte nach einem passenden Wort. »Abgelenkt.«

Harriet lächelte kurz, dankbar für seine Rücksicht.

»Es tut mir sehr leid«, wiederholte er.

»Ist schon gut«, sagte Harriet, auch wenn es das keineswegs war.

Sie war sich nicht sicher, ob es das je werden würde.

Sie fühlte sich auch kein bisschen besser, als David in den darauffolgenden Tagen begann, sich mehr um sie zu bemühen. Nie erwähnte er mit nur einem Wort das schreckliche Gespräch an jenem Abend, als er mit den Briefen heimgekommen war; stattdessen füllte er die Lücke, die Maes neue Schweigsamkeit hinterlassen hatte. Er bestand darauf, sich bei ihren Frühstückszwiebacks und pochierten Abendessen mit Harriet zu unterhalten. Er versicherte, sie könne sich jedes seiner Bücher aus dem Arbeitszimmer leihen, wann immer sie wolle; und wenn es irgendwelche Pflanzen gebe, die sie im Garten zu ziehen wünsche, würde er sich bemühen, sie zu besorgen. Er richtete ihr Nachrichten von Elspeth, der Gattin des Gouverneurs, aus: Neuigkeiten über einen Nähkreis des Damen-Tennisclubs, dem sie sich doch anschließen solle, und dass man Freiwillige für den Teeausschank der Missionsschule suche. Harriet war nicht begeistert von Elspeths plötzlichem Interesse, denn offenbar hatte diese den Eindruck gewonnen, ihre Verlobung sei so gut wie abgemacht. David erklärte sie, dass sie keine Absicht habe, welchem Kreis auch immer beizutreten, weder um zu nähen, noch um sonst etwas zu tun. Er reagierte nicht darauf, als habe er gar nicht wahrgenommen, was sie gesagt hatte.

Er hatte auch wieder begonnen, um Mitternacht vor ihrer Tür zu stehen. Als könne er einfach nicht anders.

Sie sprachen allerdings nie darüber.

Und Mae sprach auch kaum noch mit Harriet.

Schließlich kam ein weiterer Freitag. David bot Harriet zum Dinner einen Sherry an, da ja Wochenende sei. Sie lehnte ab. Dann musterte er sie während des Essens, als ob er am liebsten in ihren Kopf gekrochen wäre. Sie ging früh zu Bett und schob ihren großen Koffer vor die Tür. Als die Uhr Mitternacht schlug, stieg er die Treppe hinauf und blieb auf dem Flur vor ihrem Zimmer stehen. Irgendwann brach dann der nächste Tag an.

Zwiebacks wurden serviert.

Und so begann das Wochenende.

Am Abend, dem letzten des Monats, sollten sie einen Ball in der Privatvilla des hiesigen Kommandanten der Army besuchen. David hatte Harriet erklärt, dass er normalerweise solche Frivolitäten meide, sie aber hingehen müssten, da Colonel Yates ein wichtiger Mann sei und der Gouverneur zur Zeit Malaya besuche. »Einer von uns muss sich jedoch blicken lassen.« Harriet freute sich nicht darauf. Die Aussicht, vor der ganzen besseren Gesellschaft Singapurs am Rande einer Tanzfläche zu stehen und David zu ignorieren, während Mae sie ignorierte, war alles andere als reizvoll. Doch da die Vorstellung eines weiteren Abends in Davids erstickendem Haus auch nicht besser war, machte sie kein Aufhebens davon. Außerdem hatte Laurie ihr gesagt, er werde dort sein. Wenn schon sonst nichts, würde es immerhin nett sein, ihn zu sehen.

Sie badete, steckte sich die Haare auf und zog das Ballkleid an, dass die Schneiderin in Simla für sie gemacht hatte: aus pfirsichfarbener Seide, mit ganz kurzen Ärmeln, tiefem Rückenausschnitt und Tellerrock. Sie stand da und betrachtete sich in dem Spiegel auf ihrer Kommode. Der schnitt ihren Kopf und ihre Beine ab, doch sie konnte sehen, wie der Stoff von der Taille abwärts fiel. Als sie mit der Hand über die Falten strich, musste sie daran denken, wie sie das Gleiche damals getan hatte, als sie das Kleid anprobiert hatte. Im Laden der Schneiderin, in dem es nach Schweiß und Gewürzen gerochen hatte und der jetzt zu einer anderen Welt, zu einem unerreichbaren Leben zu gehören schien.

»Harriet?«, rief David aus dem Flur nach oben und riss sie aus ihren Gedanken. »Kommst du? Wir werden uns noch verspäten.«

Er sprach mit ihr, als wäre sie bereits seine Frau.

Ohne zu antworten zog sie ihre Handschuhe an, sah sich noch einmal in dem kargen Zimmer um und wünschte sich, nie mehr dorthin zurückkehren zu müssen, bevor sie hinaus und die Treppe hinunterging. Mae, die eine rotes Abendkleid aus Seide trug, das damals in Simla so umwerfend ausgesehen hatte, ihr trauriges Gesicht jetzt jedoch viel zu blass wirken ließ, folgte ihr stumm. Sie musste bemerkt haben, dass David nicht nach ihr gerufen hatte.

Draußen war der Himmel voller Sterne. Die Blätter raschelten in einer leichten Brise.

Harriet bestieg den Gharry und machte neben sich Platz für Mae. Vergebens tastete sie nach Maes Hand, denn sie zog sie weg. David saß ihnen im Abendanzug gegenüber. Er suchte unablässig Harriets Blick. Doch Harriet, die vermutete, dass seine Fixiertheit seinem ordnungsliebenden Geist genauso zu schaffen machte wie ihrem gebrochenen, schaute weg. Je länger sie das tat, desto entschlossener schien er, sie dazu zu bringen, dass sie ihn ansah. Ihre Distanziertheit brachte ihn schier zur Verzweiflung.

Die Yates-Villa lag nicht weit entfernt, an einer ruhigen, von Palmen gesäumten Straße. Als sie vor einem großen weißen Haus hielten, bei dem alle Fenster offen standen und in jedem Zimmer Kerzen brannten, dachte Harriet: *Bringen wir die Sache hinter uns.*

Sie erwartete sich von diesem Abend nichts. Höchstens hoffte sie auf eine angenehme Plauderei mit Laurie.

Doch Laurie kam nicht allein. Sein Freund, der von seiner letzten Auslandsreise zurück war, begleitete ihn. Alexander Blake.

Nach diesem Abend sollte sich ein weiteres Mal alles ändern.

# 7. Kapitel

*Singapur 1941*

In ihren ersten sechs Wochen in Singapur kam Ivy kaum zur Ruhe. Jedes Mal, wenn Alma vorschlug, zu einer Cocktailparty oder einem Abend im Raffles zu gehen, war sie einverstanden, egal, wie müde sie nach dem Tag in Kranji war. Und sie war nach jedem Tag dort müde. Die Stunden, die sie über ihren Notizblock gebeugt, mit unter den Kopfhörern brennenden Ohren und angestrengt lauschend verbrachte, waren die anstrengendsten, die sie je erlebt hatte.

Die Hitze steigerte sich, als der Juni in den Juli überging. Schweiß sammelte sich an ihren Schlüsselbeinen und lief ihr das Rückgrat entlang. In den Teepausen gingen sie und die anderen nach draußen, streckten die schmerzenden Glieder, zupften sich die Uniformen von der schweißnassen Haut und dachten wehmütig an die kühlen Brisen, die auf ihrer Reise hierher geweht hatten. Sie fantasierten darüber, wie es sich anfühlen müsste – nur für einen einzigen herrlichen Moment lang –, Kühle zu verspüren. Dann kehrten sie für weitere vier Stunden in ihre glühend heiße Hütte zurück. Ivy war stets ein dehydriertes Wrack, wenn Tomlins sie gehen ließ (*Na los, Harcourt, ich sehe, wie Sie dauernd auf die Uhr starren*). Aber dann kehrte sie nach Bukit Chandu zurück – manchmal mit Alma oder, wenn diese anderweitig beschäftigt war, mit einem Transportlaster, badete, zog eines ihrer neuen ärmellosen Kleider an, die sie sich nach Almas Empfehlung von einer Einheimischen hatte nähen lassen, und machte sich mit Alma auf den Weg in die Stadt. Manchmal schloss sich ihre Mitbewohnerin Vanessa ihnen an (*muss meine schicken Fummel auch mal auslüften*). Jane kam allerdings nur selten mit (sie litt an Heimweh und verbrachte ihre Abende lieber damit, Briefe an ihre Familie in Irland zu schreiben). Sie waren immer zu mehreren – die Mädchen vom Lauschposten; Sam Waters und seine Kumpel; Freunde von Alma. So feierten sie bis in die frühen Morgenstunden (*ihr werdet davon alle noch krank werden,* warnte die stille Jane) mit den Nachtschwärmern der Insel, die gerade dienstfrei hatten, und tranken in der lauen Nachtluft Cocktails.

Ivy redete sich gar nicht erst ein, dass Gregory zufrieden mit ihrer neuen Geselligkeit wäre. Sie wusste, er würde sie sofort durchschauen. *Warum haben Sie solche Angst davor, innezuhalten, Ivy?,* würde er fragen. *Wie schlafen Sie zurzeit?*

*Reden Sie mehr mit Menschen, wie Sie es mir versprochen haben?*

Das tat sie nicht. Sie konnte es nicht. Es waren die Albträume, die sie daran hinderten. Sie quälten sie wieder ganz schrecklich. Egal, wie müde sie sich gemacht hatte, immer störten sie ihren Schlaf und weckten sie schon nach wenigen Stunden wieder. Sie wusste gar nicht, warum sie sie befielen – wegen ihrer anstrengenden Tätigkeit tagsüber vielleicht oder wegen der heftigen Gewitter. Jedenfalls träumte sie viel zu oft von Felix (*nein, nein, mein*

*Gott*) und den Stunden, als sie verschüttet gewesen war, mit der kalten Last des toten Mannes, Stuart, auf ihr. Im Schlaf meinte sie zu spüren, wie Stuarts Blut durch ihren Rock und bis auf ihre Haut sickerte. Und obwohl ihr beim Aufwachen klar wurde, dass es Schweiß und kein Blut war, brauchte sie in der dampfigen Dunkelheit viel zu lange, um sich wieder zu beruhigen und das tatsächlich zu glauben. Alma gegenüber erwähnte sie nichts. Nicht etwa weil sie den Eindruck hatte, die Freundin würde es nicht verstehen – sie wusste, dass sie es würde –, sondern weil sie sich selbst so sehr ärgerte. Ärgerte, dass die Träume ihr zu diesem Neubeginn gefolgt waren. Sie wollte sie am liebsten davon aussperren.

Nicht einmal Mae gegenüber erwähnte sie etwas, obwohl sie ihr inzwischen schon so viele Briefe geschrieben hatte. Auch ein Telegramm. Und zwar nachdem sie endlich mit Commodore Laurie Hinds gesprochen hatte.

Er war eines Abends zu Besuch gekommen, als sie von der Arbeit zurück war. Es hatte sie zunächst nervös gemacht, ihn an ihrer Haustür zu treffen, denn inzwischen hatte sie sich ein Bild von ihm als verschlossen und einschüchternd gemacht. Aber schon nachdem sie ein paar Augenblicke miteinander gesprochen hatten, stellte sie fest, dass er genauso freundlich war, wie Alma ihr versichert hatte. Und er war sehr darauf bedacht zu erfahren, ob sie sich schon eingewöhnt hatte.

»Sollten Sie irgendetwas brauchen, was auch immer es ist …«, sagte er, » … dann müssen Sie es mich wissen lassen, wirklich. Ich wohne nur ein paar Häuser weiter, bei Alex Blake.« Er zeigte in die Richtung der Villa.

Ivy hatte nicht erwähnt, dass sie bereits wusste, wo er

wohnte. »Danke schön«, sagte sie stattdessen, »das ist gut zu wissen.« Dann zögerte sie, weil sie nach einer höflichen Formulierung suchte, um zu fragen, warum ihm überhaupt so viel an ihr lag. »Ich glaube, Sie kannten meine Großmutter«, begann sie. »Lieutenant Tomlins hat das erwähnt.«

»Ja«, antwortete er mit einem leisen Seufzer. »Vor langer Zeit.«

»Ich habe Sie am Tag meiner Ankunft im Hafen gesehen.«

»Ich weiß.« Er machte ein reumütiges Gesicht. »Ich war gekommen, um Sie zu begrüßen. Und das hätte ich auch tun sollen.«

»Und warum haben Sie es nicht getan?«, fragte sie neugierig.

Er lächelte traurig. »Sie ähneln Ihrer Großmutter so sehr«, sagte er. »Das traf mich unvorbereitet. Aber es tut mir leid. Das war unhöflich.«

»Nein …«

»Doch.«

»Na gut«, sagte Ivy und lächelte jetzt selbst. »Aber ich verzeihe Ihnen.«

Er lachte. »Danke sehr.«

Durch seine Freundlichkeit selbstbewusster geworden sagte sie: »Sie müssen meine Gran ziemlich gut gekannt haben.«

»Gut genug«, sagte er. »Es war geradezu ein Schock, als ich den Namen auf Ihrer Akte las.«

»Ah«, sagte Ivy, »auf meiner Akte.« So war er also dahintergekommen.

»Ja«, sagte er. »Aber«, und sein Ton wurde besorgt, »da

sie Ihre nächste Verwandte ist …« Verlegen beendete er den Satz nicht.

Weil sie schon ahnte, was er fragen wollte, sagte Ivy: »Da gab es schon immer nur uns beide.« Sie sprach leise, weil ihr das Thema wie immer unangenehm war. »Meine Eltern starben am Ende des letzten Kriegs.«

»Oh«, sagte er, »das tut mir sehr leid.« Sie fühlte sich schrecklich wegen der Traurigkeit, die seinen Blick erfüllte. »Sie müssen noch sehr jung gewesen sein.«

»Das waren sie.«

Er sah für einen Moment in die Ferne, als versuche er zu verstehen. »Ihr Vater kann nicht älter als zwanzig gewesen sein. Dann ist er 98 geboren, oder?«

»Ja«, sagte sie, »im Februar«, und fühlte sich wie vom Donner gerührt … weil da plötzlich … irgendetwas in seinem Gesicht war. Sie musterte ihn und versuchte zu erkennen, was sich verändert hatte. »Woher wissen Sie, wann mein Vater geboren ist?«

»Das wusste ich nicht«, sagte er. »Ich habe es vermutet und … nun, es muss ja um diese Zeit gewesen sein, sonst hätte er nicht fallen können. Wissen Sie, Ihre Großmutter hatte ja keine Kinder, als sie das Jahr zuvor hier war …«

»Hier?« Jetzt sah sie vermutlich schockiert aus. »*Hier*?« Ihre Stimme klang seltsam schrill. Dann hatte Tomlins es doch richtig verstanden. Auch wenn es keinen Sinn ergab. »Nein«, sagte sie, »sie hat nie hier gelebt.« Stirnrunzelnd sah sie Laurie an, der mit jeder Sekunde entsetzter dreinblickte. »Oder doch?«

»Oh Gott«, sagte er nur.

Ivy riss die Augen auf. »Sie war wirklich hier?«

Er schüttelte stumm den Kopf, was wie eine Bestätigung wirkte.

»Warum hat sie es nicht erzählt?«, fragte Ivy und gab sich Mühe zu verstehen. »Was hat sie überhaupt hier gemacht?«

»Ich hatte keine Ahnung, dass Sie davon nichts wussten. Es tut mir so leid …«

»Warum war sie überhaupt hier?«

»Nein«, sagte er, »ich hätte es nicht erwähnen sollen.«

»Bitte«, sagte sie, »Sie müssen mir mehr erzählen.«

»Das kann ich nicht«, sagte er. »Es wäre nicht richtig.«

»*Bitte* …«

Doch er ließ sich nicht dazu bewegen. Egal, wie sehr sie darauf beharrte, er weigerte sich nachzugeben. »Sie müssen erst Ihre Großmutter fragen«, das war sein einziges Zugeständnis.

Also ließ Ivy sich von Alma helfen, um genau das zu tun.

*Du hast in Singapur gelebt STOP Wann STOP*

Darauf bekam sie als Antwort nur ein Telegramm, das einen Brief ankündigte.

*Tut mir so leid Schatz STOP*

»Ich schätze, du wirst dich gedulden müssen«, sagte Alma. »Versuch so lange, es zu verdrängen.«

Ivy versuchte es. Genauso, wie sie versucht hatte, die Albträume zu verdrängen.

Und Kit Langton.

Sie versuchte, auch ihn zu vergessen.

Doch jedes Mal wenn sie an der Stelle vorbeikam, wo er sie beim Spionieren erwischt hatte (was täglich passierte, denn es war der Weg hinunter zur Hauptstraße), und dann Lauries Freund Alex auf seiner Veranda etwas schreiben sah, stellte sie sich Kits Stimme hinter ihr vor. *Hallo?* Und immer wenn sie ihre Plimsolls anzog (was auch täglich der Fall war), erinnerte sie sich an die Mühe, die er sich gemacht hatte, um sie ihr zurückzubringen. Jedes Mal war sie von Neuem enttäuscht, dass er bei der Gelegenheit keine Nachricht für sie hinterlassen hatte. Halb hoffte sie noch, dass Sam, der sie immer wieder in ihren Pausen abpasste – zwei Becher gesüßten Tee in der Hand und eine Selbstgedrehte im Mund –, sich mit einem Mal erinnern würde, dass Kit ihr sehr wohl eine mitgeschickt hatte. Doch auch wenn Sam ihr inzwischen eine Menge erzählt hatte – dass er Einzelkind war, nicht weit entfernt von Ivy in Crouch End aufgewachsen, nur deshalb nicht auf die Universität gegangen war, weil der Krieg begonnen hatte, und dass er ein Herzgeräusch hatte, aber verzweifelt gern kämpfen würde, weil er kein Feigling sei und es unerträglich fände, wenn Ivy ihn dafür hielte, dass er es den Japanern schon zeigen würde, wenn sie sich in die Nähe wagten, dann müsste man ihm nur eine Pistole geben –, von Kit sprach er nie.

Und Kit war auch nirgends. Wann immer Ivy und Alma gleichzeitig einen freien Tag hatten, fuhren sie zu einer der Badebuchten die Ostküste hinauf. Die von Palmen gesäumten Strände waren überfüllt. Aber aus irgendeinem Grund – den Tomlins Idiotie nannte – waren sie dort vollkommen schutzlos, also ohne Stacheldraht oder bewaffnete Posten. Frauen räkelten sich in Liegestühlen, Kinder planschten im Wasser, und Soldaten, mit ihren Identitätsmarken um den Hals, alberten herum – voller überschüssiger Energie, weil sie auf einen Krieg warteten, der erst noch ausbrechen würde. Nur Kit war nirgends. Auch in den Bars und Tanzlokalen nicht.

Ivy fragte sich, auch wenn sie sich deshalb wegen Felix furchtbar fühlte, ob sie ihn je wiedersehen würde. Weil sie diese unbeantwortete Frage nicht mehr aushielt, entschloss sie sich, es auf eigene Faust herauszufinden.

Sie wusste, dass Alma sie auf der Stelle durchschauen würde, wenn sie danach fragte. Daher entschied sie, sich stattdessen an eine andere ihrer Mitbewohnerinnen zu wenden. Da sie es nicht für sehr wahrscheinlich hielt, dass die stille Jane irgendetwas wusste, und Vanessa im Gegensatz dazu fast alles zu wissen schien, klopfte sie eines Abends, als sie aus Kranji zurück war, an Vanessas Tür. Sie hatte Vanessa inzwischen ins Herz geschlossen. Bei den seltenen Gelegenheiten, wenn sie mit ihnen ausging, stürzte sie sich genauso pragmatisch ins Vergnügen, wie Ivy sie sich auf der Krankenstation vorstellte. Und sie legte eine Energie an den Tag, der man die langen Stunden, in denen sie sich um Männer mit Schlangenbissen, Typhus und Malaria kümmerte, nicht anmerkte. (Sie vertrug auch die erstaunlichste Menge Gin Slings.)

Jetzt winkte sie Ivy in ihr Zimmer. »Herein, herein«, sagte sie, den Mund voller Haarnadeln. Sie trug bereits ihre Schwesterntracht und trat wieder vor den Spiegel, um ihr Häubchen zu befestigen. »Was kann ich für dich tun?«

Ivy setzte sich aufs Bett, dessen Moskitonetz auf beiden Seiten zurückgeschlagen war. Jetzt, wo sie hier war, empfand sie plötzlich Verlegenheit und zupfte an Vanessas Kopfkissen. Sie wechselten ein paare Worte übers Wetter (gewittrig), darüber, wo Ivy und Alma an diesem Abend noch hinwollten (eine Party, vermutete Ivy), und dann sagte Vanessa: »Raus mit der Sprache, wo drückt der Schuh?« Da fragte Ivy sie, ob sie einen gewissen Kit Langton kenne.

Vanessa lächelte in den Spiegel und sagte (wobei sie Ivy anscheinend genauso glasklar durchschaute, wie sie es bei Alma befürchtet hatte): »Der ist dir wohl aufgefallen, was?«

Ivy wurde rot. »Das ist es nicht.«

Vanessa steckte eine weitere Haarnadel in ihre Frisur. »Natürlich nicht.«

»Wirklich nicht«, beharrte Ivy. Sie wusste nicht, warum ihr das überhaupt etwas ausmachte. »Ich habe ihn nur kennengelernt und seither nie mehr gesehen.«

»Und jetzt willst du wissen, wo er steckt?«

»Ja.«

Vanessa rückte ihr Häubchen zurecht. »Einfach so?«

Ivy rutschte auf dem Bett herum. »Ja.«

Vanessa drehte sich zu ihr um. »Tja, ich fürchte, ich weiß es nicht«, sagte sie. »Aber«, sie fixierte Ivy mit besorgtem Blick (Ivy fragte sich, ob sie den auch aufsetzte, wenn sie Patienten schlechte Nachrichten mitzuteilen hatte), »wenn du meinen Rat hören willst, sei vorsichtig.«

Ivy konnte nicht anders als nachzufragen. »Warum?«

Vanessa runzelte die Stirn. »Er hatte keinen guten Krieg«, sagte sie, »nach allem, was mir zu Ohren gekommen ist.«

Ivy, die die Schwermut in seinem Gesicht nicht vergessen hatte – eher im Gegenteil –, war nicht besonders geschockt, obwohl der Gedanke daran sie seltsam traurig machte. »Ist das ein guter Grund, um sich von jemand fernzuhalten?«, fragte sie.

Vanessa lächelte traurig. »Ich kann dir ansehen, dass du nicht so denkst.«

»Das habe ich nicht gesagt.«

Immer noch das traurige Lächeln. »Ich habe so ein Gefühl, als ob du ihm da heraushelfen willst.«

»Nein, nein …« Wollte sie?

»Ich sehe den Reiz darin«, sagte Vanessa, »glaub mir. Lass dich mit offenen Augen darauf ein, das ist alles.«

Ivy seufzte kläglich. »Ich lasse mich auf gar nichts ein«, murmelte sie, genauso zu sich selbst wie zu Vanessa.

Dann ging sie, zog sich um und besuchte mit Alma ein Fest in der Villa des Freundes einer Freundin. Außerdem setzte sie den quälenden Gedanken an Kits nicht guten Krieg auf die rapide wachsende Liste der Dinge, die sie aus ihrem Kopf verbannen sollte.

Kit wäre am selben Abend wahrscheinlich gern auf einer Party gewesen. Oder hätte sich gern einen Drink gegönnt. Vielleicht sogar mehrere. Tatsächlich wäre er wohl an jedem anderen Ort lieber gewesen und hätte alles andere lieber getan als das Meer zwischen Thailand und Indochina zu überqueren – denn genau das stand ihm bevor.

Da jüngste Geheimdienstinformationen nahelegten, dass ein Vorrücken der Japaner in den Süden des Landes unmittelbar bevorstand, war Hinds erpichter denn je auf Aufklärungsfotos der Dörfer und Häfen Indochinas, um Ziele für spätere Fliegerangriffe auszumachen. Kit verstand das Prinzip: In einer Welt, in der die Royal Air Force in Fernost genügend Flugzeuge für solche Luftangriffe hätte, würden solche Aufnahmen nützen. Doch da er bezweifelte, dass die Royal Air Force jemals die nötige Kapazität hätte und er sowieso ein schlechtes Gefühl bei der Vorstellung hatte, überhaupt bis nach Indochina vorzudringen, hätte er die Sache am liebsten abgeblasen.

Während der ganzen Reise, die er mit anderen durch die Häfen im Süden Thailands unternommen hatte, waren ihnen die zahlreichen japanischen »Touristen« aufgefallen, die das Gleiche taten, nämlich zweifellos die Küste vor ihrer Invasion inspizieren. Der Druck stieg, das spürten sie alle, und sie besaßen bereits reichlich Material, um eine Operation zur Verteidigung vorzubereiten. Wäre es nach Kit gegangen, wären sie so schnell wie nur irgend möglich nach Singapur zurückgekehrt.

Nachdem er diese Spezialmission leitete, versuchte er am frühen Abend, Hinds über Funk zu erreichen, um sich die Erlaubnis zu holen, die Aktion abzubrechen. Doch Hinds war bei einer Besprechung in Fort Canning. Sein Untergebener befahl Kit, wie geplant weiterzumachen. Kit war darüber nicht begeistert, Jimmy noch weniger.

»Tu doch so, als hättest du ihn nicht richtig gehört«, schlug er vor. »Die ganze Sache ist doch Irrsinn.«

Kit stimmte ihm zu.

»Gilt das heutzutage nicht für alles?«, hatte Tristan gemeint. »Und ein Befehl ist ein Befehl.« Auch wahr. Das wussten sie alle.

Kit starrte auf das schwarze Wasser und in Richtung ihres noch unsichtbaren Ziels. Besorgt holte er tief Luft. Es war eine wolkenlose Nacht und beinah Vollmond. Die

Sterne spiegelten sich in der spiegelblanken Wasseroberfläche. Er sah die Silhouetten seiner Männer vor sich und dazu das schaukelnde Boot, auf das ihre Rucksäcke schon verladen waren.

Jimmy bemerkte seinen Blick. »Das gefällt mir nicht«, sagte er wieder.

»Mir auch nicht«, sagte einer der beiden Lieutenants der Navy, die sie begleiteten. Der Mann kam aus Yorkshire, hieß Pete Gibbs und hatte zu Hause einen kleinen Sohn, den er noch nie gesehen hatte.

»Wir müssen aufbrechen«, sagte Tristan. »Wir können es nicht nicht tun.« Seine Miene war entschlossen, hart und weit entfernt von der sorglosen Trägheit, die er sonst immer wie eine Maske an den Tag legte, wenn sie unterwegs waren. Kit hatte diesen Blick schon oft an seinem Freund gesehen: in Frankreich, als sie so tief im Hinterland waren und allen ihre drohende Niederlage dämmerte. Die ganze Zeit über in der Wüste. Grimmig, aber nie ängstlich.

Er musterte die Gesichter der anderen im schwachen Licht: Gibbs, nachdenklich und besorgt; Lieutenant Porter, ein Dreiundzwanzigjähriger, der sich bemühte, so mutig wie Tristan dreinzublicken; Jimmy, der ruhige Jimmy, kein Feigling, aber sichtlich besorgt.

Kit schaute zu den Sternen hinauf und dachte einen kurzen Moment lang – und bevor er sich selbst davon abhalten konnte – an zu Hause: an den Strand in Sydney, wo er aufgewachsen war, an das Haus der Familie, wo seine Eltern noch lebten und das er jetzt seit über sieben Jahren nicht mehr gesehen hatte. (Sieben. Wie konnte das sein? Dann riss er seine Augen vom Himmel los, richtete sie wieder auf das Boot, und weil es ja keine Alternative gab, sagte er: »Lasst uns aufbrechen.«

Jimmy seufzte, protestierte aber nicht weiter. Gibbs sagte: »Verdammte Hölle.« Dann schoben sie das Boot vom Ufer weg, sprangen hinein, ließen den Motor an und waren unterwegs.

Während sie übers Meer schipperten, einigten sie sich auf einen Plan. Kit, Jimmy und Tristan würden an Land gehen und die Küste hinauf Informationen sammeln, während Gibbs und Porter auf einer nahen Insel warteten, in Bereitschaft, falls Kit über Funk irgendwelche Probleme meldete, zu denen es hoffentlich nicht kommen würde.

Zunächst sah es nicht danach aus. Die Dörfer lagen friedlich im diesigen Sonnenschein. Frauen wuschen plaudernd Wäsche, während ihre ab der Taille nackten Kinder lachend spielten (wie hatte es sich angefühlt, so sorglos zu sein?). Kit, Jimmy und Tristan arbeiteten kontinuierlich und verbrauchten bergeweise Filme, um mögliche Standorte für Air-Force-Stützpunkte und Navy-Häfen zu dokumentieren. Einheimische Fischer musterten neugierig ihre Kameras und ihre Freizeitkleidung. Kit hoffte, dass sie glaubwürdig nach einem australisch-britischen Trio von Touristen auf einer (zugegeben seltsamen) Abenteuerreise durch Asien aussahen. Jedenfalls stellte niemand sie zur Rede.

»Ich hoffe«, sagte Jimmy, »sie haben uns wieder komplett vergessen, wenn die Japaner kommen.«

Tristan meinte: »Hör auf, davon zu reden, dass sie kommen. Du ziehst das Unglück sonst noch an.«

Abends hatte man in den Dörfern Laternen und Kohlefeuer angezündet, auf denen gekocht wurde, bis die Luft erfüllt war vom Duft nach Chili und Zitronengras. Kit fing beinah an, sich zu entspannen.

Es war am dritten Tag, als sie eigentlich schon weiter ins nächste Dorf wollten. Jimmy kehrte noch einmal zum hiesigen Hafen zurück, weil er fürchtete, dass die bereits gemachten Aufnahmen überbelichtet waren. »Wenn ich schon mal hier bin, kann ich auch ordentliche Bilder liefern.« Kit und Tristan packten ihre Sachen in dem Pensionszimmer schon zusammen und gingen dann auf die Straße, um zu rauchen. Gewitterwolken, unter denen sich die Hitze staute, hatten sich zusammengeballt. Die Luft war vor lauter Feuchtigkeit ganz schwer. Das Ortszentrum lag still da. Nur ein paar Frauen standen an der Wasserpumpe, ansonsten war alles verwaist. Es wehte kein Hauch, und die Palmblätter hingen reglos unter dem grauen Himmel. In der Stille nahm Kit zunächst kaum bewusst ein mahlendes Dröhnen war. Das hatte er schon einmal gehört. Sein Körper spannte sich wegen des Adrenalins an, noch bevor ihm so richtig klar wurde, um was für einen Lärm es sich handelte.

Im selben Moment entdeckte er Jimmy, der über den harten unbefestigten Weg auf sie zugerannt kam und dabei mit den Armen ruderte, seine Kamera schlug auf dem pastellfarbenen Hemd hin und her. »Panzer«, schrie er. »Wir hauen verdammt noch mal sofort ab. Die Japaner sind hier.«

Weder Kit noch Tristan verloren Zeit mit einer Antwort. Sie drehten sich um, sprinteten in ihr Zimmer hinauf, schnappten sich das Funkgerät, ihre Revolver und die kleinen Taschen, die sie mit an Land genommen hatten. Weil sie es nicht riskieren wollten, erneut durch den Eingangsbereich zu laufen, kletterte Kit direkt aus dem Fenster des Zimmers. Jimmy und Tristan folgten ihm. Sie hatten die Träger ihrer Taschen zwischen den Zähnen und sprangen schweißüberströmt in die dichte Vegetation, die das Dorf umgab.

Sobald sie sich versteckt hatten, funkte Kit – mit vor Aufregung zitternden Händen – Gibbs und Porter an. Er teilte ihnen die Koordinaten des nächstgelegenen Strandes mit, von dem die beiden sie bei Einbruch der Dunkelheit abholen sollten. Er hoffte inständig, dass der Funkspruch sie erreichte. Und dass kein Japaner ihn mithörte.

»Ich hoffe nur, dass keiner dieser verdammten Fischer denen erzählt, dass wir hier waren«, sagte Tristan und starrte durch das Blattwerk konzentriert Richtung Dorf.

Jimmy erwähnte nicht, dass er das schon vor zwei Tagen gesagt hatte. Er sagte auch nicht, wie oft er Kit beschworen hatte, überhaupt nicht mit ihnen nach Indochina aufzubrechen. Jimmy war einfach ein guter Kumpel.

Jetzt wurde es lauter: Jede Menge Lastwagen und Panzer rollten ins Dorf, und die auf unheimliche Weise vertrauten Rufe japanischer Stimmen hallten durch die Luft. Das versetzte Kit, absolut gegen seinen Willen, zurück in seine kurze Zeit in China. Er vermutete, dass der Großteil der Streitkräfte auf dem Landweg aus dem bereits besetzten Norden kam. Weil keinerlei Geschützfeuer zu hören war, konnte er nur annehmen, dass die feigen Vichy-Franzosen keinerlei Widerstand leisteten.

Er fragte sich, was in dem Dorf passierte. Als er an die lächelnden Gesichter der Frauen, die fröhlichen Kinder dachte und sich an Nanking erinnerte, umklammerte er seinen Revolver nur noch fester. Es brachte ihn fast um, in seinem Versteck bleiben zu müssen. Es schmerzte ihn geradezu körperlich, nicht zurück ins Dorf rennen und kämpfen zu können.

Als habe er seine Gedanken gelesen, fasste Jimmy ihn am Arm. Seine Bewegung war ruhig und beruhigend. »Ich möchte auch«, sagte er. »Aber es würde nichts bringen. Und Gibbs und Porter werden uns holen kommen. Überleg mal, was passiert, wenn sie uns nicht finden.«

»Falls sie nicht schon geschnappt wurden«, sagte Tristan. »Auf dem Wasser wird es nur so von Japanern wimmeln.«

»Verdammt!«, sagte Kit. Er musste an Gibbs' Baby zu Hause denken, das darauf wartete, seinen Vater kennenzulernen.

Die Stunden schlichen dahin, eine heißer als die andere, und Kits Haut glühte. Das Geräusch der Insekten rundherum war ohrenbetäubend und gnadenlos. Sie schlugen einen Moskito nach dem anderen auf ihren Hälsen und nackten Armen tot.

Sie unterhielten sich nur flüsternd und lenkten sich von den Gedanken daran, ob sie es von hier fort schaffen würden oder nicht, ab, indem sie darüber redeten, was als Nächstes passieren würde: die unvermeidliche Invasion Malayas, nachdem die Japaner sich mit Niederländisch-Indien auch noch ihr Sprungbrett für den Angriff gesichert hatten.

»Singapur ist geliefert«, sagte Tristan.

Kit konnte ihm nicht widersprechen. Und ihm wurde ganz schlecht bei dem Gedanken an diesen winzigen Fleck – die vermeintlich unbezwingbare Inselfestung mit ihren Stränden ohne jede Verteidigung, Gewässern ohne

Schiffe, viel zu wenigen Soldaten und Flugplätzen, wo es nur altmodische, schlecht funktionierende Maschinen gab.

Die Wolken verzogen sich, und die Pflanzen rundherum dampften in der Nachmittagssonne. Sie hatten kein Wasser. Warum hatten sie kein Wasser mitgenommen?

Tristan sprach vom kalten Bier, das sie in Singapur erwartete. So was hatte er auch in Dünkirchen gemacht. Champagner im Savoy, hatte er gesagt, als sie den blutenden Jimmy schleppend im Wasser standen, alle blaugefroren, während sie darauf warteten, noch auf ein Boot zu kommen. Um sie herum waren Bomben gefallen und hatten die Leichen Gefallener in alle Richtungen fliegen lassen. Bevor ihr euchs verseht, werden wir literweise davon trinken, literweise. Die Situation damals war hoffnungslos erschienen, doch sie hatten es geschafft.

Allerdings fühlte Kit sich deshalb jetzt auch nicht besser. Wie viele glückliche Rettungen waren einem Mann beschieden?

»Vielleicht wartet Cinderella ja hier auf Kit, damit er sie rettet«, sagte Tristan und hielt die Augen weiter auf den Dschungel vor ihnen gerichtet.

Kit ignorierte ihn.

»Du hast doch gesagt, Cinderella hätte nur einen Schuh verloren«, sagte Jimmy. »Außerdem war das mein verdammter Scherz, Tristan. Du hast gesagt, er wäre Mist.«

»Inzwischen ist er mir ans Herz gewachsen, genau wie du, Jimmy«, sagte Tristan und strubbelte ihm mit der Hand durchs Haar. »Du wirst witziger, alter Knabe. Ja wirklich.«

»Du kannst mich mal«, sagte Jimmy.

Sie verstummten.

Kit knirschte ärgerlich mit den Zähnen, weil er ausgerechnet in diesem Moment wieder an Ivy erinnert worden war. Verdammter Tristan. Jetzt fragte er sich, wie es ihr wohl ging. War sie in Kranji bei der Arbeit? Oder hatte sie den Tag frei und spazierte vielleicht über dieselbe Straße, auf der er sie in Bukit Chandu gesehen hatte? Er erinnerte sich daran, wie sie mit offenen Haaren zwischen den Hecken gestanden hatte. Er sah sie am Kai und wie sie bei Regen in die Abhörstation rannte … Die Bilder, die in den vergangenen Wochen immer wieder vor seinem inneren Auge aufgetaucht waren, kamen nur zu bereitwillig. Selbst jetzt, wo die Japaner in Schussweite waren. *Oh Gott.*

Ein Megaphon, aus dem irgendwas Unverständliches mit starkem japanischem Akzent erscholl, half ihm, sich wieder auf das Hier und Jetzt zu konzentrieren. Die Stimme kam von einer Straße, die auf das Dorf zuführte, keine dreihundert Meter entfernt, und sie kam immer näher. Außerdem war da dieses dunkle knirschende Grollen: noch mehr Panzer.

Er hasste das Geräusch von Panzern.

Sein Körper spannte sich an. Bereit. Er biss sich auf die Unterlippe und starrte aus leicht zugekniffenen Augen in die Richtung, aus der sie kommen mussten. Er legte auch den Finger auf den Abzug und merkte, dass Tristan und Jimmy das Gleiche taten. Sie konnten weiß Gott mit ihren Revolvern nichts gegen Panzergeschütze ausrichten, aber sie harrten trotzdem in Bereitschaft aus.

Niemand kam.

Das Grollen zog vorbei und war irgendwann nicht mehr zu hören.

Endlich dämmerte es.

Im Schutz der Dunkelheit verließen die drei leise den Dschungel, machten einen Bogen um die von Laternen erleuchtete Ortsmitte und gelangten an die Küste. Vom Dorf her waren Aktivitäten zu hören, Männer, die ein Lager aufschlugen, doch der Strand war – da hatten sie geheimnisvollerweise Glück – menschenleer.

Kit vermutete, dass die Japaner schlicht keine besondere Angst davor hatten, dass jemand eintraf, um sie wieder zu vertreiben. Das war schließlich auch, als sie den Norden des Landes besetzt hatten, nicht passiert.

Kameras und Revolver hochhaltend wateten sie ins Wasser, um auf Gibbs und Porter zu warten.

Sie starrten auf den vom Mond erhellten Horizont, und keiner von ihnen sagte ein Wort.

Niemand machte eine Bemerkung darüber, wie viel wärmer das Wasser hier war als in Dünkirchen.

Die Minuten dehnten sich und wurden zu einer Stunde.

Dann zu einer weiteren.

Kits Beine schmerzten vom Stillstehen. Seine Arme auch, weil er die Kamera die ganze Zeit hochhalten musste. Er erlaubte sich gar nicht, infrage zu stellen, ob Gibbs und Porter überhaupt jemals kommen würden.

Tristan und Jimmy erwähnten es ebenso wenig.

Aber bei Gott, sie atmeten kollektiv vor Erleichterung auf, als sie einen Bug durchs Wasser gleiten hörten und schließlich das Boot sahen, das durch die Dunkelheit auf sie zukam. Kit hätte Porter am liebsten geküsst, als der sich über die Bordwand lehnte, um ihn aus dem Meer zu ziehen.

»Habt ihr die Japaner gesehen?«, fragte Jimmy, der hinter ihm ins Boot kletterte.

»Natürlich haben wir sie gesehen«, zischte Gibbs, »sie

waren ja auch verdammt schwer zu übersehen. Die kamen direkt an uns vorbei. Wir versteckten uns, so gut es ging, zwischen ein paar Mangroven und beteten.«

»Dann betet mal schön weiter«, sagte Tristan, »wir müssen erst noch nach Malaya kommen. Und wenn uns unterwegs welche von denen begegnen, sind wir tot.«

Sie begegneten keinen Japanern. Schnell und nur im Schutz der Dunkelheit gelangten sie wohlbehalten nach Malaya. Das Boot ließen sie an einem einsamen Strand zurück und kämpften sich von dort aus durch die Hitze und den Schlamm des Dschungels. Nachts schliefen sie in ihren Stiefeln, um sich vor Schlangenbissen zu schützen. Die Rucksäcke dienten ihnen als Kopfkissen. Ihre ohnehin schon gebräunte Haut wurde in der Sonne schließlich fast schwarz. Jimmy bekam einen üblen Sonnenbrand. (»Immer erwischt es mich, was?«, beschwerte er sich und betrachtete die Blasen auf seinen Armen. »So ist es, Jimmy«, sagte Kit und warf ihm eine Salbe zu, »so ist es.«) Sie mussten auch dauernd stehen bleiben, um sich gegenseitig die Blutegel wegzubrennen. Trotzdem kamen sie pro Tag einige Meilen weiter, während sie den Dschungel um sie herum beständig im Blick behielten und sich den Weg wie mit einer Machete freischlugen.

Kit empfand jedoch keine große Erleichterung, als sie sich Singapur näherten und stille Landebahnen sowie heruntergekommene Armeelager passierten, wo sie mit den gelangweilten, desillusionierten diensthabenden Männern sprachen, die dort gerade Dienst hatten. Er hatte mit eigenen Ohren die Geräusche der Panzer und Truppen gehört, die nach Indochina eingedrungen waren. Und das nur um ein kleines Dorf einzunehmen.

Nicht auszudenken, mit welcher Stärke die Japaner, wenn die Zeit dafür gekommen war, in Malaya einfallen würden.

Man konnte sich vorstellen, was da für ein Angriff auf Singapur erfolgen würde.

# 8. Kapitel

Am letzten Abend im September bat Alma Ivy, mit ihr auf eine Party von ein paar Stabsoffizieren, die sie auf der Navy-Basis kennengelernt hatte, zu gehen. Einer von ihnen war mit Phil zur Schule gegangen, und sie wünschte sich geradezu verzweifelt, ausführlicher mit ihm zu sprechen. Sie *musste* einfach mit jemand sprechen, der ihn kannte; seine Eltern scheuten sich nach wie vor, ihn auch nur zu erwähnen. (Obwohl seine Mutter inzwischen, mithilfe von etwas Gin, zugegeben hatte, dass sie fürchte, ebendies zu tun, für den Fall dass er erschossen würde, oder, *noch schlimmer*, erschossen würde, während sie über ihn sprach. Ivy fragte sich, was noch schlimmer sein könne als erschossen zu werden. Alma meinte dazu, sie wüsste es auch nicht, aber sie wünschte sich, Elsie wäre dann doch lieber dabei geblieben, gar nicht über ihn zu sprechen.)

Ivy war nicht allzu versessen auf diese Party. Sam hatte sie tagsüber in Kranji abgepasst, um ihr mitzuteilen, dass er auch kommen würde und etwas *Wichtiges* zu besprechen hätte. Ivy hatte das Gefühl, es sei für sie angeratener, dem aus dem Weg zu gehen. Außerdem hatte sie ein bisschen Halsweh und leichten Schüttelfrost (die stille Jane hatte bei ihr Fieber gemessen, bevor sie ins Krankenhaus aufbrach, und es als hoch bezeichnet. »Ich habe euch ja gewarnt, dass dieses dauernde Ausgehen sich noch rächen wird«, hatte sie nicht ohne Mitgefühl erklärt). Ivy stellte fest, dass sie zum ersten Mal seit ihrer Ankunft etwas Heimweh verspürte, und dachte sich, ein ruhiger Abend, an dem sie einen weiteren unbeantworteten Brief schrieb, könne nicht schaden.

Doch als sie in Almas Zimmer kam, um ihr genau das mitzuteilen, brachte sie es nicht übers Herz. Das lag daran, wie enttäuscht Alma dreinblickte, als sie sah, dass sie noch im Morgenrock war. Und an der Traurigkeit in ihrer Stimme: »Du willst doch nicht etwa nicht mitgehen, oder?«

Ivy sagte sich selbst, dass ihr Halsweh doch nicht so schlimm war, und zu Alma, dass sie unbedingt mitkomme, aber Almas Rat brauche, welches Kleid sie anziehen solle. Alma strahlte übers ganze Gesicht und meinte: »Das ärmellose cremefarbene.« Da war sie froh, dass sie gelogen hatte.

Später wünschte sie sich natürlich, sie hätte das nie getan. Aber zu dem Zeitpunkt war es bereits zu spät.

Die Party wurde auf der Dachterrasse eines Hauses gleich bei der Orchard Road gefeiert. Alma hatte entschieden, dass sie mal so richtig angeschickert werden wollte, daher gingen sie die Hauptstraße hinunter zur Bushaltestelle. Als sie an Lauries Villa vorbeikamen, entdeckte Ivy ihn und seinen Freund Alex Blake auf der Veranda. Alex hatte sie nach wie vor noch nicht kennengelernt, aber sie dachte darüber nach, Laurie bald einmal zu besuchen. Sie wollte noch einen Versuch unternehmen, mehr über Mae von ihm zu erfahren. Dabei rechnete sie sich zwar keine großen Chancen aus, aber einen Versuch war es wert.

Der Bus in die Stadt kam bald, und dann gingen sie den

Rest des Weges zu Fuß. Es war ein typischer warmer Abend, die Luft war vom Duft der Frangipaniblätter, Staub und Hitze getränkt. In der Ferne hörten sie den Straßenverkehr der Stadt dröhnen, während im Gebüsch die Grillen zirpten. Als sie sich der Haustür an der Adresse näherten, die Alma bekommen hatte, war schon Swingmusik aus einem Grammophon zu vernehmen.

Nachdem sie die Treppe aufs Dach hinaufgestiegen waren, wurde es richtig laut. Die kleine Fläche war so voller Menschen, dass Ivy bei dem Gedanken, welches Gewicht dadurch auf dem Gebäude lastete, ganz mulmig wurde. Sie schätzte, dass es bestimmt über hundert Leute waren, alle aufgerüscht, wie es in Singapur nun mal üblich war. Jemand hatte eine Art Decke aus Schnüren aufgespannt, an denen mit Kerzen gefüllte Marmeladengläser hingen. Die schaukelten aufgrund der Vibrationen und in der kaum spürbaren Brise. Eine Bar war links und rechts mit einer Palme dekoriert, und Chinesen in Abendanzügen servierten Champagner.

Alma pfiff leise. »Meine Güte«, sagte sie, »diese Jungs wissen, wie man eine Party schmeißt.«

»Oh Gott«, stöhnte Ivy, die Sam an der Bar entdeckt hatte. »Lass mich bloß nicht mit ihm allein.«

Alma antwortete nicht, sondern winkte bereits einem lächelnden Mann ohne Kinn zu, von dem Ivy vermutete, dass er Phils Freund war (oder vielleicht auch kein echter Freund, wenn man sich ansah, wie begierig er sich jetzt einen Weg zu Alma bahnte).

In den nächsten paar Stunden versuchte Alma, alles zu erfahren, was Phils Freund ihr über die gemeinsame Schulzeit mit Phil berichten konnte. Er sah mit der Zeit immer weniger enthusiastisch aus, weil ihm dämmerte, worauf Alma – und zwar ausschließlich – an diesem Abend aus war. Ivys Halsschmerzen wurden schlimmer. Da es nur Champagner gab, trank sie viel mehr davon, als wahrscheinlich ratsam gewesen wäre (sie fragte sich, was Jane davon halten würde), und war irgendwann komplett angeschickt. (»Es heißt angeschickert, Süße«, kicherte Alma. »Nicht angeschickt. Obwohl mir das eigentlich auch gut gefällt …«)

Irgendwann verlor sie Alma in der Menge. Sie hatte keine Ahnung, wohin sie verschwunden sein mochte. Ivy musste auch ihren Verstand verloren haben, denn nachdem sie Sam zuerst so erfolgreich aus dem Weg gegangen war, willigte sie plötzlich ein, mit ihm zu tanzen.

Er führte sie in die Mitte der vibrierenden, sich bestimmt schon durchbiegenden Tanzfläche und fing sie am Arm auf, als sie stolperte. (Worüber sie gestolpert war, wusste sie nicht genau; als sie irritiert nach unten schaute, war da nichts.) Er nahm ihre Hände und legte sie auf seine Schultern, die feucht waren. Sie stellte sich die klamme Haut darunter vor. Seine Schritte waren gestelzt, peinlich, aber er lächelte ihr zu, als stelle er sich richtig gut an. Ihr wurde vage bewusst, wie wenig sie ihn tatsächlich mochte. Sie sollte wahrscheinlich tun, was Alma und die anderen ihr immer wieder rieten, nämlich ihm erklären, dass er sie in ihren Teepausen nicht so oft besuchen sollte. Aber wie konnte man jemand dergleichen sagen, ohne ihn zu kränken? Was, wenn er dann traurig war und ihm anschließend auch etwas zustieß? Das war zwar unwahrscheinlich, da er ja nur in der Verwaltung saß, aber man konnte nie wissen.

Er war viel kleiner als Felix.

Warum tanzte sie mit ihm? Sie konnte sich gar nicht erinnern, darin eingewilligt zu haben.

Er zog sie enger an sich und hielt sie fest. Die Musik war, wenn sie ihren Ohren trauen wollte, eine schnelle Nummer, doch Sam bewegte sich, als wäre das keineswegs der Fall. Seit Felix hatte sie nicht mehr so eng mit einem Mann getanzt. Sie schloss die Augen und erinnerte sich an das Gefühl, wenn er sie in die Arme schloss. So fest. Als hätte er Angst, sie würde davonlaufen, wenn er es zuließe. Dann dachte sie daran, wie er sie geküsst hatte: zögernd, während er sich an sie lehnte, dann entschiedener, weil er mehr wollte, immer mehr. Zuerst liebte sie es, aber gegen Ende hatte sie nicht mehr atmen können, wenn er es tat, sie hatte sich von ihm losreißen müssen.

Genauso sollte sie sich jetzt von Sam losreißen.

Von Sam, der sie gerade küsste.

Sie riss die Augen auf. Seine waren ebenfalls weit offen, und er starrte in ihre, als könne er kaum glauben, was sie da gerade taten.

Und was *taten* sie da eigentlich?

Sie fuhr zurück und wischte sich mit dem Handrücken über die Lippen. »Sam«, sagte sie, »nein.« Sie sah zum Rand der Tanzfläche und entdeckte Alma neben den Dekorpalmen mit zwei Champagnergläsern in der Hand. Ihre Miene war das pure Entsetzen. *Bist du verrückt?*, formten ihre Lippen stumm.

Bevor Ivy irgendwas einfiel, was sie ihr stumm erwidern konnte, streckte Sam schon wieder die Arme nach ihr aus. Er lächelte, ja tatsächlich, er lächelte. Seine Lippen waren so nass.

Sie merkte, wie ein Champagner-Rülpser aus ihrem

Magen hochstieg, und fürchtete, sich übergeben zu müssen.

Es gelang ihr gerade noch, das zu unterdrücken. »Ich will das nicht«, sagte sie. »Tut mir leid.«

»Du hast dich angefühlt, als ob du es wolltest«, sagte er und wollte erneut nach ihr greifen. »Ivy, du willst es.«

»Erzähl mir nicht, was ich will«, sagte sie, drehte sich um und stolperte noch mal über ihre eigenen Füße, während sie sich durch die vielen Leute Richtung Treppe schob.

Auf den Stufen war es schon weniger voll, und sie beschleunigte ihre Schritte die Steintreppe hinunter, wobei der Rock aus Seide um ihre heißen Beine schwang. Konzentriert schaute sie auf ihre Füße, um nicht erneut zu fallen, sodass sie die Männer, die gerade heraufkamen, erst bemerkte, als sie schon fast mit ihnen zusammenstieß. Abrupt blieb sie stehen und presste sich an die Mauer, um sie vorbeizulassen.

Der erste blickte zu ihr hoch. Er trug einen Abendanzug wie fast alle Männer hier und war extrem gebräunt. Er hatte schwarzes Haar und markante Gesichtszüge, die ihn zugleich jung und alt aussehen ließen. »Hallo«, sagte er mit schleppendem britischem Akzent, »alles in Ordnung mit Ihnen?«

»Nein«, sagte sie, weil sie nicht lügen konnte. »Nein.«

Sorgenvoll verzog er das Gesicht. »Ach Kindchen.«

Sie schaute über seine Schulter auf seine beiden Freunde hinter ihm. Einer von ihnen hatte einen schlimmen Sonnenbrand, und sie fragte sich, ob er irgendwann bei Vanessa oder Jane landen würde, der andere war groß, gut aussehend, mit braunem Haar und strahlend grünen Augen, die sie anstarrten …

Es verschlug ihr den Atem.

»Ivy«, sagte er in seltsam resigniertem Ton.

Der mit dem Sonnenbrand sagte: »Cinderella?«, was auch keinen Sinn ergab.

»Wir machen uns mal vom Acker«, sagte derjenige, der sie zuerst angesprochen hatte, und im nächsten Moment waren er und der mit den Brandblasen auch schon fort und ließen Ivy mit dem Australier allein, den zu vergessen sie sich solche Mühe gegeben hatte.

Sie bemerkte, dass er keine Krawatte trug. Die obersten Knöpfe seines weißen Hemds waren offen. Es war anscheinend nicht die erste Party, die er heute Abend besuchte.

»Sie haben nicht geantwortet …«, setzte er an.

»Ich habe Sie nirgends gesehen«, sagte sie und fiel ihm ins Wort. Hätte sie nicht schon diese vielen Gläser Champagner intus gehabt, wäre sie niemals so direkt gewesen. »Sie sind nie irgendwo.«

Er wirkte überrascht. »Haben Sie mich gesucht?«

Darauf antwortete sie nicht. Sie fürchtete, das sei wahrscheinlich auch so schon offensichtlich genug. »Wo waren Sie denn?«

»Fort«, sagte er, »das habe ich Ihnen doch erklärt.«

Sie runzelte die Stirn. Hatte er?

Wann hatte er ihr das erklärt?

In ihrem Kopf drehte sich alles.

»Wo denn fort?«, fragte sie.

»Ich fürchte, es steht mir nicht frei, darüber zu sprechen.«

Unter anderen Umständen hätte sie das zum Lachen gebracht. Jetzt versuchte sie nicht einmal zu lächeln. Sie konnte Sam immer noch auf ihren Lippen schmecken.

Er lächelte auch nicht.

»Sie sind betrunken«, sagte er.

Sie nickte. Es stimmte.

»Das wäre ja nicht schlimm«, sagte er, »wenn Sie nicht auch noch traurig wären. Was ist passiert?«

»Nichts.«

»Das stimmt nicht, oder?« Er machte einen Schritt auf sie zu. »Was ist los?«

»Wirklich«, sagte sie, »es ist nichts«, und dann brach sie, wofür sie sich in Grund und Boden schämte (und woran sie dem Champagner die Schuld gab), in Tränen aus.

»Oh verdammt.« Er griff in seine Tasche, sie vermutete, um ein Taschentuch herauszuholen. Allerdings fand er nur seine Fliege, die er ihr anbot, worüber sie zunächst ein bisschen lachen und dann umso heftiger weinen musste.

»Nicht weinen, Ivy. Bitte nicht weinen.«

*Es gefällt mir zu gut, wenn du meinen Namen aussprichst,* sagte sie stumm zu sich selbst.

Sie hoffte, dass sie es stumm getan hatte.

Oder hatte sie es laut ausgesprochen? Sie wusste es nicht.

Sie *wusste* es einfach nicht.

Schließlich presste sie die Fingerspitzen auf ihre Augen, um die Tränen zurückzuhalten.

»Sie haben mir meine Schuhe gebracht«, sagte sie.

»Ich weiß.«

»Wie haben Sie rausgefunden, wo ich arbeite?«

»Das habe ich Ihnen doch mitgeteilt.«

Sie stockte und war wieder verwirrt. »Wie meinen Sie das? Sie haben es mir mitgeteilt?«

»Was meinen Sie mit was ich meine? Ich habe es Ihnen mitgeteilt.«

»Ich habe keine Ahnung, wovon Sie sprechen«, sagte sie, klammerte sich ans Geländer und kämpfte schon wieder mit den Tränen. »Ich hätte niemals heute ausgehen sollen«, sagte sie. »Ich habe schreckliches Fieber. Fühlen Sie mal meine Stirn.« Das sagte sie, ohne nachzudenken.

Und bevor sie ihren Vorschlag zurücknehmen konnte, hatte er sie schon schief angelächelt und genau das getan.

Als seine Finger ihre Haut berührten, trafen ihre Blicke sich, und sie erinnerte sich daran, wie es sich angefühlt hatte, als er vor all den Wochen auf der Straße gesagt hatte, dass es nett sei, sie kennengelernt zu haben. Nur dass sie heute Abend nicht Felix vor sich sah. (War das wieder der Champagner?) Kits Berührung fühlte sich herrlich kühl auf ihrer Stirn an. Sie wünschte, er würde seine Hand nie mehr wegnehmen. Sie schaute zu ihm hoch und fürchtete sich vor dem, was sie fühlte. Sein Lächeln wurde von einer sorgenvollen Miene verdrängt. Er sagte: »Sie sind glühend heiß. Sie sollten besser zu Hause sein.«

»Das weiß ich«, sagte sie. »Ich hätte niemals …«

»Ich weiß«, sagte er. »Sie hätten niemals ausgehen sollen.« Er zögerte, schaute in die Richtung des Gelächters und der lauten Musik oben, dann wieder zu ihr. Dann holte er tief Luft und sagte, als hätte er es in dem Moment entschieden: »Kommen Sie. Ich bringe Sie nach Hause.«

Sie wollte gerade einwilligen. Trotz ihrer Schuldgefühle und Vanessas warnender Worte.

Doch da erschien Sam oben am Treppenabsatz. »Ivy«, sagte er atemlos. »Alma hat mir gesagt, dass du dir die Hände waschen gegangen bist.«

»Ich dachte, ich hätte sie dorthin gehen gesehen«, sagte Alma unschuldig und blieb hinter ihm stehen. Dann schenkte sie Ivy ein kleines Lächeln. »Alles in Ordnung mit dir, Süße?«, fragte sie, und bevor Ivy auch nur antworten konnte, sagte sie entschlossen »Gut« und zog Sam am Arm. »Dann wollen wir sie mal in Ruhe lassen.«

Sam ignorierte sie. Er rannte die Treppe runter, während Alma noch versuchte, ihn aufzuhalten.

»Private Waters, wenn ich mich recht erinnere«, sagte Kit, der immer noch sehr dicht bei Ivy stand.

Sam grüßte ihn so kurz wie nur möglich und schnappte sich dann Ivys Hand. »Ich kann selbst auf sie aufpassen, Sir«, sagte er. »Sie ist mein Mädchen.«

»Wirklich?« Kit sah sie beide befremdet an.

Ivy starrte völlig verblüfft auf ihre Hand in Sams.

»Dann lasse ich Sie«, sagte Kit. »Gute Besserung, Ivy.«

Ivy, die endlich ihre Fassung wiedergefunden hatte, entriss Sam ihre Hand. Aber Kit sah das nicht mehr. Er hatte sich bereits umgedreht und ging weiter die Treppe hinauf.

Alma stand ihm oben im Weg. Sie sah aus, als wolle sie ihn nicht vorbeilassen. Aber da brummte er »Komm schon, Kumpel«, und sie seufzte unglücklich und trat beiseite.

Ivy, die zu stolz war, um ihm nachzulaufen, fielen jetzt wieder alle Gründe ein, warum sie das auch nicht tun sollte. Sie stieß Sam von sich und rannte die restlichen Stufen nach unten. Sie wollte nur noch nach Hause.

*

Alex kehrte gerade von einem seiner regelmäßigen Spaziergänge zurück, als sie an jenem Abend nach Hause kam. Er war oft noch sehr spät unterwegs. Die nächtlich leeren Straßen waren ihm auf seinen Streifzügen lieber. Er zog es vor, allein zu sein. Punktum. Das war nicht immer möglich. Oft musste er im Büro anrufen, um Geschäfte zu besprechen, bei denen seine Leute Hilfe benötigten. (Der Handel lief dank des Krieges gut, aber er brachte Alex keine Freude; selbst wenn Geld glücklich machen könnte – *wenn es nur so wäre* –, hatte er kein Interesse daran, vom Leid anderer zu profitieren.) Und Laurie wohnte jetzt bei ihm; obwohl er inzwischen so ein Einsiedler geworden war, freute er sich darüber allerdings. Seine Ankunft auf der Insel war eine angenehme Überraschung gewesen. Zumindest bis er begann, sich einzumischen.

Doch wenn Alex auf einem seiner abendlichen Spaziergänge unterwegs war, hinunter zu der versteckten Bucht, wo er einst ein glücklicher Mann gewesen war, dann wollte, nein: musste er allein sein.

Er war nicht besonders erfreut, als er auf seine Einfahrt zuging und Ivy bemerkte, die ihm entgegenkam. Er erkannte sie sofort, selbst in der Dunkelheit und auf die Entfernung. Inzwischen hatte er sie von seinem Haus aus schon so oft flüchtig gesehen. Ihre schlanke Gestalt, das dunkle Haar und die helle Haut waren unverkennbar. Heute Abend trug sie ihre hochhackigen Schuhe in der einen Hand und hatte sich mit dem anderen Arm bei der lebhaften Amerikanerin untergehakt – diesem blonden Mädchen, das man in neun von zehn Fällen schon hörte, bevor man es sah. (»Das geht uns allen so«, sagte Laurie nicht unfreundlich über sie.)

Alex schlüpfte in seine Einfahrt, bevor die Mädchen ihn erreicht hatten. Er wollte nicht mit ihnen reden, vor allem nicht mit Ivy. Er hatte ja mit viel Mühe versucht, ihre Anwesenheit in der Straße zu ignorieren. Und er war wütend auf Laurie gewesen – er war kaum je so wütend auf ihn gewesen –, weil der dafür gesorgt hatte, dass man sie hier einquartierte. Als Laurie am Nachmittag ihrer Ankunft zurückgekommen war und Alex endlich gestanden hatte, dass dieses Mädchen nicht nur existierte, sondern auch noch vier Häuser weiter wohnte, hatte Alex die Beherrschung verloren wie zuletzt als junger Mann. Dabei ging es nicht nur um das, was Laurie so viele Monate lang vor ihm verheimlicht hatte – er sei entschlossen gewesen, wie er reumütig gestand, Alex vor vollendete Tatsachen zu stellen –, sondern darum, dass er Mae, ausgerechnet *Mae*, dadurch abrupt wieder in seinem Leben hatte. Dabei war doch alles, was er sich je gewünscht hatte, sie zu vergessen. Die Vorstellung, dass ein Teil von ihr, ein lebendiger, atmender Teil, sich hier auf der Insel befand und in derselben Straße wohnte, auf der sie ein Lebensalter zuvor solches Herzeleid verursacht hatte …

Er hatte sich Lauries Bitten verweigert, mit Ivy zu sprechen, und zwar noch vehementer, nachdem Laurie ihm bestätigt hatte, dass ihr Vater derjenige gewesen war, den sie beide vermutet hatten. Er hatte erwartet, vom selben Zorn überwältigt zu werden, den er empfunden hatte, als er erstmals von ihrer Existenz, ihrer Ankunft erfahren hatte. Doch stattdessen spürte er, als sie immer näher kam und er sie zum ersten Mal richtig und aus der Nähe sah …

Er wusste nicht, was er da spürte.

Es war ihr schlendernder Gang und wie sie beim Reden den Kopf zu ihrer Freundin neigte. Es war ihre sahnige Haut, ihre leicht schrägen Augen und der Schatten der Wimpern auf ihren Wangen. Laurie hatte ihn gewarnt. *Sie ist ihnen beiden wie aus dem Gesicht geschnitten.* Doch Alex hatte nicht hingehört. Er hatte schlicht nicht damit gerechnet. Nie hätte er sich vorstellen können, dass die Ähnlichkeit dermaßen groß war.

Doch es war nicht ihre Großmutter, an die er dachte. Es war Harriet. Nur Harriet.

Und plötzlich, wie er Ivy so vor sich sah, überwältigten ihn seine Erinnerungen: Als er ihre Großtante am Tag ihrer Ankunft in Singapur das erste Mal gesehen hatte; wie sie sich unter dem Regenschirm geduckt, einfach dagestanden und in den Regen gestarrt hatte; seine Entschlossenheit, sie wiederzusehen, als er auf die Insel zurückgekehrt war; die Ungeduld, mit der er den Ball erwartet hatte, auf den sie, wie Laurie ihm erzählt hatte, gehen würde.

*Du magst sie,* hatte Laurie erstaunt und ein wenig amüsiert gesagt. Alex hatte ja immer behauptet, kein Interesse an Liebeswerben oder der Ehe zu haben, weil er zu beschäftigt sei.

*Ist das in Ordnung?,* hatte Alex gefragt, weil ihm bewusst war, wie viel Zeit Laurie bereits mit Harriet verbracht hatte, wie liebevoll er von ihr sprach.

*Für mich?* Laurie hatte ihn betrübt angesehen. Alex sah ihn selbst jetzt noch mit seinen damals siebenundzwanzig Jahren vor sich. *Bitte, das weißt du doch. Sie ist für mich nur eine gute Freundin.*

Alex war sich dennoch nicht sicher gewesen. Weil Laurie den Blick abgewandt hatte, als er das sagte. Doch er hatte ihn nicht bedrängt. Das hatte er nicht gewollt.

Vor gar nicht langer Zeit – nachdem der Zorn über die Art und Weise, wie er Ivy in seine Straße gebracht hatte, verraucht war – hatte Alex ihn gefragt, ob er Harriet selbst je geliebt hatte. Da saßen sie bei abendlichen Brandys auf der Veranda. Laurie hatte eine Weile darüber sinniert. »Ich habe sie beide geliebt, glaube ich«, gab er schließlich zu. Inzwischen alt geworden und mit Nicole verheiratet, die er vergötterte, hatte er das ohne Verlegenheit sagen können. Genauso wie Alex, fast fünf Jahrzehnte später, es ohne einen Vorwurf hatte hören können. Laurie hatte seinen Brandy auf einmal ausgetrunken. »Ich habe mir jedoch nie vorgestellt, dass daraus irgendetwas werden könnte. Mit keiner von beiden. Ich wusste, dass das nicht passieren würde.« Er nahm sich noch einen Drink. »Als ich Nicole begegnete, war das anders. Da spürte ich, es war … Ich weiß nicht, der Anfang von etwas. Verstehst du?«

Alex nickte. Er verstand.

»Aber mit Harriet«, hatte Laurie fortgefahren, »war es nie so.« Er hatte Alex traurig angelächelt. »Nicht wie bei dir. Sie hat mir nie das Gleiche bedeutet wie dir.«

»Sie bedeutet mir nach wie vor etwas«, hatte Alex gesagt.

»Nach wie vor«, sagte er jetzt leise.

Ivy ging an ihm vorbei, vertieft ins Gespräch mit ihrer Freundin. Sie sagte: »Ja, ja, ich weiß.«

Alex zuckte zusammen, weil sogar ihre Stimme ihm so vertraut war. Sie ging weiter, war schon an ihm vorbei auf dem Heimweg, da wünschte er, sie würde zurückkommen, damit er sie noch einmal hören konnte.

Fast hätte er ihr nachgerufen.

Doch das tat er nicht. Er riss sich zusammen und schaffte es, sich abzuwenden.

Seine Beine, die nicht mehr so kräftig waren wie einst, zitterten, als er zu seinem Haus zurückkehrte.

Er schloss die Tür zu dem dunklen Flur auf, lehnte sich mit dem Rücken gegen das Holz und atmete auf. Als er die Augen schloss, sah er Ivy wieder vor sich.

Sie sah ihr so ähnlich. So schmerzhaft ähnlich.

Das Echo eines Gespensts: eine Frau, von der er nicht loskommen konnte und die ihn jetzt seit dreiundvierzig Jahren verfolgte.

# 9. Kapitel

*Singapur, 1897*

Harriet entdeckte Alex nicht sofort, als sie an jenem Abend bei Yates ankam. In dem großen Ballsaal der Villa befanden sich so viele Menschen, dass es schwer war, überhaupt irgendjemand zu finden. Viele der Gäste kannte sie aus der Kirche, auch wenn sie jetzt Abendgarderobe trugen: die Herren Frack und die Damen Abendkleider mit ausladenden Röcken. Die Terrassentüren standen offen und ließen den Duft der tropischen Nacht herein – nach Obstbäumen, warmer Erde und immer einer Spur Feuchtigkeit. Diesmal wurden die Zikaden und Affen jedoch übertönt. Vom Klirren der Gläser, dem Stimmengewirr und der Musik eines Streichquartetts, das in einer Ecke spielte. Zigarren- und Zigarettenqualm vernebelten den aufgeheizten Raum und mischten sich mit dem süßen Wachsgeruch der Kerzen auf den Kronleuchtern. Alle hatten rote Gesichter und schwitzten. Männer fuhren sich mit den Fingern unter die Hemdkragen, Frauen fächelten sich Luft auf die Dekolletés. Doch alle lächelten, wohl weil sie, wie Harriet vermutete, die feuchte Hitze gewohnt waren.

Sie folgte David allein in den Festsaal. Mae hatte, kaum dass sie angekommen waren, irgendetwas von wegen, sie brauche noch einen Moment, gemurmelt und sich auf die Toilette zurückgezogen. Während der stummen Fahrt hierher hatte sie schwermütig gewirkt und noch bedrückter, als sie einer Bediensteten folgte, die ihr den Weg zur Toilette zeigte.

Harriet war versucht gewesen, ihr nachzugehen. Wenn sie geglaubt hätte, dass das etwas nützen würde. Doch sie erinnerte sich, wie Mae in der Kutsche ihre Hand weggezogen hatte, und vermutete, dass sie eher ihr als David aus dem Weg gehen wollte. Nachdem David mit einer ungeschickten Bewegung versucht hatte, Harriet am Arm zu fassen, machte sie einen Schritt zur Seite und hielt sich absichtlich ein Stück hinter ihm, als er weiter in den Ballsaal ging. Sie wollte keinesfalls an seiner Seite stehen, wenn er den schwerfälligen Colonel Yates und dessen Frau begrüßte, die nebeneinanderstanden, um ihre Gäste willkommen zu heißen.

Nachdem auch sie sich ihre Hand halbherzig von dem Paar hatte drücken lassen (und sich bemüht hatte, ihre abschätzenden Blicke zu ignorieren; vor allem der Colonel glotzte sie mit seinen blutunterlaufenen Augen anzüglich an, während er eine Begrüßung murmelte; sie konnte ihn fast denken hören, dass sie wahrscheinlich auch nicht besser als ihre Mutter war), ging sie noch ein paar Schritte weiter in den Saal, blieb aber mit Abstand zu David stehen und ließ ihren Blick über die Leute schweifen. Dabei entdeckte sie Sally und Roger, die neugierig zu einem Tisch mit bereits welkenden Kanapees an der gegenüberliegenden Wand schielten. Harriet war sich keineswegs sicher, ob Sally in der Lage wäre, sich ihr gegenüber zivilisiert zu benehmen. Und sie hatte schon gar keine Lust, sich vor so vielen Leuten mit ihr zu unterhalten. Also suchte sie weiter und hielt nach Laurie Ausschau. Schließlich entdeckte sie ihn bei den Terrassentüren und auch Alex, der neben ihm stand.

Sein Gesicht fesselte ihre Aufmerksamkeit. Weil es ein faszinierendes Gesicht war. Das markante Kinn über dem gestärkten Kragen und der weißen Fliege, die ausgeprägten schrägen Wangenknochen und Augen, die warm funkelten, nachdem Laurie etwas zu ihm gesagt hatte. Sie wünschte sich, dass er sie auf sie richtete, merkte, wie sie darauf wartete. Sie folgte seinen Bewegungen, als er eine Zigarette aus seiner Tasche holte, den Kopf senkte, ein Streichholz anriss und die andere Hand um die Zigarette wölbte, um sie anzuzünden. Inhalierend zog er seine Wangen ein. Er war kleiner als Laurie, sah aber kräftiger und besser gebaut aus.

Harriet wusste sofort, wer er war.

Selbst wenn Laurie ihr – bei einem seiner kurzen Besuche in der vergangenen Woche – nicht erzählt hätte, dass sein Freund, Alexander Blake, von seiner Geschäftsreise heimgekehrt war und plane, auf dem Ball der Yates zu erscheinen, hätte sie in ihm mit Sicherheit trotzdem den anderen Mann erkannt, der an jenem gewittrigen Tag, als sie und Mae angekommen waren, im Hafen gestanden hatte. Es lag an seiner selbstbewussten Haltung, den breiten Schultern. Doch erst jetzt wurde ihr klar, wie stark sich sein Bild in ihr Gedächtnis eingeprägt hatte. Auch wenn sie sich am Eingang des Ballsaals der Yates befand, war es fast, als stände sie wieder im Regen und sähe ihn zum ersten Mal, während Mae mit dem Schirm vorauslief. Und als spüre er ihre Aufmerksamkeit, schaute er hoch, und ihre Blicke trafen sich.

Es dauerte einen Augenblick, bevor er lächelte, und in diesem Moment schien der lärmende volle Raum zwischen ihnen erst zu wachsen, dann zu schrumpfen. Er bewegte die Lippen, und sie spürte, dass sie das Gleiche tat. Es war lange her, dass sie diese Wärme in ihren Wangen gespürt hatte, und es überraschte sie.

David anscheinend auch. »Du lächelst ja.« Er klang verwirrt, aber nicht unerfreut. »Du siehst aus, als würdest du dich über etwas freuen. Bist du glücklich?«

»Ich weiß nicht.«

War sie es?

Sie konnte keinen klaren Gedanken fassen. Alex sah sie immer noch an. Jetzt sagte er etwas zu Laurie. Laurie drehte sich um, entdeckte Harriet und winkte ihr. Offensichtlich hatte Alex ihn auf sie hingewiesen. Unbewusst lächelte sie erneut und errötete dann, wie von sich selbst überrumpelt.

Laurie machte einen Schritt in ihre Richtung, genau wie Alex. Doch bevor ihr Herz ganz aus ihrer Brust heraussprang, kam eine Matrone in steifer dunkelblauer Seide und in Begleitung einer jungen Frau auf die beiden Männer zu. Das Mädchen war blond, ziemlich groß, viel größer als Harriet, und zweifellos hübsch. Harriet ertrug es kaum. Sie beobachtete leicht vorgeneigt, wie die Matrone mit einem breiten Lächeln auf Laurie und Alex einredete. Harriet hätte sich am liebsten zu den beiden begeben, und vielleicht hätte sie es tatsächlich getan, wäre Laurie allein gewesen. Aber sie brachte nicht den Mut auf, ungebeten auf Alex zuzugehen. Jetzt trat die Matrone einen Schritt zurück, fixierte Alex und deutete auf das blonde Mädchen neben sich. Harriet konnte nicht umhin zu bemerken, wie sich deren Haut entweder vor Verlegenheit oder Freude rosa färbte.

Das Streichquartett wechselte das Tempo, die Menge bewegte sich an die Ränder des Saals, und mit einem Mal füllten lauter Paare die Tanzfläche. Harriet sah, wie Alex' Blick zu ihr zurückkehrte. Er runzelte die Stirn, nickte dann aber der Matrone zu und bot dem blonden Mädchen seinen Arm an.

Harriet begriff, dass Alex und das Mädchen gleich miteinander tanzen würden, und spürte, wie ihr Puls sich beschleunigte. Sie wollte das unterbinden, wollte die beiden aufhalten, aber sie wusste nicht, wie. *Sieh nicht hin,* ermahnte sie sich selbst. *Hör einfach auf damit.*

Doch es war unmöglich.

Sie konnte sich einfach nicht dazu bringen, den Blick abzuwenden.

Genau so erging es Mae an der Tür zum Ballsaal.

Sie war, unbeachtet wie immer, am Eingang stehen geblieben und hatte versucht, die innere Stärke aufzubringen, sich auf diesen Ball zu begeben, auf dem niemand sie haben wollte. Da hatte sie ihn entdeckt. Ihre von den demütigenden Tränen, die auf der Toilette erneut geflossen waren, noch geschwollenen Augen hatten einen Moment gebraucht, um ihn zuzuordnen. Aber nur einen Moment.

Dann hatte sie gewusst, wer er war.

*Alex Blake.*

Sie hatte gewusst, dass er auf dem Ball sein würde. Laurie hatte es erwähnt, allerdings hatte sie dem nicht viel Beachtung geschenkt – angesichts der anderen schrecklichen Ereignisse. Jetzt, wo sie ihn vor sich sah, erschien es ihr allerdings unbegreiflich, dass sie über sein Auftauchen nicht intensiver nachgedacht hatte.

Wie konnte sie bloß nicht daran gedacht haben?

Unwillkürlich trat sie einen Schritt nach vorn und holte mühsam Luft. Er war sogar noch attraktiver, als sie ihn in Erinnerung hatte. Zuvor war er eher ein Schatten gewesen, damals in dem verregneten Hafen – eine Collage aus Grautönen unter dem Dach seines Regenschirms –, aber jetzt … jetzt sah sie ihn lebendig und in Farbe. Real.

Sie biss sich auf die Lippe, als er das Mädchen an seiner Seite auf die Tanzfläche führte und dachte: *Wenn ich nur dieses Mädchen wäre*. Im selben Moment ertappte sie aus dem Augenwinkel David dabei, wie er in ihre Richtung und dann achtlos weiter herumschaute, als wolle er sie wissen lassen, wie unbedeutend sie war. Doch dieses eine Mal schmerzte sein Desinteresse nicht – oder zumindest nicht so heftig. Als sie dann Alex zu der Stelle blicken sah, an der David stand, spürte sie eine flatternde Aufregung, weil es nicht auszuschließen war, dass er beim weiteren Umsehen als Nächstes sie entdeckte. Und sie fragte sich, ob er sie genauso bemerken würde wie sie zuvor ihn.

Würde er sie zum Tanz bitten?

Konnte das geschehen?

Oder war es wieder ganz töricht von ihr, auch nur darauf zu hoffen?

Trotz der Furcht in ihrem Hinterkopf sah sie sich selbst schon seiner Aufforderung nachkommen und seinen Arm nehmen. Während sie sich diese Glückseligkeit ausmalte, ballte sie die Hände zu Fäusten.

Sie wusste, dass sie sich zu Harriet und David gesellen sollte. Und ja, sie würde genau das gleich tun. Sie wollte

Alex nur noch einen Augenblick länger für sich allein beobachten.

Vielleicht würde er sie ja in der nächsten Minute tatsächlich bemerken. Vielleicht würde er sie sehen und zu ihr kommen wollen.

Vielleicht würde er nicht wollen, dass sie noch länger allein blieb.

»Möchtest du tanzen?«, fragte David Harriet in unbehaglichem Ton, der vermuten ließ, er frage nur ihr zuliebe, und nicht, weil er es tatsächlich wollte.

Sie hörte ihn kaum. Denn sie hatte nur Augen für Alex' Hand an der Taille des blonden Mädchens, während er immer wieder zu ihr herübersah. Sie betrachtete seine Finger, stellte sich vor, er würde damit sie berühren, wobei es ihr noch wärmer wurde als ohnehin schon.

»Willst du tanzen?«, wiederholte David. »Harriet, hörst du mir überhaupt zu?«

Sie antwortete nicht.

Erst als David sie zum dritten Mal bedrängte, fand sie ihre Stimme wieder, um ihm zu antworten. »Ich will nicht tanzen«, sagte sie. *Nicht mit dir.*

»Wie schade«, sagte Laurie und tauchte überraschend an ihrer Seite auf. »Und dabei hatte ich so darauf gehofft zu tanzen. Lass mich doch nicht ohne Partnerin.« Er lächelte gewinnend. »Nicht an meinem vorletzten Abend an Land.«

In jeder anderen Situation hätte sie gesagt, das würde ihr im Traum nicht einfallen, und seine Hand genommen. Oder zumindest hätte sie gelacht. Doch jetzt sagte sie nur: »Tut mir leid, wirklich.«

Er ließ theatralisch den Kopf hängen. Dann blickte er sich suchend um und fragte: »Wo ist Mae?«

»Dahinten«, sagte David und deutete mit einer knappen Kopfbewegung zum Eingang.

Harriet drehte sich um und entdeckte sie, wie sie ebenfalls sichtlich gedankenverloren auf die Tanzfläche starrte. Ihre Augen glitzerten feucht. Hatte sie geweint?

»Sie sieht einsam aus«, sagte Laurie.

»Sie schmollt«, sagte David.

»Das tut sie nicht«, sagte Harriet.

»Wie würdest du es denn nennen?«, fragte David.

Bevor Harriet etwas darauf erwidern konnte, merkte Mae, dass sie alle zu ihr schauten. Der nachdenkliche Ausdruck verschwand augenblicklich aus ihrem Gesicht, und nachdem sie offenbar tief Luft geholt hatte, kam sie zu ihnen herüber.

Harriet, die immer noch abgelenkt war, fiel in dem Moment nichts ein, was sie zu ihrer Schwester hätte sagen können. Nicht so Laurie. Charmant erklärte er Mae, dass er auf sie gewartet habe, weil er eine Tanzpartnerin brauche.

Mae machte große Augen. Sie sah so überrascht aus. Doch da meinte David, jetzt sei er verwirrt – wenn Laurie auf Mae gewartet habe, wieso hätte er dann Harriet zuerst zum Tanzen aufgefordert? Da wurde Maes Gesicht wieder ganz verschlossen.

Falls David ihre Reaktion überhaupt bemerkt hatte, ließ sie ihn völlig kalt. Harriet hätte ihn für seine tölpelhafte Gefühllosigkeit am liebsten geschlagen. Laurie schaute auch nicht sehr erfreut.

»Bitte, Mae«, beharrte er, »möchtest du nicht tanzen?«

»Im Moment nicht«, sagte sie und richtete ihre Aufmerksamkeit wieder auf die Tanzfläche. »Vielleicht später.« Dabei war offensichtlich, dass sie nicht die Absicht hatte, mit Laurie zu tanzen. Sie sah ihn nicht einmal an, während sie ihm antwortete. Wenn sie es nur tun würde, dachte Harriet, dann würde sie merken, welche Mühe er sich gab, ihr ein Freund zu sein.

Sie seufzte innerlich.

Laurie fing ihren Blick auf. *Ich habe es versucht,* schien er zu sagen.

Die Paare vor ihnen tanzten weiter.

David klopfte mit der Fußspitze, allerdings nicht im Takt der Musik. Es war eine Bewegung, die eher Unbehagen ausdrückte als Rhythmusgefühl, und Harriet dachte, dass er das nur machte, weil er glaubte, es gehöre dazu. Sie hatte den Verdacht, dass er jeden Moment auf diesem Ball verachtete und nur hergekommen war, weil sein Ehrgeiz es erforderte.

Alex tanzte mit dem blonden Mädchen vorbei und riss sie aus ihren Gedanken. Dass auch Mae die beiden beobachtete, wurde ihr nur flüchtig bewusst.

Laurie beugte sich zu ihr. »Siehst du, wie all die Mems glotzen?«, sagte er und deutete mit dem Kopf auf die Zuschauer am Rand der Tanzfläche.

Harriet schaute selbst. Einige Damen mittleren Alters in feiner Seide betrachteten tatsächlich Alex und das Mädchen. Alle hatten die Augenbrauen hochgezogen und sahen verärgert aus. Deshalb fühlte sie sich indessen auch nicht besser. »Warum interessiert sie das dermaßen?«, fragte sie.

»Ach«, sagte Laurie, »Alex ist kein kleiner Lieutenant

wie ich. Die wollen ihn als Ehemann für ihre Töchter oder Nichten.« Er lächelte. »Wenn ich ihn nicht so gern hätte, würde ich ihn dafür hassen.«

Weil sie wusste, dass er sie aufzuheitern versuchte, zwang Harriet sich dazu, sein Lächeln zu erwidern. Aber es wurde nur ein verzogener Mund daraus.

Laurie schnitt eine Grimasse. »Was ist denn los?«, fragte er. »Du bist so still.«

»Mir geht es gut«, sagte sie, denn irgendetwas zuzugeben, erschien ihr vollkommen unmöglich.

»Worüber redet ihr?«, fragte David.

Harriet sagte ihm, es sei nichts.

Er schien ihr nicht zu glauben.

Doch das kümmerte sie nicht.

Dann war der Tanz zu Ende. Das blonde Mädchen blickte zu Alex auf, legte eine Hand auf ihr Herz, lächelte und sagte irgendetwas. Harriet fragte sich, ob sie wohl darauf hoffte, von ihm zu einem weiteren Tanz aufgefordert zu werden. Und plötzlich hielt sie es dort, wo sie stand, nicht mehr aus, eingeklemmt zwischen Davids Aufmerksamkeit und Lauries Besorgnis, dazu Maes abwesendes Schweigen, während sie verzweifelt versuchte, nicht jede Bewegung von Alex zu beobachten und Gleichgültigkeit zu simulieren. Spielte es überhaupt eine Rolle? Sie wusste es selbst nicht. Aber sie wusste, dass sie in diesem erstickenden Saal niemals dahinterkommen würde. Also murmelte sie eine Entschuldigung und dass sie frische Luft brauche, warf Laurie rasch noch einen Blick des Bedauerns zu und überquerte dann die Tanzfläche. Durch die Terrassentüren trat sie hinaus in die samtige Nacht. Sie hielt sich gar nicht auf der von Fackeln erleuchteten Terrasse auf, wo einige Männer rauchten und plauderten, sondern ging einfach weiter, eine Holztreppe hinunter und auf den im Dunkeln liegenden Rasen.

Sie hatte kein Ziel, aber sie musste Abstand zwischen sich und das Fest bringen, also marschierte sie einfach weiter, während der Saum ihres Kleids über den warmen Rasen strich. Erst bog sie um eine Ecke, dann um eine weitere und blieb erst stehen, als sie eine Steinbank gefunden hatte, auf die sie sich setzen konnte. Die Bank stand so, dass man sie von der Terrasse aus nicht sehen konnte, bot aber die perfekte Aussicht auf die von Kerzenschein erleuchteten Fenster. Sie ließ sich ermattet darauf fallen, und die vielen Unterröcke bildeten eine Art Kissen. Erst als sie tief ausatmete, merkte sie, wie schnell sie gelaufen sein musste.

Durch die stehende heiße Luft drang die Musik des Streichquartetts bis hierher. Sie sah Alex vor ihrem inneren Auge und fragte sich: *Ob er wohl wieder mit diesem Mädchen tanzt?* Sie senkte den Blick auf ihren Schoß und versuchte, ihre eigenen Gefühle zu begreifen. Noch vor einer halben Stunde hatte sie kaum je über Alex' Existenz nachgedacht; jetzt konnte sie an nichts anderes denken. Sie legte die Fingerspitzen an ihre verschwitzten Schläfen, als könne sie den Lärm in ihrem Kopf durch sanften Druck vertreiben.

Wie viele Minuten verstrichen, wusste sie nicht. Vielleicht nur eine, vielleicht mehrere.

Aber als schließlich eine Stimme hinter ihr »Hallo« sagte, war sie überrascht, dass sie gar nicht überrascht war. Sie umklammerte die Sitzfläche der Bank. Das war er, sie wusste, dass er es war. Unterbewusst hatte sie ihn anscheinend erwartet.

Langsam hob sie den Blick zu ihm. Seine Augen waren jetzt grau, und sie strahlten im Mondlicht. Sein Gesicht war ernst, doch ein Lächeln schien dort zu lauern.

»Verstecken Sie sich hier?«, fragte er.

»Sie haben es erraten«, sagte sie.

»Es ist ein gutes Versteck. Ich habe eine Weile gebraucht, um sie zu finden. Darf ich?«

Sie rutschte ein Stück und machte ihm neben sich auf der Bank Platz. Ihr Herz hämmerte in dem zu engen Mieder.

Er setzte sich und hielt sich an der Bank fest, sodass er genau ihre Haltung imitierte. Seine Hand lang nur ein paar Zentimeter neben ihrer.

»Ich bin Alex«, sagte er.

»Ich weiß«, erwiderte sie.

»Und Sie sind Harriet.«

»Das bin ich.« Sie warf ihm verstohlen einen Seitenblick zu. Er starrte sie unverhohlen an. »Sie haben mich gesucht?«, fragte sie.

»Das habe ich. Ich habe gehofft, mit Ihnen zu tanzen.«

»Sie haben mit diesem Mädchen getanzt.« Es war unmöglich, das nicht zu erwähnen.

»Das habe ich«, gab er zu. »Aber ich denke, Sie wissen, dass ich eigentlich mit Ihnen tanzen wollte.«

Seine Aufrichtigkeit ließ sie erröten, aber sie widersprach ihm nicht. Das wäre ihr albern vorgekommen. »Ich habe Sie im Hafen gesehen.« Sie sprach, ohne vorher zu wissen, was sie sagen würde. »An dem Tag, als Mae und ich ankamen. Ich habe gesehen, wie Sie uns beobachtet haben.«

»Das weiß ich«, sagte er. »Ich erinnere mich daran, wie Sie uns alle angesehen haben.«

»Tatsächlich?«

»Ja. Sie waren durchweicht. Ich wollte Ihnen eigentlich meinen Schirm bringen.«

»Warum haben Sie es nicht getan?«

»Wegen Sally. Sie hielt mich davon ab. Ich habe es zugelassen. Das ärgert mich bis heute.«

»Wirklich?«

»Ja. Es hat mich sehr beschäftigt.«

»Oh«, sagte sie. »Das tut mir leid.« Dabei tat es das nicht. Kein bisschen. So unglaublich es schien, dass er seit damals auch nur ein einziges Mal an sie gedacht haben sollte, so sehr gefiel ihr die Vorstellung. Sie gefiel ihr sogar sehr.

»Es war seltsam, Sie vorhin wiederzusehen«, er deutete mit dem Kopf auf die Villa, »wie Sie da standen und Laurie und mich beobachteten. Sie sahen genauso aus, wie ich Sie in Erinnerung hatte. Ich wusste ja nicht, ob es so sein würde.«

»Nein?« Wieder wurde sie rot. Dann sagte sie rasch. »Sie sehen auch genauso aus.«

Seine Augen strahlten. Kurz herrschte Schweigen. Sie schaute in den dunklen Garten und konnte dann einem kurzen Seitenblick auf ihn nicht widerstehen. An seinem Gesicht fielen ihr ständig neue Einzelheiten auf: die kleinen Falten in seinen Augenwinkeln, die dunkle Locke in seiner Stirn, der Muskel an seiner Wange, der sich bewegte, als er ebenfalls in den Garten blickte und sichtlich überlegte.

»Woher wussten Sie, dass das vorhin ich war?«, fragte sie.

»Wie meinen Sie das?«

»Ich hätte Mae sein können, als ich den Ballsaal betrat.

Oder Mae hätte am Hafen ich sein können. Wir sehen absolut gleich aus.«

Er dachte kurz darüber nach und zuckte dann mit seinen breiten Schultern. Der Stoff seines Fracks raschelte. »Ich wusste, dass Sie es waren«, sagte er.

»Oh«, sagte sie. Dann lächelte sie, und er lächelte auch. Dabei wurden die Fältchen um seine Augen tiefer, und das bewirkte, dass sie gern näher an ihn herangerückt wäre. Sie schaute auf seine Hand neben ihrer auf der Bank. Unter der weißen Manschette sah sie stark aus. Ihre Finger zuckten, denn sie hätte gern danach gegriffen. Stattdessen umklammerte sie nur den warmen Stein fester.

»Sie hatten es nicht leicht«, sagte er. »Laurie hat mir davon erzählt. Es tut mir leid.«

Dann hatten die beiden also über sie gesprochen. Auch diese Vorstellung war ihr nicht unangenehm.

»Danke«, sagte sie.

Er nickte. Sie spürte seinen Blick auf ihr, und dass er kurz davor war, etwas Schwieriges zu sagen. Sie wartete ängstlich und fragte sich, was es sein mochte.

Als er immer noch nichts sagte, schaute sie zu ihm hoch und fragte: »Was ist es?«

Er sah ernst drein. »Heiraten Sie Keeley nicht«, sagte er. »Das dürfen Sie nicht tun.«

Es war ungefähr das Letzte, was sie von ihm erwartet hatte. »Das werde ich nicht.«

»Lauries Schwester glaubt, dass Sie es vielleicht tun.«

»Sally?« Jetzt runzelte Harriet verwundert die Stirn. »Ich werde David nicht heiraten«, sagte sie, diesmal mit entschiedenerer Stimme. »Das könnte ich gar nicht.«

»Gut«, sagte Alex. »Das ist gut.«

»Mögen Sie ihn nicht?«

»Kein bisschen«, sagte er.

Aus irgendeinem Grund lachten sie beide. Das löste die Spannung, die sich zwischen ihnen aufgebaut hatte.

Sie fragte ihn, warum er David nicht mochte. Er erklärte, dass er nie gut mit ihm ausgekommen sei; er habe ihn immer als zu starrsinnig empfunden, geradezu unmöglich in der Zusammenarbeit, wann immer er aus geschäftlichen Gründen mit ihm zu tun hatte. Bei einem Streik der Hafenarbeiter im Vorjahr hatte David die Höchststrafe für die Rädelsführer angeordnet und darauf bestanden, dass das Gesetz nun einmal das Gesetz sei, auch wenn diese Männer allesamt Familien zu versorgen hatten. »Er behauptete zwar, die Kinder täten ihm leid«, sagte Alex, »aber er gab kein Quentchen nach.«

Harriet überraschte das nicht im Geringsten.

Sie fragte, ob es auf der Insel überhaupt jemand gebe, der mit ihm auskam.

Er antwortete, eigentlich nicht, bis auf Soames, den Gouverneur, und er war sich sicher, hauptsächlich lag das daran, dass sie Cousins waren. Obwohl man fairerweise zugeben müsse, dass David zweifellos hart arbeite. »Er hält Soames den Rücken frei, damit der tun kann, was er am besten kann.«

»Und das wäre?«, fragte Harriet.

Alex lachte. »Trinken, hauptsächlich.«

Er fragte sie, wie es für sie bei David zu Hause bisher gewesen sei. Da beschrieb sie ihm die Eintönigkeit der Tage und wie es immer wieder die gleichen Gerichte gab. »Sollte ich nie wieder einen trockenen Zwieback zu Gesicht bekommen«, sagte sie, »wäre das nicht zu früh.«

»Trockenen Zwieback? Ich bin mir nicht sicher, ob ich je einen gegessen habe.«

»Dann tun Sie es auch nicht«, sagte sie. »Das Zeug schmeckt schrecklich. Ich habe schon angefangen, Tagträume von unseren Frühstücken damals in Simla zu bekommen.«

»Waren die gut?«

»Sie waren wundervoll. Nur ist mir das damals nicht bewusst gewesen.« Sie holte tief Luft und erinnerte sich. »Manchmal wärmten die Köche Kondensmilch für uns, die wir über unser Porridge gießen konnten. Das war köstlich. Und dann das ganze frische Obst. Mangos, Bananen …«

»Das haben wir hier auch, wie Sie wissen.«

»Das weiß ich nicht«, sagte sie und musste lachen, weil er sie so anlächelte. »Ich wünschte, ich wüsste es.«

»Arme Harriet.«

»Ja. Ich Arme.« Sie schaute sehnsüchtig zu den Sternen hinauf und erinnerte sich an den lärmenden Speisesaal beim Abendessen in Simla. Wie sie und die anderen immer über den Tisch nach den dort arrangierten Speisen gegriffen und mit vollem Mund geredet hatten, woraufhin ihre Lehrer sie tadelten.

»Sie vermissen es«, sagte Alex. Das war keine Frage.

Harriet antwortete dennoch. »Ja, das tue ich.« Aber als sie den Blick wieder von den Sternen auf den dunklen Garten richtete und an die Insel dachte, auf der sie sich befanden, da schien sie gar nicht mehr so sehr zu bedauern, dass sie hergekommen war.

»Wie ist Simla so?«, fragte er. »Ich war nie dort oben.«

»Nein?«

Er schüttelte den Kopf. »Nein, nur in den großen Städten.«

»Dann haben Sie etwas verpasst«, sagte sie.

»Erzählen Sie mir, was.«

Sie überlegte, wie sie beginnen sollte, die Welt heraufzubeschwören, die sie gekannt hatte. Sie fing an zu sprechen, erst zögerlich, beschrieb die lange Reise hinauf in die Berge, die Furcht vor steilen Passagen, dann die Kleinstadt selbst: das Durcheinander der Märkte, die über die Serpentinenstraßen streifenden Kühe. Er fragte nach, und sie begann freier zu reden, die Worte kamen leichter, als sie sich an lächelnde Einheimische, ihre kleine Schule mit dem wunderschönen Garten und an den verschlungenen Weg erinnerte, den sie alle zum einheimischen Bäcker hinunterliefen. Der Duft von Brot auf offenem Feuer und wie er sich mit dem der Kiefern und der Bergluft mischte. Sie erzählte, ohne dass Alex danach gefragt hätte, von der Schönheit des Schnees im Winter. Als sie merkte, wie viel sie redete, fragte sie, ob es ihm nicht schon zu viel würde. »Nein.« Lächelnd schüttelte er den Kopf. »Nein.« Sie sah ihn zweifelnd an, doch er schien es tatsächlich so zu meinen. »Erzählen Sie weiter«, sagte er, »bitte.« Also machte sie das, weil auch sie es wollte und allein schon, damit er sie so ansah und drängte, mehr zu berichten. Sie erzählte ihm, wie sie bis zum Frühling vom Rest des Landes abgeschnitten gewesen waren und dass sie im Sommer die Massen, die aus Delhi heraufkamen, als Eindringlinge empfanden. »Es war anders, wenn sie alle da waren.«

»Inwiefern?«

Sie überlegte kurz und erinnerte sich an den Ansturm der Europäer in ihren feinen Kleidern. An all die Tanzveranstaltungen. Den Klatsch und Tratsch. »Ich schätze, weil mir dann bewusster wurde, wer ich war.«

Er schwieg, offensichtlich verwirrt.

Und aus dem Nichts kam ihr ein schrecklicher Gedanke. Die ganze Zeit hatte sie vermutet, er wisse schon alles über sie. Doch was, wenn sie sich täuschte? Wenn Laurie ihm vielleicht aus Rücksicht auf sie nichts über ihre Eltern gesagt hatte. Das konnte sie sich von ihm durchaus vorstellen. Je länger sie darüber nachdachte, desto größer erschien ihr die Wahrscheinlichkeit, dass Alex keine Ahnung hatte. Er hatte sie sich schließlich ausgesucht. Hätte er das auch getan, wenn er Bescheid gewusst hätte? Sie spürte eine Last auf sich. Wenn er nun ebenso reagierte wie jeder Mann damals in Simla, nachdem er die Wahrheit erfahren hatte? Davids Worte kamen ihr in den Sinn. *Ich bin der Einzige, der dich je nehmen wird, Harriet. Und ich will dich. Niemand sonst wird es je tun.*

Sie wusste, dass sie es ihm sagen musste, um es hinter sich zu bringen. Er würde es am Ende sowieso erfahren. »Ich«, begann sie und brach wieder ab. Ihr rasender Puls machte ihr das Reden schwer. Sie holte tief Luft und schaute ins dunkle Unterholz, während sie sich sammelte. »Meine Eltern …«

»Harriet«, unterbrach er sie sanft. »Du musst es nicht aussprechen.« Unvermittelt war er zum Du übergegangen.

Sie sah ihn verblüfft an. »Du weißt es?« Ganz selbstverständlich benutzte auch sie die vertrauliche Anrede.

»Ja. Tut mir leid. Ich wusste es sogar schon vor deiner Ankunft.«

»Aber du wirktest so verwirrt, deshalb dachte ich …«

»Ich war wütend«, sagte er. »Um deinetwillen.«

»Oh.« Sie wusste nicht, ob es an der Erleichterung lag oder daran, wie eindringlich er sie ansah, aber ihr Herz schlug auf einmal noch schneller.

»Für mich spielt das alles keine Rolle«, sagte er. »Ich wünschte, das hätte auch für dich gelten können.« Seine Augen blickten aufrichtig und gelassen. »Dein Vater klingt nach einem Mann der schlimmsten Sorte, und das würde ich ihm gerne ins Gesicht sagen, aber ansonsten interessiert es mich nicht, wer deine Eltern waren.«

»Wirklich nicht?«

Er beugte sich näher zu ihr. »Nein«, sagte er. »Es kümmert mich nicht und hat mich nie gekümmert. Und heute Abend hättest du mir wahrscheinlich sogar erzählen können, dass du jemand ermordet hast, und ich würde trotzdem weiter hier sitzen und mich mit dir unterhalten wollen.«

»Das ist gut«, sagte sie, »weil ich auch jemand ermordet habe.« Sie wusste nicht einmal, warum sie diesen Scherz machte.

Aber er lächelte, was sie ebenfalls zum Lächeln brachte. Ihre Lippen waren jetzt so dicht beieinander, dass sie sich fast berührten.

»Es tut mir leid, dass du deine Heimat verlassen musstest«, sagte er. »Aber ich bin froh, dass du hier bist. Darf ich froh darüber sein?«

Sie schaute auf seine Finger, hob dann ihre Hand und griff nach seiner. Seine Wärme drang durch ihre Handschuhe bis zu ihrer Haut.

Er half ihr aufzustehen und zog sie zu sich. »Hoffentlich erwischt uns niemand«, sagte er. »Sonst werden die Mems deinen Namen durch den Dreck ziehen und, na ja, deine Eltern …«

Sie gab ihm einen leichten Stoß gegen die Schulter und sah ihn grinsen. Dann bewegte sie sich, ohne zu überlegen, noch näher zu ihm hin, und er hielt sie fester. Es fühlte sich wie die natürlichste Sache der Welt an.

Langsam bewegten sie sich zu der aus der Ferne erklingenden Musik.

»Darf ich dich wiedersehen?«, fragte er. »Bitte.«

»Ja«, sagte sie, »natürlich darfst du.«

Die Frage stellte sich für sie gar nicht.

*Ja,* sagte sie, *natürlich darfst du.*

Mae, die ein paar Schritte entfernt stand, griff sich mit einer Hand an den Kopf. Sie wünschte, sie hätte nichts davon gehört. Sie wünschte, sie wäre Alex gar nicht erst in den Garten gefolgt. Laurie hatte versucht, sie aufzuhalten. »Komm und tanz mit mir, ja?«, hatte er freundlich vorgeschlagen. »Ich bin mir sicher, dass Alex beim nächsten Tanz schon wieder zurück ist.« Doch sie hatte nicht auf ihn gehört. Tatsächlich war sie sogar ziemlich schroff zu Laurie gewesen und hatte ihm gesagt, er solle sie in Ruhe lassen. *Geh doch Harriet suchen, ich weiß, dass es das ist, was du eigentlich willst.*

Wäre ihr nur da bereits klar gewesen, dass Alex genau das gerade tat.

Sie sah, wie er Harriet etwas ins Ohr flüsterte, und zuckte zusammen, als Harriet laut auflachte. Und obgleich sie sich für dieses Zusammenzucken verachtete, dafür, dass sie ihrer Zwillingsschwester irgendwas missgönnte, erfasste sie eine noch schrecklichere Wut. Sie hatte sie nicht unter Kontrolle. Nicht mehr. Nicht so, wie sie es schon die ganze Woche über versucht hatte.

Nicht jetzt.

Nachdem Harriet so überstürzt verschwunden und Alex dort aufgetaucht war, wo Mae, David und Laurie standen, hatte Laurie Mae ihm vorgestellt. In der Tat hatte er sie vorstellen müssen. Denn ihr hatte es hoffnungslos die Sprache verschlagen, seine Nähe ließ sie verstummen, die Hitze seines Blicks auf ihr und der Klang seiner Stimme, als er sich entschuldigte und meinte, er müsse wirklich dringend für einen Moment … Wenn sie doch nur den Mund aufgemacht hätte, dann hätte sie ihn vielleicht dort, bei sich, halten können. Doch sie hatte ihm nur nachgesehen, in dem Glauben, er würde zurückkehren. Sie war mit jeder Sekunde, die verging, noch überwältigter von dem Eindruck, dass er genau der Typ Mann war, von dem sie sich einst vorgestellt hatte, sich in ihn zu verlieben. Das war noch Jahre bevor sie sich dazu gebracht hatte zu akzeptieren, dass solche Träume nie wahr werden konnten.

Doch sie hatte sich geirrt. Solche Träume wurden wahr. Allerdings für Harriet, nicht für sie. Nie für sie.

Entsetzt hatte sie mit angesehen, wie Alex Harriet näher an sich zog. Sie hatten sich nicht geküsst. Noch nicht. Doch sie war sich sicher, dass sie es tun würden.

Weder sie noch Harriet waren bisher je geküsst worden.

Sie wandte den Blick ab, weil sie keine Sekunde länger hinsehen konnte. Doch während sie zurück auf den Ball ging, konnte sie nicht anders, als sich die beiden hinter sich vorzustellen. Sie spürte sie sogar: eine sich drehende, glückliche Präsenz, die schwer auf ihrem Rücken lastete.

Sie war so in ihr eigenes Leid versunken, dass sie David am Fuß der Treppe zur Terrasse erst bemerkte, als sie direkt vor ihm stand.

»Wo warst du?«, fragte er.

»Spazieren«, sagte sie.

»Wen hast du gesehen?«

Er wusste, wen sie gesehen hatte. Das hörte sie seinem Ton an. Doch weil sie ihm den gleichen Schmerz zufügen wollte, den auch sie empfand, bestätigte sie seine Vermutung. »Harriet und Alex Blake«, sagte sie. »Sie haben getanzt.«

Er wurde blass.

»Das ärgert dich«, sagte sie und stellte fest, dass es ihr selbst davon nicht besser ging.

»Ich denke schon«, sagte er, »ja.« Er sah sie lange an. »Dich auch?«

Sie lachte bitter.

»Ärgert es dich nicht?«, fragte er noch mal.

»Nein«, sagte sie und lachte wieder dieses schreckliche Lachen, »kein bisschen.«

Stirnrunzelnd schien er zu versuchen, sie zu verstehen. Warum fiel ihm das bloß so schwer? Warum war überhaupt alles so schwer? Plötzlich fühlte sie sich viel zu erschöpft, um hier zu sein. Sie wollte an ihm vorbeigehen und sich einen Ort suchen, an dem sie sich verstecken und einfach nur darauf warten konnte, dass dieser furchtbare Abend ein Ende fand.

»Warte«, sagte er.

»Was?«, fragte sie.

»Ich will, dass du mir sagst, was sie gemacht haben«, erklärte er. »Du erzählst mir genau, was du gesehen hast.«

Sie hielt inne. Eigentlich hätte sie sich weigern müssen. Sie wusste zwar nicht, warum David das von ihr verlangte, aber mit Sicherheit führte er nichts Gutes im Schilde.

Vielleicht wäre sie einfach weggegangen und hätte ihn stehen lassen, wenn sie nicht so wütend und traurig gewesen wäre. Vielleicht hätte sie das gekonnt, wenn sie nicht dermaßen eifersüchtig auf Harriet gewesen wäre.

Doch sie war wütend, traurig und eifersüchtig.

Also ging sie nicht weg.

Sie blieb und erzählte David alles.

# 10. Kapitel

*Singapur, September 1941*

Ivy fiel direkt in ihr Bett, nachdem sie und Alma von der katastrophalen Dachterrassenparty zurück waren. Sie fühlte sich zu erschöpft und fiebrig, um mehr zu tun, als ihre Schuhe abzustreifen. Komplett angezogen und mit hochgesteckten Haaren war sie sofort weggesackt und bemerkte erst, als sie aus einem ihrer Albträume (*Nein, nein, mein Gott*) hochfuhr, dass sie eingeschlafen sein musste. An den Armen hatte sie mehrere Moskitobisse – weil sie vergessen hatte, das Netz herabzulassen –, außerdem schwitzte sie in dem Seidenkleid und den Nylonstrümpfen fürchterlich. Ihre Augen waren tränennass, ihr Puls raste, und noch dazu hatte sie schlimme Halsschmerzen.

Einen kurzen Moment lang war der Albtraum noch übermächtig, doch dann zwang sie sich, die Augen zu öffnen, und orientierte sich im Halbdunkel der Morgendämmerung. Die Erinnerungen vom Vorabend überfielen sie: wie viel sie getrunken hatte; Sams nasser Kuss; Kits Miene, als Sam ihm erklärte, sie sei sein Mädchen. (Seins. Als wäre sie ein Besitz.) Sie stöhnte stumm, drehte sich auf die Seite und spürte, dass sie etwas Wasser trinken und zur

Toilette gehen sollte. Aber sie fühlte sich für beides zu schwach, und ihr war schwindelig.

Als sie erneut erwachte, stand die Sonne schon hoch. Sie blinzelte ins grelle Licht (sie hatte auch vergessen, die Fensterläden zu schließen; nur die Fenster waren zu, was das Zimmer noch stickiger machte als sonst). Eine Gestalt beugte sich über ihr Bett. Es war die stille Jane, die inzwischen von ihrer Nachtschicht zurück sein musste. Sie betrachtete ein Thermometer und sah nicht sehr angetan aus.

»Tut mir leid«, sagte Ivy und wusste selbst nicht, warum sie sich entschuldigte. Beim Sprechen kratzte es in ihrem Hals. Sie konnte auch nur mit Mühe den Kopf drehen.

»Ich habe dir doch gesagt, du sollst nicht ausgehen«, meinte Jane. (Das hatte sie. Und vielleicht entschuldigte Ivy sich deshalb.) »Bleib heute zu Hause«, sagte Jane. Sie ging zum Fenster, öffnete es, und feuchte Hitze strömte herein. »Du musst dich ausruhen.«

Ivy antwortete nicht. Aber sie wollte sich nicht ausruhen. Und definitiv wollte sie nicht nachdenken. Sobald Jane gegangen war, setzte sie sich auf – auch wenn sie sich an der Matratze festhalten musste, weil das Zimmer sich drehte – und erhob sich schließlich schwankend. Trotz der Halsschmerzen und des üblen Katers wusch sie sich und zwang sich, ihre Uniform anzuziehen.

Die anderen saßen alle im Esszimmer, als sie nach unten kam. Vanessa und Jane aßen Abendessen zum Frühstück, wie sie es immer machten, wenn sie Nachtschicht arbeiteten. Es gab irgendein Pfannengericht mit Chili. Allein der Geruch war Ivy zuwider. Alma, die auch bereits ihre Uniform trug, trank nur Kaffee. Aber sie plauderte mit Vanessa und Jane und schien sich ganz munter zu fühlen.

Ivy lehnte sich an den Türstock und versuchte, die nötige Energie zu sammeln, um hineinzugehen und sich zu setzen.

»Du bist ja auf«, stellte Jane fest.

Alma hob ihre Tasse, als wollte sie ihr zuprosten. »Braves Mädchen«, sagte sie, viel zu laut. Vielleicht war sie immer noch ein wenig angeschickert.

»Gar kein braves Mädchen«, sagte Jane streng.

Sogar die unternehmungslustigere Vanessa sah sie zweifelnd an. »Das sehe ich auch so, Ivy. Geh und leg dich wieder hin, altes Haus.«

»Nein.« Ivy schüttelte den Kopf und bereute die Bewegung sofort. »Ich muss zur Arbeit.«

Jane meinte: »Sei nicht albern.«

Doch Ivy war entschlossen. Auch wenn sie nur widerwillig riskierte, Sam dort zu treffen, konnte sie doch keinesfalls zu Hause bleiben und so viele leere Stunden lang über den Vorabend nachgrübeln. Denn nicht nur die Zudringlichkeit von Sams viel zu nassen Lippen quälte sie, sondern auch die Erinnerung an Kits Hand auf ihrer Stirn … Wie sie sich gefühlt hatte, als er sie auf der Treppe hatte stehen lassen.

Was war das gewesen, das sie da gespürt hatte?

Und was hatte es zu bedeuten?

Diese Fragen hatten sie bereits bis zur Erschöpfung beschäftigt. Aber sie konnte offenbar nicht aufhören, sie sich zu stellen. Also ja, sie musste nach Kranji. Eine lange Schicht in der glutheißen Nissenhütte war vielleicht an sich nicht verlockend (sie wusste auch noch gar nicht, wie sie das durchstehen sollte), aber sie war der Alternative immer noch bei Weitem vorzuziehen. Alles im Leben war relativ.

Sie schaffte sowieso nur eine Stunde. Tomlins, der sie schon mit Argusaugen beobachtet hatte, seit Alma sie abgesetzt hatte, entließ sie um zehn. »Raus«, schnauzte er durch den Raum. »Sofort. Bevor Sie noch auf Ihrem Schreibtisch zusammenbrechen und irgendeine Katastrophe verpassen.«

»Ich werde nicht zusammenbrechen«, erwiderte sie, aber jedes einzelne Wort bedeutete eine Anstrengung.

»Nein«, sagte er, »werden Sie auch nicht, weil Sie jetzt nach Hause gehen. Sie sind ein Wrack, Harcourt.« Sein Ton war nicht unfreundlich. Ivy brachte jedoch kaum die Energie auf, es zu bemerken. »Gehen Sie zu einem Sanitätsoffizier«, sagte er, »und kommen Sie zurück, wenn es Ihnen besser geht. Vorher nicht.« Sein finsterer Blick streifte durch die fensterlose Hütte. »Ich will nicht, dass sich alle damit anstecken.«

»Na gut«, sagte sie resigniert, stand allerdings nicht auf. Sie konnte nicht. Sie war zu erschöpft.

Vielleicht konnte sie einfach an Ort und Stelle schlafen.

Tomlins bellte Kate an, sie solle ihr helfen und zusehen, wie sie nach Hause kam. Anscheinend ließ man sie also nicht an Ort und Stelle schlafen. Zu schade.

»Na, komm schon«, sagte Kate, die erstaunlich schnell an ihrer Seite war und sie am Arm fasste.

Das Nächste, was Ivy bewusst mitbekam, war, dass sie zusammen durch den dampfigen Morgen gingen.

»Wollen wir zu Sam gehen, damit er dich fährt?«, sagte Kate mit einem neckenden Grinsen, als sie auf den Wachposten zusteuerten. »Er erzählt schon überall herum, du seist ein ›Thema‹.«

»Das wollen wir nicht«, murmelte Ivy und brauchte

ihre ganze Konzentration, um einen Fuß vor den anderen zu setzen. Sie hatte jetzt das verzweifelte Bedürfnis, wieder ins Bett zu kommen. Sie sollte in Zukunft eindeutig mehr auf Jane hören.

»Das weiß ich doch«, sagte Kate, »aber ich denke, es wäre besser, du klärst ihn auf. Oh, mach kein so besorgtes Gesicht. Ich meine doch nicht hier und jetzt. Schau mal, da kommt ein Bus.«

Ivy hob ihren verschwommenen Blick zur Straße. Tatsächlich, ein Bus. Irgendwie schaffte sie es hinein. Und eine Weile später war sie zu Hause. Nachdem sie endlich ihre Uniform aus- und ihr Nachthemd angezogen hatte, lag sie wieder im Bett.

»Gut«, sagte Jane, als sie zu ihrer Schicht aufstand. »Bleib hier.«

»Das ist im Moment der beste Ort für dich«, stimmte Vanessa ihr zu. »Ich werde jemand organisieren, der dich untersuchen kommt.«

Es war eine Mandelentzündung.

»Kein Wunder«, sagte der Arzt, den Vanessa aufgetrieben und beflissen über Ivys Arbeits- und Freizeitverhalten aufgeklärt hatte. Er war ein Riesenkerl, mindestens einen Meter neunzig groß, mit breiten Schultern und kantigem Kinn. Bei seiner Statur wirkte der Raum richtig niedrig. »Sie brauchen Ruhe«, sagte er, »ich schreibe Sie für den Rest der Woche krank. Und nehmen Sie die hier.« Er hielt ihr eine Flasche mit Tabletten hin. Ivy nickte. Sie war sich nicht sicher, ob sie sich trauen würde, ihm in irgendeiner Sache zu widersprechen. Sie hätte ihren letzten Penny darauf verwettet, dass er Rugbyspieler war. (»Eindeutig«, bestätigte auch Alma hinterher.) »Ein neues Wundermittel«, sagte er. »Darf aber keinesfalls mit Alkohol zusammen eingenommen werden.«

»Was?«, sagte Alma, die darauf bestanden hatte, bei der Untersuchung dabei zu sein. »*Überhaupt keiner?*«

»Gar keiner«, sagte Vanessa, die auch in Ivys Zimmer stand, weil sie mit dem Arzt gekommen war. Sogar sie wirkte neben ihm klein. Sie sah ihn übrigens dauernd an. Verschwommen fragte Ivy sich, ob die beiden ein »Thema« waren oder es vielleicht bald sein würden. (»Wir sind auf dem Weg dahin«, sagte Vanessa augenzwinkernd, nachdem er mit seiner Instrumententasche verschwunden war und bevor sie ihm nach unten folgte. »Ist das nicht herrlich?«)

»Tja«, sagte Alma, als beide weg waren. »Dein armes altes Ich.«

»Ja«, sagte Ivy nur.

»Hast du Heimweh?«, fragte Alma, als könne sie Ivys Gedanken lesen.

Ivy nickte wieder, doch tat ihr davon der Hals weh.

»Das dachte ich mir. Wenn man krank ist, wird es immer schlimmer.« Sie lächelte Ivy mitfühlend an. »Möchtest du, dass ich deiner Gran ein Telegramm schicke? Damit sie dir eins zurückschreibt?«

Das klang verlockend. Sie hatte noch immer keine Briefe bekommen. Die Schiffe brauchten so lange. Aber sie sagte: »Nein, das würde sie nur beunruhigen.«

Alma nickte. Ruhelos schaute sie sich im Zimmer um und trat dann ans Fenster.

»Wirst du noch ausgehen?«, fragte Ivy und hoffte, dass sie es nicht tat. Sie hatte den ganzen Nachmittag verschlafen und glaubte, jetzt erst einmal stundenlang wachzubleiben.

»Natürlich nicht«, sagte Alma. »Ich bleibe bei dir. Ich habe nur gerade überlegt, was man machen könnte.« Sie schwang sich aufs Fensterbrett und sah von dort aus zu Ivy in ihrem Bett hinüber. »Als ob ich dich in diesem Zustand alleinlassen würde.«

Die Sorge in ihrer Stimme war nicht zu überhören. Ivy wusste, dass es nicht nur darum ging, dass sie krank war. Sie hatte Alma auf dem Heimweg von der Party alles erzählt. Ihr all die Dinge mitgeteilt, von denen sie geglaubt hatte, es sei ohnehin sinnlos, darüber zu sprechen: wie sie Kit zwischen den Büschen begegnet war, die vergessenen Plimsolls, dass es sie gekränkt hatte, sie ohne irgendeine Nachricht zurückzubekommen.

»Bist du dir sicher, dass Sam nichts damit zu tun hatte?«, hatte Alma gefragt.

»Was hätte der denn schon tun können?«, fragte Ivy. »Außerdem ist es so ohnehin das Beste.«

»Warum?«, fragte Alma verwirrt. »Du klingst so, als hättest du schon allein ein schlechtes Gewissen, weil du Kit magst. Dabei würde es jeder Frau so gehen. Er ist einfach ein Leckerbissen.«

Da hatte Ivy ihr auch noch von Felix erzählt. Und es war eine solche Erleichterung gewesen, endlich zuzugeben, dass er existiert hatte, umgekommen war und seither ihr Gewissen belastete. Danach konnte sie sich gar nicht erklären, warum sie Alma nicht schon viel früher ins Bild gesetzt hatte. (*Ja*, meinte sie Gregorys Stimme zu hören, *das ist wahrlich ein Rätsel.*) Das Einzige, was sie nicht erwähnt hatte, war seine Nationalität. Das brachte sie einfach nicht über sich. Nicht solange Phil täglich in der Wüste kämpfte. Doch da der Champagner ihre Zunge gelockert hatte und weil sie sich derart befreit fühlte, hatte sie ihr auch noch von der Bombe erzählt sowie von den Sitzungen bei Gregory, den Albträumen und der Klaustrophobie, die sie seither plagten.

Alma hatte einen Moment gebraucht, um zu verarbeiten, wie viel Ivy bisher für sich behalten hatte (»Ich muss nur … ich kann nicht … Die ganze Zeit über …«). Danach war sie jedoch genauso lieb und verständnisvoll gewesen, wie Ivy es erwartet hatte. Sie hatte ihr sogar gesagt, sie solle gleich zu ihr kommen, wann immer sie nachts aufwachte. »Das meine ich ernst.« Auch sie stellte sich auf den Standpunkt, dass sie Felix nichts schuldig gewesen war. »Du musst dein eigenes Leben führen«, hatte sie gesagt. »Wozu denn sonst das Ganze?«

Jetzt stieß sie sich mit den Fersen von der Wand ab. »Du siehst trostlos aus, Süße. Ich merke schon, dass es auf absehbare Zeit absolut unlustig mit dir sein wird.«

»Tut mir leid«, krächzte Ivy.

»Das sollte es auch.« Alma seufzte. »Vielleicht bringe ich mir für heute Nacht meine Matratze herüber«, sagte sie. »Mir gefällt die Vorstellung nicht, dass du allein bist.«

In den nächsten zwei Tagen verließ Ivy ihr Bett nur, um auf die Toilette zu gehen und zwischendurch kurz zu baden. Sie fühlte sich in ihren vier Wänden wie in einer Falle. Die Albträume wurden schlimmer denn je und verfolgten sie nicht nur nachts, sondern auch tagsüber. Seltsamerweise ging es darin nicht mehr um Felix, sondern um Kit und Sam. Mae kam auch öfter darin vor. Eine viel jüngere

Mae (*Was meinst du damit, du wusstest nicht, dass ich hier gelebt habe?*) und dazu Laurie Hinds. Die Albträume spielten immer in einem winzigen dunklen Raum, der tote Stuart tauchte auch darin auf (*wir befinden uns in einem Kokon, bewegen Sie sich jetzt kein bisschen*); sie wurden aneinandergepresst und die Wände kamen von allen Seiten immer näher.

Ihr hohes Fieber machte es vermutlich nicht besser.

»Das glaube ich auch«, sagte Alma, die immer da war, wenn sie hochschreckte, blinzelnd und mit Lockenwicklern in den Haaren. »Und dieses Zimmer genauso wenig.«

Am dritten Morgen zog Ivy, auf Almas Drängen, nach unten in ein improvisiertes Bett auf der Terrasse um. Dai stellte ihr ein Tischchen mit einem Krug Wasser hin. Jane brachte ihren kleinen elektrischen Ventilator von oben, den sie an die Steckdose im Flur anschließen konnten. Er surrte angenehm und das Geräusch mischte sich mit denen der Insekten im Gebüsch. Alles in allem war es ein himmelweiter Unterschied zur stickigen Hitze im ersten Stock.

Ivy, die ihr leichtestes Baumwollkleid trug, dämmerte den frühen Nachmittag über von einem Schläfchen ins nächste. Fast fühlte sie sich, als sei sie wieder auf See. Davon träumte sie dann auch: von den Delfinen, dem grimmigen Kapitän (der sie inzwischen an Tomlins erinnerte) und vom Schaukeln ihrer Hängematte. Als sie aufwachte, war ihre Haut immer noch heiß, ihr Hals schmerzte, aber sie war zum ersten Mal in der Lage, etwas von dem Reis-Congee zu essen, worauf Dai bestanden hatte. Während sie zögernd an dem Löffel nippte, dachte sie, dass das Medikament von Vanessas Arzt vielleicht doch eine Wunderpille war.

Sie hatte noch nicht aufgegessen, als sie merkte, dass jemand die Einfahrt herunterkam. Sie schaute auf und beschirmte ihre Augen mit der Hand. Sie lächelte zaghaft, ein bisschen verlegen, aber nicht völlig überrascht. Alma hatte bereits erwähnt, dass Laurie Hinds nach ihr gefragt hatte und sie vielleicht besuchen käme. Allerdings hatte Ivy erwartet, er würde allein kommen.

Neugierig musterte sie jetzt den Gentleman mit Panamahut an seiner Seite. Er hatte breite Schultern, trug ein elegantes Hemd, eine cremefarbene Hose und hielt sich beim Gehen kerzengerade. Sie wusste, wer er war, weil sie ihn schon mehrmals bei seinem Haus gesehen hatte, allerdings nur aus der Ferne. Jetzt zog er ihre Blicke an. Seine Statur hatte etwas seltsam Vertrautes, genau wie seine Gesichtszüge, aber sie kam nicht dahinter, warum das so war. In der Hand hatte er ein Glas mit Schraubdeckel.

Die beiden Männer erreichten die Stufen zur Terrasse.

»Hallo«, sagte Ivy, immer noch krächzend.

»Hallo«, sagte Laurie. »Ich habe heute Morgen Ihre Freundin gesehen. Sie meinte, dass Sie vielleicht schon Lust auf Besuch hätten. Deshalb sind wir hier.« Er deutete auf den Mann neben sich. »Ich möchte Ihnen Alex Blake vorstellen.«

In dem Glas war Honig. Alex meinte, der sei gut gegen Halsschmerzen. »Es tut mir leid zu hören, dass Sie krank waren.« Seine Stimme war tief, wohlklingend und irgendwie beruhigend. Sie gefiel ihr. Sie mochte auch, wie er sich setzte, zurückhaltend, aber kein bisschen verlegen. Freundlich ließ er Dai – die herauskam, um etwas zu trinken anzubieten – wissen, er brauche wirklich nichts und würde auch nicht lange bleiben. Er wolle sich nur davon überzeugen, dass Miss Harcourt auf dem Weg der Besserung sei.

Ivy war von seiner offensichtlichen Sorge gerührt. Und auch fasziniert, da ihr zum ersten Mal klar wurde, dass er wie Laurie Mae gekannt haben könnte. Er war schließlich im selben Alter wie dieser und lebte schon sehr lange hier.

Laurie fragte nach ihrem Befinden und erzählte, dass Tomlins sie an ihrem Posten vermisse.

»Wirklich?«, fragte sie ungläubig.

»Ja, wirklich.«

»Hm«, machte Ivy skeptisch, »dann richten Sie ihm doch aus, dass ich ihn auch vermisse.«

Laurie lächelte, genau wie Alex – der dabei jedoch ein bisschen wehmütig wirkte.

Sie versuchte, sich einen Reim darauf zu machen, aber es war, als würde etwas an ihr ihn traurig stimmen. Das Gefühl wurde noch stärker, als sie ihn fragte, ob er ihre Gran tatsächlich gekannt hatte. Er schwieg zunächst, bevor er es bestätigte, als sei er auf die Frage zwar gefasst gewesen, aber trotzdem davon aus der Ruhe gebracht. Ivy runzelte irritiert die Stirn. Ihre Verwirrung wuchs, als er sagte: »Ich kannte sie beide.«

»Beide?«

»Ja«, sagte er, »als sie hier lebten.«

*Sie beide*? Wen meinte er?

Sie bemühte sich zu verstehen, aber es gelang ihr nicht. Sie fragte sich, ob ihr Verstand womöglich noch vom Fieber durcheinander sei, und warum Laurie inzwischen genauso erschrocken dreinblickte wie damals, als er erstmals erwähnte, dass Mae in Singapur gelebt hatte.

»Es tut mir leid«, sagte sie, »aber ich verstehe nicht.«

Dann kam ihr ein Gedanke. »War mein Großvater etwa auch hier?«

Die Frage bewirkte, dass die beiden Männer sich ansahen. Kurz herrschte Schweigen. Etwas Unausgesprochenes hing in der Luft und verwirrte sie noch mehr.

»Ich meine Harriet«, sagte Alex, und seine Stimme klang ganz so, als wünschte er sich, gar nicht erst davon angefangen zu haben. Er machte die Sache damit allerdings kein bisschen verständlicher.

»Harriet?«, sagte Ivy.

»Alex«, meinte Laurie warnend, »ich glaube, vielleicht …«

»Wer ist Harriet?«, fragte Ivy.

Aus irgendeinem Grund war Alex schockiert. »Das wissen Sie nicht?«, fragte er und blickte sie verstört an, als sei das unmöglich. »Das müssen Sie doch wissen.«

»Was wissen?«, fragte Ivy, jetzt schon ungeduldig.

»Mae hat es Ihnen nicht gesagt?«

»Wie es scheint, nicht«, sagte Laurie, »also warum belassen wir es dann nicht dabei?«

»Nein«, sagte Ivy und schaute von einem zum anderen. »Bitte, wer ist Harriet?«

»Alex …«, begann Laurie.

»Ihre Großtante«, sagte Alex gleichzeitig mit ungläubiger Stimme, dass er ihr das überhaupt erklären musste. »Maes Zwillingsschwester.«

Laurie gab einen keuchenden Seufzer von sich.

Ivy starrte die beiden nur ungläubig an. Das war wohl das Letzte, was sie erwartet hätte. Auch wenn sie nicht wusste, was sie erwartet hatte. Aber eine Schwester? Eine *Zwillingsschwester*?

*Nein.*

*Was?*

»Das ergibt gar keinen Sinn«, sagte sie. Und das tat es auch nicht. Überhaupt nicht. Sie sah Mae vor ihrem inneren Auge: ihr offenes Lächeln, wie sie darauf bestand, dass sie und Ivy immer ehrlich zueinander sein müssten. *Alles, du kannst mir wirklich alles erzählen. Geheimnisse führen nie zu etwas Gutem.* Es erschien Ivy vollkommen unmöglich, dass sie dermaßen Wesentliches verheimlicht hatte: eine Zwillingsschwester, mit der sie hier, in *Singapur,* gelebt hatte.

Warum um alles in der Welt hatte ihre Großmutter das die ganze Zeit über verheimlicht?

»Sie wird ihre Gründe gehabt haben«, meinte Laurie, doch er klang eher so, als ob er das selbst nicht wirklich glaubte.

Ivy war sich ziemlich sicher, dass Alex, der jetzt grimmig in den Garten blickte, es nicht tat.

»Was ist mit Harriet passiert?«, fragte sie. »Wo ist sie?«

»Oh nein«, sagte Laurie, »nein. Es tut mir leid, doch das müssen Sie Ihre Großmutter fragen …«

»Aber das wird Monate dauern«, sagte Ivy. »Ich habe bisher noch keinen einzigen Brief von ihr erhalten.« Sie wandte sich an Alex. »Wollen Sie es mir nicht sagen, bitte?«

Alex Blake richtete seine Augen wieder auf sie. Und je länger er das tat, desto sanfter wurden seine zunächst noch angespannten Züge, desto wärmer sein Blick. Ivy begann schon zu glauben, dass er ihrem Wunsch vielleicht nachkommen würde.

Aber er sagte nur leise: »Ich kann nicht. Tut mir leid.«

»Ich verstehe das trotzdem nicht«, sagte sie.

»Ich weiß«, sagte er, und sein ehrliches Bedauern war unüberhörbar. Es kam ihr vor, als hielte ihn nicht wie bei Laurie der Respekt vor Mae davon ab. Oder nicht nur. Er schien es wortwörtlich so zu meinen: Er konnte es ihr einfach nicht sagen.

Zumindest das verstand sie.

Trotzdem war ihre Verwirrung dadurch nicht leichter zu ertragen.

Laurie räusperte sich und wechselte das Thema, als hätten sie nie von Harriet gesprochen. Er erzählte Ivy vom neunten Geburtstag seines Enkelsohns in ein paar Monaten und dass seine Frau Nicole zweifellos eine Party für ihn geben würde, wie sie das für ihre Enkelkinder immer tat. »Ich würde ihm ja gern als Geschenk eine von diesen Löwenmasken schicken«, sagte er, »aber ich fürchte, Luke wird schon zehn sein, bevor er sie erhält.«

»Wahrscheinlich«, sagte Ivy und dachte an ihre Briefe an Mae. Sie fing Alex' Blick auf und sah, wie seine Lippen sich eine Spur bewegten – eine winzige Geste des Mitgefühls. Sie war sich nicht sicher, ob sie sich davon besser oder erst recht frustriert fühlte.

Laurie betrieb so entschieden unverfängliche Konversation, dass Ivy ihn unter anderen Umständen dafür wohl bewundert hätte. Er kam von Löwenmasken auf den verwaisten Navy-Stützpunkt zu sprechen und machte weiter mit dem Versprechen des Kriegsministeriums, Luftabwehrgeschütze zur Verfügung zu stellen, von dem er jedoch nicht wisse, ob er daran glauben solle. Weder Harriet noch Mae wurden ein weiteres Mal erwähnt, auch wenn Ivy kaum an etwas anderes denken konnte.

Schließlich meinte Laurie, dass sie nun besser gehen sollten, damit Ivy sich weiter ausruhen könne. Sie wollte aufstehen, um sich zu verabschieden. Es war Alex, der ihr sagte, sie solle sitzen bleiben, und sich erkundigte, wie lange sie vom Dienst freigestellt sei. Sie erwiderte: »Noch vier Tage.« Während einer kurzen Pause schien er über etwas nachzudenken. Dann fragte er, ob er sie am morgigen Nachmittag erneut besuchen solle. Falls ihr der Sinn nach Gesellschaft stünde.

Ivy musste nicht lange überlegen. Und sie war nicht nur neugierig, alles zu erfahren, was er anscheinend über ihre Gran und diese mysteriöse Großtante Harriet wusste. Jetzt, nachdem sie ihn endlich kennengelernt hatte, wollte sie ihn auch um seinetwillen wiedersehen. Sie fühlte sich auf besondere Weise zu ihm hingezogen.

Also nickte sie und meinte, dass sie sich sehr darüber freuen würde.

Er kam an jedem der drei folgenden Tage jeweils am frühen Nachmittag und leistete ihr auf der Terrasse Gesellschaft. Sie erwartete ihn immer mit Getränken und aufgeschnittenem Obst. Jedes Mal versicherte er ihr, wie viel besser sie schon aussähe, und fragte, ob sie den Honig nähme. Das versicherte sie ihm, und auch, dass er helfe, sodass sie kaum noch Halsschmerzen habe. Er nahm das erfreut zur Kenntnis. Das Wundermedikament erwähnte sie nicht.

Einmal brachte er ein Backgammonspiel mit. »Ich dachte, inzwischen müssen Sie sich ja schon langweilen.«

»Sehr«, gab sie zu, »aber ich fürchte, ich beherrsche das Spiel nicht.«

»Keine Sorge«, versicherte er ihr und stellte das Brett

zwischen sie, »ich kann es Ihnen beibringen, falls Sie dazu Lust haben.«

Sie sagte ja, und das stimmte auch.

Als er ihr die Regeln erklärte, hörte sie genau zu, hielt die Handflächen auf dem Schoß aneinandergepresst und blickte konzentriert aufs Spielbrett. »Es geht hier um Können«, sagte er, »nicht um Glück. Also dürfen Sie nicht dem Würfel die Schuld geben.« Sie versicherte ihm, das würde ihr im Traum nicht einfallen. Nachdem sie die ersten drei Partien verloren hatte, bemerkte sie aber trotzdem, dass da vielleicht doch ein wenig Glück im Spiel gewesen war. Er lächelte darüber.

Nach und nach verbesserte er ihre Spielzüge nicht mehr. In der sechsten Runde gewann sie. »Jetzt sehen Sie sich das an«, sagte sie erfreut. »Ich habe Sie regelrecht fertiggemacht.« Er lachte, und sein Lachen klang sehr warmherzig. Ivy schob die Spielsteine zusammen. »Noch eine Partie?«, fragte sie.

»Warum nicht?«, erwiderte er. »Warum nicht?«

Während sie würfelten und die lauen Stunden verstrichen, unterhielten sie sich. Er fragte nach ihren ersten Monaten in Singapur, und sie geriet ins Plaudern: über ihre Arbeit, das abendliche Ausgehen; wo sie schon überall gewesen war. »Ich stelle fest, dass Bars von Interesse sind«, sagte er. Doch er erzählte auch von sich: wie er in Ceylon aufgewachsen und dann als junger Mann auf die Insel gekommen war, um hier ein Geschäft aufzubauen. Er beschrieb Ivy die Gewürze, Seiden und Rohstoffe, mit denen er handelte, seine riesigen Lagerhäuser – oder *Godowns*, wie man sie hier nannte – unten im Hafen. »Der Duft, wenn man sie betritt«, sagte er und griff nach dem Würfel,

»das ist, als würde man in zehn verschiedenen Ländern auf einmal ankommen.«

»Das klingt sehr nach Aladins Wunderland«, sagte sie.

»Nur ohne Lampen.«

»Das würde ich gerne mal sehen.«

»Wirklich?« Er klang erstaunt.

»Ja«, versicherte sie ihm. »Vielleicht können Sie mir die Lagerhäuser eines Tages zeigen.«

»Das könnte ich.« Er schüttelte den Würfel, und es klang ganz so, als gefiele ihm die Idee. »Und danach könnte ich Sie noch zu einem Eis einladen.«

Sie lächelte, weil ihr der Vorschlag gefiel.

Mae und Harriet hatte sie nicht vergessen. Im Gegenteil. Sie fragte ihn im Verlauf der drei Tage ein paarmal nach ihnen. Doch blieb er bei diesem Thema enttäuschend verschlossen. »Es tut mir leid«, sagte er. »Ich hätte das niemals erwähnen sollen. Vielleicht werde ich Ihnen irgendwann davon erzählen …« Das sagte er nur, um sie zu beschwichtigen, merkte sie. Er schien selbst nicht daran zu glauben.

Sie gab trotzdem noch mehr von sich preis, und das wunderte sie selbst. Als er sie nach dem Krieg in London fragte, wehrte sie nicht ab und sagte auch nicht, alles sei in Ordnung gewesen. Stattdessen erzählte sie zu seinem offensichtlichen Entsetzen von der Bombe, auch von Felix und von Gregory. Vielleicht hatte die Tatsache, dass sie sich schon Alma anvertraut hatte, sie lockerer gemacht, jedenfalls sprudelte es nur so aus ihr heraus. Und Alex, der so gelassen und freundlich war, erwies sich als sehr angenehmer Gesprächspartner. Als sie ihm das sagte, reagierte er verblüfft und meinte, er sei etwas aus der Übung. »Das merkt man nicht«, erwiderte sie.

Als er am dritten Nachmittag weitere behutsame Fragen stellte, weil er sie anscheinend besser kennenlernen wollte – ohne jemals zu erklären, warum –, erzählte sie mehr: von ihrer Kindheit, ihren Eltern.

»Das tut mir so leid«, sagte er, als sie von deren Tod berichtete. »Laurie hatte es mir schon erzählt.« Seine grauen Augen blickten schmerzvoll. »Das muss schrecklich für Sie sein.«

»Ich glaube, am schlimmsten ist es für meine Gran«, sagte sie, weil es tatsächlich so war. Sie hatte die beiden ja gekannt; Ivy konnte sich dagegen gar nicht an sie erinnern. Sie erinnerte sich an den Sommer, als Mae mit ihr nach Mesopotamien gereist war (*mein Junge*), an all die Geschichten als Reaktion auf Ivys Bitten, mehr über sie zu erfahren, immer mehr über die beiden. Sie musste an die Truhe auf dem Dachboden denken und an die Zeit, die sie im Laufe der Jahre bei dem Grab in Hampstead verbracht hatten, plaudernd und Unkraut zupfend. »Sie hat nie versucht, sie zu vergessen«, sagte sie. »Und sie hat auch mich nie dazu aufgefordert.« Sie dachte an ihre eigenen verzweifelten Bemühungen, bestimmte Dinge zu vergessen. »Dabei wäre das für sie leichter gewesen, denke ich, wenn wir beide es getan hätten. Doch dieses Gefühl hat sie mir nie gegeben.«

Alex nickte, sagte jedoch nichts. Er hatte wieder diesen traurigen Gesichtsausdruck.

Ivy fragte sich daher, ob er auch jemand verloren hatte. »Haben Sie je geheiratet?«, fragte sie leise, wollte ihn aber nicht weiter betrüben.

»Ja«, antwortete er schleppend. »Das habe ich.«

Sie wollte schon fragen, wer seine Frau gewesen und

was mit ihr passiert war. Doch die Art und Weise, wie er geantwortet hatte, hielt sie davon ab.

Nach einer kurzen Pause bemerkte er, dass sie ihren Großvater noch nie erwähnt hatte.

»Ihn habe ich nie kennengelernt«, sagte sie. »Er starb, noch bevor mein Vater zur Welt kam. Gran spricht kaum von ihm.«

»Nein?«

»Nein.« Ivy erinnerte sich an die wenigen Male und an den Schmerz in ihrem Blick, als sie ihre Großmutter einmal gefragt hatte, warum sie nie wieder geheiratet habe. »Ich glaube, er hat ihr das Herz gebrochen.«

Alex sah sie daraufhin erstaunt an. Warum sollte er darüber staunen?

Das verriet er ihr natürlich nicht.

»Und er hieß Harcourt, nicht wahr?«, fragte er betont beiläufig. Es interessierte ihn wohl mehr, als er zeigen wollte.

Ivy, die schon wusste, dass es sinnlos wäre, ihn wegen des Grunds dafür zu bedrängen, sagte: »Ja.« Dann kramte sie in ihrem Gedächtnis nach seinem Vornamen. »John Harcourt, glaube ich.«

Alex Gesicht blieb reglos. Der Name schien ihm nichts zu sagen.

»Sie kannten ihn nicht, oder?«, fragte sie sicherheitshalber.

»Nein«, beteuerte er, »nein.« Dann holte er tief Luft und richtete sich in seinem Sessel gerade auf, als wolle er sich aus seinen eigenen Grübeleien reißen. Er gab Ivy den Würfel und sagte, sie sei an der Reihe. Und damit war das Thema Mae und John Harcourt abgeschlossen.

Ivy erzählte Alma am Abend, als sie in ihre Zimmer gingen, von dieser Unterhaltung. Am Vorabend hatte Alma schon nicht mehr auf dem Boden neben Ivys Bett geschlafen. Sie hatte ihr versichert, es sei nicht mehr notwendig. Ihre Albträume waren zwar noch nicht komplett verschwunden, hatten jedoch nachgelassen. Sie war sich nicht sicher, warum, aber jedenfalls schlief sie wieder besser. Vielleicht lag es an den langen Tagen im Freien, daran, dass sie kein Fieber mehr hatte, oder an den vielen Gesprächen mit Alex. Vielleicht auch an allem zusammen. (*An den Gesprächen,* hörte sie den abwesenden Gregory sagen, *zweifellos an den Gesprächen.*)

»Wie spannend«, sagte Alma, nachdem Ivy zu Ende erzählt hatte.

»Ich weiß«, sagte Ivy. »Ich kann gar nicht aufhören, darüber nachzudenken.«

Alma zog eine Augenbraue hoch. »Denkst du sonst noch an jemand?«

»Nein«, sagte Ivy, weil es stimmte.

Sie dachte überhaupt nicht an Kit.

In jeder wachen Minute achtete sie sehr sorgfältig darauf.

*

Kit dachte an Ivy. Er dachte viel zu viel an sie. Als er am nächsten Morgen auf der kleinen Veranda vor der Unterkunft saß, die er sich mit Tristan und Jimmy teilte, und die Augen wegen eines heftigen Katers geschlossen hielt, tat er es schon wieder.

Mein Gott, war er wütend gewesen, als Sam Waters nach ihrer Hand gegriffen hatte. Es war schon schlimm genug gewesen, dass er nach seiner Rückkehr aus Malaya keine Antwort auf seine Nachricht an sie vorgefunden hatte. Er hatte fest damit gerechnet, fester, als er es sich selbst eingestand. Er konnte sich gar nicht erinnern, wann er das letzte Mal derart enttäuscht gewesen war. Als er sie dann wiedersah, so verzweifelt … Seither hielt er ständig nach ihr Ausschau, einfach weil er sicher sein wollte, dass es ihr gutging. *Sie sind nie irgendwo*, hatte sie gesagt. Jetzt war allerdings sie verschwunden. Er hoffte, dass sie nicht zu krank war. Sie hatte hoch gefiebert. Es hatte ihn gereizt, sie in ihrem Quartier zu besuchen, doch er sorgte sich, dort dem verdammten Sam Waters zu begegnen. *Sie ist mein Mädchen.*

Er streckte die Beine, verschränkte die Arme und spürte, wie seine Muskeln sich schon bei dem Gedanken verspannten. Um ihn herum raschelte das Laub. Auch wenn die Bungalows nicht weit von der Orchard Road entfernt lagen, waren sie von Bäumen umgeben. Das Blätterdach schirmte sie gegen den Himmel ab und war wie ein grüner Schild gegen die brütende Hitze. Der Lärm der Stadt drang in Fetzen durch die gewittrige Morgenluft – Hupen, brummende Motoren –, doch ansonsten konnte man meinen, sich mitten im Dschungel zu befinden. Dort würden Kit und seine Jungs tatsächlich wieder sein, sobald ihr zehntägiger Urlaub vorbei war.

Man hatte sie wieder dem normalen Kommando der Army unterstellt. Ihr Colonel hatte sie bereits für eine Expedition gebrieft, um geplante malayische Verteidigungsanlagen zu kartografieren: Positionen von noch möglichen Panzersperren und Maschinengewehr-Stellungen, Feuerfallen, Schützengräben und das ganze Zeug.

»Es wird immerhin ein Anfang sein«, hatte Jimmy gesagt, als sie das Büro ihres Colonels am Stützpunkt verlassen hatten.

»Das schon«, hatte Tristan ihm zugestimmt und war sich mit dem Finger unter dem Hemdkragen entlanggefahren, »nur ungünstig, dass wir in puncto Männer und Feuerkraft immer noch eher schwach auf der Brust sind.«

»Das könnte sich ändern«, hatte Jimmy erwidert.

»Wird es aber nicht«, hatte Kit sich eingeschaltet und gegen die grelle Morgensonne geblinzelt. Jetzt, nachdem die Nazis Russland überfallen hatten, entsandte Churchill auch dorthin Ressourcen, wobei er gleichzeitig auch welche für Europa und Afrika benötigte. Damit war Singapur auf der Prioritätenliste erneut eine Stelle tiefer gerutscht.

»Wir kriegen frische Truppen ...«, hatte der immer optimistische Jimmy beharrt.

»Ach Kumpel«, sagte Kit. »Davon ist die Hälfte nicht ausgebildet. Die meisten waren noch keinen Tag im Einsatz.« Sie hatten noch kein Gewehr abgefeuert oder keinen Panzer durch Granatenfeuer gelenkt. Man erzählte ihnen noch dazu den ganzen Mist, von wegen die Japaner wären ihnen gar nicht gewachsen – alle kurzsichtig, nicht in der Lage, geradeaus zu laufen, und nicht fähig, im Dunkeln zu kämpfen. »Ich weiß nicht, was passieren wird, wenn sie feststellen, wozu die Japaner tatsächlich imstande sind.«

»Ich schon«, sagte Tristan grimmig.

Kit sah zu ihm hin, wie er Rommé mit Jimmy spielte; wenigstens sprachen sie zur Abwechslung nicht über den drohenden Krieg. Aber die Rede würde bald wieder darauf kommen. Das passierte immer. Und sie waren definitiv nicht die Einzigen, die sich Sorgen machten. Jeder mit nur einer Spur Instinkt oder Erfahrung auf der Insel hatte die gleiche schlimme Vorahnung. Doch bis das Generalhauptquartier nicht den Befehl gab, entlang der Küste Verteidigungsstellungen zu errichten, und das Kriegsministerium keine Ressourcen in den Pazifik entsandte, konnte niemand auch nur das Geringste tun. Sie waren leichte Beute auf dieser winzigen Halbinsel. Das Beste und eigentlich auch das Einzige, was sie tun konnten, war, sich keine Gedanken über das Bevorstehende zu machen. Kit kam das fast ebenso unmöglich vor wie sein Vorsatz, nicht an Ivy zu denken.

Und damit dachte er schon wieder an sie.

Sie hatte so durcheinander gewirkt, als er gesagt hatte, er sei fort gewesen, und auch als sie sich wunderte, dass er wusste, wo sie arbeitete. *Wie meinen Sie das? Sie haben es mir mitgeteilt?* Dabei hatte er das in der Nachricht, die er geschrieben hatte, doch ziemlich deutlich erklärt. Er begann sich zu fragen, ob Waters sie vielleicht nicht weitergegeben hatte. Aber eventuell war das nur etwas, das er gern glauben wollte.

Kit seufzte tief. Wenn er nur arbeiten könnte. Das würde schon helfen. Aber ihnen dreien standen ja noch zwei freie Tage bevor. Fluchend griff er nach seinen Zigaretten.

»Alles klar bei dir?«, fragte Tristan und nahm eine Karte.

»Nicht wirklich«, sagte Kit und ließ sein Feuerzeug aufflammen.

»Cinderella?«, fragte Jimmy.

»Unter anderem«, sagte Kit.

»Du musst was unternehmen«, sagte Tristan. »Das hab

ich dir doch schon gesagt. Geh zu ihr und sag, sie soll diesen Waters für ein paar Stunden vergessen. Dann bringst du sie her. Und danach wird alles besser.«

»Nein.« Kit inhalierte und blies dann den Rauch aus. »Wird es nicht.« Er spähte in den verwilderten Garten. Ivy war anders. Er war sich nicht sicher, woran das lag. Sie kam ihm einfach so … *echt* vor. Als sie geweint hatte, da hatte er alles Erdenkliche für sie in Ordnung bringen wollen, und er war sich nutzlos vorgekommen, weil er es nicht konnte. Sie brauchte ihn nicht, das war ihm klar geworden. Aber er wollte, dass sie ihn brauchte. Oder war es so, dass er sie brauchte? Wie auch immer, gut war das nicht. Und schon gar nicht ausgerechnet jetzt, wo es ihm noch nie dermaßen wichtig vorgekommen war, niemand außer sich selbst zu brauchen.

Idiotischerweise versuchte er, diesen Gedanken im Ansatz Tristan und Jimmy zu erklären.

Tristan sah ihn perplex an. »Sorry«, sagte er, »aber ich bin schon an der Stelle ausgestiegen, wo du nicht mit ihr ins Bett willst.«

»Es ist ja nicht so, dass ich das nicht will …«

»Gut.«

»Es ist eher so, dass ich nicht nur das will. Nicht mal annähernd. Allerdings kann ich in meiner jetzigen Verfassung überhaupt nicht sehen, wie das gehen soll.« Stirnrunzelnd schaute er auf seine Zigarette. »Vielleicht ist es sogar besser, dass sie jemand anderen hat. Obwohl«, seine Miene verfinsterte sich noch weiter, »es das eigentlich gar nicht ist …«

»Was du sagst, ergibt keinen Sinn, alter Knabe.«

»Doch, tut es«, sagte Jimmy. »Er hat sich in sie verliebt.«

»Jimmy, ich kenne sie doch kaum.«

»Und willst du sie nicht kennenlernen?«, erkundigte sich Tristan.

»Doch, ich will sie kennenlernen. Das ist ja genau das Problem.«

Tristan nickte, als würde das Ganze langsam Sinn für ihn ergeben, woran Kit zweifelte.

Jimmy meinte: »Aber diesen Waters kannst du nicht ausstehen, oder?«

»Nein«, sagte Kit. »Der verheißt nichts Gutes.«

»Dann sag ihr doch wenigstens das«, schlug Jimmy vor, als ob es so einfach wäre.

Was es in Kits Augen vielleicht sogar war.

»Wirst du sie heute besuchen?«, fragte Jimmy.

»Nein«, sagte Kit. Sie würden heute Abend auf eine Party gehen, und zwar in der Nähe ihres Quartiers. Hoffentlich würde sie da sein. Wenn nicht, würde er sie am nächsten Tag besuchen. Nur um sie vor Waters zu warnen. Es wäre am besten, wenn er sonst nichts unternehmen würde.

Er zog wieder an seiner Zigarette und atmete tief aus.

Wahrscheinlich sonst nichts.

*

Alma würde auf die Party gehen. Als sie erwähnte, dass auch einige der Mädchen vom Stützpunkt kommen wollten, hatte sie Ivy überredet, sich ihnen anzuschließen. Denn sie konnte sich vorstellen, wie langweilig die vergangene Woche für sie gewesen sein musste.

»Willst du nicht mitgehen?«, fragte Alma, als sie aufbruchbereit die Terrasse betrat.

Ivy las gerade einen Brief. Von Mae. Ein ganzer Packen war heute Morgen endlich eingetroffen, allerdings alle datiert von Februar und März, als Ivy noch auf dem Schiff gewesen war. Deshalb war darin auch weder Maes Zeit in Singapur noch Harriet erwähnt. Trotzdem hatte Ivy die Briefe geradezu verschlungen. Sie liebte das, wie nah Mae zu sein schien, während sie sie las. Fast meinte sie, ihre Stimme zu hören oder das Kratzen der Füllfeder auf dem Papier, während sie am Küchentisch schrieb und das Stew auf dem Herd roch.

»Du siehst besser aus«, sagte Alma. »Und Kit Langton könnte auch dort sein.«

Ivy hätte gern behauptet, daran selbst noch gar nicht gedacht zu haben. Die Versuchung, Almas Vorschlag nachzugeben, war extrem groß. »Ich muss meine Tabletten noch einen Tag lang nehmen«, führte sie stattdessen an. »Und du bist ja ein schrecklicher Einfluss auf mich.«

Alma zog eine perfekt nachgezogene Augenbraue in die Höhe. »Ich auf dich? Tatsächlich?«

»Ich verspreche, beim nächsten Mal mitzukommen.«

»Darauf werde ich dich festnageln«, sagte Alma und ging schon die Stufen von der Terrasse hinunter. »Du weißt ja, wo du mich findest, falls du es dir anders überlegst.«

Nachdem sie fort war, widmete Ivy sich wieder dem Brief: Berichten über frühe Narzissen, anhaltende Luftangriffe, *aber davon willst du bestimmt nichts hören,* und wie sehr Mae sie vermisste. Mae genauso vermissend und mit einem Gefühl von Rastlosigkeit starrte Ivy in den schon dunklen Abend. Das Haus hinter ihr war zu still. Vanessa und Jane hatten beide Dienst, und Dai und Lu nahmen in der Küche gerade ihr eigenes spätes Abendessen zu sich.

Sie legte den Brief weg, stand auf und trat ans Geländer der Veranda. Nach all den Monaten hatte sie noch immer eine kindliche Angst davor, im Dunkeln allein zu sein. Doch nach dem langen Nichtstun fühlte sie sich unruhig und meinte, ein Spaziergang würde ihr guttun.

Ohne weiter darüber nachzudenken nahm sie sich eine der Öllaternen neben der Tür, zündete sie an und machte sich auf den Weg. Je weiter ihre Füße sie in der Dunkelheit trugen, desto heftiger zitterte die Laterne; das Licht fiel verzerrt auf das Gras und warf seltsame Schatten. *Nur weiter. Es wird dir guttun.* Sie atmete schneller und schnaufte im Rhythmus der Worte. *Es. Wird. Dir. Guttun.*

Dabei kam es ihr eigentlich nicht so vor, als würde es besonders guttun.

Sie marschierte trotzdem weiter. Am Ende des Rasens gab es ein Tor zu einem Weg, der über eine Anhöhe auf die Spitze des Hügels führte. Diesen Weg war sie tagsüber schon oft gegangen, doch im Dunkeln wirkte er anders. Sie achtete genau darauf, wo das Gras bereits niedergetreten war. Ihre Villa lag keine zweihundert Meter hinter ihr, die erleuchteten Fenster strahlten in die Nacht: ein Leuchtfeuer für jede höher fliegende japanische Maschine auf Aufklärungsmission.

Vor ihr breitete sich das Tal in sanften Höhen und Tiefen aus: erst die flache Sohle, dann der steile Berghang gegenüber, auf dem verteilt der eine oder andere Bungalow oder größere Villen standen. Eine von ihnen, fast direkt gegenüber, stach hervor. Die Rasenfläche wurde von bunten Laternen eingefasst. Auf dem Rasen viele Tische und jede Menge Leute. Amerikanische Jazzklänge wehten herüber, bis an ihr Ohr. Sie erkannte die Umrisse tanzender Paare. Bevor sie es verhindern konnte, stellte sie sich Kit dort vor, wie er die Arme um jemand legte, seine Augen lachten …

»Ivy?«

Sie zuckte zusammen. Das Herz schlug ihr bis zum Hals. Fast hätte sie die Laterne fallen lassen.

»Mein Gott, Alex«, sagte sie. »Sie haben mich zu Tode erschreckt.«

»Was machen Sie denn hier so allein?« Er hatte keine Laterne und schien sich in der Dunkelheit absolut wohlzufühlen. »Ich habe Sie gesehen, während ich gerade spazieren ging.« Er runzelte die Stirn. »Ich habe mir Sorgen gemacht.«

»Mir geht es gut.«

Er sah immer noch besorgt aus. »Sie sollten nicht allein unterwegs sein. Hätten Sie mir doch Bescheid gesagt, ich hätte Sie begleitet.«

Seine Fürsorge erinnerte sie an Mae. Sie hätte Ivy auch begleiten wollen.

Alex' Blick ging zu der Villa auf der anderen Talseite. »Sie wirkten, als wünschten Sie sich, dort zu sein«, sagte er.

»Konnte man mir das ansehen?«

»Ich konnte es.« Er seufzte. »Sie erinnern mich sehr an … nun ja …« Er schwieg kurz. »Ach … egal.«

»Meine Gran?«, fragte sie. »Das sagen alle.«

»Nicht nur an sie«, sagte er.

Weil sie spürte, dass er vielleicht mehr sagen würde, hielt sie den Atem an und erwiderte nichts.

Doch als er wieder das Wort ergriff, meinte er nur: »Warum gehen Sie nicht auf das Fest?«

Sie musste fast lächeln, weil es so vorhersehbar gewesen war, dass er das Thema wechseln würde, und weil sie so naiv gewesen war, auf mehr zu hoffen.

»Ivy?«

»Es ist schon zu spät dafür«, sagte sie.

»Es kann noch nicht später als zehn Uhr sein.«

»Ich darf ohnehin nichts trinken.«

»Ist das Trinken denn heutzutage schon obligatorisch?«

»Sozusagen.«

Die Jazzmusik verstummte. Die kurze Stille war von den Geräuschen nächtlicher Insekten und ganz schwach vom Lärm der Partygäste erfüllt. Dann begann eine neue Platte zu spielen.

»Gibt es dort jemand, den Sie gern treffen würden?«, fragte er.

Sie lachte kurz auf, verblüfft von seiner Vermutung. »Woher wussten Sie das?«

»Ich bin schon sehr alt, Ivy …«

»Sie wirken gar nicht alt.«

»Das ist lieb. Aber ich bin es. Und manchmal, nicht oft, aber manchmal, kann ich auch weise sein.«

Sie lachte wieder.

»Gehen Sie auf das Fest«, sagte er. »Wir können Ihnen ganz einfach eine Rikscha besorgen.«

»Aber ich bin gar nicht zurechtgemacht.« Sie zeigte auf ihr schlichtes Kleid. »Alle anderen werden herausgeputzt sein.«

»Wenn er es wert ist, wird es ihn nicht stören.«

Ivy zögerte, unsicher.

»Vergeuden Sie keine Zeit«, sagte Alex mit freundlicher, aber zugleich trauriger Stimme. »Sie wissen nie, wie viel Ihnen noch bleibt.«

*

Kit sah Sam Waters rundes verschwitztes Gesicht sofort, als er an diesem Abend eintraf. Er stand am Tisch mit den Drinks und unterhielt sich mit ein paar genauso jung aussehenden Jungs in kurzärmeligen Hemden und Chinohosen. Als hätte er Kits Blick auf sich gespürt, schaute Sam hoch und riss erschrocken die Augen auf. Kit hatte eigentlich gar nicht unbedingt vorgehabt, mit ihm zu sprechen, aber …

»Sie«, er zeigte durch den verrauchten Garten auf ihn, »ich habe ein Wörtchen mit Ihnen zu reden.«

Sams Freunde verzogen sich. Er sah drein, als würde er ihnen am liebsten nachlaufen. Kit empfand noch mehr Widerwillen wegen seiner Feigheit und war mit ein paar schnellen Schritten bei ihm. Sam hob mit zitternden Fingern die Hand und salutierte. Kit starrte ihn vernichtend an. Was dachte der andere denn, was er mit ihm machen würde?

Er nahm sich zurück. »Haben Sie Ivy Harcourt meine Nachricht übergeben?«, fragte er. »Denn sie schien nichts davon zu wissen.«

»W-was für eine Nachricht?«

»Erzählen Sie mir keinen Mist, Private Waters.«

»Nein, Sir. Sorry, Sir.«

»Haben Sie sie ihr gegeben?«

»Ihr was gegeben?«

Kit biss die Zähne zusammen. »Meine Nachricht.«

»Ich«, Sam schluckte, »ich weiß nicht, wovon Sie reden.«

Kit holte tief Luft, um seinen Zorn zu bändigen. Er konnte sehen, dass Tristan und Jimmy ihn vom Haus aus beobachteten. Tristan grinste mit unverhohlener Freude. Der Bastard. Jimmy sah aus, als wolle er gleich herüberkommen und dazwischengehen, dabei war seine Sorge unbegründet. Kit würde gar nichts tun. Das hatte er zumindest nicht vor. Sam war ein Disziplinarverfahren gar nicht wert.

»Ich frage Sie jetzt noch einmal«, sagte er, »und bitte zwingen Sie mich nicht, meine Frage danach erneut zu wiederholen: Haben Sie Ivy die von mir verfasste Nachricht gegeben?«

Sam schüttelte den Kopf. Stockend behauptete er, sie verloren zu haben, bevor er Ivy finden konnte.

»Aber die Schuhe nicht?«

»Nein, Sir.«

»Haben Sie ihr gesagt, dass ich sie vorbeigebracht hatte?«

»Ich …«

Kit sagte: »Lügen Sie jetzt nicht.«

»Nein, Sir. Das habe ich nicht.«

»Aha«, sagte Kit kaum hörbar. Er wusste nicht, ob er eher wütend oder erleichtert war. »Ich verstehe.«

»Es hätte für sie aber auch nichts geändert, wenn ich es getan hätte«, meinte Sam mit wackeliger Stimme. Seine Miene war mit einem Mal argwöhnisch und bockig, wie bei einem schmollenden nervösen Heranwachsenden.

Kit drehte ihm den Rücken zu, bevor er der Versuchung nachgeben konnte, ihn zu schlagen.

»Sie ist mein Mädchen«, sagte Sam, der sich mit Blick auf Kits Rücken anscheinend mutiger fühlte.

Kit hielt den Blick stur aufs Haus gerichtet. Dort trat gerade Ivys blonde Freundin heraus. Er erkannte sie von der Dachterrassenparty, wo sie auf der Treppe gestanden hatte. Heute Abend war sie in einer Gruppe da, allerdings ohne Ivy. Er stellte es enttäuscht fest und merkte erst in dem Moment, wie sehr er gehofft hatte, dass sie kommen würde.

Sam rief ihm noch etwas nach. »Es bringt gar nichts, ihr irgendetwas davon zu erzählen«, sagte er, »es wird ihr egal sein. Sie. Ist. Mein. Mädchen.«

»Ich werde ihr auch nichts erzählen.« Kit wusste, dass seine Enttäuschung aus ihm sprach, doch auf einmal kam ihm das alles viel zu verdammt kompliziert vor. Er würde, wie es sein Auftrag verlangte, nach Malaya gehen, und die beiden einander lassen. Ivy hatte ihre Wahl getroffen. Und was sie tat, ging ihn nichts an.

Abgesehen davon sagte er sich immer wieder, es sei das Beste, dass er allein war.

So war es.

Er wünschte sich nur, es würde sich ein wenig besser anfühlen.

Ivy traf, atemlos vor Eile und Aufregung, gerade noch rechtzeitig ein, um zu sehen, wie er mit seinen Freunden in ein Auto sprang und davonbrauste. Sie schaute dem Wagen, von dem nur eine Staubwolke zurückblieb, in der Dunkelheit nach. Sie hätte schwören mögen, dass Kit sie gesehen hatte. Deshalb sagte sie sich auch: *Er wird gleich umkehren.*

*Er muss doch umkehren.*

Ein paar Minuten blieb sie abwartend stehen und kam sich dann so dumm vor, als niemand auftauchte.

»Er war im Aufbruch begriffen, als ich kam«, sagte Alma, nachdem Ivy sie auf dem Rasen gefunden hatte. »Und er sah nicht besonders glücklich aus. Es tut mir so leid, Süße, und das, nachdem du noch extra hergekommen bist.«

»Vielleicht hat er mich tatsächlich nicht gesehen«, sagte Ivy und wünschte sich, sie könnte das wirklich glauben.

Alma nahm sie in den Arm. »Möchtest du dich betrinken?«

»Besser nicht«, sagte Ivy. »Sonst wird Jane ungehalten sein.« Missbilligend blickte sie sich im Garten um und ließ den Blick über all die schwitzenden und rotgesichtigen betrunkenen Frauen und Männer schweifen. Neben dem Grammophon stützten einige Paare einander. Auf den Tischen lagen überall Zigarettenasche und geschmolzene Kerzen herum. Aus der Ferne hatte das Ganze nicht so heruntergekommen gewirkt. Sam lungerte mit einer Zigarette in der einen und einem leeren Bierglas in der anderen Hand an einem Tisch und beobachtete sie misstrauisch.

»Es wird noch andere Abende geben«, tröstete Alma.

»Meinst du?« Ivy war so dermaßen enttäuscht, dass ihr das vollkommen unwahrscheinlich erschien.

Wenn er doch nur dafür gesorgt hätte, dass der Wagen umgekehrt wäre.

Warum hatte er das nicht getan?

Sie sah sich ein letztes Mal im Garten um, weil sie noch einen Rest ihrer stillen Hoffnung hegte, er würde wieder auftauchen.

Doch das tat er nicht.

Sie ließ die Schultern hängen. Gleichzeitig sagte sie sich, dass es so vermutlich am besten war.

Sie wünschte sich nur, es würde sich ein wenig besser anfühlen.

# 11. Kapitel

*Februar 1897*

Als Harriet am Morgen nach dem Ball bei den Yates aufwachte, war sie erfüllt von einem ungewohnten Glücksgefühl und hatte so gut geschlafen wie noch kein einziges Mal seit ihrer Ankunft in Singapur. Und dann stellte sie auch noch fest, dass eine Auswahl frischen Gebäcks, Marmeladen und frisches Obst für sie gebracht worden waren. Ling berichtete ihr davon.

»Miss Harriet«, flüsterte das Mädchen eindringlich unten im Flur, als Harriet, fertig für den Kirchenbesuch, die Treppe herunterkam. »Miss Harriet. Kommen Sie.«

»Was ist denn?«, fragte Harriet.

Doch Ling führte sie einfach auf die Rückseite des Hauses, durch die kleine Vorratskammer in die Küche, wo sie Harriet den Korb zeigte. »Ich nicht wollen, dass Sir es sieht«, sagte Ling und starrte auf die Lebensmittel, als handele es sich um noch nicht explodierte Dynamitstangen. Der Duft von frischem Teig und Mango stieg aus dem Korb auf, und Harriet sog ihn begeistert ein. Sie ignorierte Lings Unbehagen, beugte sich darüber und merkte, wie sie lächelte. War das etwa eine Dose Kondensmilch hinter den Bananen? »Ich sagen Lieferantenjunge, geh weg«, erzählte

Ling. »Geh weg. Sir werden böse sein. Aber trotzdem er das hierlassen.« Ling schüttelte den Kopf über das viele Obst und hielt Harriet eine geprägte Karte hin. Darauf stand Alex' Name und die gedruckte Adresse seines Büros. »Was da steht, Miss Harriet?«

Harriets Augen überflogen die Worte begierig.

*Kein Zwieback mehr, darauf bestehe ich. Ich hoffe, Du genießt das hier – und lässt mich Dich heute Abend zum Essen ausführen. Wir werden keinen gedämpften Reis essen oder zumindest nicht nur. Ich werde Dich um halb acht abholen, es sei denn, Du schickst mir eine anderslautende Nachricht. Aber bitte, tu das nicht.*

»Was da steht?«, insistierte Ling.

Harriet las die Nachricht noch einmal und dann noch ein drittes Mal. Plötzlich merkte sie, dass sie lachte. »Hübsche Dinge«, antwortete sie. »Sehr, sehr hübsche Dinge.« Dann griff sie nach dem Korb, inhalierte noch einmal seinen Duftcocktail und machte sich nach einem flüchtigen Lächeln für Ling damit auf den Weg ins Esszimmer.

Ling versuchte, sie aufzuhalten. »Sie nicht damit reingehen«, sagte sie erschrocken. »Sir werden böse sein.«

»Er wird nicht böse sein.« Das würde er. Aber es kümmerte Harriet nicht. Sie hatte nicht vor, die Köstlichkeiten vor David zu verstecken. Sie würde sie essen. Wenigstens einen Teil davon. Und am Abend würde sie zum Essen ausgehen. Mit Alex.

*Alex.*

Sie schloss kurz die Augen und erinnerte sich zum hundertsten Mal daran, wie er am Vorabend in dem dunklen Garten ausgesehen hatte, an den Klang seiner tiefen Stimme, daran, wie seine grauen Augen vor Freude gestrahlt hatten, als sie tanzten. Dann hatte er mit der Hand ihre Hüfte berührt; sie glaubte, das immer noch zu spüren. Sie waren so lange dort draußen geblieben. Wirklich zu lange. Aber am liebsten wäre sie nie wieder hineingegangen. Doch als sie auf das Fest zurückkehrten, ganz kurz bevor man die Kutschen rief, und alle Klatschweiber und auch David sie anstarrten, da spielte die kalte Neugier zum ersten Mal in Harriets Leben keine Rolle mehr. Alex, der sie am Arm führte und sie so nah bei sich hielt, als ob ihm die Aufmerksamkeit nichts ausmachte (»Das tut sie nicht«, hatte er gesagt, »die können von mir aus alle hängen.«), hatte das bewirkt.

Und jetzt hielt sie sein Geschenk in Händen. Sie musste wieder lachen – halb aus Freude, halb aus ungläubigem Staunen heraus. Ausgerechnet am Vortag hatte sie sich so hoffnungslos, so vollkommen allein gefühlt. Es erschreckte sie, diesem Glück zu trauen, aber sie schien gar nicht anders zu können, als es zuzulassen. Sie brachte es nicht übers Herz, dagegen anzukämpfen.

Sie schüttelte Ling ab und kehrte auf den Flur zurück. In dem Moment kam Mae die Treppe herunter. Sie war ebenfalls für die Kirche zurechtgemacht, in einem cremefarbenen Tageskleid. Als sie ihre niedergeschlagene Miene und die hängenden Schultern bemerkte, spürte Harriet, wie etwas von ihrer eigenen Begeisterung schwand. Mae war auf der Heimfahrt gestern Abend stiller denn je gewesen. Harriet hatte noch versucht, vor dem Zubettgehen mit ihr zu reden. Sie wollte sie bitten, sich klarzumachen, dass David es überhaupt nicht wert war, sich seinetwegen zu überwerfen. Sie wollte ihrer Schwester sagen, wie sehr sie sich wünschte, dass es zwischen ihnen wieder wie früher würde. Und vermutlich wollte sie aus Gründen der Selbstsucht auch jemand haben, dem sie anvertrauen konnte, was zwischen ihr und Alex passiert war. Es kam ihr vor, als müsste sie sonst platzen. Doch Mae hatte sie abgewiesen und nur gemeint, sie müsse jetzt schlafen. »Ich sehe dich morgen Früh.«

Als sie jetzt im Flur auf Harriet stieß, blieben ihre müden Augen an dem Korb hängen. »Was hast du da?«

»Den hat Alex geschickt«, erklärte Harriet verlegen. »Und heute Abend führt er mich zum Essen aus.«

»Das wird David bestimmt freuen«, sagte Mae. »Hast du es ihm schon erzählt?«

»Das mache ich jetzt.«

Maes Miene blieb unbeteiligt. »Dann lasse ich dich das allein tun.«

Als Harriet Mae nachsah, wie sie sich umdrehte und die Treppe wieder hinaufging, wurde ihre Ernüchterung noch größer, und sie begann, sich doch Gedanken über Davids Reaktion zu machen. Aber was konnte er schon tun? *Nichts,* beruhigte sie sich selbst und setzte ihren Weg ins Esszimmer fort. Sie blieb mit dem Korb kurz vor der Tür stehen und hörte dahinter David krachend Zwieback kauen. Um sich zu beruhigen, holte sie noch einmal tief Luft. *Er kann dich nicht hindern,* sagte sie sich. Dann stieß sie die Tür mit dem Fuß auf und trat ein.

Davids Haut bekam rote Flecken, sobald er den Korb erblickte und erst recht, als sie ihm bestätigte, wer die Präsente darin geschickt hatte, und von der beigefügten Nachricht erzählte. Er sagte, er könne sich unmöglich vorstellen, sie ausgehen zu lassen. Das sei unerhört für eine junge Frau ohne Anstandsdame. Es würde ihren ohnehin schon angeschlagenen Ruf weiter beschädigen. Nein, nein, *nein*, sie konnte doch nicht daran gedacht haben, Blakes Einladung anzunehmen. Wie hätte sie so etwas auch nur in Erwägung ziehen können?

So lebhaft hatte Harriet ihn noch nie gesehen. Und auch wenn sie am liebsten widersprochen hätte, schwieg sie in der Hoffnung, er würde von selbst aufhören.

Doch er machte weiter, erklärte ihr, wie schockiert er war, dass sie es auch nur erwogen hatte. Er hätte ihr dergleichen nicht zugetraut. Wirklich nicht. Sie benähme sich wie die Tochter ihrer Mutter. Nein, das hätte er nicht erwähnen sollen. Aber warum sie überhaupt mit einem fremden Mann ausgehen wolle? Er würde sie zum Essen ausführen, falls sie das wolle. Wenn sie doch bloß einmal erwähnt hätte, dass sie das wünsche, hätte er es längst getan. Warum hatte sie nichts gesagt?

Harriet antwortete nicht. Sie hatte ihm schon zu oft gesagt, dass sie nicht die geringste Lust verspürte, mit ihm irgendwohin zu gehen. Es jetzt zu wiederholen, empfand sie als überflüssig und, ja, vielleicht auch grausam. Fast tat er ihr leid.

Doch dann sagte er: »Deine Schwester hat mir erzählt, dass sie euch beide gestern Abend hat tanzen sehen. Sie hat mir alles erzählt.« Das Fünkchen Mitleid für ihn erlosch. »Sie war die ganze Zeit über da«, sagte er.

Harriet starrte ihn nur an. *Was?*

David sprach weiter, beschrieb ihr, wie sie sich von Alex hatte umarmen lassen, wie sie den Kopf an seine Brust gelehnt hatte, und ließ das alles schrecklich schamlos klingen. »Hat er dich geküsst?«

Das hatte er nicht, aber Harriet würde ihm nicht verraten, wie sehr sie es sich gewünscht hatte.

Sie hatte ohnehin vor allem mit der Tatsache zu kämpfen, dass Mae überhaupt dort gewesen war.

Warum hatte sie nichts gesagt?

Und wie konnte sie David davon erzählen?

David redete immer noch, inzwischen ruhiger. Er sagte, dass er sich sicher sei, Harriet wäre nur irregeleitet worden. Sie sei schließlich noch so jung. Es sei seine Pflicht, auf sie aufzupassen. Gerade eben, bevor sie hereingekommen sei, habe er darüber nachgedacht. Er würde auf sie Acht geben, sie brauche sich keine Sorgen zu machen.

Dann verstummte er. Sie brauchte ein paar Augenblicke, um es zu bemerken.

»Warum sagst du nichts?«, fragte er. Zwischen seinen wässrigen Augen bildete sich vor lauter Frustration eine tiefe Falte. »Ich kann nicht erraten, was du denkst.«

Das konnte er nie.

»Harriet?«

Sie verdrängte den Gedanken an Mae und auch an Davids seltsame Uneinsichtigkeit und sagte: »Ich werde mit Alex ausgehen.« Dabei staunte sie selbst darüber, wie ungerührt sie klang. »Und du kannst nichts dagegen tun.«

»Natürlich kann ich.«

»Was denn, David? Was willst du tun?«

Er zögerte, machte dann den Mund auf und gab ein eigenartiges Geräusch von sich, das der Beginn eines Wortes sein mochte, sagte aber doch nichts.

»Nichts«, sagte Harriet. »Ganz genau.«

Bevor er sich noch dazu äußern konnte, verließ sie den Raum.

Harriet ging direkt in Maes Zimmer. Mae saß an ihrem Sekretär, hatte die Hände an die Wangen gelegt und zog die Haut nach hinten, während sie stumpfsinnig ihr Spiegelbild anstarrte. Der Anblick schien ihr zu missfallen.

Doch darüber konnte Harriet sich jetzt keine Gedanken machen. »Du warst da?«, fragte sie.

Mae erwiderte ihren Blick im Spiegel. Sie fragte nicht einmal, was Harriet meinte. Offensichtlich wusste sie es sogleich.

»Warum, Mae? Warum hast du mich beobachtet?«

Mae biss störrisch die Zähne zusammen, wurde aber rot dabei, was ihr schlechtes Gewissen verriet. »Ich wollte spazieren gehen«, sagte sie, »das war alles.«

»Aber warum hast du David von Alex und mir erzählt?«

»Er wusste sowieso schon, dass ihr zusammen wart.«

»Es klang so, als hättest du ihm noch weit mehr berichtet.«

Mae zuckte zusammen. Harriet hätte nicht sagen können, ob aus Reue oder Gereiztheit.

»Wolltest du ihn auf diese Weise für dich gewinnen?«, fragte Harriet in dem Versuch zu verstehen. »War es das? Denkst du, er ist jetzt beeindruckt, weil du ihm meine Geheimnisse verraten hast?«

»Nein«, sie klang so erschöpft. »Ich weiß, dass er das nicht ist. Und ich will ihn auch nicht gewinnen. Nicht mehr.«

»Was willst du dann?«

Mae senkte den Blick auf die Tischplatte, erwiderte aber nichts.

»Mae?«, drängte Harriet.

Immer noch nichts.

»Mae?«, fragte Harriet erneut.

Langsam drehte Mae sich zu ihr um. Sie sah durch und durch unglücklich aus.

»Du kannst es mir sagen«, meinte Harriet mit sanfterer Stimme. »Das musst du wissen.«

Mae schaute sie an, als wisse sie rein gar nichts davon. »Lass mich einfach in Ruhe. Bitte.«

»Das kann ich nicht.«

»Ich möchte es aber.«

Harriet schüttelte den Kopf. »Lass nicht zu, dass David uns auseinanderbringt«, sagte sie. »Bitte.«

Mae antwortete nicht. Sie drehte sich wieder nach vorn und schien den Kamm und die Haarnadeln auf dem Tisch überaus eingehend zu betrachten.

Harriet wartete in der Hoffnung, ihre Schwester würde wieder aufschauen und etwas sagen.

Doch das tat sie nicht.

Und bis sie sich entschlossen hatte, das vielleicht doch zu tun, weil sie eigentlich gar nicht wollte, dass Harriet ging, und weil es vielleicht wirklich helfen würde, ihr zu sagen, wie furchtbar beschämt und unglücklich sie war, da hatte Harriet bereits getan, worum sie gebeten hatte. Mae war allein.

Die drei sprachen den Rest des Vormittags über kein Wort mehr miteinander. Der einzige Mensch, mit dem Harriet sich unterhielt, war Laurie. Vor der Kirche. (Alex war nicht dort. Das hatte er ihr schon angekündigt, da er gern an den Sonntagen arbeitete, wenn die Mitarbeiter in seinem Büro frei hatten und er Dinge schneller erledigen konnte. »Ich hoffe, Gott hat dafür Verständnis«, hatte er zu ihr gesagt, als sie durch den Garten zur Ballgesellschaft zurückgeschlendert waren. »Sonst wäre es ziemlich enttäuschend, nach einem Leben mit lauter Sieben-Tage-Wochen in der Hölle zu landen.«) Aber auch mit Laurie sprach sie nur kurz. Es war sein letzter Tag, bevor er wieder zur See fahren würde, und Sally – der Harriet jetzt erst recht aus dem Weg gehen wollte – klebte geradezu an ihm.

»Ich werde nur drei Monate fort sein«, sagte Laurie halblaut zu Harriet, als es ihm endlich gelungen war, Sally für einen Augenblick zu entwischen. Er trat mit Harriet aus der grellen Sonne ins kühle Innere des Kirchenschiffs.

»Sie wird dich vermissen«, sagte Harriet.

»Ich glaube nicht, dass sie sich darauf freut, mit Roger allein zu sein.« Laurie deutete mit dem Kopf auf seinen Schwager, der sich verlegen neben Davids Kirchenbank herumdrückte. Von dort aus versuchte er, David zuzuwinken, der nur ein Stück von Harriet entfernt stand und ihn komplett ignorierte.

»Würdest du dich an ihrer Stelle freuen?«, fragte Harriet.

»Tja, stimmt«, sagte Laurie.

Da rief Sally auch schon nach ihnen. Alles, was Harriet Laurie noch sagen konnte, bevor sie sie erreicht hatte, war ein kurzes Lebewohl und die Versicherung, dass auch sie ihn vermissen würde.

Denn das würde sie.

Sie empfand das schon schmerzlich an dem langen Nachmittag desselben Tages. Während sie sich zurück in Davids stickig heißem Esszimmer durchs Mittagessen quälte und einerseits zu ignorieren versuchte, wie David sie anstarrte und dass Mae nur auf ihren Teller schaute, aber nichts aß, und eine Fliege brummte, die sich in einem der Moskitonetze vor den Fenstern verfangen hatte, da musste sie daran denken, wie unerträglich es ohne Laurie – ihren einzigen Freund auf der Insel – wäre, wenn Alex nicht zurückgekehrt wäre. Jedes Mal wenn sie an ihn dachte, seinen Korb betrachtete oder seine Karte erneut las, spürte sie trotz allem anderen einen Schauer der Aufregung. Denn er würde heute Abend kommen. Er würde da sein. Für sie.

Endlich war der Nachmittag vorüber, und es begann zu dämmern. Es wurde Zeit, sich umzuziehen. Noch nie hatte sie so gerne ihre neuen Kleider durchgesehen wie in diesem Moment, wo sie eines aussuchte, das sie heute Abend tragen würde. »Ich danke dir sehr, Vater«, sagte sie zu dem unsichtbaren Mr Palmer, als sie schließlich zu dem ärmellosen Silbernen griff. Und auch wenn ihr beim Anziehen einfiel, dass es dasselbe Kleid war wie an dem Abend, als David mit ihren vergeblichen Bewerbungsbriefen als Gouvernante nach Hause gekommen war und er damals die schrecklichen Worte, *Ich kriege immer, was ich will,* zu ihr gesagt hatte, schob sie diese Erinnerungen einfach beiseite. *Lass dir das hier nicht von ihm kaputtmachen.*

Mit zitternden Fingern schloss sie die Häkchen und wurde immer nervöser, je näher der Zeitpunkt von Alex' Ankunft rückte. Dann steckte sie noch ihr frisch gewaschenes Haar auf. Sie betrachtete sich prüfend im Spiegel und war sicher, sich für die falsche Frisur entschieden zu haben. Doch bevor sie dem Bedürfnis nachgeben, alle Nadeln herausziehen und von vorn beginnen konnte, hörte sie, wie unten jemand an die Haustür klopfte.

Ihr Kopf schoss herum.

Er war gekommen.

Sie blieb stocksteif sitzen und war von der besorgten Aufregung, die sie erfasste, kurzzeitig wie gelähmt. Erst das Geräusch von Lings schlurfenden Schritten und der Gedanke, dass sie – oder schlimmer: David – die Tür aufmachen würde, ließ sie aufspringen. Sie rannte über den Flur und mit wehendem Rock die Treppe hinunter. »Schon gut, Ling«, rief sie atemlos. »Ich bin schon da.«

Sie kam erst direkt vor der Haustür zum Stehen, hielt kurz inne, um sich zu sammeln. Dann öffnete sie unvermittelt.

»Hallo, Harriet«, sagte er.

Und als sie seine Stimme hörte, verflog all ihre Nervosität.

Er trug einen eleganten Abendanzug, genau wie auf dem Ball bei den Yates. Und er sah genauso aus, wie sie ihn sich den ganzen Tag über vorgestellt hatte. Trotzdem betrachtete sie ihn, als würde sie ihn zum ersten Mal sehen, seine hohen Wangenknochen, das Kinn, sein leicht zerzaustes Haar, weil er soeben den Hut abgenommen hatte. Sie klammerte sich an den Türrahmen, damit sie dem Bedürfnis, sich direkt in seine Arme zu werfen, nicht nachgab. Als er ihr sagte, wie schön sie aussehe, erwiderte sie, ohne zu überlegen, »du auch«, riss aber sogleich erschrocken die Augen auf. »Oh nein, oh Gott …«

Er lachte.

»Entschuldige bitte«, sagte sie tief beschämt.

»Bitte«, erwiderte er immer noch lachend, »dafür gibt es doch keinerlei Grund.«

Er bot ihr seinen Arm an, und sie ergriff ihn bedächtig. Dann führte er sie zu seiner Kutsche, die vorn an der Straße wartete. Sie dankte ihm für den Frühstückskorb und erzählte, wie köstlich die Sachen geschmeckt hatten. Es sei ihm ein Vergnügen gewesen, erwiderte er.

»Wohin fahren wir?«, fragte sie.

»Ach«, meinte er, »das ist eine Überraschung.«

Vor der Kutsche blieben sie stehen. Bevor er ihr hineinhalf, blickte er noch einmal über die Schulter zum Haus zurück, als habe dort irgendetwas seine Aufmerksamkeit erregt. Sein sanfter Blick wurde für den Bruchteil einer Sekunde hart.

Instinktiv folgte Harriet seinem Blick. David stand am Fenster seines Arbeitszimmers und beobachtete ihren Aufbruch. Sie seufzte innerlich. Enttäuscht, aber nicht überrascht.

Alex beugte sich an ihr vorbei, um die Kutschentür zu öffnen. Dabei streifte sein Ärmel ihre nackte Schulter.

»Ignorier ihn«, sagte er.

»Na schön«, sagte sie.

Und tat genau das.

Harriet hatte angenommen, dass sie ein Restaurant in der überschaubaren Gegend um Fort Canning, die die Briten bevorzugten, besuchen würden. Doch Alex' Kutscher lenkte die Pferde von der Stadt weg. Es dauerte nicht lange, da hatten sie die ausgefahrenen Wege der Wohnviertel verlassen und rollten über deutlich schmalere, unbefestigte. Die Bäume waren gerade so weit zurückgeschnitten, dass zwei Kutschen aneinander vorbei passten. Das Blattwerk schirmte Mond- und Sternenlicht ab. Das Einzige, was ihnen den Weg beleuchtete, waren die zwei Laternen links und rechts am Kutschbock.

Je weiter sie fuhren, desto neugieriger wurde Harriet. »Wo fahren wir denn nun hin?«, fragte sie Alex erneut.

»Du wirst schon sehen«, sagte er.

Sie sah ihn zweifelnd an und spähte dann in die Dunkelheit. »Gibt es hier draußen Tiger?«, fragte sie.

»Nur vereinzelt«, erwiderte er.

»Das ist tröstlich.«

»Die nähern sich den Laternen nicht. Und außerdem haben wir ein Gewehr dabei.«

»Oh gut.«

Er lachte leise. Er machte sich keine Sorgen über Tiger, das merkte sie ihm an. Und sie eigentlich auch nicht.

Harriet lehnte sich ins Polster zurück. Bei jeder Unebenheit raschelte ihr Kleid und streifte seine Schuhspitze. Er saß so dicht bei ihr, dass sie seine Seife und eine Spur Zigarettenrauch riechen konnte. Fast meinte sie, sogar seinen Puls zu spüren. Sie sehnte sich danach, den Kopf an seine Schulter zu lehnen, wie sie es am Vorabend getan hatte.

»Woran denkst du gerade?«, fragte er.

»An Tiger.«

Wieder dieses leise Lachen.

Sie erreichten eine kleine Lichtung. Die Kutsche wurde langsamer, beschrieb eine Kurve und fuhr dann weiter geradeaus.

»Ich kann das Meer riechen«, sagte Harriet.

»Ja, das kannst du«, stimmte Alex ihr zu.

Die würzige Luft war eindeutig eine Spur salzig, aber es mischten sich noch die nächtlichen Düfte süßer Blüten und der Geruch von Erde hinzu. Zwar befanden sie sich immer noch tief im Dschungel, aber zwischen den Bäumen konnte sie ein Stück mondbeschienenes Wasser sehen. Die Schönheit dieses Anblicks verschlug ihr den Atem.

Der Kutscher brachte die Pferde zum Stehen, und Alex half ihr hinunter auf den weichen Boden. Er ließ seine Hand auf ihrem unteren Rücken liegen, während er sie zwischen den Bäumen hindurchführte. Sie spürte seine Berührung durch die Stoffschichten ihres Kleides und Korsetts und erinnerte sich daran, wie sie ihm am Abend zuvor beim Tanzen mit diesem Mädchen zugesehen und sich dabei vorgestellt hatte, seine Hand würde stattdessen auf ihr liegen. *Atme*, ermahnte sie sich, *atme*.

Sie spazierten weiter. Harriet hörte die Wellen plätschern, den Chor der Zikaden und den fernen Ruf eines Vogels. »Wo sind wir hier?«, fragte sie.

»Dieser Ort wird Pasir Panjang genannt«, sagte Alex. »Ich wohne dort oben.« Er deutete auf die Schatten von Hügeln weiter oben.

Sie schaute angestrengt in die Dunkelheit, konnte jedoch nichts erkennen. Wie perfekt anders das hier alles im Unterschied zur geordneten, einheitlichen Welt der Nassim Road und anderer vom Gouvernement angelegter Straßen schien. Wie herrlich abgelegen.

Sie gelangten zu einer kleinen Bucht. Die Grasfläche ging in einen halbmondförmigen, palmengesäumten Strand über. Überall brannten Fackeln und spiegelten sich in dem wie Glas aussehenden Wasser. Eine Decke war ausgebreitet, darauf verteilt lagen Kissen. Zugedeckte Schüsseln standen auf Stövchen. Zwei Bedienstete entfernten nun die Deckel und wünschten ihnen einen guten Appetit.

Nachdem Alex sich bei ihnen bedankt hatte, zogen sie sich zurück. Die Düfte von Chili, Kardamom und Bockshornklee schwebten durch die Abendluft und trugen Harriet sofort nach Indien. Nach Hause.

Sie spürte Alex fragenden Blick auf sich. Er wollte wissen, was sie davon hielt.

Als sie zu ihm aufschaute, war sein Gesicht deutlich angespannt. Beinah ängstlich. Konnte er sich wirklich vorstellen, dass ihr nicht gefiel, was er da vorbereitet hatte?

»Es ist nicht ganz Simla«, sagte er.

»Es ist viel besser«, antwortete sie. Sie betrachtete erneut das Essen, die Schönheit von Fackeln und Meer und drehte sich dann überwältigt wieder zu ihm um. »Ich dachte, du hättest heute gearbeitet«, sagte sie.

»Heute nicht so viel«, erwiderte er.

Sie schüttelte verwundert den Kopf. »So etwas hat noch nie jemand für mich getan.«

Er zog sie an sich. »Jemand hätte es tun sollen«, sagte er leise. »Jemand hätte es tun sollen.«

Sie legte die Hände an seine Brust und schaute ihm in die Augen. Er hielt ihren Blick fest. Sie konnte ihr Herz heftig klopfen hören. Da senkte er den Kopf, und langsam, ganz langsam, als wolle er keine einzige Sekunde unausgekostet verstreichen lassen, küsste er sie.

Ganz kurz erstarrte sie, unsicher, was sie tun sollte. Doch dann spürte sie, wie sie sich an ihn schmiegte. Sie wünschte, dieser Kuss möge nie enden. Als er sich von ihr löste, taumelte sie, und er fing sie auf.

Da stellte sie sich, ganz unwillkürlich, auf die Zehenspitzen und küsste ihn.

Schon jetzt wollte Alex sie nicht mehr nach Hause zurückbringen. Er hatte, noch bevor er sie abgeholt hatte, gewusst, dass es ihm so ergehen würde. Den ganzen Tag über, während er den Abend plante, hatte er an sie gedacht, sie vor seinem inneren Auge gesehen, ihre Stimme gehört, sich an das Staunen erinnert, das er beim Tanzen mit ihr empfunden hatte. Er hatte sie auch im Garten der Yates nicht gehen lassen wollen. Dieses Gefühl hatte ihn ja bereits an jenem ersten Tag am Hafen überkommen. So schien das mit ihr schlicht zu sein: Er wollte immer und immer mehr mit ihr zusammen sein.

Das sagte er jetzt, weil er fand, sie müsse es wissen.

Sie betrachtete ihn eingehend, und ihre blauen Augen blickten verwirrt. Als habe sie Mühe, ihm zu glauben.

Er strich mit seiner Hand über ihren Nacken und hörte sie tief Luft holen. »Es ist wahr«, sagte er.

»Mit dir geht es mir genauso«, sagte sie.

Er spürte, wie Freude ihn überkam, und gleichzeitig reagierte er so ungläubig wie sie gerade. *Mit dir geht es mir genauso.*

Diesmal dauerte der Kuss länger. Er zog sie an sich und hielt sie. Seine Hände strichen ihren Rücken hinab, die Kurven ihrer Taille entlang. Dabei fühlte er die Seide ihres Kleids und darunter die Stäbchen des Korsetts. Sie presste sich an ihn, und sein ganzer Körper verlangte danach, weiterzumachen, mehr von ihr kennenzulernen. Er spürte dasselbe Verlangen bei ihr, eine plötzliche Hingabe, aber auch, dass sie unsicher war, was das bedeutete, und nicht wusste, was es war.

Er hätte nicht sagen können, wer von ihnen sich zuerst vom anderen löste.

Sie schaute zu Boden, die Wimpern verbargen ihren Blick, und sie atmete heftig. Er dachte, sie quäle sich damit zu begreifen, was da soeben passiert war.

Weil er nicht wollte, dass sie sich quälte, sagte er: »Tut mir leid, das hätte ich nicht tun sollen.«

»Nein«, erwiderte sie mit einem verlegenen Lachen. »Ich bin mir gar nicht sicher, ob du derjenige warst, der etwas getan hat.«

Ihr Ton klang beschämt. Im Schein der Fackeln konnte er sehen, wie rot ihre blassen Wangen geworden waren. Sie war bestürzt. »Harriet …?«

»Es ist nichts.«

»Es ist nicht nichts. Bitte, sag mir, was passiert ist?«

Sie biss sich auf die Lippe und schien zu überlegen.

»Bitte«, sagte er.

Sie hielt den Blick weiter gesenkt und zögerte noch. Er wartete und wünschte sich, dass sie ihm vertraute.

»Das hätte ich nie gedacht«, begann sie, verstummte wieder und schien nach den richtigen Worten zu suchen. »Ich«, setzte sie erneut an und runzelte bekümmert die Stirn.

Er drängte sie nicht. Ihre Brust hob und senkte sich mit einem tiefen Seufzer, schließlich sagte sie: »Alle haben immer damit gerechnet, dass wir wie unsere Mutter sind.« Die Worte brachen geradezu aus ihr hervor. »Ich war mir immer vollkommen sicher, dass wir nicht so werden würden.« Sie wandte sich ab und schaute betrübt aufs Wasser. »David hat mir schon gesagt, dass ich mich wie sie benähme. Jetzt … also …«

Alex starrte sie verblüfft an. Mit so einer Äußerung hatte er nicht im Geringsten gerechnet. »Glaubst du, dass ich das auch denke?«

Sie antwortete nicht.

»Sieh mich an«, sagte er. »Bitte.«

Langsam und ängstlich tat sie es.

»Das tue ich nicht«, sagte er und wünschte sich verzweifelt, sie möge ihm glauben. »Das tue ich nicht.« Er hätte David umbringen mögen, weil er ihr diesen Gedanken eingegeben hatte. »Ich habe das, was ich gestern Abend sagte, auch so gemeint. Es ist mir egal, wer deine Eltern waren oder was sie getan haben. Ich bezweifle sogar, dass deine Mutter überhaupt irgendwas besonders Falsches getan hat.«

Sie sah ihn ungläubig an.

»Das meine ich so. Den größten Vorwurf muss man deinem Vater machen.«

»Davon ist nie die Rede gewesen«, sagte sie.

»Natürlich nicht«, sagte er. »Darüber reden die Leute nicht.«

»Nein.«

Kurz schwiegen sie beide.

Sie ließ den Blick über das Essen, die Fackeln und alles schweifen und biss sich auf die Lippe. »Habe ich das hier jetzt verdorben?«, fragte sie.

»Nein«, sagte er lächelnd. »Dafür müsstest du dich schon mehr anstrengen.«

Sie lächelte auch.

Er war erleichtert, dass sie es angesprochen hatte.

Als er sie wieder an sich zog, lehnte sie den Kopf an seine Brust. Durch den Stoff des Hemdes spürte er ihre Wärme.

»Es kümmert mich nicht, wer deine Eltern waren«, wiederholte er. »Du bist du. Nur du.«

Sie nickte zaghaft als Zeichen, dass sie verstand.

Im Verlauf des Abends, während sie aßen, sich unterhielten, sie lachte und auch ihn zum Lachen brachte, während die Stunden viel zu rasch vergingen, dachte er es immer wieder.

*Du bist du. Nur du.*

Das war so viel mehr als genug.

# 12. Kapitel

Es war schon weit nach Mitternacht, als sie in die Nassim Road zurückkehrten. Mae war jedoch noch wach. Genau wie David. Mae konnte ihn unten in seinem Arbeitszimmer umhergehen hören.

Sie hatte Kopfschmerzen und von dem Sherry, den David ihr zum Abendessen angeboten hatte, einen schrecklichen Geschmack im Mund. Es hatte sie gewundert, dass er ihr davon angeboten hatte. Sie war jedoch noch zu schockiert gewesen, um misstrauisch zu werden. Das Gefühl der Ruhe, das der Drink ihr beschert hatte, gefiel ihr, und sie hatte sich sogar nachschenken lassen, als er fragend die Karaffe hochhielt. Mehr hatte sie nicht getrunken. Denn bald hatte sie sich hinauf in ihr Zimmer gewünscht, weil er ständig nur von Harriet gesprochen hatte – wohl von dem verzweifelten Wunsch getrieben, mehr über sie zu erfahren. Seine Verzweiflung war derart groß, dass er sich sogar überwunden hatte, mit ihr, Mae, zu reden.

»Ist sie gern zur Schule gegangen?«, hatte er sie zum pochierten Kabeljau gefragt, als sei ihm gerade erst der Gedanke gekommen, dass es womöglich so gewesen sein mochte.

»Ja«, sagte Mae, »wir beide.«

Er fragte nach Harriets Lieblingsfächern: Musik oder

Kunst vielleicht? Nein, nicht Kunst? Sie mochte Fremdsprachen? Das überraschte ihn.

»Ich mochte Mathematik«, sagte Mae, der der Sherry half, sich einzubilden, auch sie sei von Interesse.

»Fremdsprachen also?«, sagte David, ihre Antwort ignorierend. »Das hätte ich nie gedacht.« Er starrte auf seinen Teller und schien erstmals Mühe zu haben, ihn leerzuessen. »Ich spreche keine.« Das beunruhigte ihn offenbar. Er blickte zum Fenster, in den Abend hinaus. »Ich frage mich, wovon sie jetzt gerade spricht«, sagte er. »Und wo Blake sie hingebracht hat.«

Mae fragte sich das Gleiche. In den drei Stunden, die schon vergangen waren, seit sie hinauf in ihr Zimmer gegangen war, fragte sie sich das die ganze Zeit. Schwitzend hatte sie unter ihrem raschelnden Laken gelegen, durch das Moskitonetz an die weiß gekalkte Decke gestarrt und sich mit Bildern von Harriet und Alex, die zusammen waren, gequält. Sie meinte noch immer, Harriets ach so glückliches Lachen vom Vorabend zu hören. Unablässig musste sie daran denken, wie behutsam Alex Harriet im Arm gehalten hatte, als sie miteinander tanzten, als könne er kaum glauben, sie für sich zu haben. Sie hatte auch gehört, wie er vorhin gekommen war, sie abzuholen. *Hallo Harriet*. Sie hatte auch an ihrem eigenen Fenster gestanden und die beiden mit brennenden Augen beobachtet: Wie Alex Harriet am Ellbogen gefasst hatte, um ihr in die Kutsche zu helfen. Nicht in einen gemieteten Wagen, wie David ihn benutzte. Alex musste nicht erst von Mr Palmer bestochen werden, um sich eine eigene anzuschaffen.

Sie drehte sich auf die Seite und spürte den unangenehmen Druck ihrer Hüfte auf der dünnen Matratze. Warum konnte sie sich nicht für Harriet freuen? Oder wenigstens nicht unglücklich darüber sein. Was stimmte mit ihr nicht, dass sie nicht einmal dazu in der Lage war?

Sie war sich so niederträchtig vorgekommen, als sie vorhin mit dem Sherry in Davids Esszimmer saß, sich seine Fragen anhörte und seine Neugier mit dem Wenigen, das sie von sich gab, befriedigte. Niederträchtig und benutzt und vollkommen zweitrangig. Vor allem aber hatte sie sich selbst schrecklich leidgetan. Denn sie war sich sicher, dass es nirgendwo – weder auf dieser Insel noch an irgendeinem anderen Ort – jemanden gab, der etwas über sie erfahren wollte.

Sie lauschte, als sie Alex' Kutschpferde in der Einfahrt halten hörte. Ihr Körper spannte sich an, weil sie aufspringen wollte, doch sie zwang sich liegen zu bleiben. Diesmal würde sie nicht ans Fenster treten. Sie hatte nicht das Bedürfnis, Harriet und Alex noch einmal zusammen zu sehen, denn ihr gefiel nicht, was der Anblick zuvor bei ihr bewirkt hatte.

Eine Träne rollte über ihre heiße Wange und mischte sich mit ihrem Schweiß. Es war ihr so peinlich gewesen, als Harriet sie zur Rede gestellt hatte. Es tut mir leid, hatte sie sagen wollen, so leid. Warum war das dermaßen schwer gewesen? Sie begriff immer noch nicht, warum sie David überhaupt alles erzählt hatte. Wie hatte sie nur zulassen können, so verbittert zu reagieren? Ausgerechnet Harriet gegenüber. Dem einzigen Menschen, der immer an ihrer Seite gewesen war – in jedem einsamen Moment, an jedem Geburtstag, zu jedem Weihnachtsfest. Immer hatte sie beim Diwali-Feuerwerk ihre Hand gehalten (das sind doch nur Knaller) und sie stets angelächelt, wenn niemand sonst dazu bereit war. Sie erinnerte sich, dass sie fast ihre gesamte Kindheit hindurch in einem Bett geschlafen hatten, weil sie nur so in den Schlaf fanden. Sie rollten sich zusammen, schmiegten sich aneinander, und ihre Erzieher hatten irgendwann den Versuch, sie davon abzuhalten, aufgegeben und nur die Köpfe geschüttelt. »Zwillinge«, pflegten sie zu sagen. Beim Frühstück teilten sie sich meist die Eier: Harriet aß das Weiße, Mae die Dotter. Doch das taten sie heimlich, damit die Heim-Vorsteherin ihnen keine Strafpredigt darüber hielt, dass all die anderen Kinder nicht solches Glück hätten. (*Es gibt Kinder, die weniger Glück haben als wir?* Das hatte Mae sich dann immer erschrocken gefragt.)

*Lass nicht zu, dass David uns auseinanderbringt,* hatte Harriet gesagt.

Mae drehte sich auf den Rücken, und ihre Tränen liefen jetzt ungehindert. Von draußen war gedämpftes Stimmengewirr zu hören, dann leises Lachen: Harriet. Mae schloss weinend die Augen.

*Es ist nicht David, der uns auseinanderbringt,* sagte sie stumm zu ihrer nichtsahnenden Schwester. *Das bin ich.*

Erst jetzt wurde ihr das bewusst. Und sie konnte ja schlecht allen anderen vorwerfen, dass sie sie nicht mochten – David, Alex, Laurie, nicht einmal Harriet –, wenn sie sich nicht einmal selbst mochte. Doch sosehr sie sich wünschte, dass sie sich ändern könnte, dass sie morgen aufwachen und Harriet lächelnd fragen würde, wie ihr Abend gewesen war – *möchtest du mir vielleicht davon erzählen?* –, so genau wusste sie doch schon, dass sie dazu nicht imstande sein würde.

Sie wusste ehrlich nicht, wie sie das über sich bringen sollte.

Und zu ihrer Schande musste sie gestehen, dass sie Alex immer noch verzweifelt für sich selbst haben wollte.

Nachdem Maes distanziertes Verhalten in den folgenden Tagen sogar noch schlimmer wurde, fand Harriet sich nach und nach damit ab, dass ihre Schwester nicht einlenken würde. Sie redete nur, wenn Harriet sie ansprach, und verbrachte endlose Stunden über ihrem Puzzle. Es war fast fertig. Doch es lag nicht flach auf dem Tisch, sondern die Teile waren vom feuchten Klima verbogen. (»Ich glauben, paar Teile fehlen«, verriet Ling Harriet insgeheim. »Ich gezählt, aber nicht alle da. Ich nicht will Miss Mae sagen, damit nicht noch mehr traurig.« Harriet stimmte ihr zu, dass sie das besser lassen sollte.) Harriet hatte ihre Schwester noch nie so still, so abwesend erlebt. Nicht einmal in Simla, als sie nach diesen schrecklichen Tanzabenden verzweifelt gewesen war. Da hatte sie wenigstens mit Harriet darüber gesprochen, ihr anvertraut, wie sie sich fühlte. Doch jetzt hatte Harriet keine Ahnung, wie sie ihr helfen sollte. Und um ehrlich zu sein, war sie auch zunehmend gereizt, weil Mae an ihrem kühlen Benehmen festhielt. Schließlich hatte Harriet nie irgendetwas getan, um Davids Aufmerksamkeit auf sich zu ziehen. Sie wollte sie überhaupt nicht und hatte Mae insofern nichts weggenommen. Das musste Mae doch einsehen. Wenn überhaupt, hätte Harriet eher Anlass gehabt, auf Mae böse zu sein: Mae war diejenige gewesen, die sie und Alex belauscht hatte, nicht umgekehrt. Warum war es jetzt an Harriet, sich um Wiedergutmachung zu bemühen?

»Vielleicht ist sie einsam«, sagte Alex, der nur von Maes Unwohlsein, aber nichts von ihrem Nachspionieren wusste. Harriet hatte ihm nicht davon erzählt, weil es ohnehin nichts genützt hätte. »Es kann ja kein großes Vergnügen sein, jeden Abend allein mit Keeley zu verbringen. Warum fragst du sie nicht, ob sie mit zum Essen ausgehen mag?«

Mae lehnte die Einladung rundheraus ab. Harriet, die annahm, bei ihrem Vorschlag auch nicht besonders begeistert geklungen zu haben – sie befürchtete tatsächlich, dass Mae danach David Bericht erstatten würde –, versuchte erneut, sie zu überreden. Aber Mae erwiderte scharfsinnig: »Du willst mich dort nicht haben. Und Alex sicher genauso wenig. Nicht wirklich jedenfalls.«

Sie schien etwas gegen Alex zu haben. Nie fragte sie nach ihm und starrte einfach ausdruckslos auf den Korb mit frischem Gebäck, Obst und Kondensmilch, der jeden Morgen geliefert wurde. Nichts davon rührte sie an. (»Du musst aufhören, die Sachen zu schicken«, sagte Harriet, obwohl sie das eigentlich nicht wollte, eines Abends zu Alex, als er sie abholen kam. »Ich kann das nicht alles essen. Mae will nichts davon. Ling sagt, sie möchte auch nichts, weil David es ihr befohlen hat, aber sie wird trotzdem immer dicker. Du wirst mich damit auch noch ganz fett füttern.« Alex lachte. »Fett und glücklich«, sagte er. »Warum nicht?«) Sie fragte sich, ob es an David lag, dass Mae sich weigerte, von den Sachen zu essen, die Alex schickte. So unverständlich es sein mochte, dass sie sich vielleicht noch Hoffnungen auf eine Ehe mit ihm machte, aber vielleicht versuchte sie trotzdem, sich bei ihm einzuschmeicheln, indem sie sich mit ihm gegen Alex verbündete.

Allerdings erklärte Mae ihr, während sie ein Teil ihres Puzzles, das nicht zu vervollständigen war, an die richtige Stelle legte: »Nein. Ich habe dir doch gesagt, dass mich nicht interessiert, was er denkt. Nicht mehr.« Bekümmert verzog sie das Gesicht. »Er spricht jeden Abend von dir und hört nicht damit auf. Er ist entschlossener denn je.«

Es klang wie eine Warnung, doch Harriet wollte sie nicht hören.

Trotzdem machte sie sich Gedanken. Genauso wie über seine Nachtwache vor ihrer Zimmertür oder darüber, dass er immer am Fenster seines Arbeitszimmers stand, wenn sie mit Alex aufbrach, und immer dort wartete, wenn sie zurückkehrte.

Das Ganze wirklich zu vergessen, gelang ihr immer nur, während sie mit Alex zusammen war. Und das war sie jeden Abend – in dieser ersten Woche, in der darauffolgenden und wunderbarerweise immer weiter.

Er kam sie stets gleich nach der Arbeit abholen. An klaren Abenden war das Verdeck seiner Kutsche offen, bei Regen geschlossen. Dann holte er sie mit seinem Schirm auf der Veranda ab, und sie rannten zusammen durch den warmen Wolkenbruch und kletterten in die Kutsche, während David sie beobachtete. Harriet hätte nicht zu sagen gewusst, was ihn mehr störte: dass sie mit Alex ausging oder dass sie bei Regen das Haus verließ. (»Natürlich der Regen«, bemühte Alex sich zu scherzen.) In dem Moment, wenn sie die Kutschentür zugemacht hatten, war David ausgeschlossen. Dann lehnte Harriet in der Abgeschiedenheit des Kutscheninneren den Kopf an Alex' Schulter und spürte durch den Stoff seine Muskeln. Sie fühlte sich sicher, weil sie bei ihm war, er gekommen war und niemand sie sehen und verurteilen konnte.

Er brachte sie nach dem ersten Abend nie mehr in die Bucht. Instinktiv wusste sie, dass es an den Befürchtungen lag, die sie dort zur Sprache gebracht hatte. Er wollte ihr gewiss nicht den Eindruck vermitteln, dass er irgendwas von ihr erwartete, und bat deshalb nicht darum, noch einmal mit ihr allein zu sein. Bei jedem Kuss – zur Begrüßung und zum Abschied – spürte sie seine Zurückhaltung. Immer war er es, der sich zuerst von ihr löste. Ein Teil von ihr – der zu ihrer Schande immer größer wurde – sehnte sich danach, ihm zu sagen, er brauche sich keine Sorgen machen, sich nicht zurückziehen, solle sie zurück in die Bucht bringen. *Ich will es auch.* Aber sosehr sie Alex vertraute, war doch die Furcht, die Fehler ihrer Mutter zu wiederholen, zu groß. Deshalb sagte sie gar nichts. Und er fuhr nicht mehr mit ihr dorthin. Sie blieben dort, wo auch andere Menschen waren.

An manchen Abenden besuchten sie eines der wenigen Restaurants auf der Insel: lauter formelle Lokale mit weiß gedeckten Tischen, Eidechsen an den feuchten Wänden, devoten chinesischen Kellnern und fächelnden Punkahs aus Stoff, die den überall geflüsterten Klatsch jedoch nicht übertönten.

»Ich glaube, die fragen sich, was du mit mir vorhast«, sagte Harriet mit Verweis auf die verstohlenen Blicke der Frauen.

»Ich vermute, sie reden alle davon, wie glücklich ich mich schätzen kann«, erwiderte Alex.

»Ich vermute, dass sie außerdem noch weit mehr bereden«, sagte sie.

Sie wusste, dass sie beide, ob mit Besuchen in der Bucht oder ohne, einen Skandal verursachten. Sogar Sally hatte sie deswegen aufgesucht, als sie sie eines Morgens mit einem Körbchen ihrer Scones überraschte.

»Hallo Harriet, Liebes«, hatte sie im bedauernswerten Ton einer Märtyrerin gesagt, die nur gekommen war, weil sie es als ihre Pflicht ansah. »Hallo Mae.«

»Ja, hallo«, hatte Mae abwesend geantwortet, während sie die Breeches eines Jägers vervollständigte.

»Wie ich sehe, machst du bei diesem Pferderennen große Fortschritte«, sagte Sally, während sie auf das Puzzle heruntersah und immer noch den Korb in der Beuge ihres von einem Seidenärmel bedeckten Ellbogens hielt. Unter ihren Armen zeichneten sich als schwache Kreise Schweißflecken ab.

»Das ist eine Fuchsjagd«, erklärte Mae.

»Ich bin mir nicht sicher, ob du da alle Teile hast«, sagte Sally mit Blick auf die noch verbliebenen Teile auf dem Tisch. »Das scheinen nicht genug zu sein.«

Maes Schultern verspannten sich, doch sie erwiderte nichts.

»Was kann ich für dich tun?«, fragte Harriet.

Sally erzählte, wie besorgt sie sei, weil Harriet mit Alex ohne Anstandsdame ausging. »Ich fürchte, es gibt bereits Gerede«, sagte sie, und es klang kein bisschen bedauernd. »David ist auch zornig. Roger sagt, das sei ganz offensichtlich. Jeder war überzeugt, dass du ihn heiraten würdest, weißt du, und jetzt scheinst du deine Meinung geändert zu haben …«

»Ich habe gar nichts geändert«, erwiderte Harriet, die sich fragte, wie sie überhaupt zu dieser Unterredung kam.

»Nun«, sagte Sally, »ich habe jedenfalls Roger versprochen, herzukommen und dich zu warnen. Alex könnte sich wirklich jede aussuchen, Liebes, und du möchtest doch nicht sitzen gelassen werden, wenn er sich besinnt. Das mit euren Eltern ist für David schon schwer genug, aber wenn das so weitergeht, kommt er vielleicht zu dem Schluss, dass er dich überhaupt nicht heiraten kann, und was soll dann aus dir werden?«

Harriet gelang es nur mit Mühe, ihren Zorn im Zaum zu halten, während sie Sally wissen ließ, was aus ihr würde, ginge sie rein gar nichts an. Sally, die eindeutig merkte, wie wütend sie war und dass sowieso niemand ihre Scones essen würde, verließ sie bald. Sogar Mae fühlte sich danach bemüßigt, Harriet zu fragen, ob mit ihr alles in Ordnung sei. *Ich schätze, dass David Roger aufgehetzt hat.* Mit Harriet war nichts in Ordnung. Sie war für den Rest des Tages wütend. Erst als Alex sie abholte und nötigte, ihm zu erzählen, was los sei, fühlte sie sich besser. Er war außer sich vor Wut und kündigte an, sofort zu Sally zu fahren, um ihr zu sagen, wie anmaßend ihr Verhalten gewesen war. »Was zum Teufel meint sie mit, wenn er sich besinnt? Ich schwöre dir, dass ich mich bestimmt nicht besinne. Außer du bittest mich darum. Was du hoffentlich nicht tun wirst.«

Harriet versicherte ihm, das nicht vorzuhaben.

»Machst du dir trotzdem Sorgen?«, fragte er, und anscheinend kam ihm dieser Gedanke tatsächlich erst jetzt. »Möchtest du eine Anstandsdame dabeihaben?«

»Nein«, beteuerte sie. »Das will ich nicht.«

Und so war es tatsächlich. Sie wollte ihn mit niemand teilen. Sie wünschte sich, dass alle sie beide in Ruhe lassen würden.

Am liebsten mochte sie die Abende, an denen sie die Marktstände aufsuchten und die Anonymität zwischen den geschäftigen Händlern, dem Gewirr fremder Stimmen und den angebotenen Speisen genossen. Sie standen dann – Alex im Abendanzug und sie in Abendrobe – zwischen Woks, in denen es brutzelte, im Duft von Satayspießen über Kohlenfeuer und aßen Nudeln aus dampfenden Schälchen oder Curries statt mit Besteck mit Naanbrot. Zum ersten Mal probierte sie Bier, direkt aus der Flasche (was würden ihre Lehrerinnen dazu sagen? Was würde *Sally* sagen?), und danach presste sie die Finger an die Lippen, um nicht hörbar aufzustoßen. Das brachte Alex zum Lachen.

Sie unterhielten sich über so vieles, und die Zeit reichte ihnen niemals auch nur annähernd. Alex erzählte ihr von dem Haus, das er oben in Bukit Chandu hatte bauen lassen und das er ihr eines Tages zeigen wolle. Er berichtete von den Leuten, die für ihn arbeiteten, eine bunte Mischung aus Chinesen und Europäern, die alle ebenbürtig nebeneinandersaßen. »Und ob du es glaubst oder nicht, noch keiner ist daran gestorben.« Mit Anekdoten aus dem Residents' Club brachte er sie zum Lachen. Da waren die Beamten und Offiziere, die Tag für Tag dort aufkreuzten, schwitzend zu viel Brandy tranken und sich, je mehr Brandy sie zu sich nahmen, gegenseitig versicherten, dass das Empire ohne sie am Ende wäre.

»Warum gehst du da hin?«, fragte Harriet.

»Weil die meisten von ihnen meine Kunden sind«, antwortete Alex mit einem ironischen Grinsen. »Sie bezahlen meine Rechnungen. Und die von ein paar anderen Leuten.«

Bei *ein paar anderen Leuten* zog sie die Augenbrauen in die Höhe. Er sprach zwar nie von der Größe seines Unternehmens, aber schon daraus, wie andere Männer ihn grüßten, aus seiner eleganten Kutsche und einigen Bemerkungen, die Laurie vor seiner Abreise gemacht hatte, konnte sie sich zusammenreimen, dass es beträchtlich sein musste. Die Löhne, die er bezahlte, beglichen folglich die Rechnungen von mehr als nur ein paar Leuten. Sie sprach dies jedoch nicht an, weil ihr klar war, dass es ihn in Verlegenheit bringen würde. Außerdem war es ihr nicht wirklich wichtig – sie freute sich nur für ihn und war stolz. Weil er es aufgebaut hatte, und zwar, nach allem, was sie inzwischen wusste, ganz allein.

Nachdem sie sich schon ein wenig besser kannten, hatte er erzählt, dass seine Mutter gestorben war, als er noch ein kleiner Junge war. Bei der Geburt einer Schwester, die er nie kennengelernt hatte. Sein Vater hatte sich danach kaum noch um ihn gekümmert. Als es passierte, war er gerade auf einem Internat in England gewesen, seine Eltern in Colombo, wo sein Vater als Büroangestellter auf einer Teeplantage arbeitete. Er sagte, wegen seiner frühen Jahre in Asien, bevor man ihn nach England schickte, sei er zurückgekehrt, sobald er achtzehn war, und in den Besitz von etwas Geld gekommen war, das die Eltern seiner Mutter ihm hinterlassen hatten. »In England bin ich nie heimisch geworden. Es kam mir immer so kalt, so falsch vor. Ich wusste, dass ich nicht nach Ceylon zurückkehren würde, ich hasse es nach wie vor, wenn ich dorthin muss, aber als ich hier in Singapur an Land ging, ich weiß auch nicht …«, er betrachtete nachdenklich die Nudeln in seinem Schälchen, »da spürte ich es anscheinend. Ich hörte die Stimmen, roch die Luft, und es fühlte sich an wie zu Hause.«

»Wo ist dein Vater jetzt?«, fragte sie.

Er zuckte mit den Achseln. »In irgendeiner Opiumhöhle. Nach wie vor in Colombo.«

»Arbeitet er dort?«

»Nein«, sagte Alex mit einem schärferen Unterton. »Das erledige ich für uns.«

»Und dankt er dir dafür?«

»Nein.« Er lächelte angestrengt. »Nein. Nie.«

Sie fragte noch, ob sein Vater anders gewesen war, als seine Mutter noch lebte. Doch daran erinnerte Alex sich kaum. Schon mit acht Jahren hatte man ihn nach England geschickt, und damals war sein Vater immer voll und ganz mit seiner Arbeit beschäftigt gewesen. Vor allem erinnerte er sich an seine Mutter. Wie er auf Teepartys an ihrer Hand neben ihren langen Röcken gestanden hatte; wie sie sich zu ihm ins Bett legte, um ihm vorzulesen. »Ich lag immer ganz still, weil ich hoffte, sie würde einschlafen und bei mir bleiben.« Er lächelte. »Das passierte nur selten.« Er sagte, sie habe ihn nach England begleitet, um ihn in das Internat zu bringen. Er erinnerte sich, wie heftig sie beim Abschied geweint und wie inständig er gebettelt hatte, sie möge nicht gehen. »Ganz lange habe ich meine Kleider versteckt, wenn sie zum Waschen abgeholt werden sollten. Weil sie sie zuletzt gewaschen hatte, weißt du.« Jetzt lächelte er traurig.

Harriet streckte die Hand nach seiner aus und drückte sie.

In der Stille, die folgte, betrachtete er ihre Finger, die seine umschlossen. Das Markttreiben rundherum – der Lärm, rufende Einheimische, Gerüche und die Hitze –, all das trat in den Hintergrund.

»Noch nie habe ich jemandem von diesen Begebenheiten

erzählt«, sagte er. »Es gab niemanden, mit dem ich darüber sprechen wollte.« Er runzelte die Stirn, was ihn ungewohnt verunsichert und plötzlich geradezu verletzbar wirken ließ. »Als ich dich am Tag deiner Ankunft hier sah, wirktest du verloren. Allein. Ich wusste, wie sich das anfühlt.«

Harriet drückte seine Hand fester.

»Ich wollte dir helfen«, sagte er. »Das will ich immer noch. Ich werde es immer wollen. Aber«, die Falten auf seiner Stirn wurden tiefer, »ich brauche dich auch.« Er hob den Blick zu ihr. »Ich hatte vergessen, wie es sich anfühlt, jemanden zu brauchen.«

Sie spürte, wie ihre Augen sich mit Tränen füllten. »Ich bin dein«, sagte sie, und in diesem Moment wurde ihr erst richtig bewusst, wie sehr sie ihn inzwischen liebte. »Und ich brauche dich auch.«

Er nickte, lächelte, und dann waren sie wieder auf dem Markt und hatten jeder eine Portion Nudeln vor sich. »Ich bin dein«, sagte er und atmete so tief aus, als hätte er vorher die Luft angehalten. »Ich bin dein.«

An einem anderen Abend erzählte sie von ihrem eigenen Vater, dem schwer fassbaren Mr Palmer. »Wir kennen nicht einmal seinen Vornamen«, sagte sie. »Kannst du dir das vorstellen? Er hat der Schule gesagt, die Lehrer sollen ihn uns nicht nennen, da er nicht wollte, dass wir versuchen würden, ihn aufzuspüren.«

»Ist Keeley ihm je begegnet?«

»Nein. Mae hat ihn danach gefragt. Anscheinend waren sie nur über ihre Anwälte in Kontakt.«

»Das ist sehr seltsam. Hat er denn keine anderen Verwandten?«

»Ich vermute, nicht.«

»Hat er nie geheiratet?«

»Ich habe keine Ahnung«, sagte sie. Zwar hatte sie sich das oft gefragt, aber die Hoffnung auf eine Antwort längst aufgegeben. »Es heißt, dass unsere Mutter sein Dienstmädchen war, aber das habe ich nur von den anderen Mädchen an der Schule gehört.« Hilflos hob sie die Hände. »Ich weiß es nicht.«

»Aber Keeley bekommt Palmers Geld nur, wenn er dich oder Mae heiratet?«

»Ja.«

»Mein Gott«, sagte Alex angewidert. »Warum hinterlässt Palmer es euch nicht einfach?«

Sie zuckte mit den Achseln.

»Denkst du, dass Keeley jetzt Mae fragen wird?«

Harriet wurde rot, weil er damit implizit zum Ausdruck brachte, dass die Sache bei ihr hoffnungslos war. Trotz allem, was sie und Alex einander anvertraut hatten, war nie von Heirat die Rede gewesen. »Ich glaube nicht«, sagte sie. Und dann, weil sie sich irgendwie auch selbst von ihren glühenden Wangen ablenken wollte, redete sie weiter und erzählte Alex, wie engstirnig David war. »Wenn er einmal einen Entschluss gefasst hat«, sagte sie, »oder sich eine Gewohnheit zugelegt hat, dann scheint er davon kein Stückchen abrücken zu können. Sein Essen beispielsweise muss immer gleich sein. Oder dass er drinnen bleibt, sobald es regnet. Er hört immer Schlag Mitternacht auf zu arbeiten, dann kommt er herauf vor meine Tür …« Sie presste rasch die Lippen aufeinander.

Aber es war bereits zu spät.

»Was?«, fragte Alex. »*Wie bitte?*«

Sie versuchte ihm auszureden, dass er David zur Rede stellte.

»Du musst mich das tun lassen«, sagte er. »Ich kann ihn dazu bringen, dass er damit aufhört. Ich komme heute Abend mit dir hinein.«

»Nein«, sagte Harriet, »das macht die Dinge nur schlimmer.«

»Inwiefern schlimmer?«, fragte er. »Wie könnten die Dinge noch schlimmer werden?«

»Bitte«, sagte sie mit flehendem Blick, »es ist in Ordnung.«

»Es ist nicht in Ordnung«, beharrte er, »nicht im Geringsten.«

»Du kannst heute Abend nicht mitkommen«, sagte sie.

»Na schön«, räumte er allzu bereitwillig ein.

»Du darfst ihn morgen auch nicht in seinem Büro aufsuchen«, sagte sie, weil sie durchschaute, dass er das wohl beabsichtigte.

Er schwieg.

»Alex, bitte. Es würde alles nur noch peinlicher machen. Er soll nicht erfahren, dass ich davon weiß.«

»Aber dann hört er vielleicht damit auf.«

»Er wird nicht aufhören.«

»Lass es mich versuchen.«

»Nein«, sagte sie. »Versprich mir, dass du nicht zu ihm gehen wirst.«

Er zögerte.

»Bitte, Alex.«

»Gut«, sagte er zögernd.

Natürlich tat er es trotzdem.

Er besuchte Fort Canning häufig. Sowohl das Hauptquartier der Army als auch die zivile Verwaltung waren in dem Gebäude mit den weißen Säulen untergebracht. Beide Institutionen hatten so ziemlich bei allem, was sein Geschäft betraf, die Hände im Spiel: Import- und Exportzölle, Arbeitsbestimmungen, Verordnungen bezüglich der Waren an sich. Normalerweise vermied er den Umgang mit David und wandte sich direkt an den Gouverneur. Der nachgiebige Soames war weitaus umgänglicher. Leider delegierte Soames aber mit Vorliebe so viel als möglich an seinen beflissenen Stellvertreter, während er durch die Gegend reiste und in diversen Clubs Brandy konsumierte. (Wer mochte ihm das verübeln?) Dass David effizient arbeitete, ließ sich nicht leugnen. Geradezu irritierend gut wusste er über jedes Gespräch, jeden Vertrag, jede Verhandlung Bescheid. Auch wenn er eine obsessive Persönlichkeit zu besitzen schien, zeigte er durchaus gewisse Fähigkeiten als Kolonialbeamter.

Trotzdem hatte Alex Mühe, sich David als Gouverneur vorzustellen. Er besaß weder Soames' Persönlichkeit noch dessen Jovialität. Eigentlich mochte ihn niemand. Er fragte sich auch, ob Soames wirklich vorhatte, Davids Nominierung zu unterstützen, wenn es nächstes Jahr so weit wäre, oder ob es nur eine Art nützliche Karotte gewesen war, die er ihm die ganze Zeit über vor die Nase gehalten hatte. (»Natürlich werde ich ihm helfen«, erklärte Soames. »Das bin ich ihm schuldig. Außerdem sind wir, nun ja, verwandt, wie Sie wissen.« Das hatte Alex nicht gewusst. »Aber er braucht eine Frau, verdammt noch mal. Selbst wenn sie ein Bastard ist.« Schnaubendes Gelächter. »Und fairerweise muss man sagen, welche würde ihn sonst auch haben wollen?«) Alex knirschte mit den Zähnen, als er sich an diese Unterhaltung erinnerte.

Er erklärte Davids Sekretärin, er müsse ihn persönlich sprechen, weil er sichergehen wollte, dass er allein mit ihm wäre. (Sie waren allein.) Die angebotene Erfrischung lehnte er ab und steuerte stattdessen direkt auf Davids Büro zu. Vor der Tür blieb er kurz stehen, drückte mit Daumen und Zeigefinger auf seine Augenwinkel und versuchte, seine Gedanken zu ordnen. In der vergangenen Nacht hatte er nicht geschlafen. Die Vorstellung von David vor Harriets Zimmertür regte ihn zu sehr auf, ihr Koffer als Blockade war derart ungenügend, dass es ihn ganz krank machte. Außerdem ärgerte ihn, dass er nicht zur Stelle war, während sie sich selbst überlassen blieb. Auch jetzt war er noch wütend. Wütend und erschöpft. Keine besonders produktive Kombination, und deshalb musste er sich sammeln, bevor er zu David hineinging. Er wollte sich von dem Mann nicht provozieren lassen.

*Ich brauche dich*, hatte Harriet gesagt.

Es kam ihm vor, als hätte er sie im Stich gelassen.

Jetzt schob er das Kinn vor, legte beide Hände an die Doppeltür und trat ein.

Der Raum war groß, die Fensterläden standen offen und ließen Licht und die salzige Brise vom Hafen herein. David saß an seinem Schreibtisch an der gegenüberliegenden Seite und arbeitete offenbar gerade einen Stapel Papiere durch. Falls es ihn überraschte, Alex zu sehen, war es seiner gleichmütigen Miene nicht anzumerken.

Alex verlor keine Zeit, sondern erzählte sofort, was er wusste. Zu seiner Genugtuung wurde David vom Kragen bis zum Haaransatz vor Verlegenheit eine Spur rot.

»Halten Sie sich von ihr fern«, sagte Alex. »Das meine ich ernst.«

»Sie können hier nicht einfach so hereinkommen und mir vorschreiben, was ich zu tun habe.«

»Das kann ich, und das habe ich hiermit getan.«

»Ich würde ihr niemals wehtun«, sagte David. Es schien ihn ehrlich zu treffen, dass Alex ihm dergleichen unterstellte.

»Sie tun ihr bereits weh.«

Er schüttelte ungläubig den Kopf.

»Wie viel hinterlässt der Vater der beiden Ihnen?«, fragte Alex.

Davids Blick wurde hart. »Das geht Sie nichts an.«

»Ich zahle es Ihnen aus eigener Tasche«, sagte Alex. »Wie viel es auch sein mag, Sie kriegen es von mir.«

»Warum sollten Sie das tun?«

»Damit Sie Harriet in Ruhe lassen. Und Mae auch.«

»Mae? Mae hat keine Bedeutung.«

»Sie hat nicht *keine Bedeutung*. Hören Sie sich doch selbst zu.«

David drehte sich auf seinem Stuhl um und blickte zum Fenster.

Eine Sekunde lang glaubte Alex, zu ihm durchgedrungen zu sein.

Doch da sagte David: »Es geht hier nicht um Geld. Harriet weiß das.«

»Sie müssen sie trotzdem in Ruhe lassen.«

»Das kann ich nicht«, sagte David. »Könnten Sie es?«

»Ob ich es könnte?«, fragte Alex verblüfft. »Was hat das denn damit zu tun?«

»Es hat alles damit zu tun.«

Er starrte ihn ungläubig an. »Glauben Sie etwa wirklich, sie zu lieben?« Kaum hatte er die Frage gestellt, sah er Harriets Gesicht vor sich. In tausend Details: ihr Lächeln, ein Lachen, ein Blick, niedergeschlagene Augen, zu ihm aufschauende Augen … »Denken Sie etwa, das wäre Liebe?«

»Das denke ich nicht«, sagte David. »Das weiß ich.«

»Das ist keine Liebe«, sagte Alex. »Sie ohne Geld in Ihrem Haus festzuhalten und darauf zu warten, dass sie Sie heiratet, weil ihr keine andere Wahl bleibt. Das ist keine Liebe.«

David erwiderte nichts. Er saß regungslos auf seinem Stuhl, mit angespannten Schultern, verteidigungsbereit. »Sie müssen jetzt gehen«, sagte er.

»Ich bin noch nicht fertig.«

»Doch«, sagte David, »das sind Sie.«

Bevor Alex noch mehr sagen konnte, stand David auf und verließ selbst das Zimmer.

Alex sah ihm nach und hätte ihn am liebsten zurückgezerrt. Zögernd akzeptierte er, dass das zu nichts führen würde. Harriet hatte recht gehabt: Man drang nicht zu ihm durch.

Mit einem angewiderten Kopfschütteln folgte er David hinaus.

Er war schon fast bei der Tür, als David sich umdrehte und sagte: »Sie können sie nicht haben, Blake.«

»Das haben nicht Sie zu entscheiden«, gab Alex zurück, »sondern Harriet.«

»Da täuschen Sie sich«, sagte David. »Sie werden schon sehen.«

Doch Alex hörte nicht hin. Er wollte gar nichts mehr hören.

In großen Schritten ging er an ihm vorbei – ignorierte die glotzenden Angestellten, ältere Herren, die aus ihren Büros spähten, darunter auch Lauries Schwager Roger – und durchquerte das mit Marmor ausgelegte Foyer.

Er hatte andere Dinge zu erledigen.

*

Harriet las im Vorgarten, als er auftauchte. Oder sie versuchte es zumindest, aber es gelang ihr nicht, sich zu konzentrieren. Am Himmel ballten sich die Wolken und tauchten den Garten in ein seltsam graugoldenes Licht. Mae befand sich im backofenheißen Salon und räumte ihr Puzzle weg. (Sie hatte festgestellt, dass Sally richtiggelegen hatte, es gab nicht genug Teile. Das hatte sie indessen kein bisschen überrascht. *Typisch*, hatte sie gedacht.) Harriet hörte sie durchs offene Fenster seufzen und die Puzzleteile in die Schachtel fallen lassen. Sie seufzte ebenfalls. Seit sie Alex am Vorabend alles erzählt hatte, fühlte sie sich angespannt und war voller Sorge. Als ahne sie Schlimmes. Sie versuchte sich einzureden, es läge am Schlafmangel, am drückenden Wetter. Es habe gar nichts zu bedeuten.

Während sie sich mit ihrem Dickens Luft zufächelte, wünschte sie, es wäre schon Abend.

Die Schritte eines Mannes in der Einfahrt ließen sie zusammenzucken. Sie sah sich um und befürchtete, das sei David, der frühzeitig vor dem Regen nach Hause kam. Aber dann erblickte sie Alex. Gut aussehend in einem dreiteiligen grauen Anzug. Sie strahlte erfreut.

»Ich habe eben an dich gedacht«, sagte sie und kam ihm entgegen. »Was tust du hier? Du solltest bei der Arbeit sein. Du wirst dich noch ruinieren.«

»Für dich lohnt sich ein Ruin«, sagte er, nahm seinen Hut ab und blinzelte ins gewittrig grelle Licht. »Darf ich hereinkommen?«

Er klang irgendwie abwesend.

»Du hast David aufgesucht«, sagte sie tonlos.

»Ja«, gestand er.

»Alex.«

»Ich weiß. Es tut mir leid. Du hattest recht. Es hat zu nichts geführt.«

»Ich wusste, dass es so kommen würde.«

Er verzog schuldbewusst das Gesicht. »Kann ich trotzdem hereinkommen?«

»Na gut«, sagte sie leicht verstimmt, wenn ihr auch durchaus bewusst war, dass er es für sie getan hatte.

Als sie mit ihm ins Haus ging, hielt er ein in Papier gewickeltes Päckchen in die Höhe. »Ich habe etwas für dich«, sagte er.

»Was ist es?«

»Du wirst es gleich sehen.« Er steuerte auf die Treppe zu. »Geht es hier zu deinem Zimmer?«

»Meinem Zimmer?«, fragte sie und lief ihm nach. »Alex ...«

»Deine Unschuld ist nicht in Gefahr«, sagte er. »Das schwöre ich dir. Genau deshalb bin ich hier.« Er blieb oben auf dem Flur stehen und zog einen Schraubenzieher und etwas aus Metall aus dem Päckchen. »Ich habe einen Riegel für deine Tür gekauft.«

»Einen Riegel?«

»Ich weiß«, bemerkte er ironisch, »sehr romantisch.«

Sie lächelte gequält.

»Ich muss wissen, dass du dich sicher fühlst«, sagte er.

»Das ist die einzige Lösung, die ich mir vorstellen kann.« Sein Blick ging den Flur hinunter. »Welches ist dein Zimmer?«

Sie zeigte darauf. »Weißt du denn, wie man das anbringt?«, fragte sie zweifelnd und deutete mit dem Kopf auf den Riegel.

Er sah sie streng an. »Ja, ich weiß, wie man das anbringt«, sagte er. »Wofür hältst du mich?«

»Für jemand, der eine Menge Personal hat, das alle möglichen Dinge für ihn erledigt.«

Er lachte kurz auf und machte sich an die Arbeit.

Sie sah ihm zu, wie er den Riegel bereitlegte, seine Jacke auszog und eine Schraube zwischen die Zähne nahm. Sie dachte: *Er muss heute tausend andere Dinge zu erledigen haben und hätte unzählige Menschen hierherschicken können. Aber er ist selbst hier. Meinetwegen.*

In null Komma nichts war er fertig, zog die Tür zu, sobald sie beide im Zimmer waren, und schob den Riegel vor, um zu prüfen, ob er funktionierte.

»Ich danke dir«, sagte sie.

Er zog sie an sich und küsste sie auf den Mund. »Sehr gern geschehen«, sagte er. »Ich hoffe, dass du heute Nacht besser schlafen wirst.«

»Ich glaube, das werde ich.«

Er blickte sich im Zimmer um und bemerkte, wie spartanisch es eingerichtet war. »Ich will nicht, dass du hierbleibst«, sagte er. »Jedenfalls nicht länger als unbedingt nötig.«

»Nein?«, fragte sie.

Er schwieg kurz. In der Stille beschleunigte sich ihr Puls. Dabei wusste sie gar nicht genau, warum.

Sie überlegte noch, was über sie gekommen sein mochte, als er in seine Jackentasche griff. »Ich habe noch ein Geschenk für dich.«

Sie schaute auf das Samtdöschen in seiner gebräunten Hand.

Sie wusste, was sich darin befand.

Fast wäre es gar nicht nötig gewesen, dass er den Ring mit dem Saphir herausnahm und ihr zeigte.

»Oh«, gab sie von sich.

»Ja«, sagte er.

Sie schaute unverwandt auf den Ring, und langsam fielen all die Sorgen, schlimmen Vorahnungen und das Unglücklichsein von ihr ab – einfach so. Sie hob den Blick zu ihm und sah dabei die Zukunft vor sich. Ihre heimlichen Träume, die sie sich kaum zu hegen gestattet hatte, wurden plötzlich wahr. Die wundervolle Möglichkeit, endlich frei zu sein, kam ihr in den Sinn. Ein Zuhause, mit ihm, *ihm*, und eine Familie. Ein ganzes Leben an seiner Seite.

Er lächelte, als könne er ihre Gedanken lesen.

Da lächelte auch sie.

*Oh*.

# 13. Kapitel

*1941*

Ivy sah Kit in den Tagen nach ihrer Erkrankung und dem misslungenen Versuch, ihn auf der Party zu treffen, kein einziges Mal. Als sie sich von Alma überreden ließ, in die Stadt mitzukommen, war er nicht im Raffles und auch in keiner der anderen überfüllten und heißen Bars, in denen sich die Gesellschaft von Singapur tummelte. Genauso wie nach seinem ersten Verschwinden versuchte sie – wenn auch meist erfolglos –, ihn aus ihren Gedanken zu verbannen.

Außerdem gab sie sich Mühe, Sam aus dem Weg zu gehen, doch das erwies sich als ebenso schwierig. Stets erwartete er sie, sobald sie bei der Abhörstation eintraf, bereit, auf dem kurzen Weg über den Rasen bis zu ihrer Nissenhütte neben ihr herzulaufen. In den Pausen brachte er ihr Becher mit Tee und zu Mittag Sandwiches mit ungenießbarer Fischpaste, obwohl sie ihn nie darum gebeten hatte.

»Du wirst ihm reinen Wein einschenken müssen«, meinte Kate, als sie ihn an einem sonnigen Oktobernachmittag grinsend anmarschieren sahen. »Das ist ja schon nicht mehr lustig.«

»Ich bin mir nicht sicher, ob ich ihm reinen Wein einschenken möchte«, antwortete Ivy. Sie konnte sich eine Menge Gespräche vorstellen, die sie lieber geführt hätte.

»Dann genieß deinen Tee«, bemerkte Kate und verschwand.

Ivy erschauerte, weil sie wusste, dass Kate recht hatte und der Zeitpunkt längst gekommen war.

Also erklärte sie Sam, als er ihr einen Teebecher gab, ziemlich verlegen, dass er ihr wirklich keine Getränke mehr bringen brauche, da er doch bestimmt sehr beschäftigt sei. Er meinte, das sei er gar nicht. Darauf erwiderte sie, es wäre wahrscheinlich trotzdem das Beste, er würde es lassen. Es täte ihr leid, falls sie ihm einen falschen Eindruck vermittelt hätte.

»Was meinst du mit falschem Eindruck?«

»Sam«, sagte sie und erschauerte noch heftiger, »da ist nichts zwischen uns. Und da kann auch nichts sein.«

»Aber du hast mich geküsst.«

»Nein«, erwiderte sie langsam, aber nervös bei der unangenehmen Erinnerung, »ich glaube, es war eher umgekehrt.«

Er starrte sie nur an.

»Du willst mich sowieso nicht«, sagte sie. »Ganz ehrlich, ich bin …« Sie verstummte. Eigentlich hatte sie *nicht gut* sagen wollen, aber irgendwas hielt sie davon ab. Es war Maes Stimme in ihrem Kopf, die ihr einschärfte, dass nicht alles ihre Schuld sei.

»Du bist was?«, fragte Sam.

Ja, was war sie?

»Ivy?«

»Ich«, sagte sie. »Ich bin ich. Und ich kann dich nicht

glücklich machen. Aber du wirst eine andere finden, die das kann.« Schlagartig fiel ihr ein, dass sie so etwas Ähnliches auch schon in der Vergangenheit gesagt hatte. Zu Felix. Viele, viele Male, noch vor dem Krieg. Er hatte das jedoch nie hören wollen. Erst jetzt wurde ihr klar, wie unglücklich sie das gemacht hatte.

Sam schien es genauso wenig hören zu wollen. Schmollend verzog er das Gesicht. »Warum lässt du mich nicht selbst entscheiden, was mich glücklich macht?«, sagte er. »Wie wäre das?«

Ivy blieb eine Antwort erspart, weil Brewster Buffalos über sie hinwegdonnerten. Die drei Maschinen flogen so tief, dass die Palmen schwankten. Ivy legte den Kopf in den Nacken. Es lenkte sie kurzzeitig ab, dass sie aufs Meer hinaus flogen, und wie immer machte das Dröhnen der Motoren ihr zu schaffen. Bald würden mehr Flugzeuge über die Insel fliegen, sehr viel mehr. Und zwar solche mit roten Sonnen anstatt der Hoheitszeichen der Royal Air Force. Im Südchinesischen Meer war einfach zu viel los: Flugzeugträger, Kriegsschiffe, die Truppen transportierten. Sie meldeten ihre Geheimdienstinformationen an das Hauptquartier, doch schienen diese keine Reaktion auszulösen. Tomlins wurde darüber fast verrückt. »Wo sind die Kräfte zur Verteidigung?«, pflegte er sich zu beschweren. »Wo bleibt der Stacheldraht, das Verdunkelungsmaterial? Das ist doch Wahnsinn.«

Laurie machte sich genauso Sorgen. Ivy sah ihn oft, wenn sie Alex besuchte – was sie sich auf dem täglichen Heimweg von der Arbeit angewöhnt hatte. Das erste Mal war sie hingegangen, weil er sie gebeten hatte, ihm zu berichten, wie ihr erster Arbeitstag nach ihrer Erkrankung verlaufen war. Danach tat sie es aus eigenem Antrieb. Inzwischen hatte er immer schon kühle Getränke vorbereitet. »Es gibt Pläne zur Verteidigung«, hatte Laurie ihr am Vorabend erzählt, »eine Menge Pläne. Wir machen ständig weitere. Aber es gibt auch die Befürchtung, dass es sich negativ auf die Moral auswirken könnte, sie in Singapur umzusetzen. Ich hoffe, dass wir bald in Malaya damit beginnen.«

Ein Schauer überlief sie bei dem bloßen Gedanken daran.

»Brauchst du eine Jacke?«, fragte Sam und holte sie damit in die Gegenwart zurück.

»Es sind fast vierzig Grad«, sagte sie gereizt, bevor ihr wieder einfiel, dass sie freundlich sein sollte. Sie schaute auf den Becher in ihrer Hand. »Sam, du musst das alles bleiben lassen«, sagte sie und gab ihn ihm zurück. »Daraus wird nichts.«

Eine Sekunde lang sah er aus, als wolle er protestieren. Aber dann wurde seine Miene hart, und er entgegnete schnippisch: »Wie kommst du eigentlich darauf, dass ich das so unbedingt gewollt habe?« Seine Worte klangen, als wären sie Kinder auf einem Schulhof.

Ivy empfand nicht das geringste Bedauern, als sie sich umdrehte und einfach wegging.

Genauso war es am nächsten Morgen, als er sie nicht am Wachposten empfing. Oder am darauffolgenden Tag.

»Er blickt drein wie ein Hund, der sein Lieblingsstöckchen verloren hat«, meinte Kate, während sie am selben Nachmittag zum Glück allein ihren Tee tranken und er finster von seiner Hütte aus, in der die Verwaltung untergebracht war, in ihre Richtung starrte.

»Ich weiß«, sagte Ivy, die nach wie vor außerstande war, sich Gedanken darüber oder über ihn zu machen.

Tatsächlich schien die Schuld, die ein Mensch auf sich nehmen konnte, begrenzt zu sein.

»Zweifellos«, sagte Alex, als sie an ihrem nächsten freien Tag zusammen in einem Eissalon in der Nähe des Raffles einen Eisbecher aßen und sie ihm die Geschichte von dem unangenehmen Kerl an ihrem Posten erzählte. Am liebsten wäre ihr, wen man ihn bald an einen anderen Ort versetzen würde.

Vorher waren sie bei den Docks gewesen, wo Alex ihr wie versprochen die Lagerhäuser seiner Firma gezeigt hatte. Sie hatte ihn beim Wort genommen. »Bitte«, hatte sie an einem Abend vor ein paar Tagen gesagt, »nehmen Sie mich dorthin mit. Ich bin in Hampstead aufgewachsen, da ist ein asiatischer Kai das pure Abenteuer. Außerdem möchte ich gern sehen, was Sie tun …« Als sie bei den höhlenartigen Lagerräumen ankamen, war gerade eine Schiffsladung aus Indien eingetroffen. Es wimmelte von Peranakan-Arbeitern, die einander im Sonnenschein Kommandos zuriefen, die Waren registrierten und drinnen auf die Regale verteilten. Alex hatte Ivy in den tiefen Schatten der Gebäude geführt und war dabei immer wieder stehen geblieben, um sich mit jedem zu unterhalten, der ihnen begegnete. »Sie sind ja eine richtige Berühmtheit«, hatte Ivy gesagt, als sie das Lächeln der Arbeiter bemerkte und sah, wie begeistert sie ihm die Hand schüttelten. Er hatte das bestritten, er komme nur seltener hier herunter, als er eigentlich sollte. Seine Augen hatten gestrahlt, während er sich umsah, als würde es ihm viel bedeuten, hier zu sein. Da war sie doppelt froh gewesen, ihn überredet zu haben. Er hatte ihr die Tees gezeigt, in die Kisten gegriffen und ihr von verschiedenen Blättern erzählt. Dann hatte er ihnen einen Darjeeling auf einem Petroleumkocher zubereitet. »Früher war ich immer an den Wochenenden hier«, sagte er, als sie Tee trinkend auf Kisten saßen. »Ich brachte mir Papiere und Unterlagen mit, wenn das Büro leer war. Einfach wegen der Atmosphäre, weißt du …« Inzwischen waren sie zum Du übergegangen.

»Vermisst du es?«, hatte Ivy gefragt und war sich sicher gewesen, dass er das tat.

Er sah sie ein wenig erstaunt an. »Ich weiß nicht«, sagte er, »vielleicht …«

»Du solltest öfter herkommen.«

»Vielleicht«, erwiderte er.

Sie hoffte, dass er das tun würde.

Danach hatte er sie in den Raum mit den Gewürzen geführt, sich in den Staub gekniet und die Säcke geöffnet, damit sie hineinschnuppern konnte. »Nur zu«, hatte er gesagt, »du kannst ruhig näher rangehen.« Ihr Mund brannte immer noch von dem Chili, das zu probieren er sie gewarnt hatte. Sie hatte trotzdem darauf bestanden und fürchtete jetzt tatsächlich, sich die Kehle verätzt zu haben. Keuchend hatte sie sich vorgebeugt, während er sie an den Schultern hielt und ihm die Augen genauso tränten wie ihr, allerdings vor Lachen. Ein paar Arbeiter in der Nähe hatten auch gejohlt. Nachdem Ivy wieder in der Lage war zu sprechen, meinte sie, sie wüsste gar nicht, was daran so ausgesprochen lustig gewesen sei.

»Was sie gesagt?«, hatten die Arbeiter sich erkundigt. »Was sie gesagt?«

»Das sie das nächste Mal auf mich hören wird«, behauptete Alex immer noch lachend.

Jetzt lächelte er allerdings nicht mehr. Wie er Ivy so über seinen Eisbecher hinweg ansah, wirkte er besorgt. »Ich vermute«, sagte er vorsichtig, »dass du von Kit gar nichts gehört hast.«

»Nein«, sagte sie. Sie hatte ihm erzählt, wie er von der Party verschwunden war. *Er hat dich nicht gesehen,* hatte Alex gutmütig gesagt. *Oder wenn doch, dann bereut er es jetzt schon. Entweder das, oder er ist ein Idiot und es nicht wert, dass man sich Gedanken um ihn macht.* Sie schob den Löffel in ihr Eis und wünschte sich, er käme ihr nicht so wertvoll vor, dass sie sich Gedanken um ihn machte. »Ich bin mir nicht sicher, ob mir das gelingt.«

»Das wird es«, sagte Alex, »du wirst sehen.«

»Ich weiß nicht«, sagte sie, aß einen Löffel von ihrer Eiscreme und sah sich dann, nach Ablenkung suchend, in dem vollen Café um. Eine Europäerin rauchte an einem Tisch in der Nähe, während ihre Töchter, die Trägerschürzen trugen, sich um ein Stück Vanilletorte stritten. Eine Gruppe chinesischer Teenager redeten in einer Nische alle durcheinander. Eine Handvoll Paare teilte sich jeweils einen Eisbecher. Außerdem waren da Soldaten in Khaki und Frauen in Teekleidern. Ivy seufzte unglücklich, während sie sie betrachtete, und dachte dann, dass sie am Ende noch ganz verbittern würde.

»Bereit, nach Hause zu gehen?«, fragte Alex.

»Eigentlich nicht«, sagte sie. Die Villa würde leer sein, da die anderen alle im Dienst waren. »Musst du?«

»Ich muss nicht, nein.«

Da kam ihr eine Idee. Das Cathay-Kino lag ganz in der

Nähe. Alma hatte erwähnt, dass dort *Citizen Kane* lief. Den wollte sie sich unbedingt ansehen, und sie konnte sich vorstellen, dass er auch Alex gefallen würde … »Hättest du Lust, ins Kino zu gehen?«, fragte sie.

»Ins Kino?« fragte er, als hätte er davon noch nie gehört.

»Ja«, sagte sie. »Das ist gar nicht weit von hier.«

»Ich war noch nie dort«, sagte er.

»Was?« Sie sah ihn verblüfft an. »Noch gar nie?«

Er schüttelte den Kopf. »Nein.«

»Tja«, sagte sie, »dagegen sollten wir etwas unternehmen.«

Nach der Hitze des Tages draußen war der klimatisierte Saal wunderbar kühl. Ivy ging voraus zu ihren plüschigen Samtsesseln, als auf der Leinwand schon der Titel zu lesen war. Dabei flüsterte sie noch mal, wie unglaublich es sei, dass Alex noch nie im Kino gewesen war.

»Und ich kann nicht glauben, dass ich jetzt hier bin«, flüsterte er zurück.

Dann sagte er den ganzen Film über kein Wort mehr. Er starrte mit seinen grauen Augen auf die bewegten Bilder auf der Leinwand, hatte die Ellbogen auf die Armlehnen gelegt und die Finger vor sich verschränkt. Ivy hätte nicht sagen können, was sie mehr genoss: seine stumme Verwunderung oder Orson Welles' Schauspielkunst. Nur ein einziges Mal drehte er sich zu ihr, suchte ihren Blick und schüttelte staunend den Kopf. Da überkam sie große Zuneigung zu ihm, obwohl er doch vor Kurzem noch ein Fremder für sie gewesen war.

Als der Vorhang fiel, starrte er immer noch geradeaus. »Du meine Güte«, sagte er.

Ivy musste lachen. »Du klingst, als habe man dir gerade erklärt, dass die Erde doch eine Scheibe ist.«

Er drehte sich zu ihr und zog eine Augenbraue hoch. »Amüsierst du dich über mich?«

»Im Moment ja«, sagte sie, immer noch lachend.

»Freut mich, das zu hören«, gab er trocken zurück, aber sie konnte ihm ansehen, dass er versuchte, ein Lächeln zu unterdrücken. »Wann immer du so weit bist, fahre ich uns nach Hause. Vielleicht möchtest du ja zum Abendessen kommen, damit ich dich weiter amüsieren kann.«

Die zweite Oktoberwoche verging, dann die dritte, und schließlich nahte die vierte.

»Das ist ja immer so«, bemerkte Alma eines Morgens am Frühstückstisch. »Aber dieses Jahr vergeht besonders schnell.« Sie rührte in ihrem Porridge. »Phil ist nun schon fünfzehn Monate fort. *Fünfzehn.*« Sie verzog ratlos das Gesicht. »Wie kann das bloß sein?«

Ivy meinte, sie wisse es nicht. Es war auch schon fast ein Jahr her, dass Felix gestorben war. Und sie war deshalb immer noch genauso durcheinander – auch wenn sie sich zunehmend daran zu gewöhnen schien, dass er tot war. Tatsächlich begann sie sogar, sein Gesicht zu vergessen, und war erleichtert darüber. Wegen dieser Erleichterung fühlte sie sich allerdings schrecklich. Mit der Erinnerung an Kits Gesicht hatte sie diese Probleme nicht. Dabei wäre es doch wirklich nur eine Kleinigkeit, die sie für Felix hätte tun können – sich an ihn zu erinnern.

Alma, die ihren eigenen Gedanken an Phil in der Wüste nachhing, sagte: »Ich wünschte, ich könnte ihn sehen oder auch nur seine Stimme hören …« Sie legte den Löffel hin und blickte voller Schmerz unter ihren blondierten Locken auf. »Ich vermisse ihn so sehr.«

Ivy streckte den Arm aus und drückte ihre Hand. »Wann ist dein nächstes Abendessen mit seinen Eltern?«, fragte sie, ohne zu wissen, warum. Denn die Mahlzeiten in steifer Atmosphäre schienen Alma nur trauriger zu machen.

»Nächste Woche«, antwortete Alma niedergeschlagen. Und fügte dann, weil sie eben Alma war und sich nie erlaubte, lang melancholisch zu sein, noch hinzu: »Gehst du heute Abend mit aus?«

»Wenn du möchtest«, sagte Ivy, obwohl sie eigentlich nicht wirklich wollte.

Sie ging inzwischen viel seltener aus, praktisch nur noch, um Alma eine Freude zu machen. Seit dem Tag, als sie mit Alex seine Lager besucht hatte und dann ins Kino gegangen waren, hatte sie sich angewöhnt, immer mehr von ihrer Freizeit bei ihm zu verbringen. Und mit Laurie, falls er auch dort war. Sie aß auf der Terrasse zu Abend, verbesserte ihre Fähigkeiten beim Backgammon, und manchmal unternahmen sie einen Spaziergang durch die tropische Dunkelheit, bevor sie nach Hause zurückkehrte. Sie zog jetzt die Lockerheit dieser Abende deutlich denen in der Stadt vor, wo sie die immer gleichen Leute sah, dem trübsinnigen Sam auswich und sich bemühte, nicht auf die Tür zu starren, durch die, wo auch immer es sie hinverschlagen hatte, Kit eintreten könnte. Inzwischen war ihr klar, dass er fort sein musste. Weil sie den Gedanken nicht ertrug, er könne die Insel für immer verlassen haben oder, schlimmer noch, verwundet worden sein, hatte sie Alex' Rat befolgt und Laurie gebeten, herauszufinden, wo er steckte.

»Malaya«, hatte der ihr berichtet. »Von mir oder sonst jemand hast du das aber nicht gehört.« Sie hatte gefragt, wann er wohl zurückkäme, aber das hatte Laurie nicht gewusst. »Tut mir leid.«

»Es spielt gar keine Rolle«, behauptete sie, obwohl es das sehr wohl tat.

Warum, *warum* konnte sie ihn nicht einfach vergessen?

»Weil du ihn magst«, sagte Alma. »Vielleicht würde es ja helfen, wenn du dich mal so richtig betrinken würdest.«

»Ich will mich aber nicht mal so richtig betrinken.«

Jane stimmte ihr zu. »Deine Leber wird es dir danken«, erklärte sie.

Alma war schon weniger überzeugt. »Wer braucht schon eine Leber?«

»Jeder«, meldete sich Vanessa zu Wort, die inzwischen offiziell mit ihrem Riesen von einem Arzt turtelte. (»Wir sparen uns nichts mehr auf«, hatte sie mit ihrem typischen Augenzwinkern zu Ivy gesagt.)

»Zum Glück habe ich anscheinend eine, die hart im Nehmen ist«, sagte Alma.

Alex nicht. Seine Leber war anfällig. Er hatte Ivy bei einem Abendspaziergang davon erzählt, dass er als junger Mann fast an Malaria gestorben wäre. Es passierte so selten, dass er von der Vergangenheit sprach, sodass Ivy schon gedacht hatte, er würde vielleicht mehr berichten, insbesondere von ihrer Großmutter. Doch das hatte er nicht getan. In all den Stunden, die sie inzwischen miteinander verbracht hatten, hatte er weder Mae noch die geheimnisvolle Harriet je erwähnt.

»Das ist traurig für ihn«, sagte Laurie. »Lass ihm Zeit.«

»Warum traurig?«, fragte sie.

Aber Laurie schüttelte nur den Kopf und wiederholte: »Lass ihm Zeit.«

Also tat Ivy genau das. Was blieb ihr sonst schon übrig? Schließlich schrieb sie Mae ein weiteres Telegramm.

*Du bist ein Zwilling STOP Erzähl mir davon STOP*

Es dauerte einige Tage, bis Mae antwortete.

*Brief ist unterwegs STOP Wie geht es dir STOP Hab dich lieb STOP*

Ivy hätte vor Enttäuschung fast laut aufgeschrien, als sie das las. Aber sie tat es nicht, weil sie kein verzogenes Kind war. Sie wartete nur umso ungeduldiger auf diesen Brief und alle anderen, die noch kommen mussten.

Auch hier blieb ihr ja nichts anderes übrig.

Das Leben ging weiter: Mit brütenden Tagen auf dem Posten, einem schimpfenden Tomlins, surrenden Ventilatoren und der unablässigen Aufzeichnung der Bewegungen japanischer Schiffe. Gelegentlich ging sie mit Alma aus oder unternahm einen Ausflug an den Strand. Ivy und Alex besuchten noch einmal das Kino: um sich *Weekend in Havana* anzusehen. Jane fragte, ob sie mitkommen könne. »Ich liebe das Kino.« Alma meinte, wenn Jane mitkäme, wolle sie auch nicht ausgeschlossen werden, und da Laurie das nur zu verständlich fand, war am Ende Vanessa – die mit Marcus ausging – die Einzige, die sich nicht anschloss. Im Kinosaal belegten sie eine ganze Reihe. Jane und Alex ermahnten Alma permanent, ruhig zu sein, doch die ließ sich nicht den Mund verbieten, da sie Ivy noch zu Drinks nach dem Film überreden wollte. »Alma Davies«, sagte Laurie schließlich, »seien Sie still oder ich lasse Sie einsperren.«

An der Navy-Basis liefen weitere Schiffe voller Truppen ein. »Nicht genug«, bemerkte Laurie. »Nicht genug«, sagte Tomlins. Die Schiffe waren voll mit australischen Rekruten. Jungs mit Schlapphüten, die ihnen von den Decks aus zujubelten und dann die Straßen und Bars der Stadt füllten.

Ivy hoffte – trotz all ihrer festen Vorsätze, ihn zu vergessen –, dass Kit zurückkommen und die Japaner sich wieder in ihre Heimat verziehen würden.

Es fühlte sich an, als sei die ganze Insel in einer Art Geduldsspiel gefangen. Einerseits bangte ihr davor, was als Nächstes passieren würde, andererseits sehnte sie es herbei.

An einem schwülen Morgen Anfang November änderten sich die Dinge.

Alma hatte Ivy zum Dienst gefahren. Sie waren früh dran, deshalb blieben sie noch ein paar Minuten im Wagen sitzen und unterhielten sich über Vanessa und Marcus. Am Vorabend war er zum Essen zu ihnen ins Haus gekommen – wirklich eine imposante Gestalt – und sie fanden, er habe sich gut geschlagen. Sie waren sich darin einig, dass er perfekt zur überschwänglichen Vanessa passte: sowohl von ihrer Persönlichkeit her – die beiden hatten über die gleichen Dinge gelächelt und gegenseitig die Sätze des anderen beendet – als auch von ihrer Erscheinung her.

»Meine Güte«, sagte Alma und lehnte sich verschmitzt

grinsend übers Lenkrad, »kannst du dir vorstellen, wie das körperlich bei den beiden zugeht?«

Ivy, deren Erfahrung sich auf Felix' linkische Berührungen beschränkte, traute sich das nicht wirklich zu.

Sie lehnte sich gähnend auf ihrem Sitz zurück. Der Posten lag an diesem frühen Morgen noch ruhig da. Es kam einem vor, als wäre die Welt noch gar nicht richtig wach. Ivy jedenfalls war es noch nicht. Sie reckte den Hals, um in den wolkenverhangenen Himmel zu sehen, aus dem es später wahrscheinlich noch ein Gewitter geben würde. Ihr Kopfhörer würde wegen der Blitze knacken. Sie hasste das, denn es tat regelrecht weh.

»Ich sollte dann besser mal reingehen«, meinte sie zögernd.

»Ich auch«, sagte Alma. »Wenn ich bis halb sechs nicht da bin, spring in den Bus.« Abwesend ließ sie den Blick zur Wachstation schweifen, doch auf einmal blitzten ihre Augen. »Oh-ho«, sagte sie.

»Was denn?«, fragte Ivy.

»Rat mal, wer hier ist?«

»Wer?« Ivy drehte sich und schaute an ihr vorbei, wobei sie sich nicht sicher war, mit wem sie rechnen sollte.

Es war definitiv nicht der Mann, den sie mit gesenktem Kopf und einer Akte in der Hand vom Büro des Kommandanten weggehen sah. Ihr Magen, der eine Sekunde zuvor noch völlig unspektakulär und in Ordnung gewesen war, drehte sich um.

*Oh Gott*, sagte sie stumm zu sich selbst.

»Oh Gott«, wiederholte sie laut.

»Raus mit dir«, sagte Alma. »Bitte, red mit ihm.«

»Ich weiß nicht, ob ich das kann.«

»Und wie du kannst.«

Ivy war sich da keinesfalls so sicher. Trotzdem stieg sie mit zitternden Knien aus dem Auto. Dabei konnte sie den Blick nicht von ihm lassen.

Im Kontrast zu ihrer und Almas weißer Navy-Uniform trug er sein übliches Khaki. Seine Haut war unter den Shorts und dem kurzärmeligen Hemd so dunkel wie immer. Die Kappe warf einen Schatten auf sein Gesicht. Er sah nachdenklich aus, während er mit gesenktem Blick nichtsahnend auf sie zukam. Keine Spur des Lächelns, das sie so oft gesehen hatte. Seine ernste Miene ließ sie an Vanessas Worte damals denken, als sie zum ersten Mal über ihn gesprochen hatten. *Er hatte keinen guten Krieg.* Auch wenn sie nach wie vor davon verletzt war, wie er an jenem Abend von der Party davongebraust war, fühlte sie sich jetzt heftig zu ihm hingezogen.

Sie blieb stehen, wo sie war.

Mit bloßer Willenskraft versuchte sie, ihn dazu zu bringen, dass er aufsah, aber gleichzeitig fürchtete sie sich davor, dass er es tat.

Flüchtig schaute sie zu der Hütte mit ihrem Lauschposten hinüber und fragte sich, ob sie dorthin gelangen konnte, ohne dass er sie bemerkte. Sie meinte, das könne klappen, und verspürte sogleich eine Woge der Enttäuschung darüber.

In diesem Moment fuhr Alma los und hupte, was sie sonst nie tat.

Ivy zuckte zusammen. Kit hob ruckartig den Kopf und sah sie. Seine Miene verlor ihren ernsten Ausdruck und signalisierte Erkennen. Er zögerte nur einen Moment lang und kam dann direkt auf sie zu.

*Oh Gott, oh Gott.* Ivy trat von einem Fuß auf den anderen und wusste nicht, ob sie ihm entgegengehen oder einfach warten sollte. Schweiß brach ihr am Hals und auf der Oberlippe aus. Sie entschied sich fürs Stehenbleiben, merkte dann aber, wie sie trotzdem weiterging und nur flüchtig den Wachen ihren Ausweis hinhielt. Ihre Hand zitterte.

*Beruhig dich,* ermahnte sie sich selbst, *er wird nur Hallo sagen und dann wahrscheinlich wieder verschwinden wie sonst auch.*

»Hallo«, sagte er, verschwand jedoch nicht. Stattdessen nahm er seine Mütze ab und blinzelte im gewittrigen Licht auf sie herab.

Sie hatte vergessen, wie grün seine Augen waren. Sein Gesicht allerdings hatte sie noch sehr gut in Erinnerung – zu gut, um genau zu sein. »Guten Morgen«, sagte sie.

»Ich habe mich schon gefragt, ob ich dich heute sehen würde«, sagte er. »Ich bin gekommen, um einen Bericht für meinen Colonel zu holen.«

»Oh«, sagte sie. »Hast du ihn bekommen?« Ihr Blick fiel auf die Akte in seiner Hand. Natürlich hatte er ihn bekommen. »Natürlich hast du ihn bekommen«, sagte sie.

Hörte er die Anspannung in ihrer Stimme?

»Geht es dir gut?«, fragte er. »Das habe ich gehofft. Damals ging es dir ja nicht so gut …«

»Ja.« Sie zuckte zusammen, als sie daran dachte, wie sie ihn betrunken aufgefordert hatte, an ihrer Stirn zu fühlen, und wie sie danach geweint hatte. »Es geht mir gut, danke. Und dir?«

»Gut.«

Sie waren beide dermaßen förmlich. Er hätte fast als Engländer durchgehen können.

»Ich habe dich übrigens gesehen«, sagte er, »kurz bevor ich von der Party in der Nähe deines Quartiers aufbrach …«

»Ich weiß«, antwortete sie. »Ich habe gesehen, dass du mich gesehen hast.«

»Ich hätte anhalten sollen«, erklärte er. »Ich wünschte, ich hätte es getan.«

»Ist schon gut«, sagte sie, obwohl es das nicht war.

Er sah auch nicht so aus, als glaube er das.

»Wie geht's Sam?«, fragte er.

»Sam?«

»Ja«, er hielt ihren Blick fest, »deinem Beau.«

»Meinem Beau? Was …?« Sie verstummte, weil sie sich erinnerte. *Sie ist mein Mädchen.* Er war ebenfalls auf der erwähnten Party gewesen. Noch jetzt sah sie ihn im Garten vor sich, wo er mürrisch vor sich hin gestarrt hatte. Hatte er noch etwas zu Kit gesagt? Ihre Augen wurden schmal, das kam ihr nur allzu wahrscheinlich vor. Sie hätte ihn erwürgen mögen. »Sam Waters ist nicht mein Beau«, sagte sie.

»Dann habt ihr euch getrennt?«

»Wir waren nie ein Paar.«

»Wirklich?«

»Ja, wirklich.«

»Verstehe.« Seine Miene veränderte sich nicht. Er schien die Nachricht noch verarbeiten zu müssen. Sie hielt in der Zeit seinen Blick fest und wartete auf seine Reaktion. Das fiel ihr schwer und leicht zugleich.

Donner grummelte. Es war dermaßen heiß. Am liebsten hätte sie sich den Schweiß abgewischt, aber sie wollte ihn mit dieser Bewegung nicht wissen lassen, wie sehr sie schwitzte.

Zu gern hätte sie gewusst, was er gerade dachte. An seinem Blick ließ sich nichts ablesen.

Als es sich nicht mehr zu lohnen schien, länger zu warten, sagte sie: »Ich sollte besser gehen.« Und sie ging los, obwohl sie es eigentlich nicht wirklich wollte.

»Warte«, sagte er da, »warte.« Er streckte die Hand aus, und seine Finger legten sich leicht um ihr Handgelenk. Sie spürte seine Wärme den ganzen Arm hinauf. Erst blickte sie auf ihre Hand, dann wieder in sein Gesicht.

Er runzelte die Stirn. Das stand ihm fast so gut wie sein Lächeln. »Ich war fort«, sagte er. »In Malaya.«

»Ich weiß«, sagte sie. »Ich habe mich erkundigt.«

»Hast du?«

»Ja.«

Sein Stirnrunzeln verschwand, und sie war froh, es ihm gesagt zu haben.

Er meinte: »Ich glaube, ich hätte dich besucht, wenn ich hier gewesen wäre.«

»Ja?«

»Ja.« Er atmete tief aus. »Ich denke oft an dich.«

»Wirklich?«

Er hielt immer noch ihr Handgelenk. Sie zog die Hand nicht weg. Aber sie merkte, dass ihr das Atmen schwerfiel.

»Wirklich.«

Sollte sie ihm erzählen, dass sie auch oft an ihn dachte?

»Harcourt«, rief jemand aus der Richtung der Lauschstation und ließ sie zusammenzucken.

Sie drehte sich um und erblickte Tomlins. Dabei entzog sie Kit ihre Hand und fühlte sich an der Stelle plötzlich nackt.

»Kommen Sie schon her«, schrie Tomlins, »trödeln Sie

nicht rum. Sie können auch ein einziges Mal früh erscheinen.« Er winkte Kit. »Morgen, Major Langton.«

Kit hob die Hand mit der Akte. Die andere, mit der er Ivy aufgehalten hatte, hing an seiner Seite. Sie sah, wie er die Finger bewegte, als fühlte auch seine Hand sich leer an.

»Sofort, Harcourt.«

»Ich muss gehen«, sagte Ivy.

»Ja«, sagte Kit.

Trotzdem blieb sie stehen. Als Kit weiter schwieg, sah sie keine andere Möglichkeit, als sich zu entfernen.

Im Weggehen hielt sie den Atem an. Als das Schweigen länger wurde, spürte sie die Last der Enttäuschung. Sie zwang sich, die Schultern gerade und den Kopf hochzuhalten, damit er ihr ihre Gefühle nicht ansah.

Sie war schon auf halbem Weg zu ihrer Hütte, als sie Schritte hinter sich hörte. Ihre Haut kribbelte, nicht unangenehm, und sie blieb stehen.

»Ivy«, sagte er leise.

Sie drehte sich um und sah ihm ins Gesicht. Sie merkte, dass sie lächelte. Genau wie er.

»Ich gebe es auf«, sagte er.

»Was denn?« fragte sie.

»Mit dir«, erklärte er, was eigentlich keinen rechten Sinn ergab. »Hast du heute Abend schon etwas vor?«

»Nichts Bestimmtes«, sagte sie, weil jede andere Antwort ihr unmöglich schien.

»Würdest du mit mir ausgehen?«

»Bist du dir ganz sicher, dass du mich das fragen willst?«, sagte sie und hörte das Lachen in ihrer Stimme. Dabei wusste sie nicht mal, worüber sie lachte. »Es klingt nicht mit Sicherheit danach.«

Er lächelte reumütig. Einen Moment lang zögerte er, sagte aber dann: »Ich will es dich fragen.«

Ivy wusste, dass eine empfindliche Person das Zögern als Warnhinweis interpretiert hätte. Vanessa zum Beispiel. Aber dafür war es deutlich zu spät. Ivy wollte von Warnungen nichts wissen. Und sie wollte auch nichts sagen, was ihn nicht zum Lächeln gebracht hätte. Genauso, wie sie nichts tun wollte, das diese Düsternis in ihm verschlimmerte. Sie wollte etwas dagegen tun. Und selbst wenn sie sich wegen Felix immer noch schrecklich fühlte – was der Fall war –, ging sie inzwischen davon aus, dass sie das immer tun würde. Es schien ohnehin nichts zu geben, was sie dagegen unternehmen konnte. Doch ohne genau zu wissen, was da eigentlich vor sich ging, fing das Zusammensein mit Kit an, ihr ebenso wichtig zu sein wie ihre Schuldgefühle. »Ich glaube, ich gebe es auch auf«, sagte sie.

»Und das bedeutet?«

»Es bedeutet Ja«, sagte sie und lachte schon wieder. Sie schien gar nicht damit aufhören zu können. »Ich werde mit dir ausgehen.«

»Schön«, sagte er, und sein Lächeln verlor alles Reumütige. Es wurde breiter, so wie ihres. Sie spürte, wie ihre Wangen sich verzogen. »Na schön. Dann hole ich dich um acht ab?«

»Acht«, antwortete sie. »Perfekt.«

Um seine Augen bildeten sich Fältchen. »Hoffen wir's.«

Er sah ihr nach, wie sie in der Hütte verschwand, und wandte den Blick nicht ab, bis die Holztür sich hinter ihr geschlossen hatte. Und selbst dann noch nicht. Am liebsten hätte er die Faust in die Luft gereckt. Er fühlte sich ... beschwingt. Fast wie betrunken.

Er hatte es gewusst, sobald er sie sah – dort, direkt vor ihm: die schwarzen Haare unter die Kappe gesteckt, ihre helle Haut leicht errötet und dieser forschende Blick. Was für ein Idiot war er doch gewesen, dass er auch nur versucht hatte, sie zu vergessen. Er wollte sie nicht vergessen. Er meinte, selbst wenn sie ihm vorhin gesagt hätte, dass sie sich noch mit Waters traf, hätte er sie gebeten, mit ihm auszugehen. Er hätte es einfach tun müssen.

Aber mein Gott, wie froh war er, dass sie nie etwas mit Waters gehabt hatte.

*Ich glaube, ich gebe es auch auf.*

Er wiederholte ihre Worte, bei denen er gesehen hatte, wie sie sich bemühte, ihr Lächeln im Zaum zu halten, und wie ihr Gesicht sich beim Lachen verändert hatte. Jetzt lächelte er vor sich hin, als sei er nicht ganz bei Trost, während er mitten auf dem Rasen des Funkabhördienstes stand. Aber das kümmerte ihn nicht. Er war viel zu erleichtert. Denn er war es dermaßen leid gewesen, sich vorzumachen, er könne ihre Bedeutung herunterspielen. Das hatte er die ganze Zeit über in Malaya getan – während er sich gleichzeitig mit der Erinnerung daran quälte, wie sie ihm an jenem Abend in der Dunkelheit nachgestarrt hatte. Die Vorstellung, dass sie auf die Party gekommen war, um Sam dort zu treffen – lächerlich. Sie war von Bedeutung für ihn. War es schon immer gewesen. Und heute Abend ging er mit ihr aus.

Heute Abend.

*Ausgerechnet jetzt, wo es mit den Japanern jeden Moment losgehen würde.*

Der Gedanke kam ungebeten und wirkte ernüchternd. Kit fasste sich ans Kinn, strich sich über die Bartstoppeln und dachte an die letzten Wochen in Malaya zurück: all ihre Sichtungen von japanischen Maschinen zur Luftaufklärung, Gerüchte von Aktivitäten einer fünften Kolonne, Vorstöße von Spähtrupps. Er schaute auf den Bericht in seiner Hand, die Auflistung japanischer Schiffe, die sich in Indochina konzentrierten. Er hatte noch die Worte des Postenkommandanten im Ohr: *Der Kurs der Invasion ist festgelegt, Langton. Die einzige Frage, die sich jetzt noch stellt, ist, wann sie passiert.* Es bestand noch Hoffnung, dass es erst nach dem Monsun, im Februar, so weit sein würde, doch Kit bezweifelte, dass die Japaner so lange warten würden. Eine Invasion bei stürmischer See wäre eine Herausforderung, aber keineswegs unmöglich. Seiner Ansicht nach konnte es höchstens noch Wochen dauern, wahrscheinlich weniger. Er dachte an die Männer dort draußen: Zehntausende von ausgebildeten japanischen Soldaten, die im Süden Indochinas zusammengezogen wurden und nur darauf warteten, die Halbinsel zu stürmen und sie alle hinwegzufegen. Oder schlimmer: sie hierzubehalten und ihnen anzutun, was sie China angetan hatten.

Sein Blick ging kurz zu der Hütte hinüber, in der Ivy verschwunden war. Er malte sie sich darin aus: mit konzentrierter Miene und gezücktem Stift. Sie sprach Japanisch. Das wusste er längst, aber erst jetzt kam es ihm richtig zu Bewusstsein. Sie sprach ihre Sprache und spionierte sie schon seit Monaten aus.

Was würden sie ihr antun, wenn sie sie zu fassen bekämen?

Die schrecklichen Möglichkeiten kamen ihm eine nach der anderen in den Sinn. Sofort überkam ihn kaltes Grauen.

Er sah ihr lachendes Gesicht vor sich und dachte: *Sie darf nicht hier sein, wenn sie kommen.*

Keiner von ihnen sollte dann hier sein, aber sie ganz besonders nicht.

Nicht sie.

Er wünschte, er hätte auch nur die Spur einer Idee gehabt, wie das zu bewerkstelligen sei.

Ohne zum Glück auch nur das Geringste von Kits plötzlicher Schreckensvision dort draußen zu ahnen, konnte Ivy kaum an etwas anderes denken als daran, worauf sie sich eben eingelassen hatte. Eine Verabredung, eine richtige *Verabredung*. Mit Kit.

Sie zog sich die Kopfhörer herunter, weil sie den Kopf frei haben musste, um klar denken zu können. »Kit«, sagte sie zu sich selbst. »*Kit.*«

Tomlins schaute von seinem Schreibtisch hoch. »Alles klar bei Ihnen, Harcourt? Sie werden uns doch wohl nicht den Verstand verlieren, oder?«

»Ich bin mir nicht ganz sicher«, antwortete sie.

»Ausgezeichnet.« Er richtete seine Aufmerksamkeit wieder auf die Papiere vor sich. »Zurück an die Arbeit.«

Den Rest des Tages verbrachte sie abwechselnd voller Vorfreude auf den bevorstehenden Abend und in wachsender Panik. Dazu gesellte sich noch ihr alter Bekannter: das schlechte Gewissen.

»Lass es krachen«, riet Alma ihr, die es geschafft hatte, sie rechtzeitig an der Postenstation abzuholen. »Ich freue mich, dass du Ja gesagt hast. Du kannst dir meine neue Handtasche ausleihen. Und zieh dein Kleid mit den Zitronen drauf an.«

Ivy tat, wie ihr geheißen. Sie war zu früh fertig. Um zehn vor acht saß sie vorn auf der Kante einer der Korbsessel im Salon, strich mit den Fingern über die Bänder des Neckholder-Kleids und schaute unruhig auf ihre Armbanduhr. Die war ein Geschenk von Mae zu ihrem einundzwanzigsten Geburtstag gewesen. Sie wünschte sich, Mae wäre jetzt hier. Eine Tasse Tee mit ihr wäre genau das Richtige. Oder ein Cocktail mit Alma, doch die war bereits ausgegangen: zum Dinner bei Phils Ma und Pa. »Viel Glück«, hatte Ivy gesagt, bevor ihre Freundin ging. »Ich will jede Einzelheit erfahren, wenn ich zurück bin. Aber rede bitte nicht von Felix. Und versuch auch, nicht an ihn zu denken.«

Oben spielte Vanessas Grammophon. Die gedämpften Klänge von Glenn Miller drangen durch den Dielenboden.

Wo mochte Kit gerade sein? Schon fast bei ihrem Haus, oder verspätete er sich?

Sie stand auf, verschränkte die Finger und löste sie wieder voneinander. Ihre Handflächen waren feucht, wie sie erschrocken feststellte. Und die Wände rundherum erschienen ihr zu nah, als würden sie sich auf sie zubewegen. *Nein, nein, nicht jetzt.* Sie rollte die Schultern, bog den Hals in verschiedene Richtungen. Dann erinnerte sie sich an den Spaziergang im Park mit Gregory, zu Hause in London. An den gefrorenen Nebel, die Enten. *Wenn Sie eine Situation als schwierig empfinden oder wieder an einen beengten Ort müssen oder einfach so Panik bekommen, suchen Sie in Gedanken einen Platz wie diesen auf.*

*Das hilft vielleicht.* Sie versuchte, zu tun, was er ihr geraten hatte. Es nützte nichts. Das hatte es auch in den winzigen Schiffskabinen nicht getan. Es funktionierte verdammt noch mal nie.

Sie musste ins Freie.

Also schnappte sie sich die geborgte Handtasche und floh, bevor die Panik sie komplett überwältigte, aus dem Salon auf die Veranda, wo sie Kit in die Arme lief.

# 14. Kapitel

»Geht es dir gut?«, fragte Kit und machte ein besorgtes Gesicht. Er trug ein weißes Hemd zu einer beigen Hose. In den Händen hielt er die Blumen, die er ihr mitgebracht hatte, Gewächshaus-Margeriten, aber während er sie prüfend anschaute, schien er sich kaum daran zu erinnern, dass er den Strauß in Händen hielt. Trotzdem rührte es sie. Genauso wie seine Besorgnis.

Ivy sagte ihm, es ginge ihr gut, absolut. Ehrlich. Sie sprach viel zu schnell, sie konnte es selbst hören.

»Kann ich etwas für dich tun?«, fragte er, von ihren Worten nicht überzeugt. »Vielleicht ein Glas Wasser?«

»Alles in Ordnung«, antwortete sie, »danke.« Das war nicht vollständig gelogen, jedenfalls nicht, seit sie an der frischen Luft war. Um sich weiter zu beruhigen, atmete sie erneut tief ein und sagte: »Du bist pünktlich.«

»Ich dachte, damit würde ich einen guten Eindruck machen«, erklärte er. »Doch wechsele nicht das Thema. Du wirkst sehr blass.«

»Ehrlich, es geht mir gut.«

»Sicher?«

»Ja«, meinte sie, »ich bin mir sicher.«

Aufmerksam betrachtete er sie noch einen weiteren Moment, dann fielen ihm die Margeriten wieder ein, und er reichte sie ihr. Sie nahm sie, bedankte sich bei ihm und hielt die Blumenstängel ganz fest, damit ihre Finger aufhörten zu zittern. Daraufhin sagte sie, sie würde rasch die Blumen ins Wasser stellen, sei gleich zurück, drehte sich um und lief in die Küche. Während sie geschäftig hantierte, war auch der letzte Rest Panik von ihr abgefallen, und sie fühlte sich nun beinah normal. Nicht gänzlich normal, denn schließlich stand Kit dort auf der Terrasse, hatte die Hände in die Hosentaschen geschoben und starrte in den Garten, während er auf sie wartete. Dennoch kam es ihrem Normalzustand nahe.

Auf dem Rückweg ließ sie sich etwas Zeit und beobachtete ihn insgeheim von der Diele aus. Unter seinem weit geschnittenen Hemd zeichneten sich sein Rücken und die Schultern ab, und der Stoff flatterte im seichten Wind. Ihr fielen seine kurz rasierten dunklen Haare auf, und wie sie im Gegensatz zu der dunklen, von der Dschungelsonne gebräunten Haut seines Halses fast golden schimmerten. Sie stellte ihn sich dort draußen in der Wildnis vor, versuchte in Bilder einzutauchen, von dem, was er gesehen, wo er geschlafen, was er gegessen hatte und wohin er gegangen war, aber es gelang ihr nicht. Hoffentlich war es nicht zu mühevoll gewesen, dachte sie. Bereits jetzt wünschte sie sich, dass er nicht wieder in den Dschungel musste.

Da bemerkte er sie und drehte sich um. »Bereit?«, fragte er.

»Ich glaube schon«, erwiderte sie.

Höflich trat er einen Schritt zurück, damit sie vor ihm die Stufen der Veranda hinuntergehen konnte. Sie liefen nebeneinander die Auffahrt entlang. Zwar hielten sie nicht

Händchen, waren aber doch derart nah beieinander, dass ihr Kleid sein Hosenbein berührte. Sie hörte das Rascheln der Stoffe.

Sein Motorrad war an der Straße abgestellt. Überrascht hielt sie inne. Sie war sich nicht mehr sicher, ob sie sich vorher je Gedanken darüber gemacht hatte, wie sie sich an diesem Abend fortbewegen würden. Aber wenn, dann hatte sie diese Möglichkeit nicht in Betracht gezogen.

»Schau nicht so erschrocken«, meinte er.

»Ich bin nicht erschrocken.«

»Gut so«, sagte er und lächelte. »Ich werde dich nicht herunterfallen lassen.«

»Das will ich hoffen.«

Er grinste. »Sollen wir los?«

Sie nickte. Er hielt das Motorrad fest, während sie den Rock raffte und auf den niedrigen Ledersitz kletterte. Dann setzte er sich vor sie. Ihre Oberschenkel berührten seine Hüften. Kaum spürte sie dies, verspannte sie sich und hatte das Gefühl, weiter wegrutschen zu müssen, aber es gab keinen anderen Platz für ihre Beine. Ebenso wenig wusste sie, wohin mit den Händen. Sollte sie sich seitlich an ihrem Sitz festhalten oder an ihm? Zunächst versuchte sie es mit dem Sitz, doch das schien ihr unsicher.

Er schaute über die Schulter. »Du hältst dich besser an mir fest«, erklärte er.

»Empfindest du mich dann auch nicht als zu aufdringlich?«

Er lachte. »Nicht auszuschließen, aber wenn es dir eine Beruhigung ist, werde ich nicht hinter deinem Rücken darüber sprechen.«

Auch sie lachte und legte daraufhin ihre Hände an seine

Taille. Sofort traf sie der Schock seiner Haut, der sich mit einem Mal bewegenden Muskeln unter seinem Hemd. Und sie lächelte erneut, diesmal in sich hinein. *Es ging offenbar nicht nur ihr so.*

»Bereit?«, fragte er wieder.

»Absolut.«

Seine Augen funkelten im Abendlicht, als er sie einen Moment länger ansah. Dann drehte er sich um und trat die Zündung. Sie nahmen immer schnellere Fahrt auf, und instinktiv umarmte sie ihn fester, schloss die Arme um seinen Körper. Sie fuhren den Berg hinunter, und der laue Wind strich über ihr Gesicht, bis ihre Augen tränten. Sie schloss sie, atmete den Duft der Nacht, der tropischen Luft, die Wärme seines Körpers vor ihr und genoss den Geschwindigkeitsrausch. Sie dachte, *er ist hier. Wir machen das wirklich.* Und konnte es kaum glauben, dass das alles tatsächlich wahr war.

Der Motor röhrte laut, und er schrie über den Lärm hinweg: »Hast du auch keine Angst?«

»Nein«, rief sie zurück, »kein bisschen.«

Daraufhin spürte sie an seinem Rücken, dass er abermals auflachte. Sie stellte sich sein vergnügtes Gesicht vor und sehnte sich danach, den Kopf zu verbiegen, um ihn endlich zu küssen. Doch sie biss sich auf die Lippe, um dem Bedürfnis zu widerstehen. Sie fuhren die von Palmen gesäumten Straßen in Richtung Innenstadt, vorbei an Bäumen und schwach beleuchteten Villen, die im tropischen Dunstschleier lagen. Als sie den geschäftigen Lärm im Zentrum erreicht hatten, wurden sie langsamer. Die Straßen waren nun voll, überfüllt mit Automobilen und Rikschas, sie dampften vor Benzin und Hitze. Auf den Gehwegen drängten sich Soldaten, die Ausgang hatten, sowie Frauen mit und ohne Uniformen, und sie alle waren größer als die Einheimischen, die sich zwischen ihnen bewegten.

»Wohin fahren wir?«, fragte sie. »Zum Raffles?« Sie hoffte, dass das nicht ihr Ziel war. Im Raffles fand ein Abend im altmodischen Stil statt. Die Mädels von der Abhörstation machten sich als edwardianische Showgirls der Jahrhundertwende zurecht und die Männer als Burlington Berties. *Alles sehr lustig*, hatte Vanessa bemerkt. Ivy aber wollte es nicht lustig. Sie stellte fest, sie wollte nicht einmal andere Menschen um sich herum.

»Ich führe dich nicht ins Raffles aus«, erklärte Kit. »Und übrigens auch nicht in den Singapore Club.«

»Gut«, entgegnete Ivy.

»Du bist einverstanden?«

»Ja.«

»Gott sei Dank«, erwiderte er.

Und da lachte sie erneut auf.

Sie fuhren weiter und kamen in die engen Sträßchen von Chinatown. Ivy war in dieser Gegend noch nicht oft gewesen – nur, um die Frau zu besuchen, die ihre Kleider schneiderte – und noch nie abends. Die Gassen waren voller Einheimischer in sehr weiten Kleidern und Sandalen, die Säcke mit Reis auf ihren Schultern trugen oder Fahrrad fuhren, sich miteinander unterhielten oder an Straßenständen Nudelsuppe schlürften. Kit manövrierte sich geschickt durch die Menge, und sie kamen den Menschen immer wieder derart nah, dass Ivy in die neugierigen Gesichter blicken konnte, die sich nach ihnen umdrehten, und den Inhalt der Fahrradkörbe sah: Eier, Obst und hier und da ein lebendiges Huhn. Lachen drang aus den großen, offenen Fenstern, und Wäsche hing zum Trocknen von den Simsen. An Kits Schulter gelehnt sog Ivy all diese Eindrücke ein, prägte sich all das tief ins Gedächtnis ein, weil sie schon jetzt wusste, dass es sich um einen Moment in ihrem Leben handelte, an den sie sich wieder und wieder erinnern würde.

Sie bogen in eine noch engere, spärlich beleuchtete Gasse ein und hielten kurz darauf vor einem schmalen Gebäude. Als Kit den Motor ausschaltete, war die warme Nachtluft auf einmal von Stille erfüllt. Er klappte den Motorradständer aus, kletterte von der Maschine und reichte Ivy die Hand, um ihr beim Absteigen behilflich zu sein. Sie nahm seine Hand und spürte, wie sich seine Finger fest um ihre schlossen. Dann erhob sie sich von dem Sitz und stieg ab. Ihre Beine schmerzten. Erst jetzt bemerkte sie, wie sehr sie sie an seine Hüften gepresst haben musste. Und wie sehr sie sich seiner körperlichen Gegenwart bewusst gewesen war.

Sie sah zu dem Haus auf. »Ist das eine Opiumhöhle?«, fragte sie, obwohl sie wusste, dass dies wahrscheinlich nicht so war.

»Ja«, antwortete er, »ich führe dich in eine Opiumhöhle aus.«

»Wirklich?«

»Nein. Sollen wir hineingehen?«

Fasziniert betrachtete sie die schweren Teakholz-Türen am Eingang. Ihre Hand lag immer noch in seiner. Keiner von beiden ließ den anderen los. »Gern.«

Die Bar war verraucht. Bloß eine Handvoll Tische waren in den Raum gestopft. Es war düster, sehr düster, und im

Gegensatz zu ihrer Aufregung, ihrer freudigen Erwartung, die sie vor dem Haus eben noch empfunden hatte, merkte Ivy nun, wie sich ihre Brust angstvoll zusammenzog. Damit hatte sie nicht gerechnet. Sie wusste nicht, weshalb es geschah, aber es erfasste sie eine Panik, dass sie überhaupt Angst empfand, und dieses Gefühl verstärkte ihre Panik wiederum. Seit sie auf der Insel angekommen war, hatte sie bereits viele Bars und Clubs besucht. Was war denn heute Abend mit ihr los? Waren es die Nerven? Gregory hatte sie davor gewarnt, dass sie in stressigen oder angespannten Zeiten leicht einen Rückfall erleiden könnte. *Nein,* dachte sie. *Ich will das nicht.* Dennoch geschah es. *Denk an die Enten.* Sie konnte sich nicht einmal mehr an die Enten erinnern. Alles, was sie wahrnahm, war Dunkelheit. In ihren Ohren rauschte es. Sie legte die freie Hand an den Hals, nestelte an ihrer plötzlich schweißfeuchten Haut herum. Die Beklemmung würde nicht einfach verschwinden, und es fiel ihr zunehmend schwer, Luft zu bekommen. Aber sie konnte in der Finsternis keine Tür erkennen, wusste nicht, wie sie hinausgelangen konnte.

Sie wandte sich Kit zu. Er schaute sie bereits an, genauso besorgt wie vorhin, als er sie abgeholt hatte. »Ivy?«

»Gibt es eine Außenterrasse?«, fragte sie und hasste es, das tun zu müssen. Ihre Kehle war derart zugeschnürt, dass sie kaum imstande war, die Worte herauszuwürgen.

»Ja«, sagte er und ließ sie nicht aus den Augen. »Hier entlang.«

Er führte sie vorwärts und hinaus in einen Hinterhof unter freiem Sternenhimmel.

Sie holte tief Luft, dann gleich noch einmal. Der dritte Atemzug fiel schon leichter, und gleichzeitig hörte das

Donnern in ihren Ohren auf, sodass sich ihr Kopf wieder normal anfühlte. Aber das war das seltsamste und verwirrendste Gefühl überhaupt. Sie blickte sich um, ihre Hand lag immer noch in Kits Hand, versuchte sich zu sammeln, zu beruhigen und zu orientieren.

Der Ort war wunderschön, vollkommen exotisch. Auf den runden Tischen leuchteten rote Papierlampions, und weitere hingen in den Bäumen. Jazzmusik war zu hören. Sie kam von einem knisternden Grammophon in der Ecke. Einige Paare tanzten. Es waren Chinesen. Die Männer trugen gut geschnittene Anzüge, die bildschön gekleideten Frauen hatten die Augen mit stark geschminkten Wimpern betont. Abgesehen von nur einem anderen Paar, das sich an einem Tisch in der Ecke gegenüber unterhielt, waren Kit und Ivy die einzigen Gäste westlicher Abstammung. Ivy gefiel das. Sehr sogar. Und mehr noch gefiel ihr, dass Kit das geahnt hatte. *Ich führe dich nicht ins Raffles aus.*

»Es ist wundervoll hier«, sagte sie.

Er antwortete nicht. Noch immer wirkte er beunruhigt. Er führte sie zu einem der wenigen freien Tische, und während sie sich auf einem niedrigen Stuhl niederließ, holte er ihr Wasser und bestand darauf, dass sie es vollständig austrank, obwohl sie ihm versicherte, wie gut sie sich wieder fühlte. Ein Kellner erschien und bot ihnen echte Drinks an. Kit fragte sie, was sie wollte, und sie antwortete, sie wüsste es nicht genau. Sie hatte den Eindruck, es wäre nicht richtig, an solch einem perfekt unbritischen Ort etwas wie einen Gin Sling zu bestellen.

»Hast du Lust, etwas Neues zu probieren?«, fragte er, als könnte er ihre Gedanken lesen.

»Ja«, erwiderte sie lächelnd.

Er bat den Kellner um eine Getränkekarte, setzte sich dann und sah ihr zu, während sie sich in die Liste der Cocktails vertiefte und sich schließlich für einen Lychee Martini entschied. Er bestellte für sich ein Bier, sprach den Kellner mit *mein Freund* an und das mit einer unbeschwerten Vertrautheit, die sie sich bei keinem der englischen Jungs, die sie kannte, vorstellen konnte. Sie spürte, wie sie sich immer mehr entspannte, allein schon, weil sie sich in seiner Gegenwart befand.

»Möchtest du nicht auch etwas Neues probieren?«, fragte sie, nachdem der Kellner gegangen war.

»Das tue ich«, sagte er und lächelte.

Sie lächelte ebenfalls, denn sie nahm an, er meinte damit, dass er mit ihr ausging. Sie war jedenfalls froh, dass es sich auch für ihn neu anfühlte.

»Du siehst besser aus«, sagte er.

»Es geht mir auch besser.«

Er betrachtete sie. Bestimmt fragte er sich, was mit ihr los gewesen war. Würde er fragen? *Nur, wenn er wirklich interessiert war.*

Er fragte.

Und bevor sie auch nur begriff, dass sie es tat, erzählte sie ihm davon. Vielleicht hatten die Gespräche mit Alma und Alex bereits eine innerliche Mauer eingerissen. Vielleicht wollte sie einfach nichts verstecken, nicht vor ihm. Wie auch immer, nachdem sie gesagt hatte: »Ich wurde bei einem Bombenangriff verschüttet«, folgte der Rest schnell: die Stunden, in denen sie eingeschlossen gewesen war, Stuarts Tod, ihre Rettung im Morgengrauen. Sie nannte keine Einzelheiten. Nach Kits entgeisterter Miene zu schließen, war das nicht nötig.

Der Kellner erschien mit ihren Drinks.

Kit nahm ihren von dem Tablett und reichte ihr das Glas. Seine Hände waren nicht ganz ruhig.

»Es tut mir leid«, sagte sie.

»Dir tut es leid?«, fragte er. »Warum?«

»Vielleicht wolltest du das alles gar nicht wissen.«

»Ivy«, meinte er, »ich wollte es wissen.«

Zunächst nippte sie nur an ihrem Drink, dann aber nahm sie einen großen Schluck. »Köstlich«, murmelte sie. Kit starrte sie nach wie vor an. Sie konnte seinen Blick auf ihrem hochroten Gesicht spüren. Um nur ja schnell das Thema zu wechseln, fragte sie: »Wo warst du, bevor du hierhergekommen bist?«

»Ägypten.« Er wirkte immer noch entsetzt.

»Und davor?«

»Frankreich.«

»Und davor?«, beharrte sie.

»Ich diene seit Jahren in der Army. Also an Orten wie diesem«, er deutete auf ihre Umgebung rings umher, »und etlichen anderen. Aber ich möchte nicht über mich sprechen. Denn ich kann nicht fassen, dass dir das zugestoßen ist.«

»Es geht mir gut«, meinte sie.

»Ich bin mir nicht sicher, ob das wahr ist. Gerade eben …«

»Bitte«, unterbrach sie ihn. Das Wort drang lauter aus ihr heraus, als sie es beabsichtigt hatte. »Bitte«, wiederholte sie nun sanfter, »können wir nicht von etwas anderem reden?«

Es machte den Eindruck, als wollte er eigentlich widersprechen.

»Erzähl mir, von wo du stammst«, bat sie schnell, bevor er einen Einwand erheben konnte.

Er betrachtete sie noch einen Augenblick länger sehr aufmerksam und, zu ihrer Erleichterung, nickte er schließlich. Mit der Bierflasche in der Hand lehnte er sich in seinem Rattansessel zurück. »Sydney. Freshie.«

»Freshie?«

»Freshwater. Das liegt am Strand.« Er nahm einen Schluck aus der Bierflasche. »*God's Country*«, erklärte er und lächelte. Beruhigt stellte sie fest, dass sich auch der letzte Rest Anspannung in ihr löste. »So nennen wir alle die Gegend dort.«

»Erzähl mir bitte mehr«, forderte sie ihn auf.

Und das tat er. Er berichtete von dem Holzhaus, in dem er aufgewachsen war, von seiner kleinen Schwester, die erst acht Jahre alt war, als er fortging, und die er beinahe genauso lange nicht gesehen hatte.

Er fragte sie nach ihrer Mutter. »Sie war ebenfalls Australierin, nicht wahr?« Ivy nickte und wusste nicht, ob sie überrascht sein sollte, weil er sich das gemerkt hatte. Sie erzählte ihm das Wenige, das sie wusste: Dass ihr Name Louise war, sie aus Melbourne stammte und in England als Krankenschwester arbeitete, als sie Ivys Vater begegnete.

»Hast du jemals Angehörige von ihrer Seite der Familie kennengelernt?«

»Als ich klein war, kam einmal ein Onkel zu Besuch. Er schickt noch heute zum Geburtstag und zu Weihnachten eine Karte.«

»Was ist mit ihren Eltern?«

»Nein«, antwortete sie. »Sie waren viel älter als meine Gran und sind bereits vor Jahren verstorben.«

Er zuckte zusammen.

»Schon gut«, beteuerte sie. »Wirklich. Du brauchst kein Mitleid mit mir zu haben.«

»Weil mir solcherlei Gefühle nicht erlaubt sind?«

»Ja«, meinte sie. »Genau.«

Seine leuchtenden Augen wanderten über ihr Gesicht.

Daraufhin trank sie ihren Drink aus, und er hielt den Hals der Bierflasche zwischen den Fingern und schaukelte sie hin und her.

»Meine Freundin sagt, der Krieg sei schlimm für dich gewesen«, hörte sie sich selbst sagen.

Fragend hob er die Augenbrauen. »Gibt es auch einen guten Krieg?«

»Ich glaube nicht.«

Er blickte auf seine Bierflasche, und seine Miene war wieder ebenso ernst wie am Morgen, als sie ihn in der Station entdeckt hatte. Nun nahm er erneut einen Schluck Bier, und nachdem er ihn hinuntergekippt hatte, meinte er: »Ich möchte nicht an den Krieg denken.«

»Ja«, erwiderte sie taktvoll. »Ich glaube, ich auch nicht.« Sie wusste, dass nun er einen Themenwechsel benötigte, und fragte deshalb, ob sich sein Freund mit dem Sonnenbrand erholt hatte. Er lächelte dankbar und bestätigte, dass es ihm kurzzeitig besser gegangen sei, doch nun ginge es ihm schlechter denn je. »Dies hier ist nicht der beste Ort für ihn.«

Sie unterhielten sich weiter, und während das knisternde Grammophon die Wärme des Gartens mit Jazz erfüllte, geschah beinah, was sie sich beide wünschten: den Krieg zu vergessen. Es schien surreal, dass überhaupt Krieg herrschte, irgendwo auf der Welt, und dass, während sie dort saßen, Bomben fielen, Soldaten in Wüstenregionen Handgranaten warfen, Schiffe im Mittelmeer sanken und Russen in ihren Häusern unter Beschuss waren. Kit erzählte ihr von Jimmy und Tristan. Ihr gefiel der Klang der Namen. Er berichtete noch mehr von Sydney, den Dingen, die er vermisste: Bei Tagesanbruch schwimmen zu gehen, die leere Weite des Ozeans und wie sich seine Haut nach einem Wochenende am Strand anfühlte. Sie erzählte ihm von Hampstead und erfuhr, dass er ganz zu Beginn des Krieges einmal dort gewesen war.

»Vielleicht habe ich dich sogar gesehen«, meinte sie, »vielleicht waren wir im selben Café und haben Rosinenbrötchen gegessen und Tee getrunken.«

»Nein«, entgegnete er. »Ich würde mich an dich erinnern. Und wenn das so gewesen wäre, hätte ich dich angesprochen.«

»Ja«, antwortete sie einen Cocktail später, »Ich glaube, ich hätte dich auch angesprochen.«

Er fragte sie nach Mae, und sie verriet ihm, wie sehr sie ihr fehlte. Dann erzählte sie von den Mädels im Haus, bei der Arbeit und vor allem von Alma, aber auch von Alex und Laurie.

»Sag, hast du die beiden eigentlich an dem Tag, als du von all den Ameisen gebissen wurdest, ausspionieren wollen?«

Bei dem Gedanken, wie sie versucht hatte, so zu tun, als wären die Ameisen gar nicht da gewesen, brach sie in schallendes Gelächter aus. Und sie gab zu, damals geschnüffelt zu haben.

»Aber du hast immer noch keine Ahnung, woher die beiden deine Gran kennen?«

»Sie wollen nicht darüber reden. Auch nicht über Harriet.«

»Ärgerlich.«

»Das kann man wohl sagen!«

Sie bestellten eine weitere Runde Drinks. Die Zeit verging, Ivy achtete gar nicht darauf, und es interessierte sie noch weniger. Immer mehr Gäste trafen ein, unter ihnen einige hellhäutige Gesichter und viele Chinesen – Geschäftsleute, erklärte Kit. In Singapur gäbe es reichlich wohlhabende Kaufleute, und dass sie die Japaner in ihrer Stadt noch weniger mochten als die Briten. Kit sprach leise, manches von dem, was er sagte, ging im Jazz unter. Um ihn besser zu verstehen, rückte Ivy ihren Sessel näher. Ihre Köpfe berührten sich, ihre Knie berührten sich, und sie waren sich inmitten all der Menschen auf der Terrasse sehr nah. Sie verspannte sich ein wenig, als sie die Verlockung verspürte, noch näher an ihn heranzurücken.

»Hättest du Lust zu tanzen?«, fragte er, denn er fühlte das Gleiche.

»Ja«, sagte sie.

Er nahm ihre Hand, und sie begaben sich in die Mitte der anderen tanzenden Paare, die sich eng umschlungen zur langsamen Musik drehten. Kit blieb stehen, und schon war sie in seinen Armen, hatte ihre Hand um seinen warmen Hals gelegt. Sie schloss die Augen, nahm all die Eindrücke in sich auf, es geschah gerade so viel, und es kam ihr eine Erkenntnis. Es fühlte sich an, als würde nichts mehr so sein wie zuvor.

»Eine Sache hast du mir vorhin nicht verraten.« Seine tiefe Stimme über ihrem Kopf war leise. Er hatte wohl auf den richtigen Moment gewartet, um ihr das zu sagen.

»Was meinst du?«, fragte sie, obwohl sie glaubte zu wissen, worauf er anspielte.

»Als du von dieser Bombe erzählt hast. Da war noch etwas anderes, das habe ich gespürt.«

Sie schaute zu ihm auf. Sein Gesicht war sehr nah, und er blickte ihr konzentriert in die Augen. »Woran hast du das gemerkt?«

»Also gab es tatsächlich noch etwas?«

Sie antwortete nicht. Sie war sich nicht sicher, ob sie das wirklich tun sollte.

»Was war es?«, fragte er.

Sie erwog zu lügen. Sie wollte nicht über Felix sprechen. Sogar ohne Almas Warnung hätte sie das nicht gewollt. Er war kein Teil dieser Geschichte, was auch immer das hier war. Und es schien ihr ungerecht, Felix dazu zu machen: zu einem Teil von Kits Leben oder das irgendeines anderen Mannes. Doch sie log nicht, weil sie ahnte, dass Kit sie durchschauen würde und es außerdem nicht verdiente, angeschwindelt zu werden. Noch dazu hatte sie eine Menge Martinis getrunken. Also erzählte sie Kit davon, wie sie einst ein Junge gebeten hatte, sie zu heiraten, und dass sie ihm einen Korb gegeben und ihm nicht einmal einen Brief geschrieben hatte, als er das dringend gebraucht hätte. Sie sprach von dem Schock, den Felix' Tod daraufhin bei ihr ausgelöst hatte und dass ihre Aufregung darüber der einzige Grund dafür war, weshalb sie sich überhaupt vor dem eigentlichen Ende ihrer Schicht in dieser Camberwell Street befunden hatte, wo sie dann durch die Bombe verschüttet wurde. Sie gestand, dieser Vorfall war ihr vorgekommen wie die gerechte Strafe.

»Du glaubst, du hast das verdient?«, fragte Kit. »Dass es

nur gerecht war, von einer Bombe verschüttet zu werden?«

»Es fühlte sich so an.«

»Was ist mit Stuart? Hat er es auch verdient?«

»Nein, natürlich nicht.«

»Ivy, du hast das auch nicht verdient. Solche Dinge passieren leider. Das hat aber nichts damit zu tun, keinen Brief geschrieben zu haben ... Das spielt keinerlei Rolle.«

»Doch, es spielt eine Rolle. Und eigentlich hätte er niemals fliegen sollen.«

»Wie hättest du das verhindern können?«

»Indem ich ihn geheiratet hätte.«

Sie tanzten nicht mehr. Er blickte verwirrt auf sie herab. »Ich verstehe nicht ganz«, sagte er.

Ivy holte tief Luft. Würde sie es ihm wirklich verraten? Bevor sie die Frage auch nur in ihrem Kopf zu Ende denken konnte, tat sie genau das. »Er war Deutscher.«

Kit starrte sie nur an.

Schon jetzt wünschte Ivy, die Worte wären ihr niemals über die Lippen gekommen. Warum hatte sie ihm das erzählt? *Warum?*

Sie wagte eigentlich nicht, Kit anzusehen, aber sie hatte das Gefühl, es tun zu müssen. Seine grünen Augen bohrten sich in ihre. An was dachte er gerade? An seine Zeit in Frankreich? Den Krieg in der Wüste? An all das gleichzeitig?

»Was für eine Maschine ist er geflogen?«, fragte er.

»Eine Messerschmitt«, antwortete sie kläglich.

»Ja«, entgegnete er langsam, »etliche dieser Flugzeuge haben versucht, mich zu töten.«

»Er hasste Hitler«, sagte sie. »Er wollte sich nicht an

diesem Krieg beteiligen. Er wollte nicht zurück nach Deutschland, darum hat er mir einen Antrag gemacht. Er meinte, wenn wir verheiratet wären, würde seine Botschaft einwilligen, dass er in England bleiben könnte.« Sie erinnerte sich an Felix' Verzweiflung, als er sie damals angefleht hatte. *Es heißt, wir alle müssen zurück. Ich kann dich glücklich machen, Ivy. Ich schwöre es. Bitte, erlaube mir, es zu tun.* »Ich hatte keine Ahnung, was der Krieg bedeutete«, erklärte sie. »Nicht zu jener Zeit. Ich ließ zu, dass er zurückmusste.«

»Darüber bin ich ziemlich froh.«

»Er war das nicht.«

»Das habe ich auch nicht erwartet.«

»Bist du wütend?«, fragte sie.

»Weil er ein Deutscher war?«

»Ja.«

Kit zögerte und dachte offensichtlich über eine Antwort nach.

Sie wartete. Obwohl sie sich vor seiner möglichen Erwiderung fürchtete, war sie gleichermaßen erleichtert, ihm alles erzählt zu haben. Nun war es raus, gesagt. Sie war es müde, Geheimnisse zu wahren.

»Ich bin wütend auf den Krieg«, sagte er schließlich, »und auf ihn, weil er dich darum gebeten hat.« Er runzelte die Stirn und wirkte, als ob er weiterhin nicht sicher war, was er von der ganzen Sache halten sollte. Doch obwohl sie nicht mehr tanzten, hielt er sie immer noch im Arm. Er hatte sie nicht von sich geschoben. Dann blickte er hinauf in den Himmel. Sie betrachtete die Rundung seines Halses und sein gebräuntes Gesicht, während er versuchte, Ordnung in seine Gedanken zu bringen. »Ich glaube, am meisten verärgert bin ich darüber, wie du dich gefühlt haben musst«, meinte er. »Ich war dermaßen mit mir selbst beschäftigt. Dieser Krieg. Ich habe mir immer wieder eingeredet, dass ich mich um nichts anderes kümmern kann. Um das alles zu überstehen.« Er stieß einen langen Atemzug aus. »Von all dem, was du durchgemacht hast, hatte ich keine Ahnung. Wirklich, nicht die geringste Ahnung.«

»Ist schon in Ordnung.«

»Hör auf, das immer wieder zu betonen, denn es stimmt nicht.« Er ließ den Kopf sinken und schaute sie an. »Ich habe Angst.«

»Wovor?«

»Vor allem.« Wieder runzelte er nachdenklich die Stirn. »Davor, dich zu enttäuschen.«

Sie spürte, wie sich ihre Gesichtszüge entspannten. »Das wirst du nicht«, entgegnete sie.

»Woher willst du das wissen?«

»Ich weiß es einfach«, sagte sie, weil es genauso war.

Er nickte bedächtig. Dann zog er sie näher an sich und begann, wieder zu tanzen. »Es tut mir leid um Felix«, erklärte er.

»Mir auch.«

»Aber du bist hier«, sagte er.

»Stimmt.«

»Und wenn du glaubst, du hattest es verdient, von dieser Bombe verschüttet zu werden, dann musst du es auch verdient haben zu leben.«

Auf diese Weise hatte sie die Dinge noch nie betrachtet. »Vielleicht«, entgegnete sie.

»Nein«, hielt er dagegen. »Ganz bestimmt.«

Voller Mitgefühl blickte er sie an. Sie konnte ihre Augen

nicht von ihm abwenden. Und während sie zu ihm aufsah, dachte sie daran, was er getan, wo er schon alles gewesen war – Ägypten, Frankreich; sein schlimmer Krieg. Sie hasste den Krieg, den er erlebt hatte. Sie wollte ihn am liebsten davon fernhalten.

Sie sagte: »Auch ich möchte dich nicht enttäuschen.«

»Das wirst du nicht«, erwiderte er zärtlich.

Abermals hielten sie inne und tanzten nicht mehr. Er beugte sich vor. Sie blickte ihm tief in die Augen. Die Zeit schien stehen zu bleiben, die Leute um sie herum verblassten, und dann, endlich, strichen seine Lippen sanft über ihre. Und sie lehnte sich vor und küsste ihn. Er schloss die Arme fester um sie, während sie den Rücken wölbte und vom Unvermeidlichen völlig überwältigt feststellte, wie gänzlich und restlos richtig sich diese Zärtlichkeit anfühlte.

Sie tanzten weiter, und keiner von beiden sprach mehr über Angst.

Sie dachten nicht mehr an die Vergangenheit, nicht mehr an den Krieg oder das Meer, das sie umgab, und die Truppen, die bereit waren, ihre winzige Insel zu umzingeln.

Ihre Körper schmiegten sich aneinander: Alles passte so ausgezeichnet. Musik erfüllte den Garten, und die mit Lampions geschmückten Mauern sperrten den Rest der Welt aus.

Ein perfekter Kokon.

# 15. Kapitel

Als an diesem Novembermorgen im Cottage in Hampstead die Post eintraf, war Mae gerade damit beschäftigt, die Vorratskammer zu säubern. Über ihrem Tweetrock und Pullover trug sie eine Schürze, während sie den Inhalt des Schranks sorgfältig auf dem Boden abstellte: ein gehütetes Glas Marmelade, Papiertüten mit Falläpfeln, körnige Brühe und getrocknete Kräuter. Die Speisekammer war nicht sonderlich schmutzig und hatte, genauso wie der AGA-Herd, eine Reinigung eigentlich nicht wirklich nötig. Aber Mae brauchte Beschäftigung.

An der Haustür öffnete sich quietschend die Klappe des Postschlitzes, und das Husten des Briefträgers war zu hören. Dann folgte das Geräusch von Papier, das auf dem Boden landete, und Mae drehte sofort den Kopf in Richtung Eingang. Was auch immer gekommen sein mochte, sie bezweifelte, dass es sich um Post von Ivy handelte – die Briefe von ihrer Reise waren erst vor einer Woche angekommen, und es schien ihr eine übertriebene Hoffnung, dass so bald weitere Nachrichten von ihr eintreffen sollten. Dennoch machte ihr Herz wie gewohnt einen kleinen, erwartungsfrohen Sprung. Sie erhob sich und ging in die Diele, um nachzusehen.

Es war ein sonniger Morgen, und der Flur wurde von

klarem Novemberlicht erfüllt, das durch die matten Scheiben der Haustür fiel. Mae überlegte, später vielleicht einen Spaziergang zu Louises Grab zu machen, um ihr, bevor es dunkel wurde, Ivys Briefe vorzulesen. Jeden Tag brach nun der Abend früher herein. Immerhin hatten die Luftangriffe aufgehört. Die Deutschen waren zu sehr damit beschäftigt, Russland zu vernichten, als dass sie sich weiter um Großbritannien kümmerten. Zumindest im Moment.

Mae blieb vor der Haustür stehen. Auf der Fußmatte lag ein einziger Umschlag. Er trug den Poststempel der Grafschaft Devon. Die anderen beiden Papierstücke waren bloß Wurfsendungen: ein Flugblatt, auf dem stand, wie man das Beste aus dem rationierten Essen machte (die Überschrift lautete: *Of course I can*), und eine Nachricht vom Kirchen-Komitee, das um Spenden für die Weihnachts-Tombola bat. Dafür schien es ziemlich früh zu sein.

Mae hob den Briefumschlag auf. Beim Anblick der stark geneigten Handschrift, die ihre Adresse geschrieben hatte, stutzte sie. Irgendwo in ihrem Unterbewusstsein regte sich eine Erinnerung. Sie fuhr mit dem Zeigefinger unter der Lasche entlang, zog den Briefbogen heraus, und ihre Augen wanderten umgehend zur Unterschrift am Ende des Schreibens.

»Ist das zu fassen?«, sagte sie laut, und ihre Stimme füllte die sonnendurchflutete Diele. »Sally.«

Vollkommen verblüfft suchte sie Halt und lehnte sich gegen die Wand. Schnell überflog sie das Geschriebene. *Ich hoffe, es ist dir recht, dass ich Kontakt zu dir aufnehme.* Hoffte sie das tatsächlich? Mae war sich nicht sicher. *Als ich Lauries Brief erhalten habe (der bereits im Februar aufgegeben worden war – diese Post!) und erfuhr, dass du in England bist, konnte ich zunächst einfach nicht schreiben.* Natürlich konnte sie das nicht. Mae schüttelte ungläubig den Kopf, wieder konnte sie Sallys affektierte Stimme hören, die ihr förmlich vom Briefpapier ins Ohr drang. Sie sah sie vor ihrem inneren Auge in David Keeleys Salon und in der Kirche: Immer noch steckte diese dreißigjährige Frau in einer verschwitzten altmodischen Robe, und Scone-Krümel fielen ihr aus dem Mund.

Mae las weiter. Sally berichtete von Enkelkindern, der Trauer nach Rogers Tod, der offenbar kurz nachdem Mae Singapur verlassen hatte, gestorben war. *Malaria.* Mae fuhr fort und riss dann die Augen auf. *Ich werde im nächsten Jahr zur Hochzeit meiner Patentochter in London sein. Das Leben muss weitergehen, nicht wahr? Ich würde dich gern besuchen. Die Trauung findet am Nachmittag des 29. Mai in Highgate statt, also werde ich gegen 10 Uhr bei dir sein. Ich freue mich.*

Mae las die Zeilen noch einmal, um sicherzugehen, dass sie alles richtig verstanden hatte. Sally wollte kommen? Um sie zu sehen?

Bedächtig faltete sie den Briefbogen zusammen und versuchte zu ergründen, wie sie sich fühlte. Sie kam zu dem Schluss, dass sie mehr als alles andere neugierig war. Schockiert, ja auch, aber nicht gänzlich abgeneigt. Welchen wirklichen Schaden könnte dieser Besuch schon anrichten? Außerdem würde bis dahin noch viel Zeit vergehen. Sie schob den Brief zurück in den Umschlag und hob dann die Wurfsendungen von der Fußmatte auf.

Als sie sich vorbeugte, rutschte ihre Kette aus dem Halsausschnitt ihres Pullovers, und der Ring, den sie stets als Anhänger trug, fing das Sonnenlicht ein, sodass der

Saphir tausend blau leuchtende Sterne auf die Wände, die Decke und den Boden warf.

*Singapur, Frühling 1897*

Mae war nicht im Mindesten überrascht, als Harriet und Alex ihr erzählten, dass sie sich verlobt hatten. Sie hatte geahnt, es würde so kommen. Harriet hatte zuletzt viel zu sehr wie eine dieser glücklichen Debütantinnen damals in Indien gewirkt – stets atemlos lächelnd, weil mit einem Sergeant-Major verlobt –, sodass nichts anderes zu erwarten war. Und offensichtlich war, wie sehr Alex sie vergötterte: Täglich schickte er diese Geschenkkörbe und dann das Entzücken in seiner Stimme, wenn er jeden Abend zu Besuch kam. *Hallo, Harriet.* Und dann, kürzlich, als er mit diesem Riegel erschienen war, konnte Mae nicht anders, als die beiden zu belauschen, während er den Riegel anbrachte. Mae hatte ihr verfluchtes Puzzle fortgepackt, während sie mit zusammengebissenen Zähnen zuhörte und wünschte, das Haus wäre größer und die gefliesten Böden weniger hellhörig, sodass sie Harriet und Alex besser verstehen konnte.

»Ich weiß«, bemerkte er ironisch, »sehr romantisch.«

*Doch, das ist es,* hatte Mae beinah ausgerufen. *Und wie!*

Harriets Tür schloss sich daraufhin, und die beiden verschwanden in ihrem Zimmer. Danach war es unheimlich still im Haus, was noch schlimmer war als ihr Gespräch zuvor. Mae hatte sich vorgestellt, wie die beiden sich küssten, und ließ ihrer Fantasie freien Lauf. Als die beiden wieder die Treppe hinunterkamen, war Harriets Gesicht gerötet, und Alex hatte den Arm um sie gelegt. Mae war dermaßen verwirrt gewesen, wie exakt Harriets Körper sich an Alex' Seite fügte, und schämte sich für ihre Überlegung, ob wohl auch sie selbst so gut an diesen Platz passen würde – im nächsten Augenblick schon verachtete sie sich für diesen Gedanken –, sodass es einen Moment dauerte, bis sie den Ring an Harriets linker Hand entdeckte.

»Gratuliere!«, sagte sie dann, und für ihren eigenen Geschmack klang ihre Stimme hohl. Sie versuchte es noch einmal und zwang sich, nun erfreuter zu wirken. »Das sind wundervolle Neuigkeiten.« Auch dieser Versuch verlief nicht sehr erfolgreich.

Doch die beiden schienen es nicht zu bemerken.

Harriet meinte mit freudestrahlenden Augen, dass Mae bei ihnen leben sollte, sobald sie verheiratet wären, und dass sie und Alex dies bereits besprochen hätten. Alex sagte, ja, unbedingt, Mae, du musst zu uns ziehen. Von nun an sei es auch ihr Zuhause. Er ähnelte sehr einem Mann, dem die ganze Welt offenstand.

»Die Dinge werden sich ändern, Mae«, erklärte Harriet. »Ich verspreche es.«

Mae versuchte zu lächeln. Ihre Wangen hatten Mühe, das Lächeln zu halten. Bei den beiden wohnen? Als Alex' Schwägerin?

Sie konnte sich nicht vorstellen, wie das gehen sollte.

Wie sollte sie das ertragen?

Alex sagte, sie wollten gleich das Aufgebot bestellen. Mae beobachtete seine Lippen, während er sprach. Dann gab er Harriet einen Kuss auf den Kopf, als wäre es das Natürlichste der Welt.

»Was denkst du?«, fragte Harriet.

»Worüber?«, fragte Mae zurück.

»Mit uns zu leben«, meinte Harriet, und ihr Gesichtsausdruck war gleichzeitig besorgt und hoffnungsvoll.

Mae dachte, *sie möchte die Dinge zwischen uns wieder ins Lot bringen.*

*Ich wünschte so sehr, ich könnte es zulassen.*

»Also?«, ermunterte Harriet.

»Ja.« Mae gelang es, noch einmal zu lächeln. »Ja, das würde mir gefallen«, sagte sie und wunderte sich, dass sie nicht an ihrer eigenen Lüge erstickte.

Harriet lächelte nicht zurück. Plötzlich wirkte sie ein wenig traurig. Es war, als könnte sie jäh nachfühlen, was Mae bewegte: ihr Neid auf die Hochzeit. Wenn sie nicht sogar den Neid auf den Mann erahnte. (Bitte lass sie nichts von dem Mann ahnen.) »Du wirst damit glücklich sein, Mae«, meinte sie. »Versprochen.«

»Ich weiß«, entgegnete Mae. Eine weitere Lüge, weil sie keine andere Möglichkeit sah, als es auf diese Art zu versuchen. So ausgeschlossen es schien, jemals bei den beiden zu leben (sie stellte sich vor, wie sie alle in Alex' unbekanntem Zuhause wohnten: Harriet und Alex wünschten ihr jeden Abend gute Nacht und gingen in ihr Bett, und dann würden Babys auf die Welt kommen – die sich Mae derart verzweifelt wünschte, doch von denen sie mittlerweile wusste, dass sie sie nie bekommen würde), umso schwerer wäre es, zu bleiben, wo sie war, und als Davids Trostpreis Abend für Abend seinen Sherry zu trinken.

Sie fragte, wie David wohl auf die Neuigkeit reagieren werde.

»Nicht gut, nehme ich an«, sagte Alex, den das aber

nicht sonderlich zu kümmern schien. »Ich werde bleiben, bis er nach Hause kommt.«

Es dauerte noch viele Stunden, bis er spät erschien (der Regen: er hatte mittags begonnen und hörte nicht vor Sonnenuntergang auf). Die meiste Zeit des Tages saßen Harriet und Alex auf der überdachten Veranda und schauten zu, wie der Regen fiel. Mae gab vor, einen Mittagsschlaf machen zu wollen, und verschwand in ihrem Zimmer. Dort schloss sie trotz der Hitze das Fenster, denn sie fühlte sich nicht imstande, den beiden beim Schmieden von Plänen und ihrem Glück zuzuhören. Sie wünschte, es wäre nicht so.

Sie war sich nicht sicher, was sie von diesem ganzen Tag halten sollte. Sie hatte nicht geschlafen, so viel war klar, als sie erschöpft, sehr durstig und in den schweren Petticoats und dem Korsett schweißgebadet hörte, wie Ling unten in der Küche mit den Töpfen klapperte, da Zeit für das Abendessen war. Ein weiteres Essen. Ein weiterer Tag vorbei.

*Vorbei.*

Mühsam erhob sie sich vom Bett. Dann erblickte sie im Spiegel ihr Bild und war überrascht, dass sie wie immer aussah, auch wenn sie sich ganz anders fühlte. Dieselben Augen, dieselbe Haut, die allerdings fleckig von der Hitze war, und von den Tränen. Überrascht erkannte Mae, dass sie geweint haben musste.

Das war ihr nicht bewusst gewesen.

Sie betrachtete weiter ihr Spiegelbild. Sie sah das schwarze Haar und dachte, *das gleiche Haar wie Harriets.* Es hatte die gleiche Farbe und war genauso dick. Und bei Feuchtigkeit kräuselte es sich ebenso. Bislang hatte sie sich kaum mit der Ähnlichkeit zu Harriet befasst – sie wusste,

Harriet ging es nicht anders (es gab immer genug andere, die das für sie beide erledigten) –, doch an diesem Abend traf sie diese Beobachtung schonungslos. Ihre Haut war Harriets Haut. Ihre Augen waren Harriets Augen. Sie waren gleich, alle beide. Genau gleich.

Bis auf die Tatsache, dass sie eben nicht exakt gleich waren. Denn Harriet war glücklich. Und sie, Mae, war es nicht.

»Und du verdienst auch kein Glück.« Sie flüsterte diese Worte, bevor sie auch nur merkte, dass sie sie gedacht hatte. Daraufhin blickte sie in den Spiegel und sah, dass ihr eine weitere Träne über die Wange lief.

In diesem Augenblick kam David nach Hause. Alex und Harriet traten gemeinsam mit ihm durch die Eingangstür. Bei dem plötzlichen Stimmengewirr, das aus der Diele nach oben drang, schreckte Mae auf. Er kam ihr vor, als sei sie aus einer tiefen Trance erwacht.

»Dazu werde ich nicht meine Einwilligung geben«, sagte David.

»Darum bitten wir auch nicht«, erwiderte Alex. Seine warme Stimme war so viel angenehmer als Davids näselnder Tonfall.

»Das könnt ihr nicht.«

»Natürlich können wir«, entgegnete Alex.

»Und Mae wird mit uns gehen.« Das kam von Harriet. »Denk nicht mal daran, sie hierzubehalten.«

»Ich will sie gar nicht.«

Daraufhin hielt sich Mae die Ohren zu, wie sie es als Kind immer beim Diwali-Feuerwerk getan hatte.

Doch als sie durch die Erschütterung der Wände spürte, dass die Haustür ins Schloss geworfen wurde, wusste sie, Alex und Harriet waren fortgegangen.

Sie hatten ihr nicht gesagt, dass sie gehen würden. Sie hatten nicht einmal auf Wiedersehen gesagt.

Mae ließ sich wieder auf ihr Bett fallen und begann erneut zu schluchzen.

An diesem Abend trank sie zum Dinner zu viel Sherry. Mehr als die zwei Gläser, die sie sich zuvor als Grenze gesetzt hatte. David bot ihr nicht an nachzuschenken – er gab keinen Ton von sich –, stattdessen bediente sie sich selbst von dem Sideboard, das neben der Tür zum Esszimmer eingequetscht stand. Der klebrige Drink war der einzige Ausweg, um sie abzulenken, von ihrem Kummer, von David, der ihr in stillem Schockzustand gegenübersaß, davon, wie wenig sie beide imstande waren zu essen, und von der Erinnerung an die beleidigende Art, als er vorhin gesagt hatte: *Ich will sie gar nicht.*

Nachdem David schließlich seinen Teller mit dem Plattfisch stehen ließ, seinen Stuhl geräuschvoll zurückschob und mit gesenktem Kopf in sein Arbeitszimmer ging, kommentierte Mae das mit keinem Wort. Er blieb kurz an der Tür stehen, warf einen Blick auf das Sideboard, streckte die Hand aus und nahm die Brandy-Flasche. Sie war beinah noch voll, weil er sie sonst kaum anrührte. Der Sherry hingegen war fast zur Hälfte ausgetrunken. Es war, als erweise David ihr ein wenig Barmherzigkeit.

Mae trank daraufhin noch mehr Sherry. Sie war durstig. Den ganzen Tag über hatte sie wenig Wasser zu sich genommen.

Sie trug die Sherry-Karaffe in den Salon und goss sich ein weiteres Glas ein. Eine einsame Ölleuchte beleuchtete den Raum, Kerzen brannten keine, sodass es im Zimmer beinah dunkel war. Normalerweise hätte Mae etwas dagegen unternommen. Wenn Harriet in den vergangenen Wochen ausgegangen und David in seinem Büro Abend für Abend tat, was auch immer es war, hatte sich Mae eine neue Gewohnheit zugelegt. Nach dem Dinner begab sie sich in den Salon und machte es sich dort so gemütlich wie nur möglich. Sie zündete Kerzen an und mehrere Leuchten, widmete sich dann ihrem Puzzle und weigerte sich, über die Stille nachzudenken, und ihre eigene Leere. Doch an diesem Abend gab es kein Puzzle (sie gab zuerst Sally dafür die Schuld, dann aber bemerkte sie, wie absurd das war), und sie wusste sofort, sie war nicht in der Lage, all die Gedanken abzustellen, darum ließ sie den Salon so düster, wie er war. Was machte es schon aus?

Sie ließ sich in einen Sessel fallen und zerrte am Kragen ihres Kleids. Die Luft war feucht. Der Abend dermaßen heiß. Es war immer derart heiß. Sie konnte es nicht ertragen.

Wo mochten Harriet und Alex jetzt wohl sein?

Über was sprachen sie? Was taten sie?

Sie trank weiter.

An der gegenüberliegenden Wand tickte eine Uhr. Die Minuten vergingen.

Ihr Kopf schien mittlerweile zu schweben. Das war kein völlig unangenehmes Gefühl. Wenn Harriet hier wäre, würde sie vielleicht mit ihr darüber lachen.

Aber Harriet war nicht da. Das war sie nie. Sie war schließlich damit beschäftigt, glücklich zu sein. Mit diesem Gesicht, das dem von Mae so sehr glich, nur dass alle Harriets Anblick lieber mochten.

Ein weiterer Drink.

Sie schielte zur Uhr hinüber, konnte aber auf einmal

nicht mehr die Bedeutung der Zeiger erkennen. Es war entweder zehn vor zwölf oder zehn Uhr. Sie starrte auf das Ziffernblatt und wartete, dass sich die Zeiger bewegten, damit sie Klarheit bekam. Doch ihre Lider fielen zu, bevor das geschah.

Sie wusste, sie sollte besser zu Bett gehen. Das Gefühl war nicht mehr angenehm, sondern ihr war übel. Der Sherry hatte einen klebrigen Film auf ihren Zähnen und ihrer Zunge hinterlassen. Sie wünschte, es gäbe etwas Wasser zu trinken. Wenn sie doch nur die Energie aufbringen könnte, sich zu bewegen.

Doch stattdessen drifteten ihre Gedanken in dem schäbigen, stickigen Zimmer dahin.

»Was machst du hier?«

Davids Stimme schreckte sie auf. Schlagartig öffnete sie die Augen. War sie etwa eingeschlafen?

David stand im Türrahmen gegenüber, und Mae hatte Mühe, ihre Augen scharfzustellen. Er hielt die Brandy-Flasche in der Hand. Darin befand sich wesentlich weniger als zuvor.

»Du solltest längst im Bett sein«, sagte er, »es ist fast Mitternacht.«

Er sprach undeutlich. Oder stimmte etwas mit ihren Ohren nicht?

Was stimmte nicht mit ihr?

»Was stimmt nicht mit mir?«, fragte sie laut und gab nach all den Wochen dem Bedürfnis nach, es endlich zu erfahren. Sie sprang auf, und als sie spürte, dass sich der Boden unter ihren Füßen bewegte, griff sie schnell nach der Lehne des Sessels, um ihr Gleichgewicht zu halten. »Was stimmt nicht mit mir?«, wiederholte sie dann.

David antwortete nicht.

Sie schwankte unsicher auf den Fliesen auf David zu.

»Warum hast du dich für sie entschieden?«, fragte sie und verabscheute sich selbst für die Frage. »Was habe ich falsch gemacht?« Sie weinte. Erneut.

»Geh ins Bett«, kommandierte er.

»Nicht bevor du es mir nicht erklärt hast«, gab sie zurück und stand nun direkt vor ihm. Er, ebenfalls merklich betrunken, machte einen Schritt rückwärts und stolperte über die eigenen Füße. »Du bist verärgert, nicht wahr?«, sagte sie. »Weil du sie nicht haben kannst.«

»Hör auf.«

»Doch mich wolltest du nie. Und ich sehe genauso aus wie sie. Wir sind gleich …«

»Seid ihr nicht.«

»Also warum?« Sie schluchzte und hatte nun sämtliche Kontrolle über sich verloren. »Was stimmt nicht mir?«

»Du bist nicht Harriet«, meinte er, als ob das nicht offensichtlich sei und als ob er es am liebsten ändern würde, wenn er nur könnte.

Hatte er etwa auch Tränen in den Augen?

»Ich sehe genauso aus«, sagte sie erneut, »genau gleich.« Sie hob die Hände, und obwohl ihr kaum bewusst war, was sie tat, legte sie die Fingerspitzen an sein Gesicht. »Oder nicht?«

Er blickte sie wild, beinah panisch, an.

Sie ließ die Hände sinken. Er wollte sie nicht. Nicht sie. Es hätte nicht klarer sein können. Sie wollte sich gerade abwenden.

Doch dann geschah etwas Seltsames.

Er stürzte zu ihr her und küsste sie.

Ihr Körper erstarrte. Aber seine Arme umschlossen sie fest. Sein Atem ging schwer und schnell. »Harriet«, raunte er, »Harriet.«

»Ich bin Mae«, versuchte sie zu sagen, während seine Lippen über ihre fuhren.

Er zog sie enger an sich. Es war so lange her, dass sie jemand berührt hatte. Sie wusste, sie sollte ihn eigentlich von sich stoßen, weil er ja gar nicht mit ihr zusammen war. Aber aus irgendwelchen Gründen unternahm sie nichts.

Sie ließ ihn gewähren.

Er küsste sie heftiger, sein Mund strich ihren Hals hinab zu der feuchten Haut ihres Brustansatzes, und seine Hände zogen an dem verschwitzen Ausschnitt ihres Kleides, rissen ihn hinunter.

»Harriet«, sagte er.

»Mae«, sagte sie. »Mae.«

Ihr Kopf schleuderte herum, und plötzlich stand sie nicht mehr, sondern lag auf dem Boden. Und er befand sich über ihr und schob grunzend ihre Röcke hoch. Was geschah hier? Sie wusste nicht, was geschah. Es ging alles so schnell.

Sie spürte, wie seine Füße gegen ihre Waden traten, um ihre Beine zu spreizen. Er presste den Mund fest auf ihren. *Harriet.*

Sie war nicht in der Lage, irgendetwas zu erwidern. Warum sagte sie rein gar nichts?

Er zog seine Hose herunter und zerrte an ihrer Unterwäsche. Und dann ein plötzlicher Schmerz. Sie rang nach Luft.

Und da begriff sie, was gerade geschah.

*Liebe machen,* so nannten die anderen Mädels das, wenn

sie sich damals in Simla flüsternd darüber unterhalten hatten.

Davids hektische Stöße fühlten sich Maes Ansicht nach allerdings nicht allzu sehr nach Liebe an.

Nicht im Geringsten.

Als sie am nächsten Morgen erwachte, entdeckte sie getrocknetes Blut auf ihrem Oberschenkel. Und zudem eine andere klebrige Substanz. Der Anblick führte dazu, dass Mae die Reste des Sherrys, den sie gestern Abend getrunken hatte, in die Bettpfanne auf dem Boden spuckte.

Sie verließ das Bett nicht. Selbst wenn ihr Kopf nicht dermaßen zu zerspringen gedroht hätte, wie er es tat, wäre sie nicht dazu in der Lage gewesen. Alles tat ihr weh, ihr Bauch schmerzte, und sie war zutiefst beschämt. Wenn sie die Augen schloss, fühlte sie, wie David sich auf ihr bewegte und hörte sein schweres Keuchen.

*Harriet.*

Erneut musste sie würgen. Ihr Magen krampfte sich qualvoll zusammen, sie schmeckte die Gallenflüssigkeit, und dann weinte sie. Sie wusste nicht mehr, ob sie, seit sie gestern Nacht damit begonnen hatte, je aufgehört hatte. Sie schien unfähig, all die Tränen aufzuhalten, und ihr Körper zitterte unkontrollierbar. Was hatte sie getan? Was hatte sie nur *getan*?

Harriet trat ins Zimmer. »Möchtest du, dass ich den Arzt hole?«, fragte sie. Sie beugte sich über Maes Bett, und das Moskitonetz verfing sich an ihrer Schulter. Sie sah besorgt aus. Sie dachte, Mae sei krank. Als Harriet gestern Nacht von ihrem Dinner mit Alex zurückgekehrt war und Mae in ihrem Zimmer weinen hörte, hatte sie nach ihr gesehen. Mae hatte gesagt, sie sei krank. Harriet hatte von dort, wo sie und Alex zu Abend gegessen hatten, Papaya mitgebracht und stellte das Obst auf den Sekretär. »Falls du hungrig bist. Ich weiß ja, wie gern du Papaya magst. Es tut mir leid, dass wir uns nicht verabschiedet haben, als wir gegangen sind. Ich war so aufgebracht …« Daraufhin hatte Mae sich erbrochen. Harriet hielt Maes Haar zurück und redete beruhigend auf sie ein. Danach meinte sie: »Ich hole dir etwas Wasser«.

»Dafür ist es zu spät«, hatte Mae geantwortet.

Harriet hatte nicht verstanden, was sie damit gemeint hatte. Mae hatte nichts erklärt, doch in dem Moment angefangen zu schluchzen.

Nun schaute sie zu Harriet auf und erklärte ihr, sie benötige keinen Arzt. »Ich werde mich sicher besser fühlen, wenn ich mich etwas ausruhe.« Sie war sich überhaupt nicht sicher.

Genauso wenig wie Harriet, die die Stirn runzelte. »Lass uns sehen, wie es dir in ein paar Stunden geht«, sagte sie.

Nach diesem Gespräch schaute sie regelmäßig nach Mae, brachte ihr immer frisches Wasser und bot ihr etwas zu essen an, alles, was Mae vielleicht mögen würde. Es schien unglaublich, dass sie sich derart kümmerte, nachdem Mae sie all die Wochen nicht beachtet hatte. Mae wusste, sie verdiente Harriets Aufmerksamkeit nicht. Doch wann immer sie zu ihr kam, verblasste die Erinnerung daran, wie Davids Körper heftig in ihren stieß, und sie erholte sich für wenige wohltuende Minuten. Mae fühlte sich in diesen Momenten nicht allein.

Am Spätnachmittag ließ die Übelkeit nach. Sie schaffte es, an dem Brot zu knabbern, das Harriet gebracht hatte.

Harriet setzte sich zu ihr auf die Bettkante und betrachtete sie.

»Eine Banane hilft vielleicht«, schlug sie zaghaft vor.

Beide wussten, diese Banane würde, wie das Brot vorhin auch, aus einem der Geschenkkörbe von Alex stammen, und Mae hatte nie zuvor etwas von dem gegessen, das er geschickt hatte.

»Ja«, meinte Mae, »vielleicht«. Da stellte sie fest, wie viel schöner – wie viel leichter – es sich anfühlte, Freundlichkeit anzunehmen, statt sie abzulehnen. Und sie spürte, wie ihre Augen sich erneut mit Tränen füllten.

»Oh Mae. Nein, nein.« Traurig schüttelte Harriet den Kopf. »Bitte hör auf.« Sie beugte sich vor, umfasste Maes Schultern und zog sie von ihrem erhitzten Kopfkissen hoch. Ein peinlicher Moment, aber Mae ließ es geschehen, dass Harriet sie in die Arme nahm und legte ihre Arme gleichfalls um den Hals ihrer Schwester. Mae hatte keine Ahnung, wie oft in ihrem Leben sie sich gegenseitig so gehalten hatten. »Hat es wirklich bloß damit zu tun, dass dir schlecht war?«, fragte Harriet. »Ich mache mir Sorgen, dass etwas passiert ist.«

Mae schluchzte weiter. Sie fragte sich, wie es sich wohl anfühlen würde, Harriet alles zu erzählen: all die Verbitterung zuzugeben, die sie ihr gegenüber empfunden hatte, wie verzweifelt sie darauf gehofft hatte, dass ihre Affäre mit Alex vorüber sei und ihr von der fürchterlichen Sache zu erzählen, die sie und David vergangene Nacht getan hatten. Es wäre eine Befreiung, all das einzugestehen. Und sie war so kurz davor.

Doch dann legte sie den Kopf in den Nacken und blickte ihrer Schwester ins Gesicht. Sie sah Harriets Besorgnis, und ihr wurde klar, dass sie nichts sagen würde. Denn sie hatte Harriet zurück an ihrer Seite, sie brauchte sie. Warum sollte sie riskieren, sie wieder zu verlieren?

»Nichts ist passiert«, erklärte Mae, »ich schwöre.« Und dann fuhr sie fort: »Harriet, es tut mir so leid, wie ich mich aufgeführt habe.«

Harriet streckte die Hand aus und strich Mae sanft das verschwitzte Haar aus der Stirn. Ihre Hand war angenehm kühl. »Alles in Ordnung«, entgegnete sie.

»Nein, ist es nicht.«

»Doch. Komm her.«

Mae lehnte ihren Kopf an Harriets Schulter.

»Bald werden wir all das hier hinter uns lassen«, sagte Harriet mitfühlend. »Wir werden vergessen, dass wir je hier gelebt haben.«

Würden sie das? Harriet vielleicht. Mae war sich nicht sicher, wie sie das jetzt noch konnte. Doch nichtsdestoweniger nickte sie zustimmend und war froh, dass Harriet ihren Gesichtsausdruck nicht sehen konnte.

*

An diesem Abend ging Harriet nicht mit Alex aus. Zum ersten Mal, seit sie ihn kennengelernt hatte, blieb sie zu Hause. Mae hörte, dass die beiden an der Haustür flüsterten, dann kam Harriet zurück zu ihr nach oben.

»Er holt uns etwas zum Abendessen«, meinte sie. »Er wird bald zurück sein.«

Er blieb nicht, sondern richtete über Harriet seine besten Genesungswünsche aus, dann ließ er die Schwestern mit der Suppe allein.

Harriet brachte sie Mae auf einem Tablett. Sie erzählte

ihr, dass David aus dem Büro nach Hause gekommen sei und nun allein esse. »Auch er wirkt ein bisschen krank«, sagte sie und lachte kurz auf.

Mae stimmte nicht in das Lachen mit ein.

Harriet setzte das Tablett auf Maes Schoß ab, setzte sich zu ihr, und sie aßen gemeinsam. Harriet blieb den ganzen Abend bei ihr. Sie erzählte von Alex' Haus und dass er sie nach dem gestrigen Dinner zum ersten Mal mitgenommen hatte, um es ihr zu zeigen. »Es ist wundervoll«, schwärmte sie, und ihr Tonfall hatte etwas Verträumtes. »Ganz oben auf dem Hügel. Dort gibt es nichts anderes. Du wirst es dort lieben.«

»Ihr wart dort allein?«, fragte Mae.

Hatten sie etwa …?

Aber bevor Mae die Frage in Gedanken auch nur vervollständigen konnte, entgegnete Harriet: »Wir waren ganz anständig, ich schwöre. Die Dienstboten waren schließlich anwesend.« Sie wurde sofort rot und ergänzte schnell: »Wir wollen warten.«

Mae nickte und hielt den Blick stur auf die leeren Suppenteller gerichtet. Denn bei der Erinnerung an Davids Keuchen, sein Gewicht auf ihr und den Schmerz wurde sie selbst feuerrot. Würde Alex Harriet auch so behandeln? Waren alle Männer gleich?

Sie hörten, wie David unten in sein Arbeitszimmer ging. Weder Harriet noch Mae sagten ein Wort. Beide ignorierten die Tatsache, dass er da war.

Harriet brachte das Tablett in die Küche, kam danach direkt zurück zu Mae, setzte sich wieder neben sie und legte sich dicht zu ihr auf das schmale Bett. »Du wirkst müde«, sagte sie dann.

»Ich glaube, das bin ich auch«, antwortete Mae.

»Schließ die Augen«, ermunterte Harriet sie sanft.

Mae folgte ihrer Anweisung. Obwohl sie sicher war, dass sie nicht imstande war zu schlafen, schlief sie ein. Und zum ersten Mal seit Kindertagen blieb Harriet die ganze Nacht bei ihr und lag zusammengerollt an ihrer Seite.

*

Mae verbrachte zwei weitere Tage im Bett, bevor sie sich überwinden konnte, David zu begegnen. Sie erklärte Harriet, sie sei zu schwach, um sich zu bewegen. Harriet brachte ihr die Mahlzeiten und verbrachte etwas Zeit bei ihr, damit sie sich miteinander unterhalten konnten. Beinah fühlte es sich an, als hätte zwischen den beiden niemals eine Distanz geherrscht. Doch sie war nach wie vor da: ein nagender Zweifel, der einen kleinen Schatten warf. Allerdings war das nicht alles. Ganz und gar nicht. Denn Mae gelang es sogar zu fragen, ob Harriet und Alex sich bereits auf das Datum ihrer Hochzeit verständigt hätten (in sieben Wochen, der Pfarrer hatte den beiden versichert, das sei der früheste Termin, aber Harriet hatte David im Verdacht, ein Wörtchen mitgeredet zu haben, dennoch würde zu dem Zeitpunkt immerhin Laurie wieder zu Hause sein) und ob Harriet sich schon freute, Sally davon zu berichten. »Ja«, meinte Harriet, und ihre Augen funkelten vorfreudig. »Du darfst gern dabei sein, wenn du möchtest.« Mae erwiderte, dass ihr das sehr gefallen würde.

Als Mae am dritten Tag genug Mut gesammelt hatte, um zum Frühstück nach unten zu gehen, entnahm sie Davids starrem Gesichtsausdruck, dass er sich vor der Begegnung mit ihr genauso gefürchtet hatte wie sie.

Solange Harriet im Raum war, sprach er mit Mae kein Wort. Aber als Harriet das Zimmer verließ und ins Badezimmer ging, lehnte er sich quer über den Tisch und sagte so leise, dass keinerlei Risiko bestand, es könnte ihn noch jemand anderes hören außer Mae: »Ich werde dich nicht heiraten. Ich hoffe, du bist nicht davon ausgegangen.«

»Natürlich habe ich das nicht angenommen«, entgegnete Mae, ebenfalls flüsternd. Der Gedanke war ihr nicht ein einziges Mal in den Sinn gekommen. »Ich will dich überhaupt nicht.«

»Gut«, meinte er. »Denn ich kann nicht.«

Mae warf ihm einen angewiderten Blick zu, und weil sie es keinen einzigen Moment länger aushielt, im selben Raum wie er zu sein (jedes Mal, wenn sie ihn betrachtete, sah sie sein puterrotes Gesicht über ihr. *Harriet*), erhob sie sich und ging hinaus. Sie ließ nicht zu, sich von seiner Gefühlskälte verletzt zu fühlen. Und sie beschloss auf der Stelle, sich von nun an überhaupt nie wieder von ihm verletzen zu lassen. Davon hatte sie endgültig genug.

In den folgenden vier Wochen ging sie David genauso beflissen aus dem Weg wie zuvor Harriet. Jeden Morgen blieb sie so lange in ihrem Zimmer, bis er ins Büro verschwand (oder an regnerischen Tagen in sein Arbeitszimmer), und kam dann erst nach unten, um gemeinsam mit Harriet zu frühstücken: Und zwar Alex' Frühstücksgaben – sie rührte nie wieder Zwieback an. (Mae konnte Harriet vom Gesicht ablesen, wie glücklich sie war, dass ihr Mae half, die Geschenkkörbe zu leeren. Ling allerdings war weniger froh.) Abends, bevor David von der Arbeit kam, zog sich Mae gut an und ging mit Harriet und Alex zum Dinner. Sie nahmen sie in die Restaurants mit, die sie selbst furchtbar gern besuchten, und auch in die Gegend mit den Straßenhändlern. Mae trank Bier aus der Flasche und stellte fest, dass dies sehr viel erfrischender als Sherry war. Sie musste rülpsen und brachte damit die beiden zum Lachen. Unwillkürlich musste sie mitlachen. Es war herrlich zu lachen.

Eines Abends fuhren sie zu dritt zu Alex' Haus oben in Bukit Chandu. Vollkommen sprachlos bewunderte Mae die Schönheit: die polierten Holzböden, die hohen Decken und die breiten Fenster mit den Fensterläden, der Duft der Bäume und die Öllampen mit Zitronella, die seine Haushälterin angezündet hatte, um die Insekten zu vertreiben. Alex und Harriet zeigten ihr, wo Mae wohnen würde: ein angenehmes, großzügiges Zimmer auf der ihren Räumen gegenüberliegenden Seite des Hauses.

Mae wurde klar, wie viel Privatsphäre und wie viel Seelenfrieden sie dort haben würde. Irgendwie hatte sie sich zuvor ausgemalt, dass sie in einem Haus wie Davids leben würden, aber das würde nicht der Fall sein. Hier war alles leichter, viel leichter. Ihre Gefühle für Alex waren unverändert (jedes Mal, wenn sie ihn anschaute, machte ihr Herz einen Hüpfer; und da war die glühende Röte auf ihren Wangen, immer wenn er Harriet anblickte), aber sie begann zu glauben, sie könnte lernen, damit umzugehen, dass er ihre Schwester liebte. Oder immerhin lernen, dass es ihr nicht so viel ausmachte.

Im Laufe der Zeit verblasste die Erinnerung an die schmutzigen Minuten mit David. Sie stellte fest, die Gedanken daran oder an den Geruch seines ekelerregenden Brandyatems, während er Harriets Namen grunzte, beschäftigten sie nicht mehr derart oft.

Aber dann war ihre Periode erst eine, dann zwei Wochen zu spät. Ihre Brüste begannen empfindlicher zu werden, und ihr wurde immer häufiger übel. Sie wusste, was das bedeutete: Damals in Simla hatte ihnen eines der Mädchen, die Tochter eines Arztes, erklärt, wie das alles zusammenhing.

Mae sprach nicht darüber. Jedes Mal, wenn sie sich bewusst machte, was in ihrem Bauch vor sich ging, erstarrte sie vor Angst. Sie dachte andauernd an ihre Mutter und wie sie sich gefühlt haben musste. Zum ersten Mal im Leben bemitleidete Mae sie. Und nun befand sie sich in exakt derselben Situation, die sie ihrer Mutter stets vorgeworfen hatte. Sie konnte es nicht ertragen. Und sie wollte kein Kind von David. Sie wollte *ihn* nicht. Es schien ihr völlig unvorstellbar, dass sie ihn je gewollt hatte. Sie verachtete ihn zutiefst. Und gerade jetzt, da sie endlich eine andere Zukunft in Aussicht gestellt bekam – eine gute Perspektive, davon war sie immer mehr überzeugt –, würde sie trotz allem David heiraten müssen.

Das schien nicht gerecht. Es *war* nicht gerecht. Sie war nicht einmal in der Lage, auch nur zu versuchen, das Ganze zu akzeptieren.

Jeden Morgen wartete sie auf das Einsetzen der wohlbekannten Krämpfe und hoffte, entgegen aller Hoffnung. Aber nichts geschah. Nichts passierte. Ihre Furcht wuchs, bis sie letztendlich wusste, sie würde David davon erzählen müssen.

An einem Donnerstagabend war es schließlich so weit: sechs Wochen nach diesem alkoholgetränkten Zwischenspiel, mit dem alles begonnen hatte. Am darauffolgenden Freitag sollte in der Residenz des Gouverneurs ein Tanz in den Mai stattfinden. Jeder würde dort sein – sogar Laurie, der zurück von seinem Einsatz auf See war. Mae nahm an, dass David dort ihre Verlobung verkünden konnte. Und letztlich war er damit in der Lage, sein Erbe zu sichern. Am Morgen erst war ein Brief von Mr Palmers Anwalt eingetroffen, in dem man sich erkundigte, wie sich die Dinge *entwickelten*. David hatte Harriet davon am Frühstückstisch berichtet. Mr Palmers Krankheit zehrte unaufhaltsam an ihm, sagte David, und der Anwalt forderte Neuigkeiten. »Dann schreib ihm von den Neuigkeiten«, hatte Harriet kühl erwidert. »Ich möchte nichts verheimlichen. Innerhalb dieses Monats werden Mae und ich fort sein.« (*Tatsächlich?*, hatte Mae daraufhin gedacht. *Tatsächlich?*)

Mit zittrigen Knien klopfte Mae an die Tür von Davids Arbeitszimmer. Außer ihnen beiden war niemand im Haus. Ling besuchte ihre Mutter, und Harriet war mit Alex und Laurie unterwegs. Um nicht mit den dreien ausgehen zu müssen, hatte Mae vorgegeben, zu müde zu sein. Was der Wahrheit entsprach. Sie war die ganze Zeit erschöpft.

»Herein«, rief David. »Oh«, sagte er, als er Mae sah, »du bist es.«

Wer sonst hätte es denn sein können?

Maes Mund war trocken, und sie schluckte schwer. Ihre Nerven flatterten. Sie wusste, wenn sie jetzt nichts sagte, würde sie es nie tun, darum atmete sie ein einziges Mal flach ein, und irgendwie gelang es ihr, ihre Stimme zu lösen. »Ich erwarte ein Baby«, sagte sie kurz und bündig. Wieder holte sie Luft. »Dein Baby.« Ihr schlug das Herz zum Hals heraus. Geschafft.

Aber David starrte bloß ungläubig geradeaus.

Sie ballte die Hände zu Fäusten und wartete auf seine Reaktion. Er jedoch senkte bloß den Blick auf die Papiere auf dem Schreibtisch. Seine Augen schossen von rechts nach links, als suchte er in Gedanken nach dem Sinn des Gesagten. Sie schwitzte. Sie spürte die Schweißperlen auf der Haut, auf ihrer Brust und unter den Armen.

»Ich werde dich nicht heiraten«, sagte er und wiederholte damit seine Worte von vor ein paar Wochen.

Nun starrte Mae ungläubig vor sich hin.

»Wie bitte?«, fragte sie.

Erneut wiederholte er den Satz.

»Aber du musst«, meinte sie.

Er schüttelte unnachgiebig den Kopf, und Mae geriet heftiger in Panik.

Das konnte nicht sein Ernst sein.

Sie sagte, das könnte er nicht tun.

Er versicherte ihr, dass er es genau so meinte. Nach wie vor hielt er den Kopf nach unten gerichtet.

»Ich bekomme ein Kind«, betonte sie. »Dein Kind.« Das durfte doch wohl nicht wahr sein. »Du musst mich heiraten.« Sie machte einen Schritt auf ihn zu. »David …«

Er hob die Hände, um sie zum Schweigen zu bringen. Den Kopf noch immer gesenkt, machte er eine angestrengt konzentrierte Miene. Seine Lippen bewegten sich, er führte ein stummes Gespräch mit sich selbst. Mae erkannte, er fasste einen Plan, suchte für sich nach einem Ausweg aus der Situation, aber sie hatte keine Ahnung, was er vorhatte, und das jagte ihr eine schreckliche Angst ein.

»David«, begann sie erneut, »bitte, du musst den Sinn meiner Worte erkennen …«

»Sinn?«, entgegnete er und schien zu lächeln. »Ja, ich glaube, das tue ich.«

»Was meinst du damit?«, fragte sie und bemerkte, wie ihre Stimme bebte.

Tatsächlich lächelte er nun und hob schließlich den Kopf. Schockiert bemerkte Mae, dass in seinen Augen so etwas wie Triumph lag. Ein neuer Schreck ließ sie erschaudern.

»Ich werde dich nicht heiraten«, sagte er abermals.

»Doch«, beharrte sie verzweifelt. »Du musst.«

»Nein«, erwiderte er. »Ganz und gar nicht.« Er hielt inne, und sein Lächeln wurde noch breiter. »Wir werden Folgendes tun …«

# 16. Kapitel

*Wir werden Folgendes tun …*

Diese Worte gingen Mae die ganze Nacht durch den Kopf. Die und alles andere, was David danach gesagt hatte.

War er verrückt? Er hatte nicht verrückt ausgesehen. Nur aufgeregt (zumindest für seine Verhältnisse: leuchtende Augen verliehen seiner sonst so passiven Miene Energie).

»Du brauchst nicht so fröhlich dreinzublicken«, hatte sie mit vor Ekel und Furcht zitternder Stimme gesagt. »Du kannst das alles doch nicht für machbar halten.«

»Warum nicht?«

»Weil ich es nicht tun kann.«

Sie konnte das nicht. Sie konnte es keinesfalls. Stellte er sich tatsächlich vor, dass sie es könnte?

»Welche Wahl bleibt dir?«, hatte er gefragt.

Auch darauf hatte sie keine Antwort gewusst.

Die hatte sie auch jetzt, Stunden später, nicht. Sie lag mit brennenden Augen und starr vor Angst da, während die aufgehende Sonne erst rosarot, dann golden durch die Ritzen ihrer Fensterläden schien. Sie legte eine Hand auf ihren Bauch. Es schien immer noch unmöglich, dass dort ein Leben heranwuchs, auch wenn sie wusste, dass es so war.

*Ich werde dich nicht heiraten.*

Jemand musste es doch tun. Was würde denn sonst mit ihr passieren? Sie konnte sich nicht in ihre Mutter verwandeln. Es war in all den Jahren schon schlimm genug gewesen, ihre Tochter zu sein. Die Kränkungen, das Getuschel … Mehr davon konnte sie nicht ertragen. Und es würde noch schlimmer werden. Sie sah sich mit rundem Bauch, dann mit einem Baby im Arm, ganz allein, und sie merkte, wie ihr Herz vor Angst schneller schlug. Niemand würde etwas mit ihr zu tun haben wollen. Für den Rest ihres Lebens würde man sie ignorieren, wenn nicht hassen. Und ihr Kind genauso.

Es klopfte an ihrer Tür. Harriet steckte den Kopf herein. »Wie hast du geschlafen?«, fragte sie.

»Gut«, log Mae. Sie wollte nicht, dass Harriet sich Sorgen machte oder ihr Fragen stellte. Mit Mühe konnte sie ihr in die Augen schauen, wenn sie daran dachte, was David geplant hatte.

»Du siehst blass aus«, sagte Harriet. »Hast du Lust, auf den Ball heute Abend zu gehen?«

»Ich weiß nicht«, sagte Mae.

Sie dachte: *Wenn ich nicht hingehe, kann ich es nicht tun.*

Und gleich danach: *Aber wenn ich es nicht tue, was bleibt mir dann?*

»Wahrscheinlich«, sagte sie und schämte sich sogleich.

»Du wirkst gar nicht wie du selbst«, sagte Harriet. »Ich hoffe, es ist nicht wieder das, was du letzten Monat hattest. Bist du dir sicher, dass ich nicht doch den Arzt rufen soll?«

»Nein«, sagte Mae. Ihre Antwort kam zu laut und zu

schnell. Es lag an der Vorstellung, ein Arzt könnte sie untersuchen.

Harriet sah sie befremdet an. »Na gut.«

»Es wird mir bald besser gehen«, sagte Mae in ruhigerem Ton. »Wirklich.« Sie zwang sich zu einem Lächeln. »Hattest du gestern einen schönen Abend?«, fragte sie, um das Thema zu wechseln.

Harriets Ausdruck wurde weicher, sofort war sie abgelenkt, wie Mae schon im Voraus gewusst hatte. »Ja«, sagte sie und sah so glücklich aus, dass Mae, der wieder David in den Sinn kam, bei dem Gedanken an das, was er von ihr erwartete, zusammenfuhr.

*Das kannst du nicht tun,* sagte sie zu sich. *Das kannst du ihr nicht antun.*

Harriet erzählte, wie nett es gewesen war, Laurie wiederzusehen, und dass er Alex' Trauzeuge sein würde. Mae, die ihren Verdacht, dass auch Laurie in ihre Schwester verliebt war, nicht vergessen hatte, fragte sich, wie es ihm in dieser Rolle gehen musste. Aber sie stellte die Frage nicht laut. Das Bedürfnis, auszuteilen, Harriet zu verletzen, war verschwunden.

Alles würde so viel einfacher, wenn sie es täte.

»Sie werden erst mit Verspätung auf dem Ball erscheinen«, sagte Harriet. »Laurie lädt vorher zu Drinks in den Club ein. Er sagt, um Alex zu gratulieren, aber ich glaube, er will auch feiern, wieder zu Hause zu sein.«

Mae nickte stumm. Sie wusste schon von diesen Drinks. Genau wie David. Roger hatte Lauries Plan wohl im Büro erwähnt. *Ich werde Roger dazu bringen, dass er hingeht.* David hatte vor sich hin genickt. *Ja, ja.*

*Nein, nein,* hätte Mae am liebsten geschrien. Aber sie

tat es nicht. Weil sie zu große Angst davor gehabt hatte, was das für sie bedeutet hätte.

Sie hätte schreien sollen.

»Ich lasse dich noch schlafen«, sagte Harriet. »Ich habe eine Anprobe für das Kleid.« Die Hochzeit war schon in drei Wochen. *Drei.* »Ruf Ling, wenn du irgendetwas brauchst.«

»Ja«, sagte Mae schwach.

Harriet ging. Nachdem sie die Tür geschlossen hatte und Mae ihre leichten Schritte gehört hatte, mit denen sie sich sorglos und nichtsahnend entfernte, hatte sie den Kopf auf dem Kissen gedreht. Noch nie hatte sie sich derart müde, derart zerschlagen gefühlt.

Zum x-ten Mal fragte sie sich, was um Himmels willen sie tun sollte.

*Es gibt nur eines, was jetzt zu tun ist,* hatte David gesagt.

Aber sie hatte keine Ahnung, ob sie es über sich brachte.

Als Harriet, Mae und David am Abend zum Ball in Fort Canning eintrafen, parkten schon lange Schlangen von Kutschen neben den Straßen, die zur Villa des Gouverneurs führten. Pferde fraßen aus ihren Hafersäcken und wurden von den asiatischen Kutschern gestriegelt. Eine leichte Brise vom Hafen her trug einen schwachen Geruch von Fisch, Chili und anderen Gewürzen heran. Unterhalb, in den Straßen von Chinatown, hörte man Fahrradklingeln, und in den düsteren Sträßchen leuchteten Laternen. Draußen auf dem Meer schaukelten Langheckboote unter den Sternen. Harriet schaute dorthin, als sie aus Davids Gharry stieg, und musste an all die Orte denken, an denen sie bereits gewesen war und in die sie noch reisen würde. Sie verspürte den seltsamen Drang, zu ihnen zu laufen, eines zu besteigen und wegzufahren. Ungehalten über ihr eigenes Unbehagen schüttelte sie den Impuls ab. Während der ganzen Fahrt in dem Gharry war dieses Bedürfnis gewachsen, ohne dass sie gewusst hätte, warum. Es gab doch nichts, was ihr Unbehagen bereitete, außer Maes Zustand, denn es schien ihr immer noch schlecht zu gehen.

Jetzt drehte sie sich zu ihr um und sah, wie sie ausstieg und den pfirsichfarbenen Stoff ihres langen Kleids ordnete. Auf Maes Vorschlag hatten sie die Kleider getauscht. Sie hatte gemeint, sie habe das immer gleiche alte Ballkleid satt. Als sie das sagte, hatte sie so erschöpft ausgesehen, dass Harriet sie hatte aufmuntern wollen. Jetzt wünschte sie, sie hätten es nicht getan, denn sie kam sich in Maes rotem Ballkleid seltsam vor.

Vielleicht war das mit ein Grund für ihr Gefühl von Zerrissenheit.

David war ihr auch keine Hilfe. Er hatte sich schon auf dem ganzen Weg hierher seltsam benommen. Ständig hatte er gelächelt, als freue er sich auf den Abend. Ausgerechnet er, der solche Anlässe hasste. »Du bist ausgesprochen aufgeräumt«, hatte Harriet gesagt, woraufhin er einen komischen Laut von sich gegeben hatte. Fast ein Kichern. Sie hatte daraufhin Mae angesehen, um sich zu vergewissern, dass auch sie sein eigenartiges Verhalten registrierte. Aber Mae hatte nur auf die sich drehenden Räder des Gharry gestarrt und die Lippen zusammengepresst, als kämpfe sie gegen eine aufkommende Übelkeit an. Harriet hatte ihr gesagt, sie solle doch zu Hause bleiben. »Es geht ihr gut«, hatte David behauptet.

»Kommt ihr?«, fragte er jetzt und deutete ungeduldig auf Soames' Haus und die Schlange der Gäste in Abendgarderobe, die sich auf den Eingang zubewegte. Die Fenster der Villa waren hell erleuchtet, die imposanten Rasenflächen davor von Fackeln gesäumt. »Wir sind schon spät dran.«

Mae sah ihn aus schmalen Augen an, Harriet tat das Gleiche. Sie konnte es kaum erwarten, dass sie beide von ihm fortkamen. Alex hatte bereits vorgeschlagen, dass sie früher zu ihm ziehen sollten. *Ich sehe nicht, welchen Unterschied es machen würde,* hatte er gesagt. *Du weißt, dass ich nichts von dir verlangen würde.* Das wusste sie. Auch wenn sie merkte, dass sie sich zunehmend wünschte, er würde es tun. Sie waren kaum noch allein miteinander, jetzt, wo Mae begonnen hatte, sie beim Ausgehen zu begleiten. Aber wenn sie es waren, konnten sie sich kaum noch voneinander losreißen, wenn sie sich küssten. Sie spürte seine Hände auf ihrem Rücken, um ihre Taille, seine Lippen an ihrem Ohr, ihrem Hals, und sie presste ihren Körper an seinen. Dabei war sie sich ihres Verlangens gar nicht so bewusst, sondern spürte nur, wie sehr sie wollte, dass er weitermachte. Ihm schien es ebenso zu gehen. Aber es spielte keine Rolle, dass sie es nicht taten. Die Leute würden denken, was sie wollten. Und es *wäre* für sie und Mae anders gewesen, bei Alex zu wohnen. Mr Palmer hatte sie hergeschickt, um bei David zu sein, fast wie seine Mündel. Wenn sie vor der Hochzeit zu Alex umziehen würden, wäre das etwas ganz anderes. Der Skandal wäre riesig. Alex' Kunden würden sich wahrscheinlich abwenden. Das war es nicht wert. *Wir müssen warten,* hatte sie ihm erklärt. *Es ist ja nicht mehr lange.*

Nur noch drei Wochen.

»Harriet«, hörte sie Davids Stimme, der mit ihr sanfter sprach als mit Mae. »Bitte lass uns gehen.«

Harriet seufzte zögernd. »Bist du so weit?«, fragte sie Mae, die immer noch an ihrem Kleid nestelte.

»Ich denke schon«, sagte Mae ohne jede Begeisterung.

»Bist du dir sicher?«, fragte Harriet. »Ich kann dich auch nach Hause begleiten.« Ihr wurde klar, dass ihr das auch ganz recht wäre.

»Sie wird nicht nach Hause fahren«, sagte David.

Harriet runzelte die Stirn. Was kümmerte ihn das? »Wirklich«, sagte sie zu Mae, »wir können zurückfahren, wenn dir nicht gut ist.«

Aber Mae schüttelte grimmig den Kopf. »Jetzt sind wir schon hier«, sagte sie.

Bevor Harriet weiter widersprechen konnte, war Mae schon losgegangen.

Weil ihr nichts anderes übrig blieb, folgte Harriet ihr.

*Alex wird bald hier sein,* tröstete sie sich.

Dann würde sie sich besser fühlen.

Das Haus war aus der Nähe noch imposanter als aus der Ferne. Französische Balkontüren führten auf beiden Ebenen auf breite Veranden. Am Eingang standen zwei malayische Diener in schmucken Tuniken mit Quasten und Hosen. In der mit Marmor ausgekleideten Eingangshalle standen noch mehr von ihnen in regelmäßigen Abständen an der Wand. Harriet fragte sich, was sie wohl den ganzen Abend über machten. Übten sie noch andere Tätigkeiten aus, oder dienten sie nur dazu, den Gouverneur prachtvoll wirken zu lassen? (Sie vermutete Letzteres.)

Der Gouverneur höchstpersönlich erwartete mit seiner Frau Elspeth die Gäste in einer formellen Aufstellung neben den Türen zur Terrasse an der Rückseite der Villa. Harriet hatte Elspeth inzwischen schon einige Male in der Kirche getroffen. Einmal waren sie und Soames ihr auch zufällig begegnet, als sie mit Alex ausging. *Wie haben Sie das gut hingekriegt,* hatte Elspeth halblaut bemerkt. *Und dem armen alten Keeley das Herz gebrochen. Eigentlich sollte ich Ihnen das verübeln, aber ich bewundere Sie eher.* Harriet hatten nicht gewusst, wie sie das verstehen sollte. *Als Kompliment, meine Liebe. So war es gemeint.*

»Wo ist denn der stattliche Mr Blake?«, fragte sie Harriet jetzt.

»Auf dem Weg hierher«, sagte Harriet und hoffte, das stimmte.

»Mein Roger ist auch mit ihm unterwegs«, meldete sich Sally zu Wort, die hinter Harriet, Mae und David aufgetaucht war. Sie war ganz außer Atem. Es klang, als wäre sie gerannt, um sie einzuholen. »Er ist mit Laurie gegangen.« Sie lächelte David zu. »Das soll ich Sie wissen lassen.«

»Mich?« David sah sie sichtlich irritiert an. »Warum?«

Sally sagte: »Also, ich weiß nicht, ich dachte, Sie wüssten es.«

»Das verstehe ich nicht.«

Sally ganz offensichtlich auch nicht. Ihr dickes Gesicht wurde rot.

David schien ihr Unbehagen, ganz wie es seiner Art entsprach, nicht zu kümmern.

Elspeth zog eine Augenbraue in die Höhe. Harriet, die die Konversation bereits langweilte, blickte in den bevölkerten, von Fackeln erleuchteten Garten und ließ sich vom

Strom der neu eingetroffenen Gäste weiter Richtung Terrasse treiben.

Sie ließ die Augen über die Leute unten im Garten schweifen. Es waren dieselben, die schon den Ball bei den Yates besucht hatten: Sie erkannte dieselben erhitzten Gesichter, dieselben Ballkleider aus Seide und ausgebürsteten Abendanzüge. Sie vermutete, dass sogar dasselbe Streichquartett am Fuß der Treppe zur Terrasse spielte. Sie und Alex hatten schon über das Reisen gesprochen und über die Orte, die sie besuchen wollten, wenn sie erst verheiratet wären: in Asien, Europa und auch in Indien. *Du kannst mir Simla zeigen*. Harriet sehnte sich danach, endlich mit ihm unterwegs zu sein, denn es fiel ihr zunehmend schwerer, auf dieser winzigen Insel frei zu atmen.

David erklärte, er werde ihr einen Drink holen. Sie sagte, dass sie gerade gar keinen wolle, aber entweder hörte er sie nicht, oder er beschloss, sie zu ignorieren.

»Dann trinke ich ihn«, sagte Sally, »ich bin ziemlich durstig.«

»Schön«, sagte Harriet.

Mae bewegte die Lippen, als müsse sie sich übergeben. Rasch erklärte sie, sie würde die Toilette aufsuchen – lehnte Harriets Angebot, sie zu begleiten, ab – und verschwand.

Harriet sah ihr nach, wie sie mit gesenktem Kopf davoneilte. Sie war ganz grün im Gesicht. Harriet war drauf und dran, ihr trotzdem nachzulaufen.

Doch Sally drückte ihren Arm. Sie meinte, auf den ersten Blick hätte sie sie fast für Mae gehalten. »Wegen des Kleids.«

»Wir haben getauscht«, sagte Harriet.

»Wie interessant«, sagte Sally.

Tatsächlich?

Einen Moment lang gab es eine Pause. Harriet gab sich keine Mühe, sie zu füllen. Sie wünschte sich, Alex würde auftauchen.

Doch es war David, der zurückkam, mit dem angekündigten Getränk. (Nur mit einem. Wie typisch für ihn, dass er für niemand sonst etwas brachte.)

»Hier«, sagte er und hielt Harriet das Glas mit der perlenden Flüssigkeit hin.

»Sally nimmt es«, sagte Harriet.

»Ich habe es nicht für Sally geholt«, sagte er unhöflich. »Es ist für dich.«

»Aber ich will es nicht. Sally schon.«

»Es ist für dich«, beharrte David.

»Schon gut«, sagte Sally und schüttelte verlegen den Kopf, sodass ihre Locken hüpften. Zum ersten Mal empfand Harriet Mitleid mit ihr. »Nimm es ruhig, Harriet.«

»Ich will es ehrlich nicht.«

»Ich habe es für dich geholt«, sagte David.

»Ich bin nicht durstig.«

»Aber ich habe es extra geholt.«

»Ich habe dich nicht darum gebeten.« Entnervt erhob sie ihre Stimme.

Ein paar Leute schauten schon zu ihnen herüber. Mae, die in diesem Moment auf sie zusteuerte, betrachtete den Drink in Davids Hand mit einem seltsamen Blick.

»Vielleicht nimmst du ihn einfach trotzdem«, meinte Sally verlegen. »Ja?«

Harriet biss die Zähne zusammen. »Na schön.«

David lächelte.

Sie führte das Glas an die Lippen, um daran zu nippen.

Und in dem Moment tat er etwas ganz und gar Eigenartiges. Er packte den Stiel des Glases, schob ihn hoch, ließ nicht los und zwang Harriet auf diese Weise, die warme schäumende Flüssigkeit zu schlucken, wenn sie nicht wollte, dass ihr alles über das Kinn lief. Sie riss erschrocken die Augen auf. Eigentlich war sie sich sicher, gleich würgen zu müssen, doch das passierte nicht. Das Glas war leer.

»Also«, sagte Sally, »du meine Güte.«

Harriet schluckte schwer. »Was ist denn in dich gefahren?«, fragte sie David. »Um Himmels willen.«

»Du sahst durstig aus«, sagte er.

Harriet wischte sich über den Mund. »Tu das nie wieder«, sagte sie.

David zuckte mit den Achseln und schien von ihrer Zurechtweisung ungerührt. Tatsächlich sah er sogar seltsam zufrieden mit sich aus. Geradezu verschlagen.

Harriet, die immer noch die Hand an ihren Mund hielt, hatte keine Ahnung, warum. Aber es machte sie nur noch ungehaltener.

Erst als sie sah, wie Harriet das Glas leerte, wurde Mae klar, wie wenig sie bisher damit gerechnet hatte, dass Davids schmutziger Plan funktionieren könnte. Sie hatte sich kaum Gedanken über ihre eigene Rolle darin gemacht, weil sie nie vermutet hätte, dass sie je in die Lage kommen würde, selbst etwas tun zu müssen. Selbst am frühen Abend, als sie Harriet aufgefordert hatte, die Kleider zu tauschen, hatte sie noch kein besonders schlechtes Gewissen, weil sie sich sicher gewesen war, dass es für keine von ihnen Folgen haben würde.

Doch nun hatte Harriet das Glas geleert.

Und Roger war bei Alex, wie Sally bestätigt hatte, und gab ihm vielleicht auch so einen Drink. Oder zumindest würde er dafür sorgen, dass Alex bereits jede Menge Brandy intus hatte, wenn er auf den Ball kam.

Sie brauchte Davids bedeutungsvolles Nicken eigentlich gar nicht, um zu wissen, dass er von diesem Zeitpunkt an ihr die Verantwortung aufbürdete.

Da tauchte Soames auf, tippte David auf die Schulter und bat um ein Wort in geschäftlichen Angelegenheiten. »Sehr langweilig, fürchte ich«, sagte er und lächelte Mae, Sally und Harriet auf einmal zu. »Aber was sein muss, muss sein. Es tut mir leid, sie um Keeleys Gesellschaft zu bringen.«

Meinte er das ernst?

Schon rauschte er wieder davon und David mit ihm. Im Weggehen drehte David sich noch einmal um und warf Mae einen weiteren Blick zu.

*Welche Wahl bleibt dir?*

Keine, das wusste sie.

Aber musste sie trotzdem diese treffen? Sie war sich nicht sicher, ob sie das über sich brachte. Nein, sie wusste, dass sie dazu nicht imstande war. Das konnte sie wirklich nicht.

Oder doch?

Oh, es gab einen Teil von ihr, der genau das wollte. Denn wenn es funktionierte, hätte sie alles: das Baby, das Haus, Alex. Harriets Happy End.

Was war bloß los mit ihr, dass sie das auch nur in Erwägung zog?

Sie zwang sich, ihre Schwester anzusehen, und musste sich daran erinnern, wem sie wehtun würde. Harriet lächelte ihr zu, und es schien noch alles vollkommen in Ordnung zu sein. Ihre Gesichtsfarbe war normal, ihre Augen blickten klar. Vielleicht würde das Beruhigungsmittel ja gar nicht wirken.

Maes Hoffnung war nur von kurzer Dauer. Sally hatte kaum fünf Minuten sinnlos vor sich hin geplappert, als Harriet unsicher zu wirken begann. Sie umklammerte das Geländer mit ihren behandschuhten Händen und runzelte verwirrt die Stirn.

»Geht es dir nicht gut, Liebes?«, sagte Sally. »Möchtest du hineingehen?«

»Ich weiß nicht«, sagte Harriet sehr schleppend, »vielleicht.«

Sally blickte zögernd auf den Ball, der um sie herum in vollem Gange war, und sagte dann, sichtlich aus dem Gefühl der Verpflichtung: »Soll ich dich begleiten?«

In Harriets Augen blitzte Schrecken auf. Aber als sie versuchte zu sagen, dass sie allein gehen wolle, kamen die Worte ganz verwaschen aus ihrem Mund.

»Ich begleite sie«, sagte Mae.

»Bist du dir sicher?«, fragte Sally, merklich erleichtert.

»Absolut.«

Sie nahm Harriet am Arm. Die blickte zu ihr hoch, und in ihren Augen stand Angst. »Ich weiß nicht, was los ist.« Aber es klang wie, *ich weischich, wasch losis.*

»Komm«, sagte Mae, »komm.«

Harriet stützte sich mit ihrem ganzen Gewicht auf sie. Sie konnte gerade noch gehen, aber nur mit Mühe.

»Wir müssen dir ein Glas Wasser besorgen«, sagte Mae.

»Ich muss mich hinlegen«, murmelte Harriet und klammerte sich an den Türrahmen.

David hatte Mae aufgetragen, Harriet in ein Zimmer im oberen Stock und damit aus dem Weg zu schaffen. *Bitte einen der Diener um Hilfe*. Auch wenn es Mae nach wie vor anwiderte, irgendetwas zu tun, was er von ihr verlangte, sah sie keine andere Möglichkeit. Nicht jetzt, wo die Dinge bereits ihren Lauf nahmen.

Sie schwitzte in der warmen Abendluft. Ihre Arme schmerzten bereits von der Anstrengung, Harriet aufrechtzuhalten, und ihr Magen krampfte sich vor Übelkeit zusammen. Sie blickte in dem Marmorfoyer um sich. Inzwischen war es fast leer, bis auf die Diener, die dort nach wie vor bereitstanden. Sie merkte, dass sie sich Alex herbeiwünschte. Wenn er doch nur in diesem Augenblick käme, egal ob betrunken oder nüchtern. Wenn er sie beide sähe, würde Mae ihm sagen, wie schlecht es Harriet ginge. Dann würde er sich Sorgen machen und darauf bestehen, sie nach Hause zu bringen. Die beiden würden aufbrechen, und es müsste nichts weiter geschehen. Mae würde ihrer eigenen trostlosen Zukunft entgegensehen – und die war so furchterregend wie eh und je –, aber Harriet würde zumindest ihre noch haben.

Doch Alex tauchte nicht auf.

Dafür kam ein Diener auf Mae zu. Er fragte, ob er ihr helfen solle, nahm dann die inzwischen nahezu bewegungsunfähige Harriet und trug sie die Treppe hinauf. Inzwischen war sie blass, und ihre Lider wirkten so schwer, als könne sie sie kaum noch offen halten. Ein schrecklicher Anblick.

Der Diener brachte sie in ein riesiges Zimmer, in das das gesamte Erdgeschoss von Davids Haus gepasst hätte. In der Mitte stand ein Himmelbett, auf das der Diener Harriet legte. Er bot noch an, etwas Wasser für die Mam zu bringen, verschwand kurz und kehrte mit einem Krug und einem Glas zurück.

Als er fort war, setzte Mae sich neben Harriet aufs Bett, genau wie Harriet es bei ihr vor ein paar Wochen getan hatte, als sie so traurig, so krank gewesen war. Sie beugte sich über sie und legte eine Hand auf Harriets Stirn. Sie war verschwitzt wie Maes, doch zumindest schien ihre Temperatur normal zu sein. Ihr Atem ging gleichmäßig. Mae hatte erwogen, einen Arzt zu rufen, doch vielleicht war das nicht nötig.

Sie lehnte sich zurück, und die weiche Matratze gab unter ihr nach. So betrachtete sie ihre Schwester und lächelte traurig, als diese ein leises Schnarchen von sich gab.

Dieses Schnarchen besiegelte es. Sie konnte ihr nicht wehtun. Sie würde es niemals können, und es zerriss ihr das Herz, dass sie es überhaupt für möglich gehalten hatte.

»Es tut mir so leid«, sagte sie zu ihrer nichtsahnenden Zwillingsschwester. »Es tut mir so, so leid.«

Eine Last senkte sich auf sie herab, als sie das sagte. Sie schloss die Augen und spürte es: wie ihr eigenes Leben fortan verlaufen musste. Bevor sie es verhindern konnte, sah sie auch Harriets Leben vor sich, das sich so stark von ihrer eigenen unvermeidlichen Einsamkeit unterschied: ihre Jahre in Alex' Haus, seine Umarmungen jeden Morgen, jede Nacht; die Geburtstage und Weihnachten, die Mahlzeiten, Drinks auf der Veranda; ihre Kinder, Wunschkinder, glückliche Kinder …

»Nein«, sagte sie laut. Harriet rührte sich kein bisschen. »Lass das.«

Es war Harriets Leben. Harriets. Nicht ihres. Niemals ihres.

Sie sollte nach Hause fahren. Denn sie fürchtete, wenn sie auch nur ein bisschen länger bliebe, würde sie vielleicht ihre Meinung ändern und doch tun, was David von ihr verlangt hatte. Sie traute sich selbst nicht. Lieber würde sie einem der Diener auftragen, nach Harriet zu sehen, und sie würde von diesem Ort, aus diesem ganzen Abend verschwinden. Sie legte sich eine Hand an ihre Brust, die sich vor Angst wie hohl in Harriets Ballkleid und ihrem eigenen eng geschnürten Korsett anfühlte. Dann holte sie entschlossen tief Luft.

Sie stand auf, durchquerte das Zimmer, ging hinaus und schloss die Tür hinter sich.

Vom Treppenabsatz aus blickte sie hinunter in das leere Foyer. Geplauder und Gelächter aus dem Garten schallten durch die offenen Türen herein.

Einen Fuß vor den anderen setzend ging sie die Treppe hinunter und schaffte es bis zur Eingangstür. Von dort wollte sie sich direkt zu Davids Gharry begeben.

Da vernahm sie hinter sich eine Stimme.

Seine Stimme.

*Alex.*

Doch er rief nicht ihren Namen.

»Harriet.« Alex lächelte erleichtert, als er sie auf die Tür zugehen sah. Er hatte sie schon gesucht. David hatte ihm gesagt, dass sie Mae nach oben gebracht hätte.

»Sie fühlt sich unwohl«, hatte er erklärt.

»Mae?« Sally, die neben ihm stand, wirkte konsterniert. »Nein, Harriet.«

»Nein«, hatte David gesagt, »Mae.«

Alex hatte verwirrt und ungeduldig von einem zum anderen gesehen. Außerdem war er betrunken. Dabei wusste er gar nicht, wie das eigentlich hatte passieren können. Normalerweise erlaubte er sich das nicht. Sein Vater war der Trunkenbold, er nicht.

Er war einfach weggegangen und hatte sie ihre seltsame Debatte weiterführen lassen, denn er wollte unbedingt Harriet finden.

Er wollte nach Hause, weil er irgendwie neben sich stand. Er war ja nur gekommen, um sie zu sehen. Und jetzt war sie da, offensichtlich ebenfalls entschlossen aufzubrechen.

»Harriet«, sagte er noch einmal und hörte selbst, wie verwaschen seine Stimme klang.

Sie drehte sich um und sah ein bisschen seltsam aus. Er konnte sie nicht deutlich sehen, ging aber weiter und merkte, wie er schwankte, während er den nur schwach von Kerzen erleuchteten Raum durchquerte. Er war bei ihr. Sie trug dasselbe Ballkleid wie auf dem Ball der Yates. Er erinnerte sich daran.

»Geht es dir gut?«, fragte er. »Sally hat gesagt, du seist krank.«

Sie schüttelte den Kopf. Also war sie nicht krank. Das war gut. Sally hatte sich geirrt, nicht David. Oder war es genau andersherum? Er wünschte sich, er könnte klar denken.

Er sah sie an. Sie blickte verkniffen zu Boden. So eine Miene hatte er noch nie an ihr gesehen. War sie verärgert?

Er fragte sie.

Sie schüttelte erneut den Kopf. Da nahm er sie in die Arme. Zuerst machte sie sich eine Sekunde lang steif, aber dann lehnte sie den Kopf an seine Schulter und schloss die Augen.

*Harriet.*

Er küsste sie auf den Scheitel. Irgendwie fühlte sich ihr Haar fremd an. Das lag vielleicht an seinen Drinks. Er schloss ebenfalls die Augen. So standen sie eine Weile einfach nur da. Aber selbst mit geschlossenen Augen hatte er das Gefühl, der Raum drehe sich um ihn.

Er spürte mehr als dass er sah, wie sie ihm ihr Gesicht entgegenhob. Sie holte Luft, um etwas zu sagen, doch vorher fanden seine Lippen ihre. Wieder verspannte sie sich. Das war so seltsam. Auch ihr Kuss war irgendwie eigenartig … Aber bevor er darüber nachdenken konnte, erwiderte sie seinen Kuss, heftig, sodass er abgelenkt war. Sie ergriff seine Hand. Er öffnete die Augen, kam wieder zu sich und war sich sicher, dass etwas nicht stimmte. Aber da hatte sie ihm schon den Rücken zugekehrt. Sie führte ihn zu einer Tür an der hinteren Seite der Eingangshalle.

»Wo gehen wir hin?«, fragte er.

Sie antwortete nicht, sondern ging einfach weiter.

Also folgte er ihr.

Sie drückte gegen die Tür, spähte hinein und drückte sie weiter auf, bevor sie eintrat. Das war die Bibliothek. Alex kannte sie, weil er dort schon gewesen war. Viele Male. Zu Besprechungen mit Soames. Doch die verschwammen in seiner Erinnerung in diesem Moment alle. Auf dem Schreibtisch vor dem Fenster brannten nur ein paar Kerzen. Sie ging weiter, daran vorbei und zu den turmhohen Bücherregalen in dem deutlich dunkleren Teil des Raumes, wobei sie ihn an der Hand hinter sich herzog.

»Harriet«, sagte er wieder, »wohin gehen wir?«

Sie drehte sich um, hielt die Augen niedergeschlagen, seltsam scheu. Er konnte kaum ihr Gesicht erkennen. Sie trat näher, legte die Arme um seine Taille, und er spürte, wie sich etwas bei ihm regte.

»Harriet?«

Sie sah ihn nicht an, hielt ihn nur noch fester mit ihren Armen umfangen.

Er beugte sich vor, fasste sie am Kinn und hob es an, damit er ihr in die Augen sehen konnte. Doch bevor er auch nur geblinzelt hatte, küsste sie ihn. Mit diesem fremden Kuss. Sie drängte sich an ihn, zog an seiner Jacke, und instinktiv reagierte er. Er hatte das gewollt. So sehr gewollt. Er hielt ihr Gesicht zwischen seinen Händen, seine Lippen auf ihren. Sie atmeten beide heftig. Dadurch drehte es sich in seinem Kopf nur noch schlimmer.

Sie wich zur Wand zurück. Er folgte ihr, war mit den Lippen auf ihrem Hals, ihrer Brust und schmeckte ihren salzigen Schweiß.

Da raffte sie ihre Röcke und zog sie in die Höhe. Er hob sie hoch und spürte, wie sie die Beine um seine Taille schlang. »Bist du dir sicher?«, brachte er hervor, immer noch in der Lage, sich zu beherrschen.

Sie sagte nichts, sondern fuhr nur fort, ihn zu küssen. Er strich mit den Händen über die nackte Haut oberhalb ihrer Strümpfe, sodass sie nach Luft schnappte.

»Bitte«, sagte sie und sprach endlich, »bitte.«

Als er ihre Stimme hörte, wurde sein Verstand einen Moment lang klar. Wieder spürte er, dass irgendetwas nicht stimmte. Außerdem war das alles nicht so, wie er es wollte: gehetzt, betrunken, an der Wand in einem fremden Haus stehend.

Aber sie zerrte an seiner Hose, und sein Instinkt übernahm vollends das Kommando.

Alles, was danach passierte, war wie von einem Nebel umwabert.

Für Mae war es alles andere als nebelhaft. Sie spürte, wie er sich in ihr bewegte, die Kraft, mit der er sie in seinen Armen hielt, wie er sie küsste, während er sich bewegte: langsam, so viel sanfter, als David gewesen war. Sie dachte, *So fühlt sich Liebemachen also an.*

»Harriet«, sagte er. »Harriet.«

Schmerzerfüllt schloss sie die Augen. Aber es war zu spät, um umzukehren. Viel zu spät.

Danach setzte er sie zärtlich wieder ab. Sie spürte, wie ihre Füße den Boden wieder berührten. Er lehnte den Kopf an ihre Schulter.

»Es tut mir leid«, brachte er mühsam hervor, und aus seinen Worten klang echtes Bedauern. »Ich habe nie gewollt, dass es so wird.«

Sie zuckte zusammen.

»Ich liebe dich«, sagte er. »Du bist mein Leben.«

Sie spürte Galle in ihrem Hals hochsteigen. Jetzt, wo es vorbei war, schämte sie sich fürchterlich. Erst recht weil sie alles, was passiert war, genossen hatte, selbst wenn sie es bedauert hatte. Sie hatte nicht gewollt, dass er aufhörte, sondern wollte alles, was sie gerade getan hatten, wieder tun – und wieder und wieder. Es gelang ihr nicht, die leise Stimme in ihr zum Schweigen zu bringen, die sagte, dass sie es, über kurz oder lang, von nun an vielleicht auch tun würden.

Doch dann musste sie an Harriet denken, die ein Stockwerk über ihnen betäubt schlief und nichts davon ahnte, dass im Zimmer unter ihr soeben ihr Leben zunichtegemacht worden war. Arme, arme Harriet. Ihr Bedauern wuchs und wurde stärker als alles andere. Sie konnte gar nichts anderes mehr empfinden.

Was hatte sie nur getan?

»Geht es dir gut?«, fragte Alex.

Sie antwortete nicht.

»Harriet?« Seine Stimme klang noch besorgter. Er wich ein Stückchen zurück, um sie anzusehen.

»Mae«, stieß sie hervor. »Ich bin es.«

Zunächst reagierte er nicht. Seine Miene war wie erstarrt. Dann wurde sein ganzer Körper in ihrer Umarmung steif. Eine Sekunde später riss er sich von ihr los. Sein attraktives Gesicht war verzerrt, fassungslos. »Nein«, sagte er, »nein«, und aus seiner Stimme sprach blankes Entsetzen.

Tränen brannten in ihren Augen, als sie das hörte, und plötzlich wollte sie nur noch die Zeit zurückdrehen, alles ungeschehen machen und weit, weit weg von dem hier sein. Sofort. Sie ertrug nicht, wie er sie ansah, mit diesem abscheulichen Entsetzen. Mit zitternden Händen versuchte sie, ihre Röcke nach unten zu streifen, dann bemerkte sie, wie seine Blicke ihre Bewegung verfolgten und Widerwillen aufblitzte. Da hielt sie inne, und bevor sie es unterdrücken konnte, drang ein Schluchzen aus ihrer Kehle.

»Du weinst?«, sagte er. »Du tust … das hier und weinst dann?«

»Es tut mir so leid«, sagte sie.

»Leid?«, wiederholte er und wich weiter zurück. »*Leid?*«

Jetzt presste er die Hände an seine Schläfen. Sein Gesicht war schmerzvoll verzerrt und fassungslos. »Mein Gott«, sagte er, »mein *Gott.*«

»Es tut mir leid«, schluchzte sie wieder, obwohl sie wusste, wie sinnlos das war.

»Warum?«, sagte er. »Warum hast du das getan?«

»Ich weiß es nicht«, erwiderte sie, und konnte in diesem Moment tatsächlich nicht klar denken.

»Ich wünschte, ich hätte es nicht getan«, stammelte sie.

»Ich wünschte auch, du hättest es nicht getan«, schrie er, sodass sie zusammenfuhr.

Er atmete heftig. Außer diesem Geräusch, ihrem Weinen und dem fernen Lärm der Ballgesellschaft war nichts zu hören. Sie starrte ihn im Halbdunkel an, während ihre Röcke immer noch demütigend hochgeschoben waren und ihre Augen in Tränen schwammen. Seine Jacke und Weste standen offen, sein Hemd war zerknittert. Seine Kiefer mahlten wild.

»Das hier ist nie passiert«, sagte er. Seine grauen Augen schimmerten feucht, er schien auch den Tränen nahe zu sein. »Niemals.«

»Nein«, sagte sie, beinah ohne zu merken, was sie sagte. Sie wäre zu allem bereit gewesen, wenn es nur bewirkte, dass er sie weniger hasste. »Es tut mir so …«

»Halt«, fiel er ihr ins Wort, bevor sie »leid« sagen konnte. »Du verdienst nicht, das zu sagen.«

»Ich möchte es doch, bitte …«

Da wandte er sich ab, offenbar zu angewidert, um es noch länger mit ihr auszuhalten, und stürzte, ohne sich noch einmal umzusehen, aus dem Raum.

Sie kauerte sich auf dem Boden zusammen, ihre Röcke

bauschten sich, die Unterhose hing ihr noch zwischen den Knien. So umschlang sie sich selbst und schluchzte hemmungslos, jetzt, wo er fort war. Es gab so vieles, worüber sie weinen musste, aber am meisten über das, was nun bevorstand. In dem dunklen, leeren Raum fühlte sie sich so allein.

In den nächsten zwei Wochen sah sie Alex kein einziges Mal. Er kam nicht in ihre Nähe, wenn er auftauchte, um Harriet abzuholen. Und Mae bat natürlich nie mehr darum, mit ihnen auszugehen. Sie erklärte Harriet (die am Tag nach dem Ball zum Glück wieder ganz sie selbst war, »Ich kann mir gar nicht erklären, was mit mir los war. Ich frage mich, ob der Wein, den David mir gebracht hat, verdorben war«), dass sie sich immer noch schlecht fühle. Und das stimmte auch. Die Übelkeit wurde täglich schlimmer. Sie wusste nicht, ob das an dem heranwachsenden Kind lag oder ob der Gedanke an alles, was sie getan hatte und was bevorstand, ihr derart zusetzte. Alles zusammen vielleicht. Aber sosehr sie sich für ihr Täuschungsmanöver verachtete – sie rief sich auch beständig Alex' Entsetzen und Ekel ins Gedächtnis. Das hier ist nie passiert – sie war zu schockiert, um die Sache noch aufzuhalten. David würde sie nicht aufnehmen, und sie könnte nie in Alex' Haus als seine Schwägerin leben. Jetzt nicht mehr. Sie musste zu Ende bringen, was sie begonnen hatte.

Welche andere Wahl blieb ihr denn?

Sie versuchte, sich einzureden, dass Harriet darüber hinwegkommen würde. Laurie war zurück und ständig mit ihr und Alex zusammen. Vielleicht konnte Harriet ja irgendwann lernen, ihn zu lieben.

Das würde sie nicht tun. Tief in ihrem Herzen wusste Mae das. Harriet würde nie darüber hinwegkommen.

*Es tut mir leid.* Das sagte Mae ständig stumm zu ihr. Auch während sie ihr zusah, wie sie ihre Habseligkeiten in den Schrankkoffer packte, um damit zu Alex zu ziehen. Oder während sie zuhörte, als sie von den Plänen für ihren Hochzeitsempfang sprach. Nur eine kleine Feier, mehr wollten sie nicht. *Es tut mir leid.*

Sie sagte es auch noch einmal stumm zu Alex, als David sie zwei Wochen nach dem Ball bei den Soames' und einen Monat nachdem sie festgestellt hatte, dass sie mit Davids Kind schwanger war, in Alex' Büro schleppte, um ihm zu erklären, dass sie sein Kind erwartete.

Es war nur noch eine Woche bis zu seiner Hochzeit mit Harriet. Harriet war gerade bei der letzten Anprobe für ihr Brautkleid bei der Schneiderin, als Alex' Sekretärin Mae und David in Alex' geräumiges, holzvertäfeltes Büro führte. Am liebsten hätte Mae losgeschluchzt.

»Was wollt ihr?«, fragte Alex, nachdem sich die Tür hinter ihnen geschlossen hatte. In dem warmen Zimmer hatte er seine Jacke ausgezogen und die Ärmel seines weißen Hemds hochgekrempelt. Er war auch nicht hinter seinem Schreibtisch aufgestanden, um sie zu begrüßen, sondern starrte sie mit unverhohlenem Hass an. Trotzdem war er immer noch der stattlichste Mann, den Mae je gesehen hatte. Und er würde ihr Ehemann werden. Ihrer. Doch sie war kein bisschen glücklich mehr darüber, nicht einmal beschämt glücklich. Sie wusste nur, dass sie eine gemeine Diebin war. Eine schreckliche Diebin. Sie stahl ihrer eigenen Schwester den Mann, einen guten Mann, und ihm nahm sie ihre Schwester.

Sie sollte der ganzen Sache jetzt ein Ende machen. Bevor sie überhaupt begann.

Aber sie schien nicht in der Lage zu sprechen.

David übernahm diese Aufgabe fürs Erste, indem er sagte: »Mae muss Ihnen etwas mitteilen.«

»Ja?«, sagte Alex im selben Ton. Falls er irgendeinen Verdacht hatte, was gleich kommen würde, ließ er ihn sich zumindest nicht anmerken.

Mae hätte sich gewünscht, dass er schon eine Ahnung hatte, denn dann wäre ihr diese schreckliche Sache erspart geblieben. Während der Fahrt hierher hatte sie David mehrmals gesagt, sie sei sich nicht sicher, ob sie dazu imstande wäre. *Ich weiß nicht, wie ich es ihm sagen soll.* Da hatte er sie verwirrt angesehen. *Das ist doch ganz einfach, hatte er erwidert, mir konntest du es doch auch sagen.* So schamlos. So direkt.

Sie blickte auf den polierten Fußboden und den Saum ihres Kleids. Genau wie damals in Davids Arbeitszimmer schluckte sie, aber ihr Mund war ganz trocken. Sie holte kurz Luft, hob den Blick, sodass sie sah, wie kalt Alex sie anstarrte. Dann zwang sie sich mit dem nächsten Atemzug, ihre zitternden Lippen zu öffnen. Es dauerte noch eine Sekunde, bis sie die Worte »Ich bekomme ein Baby« herausbrachte. Erstickt und für ihre eigenen Ohren kaum hörbar. Sie wusste, dass sie eigentlich auch noch erklären sollte, dass es Alex' Baby sei, doch das konnte sie nicht. Sie brachte es nicht über sich.

Es spielte ohnehin keine Rolle. Alex erbleichte und starrte sie an, als sei alles, was er sich jemals erhofft hatte, soeben in Flammen aufgegangen. Und so war es ja auch, genau so. Und er war ein zu guter Mensch, um sich vorstellen zu können, sie würde ihm das aus irgendeinem anderen Grund erzählen als dem, dass er der Vater war.

Es brachte sie schier um, ihn dermaßen verzweifelt zu sehen. Sie sagte sich wieder, dass sie alldem ein Ende machen sollte, indem sie ihm die Wahrheit sagte. Sie müsste sich nur noch ein paar weitere schmerzliche Worte abringen, und es wäre geschafft.

»Ich kann dir gar nicht sagen, wie leid es mir tut«, war jedoch alles, was sie hervorbrachte, und sie hasste sich für ihre Feigheit.

»Er ist derjenige, dem es leidtun sollte«, sagte David mit Übelkeit erregender Selbstgerechtigkeit. »Es ist an der Zeit, sich den Konsequenzen zu stellen, Blake.«

Alex sagte nichts. Er ließ den Kopf hängen, starrte auf seinen Tisch und kämpfte sichtlich damit, zu verarbeiten, was da gerade mit ihm geschah. Es war wie eine unheimliche Wiederholung von Davids Verhalten Wochen zuvor. Er hielt die Arme ausgebreitet und presste die Handflächen auf die Schreibtischplatte aus Teak. Mae sah die Anspannung in seinen Unterarmen, seinem Gesicht, den zusammengebissenen Zähnen und fragte sich niedergeschlagen, ob ihr je die Freude vergönnt sein würde, einen Mann glücklich zu machen, indem sie ihm sagte, sie erwarte ein Kind von ihm.

Alex schaute auf. Sein Blick war schrecklich hart. Sie zuckte zusammen, weil es derselbe Ausdruck war wie damals in Soames' Bibliothek. So viel Abscheu und Hass. Einen Herzschlag lang dachte sie, er würde sich weigern, sie zu heiraten. Sie war sich nicht sicher, ob sie darüber erleichtert oder verzweifelt sein sollte. Alles machte ihr inzwischen Angst.

Doch Alex weigerte sich nicht. Er war kein David Keeley. Kein Mr. Palmer.

Langsam, ohne auch nur ein einziges Wort zu sagen und absolut beherrscht, senkte er den Kopf und akzeptierte.

# 17. Kapitel

*1941*

Kit erklärte Ivy, dass er weniger als zwei Wochen in Singapur bliebe. Danach musste er nach Malaya aufbrechen, wo er eine Order zu erledigen hatte, über die er nicht sprechen durfte. Ivy schätzte, es handelte sich um vorbereitende Verteidigungsmaßnahmen. »Gut geraten«, meinte Kit.

Eine miese Laune des Schicksals (oder Sam aus der Verwaltung) wollte es jedoch, dass Ivys Schichtpläne für die nächsten zehn Tage bis zu Kits Abreise geändert wurden und sie ab sofort zusammen mit einigen anderen für die Nachtschicht eingeteilt war. »Nein«, schrie sie beinah, als sie die Aktennotiz ausgehändigt bekam, »nein.«

»Tut mir leid, aber doch, doch«, sagte Tomlins, »wir müssen den anderen einmal eine Pause verschaffen, und du bist als Übersetzerin vorgesehen. Sieh zu, dass du jetzt schnell den Bus erwischst und zu Hause noch etwas Schlaf bekommst. Und dann sei um acht Uhr wieder hier.«

Sie wusste nicht, wie sie Kit erreichen sollte, um ihm zu sagen, dass sie nicht wie geplant ausgehen konnten. Um sieben Uhr stand sie in ihrer Uniform bereit, und Alma wartete, damit sie sie zurück zur Abhörstation fahren konnte, als Kit erschien, weil er sie abholen und zu einem weiteren wundervollen Abend ausführen wollte. (Schön wäre es gewesen.)

Sie trat auf die Terrasse, um ihn zu begrüßen, und er blieb in aufreizender Weise auf der vorletzten Stufe der Treppe stehen. Seine Augen wanderten über ihre gestärkte weiße Bluse, den Rock und die Mütze. »Eine bemerkenswerte Wahl für eine Abendgarderobe«, sagte er.

Sie berichtete ihm von ihrer neuen Schicht.

»Ja«, meinte er, »ich habe befürchtet, dass du so etwas sagen würdest.« Dann verzog er das Gesicht. »Verdammt.«

»Stimmt.«

»Wann ist dein Schichtende?«

»Um fünf«, antwortete sie. »Ich fasse es nicht.«

»Ja«, entgegnete er, »wirklich unfassbar.« Er nahm die letzte Stufe, legte die Hände um ihre Taille, zog sie an sich und zauberte trotz aller Enttäuschung ein Lächeln auf ihr Gesicht. Kit war elegant gekleidet, er trug Hemd und Jackett. Das gefiel ihr, aber mittlerweile mochte sie einfach alles an ihm … Er beugte sich vor, sie legten die Stirn aneinander, und dann strichen seine Lippen über ihre. »Darf ich dich zumindest hinfahren?«, fragte er.

»Macht dir das auch nichts aus?«

»Natürlich nicht.«

Es folgte eine weitere Motorradfahrt, von der sie sich wünschte, sie würde niemals enden. Als sie vor dem Eingang der Station anhielten, schwang er sein Bein über den Sitz und drehte sich zu ihr um. Sie stand vor ihm und schmiegte sich zwischen seine Beine. Dann reckte er den Kopf und küsste sie. Alle Guards, die sie beobachteten, jubelten (»Officer *Harcourt*«), und Kit antwortete, sie sollten sich verziehen. Ivy und er verständigten sich, dass er sie am kommenden Morgen in der Unterkunft abholen würde, nachdem sie ein wenig geschlafen hatte. »Ich bin auf Urlaub«, sagte er, »wir haben den ganzen Tag für uns. Die Angelegenheit muss uns gar nichts verderben.«

Während sie die ganze Nacht in der spärlich beleuchteten Baracke verbrachte, dachte sie ununterbrochen an ihn. Gemeinsam mit Kate und den anderen Unglücklichen, die zur Friedhofsschicht hatten wechseln müssen, hockte sie Seite an Seite mit einer Gruppe Lauschern, die sie kaum kannte. Die Ohren waren ganz auf das Radarecho gerichtet, gelegentlich waren schwach die Stimmen von Seeleuten zu hören, die während ihrer nächtlichen Beobachtungen Sturmwarnungen und Meereskoordinaten durchgaben. Doch Ivy stellte sich Kit zusammen mit Freunden in einer Bar vor und wie er danach unter einem Moskitonetz schlief. Sie überlegte, wohin sie am nächsten Tag fahren würden, und verfolgte die Zeiger an der Uhr, um die Stunden zu zählen, bis sie endlich gehen, etwas schlafen und ihn wiedersehen konnte.

Als ihre Schicht beendet war, hätte sie niemals damit gerechnet, dass er draußen auf sie wartete. Doch als sie erschöpft in die laue Morgendämmerung trat und die Zikaden laut im Chor zirpten, stand er exakt dort, wo er sie gestern Abend am Wachposten abgesetzt hatte. Allerdings trug er nicht mehr Jackett und Hemd, sondern ein Paar Khakishorts und ein weites Shirt. Das Mondlicht ließ sein Haar heller wirken als gewöhnlich, sein Teint schien allerdings noch dunkler. Als sie sich näherte, erhob er sich von seinem Motorrad.

»Du bist hier«, stellte sie selig mit klopfendem Herzen das Offensichtliche fest.

Grinsend bestätigte er ihre Aussage. »Ich bin ungeduldig geworden.«

Sie nahm seine Hände und reckte sich auf die Zehenspitzen, um ihn zu küssen. Seine Lippen fühlten sich warm und weich an, waren noch schlaftrunken. Er war extra früh aufgestanden, damit er sie abholen konnte.

»Soll ich dich nach Hause bringen?«, fragte er, und seine tiefe Stimme glich einem Murmeln.

»Ja«, antwortete sie, »ja, bitte.«

Danach wartete er an jedem Morgen auf sie. Er fuhr sie nach Hause, und während der Fahrt schlang sie die Arme um ihn und legte die Wange an seinen Rücken. Dann ließ er sie allein, damit sie etwas schlafen konnte und war um elf Uhr morgens zurück, um sie wieder abzuholen. Eines Morgens meinte Alex, Ivy sollte ihn auf einen Tee zu ihm herüberschicken, während Kit auf sie wartete.

»Ich glaube, ich schaue mir diesen jungen Mann mal etwas genauer an«, erklärte Alex, als er vor ihrer Schicht anrief, um die Einladung auszusprechen. »Er hat dennoch ja für eine Menge Wirbel gesorgt.« Trotz seiner strengen Worte war ein Lächeln in seiner Stimme zu hören. »Ich muss mich versichern, dass er es auch wert ist.«

»Das ist er«, antwortete Ivy, »versprochen!«

»Wir werden sehen«, entgegnete Alex und nahm den Panamahut ab. »Wir werden sehen.«

Kaum war sie später durch Alex' Gartentor getreten und sah die beiden entspannt in Sesseln auf der Terrasse sitzen, wusste sie, Alex und Kit verstanden sich gut. Als sie bei ihnen angekommen war, musste sie in Anbetracht der Art, wie Alex lachte, unwillkürlich lächeln. Wenn er auf diese Weise lachte, wirkte er so viel jünger.

»Ich willige ein«, sagte er. »Sicherlich bist du erfreut, das zu hören.«

»Ich bin entzückt«, meinte sie.

Alex stand auf, schüttelte zum Abschied Kits Hand, und der dankte ihm für den Tee. Ivy bemerkte, dass Alex ihr gar nichts angeboten hatte. Er unternahm keinen Versuch, die beiden aufzuhalten, da er offenbar ahnte, wie sehr sie sich danach sehnten, allein zu sein.

Als Kit und sie die Auffahrt entlang zu seinem Motorrad gingen, sagte sie zu ihm, wie froh sie sei, dass er sich mit Alex gut verstanden hätte. »Danke, dass du hergekommen bist. Alex bedeutet mir viel.«

»Er vergöttert dich«, erklärte Kit. »Mir war, als hätte ich mit deinem Granddad gesprochen.«

»Ja«, meinte Ivy und blickte über die Schulter zu Alex, der ihnen von der Terrasse hinterherschaute. »Manchmal kommt es mir auch so vor.«

»Bist du sicher, dass er es nicht womöglich ist?« Das fragte er nur halb im Scherz.

Doch Ivy erwiderte: »Ziemlich sicher. Ich habe die Geburtsurkunde meines Vaters gesehen.«

»Alex hat mir erzählt, dass du ihm neuen Lebensantrieb gibst, wusstest du das?«

Ivy ahnte nichts davon. »Das hat er gesagt?«

»Ja, hat er«, bestätigte Kit.

»Oh«, sagte sie und schaute nach wie vor zu Alex, der allein auf seiner Terrasse stand. Sie errötete vor Glück, und Kit lächelte zu ihr herab.

Sie fuhren zum Strand. Jeden Tag verbrachten sie dort. Sie rasten durch die feuchtheiße Luft die East Coast entlang. Sie lagen im Sand, ihr Kopf auf seinem Schoß, und unterhielten sich im Schatten der Palmen: über ihre jeweilige Kindheit, Camping-Wochenenden im Busch, Friedhöfe in Hampstead und Reisen nach Mesopotamien, zudem darüber, wie lächerlich lange es gedauert hatte, dass sie einander gefunden hatten und ihr Staunen, dass es sich jemals schwer angefühlt hatte.

»Du warst das Warten wert«, sagte Kit.

»Du auch, glaube ich«, gab sie zurück und streckte eine Hand aus und legte sie an sein Gesicht. Sie liebte es, wie er sie anlächelte und sich die Umrisse seines Kopfes gegen die Sonne abzeichneten. »Auch wenn die Geschworenen immer noch beraten, solltest du besser so nett bleiben.«

Nie sprachen sie über den Krieg oder die Zukunft. Nicht solange sie damit beschäftigt waren herauszufinden, ob sie überhaupt eine gemeinsame Zukunft hatten. Stattdessen lachten sie, schlummerten im Sonnenschein, schwammen im warmen Meer und hielten Händchen, während sie ins Wasser liefen. Er zog sie zu sich, und sie legte die Beine um seine Hüfte, spürte die Aufregung ihres Körpers, wenn seine Hände ihre nackten Beine berührten, und schmeckte das Meersalz auf seinen Lippen. Und während die Tage so vergingen, sehnte sie sich verzweifelt nach mehr. Ihm ging es nicht anders. »Oh Gott, Ivy«, murmelte er, den Mund auf ihrem. Unter ihr im Wasser war sein ganzer Körper angespannt. Aber es war helllichter Tag. Immer befanden sich auch andere Leute am Strand, mehr Menschen um die nächste Ecke und über ihnen auf der Straße jede Menge Lastwagen und Rikschas. Nirgends waren sie allein.

Als Ivy endlich ihre Nachtschichten absolviert hatte, blieben Kit nur noch zwei Tage von seinem Urlaub. Am ersten Abend gingen sie in eine Freiluft-Bar in Emerald

Hill. Jimmy feierte dort seinen dreißigsten Geburtstag. Danach fragte sie sich, ob sie wohl den ganzen Abend geblieben wären, die wertvollen Minuten wie ein nicht enden wollendes Geschenk vergeudet hätten, wenn sie gewusst hätten, was ihnen bevorstand. Ivy bezweifelte das.

Immerhin war die Feier ein großer Spaß. Vanessa war dort, zusammen mit ihrem Doktor, Marcus, und obwohl sie Ivy zuvor gewarnt hatte, zeigte sie sich Kit gegenüber sehr freundlich.

»Du solltest wissen, ich habe ihm verraten, dass du mich gewarnt und mir gesagt hast, ich sollte ihn besser mit Vorsicht betrachten«, meinte Ivy schuldbewusst, als sie sich gemeinsam mit Vanessa auf den Weg zur Damentoilette machte.

»Na, danke schön für die Information, meine Liebe«, erwiderte Vanessa und lächelte stur in Richtung Kit, während der etwas zu Tristan sagte, woraufhin Tristan grinste. Ivy wünschte, sie hätte den Scherz mitbekommen. »Es reicht wohl zu sagen, dass ich sehr froh bin, dich nicht überzeugt zu haben, für was auch immer das gut ist.«

Ivy entgegnete, die Verbindung zu Kit bedeutete ihr eine Menge.

Alma hatte einen großartigen Abend, als sie herausfand, dass die Jungs in Ägypten gewesen waren. Das Thema ergab sich, als Ivy – nicht imstande, es noch länger unerwähnt zu lassen oder auch nur aufzuhören, dorthin zu starren – Jimmy fragte, ob er wegen seines Sonnenbrands eigentlich einen Arzt aufgesucht hatte, und er antwortete: »Einige sogar, aber die haben mir nur Salben verschrieben, doch, na ja«, er zuckte ratlos die Achseln, »wir befanden uns am Äquator, was konnten sie schon groß tun? Genauso wie in der Wüste.« An der Stelle verschluckte sich Alma fast an ihrem Drink und fand schnell heraus, dass die Jungs nicht nur am gleichen Ort gewesen waren, sondern Phil tatsächlich kennengelernt hatten. Und nicht nur das, sie hatten sogar mit ihm gemeinsam gekämpft. »Ein guter Kamerad«, erklärte Tristan. »Du bist tatsächlich exakt, wie er dich beschrieben hat. Blond und sehr laut.« Alma konnte es nicht fassen. »Ich fasse es nicht!«, rief sie.

Alle tanzten, Ivy endlos mit Kit, und er drehte sie derart im Kreis, brachte sie mit irgendetwas, an das sie sich nachher nicht mehr erinnern konnte, so zum Lachen, dass ihr die Tränen über das Gesicht liefen, während sie dachte, wie wunderbar erstaunlich doch ihre ganze Begegnung mit Kit war. Alle tranken zu viel. »Besäufnis«, meinte Alma mit gekünsteltem englischem Akzent. »Ausgesprochen famoses Besäufnis.« Irgendwann stiegen Kit, Jimmy und Tristan auf einen der Tische, und Marcus stemmte ihn mit seinen Oberschenkeln ein Stückchen vom Boden hoch, während Vanessa rief: »Gute Show!« Sogar die ansonsten leise und zurückhaltende Jane öffnete ihr Haar und meinte zu Ivy und Alma, wie glücklich sie sei, dass sie alle sich kennengelernt hatten, kurz bevor sie über das Tischbein stolperte, was darauf hindeutete, dass sie selbst bereits einiges getrunken hatte, was ihr ihre Leber gewiss gar nicht danken würde.

Letztlich landeten sie alle gemeinsam in ihrem Quartier in Bukit Chandu. Ivy und Kit waren zuerst dort. Sie küssten sich in der Auffahrt, ihre Körper eng aneinandergeschmiegt, während die nachtaktiven Tiere um sie herum schrien. Ivy biss zärtlich in Kits Lippe, fuhr mit den Fingerspitzen entlang der Wölbung seines Rückgrats und spürte die Bewegung seiner starken Muskeln und wie er die Arme fester um sie schloss. »Ivy«, raunte er, »ich weiß nicht, was du mit mir anstellst.« Er strich ihr das Haar aus dem Gesicht, küsste sie noch intensiver, während sie fühlte, dass sich in ihr die Worte bildeten, um ihn zu bitten, mit ihr nach oben zu kommen, *sofort*. Jede Faser ihres Körpers erlag der Versuchung.

Doch dann stolperten die anderen auf sie zu. Tristan trug Jane in seinen Armen, aber dann musste sie sich erbrechen, und der Zauber des Moments war vorbei. Ivy versuchte nicht, ihn zurückzuholen. Die arme Jane war fix und fertig. Außerdem war sie sicher, Kit am kommenden Abend wiederzusehen.

Aber am nächsten Tag wurde sein Urlaub verkürzt. Als sie von der Arbeit nach Hause kam und freudig davon ausging, dass Kit innerhalb der nächsten Stunde dort auftauchen würde, fand sie bloß eine Nachricht vor.

> *Ich werde so schnell ich kann zurückkommen, ich hoffe, es dauert nicht lange. Ich werde dich vermissen, sehr vermissen. Es tut mir leid, mich auf diese Weise verabschieden zu müssen, das kann ich dir garantieren. Sei brav! Sag Alma, sie soll dich nicht auf Abwege führen.*

Ivy weinte, tatsächlich weinte sie, als sie das las. Sie war zu müde, und ihr Kater war zu schlimm, als dass sie ihre Tränen hätte aufhalten können. Zudem war sie außer sich vor Wut, weil sie den gestrigen Abend einfach so hatte verstreichen lassen. Und sie fühlte sich entsetzlich einsam, ein grauenvoller Schmerz erfüllte sie, denn er war fort, nicht länger da. *Verschwende nicht deine Zeit,* hatte Alex ihr gepredigt, *du weißt nie, wie lange du noch hast.* Wie wahr das rückblickend war.

Sie vermisste Kit. Ununterbrochen.

Und als der Monat voranschritt, machte sie sich immer mehr Sorgen. Mit jedem Tag schienen weltweit die Spannungen zu wachsen. In der Abhörstation schoben alle Sonderschichten, und der Schweiß floss in Strömen, während sie sich einen Überblick über die Übermacht der japanischen Armee, Marine und Luftwaffe in Indochina verschafften. Niemand zweifelte daran, dass die Invasion unmittelbar bevorstand, und obwohl immer noch Gespräche mit den Japanern stattfanden, um sich Zeit bis Februar und zum Ende des Monsuns zu verschaffen, wusste niemand, ob sie sich auch daran halten würden. Schließlich wurden Arbeiter an die Strände beordert. Sie gruben Schützengräben und verlegten Stacheldraht. Oberflächlich betrachtet blieb das Leben auf der Insel unverändert – der Speisesaal im Raffles war wie immer gut besucht, im Tanglin Club fanden Pokerturniere und Tennismatches statt, im Cathay wurde *Honky Tonk* gezeigt (Jane ging diesmal allein ins Kino. *Oh,* sagte sie, *Clark Gable*) –, doch das änderte sich. Auf Bitten der australischen und britischen Kommandeure landeten noch mehr Truppen auf der Insel. In der Mehrzahl waren die Soldaten junge Rekruten, da die erfahreneren Bataillone für die Kämpfe in Europa und Afrika gebraucht wurden. Einige der Rekruten kamen aus Großbritannien, eine größere Anzahl aus Australien und Neuseeland, die allermeisten jedoch stammten aus Indien und waren Wehrpflichtige aus den Städten und Dörfern Britisch-Indiens. Ivy beobachtete diese jungen Männer, wie sie neugierig durch die Stadt gingen, sich dabei häufig an den Händen hielten, weil sie das so gewohnt waren, und sie konnte nachempfinden, dass sich diese Soldaten sehr weit weg von zu Hause fühlen mussten. Es handelte sich nicht um ihren Krieg, dachte Ivy, und es war ihnen nicht einmal gestattet, die Clubs zu besuchen, genauso wenig wie die meisten Bars. Obwohl sie Uniform trugen und keine andere Wahl hatten, als zu kämpfen. Das ärgerte Ivy. (»Ich bezweifele, dass es die Männer mehr ärgert als dich«, meinte Tomlins.) Neben den Rekruten wurden auch weitere Flight Officers geschickt, die meisten waren Australier, einige stammten auch aus anderen Regionen Großbritanniens. Ein Anfang, doch niemand war glücklich damit: Die Zahl der Einsatzkräfte kam nicht im Geringsten dem nahe, was eigentlich als Grundlage einer ausreichenden Verteidigung vereinbart war. (»Uns fehlen siebzehn Bataillone«, sagte Laurie, »wir verfügen weder über die entsprechenden Flugzeuge noch Panzer. Und die Japaner haben Panzer, glaub mir.«) Zwei Kriegsschiffe waren auf dem Weg, aber im Vergleich zur Flotte der Kaiserlich Japanischen Marine waren sie von rein symbolischem Wert. Wir besaßen von allem zu wenig: Genug für einen empfindlichen Verlust, falls wir geschlagen würden, aber nicht annähernd genug, um für einen Sieg hilfreich zu sein.

Trotzdem sprach niemand davon. Es bildeten sich Gruppen von Zivilisten, die dennoch zuversichtlich waren, die kleinen gelben Männer abzuwehren, die die Dreistigkeit besaßen zu glauben, sie könnten uneingeladen die Insel betreten. Doch diese Gruppen bestanden aus zu alten und allein mit Eimern voller Sand bewaffneten Männern, die ähnlich wie der zivile Luftschutz damals in Blighty wohl kaum in der Lage waren, geschlossen zu kämpfen. Frauen organisierten Erste-Hilfe-Komitees – Phils Mutter Elsie zum Beispiel. Vanessa und Jane besuchten eine ihrer Abendveranstaltungen, wo die von Elsie zusammengetrommelten Frauen lernten, wie man Verbände anlegt.

»Wie ist sie so?«, fragte Ivy, als die beiden von dem Treffen zurück waren.

»Sie gleicht ziemlich meiner Mutter«, antwortete Vanessa, und Ivy stellte sich eine wortgewandte, ein wenig respekteinflößende Dame vor, die meist Perlenkette trug. »Sehr gut«, ergänzte Vanessa. »Genau richtig.«

Alma wusste nicht, was auf einmal mit ihrer zukünftigen Schwiegermutter los war. »Plötzlich ist sie so patent«, sagte sie, »als wäre sie zu neuem Leben erwacht. Sie hat aufgehört, Gin zu trinken, und ihr ganzes Apartment ist mit medizinischem Material vollgestellt. Keiner weiß, woher sie das alles hat.«

»Hoffentlich wird sie es nie brauchen«, meinte Vanessa mit übertrieben optimistischem Tonfall, den ihr niemand abnahm.

Am Ende des Monats berichtete der Geheimdienst, dass Japan seine gesamten Divisionen aus Zentralchina abgezogen und zu einem Ziel südlicher Richtung befohlen hatte, höchstwahrscheinlich stand ein Überfall von Malaya bevor. Alle Truppenangehörigen in Singapur erhielten die Anweisung, sich bei ihren Einheiten zu melden, und wurden zu der nur halb fertigen Verteidigungslinie auf dem Festland beordert. Ivy erhielt in der Abhörstation eine Nachricht von Kit. Sie war mit einem Bleistift auf einen Fetzen Papier gekritzelt, das dreckverschmiert war. Der Ton war so ganz anders als bei der kurzen, fast witzigen

Nachricht, die er unlängst bei ihr zu Hause hinterlassen hatte, als er noch hoffte, bald wieder zurückzukommen. Nun stand dort:

> *Ich schaffe es nicht, schnell zurückzukehren. Sobald ich kann, werde ich kommen. Ich denke ununterbrochen an dich, ich wünschte, ich könnte dir sagen, wie sehr. Pass gut auf dich auf. K.*

Auf der Suche nach einem Hinweis, irgendetwas, das ihr verriet, wo er sich aufhielt, drehte Ivy das Stück Papier um, genauso wie den Umschlag. Aber nichts. Sie las die Nachricht noch einmal. *Sobald ich kann, werde ich kommen.*

Doch wann würde das sein? *Wann?*

Sie hatte absolut keine Ahnung, und das quälte sie.

*

Als die Japaner einmarschierten, war Kit bereits einen Monat fort. Es war der 8. Dezember, und kurz vor Schluss ihrer geteilten Zusatzschicht beim Funkabhördienst dachte Ivy wie immer an Kit. Kurz nach Mitternacht läutete dann Tomlins' Telefon. Während er zuhörte, was am anderen Ende der Leitung gesagt wurde, wurde sein schweißfeuchtes Gesicht blass. Die Luft in der Baracke stand förmlich vor lauter Feuchtigkeit und Schweiß, und der Boden war nach den Regenstürmen der vergangenen Tage nass: Der Monsun hatte die Japaner ganz und gar nicht aufgehalten. »Sie sind da«, erklärte Tomlins Sekunden später. »Sie sind in Kota Bharu gelandet.«

Ivy befand sich schon fast an der Tür und blieb nun stehen. Eigentlich hätte die Nachricht nicht derart schockierend sein sollen. Sie alle hatten es erwartet. In der letzten Woche hatten sie verfolgt, wie sich japanische Schiffe vom Hafen in Indochina in Bewegung setzten. Die Flugzeugüberwachung hatte die Sichtung von Schiffskonvois im offenen Meer gemeldet, und die Spannung unter ihnen war, verschärft durch die brodelnde Hitze, die Stürme und den prasselnden Regen zu einem alarmierten Schreien angewachsen. Doch nun, da es tatsächlich losging, wirkte die Nachricht entsetzlich. Ivy schien selbst jetzt nicht in der Lage, sich auf den Gedanken einzustellen oder auch nur vorstellen zu können, was in diesem Augenblick vor sich ging.

Sie wusste nicht, wo Kit war, und das jagte ihr Angst ein.

Im Transportbus auf dem Weg nach Hause herrschte allgemeines Schweigen. Ivy kämpfte gegen eine Panikattacke an. Während der Regen auf das Dach des Busses trommelte, versuchte sie sich auszumalen, was sich wohl im sturmumtosten Dschungel abspielte und ob Kit an den Gefechten teilnahm. Kämpfte er? War er verletzt?

Lebte er noch?

Bitte lass *ihn nicht verletzt sein,* betete sie leise. *Bitte lass ihn nicht …* Sie versuchte, den Gedanken zu verscheuchen. Es war undenkbar. Aber es verfolgte sie. Kit verfolgte sie. Sie dachte daran, wie er auf diesem Tisch in der Bar ausgesehen hatte. Sein offenes Gesicht, sein Lachen und seinen miesen Krieg vergessend. Sie erinnerte sich an ihn am Strand, seine Augen derart nah, dass alles verschwamm, und immer wieder daran, wie er auf seinem Motorrad vor dem Funkabhördienst auf sie gewartet hatte. Und sie dachte immer wieder an die Bar mit Gartenterrasse und daran, wie er den Strauß Margeriten für sie in den Händen gehalten hatte. Alles wieder und wieder und immer wieder. Ivy legte ihre verschwitzte Stirn an das warme Seitenfenster des Busses und betrachtete, wie die Scheinwerfer den Dschungel neben der Straße beleuchteten.

Als sie zu Hause ankam, regnete es nach wie vor heftig. Sie rannte unter das Dach der Veranda, aber ihre Uniform war bereits klatschnass. Im Haus war es dunkel. Vanessa und Jane hatten Nachtschicht. Alma, Dai und Lu schliefen schon, denn es war kurz vor zwei Uhr nachts. Ivy begab sich nach oben, schlüpfte schnell in ihr Zimmer und schälte sich aus den nassen Kleidern. Dann zog sie ihr Nachthemd an.

Sie schlief nicht lange. Der Sturm tobte unvermindert, und immer, wenn sie die Augen schloss, tauchte Kit auf, nur dass sie nun auf seinem Kopf einen Stahlhelm sah, während er im strömenden Regen stand und von japanischen Soldaten mit gezückten Bajonetten angegriffen wurde.

Das Letzte, was sie bewusst wahrnahm, war, dass sie um halb vier am Morgen auf ihre Armbanduhr geschaut hatte, dann musste sie eingeschlafen sein. Als sie aufwachte, fühlte sie sich, als wären Stunden vergangen, obwohl ihr irgendetwas verriet, dass sie nur ein paar Minuten geschlafen hatte. Sie hatte keinen Albtraum gehabt, trotzdem hämmerte ihr Herz, genau so, wie es früher immer gewesen war. Außerdem war ein seltsames Geräusch zu hören, und sie brauchte einen Moment, um sich klarzumachen, dass es sich um ihren eigenen unregelmäßigen Atem handelte. Doch es war nicht nur ihr Atem. Aus Richtung der Stadt war ein Donnern zu vernehmen. Kein

Gewitterdonnern, ganz und gar nicht. Da war es wieder. Ivy setzte sich kerzengerade auf und erkannte, das waren Bombeneinschläge. Japanische Bomben. Sie legte sich die Hände an den Hals. Er war schweißnass, ihr gesamter Körper war schweißnass. Weitere Detonationen folgten, und Ivys Herzschlag steigerte sich, ging auf einmal so schnell, dass er in ihren Ohren und in ihrem Mund zu spüren war. Dann hörte sie Flugzeuge, sie dröhnten über ihr, und unvermittelt befand sie sich wieder in London in jener Nacht. *Wir befinden uns in einem Kokon*. Langsam bekam sie keine Luft mehr. Woran sollte sie denken, wenn so etwas passierte? *An den Park, denk an den Park*. Es funktionierte nicht. Das hatte es noch nie. *Versuch es mit Kit*. Aber er befand sich im Dschungel, das machte ihr nur noch mehr Angst. Sie musste an die frische Luft. So verrückt, wie es sein mochte, sie dachte tatsächlich, wenn sie es nur auf die Veranda schaffte, wäre vielleicht alles wieder in Ordnung.

Sie zwang sich aufzustehen. Ihre Beine gaben beinah nach. Sie war auf halbem Weg zur Zimmertür, als verspätet die Sirenen ertönten. Das Geräusch drohte, sie umzubringen. Doch dann öffnete sich die Tür, und Alma erschien. Sie trug Lockenwickler im Haar, und ihre Augen waren genauso schreckgeweitet wie die von Ivy.

»Was sollen wir tun?«, fragte Alma. »Was sollen wir nur tun?«

»Ich muss nach draußen«, erklärte Ivy.

»Das scheint mir eine wirklich schlechte Idee zu sein«, erwiderte Alma. »Was habt ihr in London in solch einer Situation gemacht?«

»Wir sind in einen Bunker gerannt.«

»Wir haben keinen Bunker.«

»Das *weiß* ich.« Weiterer Bombendonner war zu hören. Die Sirene heulte nach wie vor. »Ernsthaft, Alma, ich muss dringend an die frische Luft.«

Alma hatte schon den Mund geöffnet, um zu widersprechen, als plötzlich unten laut an die Haustür gehämmert wurde. Alma drehte sich um, Ivy drängte an ihr vorbei und flog auf ihren schwachen Beinen die Treppe hinunter. Mit zitternden Händen und stoßweise schmerzvoll nach Luft ringend, öffnete sie die Haustür.

Und dann atmete sie aus. Alex stand auf der Türschwelle und hielt einen Regenschirm über sich. Er hatte bloß ein Leinenjackett über den Pyjama geworfen, und seine grauen Augen blickten Ivy besorgt an.

»Geht es dir gut?«, fragte er. »Ich musste nach dir sehen.«

Erleichtert schluchzte Ivy auf. Sie hatte keine Ahnung, warum sie sich umgehend besser fühlte, als sie Alex sah, aber es war so. Es war einfach so.

»Sie wollte nach draußen gehen«, war Alma hinter ihr zu hören.

»Natürlich«, meinte Alex, als wäre Ivys Wunsch das Vernünftigste der Welt.

Dann schaute er über die Schulter in Richtung Stadt. Ein rötliches Leuchten war zu sehen. An jedem anderen Morgen hätte es sich um einen wunderschönen Sonnenaufgang handeln können. Die Explosionen hatten aufgehört, einfach so, mit der gleichen schockierenden Plötzlichkeit, mit der sie begonnen hatten.

»Ich glaube, sie fliegen nach Hause«, meinte Alex.

Alle drei starrten schweigend in die Dunkelheit.

»Oh Gott«, stöhnte Alma kopfschüttelnd, »das war das schrecklichste Erlebnis meines ganzen Lebens.«

Ivy nickte kraftlos. Sie hatte ihre Stimme noch immer nicht wiederfinden können.

Und dann tat Alex etwas, das er noch nie getan hatte. Er streckte die Arme aus und zog sie an sich. Er umarmte sie, als würde dadurch alles wieder gut. Wie die Umarmung eines Elternteils oder nahen Verwandten. Ein Gefühl, das Ivy nicht mehr empfunden hatte, seit sie Mae verlassen hatte.

»Du bist ein tapferes Mädchen«, sagte Alex, und Ivy bemerkte, dass auch sein Körper zitterte. »Ein tapferes, tapferes Mädchen.«

»Ich bin überhaupt nicht tapfer«, entgegnete sie und schaffte es endlich, wieder zu sprechen.

»Wer ist das schon?«, meinte Alma.

Und damit hatte sie recht.

Am nächsten Morgen erfuhren sie, dass bei dem Angriff einundsechzig Menschen getötet wurden, alles Chinesen. Zudem wurden einhundertdreiunddreißig Menschen verletzt. Obwohl sich die Bomber auf die Luftstützpunkte in Tengah und Seletar konzentriert und dort Flugzeuge vernichtet hatten, auf die die Royal Air Force kaum verzichten konnte, war auch das Stadtzentrum zum Ziel der Bomben geworden und hatte in Chinatown und rund um den Raffles Place Frühaufsteher erwischt.

Alma und Ivy fuhren vor ihrer Schicht in die Stadt, um zu sehen, wie sie helfen konnten. Das Kaufhaus Robinsons, bei allen Angehörigen der Army wegen des Einkaufsvergnügens und seiner Tanztees beliebt, war getroffen worden. Geborstene Fensterscheiben lagen auf dem Gehweg und funkelten gespenstisch im dunstigen Morgenlicht. Die Scherben knackten unter Ivys Schuhen. Die Waren lagen überall verstreut: zerbrochene Parfum-Flakons, Bilderrahmen und Seidenschals. Ivy hob einen davon auf und ließ ihn durch die Finger gleiten und sogleich erschrocken wieder fallen, weil ein winziger, verborgener Glassplitter ihr in die Handfläche geschnitten hatte.

Etwas weiter lagen am Straßenrand unter blutbefleckten Laken die Leichen der Getöteten in einer Reihe. Von der Körpergröße zu schließen, handelte es sich ausschließlich um Erwachsene. Doch es war unmöglich zu sagen, welche tödlichen Verletzungen sie erlitten hatten. Bei dem herzzerreißenden Anblick schloss Ivy die Augen, und wieder tauchte Stuart vor ihr auf. Sein Gesicht im Londoner Nebel, nur Momente, bevor die Bombe fiel und sie beide verschüttet hatte. Und nun schließlich erneut, Stunden nachdem die Bomben eingeschlagen hatten, als im Morgengrauen die ersten Brocken von ihrem Steinkokon entfernt wurden und seine Haut bereits gelblich wächsern war und er ins Leere starrte. Innerlich verblutet, Liebes, meinte die Dame vom Luftschutz und schloss ihm mit einer routinierten Geste sanft die Augen. *Es tut mir sehr leid*. Ivy öffnete die Augen und betrachtete erneut die Leute vor ihr. Lebende. Einfach fort. Zahllose andere würden noch folgen.

Eine Hand suchte ihre. Alma.

Sie blieben noch einen Moment länger stehen, und dann begaben sie sich in stillem Einverständnis dorthin, wo ein provisorisches Hilfszentrum errichtet worden war.

Wie sich herausstellte, wurde es von Elsie geleitet. Sie hielt ein Klemmbrett in den Händen und entsprach exakt dem Bild, das sich Ivy von ihr gemacht hatte. Alabasterweiße Haut und eine Stimme, die in feinster englischer Hochsprache alle anderen übertönte. Immerhin schien Elsie erfreuter, Alma zu sehen, als Ivy das angenommen hatte. In der Vergangenheit war Alma sich sehr sicher gewesen, dass Elsie sie nicht besonders schätzte, aber Ivys Eindruck war nun ganz anders, denn als Elsie bemerkte, dass sich die beiden näherten, lächelte sie aufrichtig. Sie griff Almas Hand und hielt sie kurz fest, dann bat sie Ivy und Alma, sich Besen zu nehmen und dabei behilflich zu sein, die Glasscherben zusammenzufegen. »Wie freundlich von dir, dass du gekommen bist.«

»Das ist britisch für *Ich mag dich*«, meinte Ivy und ging zu einem Eimer voller Besen, der vor einem Laden stand.

Alma warf ihr einen ungläubigen Blick zu.

»Doch, wirklich«, betonte Ivy, »ehrlich.«

Schweigend arbeiteten beide eine Stunde. Auch alle anderen, die beim Aufräumen der beschädigten Straße halfen, schwiegen. Es fühlte sich nicht richtig an zu sprechen. Schrill läutend tauchten Sanitätsfahrzeuge auf, die die leblosen Körper abtransportierten, bevor die Hitze wieder einsetzte. Und ebenso erschienen nach und nach die Ladeninhaber. Sie blickten finster, während sie die vom Bombenangriff verschonten Fensterscheiben abklebten. In der kommenden Nacht würde es weitere Bomben hageln, daran zweifelte niemand.

»Armes Singapur«, kommentierte Alma.

Über London hatte man genau das Gleiche gesagt. In wie vielen anderen Städten wurde das wohl gerade gesagt?

Ivy betrachtete all die Zerstörung um sie herum. »Ja«, antwortete sie. »Arme alte Welt.«

Als sie an diesem Morgen in der Abhörstation ankam, informierte Tomlins alle über die aktuellen Neuigkeiten. Die Japaner waren unterwegs nach Thailand. Die geplante Verteidigungsoperation mit dem Codenamen Matador war noch nicht so weit vorangeschritten, dass man die Japaner zurückzuschlagen versuchte, und Tomlins war sich nicht sicher, ob es überhaupt dazu kommen würde. »Wir haben Soldaten, die bereit zum Einsatz sind. Sie haben während des verfluchten Blitzangriffs die ganze Nacht ausgeharrt. Denn trotz allem wurde kein Befehl zur Gegenwehr erteilt.« Tomlins fuhr fort, dass seiner Meinung nach der Kommandeur der Army, Brooke Popham, in der vergangenen Nacht die Operation hinausgezögert hatte, weil er keine neuen Kriegshandlungen auslösen wollte, indem er Truppen zur Verteidigung eines neutralen Landes entsendet, jedenfalls nicht, solange er keinen überzeugenden Beweis hätte, dass solch ein Schritt gerechtfertigt sei. »Den hat er jetzt, aber nun ist die Gegenwehr verdammt noch mal viel komplizierter, weil die Japaner bereits hier sind.«

Unterdessen trafen Meldungen über bevorstehende Kriegshandlungen in der malaysischen Stadt Jitra nahe der thailändischen Grenze ein. Die Verteidigungslinien dort waren bedauerlicherweise nicht geschlossen. Aber die 11. Division bereitete sich darauf vor, die Grenze zu halten, und hob dazu Schützengräben aus und verlegte Landminen. »Ich habe erfahren, dass die Kabel für das Feldtelefon regengetränkt sind«, sagte Tomlins. »Gott allein weiß, wie man sich auf diese Weise verständigen soll.« Er zögerte, bevor er weitersprach. »Mein Bruder gehört zur 11. Division.« Ivy spürte, dass Tomlins eher mit sich selbst redete als zu den Anwesenden. Zum ersten Mal, seit sie ihn kannte, schien seine Schutzschicht zu bröckeln, und sie empfand Mitgefühl für ihn. Er seufzte und schien sich wieder zu sammeln. »Unsere Aufgabe ist klar«, erklärte er, »wir beobachten nach wie vor die Schiffe und verfolgen nach besten Kräften die nächsten Schritte der Japaner. Denkt daran, alles, was sie miteinander reden, ist dringend, also gebt es sofort an Harcourt weiter.« Mit erschöpften Augen blickte er jeden Einzelnen an. »Das hier ist noch nicht vorbei. Also lasst uns unseren Beitrag leisten.«

Und für den Rest des Tages taten sie schlicht genau das. Doch trotz der Arbeit – Abhören von sturmverzerrten Gesprächen, Übersetzung lautschriftlicher Notizen anderer und mit finsterer Miene Aufzeichnung von nicht nachlassenden Truppenbewegungen in Richtung Halbinsel – verging keine Minute, in der Ivy nicht halb abgelenkt war. Ihre Gedanken waren die ganze Zeit zur Hälfte in Malaya bei Kit.

Sie beschloss, Tomlins zu fragen, ob es eine Möglichkeit gab herauszufinden, wo Kit sich befand. Ivy war zwar überzeugt, er würde sie zurechtweisen, dass sie sich gefälligst auf ihre zugeteilten Aufgaben konzentrieren sollte, aber davon wollte sie sich nicht aufhalten lassen. Die Angelegenheit war ihr zu wichtig.

Als sie sich schließlich seinem Schreibtisch näherte und erklärte, was sie wollte, wurden auf alle Fälle seine Gesichtszüge weicher, wie vorhin, als er von seinem Bruder gesprochen hatte.

»Bedeutend für Sie persönlich, Harcourt?«

Sie wurde nicht rot. Es war ihr nicht peinlich, die Wahrheit zu gestehen. »Ja, Sir. Ziemlich bedeutend.«

»Ich habe mich schon gewundert«, meinte er, wieder

völlig untypisch Mitgefühl zeigend. Ivy wünschte trotzdem, er wäre eher böse auf sie, denn dann hätte sie sich weniger aufgelöst gefühlt. »Er ist ein guter Kerl«, sagte Tomlins, »jedenfalls für einen Australier.«

»Meine Mutter war ebenfalls Australierin, Sir.«

»Ja«, entgegnete er, »also das überrascht mich nicht wirklich.«

Ivy musste unwillkürlich lächeln. »Ja, Sir.«

»Lassen Sie mich sehen, was ich herausfinden kann.«

*

Wie Tomlins Bruder befand sich auch Kit in Jitra. Das berichtete ihr Tomlins am folgenden Tag.

In der Nacht war es zu einem weiteren Angriff gekommen. Als es losging, war Ivy noch nicht eingeschlafen, und sie schaffte es, sich unter Kontrolle zu halten. Alex war wieder zu ihnen ins Haus gekommen und hoffte, dass es Ivy nichts ausmachte – er sagte, er täte das eher, um sich selbst zu beruhigen, als dass er tatsächlich Zweifel hätte, Ivy würde die Situation nicht allein bestehen. »Eine nette Art, die Sache zu betrachten«, entgegnete sie und lachte matt, war aber erneut dermaßen erleichtert, weil Alex anwesend war. Alle drei – er, Alma und Ivy – saßen auf der Veranda, bei ihnen befanden sich die schreckerstarrten Dai und Lu, und sie beobachteten das morbide Leuchten der Suchscheinwerfer am Nachthimmel. Als Ivy in ihrem Verandasessel einschlief, brach beinah schon der Tag an. Um sieben Uhr musste sie aufstehen, damit sie rechtzeitig zu ihrer Schicht erschien. Vor lauter Erschöpfung war ihr übel.

Nun legte sie sich die Fingerspitzen an die Stirn und

versuchte zu verkraften, was Tomlins gerade gesagt hatte. »Kämpfen sie bereits?«, fragte sie und wollte die Antwort kaum hören.

»Nein«, antwortete Tomlins leise. Alle anderen in der düsteren, stickigen Baracke arbeiteten. Die Funkgeräte piepten, und in den Kopfhörern knarzte es. Kate wirkte so müde, wie Ivy sich fühlte. Alle wirkten erschöpft. Der Monsun klopfte unaufhörlich auf das Wellblechdach. »Die Japaner sind noch nicht da«, erklärte Tomlins, »was gut ist, weil niemand ist bereit. In den Schützengräben steht das Regenwasser, und die Abwehrstellungen sind überflutet. Die Militär-Flugplätze in Gong Kedah und Machang sind stillgelegt, darum existiert keine Luftsicherung. Genauso wenig wie Panzerabwehr.«

»Was wird geschehen?« Das war eine alberne Frage.

»Keine Ahnung«, meinte Tomlins. »Wir können nichts anderes tun, als zu hoffen, dass alles gut geht.«

Aber es kam alles noch schlimmer, viel schlimmer: Die beiden britischen Kriegsschiffe, die Anfang Dezember unter großem Trara angekommen waren und die einzigen Einheiten der Navy in den Gewässern des Fernen Ostens bildeten, wurden angegriffen und sanken daraufhin. Nach dem grauenhaften Überfall der Japaner auf Pearl Harbor am 7. Dezember hatten die USA Japan zwar den Krieg erklärt, aber das war überhaupt nicht hilfreich: Die Mehrzahl der US-amerikanischen Großkampfschiffe waren ebenfalls zerstört, und es gab kein einziges, das sie entsenden konnten. Was den Indischen und den Pazifischen Ozean betraf, waren die Japaner die Alleinherrscher.

Duff Cooper, ein enger Vertrauter von Premierminister

Churchill, kam nach Singapur, um die unterschiedlichen Führungskräfte der General Headquarters auf eine einheitliche Verteidigungsstrategie einzuschwören (eine Mission, an der er scheitern würde, davon war Ivy überzeugt. »Zweifellos«, sagte Tomlins), und hielt eine Ansprache im Radio. Weil Tomlins eine Änderung der Schichten beantragt und verfügt hatte, dass alle früher zu Bett gehen mussten, war Ivy bereits zu Hause und hörte die Radiosendung im Salon. Auch Alma war daheim, aber Vanessa und Jane hatten schon ihren Dienst im Krankenhaus angetreten und bereiteten sich auf die Behandlung der allnächtlichen Opfer vor.

Duffs tiefe Stimme ertönte aus den Lautsprechern, und er begann in knappen Worten. Ivy war ihm schon mehrmals auf der Insel begegnet. Da lehnte er lässig an Bartresen, rauchte und hielt Hof. Eine gut aussehende, glatt polierte Persönlichkeit mit der Ausstrahlung aristokratischer Selbstsicherheit. Er war auch in derselben Bar bei der Feier in Emerald Hill gewesen, an Kits letztem Abend in der Stadt. (*Schau nur ja nicht so direkt zu ihm hin,* hatte Tristan in Ivys Ohr geflüstert, *wenn er deinen Blick erwidert, ist es um dich geschehen. Ich kenne buchstäblich Hunderte von Frauen, denen das passiert ist.* Ivy hatte daraufhin ungläubig eine Augenbraue gehoben. *Du kennst zu viele Frauen,* hatte sie entgegnet und ihre Augen nicht mehr von Kit abgewendet.)

Während jetzt Duffs Stimme den abendlichen Salon erfüllte, vermischte sich das Knacken des Radios mit dem Duft der Frangipanis, der durch die offenen Fenster hereinströmte, und einem neuen Hauch von Kordit, der von den Bombeneinschlägen in der Stadt herüberwehte. Duff erklärte, dass sich trotz der gesunkenen Schiffe und der Landung der Japaner im Vergleich zum Vormonat nichts geändert hätte. Wir waren auch damals nicht sicher, wir sind auch jetzt nicht sicher. Doch in diesen schweren Zeiten ist Sicherheit kaum ehrenvoll, Gefahr jedoch ist ruhmreich.

Die Rundfunkübertragung endete. Ivy und Alma starrten die Lautsprecher an.

»War das jetzt die britische Art, die Öffentlichkeit zu beruhigen?«, fragte Alma.

»Nein«, sagte Ivy. »Nicht dass ich wüsste.«

»Gefahr ist ruhmreich?« Alma schüttelte den Kopf. Ivy ahnte, sie dachte an die Leichen am Raffles Place. Und an Phil. Ivy jedoch dachte ausschließlich an Kit und Jitra, an die wassergetränkten Telefonleitungen und verlassenen Luftstützpunkte.

Am nächsten Tag griffen die Japaner Jitra an. Tomlins informierte Ivy, dass es Berichte über Kämpfe von Mann gegen Mann und Gerüchte über Bodenverluste gab. Oben auf dem Hügel konnte man hören, wie schweres Waffengerät durch den Dschungel geschleppt wurde. Diese Geräusche versetzten Ivy in noch mehr Angst als der Bombenhagel.

»Ein Fiasko«, meinte Laurie, als sie ihm zu Hause kurz begegnete. »Ein völlig heilloses Debakel. Wir können die Panzer nicht aufhalten, und all unsere Waffen müssen zurückgelassen werden, weil wir nicht genug Soldaten besitzen, die wissen, wie man effektiv einen Rückzug erzwingt. Selbst mit erfahrenen Männern ist das schwer zu bewerkstelligen. Aber die Rekruten sind wie gelähmt vor Angst. Das ist aber nicht ihre Schuld.«

»Hast du irgendeine Möglichkeit herauszufinden, ob es Kit gut geht?«, fragte Ivy. »Und natürlich auch Jimmy und Tristan.«

»Ich weiß nicht, wie ich das anstellen soll«, antwortete er. »Tut mir leid.« Mitfühlend drückte er ihre Schulter. »Sie wissen, was sie tun«, ergänzte er. »Vertraue darauf.«

Sie vertraute auf gar nichts.

Vanessa und Jane blieben neuerdings rund um die Uhr im Krankenhaus. Die ersten Opfer aus Malaya trafen ein, und die schnell wachsende Zahl von Bombenverletzten ließen nichts anderes zu. »Wir wissen nicht, wohin mit ihnen«, erklärte Vanessa, als sie und Jane zu Hause rasch ihre Sachen packten. »Sie lagern auf der Treppe«, beschrieb Jane, »und auf dem Rasen vor dem Krankenhaus.« Alma widmete sich der Aufgabe, die verschiedenen Generäle zwischen dem Flottenstützpunkt in Sembawang und der neuen Hauptverwaltung in der Sime Road hin und her zu transportieren. Sie hatte mehr als einmal erbitterte Streites in ihrem Rücken mitangehört, in denen es darum ging, ob man sich eiligst zurückziehen und dann eine geschlossene Front bilden sollte. Oder ob man sich nur zurückziehen sollte, wenn man dazu gezwungen wurde. »Kopflose Hähne«, meinte Alma, »so benehmen die sich alle.«

Auf Alex' Vorschlag – den er zaghaft vorbrachte, um keine Grenze zu überschreiten – zogen Ivy und Alma in sein Haus. Dai und Lu wollten zu ihren Familien zurückkehren, und da Vanessa und Jane ebenfalls fort waren, regte Alex an, dass es vielleicht besser wäre, die Unterkunft zuzusperren und zu ihm zu ziehen. Er hatte reichlich Platz, und momentan machte seine Haushälterin keine Anstalten, gehen zu wollen. Alma sagte, sie wäre glücklich über das Angebot, und Ivy stimmte vor allem zu, weil sie ein schlechtes Gewissen hatte, dass Alex jeden Abend bei den Bombenangriffen zu ihnen herüberkam. Trotzdem wollte sie ihn auch nicht davon abhalten. Der Lärm der Detonationen und die Flugzeuge am Himmel waren in seiner ruhigen und gefassten Gegenwart so viel erträglicher.

»Ich wüsste nicht, was ich ohne dich tun sollte«, sagte sie.

»Es würde dir gut gehen«, entgegnete er, »das weiß ich.«

»Aber wie?« Sie hatte nicht die Spur einer Ahnung.

Er lächelte sie vage an. »Du bist viel stärker, als du dir selbst zutraust. Harriet war genauso.«

Als Harriets Name einfach so fiel, versetzte das Ivy innerlich einen Schock. Alex erwähnte sie zum ersten Mal. Trotzdem drängte ihn Ivy in dieser Situation nicht, mehr zu erzählen. Sie wollte nicht riskieren, dass er sich wieder vollständig verschloss.

Was er nicht tat. Eigentlich war das Gegenteil der Fall. Während der Stunden, die sie gemeinsam mit Alma auf der Terrasse verbrachten, denn während der Luftangriffe begaben sie sich nie in einen Schutzraum, weil es schlicht keinen Sinn ergab – die Bombardements konzentrierten sich nach wie vor auf die Luftstützpunkte und die Innenstadt (»Ich hoffe, das stimmt wirklich!«, sagte Alma), begann Alex plötzlich mehr von Harriet zu sprechen. Es war beinah so, als hätte der Umstand, dass sich Ivy und Alma in seinem Haus befanden, irgendetwas in ihm gelöst. So saßen sie beisammen, manchmal war auch Laurie mit von der Partie, und betrachteten gemeinsam die Explosionen in der Ferne, spürten den Nachhall, hörten das geringfügige

Flugabwehrfeuer von der Insel, und Alex begann von der Zeit zu sprechen, die er mit Harriet verbracht hatte. Als er sie beschrieb und von ihr schwärmte, vernahm Ivy auch Trauer in seiner Stimme. Er erzählte, wie sie am Abend ihrer ersten Begegnung in einem Garten getanzt hatten, dann von ihren gemeinsamen Dinners und ihrer Angewohnheit, im Abendkleid die nächtlichen Märkte der Stadt zu besuchen. Und schließlich verstand Ivy, warum er sich anfänglich solch eine Mühe gegeben hatte, sie kennenzulernen, und ihr gegen die Erkältung den Honig gebracht hatte. Er hatte ihre Großtante geliebt, das war ganz deutlich. Er liebte sie noch immer, seine große Liebe.

Ivy wünschte sich so sehr, dass Mae Harriet früher erwähnt hätte. Wieder fragte sie sich, warum sie das nicht getan hatte. Alles, was sie von Harriet hörte, gefiel ihr ausgesprochen gut. »Die Art, wie du von ihr sprichst, erinnert mich an meine Gran«, sagte Ivy. Umgehend bereute sie die Bemerkung. Alex schien nicht erfreut, obwohl sie sich nicht vorstellen konnte, warum.

»Sie glichen sich nicht sehr«, erklärte er.

»Ja«, meinte Ivy, verzog verwirrt das Gesicht und sah in Richtung Alma. »Ja.«

Es gab Zeiten wie diese, da verfiel Alex in Schweigen, schlug traurig die Augen nieder und erinnerte sich still. In diesen Momenten war Ivy aufgewühlt, weil sie sich einerseits die Animosität gegenüber Mae nicht erklären konnte und sich andererseits wunderte, was ihr eigentlich das Gefühl vermittelte, Alex schon ewig zu kennen, und sie starrte ihn einfach nur an.

»Was ist mit Harriet geschehen?«, fragte ihn Alma leise. »Wo ist sie jetzt?«

Gequält runzelte Alex die Stirn. »Ich habe sie verloren«, antwortete er.

»Aber wie?«

Er antwortete nicht.

Das gehörte zu den Dingen, über die zu sprechen er sich nach wie vor weigerte.

Später fragte Ivy Laurie, ob Harriet diejenige war, die Alex geheiratet hatte. Bekümmert schüttelte Laurie schlicht den Kopf. Und Ivy wusste nicht, ob dies nun Ja oder Nein bedeutete.

Sie gab es auf, die Wahrheit erfahren zu wollen, oder jedenfalls zunächst einmal. Die Möglichkeit, dass Briefe von Mae ankamen, war geringer denn je, jetzt, wo das Meer um sie herum derart feindlich gesinnt war. Sie konnte sich sowieso momentan nicht allzu sehr den Kopf über diese Geschichte zerbrechen. Nicht mehr.

Denn Ivy war viel zu abgelenkt von der Angst um Kit.

Der Dezember zog sich unerträglich lang. Jitra und einige Städte mehr mussten verloren gegeben werden, während die Japaner weiter vorrückten und die britische Front zurückdrängten. Endlich gelang es Laurie herauszufinden, wo Kit und die anderen steckten, und beruhigte Ivy insofern, als sie zwar in die Kämpfe verwickelt seien, sich jedoch täglich weiter zurückzogen und allnächtlich neue Verteidigungslinien bauten. Vor allem aber seien sie am Leben. Zuletzt hieß es jedenfalls, sie lebten. Ivy war sich nicht sicher, wie beruhigend das wirklich war.

Trotz der Bombenangriffe und der katastrophalen Rückzugslage hatte die Stadtverwaltung dafür gesorgt, dass die Innenstadt weihnachtlich geschmückt war. Als ob durch das Nichteingestehen, wie schlecht die Dinge standen, die Gefahr vielleicht in Schach gehalten werden könnte. An den Gaslaternen in der Orchard Road hingen Girlanden, um die Laternenpfähle war Lametta gewickelt, in dem das tropische Licht funkelte. An einem der seltenen Nachmittage, die Ivy frei hatte, fuhr sie ins Zentrum, um ein paar Weihnachtsgeschenke zu kaufen. Außerdem musste sie zum Postamt in der Killiney Road. Nachdem Maes Briefe nicht angekommen waren, hatte sie ein Telegramm geschickt. Als der Telegrammbote festgestellt hatte, dass das Haus der Mädels unbewohnt war, hatte er Ivy bei Alex ausfindig gemacht. *Komm nach Hause*, stand in der Nachricht, *bitte komm einfach nach Hause*. Ivy musste ihr nun unbedingt antworten, dass es ihr leidtat, aufrichtig leidtat, aber sie würde nicht abreisen.

Auf ihrem Weg blieb sie kurz vor einem Lebensmittelgeschäft stehen. In der Auslage wurde für Weihnachtspastete und in Musselin verpackten Feigenpudding geworben. *Business as usual*. Überall um Ivy herum schlenderten Frauen in feinen Kleidern, wie zu Teepartys zurechtgemacht. Einkaufstüten baumelten in ihren Händen, und ihre heiteren Gesichter ignorierten, dass die Palmen, unter denen sie flanierten, entzweigesprengt waren. Sie dachten womöglich, *wenn ich es nicht beachte, ist es nicht wahr*. Sie lächelten, plauderten, und das ununterbrochene Trommelfeuer der Waffen war für sie in weiter Ferne.

»Ivy?«

Sie erschrak. Eine Lady stand vor ihr. Ivy war dermaßen in ihre Gedanken versunken, dass sie einen Augenblick brauchte, um Phils Mutter zu erkennen.

»Elsie«, begrüßte sie sie, »hallo.«

»Ich habe gerade Alma getroffen«, sagte Elsie und deutete mit dem Kopf in Richtung des Eingangs zum Fort Canning Park. »Sie ist auf dem Weg, jemand abzuholen und machte ein ziemliches Gewese darum.«

»Wirklich?« Ivy lächelte trotz allem fasziniert. »Wie das?«

»Bei ihr waren ein paar ungepflegt wirkende junge Soldaten, ungefähr im selben Alter wie mein Philip.« Elsie hielt kurz inne. Ihre klaren Augen lächelten auf eine Weise, dass sich Ivy die Haare im Nacken aufstellten.

»Wer waren die Männer?«, fragte sie, und ihre Stimme schien weit weg.

Elsies Lächeln erreichte nun den Mund, und ihre weiße Haut spannte sich. »Einer war Australier«, antwortete sie, und Ivy spürte, wie ihr gesamter Körper erstarrte. »Ich glaube, dein Freund, meine Liebe. Er meinte, er sei unterwegs, um dich zu finden.«

»Oh mein Gott«, sagte Ivy. »Er ist hier?«

»Er ist hier.«

»Wo denn?«, fragte Ivy und wollte schon losstürzen. »Bitte, wo ist er?«

Elsie lachte auf. »An der Ecke zur Penang Road«, antwortete sie.

»Danke«, rief Ivy und eilte davon. »Danke vielmals.«

Sie lief bis zu besagtem Ort, ohne unterwegs ein einziges Mal stehen zu bleiben. In weniger als fünf Minuten hatte sie die Strecke geschafft, allerdings hatten der Sprint in der Nachmittagssonne und das ständige Ausweichen wegen all der Ladenbesucher und herumradelnden Rikschas dazu geführt, dass Ivy nun schweißgebadet war. Ihr Baumwollkleid klebte an ihr, die Kehle war trocken, und sie rang nach Luft. *Bitte lass ihn immer noch hier sein.* Als Erstes entdeckte sie Almas Wagen, der am Bordstein geparkt war. Alma stand daneben. Ihre platinblonden Locken und die weiße Uniform strahlten im Sonnenlicht. Dann sah Ivy Tristan, dessen Teint nun dunkelbraun gebrannt war, und Jimmy, dessen Haut von Sonnenbrandblasen überzogen war. Ivy ließ die Gruppe nicht aus den Augen. Auf einmal sah sie ihn, nur ihn. Er war wirklich da, und sie rannte erneut los. In dem Moment drehte er sich um, Ivy flog in seine Arme, er hob sie hoch und wirbelte sie in der Luft herum. Sie lachte ihn an, war völlig verzückt, die Stadt drehte sich um sie, und dann küssten sie sich. Sie küssten sich. *Endlich.* Sie hielt sein Gesicht in ihren Händen, spürte die Bartstoppeln in ihren Handflächen, und etwas von dem angetrockneten Schmutz in seinem Gesicht fiel herunter, als sie ihren Mund auf seinen presste. Ihr war bewusst, dass sie weinte, aber das war ihr gleichgültig. »Ich dachte, du seist tot«, murmelte sie zwischen zwei Küssen. »Ich hatte solche Angst.«

»Weder ich bin tot noch du«, meinte er.

»Du bist da«, sagte sie und küsste ihn erneut. »Du bist da. Wie lange?«

»Eine Nacht.«

»Nur eine?«

»Nur eine.«

Sie hatte keine Lust, jetzt darüber nachzudenken. Wieder küsste sie ihn und wollte nur mit ihm allein sein.

Dann hörte sie ein Hüsteln. Langsam wurde Ivy sich der Anwesenheit der anderen drei, die sie beobachteten, bewusst.

Verlegen drehte sie sich um.

Alle lächelten.

»Da freut sich wohl jemand über das Wiedersehen?«, meinte Alma. »Oh ja!«

Sie gingen allein zu seiner Unterkunft. Alma musste sowieso in die Sime Road, und Jimmy und Tristan meinten, sie wollten in eine Bar. Als Ivy Kit fragte, ob er die beiden begleiten wollte, weil sie das Gefühl hatte, er brauchte das vielleicht, verneinte er und erklärte, er wollte in keine Bar gehen.

»Ja«, sagte sie daraufhin und schaute zu ihm auf. »Ja.«

Und so liefen sie durch die Nachmittagshitze zu seiner Unterkunft. Ivy fiel auf, wie andere Leute Kit ansahen und dann rasch wieder wegschauten. Sie nahmen ihn genauso wenig wahr wie die von Bomben zerfetzten Bäume. Niemand mochte darüber nachdenken, von wo er gerade gekommen war. Er erzählte es auch Ivy nicht. »Ich kann nicht«, erklärte er mit gequälter Miene. »Noch nicht. In Ordnung?«

»Natürlich«, gab sie zurück und wünschte so sehr, dass es anders wäre.

Das Haus war leer. Gegen die Sonne waren alle Fensterläden geschlossen worden. Staubkörner tanzten in der stickigen Luft. Ivy hielt Kits Hand, während sie ihm über den Fliesenboden zu seinem Zimmer folgte. Beide schwiegen. Sie konnte ihren Pulsschlag spüren und das Auf und Ab ihres flachen Atems.

Kit öffnete die Zimmertür. Goldenes Licht erfüllte den Raum. An einer Wand befand sich ein niedriges Bett. Kit wandte sich Ivy zu. Sie legte die Arme um seinen Hals.

Dann fühlte sie, wie seine Hände über ihren Rücken strichen, er ihre Hüften berührte, und als er den Kopf senkte und ihren Hals, ihr Schlüsselbein liebkoste, schloss sie die Augen. Sie küsste ihn und öffnete daraufhin sein Khakishirt. Sie strich über seine Schultern und Arme und zog sein Hemd herunter. Kit war magerer als zuvor, kein Gramm zu viel, und seine warme Haut war braungebrannt und dreckverkrustet. Sie spürte, wie sich seine Hände bewegten und die Knöpfe ihres Kleids öffneten, sodass es bald lose auf ihre Füße fiel. Ivy trug keine Strümpfe, bloß ein Miederleibchen, und sie drängte sich näher an Kit, ihre Haut berührte seine.

Sie bewegten sich langsam auf das Bett zu. Doch dann, ohne seinen Mund von ihrem zu lösen, hob Kit Ivy hoch, trug sie zum Bett und setzte sie dort sanft ab. Sie ließ den Rücken auf die Matratze sinken und fühlte, wie sie unter Kits Gewicht nachgab, als er sich über Ivy kniete. Seine Lippen wanderten über ihre verschwitzte Haut, ihre Brust. Seine Hände umschlossen die Taille ihres seidenen Mieders, und Ivy wölbte sich Kit entgegen, denn sie sehnte sich danach, dass er weitermachte. Dann setzte sie sich auf, zog das Leibchen aus und bemerkte Kits leidenschaftlichen Blick. Wieder ließ sie ihren Körper nach hinten sinken und zog Kit auf sich. Er küsste sie intensiver, überall, an Stellen, von denen sie nicht ahnte, dass man sich dort küsste. Sie stöhnte auf. Das Verlangen nach ihm war stärker als alles zuvor, und als sie dachte, sie könnte es nicht länger aushalten, da bewegte er sich in sie, endlich. Er behielt in der tropischen Hitze die Augen fest auf sie gerichtet, als könnte er auf diese Weise alles ausblenden, was er in der Zwischenzeit gesehen, alles ungeschehen machen, was er getan hatte.

Sie hielt sein Gesicht in den Händen und küsste ihn. »Hör nicht auf«, raunte sie, die Lippen an seinen. »Bitte hör nicht auf.«

Sie fühlte, dass er lächelte. Dieses Lächeln. *Endlich*. Und er meinte: »Wie könnte ich.« Daraufhin lachten beide, hörten aber nicht auf. Für eine lange Zeit.

Später lag sie in seinem Arm, ihr Kopf an seinem Hals. Er betrachtete sie, während sie die Haare aus ihrem verschwitzten Gesicht schob, und er nahm den Anblick ihrer erröteten Haut tief in sich auf, und wie ihre Wimpern einen Schatten auf ihre Wangen warfen.

Noch gestern Nacht hatte er mitangesehen, dass Tristan mit bloßen Händen eine entsicherte Granate gefangen und in die Stellung der Japaner zurückgeworfen hatte, bevor sie detonieren und die Bäume in Brand setzen konnte. Soldaten waren in Todesangst auf sie zugelaufen gekommen, ihre Körper standen in Flammen, dennoch wurde unvermindert weitergeschossen, und die Kugeln peitschten über den Dschungelboden. Er und Jimmy feuerten aus einem schweren Maschinengewehr und verlangten brüllend nach mehr Munition, um alle Feinde zu töten. Wie viele Menschen hatten sie wohl bislang getötet? Er hatte keine Ahnung.

Ivy verlagerte das Gewicht und holte ihn auf diese Art von den grauenvollen Bildern zurück in die Realität. Sie tat das für ihn.

»Ivy«, sagte Kit, »du kannst nicht hier auf der Insel bleiben.«

Langsam hob sie den Kopf und schaute Kit ins Gesicht. »Ich wünschte, alle würden aufhören, mir das immer wieder zu sagen.«

»Ich muss sicher sein, dass du fortgehst.«

»Warum?«

»Wenn etwas passiert«, antwortete er, »wenn mir etwas zustößt ...«

»Nein«, ihre blauen Augen blitzten auf, »sag das nicht.«

»Sie werden kommen, wir können sie nicht aufhalten. Du darfst nicht hier sein, wenn sie einmarschieren.«

»Ich gehe nirgendwohin«, entgegnete sie bestimmt.

»Ivy, bitte.« Seine Stimme brach. »Ich muss wissen, dass du dich in Sicherheit befinden wirst.«

»Dann komm zurück«, antwortete sie schlicht. »Komm zurück und finde mich.«

»Was, wenn ich nicht kann?«

Sie hob die Hand und streichelte zärtlich sein Gesicht.

»Du musst«, erklärte sie, »denn ich werde nirgends hingehen. Jedenfalls nicht ohne dich.«

# 18. Kapitel

In dieser Nacht verließen sie das Zimmer nicht einmal während des Luftangriffs. Ivy entdeckte eine neue Art, sich von den Bomben abzulenken. Dann kämpfte sie mit dem Schlaf, sie wollte nicht schlafen. Doch in den Morgenstunden, als sie mit dem Kopf auf Kits Brust und den Körper in seine erhitzten Arme gekuschelt, dalag und seinem ruhigen Herzschlag lauschte, schlummerte sie ein. Auch Kit schlief derart fest, dass er sich nicht rührte. Wie ein Toter.

Der Sonnenaufgang kam zu schnell und mit ihm Jimmy und Tristan, beide hatten noch mächtig Gin im Blut. Sie riefen, es sei Zeit aufzubrechen. Ihre Stimmen erfüllten das bis dahin so stille Haus und weckten Ivy und Kit. Alma begleitete die Männer und hatte Ivys Uniform mitgebracht. »Ich dachte, du brauchst vielleicht eine Mitfahrgelegenheit zur Station«, erklärte sie und reichte Ivy die Kleidung durch die nur einen Spaltbreit geöffnete Zimmertür.

Wie betäubt starrte Ivy die fein säuberlich gefalteten Kleidungsstücke an. Sie fühlte, wie Kit sich hinter sie stellte und dann zärtlich ihre Schulter küsste. Sie schloss die Augen, hatte keine Lust, die Uniform anzuziehen und damit einzugestehen, dass die Nacht vorbei war.

»Wir müssen in vierzig Minuten am Fahrdamm sein«, lallte Jimmy laut.

»Ich mache mich besser fertig«, sagte Kit verschlafen und in bedauerndem Tonfall.

»Ja«, erwiderte Ivy, »ich glaube, das sollten wir beide.«

Sie zog sich mechanisch an, hatte große Mühe, die Tränen aufzuhalten. Als sie fertig war, ging sie hinaus und wartete zusammen mit Alma vor dem Haus. Sie spürte Almas wachsamen Blick und ihr Mitleid. Darum konnte sie ihr nicht in die Augen schauen. Ivy befürchtete, sich sonst aufzulösen.

Alma sagte: »Ich werde nicht fragen, wie es dir geht.«

»Danke«, entgegnete Ivy.

»Aber heute Abend machen wir einen drauf.«

»In Ordnung.«

»Heute ist schließlich Heiligabend.«

»Ja«, meinte Ivy. »Ja.«

Dann kamen die Jungs aus dem Haus. Kit streckte die Hand nach Ivy aus, und sie ging zu ihm. Sie schmiegte sich in seine Arme. Erst vor wenigen Stunden hatte sie ihn auf der Straße angelacht, die Nacht hatte noch vor ihnen gelegen, und nun war bereits alles vorbei. Vorüber. Genauso wie der Sonnenschein. Regen fiel in Strömen auf den Rasen vor dem Haus, auf die Bäume, den matschigen Weg, und er spülte alles fort.

»Ivy, Darling«, sagte Tristan und stolperte rückwärts die Stufen der Veranda hinunter, »und liebreizende Alma. Allerfröhlichste Weihnachten für euch.« Schnell unterdrückte er ein Rülpsen. »Und für das neue Jahr hoffe ich, dass ihr beide Sushi und rohen Fisch mögt.«

Niemand lachte. Am allerwenigsten er selbst.

Er machte auf dem Absatz kehrt und ging davon.

Jimmy gab Alma und Ivy zum Abschied einen Kuss, warf sich den Rucksack über die sonnenverbrannte Schulter und folgte dann Tristan zur Straße. Sich zu einem Lächeln zwingend wünschte Alma Kit viel Glück und wandte sich dann ab.

Ivy drückte ihr Gesicht an Kits frisches Khakihemd und war nicht imstande, ihn gehen zu lassen. Nach der vergangenen Nacht schien er noch menschlicher, noch verletzlicher zu sein, und das jagte ihr Angst ein.

Mit dem Zeigefinger hob er ihr Kinn an und suchte ihren Blick. Plötzlich war das Grün seiner Augen alles, was Ivy noch sehen konnte. »Ich möchte dich nicht verlassen«, sagte er.

»Ich möchte auch nicht, dass du gehst.« Der Satz schnürte ihr beinah die Kehle zu. Ihre Augen brannten vor lauter ungeweinten Tränen. »Ich werde nicht auf Wiedersehen sagen«, erklärte sie, »nur, dass ich auf dich warte, bis du zurückkommst.«

»In Ordnung.«

»Du musst zurückkommen und mich finden.«

Er nickte langsam. Und dann ein letzter Kuss, und als ob er niemals gehen würde, wenn er sich nicht sofort losriss, war er auf einmal fort.

Danach fehlte er ihr noch mehr als je zuvor. Am ersten Weihnachtstag verbreitete sich die Nachricht, dass das von Großbritannien kontrollierte Hongkong gefallen und von Japan eingenommen worden war. Alle waren erschüttert, aber der Tanglin Club veranstaltete eine Woche später trotzdem eine ausschweifende Silvesterparty. Der Januar zog sich hin, und der Rauch der Bombeneinschläge bildete einen dauerhaften Dunstschleier über der zunehmend übel zugerichteten Insel. Von den unlängst besetzten Luftstützpunkten in Malaya flogen die Japaner nun noch mehr Luftangriffe, und im offenen Meer befanden sich japanische Flugzeugträger in Lauerstellung. Die Arbeit beim Funkabhördienst war unverändert. Endlose Tage in den von Moskitos verseuchten Baracken. Der Erdboden, der unter den Schallwellen der Bomben bebte, das Trommelfeuer, das aus dem Dschungel herüberdrang, mittlerweile immer näher, und unablässig daran erinnerte, wie wenig nützlich die Abhörarbeit offensichtlich gewesen war. Die schlimmste Form der Demoralisierung war, eine Bedrohung auszumachen, aber nichts dagegen unternehmen zu können.

Von Zeit zu Zeit ging Ivy mit Alma in die Stadt. Trotz der Bombenangriffe hatten die Bars immer noch geöffnet, und Bands spielten Livemusik. Alex, der sich um die beiden Frauen sorgte, meinte, es würde ihnen guttun auszugehen. Aber Ivy tat es überhaupt nicht gut. Tatsächlich glichen diese Abende einer Tortur, denn sie verbrachte jede einzelne Minute damit, zur Tür der Bar hinüberzustarren. Obwohl ihr Herz wusste, dass das Warten auf den einen vergebens war, und er sie nicht ein zweites Mal überraschen würde. Alma war genauso niedergeschlagen. Von nirgendwo kamen mehr Briefe durch, und es war lange her, dass sie etwas von Phil gehört hatte. Die letzten Berichte über die Situation und die permanenten Gefechte in der Wüste waren ebenfalls verheerend. »Was, wenn er tot ist?«, fragte Alma eines Abends. »Was, wenn er längst tot ist, und ich weiß nur nichts davon?«

»Du würdest es erfahren«, antwortete Ivy.

»Ach ja?«, meinte Alma. »Ich bin mir nicht sicher.«

Genauso wenig wie Ivy. Auch sie machte sich ununterbrochen ähnliche Sorgen wegen Kit.

Der Bruder von Lieutenant Tomlins hatte von einem Flammenwerfer schwerste Brandverletzungen davongetragen und wurde mit einem Lazarettschiff nach Ceylon gebracht. »Dort ist er am besten aufgehoben«, sagte Tomlins barsch. Auch andere Menschen begannen, die Insel zu verlassen. Obwohl das Raffles jeden Abend gut besucht war – überall war unverdrossen von Partys die Rede, die drei Wochen im Voraus geplant wurden, und von Kindergeburtstagen und davon, ob es wohl noch Stellen an der Küste gab, an denen man ein Picknick veranstalten konnte –, machten im Keppel Harbour Linienschiffe fest, und die waren bald darauf mit Frauen und Kindern gefüllt, die beim Gouverneur Pässe beantragt hatten, um sichere Zufluchtsorte in Sumatra und Ceylon oder weiter entfernt in Australien anzusteuern. Ausschließlich Europäer verließen die Stadt. Die Chinesen, die einheimischen Inder und Malayer waren gezwungen zu bleiben, was auch immer ihnen als Nächstes bevorstand.

Ivy erhielt ein weiteres Telegramm von Mae.

*Komm nach Hause STOP Bitte STOP Damit du in Sicherheit bist STOP*

Zu ihrer Schande antwortete sie diesmal gar nicht. Es gefiel ihr nicht, Mae etwas abzuschlagen, und da fiel es ihr leichter, gar nichts zu sagen.

»Bitte geh«, meinte Alex. »Bitte, bitte geh.« Und dann

wie ein unbewusstes Echo von Maes Flehen: »Damit du in Sicherheit bist.«

»Ich kann nicht«, gab Ivy zurück und war in Gedanken – wie immer – bei Kit. »Ich kann einfach nicht.«

Eines Morgens Mitte Januar sprach Sam, der mit jedem Tag blasser zu werden schien, in der Kantine Ivy an, die sich gerade einen Tee holte. Die morgendlichen Stürme hatten aufgehört, und zurückgeblieben war der Geruch von feuchtem Gras und trocknender Erde. Die wenigen Leute in der Kantine waren still, saßen von der Hitze und der permanenten Angst lethargisch geworden stumm an den Tischen und umklammerten ihre Becher. Sam flüsterte, als er Ivy verriet, er hätte Wind davon bekommen, dass es Pläne zur Evakuierung der Abhörstation geben sollte. Ivy wusste davon schon und auch, dass Kate, Tomlins und die anderen noch diese Woche fortgehen würden. Sie hatte mit Tomlins darüber geredet.

»Wir müssen hier alle weg«, sagte Sam. Allerdings stimmte seine Aussage nicht mit den Tatsachen überein. »Wir gehören zum Geheimdienst. Man braucht uns zu sehr. Und man will uns nicht den Japanern ausliefern.«

Sein rundes Gesicht war von den Ereignissen gezeichnet, dennoch machte er eine hoffnungsvolle Miene. Zum ersten Mal seit langer Zeit tat er Ivy leid. Er wirkte so jung – eindeutig zu jung – und wollte unbedingt recht haben.

Ivy streckte die Hand aus und drückte seinen verschwitzten Unterarm. Er blickte auf ihre Finger und lief rot an, sodass Ivy schnell die Hand wieder entfernte. Dennoch behielt sie einen freundlichen Ton bei, als sie sagte: »Du gehörst nicht zum Geheimdienst, Sam. Man wird all die als Erstes versetzen, die …«

»Ich bin überflüssig«, meinte Sam. »Ist es das, was du sagen willst?«

»Ich«, begann Ivy erneut und hielt dann inne. Denn vermutlich wollte sie genau das damit ausdrücken. »Nur, was die geheimdienstlichen Tätigkeiten anbelangt«, entgegnete sie dann.

»Nicht wie du«, meinte Sam.

»Ich werde nicht gehen«, erklärte Ivy und bediente sich selbst mit dem Tee. »Es werden Freiwillige benötigt, die ein wenig länger bleiben, also habe ich Tomlins gesagt, dass ich bleiben will.«

»Das ist dumm.«

Genau das Gleiche hatte Tomlins erwidert. »Fortzugehen ist keine Schande«, entgegnete Sam. »Ich habe tatsächlich Lust, darauf zu bestehen, dass auch du gehst. Wir haben nicht genug Übersetzer, wenn es ...«

Daraufhin erklärte sie Sam, dass sie zusammen mit den anderen, die dablieben, beizeiten ein Schiff besteigen würde. Sie erklärte ihm aber nicht, warum sie wirklich so unbedingt bleiben wollte. Aber sie war sich sicher, er ahnte es trotzdem.

Ihr Verdacht bestätigte sich sogleich. »Du machst das für Langton.«

»Es ist gleichgültig, warum ich es tue.«

»Ich kann nicht fassen, dass er das zulässt.«

»*Er* lässt das nicht zu. Es ist allein meine Entscheidung.«

Plötzlich schmollte Sam nicht mehr, sondern wirkte besorgt. »Die Japaner werden dich töten, Ivy.«

»Ich werde nicht mehr hier sein, wenn sie kommen«, widersprach sie und hatte keine Ahnung, ob das der Wahrheit entsprach. Dennoch weigerte sie sich, Befürchtungen wegen etwas zu hegen, das noch nicht passiert war. »Und ich bleibe nicht nur wegen Kit.«

Und das stimmte. Vanessa und Jane blieben ebenfalls, weil sie im Krankenhaus rund um die Uhr zu tun hatten. Wenn die beiden sich den Dingen stellen konnten, konnte Ivy das auch. Alma blieb ebenfalls. Sie meinte, sie wollte Phils Ma Elsie nicht allein zurücklassen. Phils Dad war bereits nach Malaya aufgebrochen, um dort seine Dienste als Fahrer anzubieten. Und da sich Elsie nicht eingestand, wie verängstigt sie deswegen war, warf sie sich mit ganzer Kraft in die Arbeit der Ersten Hilfe (»Krisen stehen ihr gut zu Gesicht«, meinte Alma). Elsie erklärte Alma, sie würde die Insel erst verlassen, wenn Phils Dad zurückgekehrt war. »Ich weiß nicht, ob sie mich hier tatsächlich braucht«, sagte Alma, »aber ich möchte nicht fort sein, wenn sie mich braucht.« Ivy verstand das. Es erging ihr mit Alma wenig anders. Und mit Alex. Auf einmal sah er nicht mehr gesund aus. Er war still und hatte Fieber. Zum ersten Mal, seit sie Alex kannte, sah er so alt aus, wie er wirklich war. Er meinte, er brauchte keinen Arzt, und dass bloß seine alte Malaria-Erkrankung zurück sei. Das geschehe von Zeit zu Zeit, und er würde es schon überstehen. Er hätte dagegen Tabletten, und es würde ihm bald wieder gut gehen.

Ivy runzelte die Stirn und fragte sich, ob sie darauf bestehen sollte, dass Alex sich von einem Arzt untersuchen lassen sollte.

»Es geht nicht nur um Kit«, erklärte sie Sam erneut.

Aber natürlich ging es hauptsächlich um ihn.

*

Gegen Ende Januar wurden ununterbrochen Luftangriffe

geflogen. Ganze Bombenteppiche gingen hernieder, und im Tiefflug wurden Zivilisten auf den Straßen bombardiert. Der Flottenstützpunkt war verlassen und die Benzintanks dort in die Luft gesprengt worden. Niemand wollte irgendetwas hinterlassen, das die Japaner noch hätten nutzen können. Und Laurie war fort, abkommandiert auf ein Flugzeug Richtung Ceylon. »Ich fühle mich wie eine Ratte, die das sinkende Schiff verlässt«, meinte er betrübt. »Aber ich muss gehen.« Er nahm Ivy fest in den Arm und dann Alma. »Ich hoffe, auch ihr beiden werdet bald gehen.« Er blickte zum Fenster von Alex' Zimmer, der dort schlief, weil er sich immer noch unwohl fühlte. »Bringt ihn hier fort, wenn ihr könnt.«

Ivy sagte, sie würde es versuchen, obwohl es für alle riskanter wurde, irgendwohin zu gelangen. Selbst die zivilen Schiffe im Hafen wurden bombardiert. Es war ihr nicht gelungen, zu dem Schiff, das ihr zugeteilt war, Kontakt aufzunehmen, und nachdem der Funkabhördienst schließlich eingestellt worden war, hatte sie später gehört, dass es mehrfach getroffen im Dock untergegangen war. Sie hoffte, dass die Menschen, mit denen sie in den letzten Tagen ihres Dienstes zusammengearbeitet hatte, nicht zu Schaden gekommen waren. Sie besaß keine Möglichkeit, das herauszufinden.

Der Rückzug in Malaya ging weiter. Und in den klimatisierten Kinos in Singapur, inklusive des Cathays, wurden inzwischen Lebensmittelvorräte gehortet, weil man sich auf eine Belagerung der Stadt vorbereitete. An den Stränden wurde noch mehr Stacheldraht verlegt, außerdem Landminen, doch nur bei Nacht, da die Tiefflüge der Japaner es unmöglich machten, tagsüber daran zu arbeiten.

An einem der letzten Januartage kam Alma verschwitzt und mit hochrotem Gesicht nach Hause. Sie nahm an der Veranda gleich zwei Stufen auf einmal und verbreitete aufgeregt die Nachricht, dass die Grenze zu Malaya geschlossen sei. »Man sprengt jetzt den Fahrdamm, weil die Japaner fast da sind«, erklärte sie.

Ivy starrte einfach nur vor sich hin. Sie hatte in Alex' Schaukelstuhl auf der Veranda gesessen und beobachtet, wie Rauch über der Stadt aufstieg. In Gedanken war sie dort gewesen, wo sie immer war. »Wann?«, fragte sie.

»Um Mitternacht«, antwortete Alma. »Jeder, der sich zu dem Zeitpunkt noch auf malayischer Seite befindet, ist dann abgeschnitten.«

»Aber Kit ist in Malaya«, sagte Ivy. »Jimmy und Tristan ...«

»Sie werden es herausschaffen«, sagte Alma.

»Doch was, wenn nicht?«, fragte Ivy.

Alma schwieg. Was sollte sie auch sagen?

Ivy legte die Hände an die Stirn und versuchte, gegen den Lärm in ihrem Kopf anzudrücken. »Ich fühle mich so nutzlos, einfach hier herumzusitzen«, meinte sie. »Ich habe mich noch nie so nutzlos gefühlt.« Sie hob den Blick und schaute in Almas weit aufgerissene Augen. Darin spiegelte sich Ivys eigene verzweifelte Sorge. »Ich wünschte, ich wüsste, ob es ihm gut geht«, sagte sie. »Ich wünschte so sehr, ich wüsste es.«

*

Es ging Kit nicht gut. Alles andere als das. Genauso wie Tristan und vier weiteren Männern des australisch-neuseeländischen Army Corps, die sich gemeinsam weit vom

Fahrdamm in Johor Bahru befanden. Sie hatten das Funksignal empfangen, dass um Mitternacht die Brücke in die Luft gesprengt würde, und dann erreichte sie eine weitere Nachricht, dass sich die Sprengung möglicherweise bis zum Sonnenaufgang verschob, doch niemand konnte bestätigen, welche Meldung galt: Ihr Funkgerät hatte eine Kugel abbekommen, als sie fluchtartig von der Straße weggesprungen waren, weil eine Gruppe Japaner auf Fahrrädern auf sie zugekommen waren. Verfluchte Fahrräder. Wenn die Japaner auch nur eine Winzigkeit weniger bedrohlich gewesen wären, hätte man über die Angelegenheit vielleicht sogar lachen können.

Doch Kit und seine Kameraden bildeten die am meisten gefährdete Spitze des Trupps. Sie hatten den Rest der Fernost-Armee im Rücken und immer mehr sich nähernde Japaner vor sich. Wie in Frankreich waren sie Teil der Nachhut, die alles zerstören und in Brand setzen sollte, was der Feind für sich nutzen konnte. Brücken, Waffen und Flugplätze, die vor gerade mal einem Jahr errichtet worden waren. Die zerstörerische Feuersbrunst bildete für Tausende von Soldaten und Rekruten ein Schutzschild, um sich schon jetzt nach Singapur zurückziehen zu können. Jimmy befand sich auf diese Weise auf dem Rückzug. Er hatte die Leitung über ein Regiment von Gurkhas, nepalesische Soldaten in Diensten der britischen Army, übernommen, nachdem deren Führer umgebracht worden war, und geleitete die Männer zurück über den Fahrdamm. Immerhin schaffte es einer von Ivys und Almas Freunden.

Kit, Tristan und die anderen hingegen hatten noch viele Meilen vor sich. Kit blickte auf seine Armbanduhr, während sie sich durch das Buschunterholz und tief herabhängende Lianen schlugen. Das schmutzige Uhrenglas war von der Luftfeuchtigkeit beschlagen, aber Kit konnte in der untergehenden Sonne trotzdem die Uhrzeit erkennen: fast sieben Uhr abends. Sogar der direkte Weg nach Johor Bahru würde länger als fünf Stunden dauern, doch überall lauerten Japaner. Die direkte Route kam nicht infrage.

»Wenn die Brücke wirklich um Mitternacht gesprengt wird«, sagte er schnaufend zu Tristan, während er vor sich eine weitere Liane trennte, »sind wir geliefert.«

»Und wenn sie erst im Morgengrauen gesprengt wird«, entgegnete Tristan, »wird es uns stattdessen in ein paar Tagen in Singapur erwischen.«

Mit dem ersten Morgenlicht erreichten sie den Damm. Sie hatten keine Ahnung, ob die Brücke noch intakt war. Die Außenbezirke der Stadt Johor Bahru waren verwaist: keine Soldaten, keine Panzer, nichts. Nur die Spuren von schweren Fahrzeugen auf den matschigen Straßen und all die Rauchwolken – über den Hütten der einheimischen Malayer, den verlassenen und gefluteten Schützengräben und Waffen am Straßenrand – ließen darauf schließen, dass hier überhaupt einmal Militär gewesen war. Die meisten Hütten waren leer, die Türen standen sperrangelweit auf. Jeder, der hatte fliehen können, war geflohen. In einem Türstock stand ein gebückter alter Mann und starrte Kit direkt ins Gesicht. Im grauen Morgenlicht schien seine Miene achtsam und skeptisch.

Einer der anderen Australier in der Gruppe, ein Captain namens Peters, stellte sich vor den Alten und fragte in quälend langsam betontem Englisch, wohin das Militär sei. »Brücke weg? Ja? Oder nein?«

Der Mann antwortete nicht.

Aber Peters versuchte es weiter. »Du gesehen? Ja? Du verstehen? Du gesehen, was passiert?«

»Lieber Himmel«, kommentierte Tristan.

Kit wandte sich in Richtung Brücke. Sie hatten noch ungefähr eine weitere halbe Meile zu gehen. Hatte man sie schon gesprengt? In all dem Rauch war es unmöglich, etwas zu erkennen. »Wir gehen besser einfach weiter«, meinte er.

Doch da hörten sie plötzlich leise Töne: Musik bahnte sich einen Weg durch die Stille des Morgens. Kit hatte diesen Klang schon einmal gehört. Dudelsäcke. »Was zum …?«

Peters stockte kurz, dann begriff er, und sein Gesicht hellte sich auf. Aber Sekunden später war seine Miene beunruhigt. »Das sind die schottischen Argylls«, meinte er, doch die anderen begriffen nicht, was das bedeutete.

»Wovon redest du?«, fragte Tristan.

»Ich kenne die«, rief er und rannte bereits in Richtung Musik. »Sie haben darüber Witze gemacht.«

»Worüber Witze gemacht?«, fragte Kit.

»Sie wollten hier die letzten Verbliebenen sein«, brüllte Peters. »Sie meinten, sie würden auf dem letzten Gang über die Brücke Dudelsack spielen und den Damm danach in die Luft jagen. Los jetzt, verdammt noch mal, lauft!«

*

Alex lag im Bett und befand sich aufgrund des Fiebers in einem Zustand der Bewusstlosigkeit, als das Haus vom Druck einer fernen Detonation geschüttelt wurde. Trotz des Dämmerzustands wusste er, was das bedeutete. Wenn er sich auch nicht ganz sicher war. Sein Geist war zu umnebelt.

Hatte er nicht eben noch die Mädchen durch das offene Fenster reden gehört?

Natürlich sollten sie längst nicht mehr im Haus sein. Hatte er ihnen nicht gesagt, dass sie gehen sollten?

Er fror und zitterte vor Kälte in dem warmen Zimmer. Schweißbedeckt. Sein Mund war ausgetrocknet, und jede Faser seines Körpers schmerzte.

Vom Flur hörte er Ivys verzweifelte Stimme. Sie sprach von Kit, vom Fahrdamm: »Was können wir nur tun?« Alex wollte zu ihr. Er spürte das dringende Bedürfnis, sie zu trösten.

*Das nennt man Eltern sein,* drang Lauries Stimme an sein Ohr, obwohl er nicht anwesend war. *Das nennt man Großeltern sein.*

»Ich war nichts von alldem«, murmelte Alex in die Einsamkeit, die ihn umgab.

Dann war auf einmal Ivy da. Sie machte ein besorgtes Gesicht. Er wusste gleich, sie hatte geweint. Sie legte die Hände um seinen Kopf und sagte: »Oh Alex.«

Er hob eine Hand und berührte ihre Finger. Sie kennenzulernen, war eigentlich nicht vorgesehen gewesen. Er hatte nie vorgehabt, sie zu lieben. »Unmöglich, es nicht zu tun«, sagte er leise.

»Wie bitte?«, fragte Ivy und beugte sich näher zu ihm. »Was hast du gesagt?«

Die Worte verschwammen. Hallten undeutlich in seinem Kopf. Er schloss die müden Augen. Und dann befand er sich nicht mehr in seinem Zimmer, sondern begab sich in die Vergangenheit. Seine Vergangenheit. Mit Harriet.

*Harriet.*

Er hatte sie so sehr geliebt. Er hatte sie geliebt und ihr das Herz gebrochen.

Es war das Schlimmste, was er je getan hatte.

# 19. Kapitel

*Mai 1897*

Harriet spürte in dem Moment, als sie aus dem Atelier der Schneiderin in der Orchard Street zurückgekommen war – das fertige Brautkleid aus Spitze schwer und wunderschön in ihren Armen –, dass etwas nicht in Ordnung war. Nicht nur Alex, sondern auch Mae und David erwarteten sie in dem stickigen Salon. Es war die Art und Weise, wie Alex zusammenzuckte, als sie den Raum betrat, die sie beunruhigte. Wie er einen Schritt auf sie zuging und dann abrupt wieder innehielt. Da war diese gewisse Jämmerlichkeit in seinem Blick und Tränen in Maes Augen.

Dazu die seltsame Genugtuung in Davids Blick.

»Was ist los?«, fragte sie und wollte es eigentlich gar nicht wissen. Niemand sagte ein Wort. Das Schweigen wurde länger, und Harriet spürte, wie ihre Angst wuchs. »Alex?«, fragte sie und hoffte, er würde irgendetwas vorbringen, was auch immer, um ihre Sorge zu verringern.

»Ich weiß nicht, wie ich es dir sagen soll«, erklärte er mit schmerzerfüllter Stimme, was ihre Sorge kein bisschen verkleinerte.

»Mir was sagen?«, fragte sie, obwohl ihr Instinkt ihr dringend riet, sich umzudrehen und den Raum zu verlassen. Sie wusste gar nicht, warum sie noch dastand, das Brautkleid in ihren verschwitzten Armen.

»Wir haben Neuigkeiten …«, fing David an.

»Nein«, sagte Alex seltsam heftig. »Ich habe Ihnen gesagt, dass ich das übernehme.«

Harriets Augen schossen zwischen ihnen hin und her. *Was übernehmen*? Ihre Knie begannen zu zittern. Sie hatte keine Ahnung, was jetzt kommen mochte. Doch alle außer ihr schienen Bescheid zu wissen.

»Es ist etwas passiert«, sagte Alex zögernd, »etwas, das ich nie beabsichtigt hatte«, ihre Beine zitterten heftiger. »Es war auf dem Ball bei Soames«, sagte er. »Ich dachte, Mae wäre du. Sie trug dein Kleid«, er verzog das Gesicht, »in dem Raum war es sehr dunkel …«

»In welchem Raum?« Sie bewegte die Lippen, erkannte aber ihre angespannte Stimme selbst kaum. Dann blickte sie zu Mae, die den Kopf gesenkt hielt, in ihr tränenverschmiertes Gesicht, und fürchtete sich erst recht. »Alex …?«

Er sagte: »Ich dachte, sie wäre du.«

»Warum sagst du das die ganze Zeit?« Ihre Stimme klang genauso gepresst.

»Weil ich es sonst niemals getan hätte.«

»Was getan?«

Mae gab ein ersticktes Schluchzen von sich.

»Alex?«, sagte Harriet, nun selbst den Tränen nahe. »Was hast du getan?«

»Sagen Sie es ihr«, mischte David sich ein, »sonst tue ich es.«

»Ich wollte das nie«, sagte Alex. »Ich hatte es nie vor.«

»Du machst mir Angst«, sagte sie. »Bitte …«

»Harriet …«Seine Stimme brach. »Mae ist schwanger.«

Da erstarrte sie vollkommen.

Mit seinen grauen Augen starrte er sie verzweifelt an. Sein Gesicht verschwamm, doch sie nahm es kaum wahr. Dafür hallten seine Worte in ihrem Kopf wider. Sie begriff sie einfach nicht, dabei waren sie alles, was sie hörte. Sie fühlte sich … wie betäubt. Nicht einmal das. Sie war sich nicht sicher, ob sie überhaupt irgendetwas fühlte.

Schwanger?

Nein.

*Nein.*

Sie merkte, wie sie den Kopf schüttelte.

»Die beiden werden nächste Woche heiraten«, sagte David, wobei seine Stimme so gedämpft klang, als stünde er ganz weit weg.

Sie bekam keine Luft mehr. Das Kleid, das sie auf den Unterarmen trug, zog sie nach unten. Sie ließ es fallen, und es landete mit einem leisen Geräusch zu ihren Füßen. Auch das verschaffte ihr keine Erleichterung.

»Ich werde niemals mit ihr zusammenleben«, sagte Alex. »Sie wird nach England gehen, sobald es sich arrangieren lässt, und dort mit ihrem Kind leben. Ich werde mit beiden nichts zu tun haben …«

Ein Kind? Ein *Kind*? Harriet griff sich an die Kehle, um den Druck zu lindern. Sie meinte, weinen zu müssen, auch wenn sie es nicht wollte, genauso wie sie rein gar nichts von alldem wahrhaben wollte. Wieder sah sie Mae an und fragte sich, warum die derart aufgebracht war. Dann musterte sie David und sein triumphierendes Grinsen. Irgendwo in ihrem Hinterkopf hörte sie seine Worte: *Ich bekomme immer, was ich will.* Noch etwas fiel ihr ein: wie unwohl sie sich gefühlt hatte, als Mae vorschlug, die Ballkleider zu tauschen; wie David sie gezwungen hatte, das Glas mit dem Champagner auszutrinken. Sie merkte, wie sich etwas in ihr regte und ihr Verstand sich, eigentlich gegen ihren Willen, einschaltete. »Du hast das geplant«, sagte sie. »Du hast mir etwas in mein Glas getan.« Ihre Stimme wurde lauter. »Du hast Roger gedrängt, mit Alex auszugehen …«

Davids Miene veränderte sich nicht. Er leugnete oder bestätigte nichts, aber sie wusste, dass sie recht hatte. Er hätte es ihr auch erzählt, wenn Mae nicht schwanger geworden wäre. (Schwanger? *Schwanger*? Stimmte das wirklich?) Es hätte ihm in jedem Fall Freude bereitet.

Aber Mae? Wie hatte sie sich darauf einlassen können?

Bei dieser Frage spürte Harriet, wie die lähmende Wirkung des Schocks völlig verschwand und tiefe Trauer sie erfasste. Mit ihr kamen die Tränen.

Alex verzog das Gesicht. Er bewegte sich auf sie zu, doch sie hob die Hände, um ihn aufzuhalten, selbst wenn sie sich so sehr wünschte, es nicht tun zu müssen. »Nein«, sagte sie, »nein.«

Er gehorchte, ballte jedoch die Fäuste. Sein ganzer Körper war verkrampft, als koste es ihn große Anstrengung, still zu verharren. Plötzlich sah sie ihn als Kind vor sich, wie er für seine Mutter ausgesehen haben musste, als sie ihn in seinem Internat zurückließ. Sie wusste gar nicht, wo dieser Gedanke herkam, nur dass er schon genug Einsamkeit durchlitten hatte und sie ihm das nicht erneut antun wollte. Sie wollte ihn trösten, trotz allem sehnte sie sich verzweifelt danach. Aber sie brachte es nicht fertig. Nie mehr würde sie dazu in der Lage sein, und sie wusste nicht, ob sie ihm das vorwerfen sollte oder nur Mae und David.

Aber es spielte sowieso keine Rolle, weil nichts mehr daran zu ändern war, was jetzt seinen Lauf nahm. Eine neue Welle von Schmerz erfasste sie, und sie umklammerte ihre Mitte, grub die Fingernägel in ihr Korsett.

Mae sagte: »Es tut mir so …«

»Wage es nicht«, sagte Harriet schluchzend. »Wage bloß nicht zu sagen, es täte dir leid.«

»Aber das tut es«, sagte Mae und weinte heftiger. Worüber hatte sie denn zu weinen? »Und ich schwöre dir, dass Alex die Wahrheit sagt. Er wusste nicht, dass ich es war.«

»Behauptet er«, mischte David sich ein.

»Er wusste es nicht«, sagte Mae.

»Das ist mir egal«, schrie Harriet jetzt beinahe. Sie wandte sich an Alex und brach fast zusammen, als sie den Verlust in seinem Gesicht sah. »Es ist geschehen. Was auch immer wer sich dabei gedacht hat, es ist geschehen.« Tränen strömten aus ihren Augen, und ihre Stimme klang schwach.

Alex meinte: »Lass mich dich irgendwohin bringen.«

Gleichzeitig fragte Harriet Mae: »Warum hast du das getan?«

David antwortete für sie. »Weil sie das wollte, was du hattest«, sagte er und klang ehrlich empört, »also hat sie es sich genommen.«

Harriet merkte, wie Wut ihr Gesicht verzerrte. »Und du glaubst wohl, dass du jetzt bekommst, was du willst? Ist das so?«

»Ich möchte, dass du glücklich bist«, sagte er. »Und ich würde dir niemals so etwas antun.«

Alex gab ein missbilligendes Geräusch von sich. Er sah aus, als würde er ihn am liebsten schlagen, und Harriet wünschte sich, er täte es, doch vergebens. Stattdessen ging er weiter auf sie zu. »Lass mich mit dir reden«, sagte er. »Allein. Bitte.«

»Nein«, sagte Harriet. »Ich kann nicht.« Sie konnte es nicht, weil sie es eigentlich brauchte und es sie noch mehr verletzt hätte, wenn sie es zugelassen hätte. Sie wich zur Tür zurück, ohne zu wissen, wohin sie gehen sollte, nur dass sie von ihm wegmusste.

Irgendwie gelangte sie nach oben in ihr Zimmer. Sobald sie dort war, sank sie zu Boden, das Kleid bauschte sich um sie, und sie würgte schluchzend, während ihr Bilder, schreckliche Bilder durch den Kopf gingen: Alex, der Mae küsste, sie im Arm hielt, die Augen schloss und Dinge tat, die sie sich nur vorstellen konnte; dann die beiden am Altar von St. Andrew's stehend, in einer Woche schon, wo sie sich das Ehegelübde gaben. Alex' Kind in Maes Armen – seines, niemals ihres. Sie legte die Hände flach auf den Boden, ihr Haar fiel nach vorn, Tränen liefen ihr aus Augen und Nase, mischten sich mit Schweiß und rannen ihr über Gesicht und Hals.

Und dann war Alex da. Sie hatte keine Kraft mehr, ihn abzuwehren, als er sie aufhob und in seine Arme schloss. Also klammerte sie sich an ihn, genau wie er sich an sie. Seine Jacke wurde von ihren Tränen durchweicht, und verzweifelt wollte sie ihn nie mehr loslassen. Sie dachte an alles, was sie geplant hatten, vor allem an die tausend Kleinigkeiten, die für selbstverständlich zu halten sie kaum noch hatte erwarten können: mit ihm aufzuwachen, ihn zu sehen, wann immer sie wollte, gemeinsame Spaziergänge, Mahlzeiten, ihn bei sich zu wissen, immer an ihrer Seite. Es schien unmöglich, dass sie all das innerhalb von Minuten verloren haben sollten. Aber dann schlug sie die Augen auf und blickte über seine Schulter. Sie sah Mae auf dem Flur stehen und sie mitleidig anstarren. Da fiel ihr von Neuem ein, was sie und Alex zusammen getan hatten, und auch das Baby, das in Maes Bauch wuchs. Fast ohne ihr Zutun bewegten sich ihre Hände und stießen Alex weg.

»Harriet«, sagte er, »bitte …«

»Du musst gehen«, sagte sie.

»Ich kann nicht.«

»Du musst.« Sie stieß ihn immer weiter Richtung Tür. »Ich flehe dich an, lass mich allein.«

»Das will ich nicht.«

Diesmal schrie sie tatsächlich. »Hier geht es nicht darum, was du willst!«

Er zuckte zusammen, widersprach aber nicht. Nicht mehr. Er ging, und erst als er fort war, wurde ihr bewusst, wie sehr sie sich wünschte, er wäre geblieben.

Sie schaute auf ihre zitternden Hände und sah den Verlobungsring mit dem Saphir noch an ihrem Finger stecken. Sie streifte ihn ab, trat auf den Flur und hielt ihn Mae hin.

»Den will ich nicht«, sagte Mae.

»Nimm ihn«, sagte Harriet und drängte ihn ihr auf. »Warum nicht? Alles andere hast du ja bereits.«

*

Am nächsten Morgen traf kein Frühstückskorb ein, sondern ein von Alex adressiertes Kuvert.

*Harriet,*
*niemals werde ich dir sagen können, wie leid es mir tut. Inzwischen habe ich diesen Brief schon*

*zehnmal neu geschrieben, und jedes Mal kommt es mir noch unmöglicher vor, dir zu sagen, wie sehr. Ich habe kein Recht, irgendetwas von dir zu verlangen, am wenigsten, dass du dir meine Entschuldigungen anhörst, aber ich fürchte, das muss ich.*
*Erstens, glaub mir bitte, dass ich wirklich nicht wusste, dass es Mae war, und dass ich nie mit jemand anderem außer dir zusammen sein wollte und jemals zusammen sein wollen werde. Das sage ich dir nicht, weil ich mit deiner Vergebung rechne, sondern weil du einfach wissen musst, dass du mir nichts weniger als alles bist. Nie werde ich begreifen, wie ich nicht merken konnte, dass sie es war. Und ich werde mir nie verzeihen, so viel zerstört zu haben. Du hast mich zum glücklichsten Mann der Welt gemacht und verdienst so viel mehr, als ich dir geben konnte.*
*Zweitens, lass mich dir helfen. Wie ich gestern schon sagte, wird Mae nach London abreisen, sobald dort ein Haus gefunden ist. Sie kann dort ganz respektabel leben – mit ausreichend Rücklagen, um dem Klima zu entfliehen –, und ich möchte, dass du auch abreist. Ich denke, es wäre schlimm für dich, zurückzubleiben, und ich will, dass du, fern von mir und fern von Keeley neu beginnen kannst. Das kannst du dort – und bei Mae wohnen, wenn du es wünschst, oder auch allein. Wie auch immer du entscheidest, ich werde einen Fonds bereitstellen und niemals etwas anderes von dir erbitten, als dass du ihn nutzt, bis du auf eigenen Beinen stehst, was du zweifellos tun wirst. Ich*

*kann mir dein Gesicht vorstellen, während du das hier liest. Deine Ablehnung. Du wirst nichts von mir annehmen wollen, aber ich flehe dich an, genau das zu tun.*
*Drittens, wirst du dich bitte mit mir treffen? Ich werde die Insel unmittelbar nach der Hochzeit verlassen. Denn ich will dir das Haus überlassen, damit du mit so wenig Schmerz wie nur möglich dort wohnen kannst, bis alles arrangiert ist und du mit dem Schiff aufbrechen kannst. Und ich sage dir ehrlich, dass ich mich auch nicht dazu überwinden kann, mit Mae hier zu sein. Ich plane, nicht zurückzukehren, bevor ihr fort seid, aber ich ertrage die Vorstellung nicht, dich zum letzten Mal gesehen zu haben. Ich verdiene nichts, doch meine Kutsche wird heute Abend um sieben auf dich warten. Ich werde nicht darin sitzen, und es liegt bei dir, ob du sie besteigst oder nicht. Wenn du heute Abend nicht kommst, werde ich sie morgen erneut schicken und auch am Tag danach, bis zur Hochzeit. Die Entscheidung liegt ganz bei dir. Ich werde respektieren, was immer du tust.*
*Ich liebe dich, Harriet. Und ich werde es auf ewig bereuen.*

Als sie zu Ende gelesen hatte, schluchzte sie haltlos. Den ganzen endlosen Tag lang trug sie den Brief bei sich und las ihn wieder und wieder in der stickigen Hitze ihres Zimmers. Als sie die Wärme dort nicht länger ertrug, las sie auf der Veranda weiter. Dann starrte sie in den Garten, wo das Unkraut wieder die Oberhand gewonnen hatte, während sie den Brief im Schoß hielt und mit den Fingern über das Papier strich, das er berührt hatte. Die Worte kannte sie inzwischen auswendig, doch sie überlegte, was sie tun sollte. In der Hitze und gefangen von ihrer Trauer war es ihr unmöglich, einen klaren Gedanken zu fassen.

David kehrte von der Arbeit zurück. Als sie ihn seinen Regenschirm schwingend die Einfahrt heraufkommen sah (warum er den bei sich trug, wo er doch sowieso nie bei Regen hinausging, wusste sie nicht), traf sie zumindest eine Entscheidung.

Als er sie fragte, ob sie sich zum Abendessen umziehen würde, sagte sie: »Nein.« Dann erklärte sie ihm, dass sie gleich nach der Trauzeremonie mit Mae ausziehen würde, um dann weiter nach London zu reisen. Sie sah das Entsetzen in seinem Gesicht, verspürte jedoch keine Genugtuung. Nichts bedeutete ihr mehr etwas.

»Dann wirst du Blakes Almosen annehmen?«, sagte er.

»Bis ich eine Arbeit gefunden habe.«

»Ich dachte, du hättest mehr Stolz.«

»Trotz allem«, sagte sie dumpf, »hast du erwartet, dass ich dich heirate.«

»Ich habe noch nicht aufgegeben«, sagte er.

»Dann bist du ein Narr.«

»Ich will dich glücklich machen.«

»Du willst dich selbst glücklich machen«, sagte sie. »Das ist nicht dasselbe.«

»Bitte«, sagte er, deutlich schwächer, »geh nicht.«

Harriet antwortete nicht.

Er zögerte, schien auf sie zu warten. Als sie nicht kam, ging er schließlich doch hinein. Seinen Regenschirm schwenkte er nicht mehr.

Um sieben tauchte Alex' Kutsche auf. Harriet stand mit vom langen Sitzen steifen Gliedern auf und ging zum Kutscher.

»Ich komme leider nicht mit«, sagte sie.

»Ich werde warten«, sagte er.

»Das brauchen Sie nicht«, sagte sie.

»Ich werde warten«, wiederholte er.

Und das tat er. Sie setzte sich auf die Veranda und beobachtete ihn, genau wie er die nickenden Köpfe der Pferde betrachtete, bis er um kurz vor acht davonfuhr.

Genau wie Alex es versprochen hatte, kehrte er am nächsten und übernächsten Abend zurück.

»Wirst du ihn nicht treffen?«, fragte Laurie, der sie am dritten Morgen besuchte. »Er ist außer sich. Ich kann dir gar nicht sagen wie sehr.«

»Ich kann ihm nicht helfen«, erklärte Harriet.

»Aber willst du denn nicht zu ihm?«, fragte Laurie und sah sie mit seinen freundlichen Augen verblüfft an.

»Natürlich will ich das«, sagte Harriet. *Genau deshalb kann ich es nicht.*

Sie hielt ihren Widerstand fast bis zum Ende durch. In planlosem Schweigen packte sie ihre Sachen und hörte Mae im Zimmer nebenan das Gleiche tun. Sie schrieb Alex, dass sie ihn nicht treffen, aber nach London gehen würde. *Ich sehe keine andere Wahl.* Sie bat ihn um einen Gefallen: eine Empfehlung, mit der sie Arbeit finden würde. Erzieherin oder Gouvernante wollte sie nicht mehr werden. Sie war zu dem Schluss gekommen, dass es zu hart wäre, Teil einer Familie, irgendeiner Familie zu sein, nachdem sie so nah daran gewesen war, eine eigene zu gründen. Aber ihr war die Idee gekommen, sie könne

Schreibmaschineschreiben lernen und sich Arbeit in einem Büro suchen. Alex schickte ihr umgehend ein Empfehlungsschreiben und dazu eine Liste von Leuten, die sie in England um Hilfe bitten konnte. Die damit verbundene Endgültigkeit brachte sie beinah schon wieder zum Weinen. Jeden Moment, den sie beide miteinander verbracht hatten, rief sie sich in Erinnerung. Jede Unterhaltung, jedes Lächeln, doch sie verdarb sich all das mit der Erkenntnis, dass es geendet hatte, wie es geendet hatte, und quälte sich mit der Intimität, die Mae erlebt hatte und die sie nie erfahren würde. Sie kämpfte darum, das zu akzeptieren, genauso wie sie darum kämpfte, ihn so zu verabscheuen, wie sie es eigentlich sollte.

Wann immer David versuchte, mit ihr zu sprechen, ignorierte sie ihn. Ebenso ignorierte sie Maes nicht enden wollende Entschuldigungen. Und wenn jeden Abend um sieben Alex' Kutsche vorfuhr, um sie abzuholen, dann versuchte sie, auch die zu ignorieren.

Erst am Vorabend der Hochzeit gab sie schließlich nach. Davids gemieteter Gharry stand an diesem Abend ebenfalls da, bereit, ihn zu einem Dinner bei den Soames zu bringen. (Er hatte sie aufgefordert, ihn zu begleiten, was sie abgelehnt hatte.) Vielleicht erinnerte der Anblick der beiden Fahrzeuge nebeneinander sie daran, wie viel Alex ihr bedeutete und aus welcher Hoffnungslosigkeit er sie in diesen viel zu wenigen Monaten geholt hatte. Vielleicht war aber auch allein der Gedanke, ihn nie wiederzusehen, plötzlich unerträglich. Jedenfalls verließ sie ihr Zimmer, ohne irgendetwas bewusst entschieden zu haben, setzte sich nicht einmal ihre Haube auf, trat auf die Terrasse, ging die Einfahrt hinunter, öffnete die Tür der Kutsche und stieg ein.

Sie sah, dass Mae ihr von ihrem Fenster aus nachblickte. David befand sich ausgehfertig in seinem Arbeitszimmer.

Sie machte sich keine Gedanken darüber, was die beiden von ihr halten mochten, weil sie einfach so das Haus verließ.

Was konnte ihr jetzt schon noch passieren?

Der Kutscher brachte sie in dieselbe Bucht, die Alex ihr an ihrem allerersten Abend gezeigt hatte. Ihre Knie zitterten, als sie dort hielten und sie aus der Kutsche stieg. Während der Fahrt war sie immer nervöser geworden. Sie wusste gar nicht, was sie sagen oder tun wollte, aber nun, da sie hier war, auf dem weichen Boden stand und den Duft der Bäume rundherum und das Salz des Meeres atmete, während Alex nur ein paar Schritte entfernt war, fühlte sie sich wie am Rande von etwas. Vielleicht war es das Ende.

Der Kutscher leuchtete ihr mit einer der Laternen den Weg zwischen den Bäumen in die Bucht. Diesmal gab es nichts zu essen, keine Fackeln. Nur Alex, der direkt am Wasser wartete. Die dunkle Wasserfläche sah aus wie Glas, in dem sich die Sterne spiegelten. Er hatte sie nicht erwartet. Das sah sie an seiner resignierten Körperhaltung, als er sich umdrehte. Dann die Erleichterung in seinem Gesicht, als er sie erblickte. Diese Erleichterung rührte etwas in ihr an. Sie fühlte sich erbärmlich wegen der Male, als sie nicht gekommen war. Als hätte sie ihn im Stich gelassen, einen Mann schlimm verwundet, den sie doch immer nur glücklich hatte sehen wollen. Doch er hatte sie verletzt. Er tat es noch immer.

Der Kutscher ließ sie allein.

Keiner von ihnen sagte ein Wort.

Dabei gab es so vieles, was sie sagen wollte.

Er kam ihr entgegen. Sie merkte erst, als sie in seine erschöpften grauen Augen sah und diese verschwammen, dass sie weinte. Sie konnte nicht damit aufhören. Wieder dachte sie an alles, was sie im Begriff war zu verlieren, und dann sagte sie etwas, das sie nie beabsichtigt hatte. Er sah, als er es hörte, ebenso überrascht aus, wie sie sich dabei fühlte.

Mit einer Hand streichelte er ihr Gesicht. »Harriet«, sagte er.

»Bitte«, sagte sie.

Seine Lippen verzogen sich zum traurigsten Lächeln überhaupt, dann beugte er sich zu ihr herab und küsste sie. Sie schloss die Augen und vergaß in diesem Moment alles, bis auf ihn und was er ihr bedeutete. Sie erwiderte den Kuss mit einem Drängen, das sie selbst schockierte. Trotzdem hörte sie nicht auf und er auch nicht. Zum ersten Mal wich keiner von ihnen zurück, denn beide wussten, wenn sie es jetzt taten, würde es das letzte Mal gewesen sein. Er öffnete die Häkchen ihres Mieders, die Schleifen des Korsetts, küsste ihre Schultern, ihren Hals, sodass sie nach Luft schnappte. Stück für Stück fielen ihre Kleider: das Kleid, ihr Korsett, ihre Unterröcke und Strümpfe, bis ihre Haut am ganzen Körper der milden Luft ausgesetzt war. Er streichelte und küsste sie überall, wie darauf bedacht, nur ja keine Stelle zu übersehen. Einem Instinkt folgend, den sie zu lange unterdrückt hatte, küsste sie ihn und zog auch ihm die Kleider vom Leib.

Letztlich war sie wohl doch die Tochter ihrer Mutter. Und sie konnte es nicht einmal bedauern.

Danach lagen sie eng umschlungen im warmen Gras. Seine Finger ruhten auf der Biegung ihrer Taille. Sie atmete stoßweise und dachte: *So ist das also*. Immer noch spürte sie das Echo seiner Berührungen am ganzen Körper. Sie wünschte, es würde nie vergehen. Ein immerwährendes Echo unserer Träume, dachte sie.

»War es anders?« Die Frage kam ihr ganz unwillkürlich über die Lippen. »Ich meine, im Vergleich zu …?«

»Nein, bitte.« Er stützte sich auf und blickte flehend auf sie herab. »Das brauchst du mich nicht zu fragen.«

»Aber ich tue es.«

»Ich erinnere mich kaum, was passiert ist«, sagte er. »Es hat nichts bedeutet. Weniger als nichts. Aber ich werde mich an jede Sekunde von dem hier erinnern.«

Sie drehte den Kopf, schaute aufs Wasser. Das Gras unter ihr raschelte. »Wie seltsam, darüber zu sprechen«, sagte sie.

»Dann lass es uns nicht tun«, sagte er leise. »Und bitte hör auf, daran zu denken.«

»Ich werde es versuchen«, sagte sie.

Aber es gelang ihr nicht.

Sie ging trotzdem nicht, sondern blieb bis zur Morgendämmerung bei ihm. Sie liebten sich erneut und dann noch einmal.

Sie liebte jede Sekunde, und doch brachte es sie fast um. Sie wusste, dass auch er das wusste, aber sie nicht bitten konnte aufzuhören. Sie verstand das ebenfalls, denn sie wollte nicht, dass er aufhörte. Und auch wenn es schrecklich war, so viel schlimmer als schrecklich, das Wunder zu spüren, mit ihm zusammen zu sein, in dem Wissen, dass er es mit Mae ebenfalls gewesen war und dass er Mae in ein paar Stunden heiraten würde, weil er musste, dann wäre der Abschied doch noch viel schwerer gewesen.

Und es war aus diesem Grund ganz und gar unmöglich, auch nur eine Minute mehr als unbedingt nötig allein zu verbringen.

Mae schlief in jener Nacht überhaupt nicht. Selbst wenn die Aussicht auf den kommenden Tag und die Vorstellung, in der Kirche vor Alex zu stehen, sie nicht dermaßen geängstigt hätte, wäre ihr das nicht gelungen. Ihr war so schlecht, dass es sie um die Schlaf brachte, und die Erschöpfung verschlimmerte wiederum die Übelkeit. Sie hatte sich angewöhnt, im Salon zu sitzen, weil die Schlaflosigkeit sich irgendwie weniger bedrohlich anfühlte, wenn sie sich nicht in dem Raum aufhielt, in dem sie eigentlich schlafen sollte.

So saß sie hellwach dort, als Harriet nach Hause zurückkehrte. Mit zerknittertem Kleid und offenem Haar. Mae empfand keinen Zorn, als sie sie so sah, nur eine neue Welle des Schmerzes, weil sie solches Elend verursacht hatte und zu feige war, es zu beenden. Sie blieb stumm, während Harriet die Treppe hinaufstieg. Sie wollte nicht mit ihr reden. Aus Angst davor, was sie sonst vielleicht sagen würde. Sie war nun schon so weit gegangen, dass sie nicht mehr zurückkonnte.

Auf jeden Fall wartete sie auf David. Er war unmittelbar nach Harriet aufgebrochen, mit seinem Gharry und dem Pony. Er war die ganze Zeit über weg gewesen, und Mae war sich fast sicher, dass er überhaupt nicht bei den Soammes gewesen war, sondern Harriet nachspioniert hatte.

Wie zum Beweis kehrte er nur Minuten nach Harriet heim.

»Wo warst du?«, fragte Mae und trat auf den Flur hinaus.

Erschrocken fuhr er zusammen.

Sie fragte ihn erneut. »Bist du Harriet gefolgt?«

»Das geht dich gar nichts an.«

»Lass sie endlich in Ruhe, ja?«

Er sah sie an, als hätte sie ihn verwirrt. »Das kann ich nicht«, sagte er.

Harriet ging nicht zu der Hochzeit. Sie verabschiedete sich nicht, als Mae in ihrem einfachsten cremefarbenen Kleid mit einem müde wirkenden David in dem gemieteten Gharry zur Kirche aufbrach. Kurz und wie benommen fragte sie sich, ob David Mr Palmer von der Hochzeit in Kenntnis gesetzt hatte und ob er jetzt wohl jemals sein Geld bekam. Doch dann ließ sie von der Frage ab, weil es sie nicht im Geringsten interessierte.

Sie half Ling, ihren und Maes Schrankkoffer nach unten zu transportieren, kehrte dann in ihr Zimmer zurück und betrachtete mit trockenen, schmerzenden Augen den Wecker neben ihrem Bett. Der Minutenzeiger näherte sich zehn Uhr, da dachte sie an Alex, der nun schon in elegantem Frack und mit grimmiger Miene am Altar stehen musste. Laurie würde bei ihm sein: als Trauzeuge. Sie vermutete auch Sally dort, die sich das Spektakel gewiss nicht entgehen ließ.

Es begann zu regnen. David würde darüber nicht glücklich sein. Der Minutenzeiger rückte auf Viertel nach zehn. Wie mit einem dumpfen Schlag wurde ihr bewusst, dass es nun vorüber sein musste.

Sie weigerte sich zu weinen. Es waren schon genug Tränen vergossen.

Mae war um elf Uhr zurück, in Alex' Kutsche statt in

Davids Gharry. Der Regen prasselte auf das Dach, und Mae stieg aus, ohne sich die Mühe zu machen, einen Schirm aufzuspannen, während sie aufs Haus zuging. Harriet erschrak darüber, wie furchtbar dünn sie war. Trotz ihrer Wut konnte sie darüber keine Genugtuung empfinden.

»Bist du fertig?«, rief Mae zaghaft und zögernd von der Terrasse nach oben.

Das war Harriet nicht, doch sie verließ ihr Zimmer trotzdem. Ohne noch einen Blick zurückzuwerfen, verließ sie es. Sie hatte nicht vor, jemals dorthin zurückzukehren.

Der Kutscher lud ihre Koffer in die Kutsche. Sie und Mae sprachen beim Einsteigen kein Wort. In London musste erst alles arrangiert werden, und daher würden sie noch Wochen in Alex' Haus in Bukit Chandu verbringen müssen. Harriet wusste nicht, wie sie das durchstehen sollten. Sie wünschte sich trotz allem, Alex wäre da, doch er war bereits auf dem Weg nach Bombay. *Fahr nicht*, hätte sie beinah zu ihm gesagt, als er sie an diesem Morgen verlassen und noch ein letztes Mal innig umarmt hatte, *bleib. Ich ertrage es nicht*. Aber irgendwie hatte sie die Worte doch hinunterschlucken können.

David war noch nicht zurück, als sie losfuhren. Harriet stellte sich vor, wie er auf der Veranda der Kirche festsaß und in den Regen starrte. Sie und Mae sahen stumm aus den beschlagenen Fenstern der Kutsche, während sie nach Bukit Chandu hinauffuhren. Es erinnerte sie an ihre Ankunft in Singapur. Nur dass sie diesmal nicht zu einem kleinen Bungalow der Gouvernement-Verwaltung fuhren, sondern zu einem großen, wunderschönen Haus. Dort erwartete sie Alex' Diener Xing-Hao, der mit einem Regenschirm schon in der Einfahrt bereitstand.

Er führte sie beide hinein und die Treppe hinauf, wo er Mae den Weg in ihr Zimmer zeigte. Es war dasselbe, das sie für sie vorgesehen hatten, als sie alle noch glaubten, sie würde als Alex' Schwägerin hier einziehen. Harriet sah ihr nach und versuchte für einen Moment, sich vorzumachen, so sei es immer noch.

»Ma'am Harriet«, sagte Xing-Hao und bedeutete ihr, ihm ans andere Ende des Hauses zu folgen. »Hier entlang, ja?«

Sie riss ihre Augen von Mae los und ging mit ihm.

Er öffnete die Tür zu dem Zimmer, das neben dem von Alex lag. Genau wie bei Maes war sie immer davon ausgegangen, es zu bewohnen.

»Er sagt, Sie können wählen«, erklärte Xing-Hao. »Wir haben noch andere Zimmer, wenn Sie möchten.«

»Nein«, sagte sie. »Danke. Ich möchte hier sein.« Schließlich würde sie in relativ kurzer Zeit ins noch unvorstellbare London abreisen. Gab es also wirklich etwas dagegen einzuwenden, dass sie sich ihm bis dahin noch nah fühlen wollte?

Xing-Hao ließ sie allein. Sie trat ans Bett. Dort lag ein Zettel auf ihrem Kopfkissen.

*Ich habe in jedem Augenblick, bei jedem Wort an dich gedacht. Ich werde immer an dich denken. A.*

Langsam ließ sie sich auf die weiche Matratze sinken, legte sich mit seinem Zettel in der Hand hin und weinte noch einmal, weil sie meinte, ihrerseits nicht genug an ihn gedacht zu haben.

In den Tagen und Wochen, die folgten, sprachen sie und Mae sehr wenig miteinander und wenn, dann nur Worte, wie man sie unter Fremden wechselte: ein leises »nach dir« auf der Treppe; Bitten, bei den Mahlzeiten das Salz, Wasser, das Gemüse zu reichen; gelegentlich die Frage, ob die andere gedenke, in dieser Woche die Kirche zu besuchen, gefolgt von knappem Nicken auf die unvermeidliche Antwort, »Nein, ich würde es nicht ertragen«.

Mae nahm weiter ab. Harriet hörte oft, wie sie sich übergab, konnte sich aber nicht überwinden, zu ihr zu gehen. Sie ließ allerdings den Arzt kommen. Ein aalglatter Typ in den Vierzigern, dem die Hitze nicht das Geringste auszumachen schien. Er sprang die Stufen zu Maes Zimmer in so beiläufiger Eile hinauf, dass man nur annehmen konnte, er halte die Beschwerden einer schwangeren Frau für deutlich unter seiner Würde. Höchstens fünf Minuten verbrachte er bei Mae und erklärte Harriet anschließend, er empfehle Ingwertee, Bettruhe und rate von Reisen ab.

»Wir sollten eigentlich nach London«, sagte Harriet.

»Dann werden Sie warten müssen«, sagte er. »Sie haben noch Monate bis zur Niederkunft. Da ist noch genug Zeit.«

Harriet, die sich weiterhin einredete, es wäre das Beste für sie, von hier fortzukommen und neu anzufangen, fühlte sich angesichts dieser Aussage seltsam erleichtert. Eine Art Lethargie hatte sie erfasst. So hatte sie sich noch nie gefühlt, aber sie brachte kaum Energie für irgendetwas auf und war immer weniger bereit, irgendwohin zu reisen. Das Haus verließ sie nur selten, außer um in die Bucht hinunterzuspazieren. Sie verbrachte dort Stunden am sanft geschwungenen Ufer, während sie aufs Wasser blickte und sich fragte, wo Alex sein mochte und ob er an sie dachte wie sie an ihn. Manchmal hörte sie es in den Bäumen hinter sich rascheln und hatte den Eindruck, jemand beobachte sie von dort. Sie drehte sich erwartungsvoll um und rechnete fast damit, Alex zu sehen, doch zwischen den Bäumen war niemand. Nie war dort irgendwer.

Alex' Sekretär suchte sie Ende Juni auf. Mae sagte, es gehe ihr zu schlecht, um ihn zu empfangen, also sprach Harriet allein mit ihm. Der freundliche Chinese erklärte ihr in tadellosem Englisch, dass man ein Haus in einem Ort westlich von London gefunden habe, der Kauf werde gerade abgewickelt, und er könne die Überfahrt nach Tilbury buchen, wann immer sie es wünsche. Harriet berichtete ihm, was der Arzt gesagt habe. »Wir müssen warten.« Da errötete der Sekretär, dem das Thema sichtlich peinlich war, und richtete seine Aufmerksamkeit auf die Fahrpläne der Peninsular and Oriental Steam Navigation Company vor ihnen auf dem Tisch. Harriet verstand, dass er nicht über die Schwangerschaft sprechen wollte. Ihr ging es nicht viel anders. So einigten sie sich auf eine Überfahrt im September, denn die würde es ihnen erlauben, rechtzeitig vor der Geburt des Babys, die zu Beginn des neuen Jahres erwartet wurde, in England einzutreffen.

Als Laurie das nächste Mal kam, erzählte Harriet auch ihm von diesem Plan. Er besuchte sie oft und heiterte sie in ihrer düsteren Stimmung ein klein wenig auf mit Geschichten von Sallys und Rogers peinlichen Soireen, Scherzen, die er von anderen Seeleuten gehört hatte, und Geschichten von den Orten, die er gesehen hatte. Er sah sie erschrocken an, als er erfuhr, dass der Tag ihrer Abreise bereits festgesetzt sei. Er würde dann gerade selbst auf See sein, und es tat ihm sehr leid, zurückzukommen und Harriet wie auch Mae nicht mehr anzutreffen. Er wiederholte, wie schrecklich traurig er über alles sei, was vorgefallen war. Das zauberte ein kleines dankbares Lächeln auf Harriets Gesicht. Sein Mitgefühl nützte zwar nichts, aber es bedeutete ihr trotzdem etwas.

Aus Juni wurde Juli und schließlich ein glutheißer August. Auch im Verlauf der Monate besserte sich Maes Übelkeit kein bisschen.

»War der Arzt noch einmal bei ihr?«, erkundigte sich Sally, die sich angewöhnt hatte, von Zeit zu Zeit vorbeizuschauen. »Vielleicht ist es ja nicht nur das Baby. Es hat auch Fälle von Malaria gegeben ...«

»Ich weiß«, sagte Harriet. Laurie hatte ihr von dem Ausbruch der Krankheit in Malaya berichtet und davon, dass die Leute eine Ausbreitung fürchteten. Harriet war ebenfalls besorgt, doch Doctor Yardley hatte abgewunken, als sie davon sprach, und ihre Überlegungen als Unsinn abgetan. Die Symptome sind völlig andere. *Wenn Sie mir von Schmerzen, Schüttelfrost und hohem Fieber berichten, dann können wir noch einmal über Malaria sprechen.* »Es sollte ihr bald besser gehen«, berichtete sie nun Sally. »Wir haben die Reise erneut verschoben, auf Oktober. Das sollte uns immer noch genug Zeit lassen.« Dann wechselte sie das Thema, weil sie nicht darüber sprechen wollte. Sie wollte ans Abreisen nicht einmal denken.

Die Vorstellung von einem Neuanfang, die ja nie einfach war, hatte sich in den wenigen Wochen zu etwas entwickelt, das ihr mittlerweile unmöglich erschien. Und das hing nicht nur mit ihrer Erschöpfung oder der wachsenden Angst davor, Alex' Haus und ihre gemeinsamen Erinnerungen zu verlassen, zusammen. Ihr Unwohlsein hatte sogar nachgelassen, ebenso wie die gelegentliche Übelkeit, an der sie gelitten hatte und die sie anfangs – naiverweise – für ein Symptom ihrer Trauer gehalten hatte. Auch das Ausbleiben ihrer monatlichen Regel hatte sie zunächst darauf zurückgeführt, doch inzwischen war sie schon drei Monate überfällig, und ihr Bauch begann zu wachsen. Jeden Morgen vor dem Anziehen starrte sie ihn an, strich mit den Händen über die verschwindende Taille und die schwache Wölbung ihres Bauchs. Mit großen Augen fragte sie sich, was darin gerade vor sich gehen mochte.

Sie weinte nicht darüber, sondern lächelte manchmal sogar. Aber im selben Maß, wie sie an der Vorstellung, dass Leben in ihr wuchs, Gefallen zu finden begann, wuchs auch ihre Panik. Weil sie ein Baby erwartete, waren ihre Pläne für ein Leben in London zunichtegemacht, und sie hatte keine Ahnung, was an deren Stelle treten sollte. Sie hatte das verzweifelte Bedürfnis, mit Alex zu sprechen, doch der war nicht da und würde erst zurückkehren, nachdem sie und Mae abgereist waren. Außerdem konnte er ihr ohnehin nicht helfen. Nicht mehr. Daher unternahm sie nicht einmal den Versuch, ihm zu schreiben und ihn um die vorzeitige Heimkehr zu bitten. Schließlich war er mit ihrer Schwester verheiratet und galt bereits als der Vater ihrer Nichte oder ihres Neffen.

Die vertrackte Situation raubte ihr den Schlaf. Es wurde September, und ihr Bauch war nun schon so groß, dass es unbequem war, ein Korsett zu tragen. Sie ging immer öfter in die Bucht, zog dort ihr Kleid und Korsett aus und kühlte ihre geschwollenen Füße im Wasser. Mit Blick auf den Horizont, das türkisfarbene Meer und den blauen Himmel, von dem die Sonne so heiß brannte, legte sie die Hand auf die Stelle, wo sich das Baby befand: das Kind von ihr und Alex. Oft hörte sie es in den Bäumen rascheln und erschrak. Sie war sich sicher, dass wirklich jemand dort war und es doch einmal er sein würde.

Aber sie sah niemand.

»Wir werden schon zurechtkommen«, erklärte sie der kleinen Wölbung ihres Bauchs, aber mehr, um sich selbst zu beruhigen, nicht das Kind. Sie wollte so sehr glauben, dass das stimmte, aber es gelang ihr nie mehr als halbherzig.

Denn sie war sich keineswegs sicher, ob sie tatsächlich zurechtkämen.

# 20. Kapitel

*Februar 1942*

Am Nachmittag nach der Zerstörung des malayischen Damms drängten sich in Singapur alle britischen, australischen und indischen Soldaten, die es rechtzeitig aufs Festland geschafft hatten. In den heißen, verrauchten Straßen wimmelte es von sonnenverbrannten Männern und Jungen, in deren konfusen Blicken man die Erschöpfung lesen konnte. Sie waren von oben bis unten schlammverkrustet, und manche schliefen in Hauseingängen auf ihren Seesäcken, weil sie nicht wussten, wohin.

Ivy registrierte das alles, während Alma sie nach einer vergeblichen Fahrt zum Generalhauptquartier in Fort Canning, wo sie herausfinden wollte, was aus Kit geworden war, wieder nach Hause kutschierte. Auf dem normalerweise so ruhigen Hügel hatte Chaos geherrscht, an den idyllischen Hängen und in den weißen Gebäuden hatte es von zurückgekehrten Truppen gewimmelt. In den Hauptbüros hatten Telefone geschrillt und schwitzende aufgeschreckte Kommandeure waren auf und ab gelaufen, überall wurden Türen geschlagen. Niemand hatte ihnen irgendeine Auskunft geben können. Unglaublich, dass dann inmitten dieses Durcheinanders ein Sergeant einen

Dienstplan mit den freien Tagen im kommenden Monat vorne ans Schwarze Brett mit den Informationen geheftet hatte.

»Ist das die britische Form von Optimismus?«, hatte Alma sie gefragt.

Ivy hatte bitter aufgelacht. »Ich glaube eher Verdrängung.«

Auf dem Weg zurück zum Auto war ihnen zufällig Jimmy begegnet. Er kam gerade aus dem Bunker namens Battle Box. Einem glutheißen Gewirr aus unter Gras und Palmen versteckten Besprechungsräumen für die Militärstrategen. Ivy war bisher nur ein einziges Mal dort gewesen – um einen Bericht abzuliefern – und hatte nicht das Bedürfnis, dorthin zurückzukehren. So dünn, wie er war, erkannte sie ihn kaum. Noch dazu war seine empfindliche Haut mit Dreck und Blut verkrustet. (»Das ist nicht von mir«, meinte er grimmig.) Auch er hatte nichts von Kit oder Tristan gehört und sah sichtlich besorgt darüber aus. Ivy hatte mit im grellen Sonnenschein tränenden Augen gewartet, damit er ihr versicherte, mit ihnen sei bestimmt alles in Ordnung. Doch alles, was er sagte, war: »Sie sollten inzwischen hier sein. Alle anderen sind schon da.«

Es war Alma, die schließlich meinte, sicher ginge es ihnen gut.

Das wiederholte sie, als sie aus der Stadt wieder hinauf nach Bukit Chandu fuhren. »Du darfst nicht aufgeben.«

»Das tue ich nicht«, sagte Ivy, weil sie es auch gar nicht gekonnt hätte. Trotzdem ängstigte sie sich. *Sie sollten inzwischen hier sein.* Die Worte hallten in ihrem Kopf wider und wollten nicht verstummen.

Sobald sie angekommen waren, gingen sie hinauf in

Alex' abgedunkeltes Zimmer. Er war wach und endlich bei klarem Bewusstsein, doch er sah, falls das überhaupt möglich war, schlimmer aus als zuvor. Seine Haut war wächsern und spannte über den Knochen. Trotz der Hitze zitterte er vor Kälte. Vanessa war früher am Tag schon vorbeigekommen, so erschöpft, wie Ivy sie noch nie gesehen hatte. Eiligst hatte sie ein paar Sachen aus ihrem Quartier holen müssen. Sie hatte berichtet, dass das Alexandra Hospital mit den letzten Verletzten aus Malaya völlig überfüllt sei, aber dass Alex wahrscheinlich Infusionen und höher dosiertes Chinin brauchte. Sie sollten ihn in die Klinik bringen, wenn sich sein Zustand nicht verbesserte.

Ivy wollte ihm die Verlegung nicht zumuten, machte sich aber auch zu große Sorgen, es nicht zu tun. Also holte sie tief Luft und sah ihn entschuldigend an. »Wollen wir?«

Er nickte schwach. »Vielleicht sollten wir.«

Jede Bewegung tat ihm weh, aber er gab sein Bestes auf dem Weg die Treppe hinunter und hinaus zum Wagen. Dabei hatte er einen Arm um Ivy, den anderen um Alma gelegt. Es war ihm zuwider, sich auf sie stützen zu müssen, und seine Bedürftigkeit beschämte ihn. Um sein Gewicht zu verringern, spannte er alle seine Muskeln an. Sie versicherten ihm, es sei in Ordnung, er solle sich auf sie stützen, aber er hörte ihren Stimmen die Anstrengung an. Als sie die Einfahrt erreicht hatten, waren sie alle erschöpft. Dankbar ließ er sich auf den mit Leder bezogenen Rücksitz des Sedans sinken. Ivy setzte sich neben ihn. Ihr gerötetes Gesicht war nachdenklich vor Sorge um ihn und ihren Liebsten. Er wollte sie beruhigen, doch ihm fehlte die Kraft, irgendetwas zu tun.

Auf der Fahrt schaute er mit zurückgelehntem Kopf in die Bäume und hielt die Augen dabei halb geschlossen. Die Blätter verschwammen und bildeten Flecken vor dem gleißenden Sonnenlicht. Am blauen Himmel stand keine Wolke, nur Kondensstreifen waren zu sehen. Bomber, dachte er und fiel in einen tiefen Schlaf.

Als der Wagen mit einem Ruck stehen blieb, wachte er auf. Sie hatten das Alexandra Hospital schon erreicht und parkten neben einer Reihe von Krankenwagen, aus denen man Verletzte auslud. Mühsam öffnete er die Augen und war von ihrer plötzlichen Ankunft, dem Gestank nach Benzin und Blut kurz durcheinander. Er versuchte, das Chaos zu begreifen, das er sah. Die normalerweise makellosen Rasenflächen des Krankenhauses standen voller Liegen, ebenso die Terrassen mit den weißen Säulen. Aus den Krankenwagen trug man weitere Männer die Stufen am Eingang hinauf. Stöhnen und Schmerzensschreie erfüllten die Luft. Überall waren Krankenschwestern, die man an ihren weißen Schürzen und Häubchen leicht erkannte. Mit Spritzen und Verbänden in den Händen beugten sie sich über die Bahren.

»Mein Gott«, sagte Ivy.

»Ihr wartet hier«, sagte Alma, »ich gehe Vanessa suchen.«

Stumm sahen sie ihr nach, wie sie sich zwischen den Kranken auf der Veranda des Krankenhauses hindurchschlängelte und dann in der Eingangshalle verschwand. Innerhalb von fünf Minuten kam sie, bleich vor Entsetzen, wieder heraus. Vanessa begleitete sie. Alex erkannte sie an ihrer Gestalt und der entschlossenen Miene. Sie trug eine Tasche über der Schulter und einen Beutel mit Flüssigkeit in der Hand.

»Hallo noch mal«, sagte sie, als sie das Auto erreicht hatten. Dieselbe pragmatische Stimme. »Ich würde Sie reinbitten, aber ich fürchte, bei uns ist es gerade nicht vorzeigbar.« Sie hielt Alex den Beutel mit der Flüssigkeit hin. »Wollen wir Ihnen das mal verabreichen, ja? Ich habe auf der Rückseite des Gebäudes ein Fleckchen im Freien für Sie. Dort ist es sicherer, denn diese verdammten Dreckskerle überfliegen und beschießen uns andauernd.«

»Wie ungezogen«, brachte Alex über die Lippen.

»Entschuldigen Sie meine Sprache«, sagte sie, ihn missverstehend.

»Er meinte die Japaner«, sagte Ivy, die ihn immer verstand.

Es fand sich ein Rollstuhl, und damit brachten sie ihn zu einem niedrigen Liegesessel auf der hinteren Terrasse. Alma ging, weil sie für ihre nächste Schicht schon spät dran war. Ivy blieb jedoch da, setzte sich neben Alex und hielt seine linke Hand, während Vanessa eine Vene in seiner rechten fand und fast schmerzlos die Kanüle einführte. »Viel Übung, fürchte ich«, sagte sie und regelte den Zufluss.

Ivy fragte, wo Jane sei. Vanessa erklärte ihr, im Theater, aber sie lasse grüßen.

»Werden sie euch evakuieren?«, fragte Ivy.

»Nein«, sagte Vanessa und ließ den Blick über die anderen auf der Terrasse liegenden Männer schweifen. Manche trugen Verbände, anderen waren Infusionen gelegt worden wie Alex. »Die meisten Patienten sind zu krank, als dass man sie evakuieren könnte«, sagte sie. »Wir harren hier bis zum Ende aus. Und ich würde Marcus sowieso nicht verlassen.« Sie schnippte gegen eine Luftblase in

Alex' Schlauch. »Also dann«, sie lächelte ihn an, als hätten sie gerade die Vorbereitungen einer Party besprochen, was ihm in der Seele wehtat. »Man hat mir versichert, dass das hilft.«

Er dankte ihr und wünschte sich, im Gegenzug auch irgendetwas für sie tun zu können.

»In vier Stunden bin ich zurück, um zu sehen, ob alles weg ist«, sagte sie, »die hochdosierten Tabletten können Sie dann zu Hause einnehmen.« Sie schnippte ein letztes Mal gegen den Infusionsschlauch und war dann, mit einem Lächeln und nachdem sie Ivy kurz den Arm gedrückt hatte, auch schon wieder verschwunden.

Alex lehnte den Kopf zurück und spürte die angenehm kühle Flüssigkeit in seine Vene laufen. Er schloss völlig erschöpft die Augen und hörte das Stöhnen rundherum, die Schreie nach Morphium und Müttern, die nicht da waren. Alles mischte sich zu einem morbiden Schlaflied.

Als er wieder aufwachte, war der Beutel mit der Flüssigkeit halb leer. Er fühlte sich schon weniger benommen, wieder mehr wie er selbst. Ivy saß nach wie vor an seiner Seite und hielt ihm die Hand. Er fragte sich, ob sie sich überhaupt gerührt hatte. Offenbar gedankenverloren blickte sie auf die vielen verwundeten Männer. Als er sie fragte, ob sie sich wegen Kit Sorgen mache, riss er sie aus ihrem Tagtraum.

»Nein«, sagte sie, »oder doch. Natürlich. Aber ich habe gerade an meinen Vater gedacht.«

Darauf war er nicht gefasst. Sie sprach so selten von ihren Eltern, und er fragte nur selten nach ihnen, schon gar nicht nach ihrem Vater. Jahrelang hatte er die Existenz des Kindes aus seinem Kopf verbannt. Er hatte ja nicht einmal gewusst, dass es ein Junge gewesen war. Für ihn war es ein »Es«: unsichtbar, geschlechtslos, leicht zu leugnen. So war es viel einfacher.

Jetzt sagte Ivy: »Ich hoffe, für ihn war es nicht so wie hier, als er starb.« Sie schaute auf eine weiter entfernt stehende Liege, auf der ein bandagierter Junge einsam lag, »Aber ich fürchte, dass es so gewesen sein muss.«

Alex schaute in dieselbe Richtung und stellte es sich unwillkürlich vor, woraufhin eine Welle der Trauer ihm die Fassung zu rauben drohte.

Ivy musste ihm etwas angesehen haben, denn sie fragte: »Hast du ihn wirklich nicht gekannt?«

»Nein«, sagte er und bereute das zum ersten Mal. »Ich bin ihm nie begegnet.«

»Und meinem Großvater?«

»Deinem Großvater?« Beinah, beinah hätte er mehr gesagt. Aber dann führte er sich vor Augen, wie sehr es sie verletzen müsste, zu erfahren, was damals passiert war, was Mae getan hatte. Er konnte doch nicht derjenige sein, der ihr das antat. »Ich kannte John Harcourt nicht«, sagte er, und es war nicht gelogen. »Darauf gebe ich dir mein Wort.«

Sie runzelte enttäuscht die Stirn. Aber zu seiner Erleichterung drängte sie ihn nicht.

»Hast du daran gedacht, welche Sorgen deine Großmutter sich machen muss?«, fragte er im Bewusstsein, dass das eigentlich unfair war, aber er musste es wenigstens versuchen. »Sie hat deinen Vater verloren, und nun bist du hier …«

»Ich weiß«, sagte Ivy.

»Also geh, besorg dir einen Passierschein und nutze deine Chance. Kit würde auch nicht wollen, dass du bleibst.«

»Es ist auch wegen Alma«, sagte sie, »und wegen dir …«
»Nein«, sagte er, »nicht wegen mir. Ich steige morgen mit dir auf ein Schiff, wenn du dann bereit bist zu gehen.«
»Du bist dafür nicht stark genug.«
»Ivy …«
»Ich kann nicht weg«, sagte sie. »Es tut mir leid, aber ich kann einfach nicht.«
»Du bist sehr dickköpfig«, sagte er.
»Nein«, erwiderte sie, »nur furchtbar ängstlich.«

In den nächsten Tagen und dank seiner neuen Dosis Chinin erholte Alex sich langsam. Es ging ihm gut genug, um aus seinem Zimmer herunterzukommen und Männer aus seinem Büro zu empfangen. Er unterzeichnete den Transfer aller Geschäftskonten, Waren und Angestellten ins noch sichere Colombo.

Sie mussten auch das Haus verriegeln und selbst in die Stadt ziehen. Das nahe Ufer war als ein möglicher Ort für die Landung der Japaner eingestuft worden, daher hatte man Abwehrstellungen und Straßensperren errichtet. All die anderen Villen in Bukit Chandu waren bereits verlassen. Leere Schaukelstühle bewegten sich im warmen Wind auf den Veranden, Spielzeug lag vergessen in den Gärten. Alex meinte zu Ivy, es breche ihm das Herz, fortzuziehen. »Das hätte ich mir nie vorstellen können.« Die Haushälterin wollte auch nicht weg. Sie fürchtete sich vor den Bomben in Chinatown. Sie kehrte erst ins Haus ihrer Familie zurück, als Alex insistierte, es sei sicherer, wenn sie bei der Ankunft der Japaner keine Verbindung zu Briten mehr hatte.

Sie zogen in die Wohnung von Phils Eltern, gleich bei

der Orchard Road. Phils Vater war immer noch fort und fuhr seinen Lastwagen, ohne dass Elsie gewusst hätte, wo. »Das Beste ist, sich eine Beschäftigung zu suchen«, sagte sie und machte sich jeden Morgen auf den Weg zu der neuen Erste-Hilfe-Station im Hafen. Alma arbeitete auch hart und fuhr diejenigen, die eine Erlaubnis zur Evakuierung erhalten hatten, damit sie ihre Plätze auf den letzten Schiffen, die ablegten, erreichten. Doch wegen der japanischen Patrouillen überall in den umliegenden Gewässern wurden mehr und mehr Schiffe versenkt. Sam, der Ivy eines Morgens aufsuchte, nachdem er Alma im Versorgungslager (wohin man ihn versetzt hatte, nachdem die Abhörstation geschlossen worden war) über den Weg gelaufen war, meinte, das sei ihm egal. »Ich möchte trotzdem lieber auf ein Schiff, auf irgendein Schiff.« Doch das ging nicht. Niemand stellte ihm einen Passierschein aus.

Ivy dachte pausenlos an Kit. Sie wartete und wartete auf eine Nachricht von ihm, aber vergebens: kein Gerücht, kein Wort. Gerüchte über die Misshandlung von Gefangenen kursierten: Massenerschießungen, Prügel und Ertränken; oben am Damm, hieß es, sei eine Gruppe von Offizieren, die sich ergeben hatten, nackt mit Stacheldraht gefesselt und dann erschossen worden. Ivy wurde elend, mehr als elend, als sie davon hörte und bei der Vorstellung, Kit könnte einer von ihnen gewesen sein. Sie hatte keine Möglichkeit, etwas zu erfahren, und das war die reinste Folter. Auch Jimmy hatte sie seit jenem Tag in Fort Canning nicht mehr gesehen. Er war ebenfalls verschwunden. Sie waren alle verschwunden.

Am 9. Februar begann die Invasion. Japaner landeten

überall auf der Insel. Trotz heftigen Widerstands drangen sie weiter vor, und der Flughafen Tenga im Westen, der letzte in britischer Hand, ging verloren. Von da an waren überhaupt keine der ohnehin selten zu sehenden Maschinen der Royal Air Force mehr am Himmel. Bauern mit ihren Familien strömten aus den angrenzenden Kampongs, wo Granaten ihre Häuser zerstört hatten, ins Stadtzentrum. Das Dröhnen der Maschinengewehre war im Hintergrund ständig zu hören. Ivy hatte vergessen, wie es war, sie nicht ständig im Ohr zu haben und keine Luft zu atmen, die nach Kordit und Verzweiflung roch.

Weil sie fürchtete, verrückt zu werden, wenn sie nichts zu tun hatte, suchte sie Elsies Stützpunkt auf, um ihr Hilfe anzubieten. *Das Beste ist, sich eine Beschäftigung zu suchen.* Elsie freute sich, sie zu sehen (sie drückte ihr die Hand) und lobte ihr perfektes Timing. Dann gab sie ihr eine Schürze mit Rüschen, ein kariertes Tuch für die Haare und führte sie in einen kleinen Hinterhof, wo sie auf zwei Berge blutiger Verbände zeigte. Die sollte sie waschen.

Es war eine monotone Aufgabe und derart stumpfsinnig, dass sie davon kein bisschen abgelenkt wurde. Ivy rührte den Stoff in dampfenden Bottichen, sah das Wasser sich rostrot färben, hängte die Stoffstreifen auf Wäscheleinen, wechselte das Wasser und fing wieder von vorn an. Dabei wünschte sie sich mit schlechtem Gewissen, sie wäre gar nicht hergekommen. Der Himmel verdunkelte sich, und Donnergrollen mischte sich mit Geschützfeuer im fernen Dschungel. *Wo bist du, Kit?* Das fragte sie sich jede Sekunde, während die Stunden im Schneckentempo verstrichen. *Wohin bist du verschwunden?*

Kit fragte sich so ziemlich das Gleiche, als er an der Straßensperre in Bukit Chandu stand. Der zuständige Korporal hatte ihm erklärt, dass alle Bewohner die Gegend geräumt hätten. Doch Kit konnte sich nicht vorstellen, wohin Ivy gezogen war, und ihm ging die Zeit aus, sie zu suchen. Er seufzte tief und fuhr sich mit den Händen übers Gesicht. Über Dreck, Schweiß, mehrere Tage alte Bartstoppeln. Dann schluckte er vor Enttäuschung und Erschöpfung.

Seit seiner Rückkehr nach Singapur vor zwei Tagen war er noch nicht zur Ruhe gekommen. Er, Tristan und die anderen hatten es damals nicht über den Damm geschafft, sondern waren gezwungen gewesen, sich an der Küste entlang vorzuarbeiten, wo sie vielen Japanern auswichen und andere töteten, bis sie schließlich auf ein verlassenes Fischerboot stießen. Sobald sie damit auf der Insel gelandet waren, hatte man sie hinauf an die Nordküste geschickt. Dort waren die Japaner bereits an Land, und Jimmy versuchte verzweifelt, sie aufzuhalten mit seinen Gurkhas und ein paar Jungs der Australian and New Zealand Army Corps, die ANZACs genannt wurden und noch einen Monat zuvor in Australien als Zeitungsjungen oder in anderen Jobs gearbeitet hatten, bevor Musterungsoffiziere sie mit dem Versprechen, Helden aus ihnen zu machen, reingelegt hatten. Viel zu viele von ihnen waren schon gefallen. Und das Sterben ging immer weiter. Trotzdem hatte man Kit, Jimmy, Tristan und ihren noch verbliebenen Männern befohlen, sich ins Sumpfgebiet an der Ostküste zu begeben, wo man einen neuen Angriff erwartete. Jimmy war mit den anderen bereits dorthin unterwegs, während Kit in einem Lastwagen, den Tristan beschlagnahmt hatte, nach Bukit Chandu raste, weil er zumindest versuchen wollte, Ivy zu treffen.

»Vielleicht ist sie ja schon von hier weggekommen«, sagte Tristan, als er auf den Beifahrersitz stieg.

»Nein«, sagte Kit, der sich an ihre Entschlossenheit zu bleiben erinnerte, »sie ist nur umgezogen.« Am liebsten hätte er aufs Armaturenbrett eingeschlagen. Er brauchte sie so dringend. »*Verdammt.*«

Tristan seufzte, unternahm aber nicht einmal den Versuch, Kit zu beschwichtigen.

Als sie losfuhren, fing es an zu regnen und hörte nicht mehr auf. Als sie ins Versorgungslager zurückkehrten, wo gerade ein anderer Treck zur Front an der Ostküste aufbrach, war der Nachmittagshimmel schwarz, und es goss sintflutartig. Je näher sie den Gefechten kamen, desto heftiger trommelte der Regen auf die Plane des Lastwagens. Donner krachte und mischte sich mit dem Pfeifen der Granaten und dem dumpfen Dröhnen von Explosionen. Die Japaner hatten sich ein paar Hundert Meter entfernt eingegraben, jenseits der Mangroven, und feuerten von dort aus ununterbrochen auf die britischen Stellungen: ein paar armselige, halb fertige Gräben, die nicht einmal tief genug waren. Sie kletterten aus dem Truck hinein und stolperten darin im warmen Wolkenbruch vorwärts. Wann immer eine Granate zu nahe kam, duckten sie sich und wurden mit Schlamm und nassem Sand bespritzt.

»Das ist doch scheiße«, brüllte Tristan gegen den Regen an. »Ein verdammtes Selbstmordkommando. Wieder mal.«

Die Gräben waren voller Soldaten mit panischen Gesichtern. Bis auf den einen oder anderen grimmig dreinblickenden Offizier anscheinend lauter unerfahrene Rekruten. Das erkannte man daran, wie sie furchtsam und ahnungslos auf die Stellungen der Japaner starrten. Tristan und Kit brauchten über eine Stunde, in der sie sich zwischen den Männern durchschoben und sie anschrien, ihre verdammten Köpfe einzuziehen und die Gewehre aus den Pfützen zu nehmen, bevor sie endlich Jimmy und die anderen wiederfanden. Jimmy war gerade dabei, einem indischen Jungen zu helfen, der versuchte, den Lauf seines Gewehrs zu trocknen, als er sie erblickte. Erleichtert riss er die Augen auf.

»Gott sei Dank, dass ihr da seid«, sagte er und briefte sie dann, gegen das Unwetter und die Granaten anschreiend, dass jeden Moment mit dem Angriff der Japaner zu rechnen sei. Er bat Kit, zwanzig Meter weiter zu gehen, um die Männer dort anzuführen, Tristan noch weitere zwanzig, um dort das Gleiche zu tun. »Der Befehl lautet, sie zurückzuschlagen. Wir müssen sie einfach aufhalten.«

Sie gaben ihr Bestes. Aus dem düsteren Nachmittag wurde eine noch dunklere Nacht, und der warme Regen fiel immer weiter. Dann brandete die erste Welle der Japaner heran, die vom sumpfigen Ufer aus angriffen. Kugeln, Messer und Zähne blitzten im Schein der Explosionen auf. Die Männer um Kit zögerten nicht. Sie schossen, hatten jedoch kein Ziel. Mehr als einmal musste Kit Anweisungen brüllen, wie ein Gewehr nachzuladen war, während er sein eigenes auf die schreienden japanischen Angreifer abfeuerte. Es war die grausige Wiederholung des Vortages und der Schlachten in Malaya. Aber wie sehr die Männer sich auch ins Zeug legten – und das taten sie, für jede Kugel, die zum Nachladen zu stark zitternde Finger fallen ließen, wurde eine neue genommen und ein bisschen schneller als beim letzten Mal geladen –, es genügte nicht. Sie befanden sich hier nicht in einem Manöver, und die gegnerischen Soldaten, die es auf sie abgesehen hatten, waren monatelang für genau diesen Moment trainiert worden. Kit musste hilflos zusehen, wie überall Männer starben – aus indischen Dörfern, Städten Britisch-Indiens oder von australischen Stränden –, durch Kopfschüsse, ausgelöscht vom Granatfeuer oder während sie selbst mit regennassen Fingern versuchten, eine Handgranate zu entsichern. Sie wurden zurückgedrängt, versanken mit den Beinen und Waffen im Morast, mussten sich neu eingraben und weiterkämpfen.

Irgendwann zog das Gewitter schließlich weiter, der Morgen brach an, und mit ihm kam die heiße Sonne. Fliegen stürzten sich auf die Toten und die Verletzten, die niemand bergen konnte. Schwitzend und wie irre griffen mehr Japaner an und sprangen direkt in ihre flachen Schützengräben. Es wurde Mann gegen Mann mit bloßen Händen gekämpft. Kit bewegte sich mechanisch und ohne sich Gedanken über das schreckliche Gefühl zu machen, wenn er sein Messer in die Eingeweide eines weiteren Gegners stieß. Dann stieß er den Toten weg, riss sein Messer heraus und warf keinen Blick mehr auf die Männer, sondern versuchte zu vergessen, dass sie je existiert hatten. So ging es immer weiter. Niemand schlief, es gab nichts zu essen und nicht genug Wasser. Der Nachschub aus Malaya war abgeschnitten.

»Wie lange soll das noch gehen?«, fragte er einen sauber rasierten Captain, der in dem diesigen, stinkenden Sonnenschein zu ihnen an die Front kam und eine seltene Feuerpause nutzte, um irgendwelche Blätter auszugeben.

»Ich wünschte, ich wüsste es«, antwortete der Mann in knappem britischen Englisch, aus dem seine Beschämung über die Lage zu hören war. »Sie schlagen uns an jeder Front zurück. Aber ich fürchte, das hier«, er legte das Blatt Papier in Kits lehmverkrustete Hand, »ist ein Befehl von General Wavell, nicht zu kapitulieren.« Er schaute über seine Schulter auf die zerrupften Mangroven und Palmen sowie auf die erschöpften Männer, die an den Erdwällen lehnten und Zigaretten zwischen ihren schlaffen Lippen hängen hatten. »Das sollen Sie allen vorlesen, die unter Ihrem Kommando stehen«, sagte er, »aber fast jeder, dem ich es bisher ausgehändigt habe, hat es zerrissen.«

Kit las den Befehl sowie das Begleitschreiben von Wavells Stellvertreter Percival (*In einigen Einheiten haben die Truppen den Kampfgeist vermissen lassen, den man von Männern des britischen Empires erwarten kann. Es wird eine bleibende Schande sein, wenn wir uns von einer Armee aus cleveren Banditen besiegen lassen, die uns weit unterlegen ist …*). Dann zerriss er beide Schreiben. Tristan und Jimmy taten mit ihren das Gleiche.

»Die schieben uns einfach den Schwarzen Peter zu«, sagte Jimmy, »und das ist die einzige Schande hier.«

Die Japaner erhöhten an diesem Tag ihren Druck noch, sodass am nächsten Tag, mit oder ohne Befehl bezüglich Kapitulation, der Befehl endlich lautete, den Osten aufzugeben und sich ins Zentrum zurückzuziehen. Die drei – Kit, Jimmy und Tristan – zogen erschöpft ab und führten den schockierten dezimierten Rest ihrer Einheit zurück ins Basislager. Dabei fragten sie sich, was zum Teufel sie überhaupt erreicht hatten. Die japanische Besatzung war um ein paar Tage aufgeschoben worden, doch dafür hatten

Hunderte Männer und Jungen, die man niemals hätte in die Schlacht schicken dürfen, ihr Leben gelassen.

Sie erstatteten ihrem Colonel in seinem von Landkarten übersäten Büro Bericht und rechneten damit, in einen anderen Teil der Insel geschickt zu werden. Stattdessen erklärte der ihnen, es sei an der Zeit, verdammt noch mal von hier zu verschwinden. Die Kapitulation stünde unmittelbar bevor, und in einem, maximal zwei Tagen würde alles vorbei sein. Doch die Army könne es sich nicht erlauben, einen von ihnen als Kriegsgefangenen zu verlieren, nicht angesichts ihrer Kenntnisse der Region. Er selbst breche auch bald auf.

Dann zeigte er auf die Karten an seinen Wänden und briefte sie bezüglich der neuen Fluchtroute, die die Sondereinsatztruppe zusammengeschustert hatte. Nachdem die Japaner sie quasi eingeschlossen hatten, war der einzige Ausweg nur noch der schmale Streifen Wasser zum unbesetzten zentralen Sumatra, von dort den Fluss Indragiri hinauf nach Rengat und weiter über die Berge in den noch sicheren Hafen von Padang auf der anderen Seite. Bei Einbruch der Nacht sollte ein Beiboot sie wegbringen.

»Das ist in vier Stunden«, sagte Kit.

»Ja«, bestätigte der Colonel nüchtern, »ist das für Sie annehmbar?«

»Nicht wirklich«, antwortete er und dachte dabei an einen einzigen Menschen, »überhaupt nicht.«

Als sie das Büro verließen, versuchte er, seine angespannten Nerven nicht komplett zu verlieren, und fragte sich, was zum Teufel er tun sollte. Weder Jimmy noch Tristan sagten ein Wort. Sie wussten, dass es nichts zu sagen gab. Er starrte mit panischem Blick durch den Rauch auf die dröhnenden Lastwagen voller Soldaten, auf die über den zertrampelten Rasen marschierenden schwitzenden Männer und das Chaos in den Verwaltungsgebäuden, bis er an einem vertrauten Gesicht hängen blieb und die Stirn runzelte.

»Hey«, brüllte er. »Du. Ja, du da. Mit dir will ich reden.«

Ivy war wieder in Elsies Hinterhof, da sie ansonsten nicht wusste, wohin. Sie beugte sich über die Wanne mit Seifenlauge und wrang die für heute letzten Verbände aus. Sie hatte sich wieder ein Stück Stoff um die Haare gebunden und trug die alte Schürze. Ihr Rücken schmerzte, ihre Hände waren rot und rissig, und sie war zutiefst beunruhigt.

Alma würde die Insel heute Abend verlassen. Elsie hatte sie endlich davon überzeugt, dass es gefährlicher wäre zu bleiben, und so hatte sie einen Platz auf einem der letzten Boote nach Sumatra ergattert. Ein Telegramm von Phil aus Kairo, in dem er sie anflehte, sich in Sicherheit zu bringen, hatte seinen Teil beigetragen. Ivy wusste nicht, ob sie darüber froh oder verzweifelt sein sollte. »Keins von beidem«, sagte Alma, »komm lieber mit.« Elsie würde bleiben, da sie immer noch auf Nachricht von ihrem Mann Toby wartete. Alex blieb ebenfalls. Er hätte die Reise niemals überstanden. Doch er versuchte Ivy zu überreden, indem er alle Gründe wiederholte, aus denen sie gehen müsse. Auch dass Kit es wollen würde und sie sich um ihn, Alex, keine Sorgen zu machen brauche. Er sei alt, sagte er, und ein Zivilist. Er würde wohl interniert, aber niemand hätte einen Grund, ihm etwas zu tun. Anders als bei ihr. Sie würde man töten, sobald herauskam, worin ihre Arbeit bestanden hatte. Und was würde das für ihn bedeuten?

»Ich könnte es nicht ertragen«, hatte er erst heute Morgen geklagt. »Das könnte ich nicht.«

Sie schauderte, und ihre Angst, er könne recht haben, wurde jetzt, wo die Japaner schon fast da waren, immer größer. Sie wollte nicht sterben. Und ganz sicher wollte sie nicht gefoltert werden. Schreckliche Bilder kamen ihr in den Sinn. Sie musste die Hände zu Fäusten ballen, damit ihre Finger in dem Seifenwasser nicht so zitterten. *Denk nicht daran, hör auf, daran zu denken.* Sie holte tief Luft, versuchte, sich zu beruhigen, und richtete sich dann, mit den Verbänden in den Händen, auf.

Da hörte sie ein Geräusch in der Tür hinter sich: eine Bewegung. Sie blieb reglos stehen, lauschte und spürte ein Kribbeln auf der feuchten Haut in ihrem Nacken. Sie wusste selbst nicht, warum sie sich nicht umschaute. Irgendetwas hinderte sie daran. Hoffnung vielleicht. Vielleicht war auch ihre Angst einfach zu groß.

Doch dann sagte eine leise Stimme: »Ivy Harcourt, ich habe dich gesucht.« Da wirbelte sie herum und stieß einen Schrei der Erleichterung und Freude aus. Er war es, war es wirklich – in lehmverkrusteter Khakiuniform, von Dreck und Gott weiß was bedeckt – aber da. *Da.* Am Leben. »Oh Gott«, sagte sie. »Gott sei Dank.«

Er machte einen Schritt auf sie zu, die grünen Augen strahlten in seinem dunklen Gesicht, und sie stürzte sich durch den Hof direkt in seine Arme: den einzigen Ort, an dem sie dringend sein musste.

Alex blieb im Hintergrund, während die beiden sich eng umschlungen hielten, weil er sie in diesem Moment nicht stören wollte. Aber er lächelte über ihre offensichtliche

Freude, auch wenn ihm die Vorstellung von dem, was Kit anscheinend durchgemacht hatte und was noch bevorstand, furchtbar quälte.

Kit hatte ihn vor weniger als einer halben Stunde in verzweifelter Eile in Elsies Wohnung aufgesucht. Er hatte gesagt, dass er nur durch Bestechung an die Adresse gekommen war und diesem Sam Waters einen Platz in seinem Fluchtboot hatte versprechen müssen. »Verdammter Sam«, hatte Alma gemurmelt. Kit hatte sie gedrängt, auch mit ihnen zu kommen, weil das sicherer sei als mit einem der größeren Schiffe. »Das tue ich, wenn Ivy mitkommt«, hatte Alma gesagt. Alex war ziemlich entschlossen, Ivy dazu zu bringen. Deshalb war er jetzt auch hier.

Kit stellte Ivy wieder auf ihre eigenen Füße. Alex sah, wie die beiden so nah voreinander standen, dass ihre Stirnen sich berührten und sie nur Augen füreinander hatten. Er erinnerte sich noch gut, wie das gewesen war.

»Ich dachte, du wärst tot«, sagte Ivy.

Kit grinste schief. »Das hast du schon beim letzten Mal gesagt.«

»Lass es mich nicht noch einmal sagen.«

»Ich werde es versuchen«, sagte er und erzählte ihr dann alles andere, auch dass sie sofort aufbrechen müssten.

Ivy schaute zu Alex, den sie erst jetzt erblickt hatte. Sie zögerte.

»Du gehst mit«, sagte er, bevor sie das Gegenteil verkünden konnte. »Das meine ich ernst. Tu es für dich und für deine Großmutter, wenn schon nicht für dich selbst.«

»Ich gehe nur, wenn du mitkommst«, sagte Kit.

»Wir haben deine Sachen schon«, sagte Alex. »Alma hat sie gepackt. Sie wartet draußen auf euch.«

Ivy schaute von einem zum anderen. Alex wartete mit angehaltenem Atem.

»Dann habt ihr das alles geplant«, meinte sie, aber aus ihrer Stimme klang kein Widerstand mehr.

Alex verspürte einen kleinen traurigen Triumph.

Sie ließ ihn nicht aus den Augen. »Du weißt, dass ich dich nicht zurücklassen will, ja?« Ihre Stimme zitterte. »Und du meinst wirklich, was du sagst?«

»Natürlich«, sagte er und rang selbst um Fassung. »Natürlich.«

Sie nickte, die Augen weiter nur auf ihn gerichtet, was ihn viel zu sehr an einen anderen Menschen, an ein anderes Ende erinnerte.

Sie kam auf ihn zu, stellte sich auf Zehenspitzen und küsste ihn auf die Wange. Er schloss die Augen und spürte den Schmerz darüber, dass sie nun tatsächlich gehen würde. Als sie sich von ihm löste, zwang er sich dennoch zu einem Lächeln.

»Ich werde dich wiedersehen«, sagte sie mit fragendem Blick, als wolle sie ihn dazu bringen, dass er das bestätigte.

»Ja«, erwiderte er, ein bisschen erstickt. »Das wirst du.«

Kit trat ebenfalls zu ihnen. Er streckte Alex die Hand hin. Alex ergriff sie und drückte so fest, wie er nur konnte.

»Danke«, sagte Kit.

Alex wollte einwenden, dass er seinerseits Kit zu danken habe, aber er war nicht mehr imstande zu sprechen.

Ivy sah ihn immer noch an, als könne sie sich nicht trennen. Dann holte sie entschlossen tief Luft, umarmte ihn noch einmal, flüsterte »Auf Wiedersehen« und wandte sich dann rasch ab, als müsse sie sich zwingen zu gehen.

Und im nächsten Moment war sie fort.

Schweren Herzens blickte Alex ihr und auch Kit nach, während rundherum Schüsse krachten. Er seufzte tief, stellte fest, dass er nun wieder allein war, und überlegte, wie viel leichter ihm das schon gefallen war. Doch dann reckte er die Schultern. Er dachte, *Lass sie ab jetzt in Sicherheit sein. Bitte, lass sie beide in Sicherheit sein.* Mit schleppenden Schritten kehrte er in Elsies Wohnung zurück, um dort abzuwarten, was auch immer als Nächstes passieren würde.

# 21. Kapitel

Das Beiboot war in einer winzigen Bucht vertäut, die zu beiden Seiten vom Dschungel umgeben war. Sie lag in einiger Entfernung von den Landungsstellen der Japaner, doch das Geschützfeuer war trotzdem zu hören. Alma fuhr sie, so nah es ging, zwischen die Bäume, parkte dann den Wagen der Navy zum letzten Mal und zog den Schlüssel ab. Zu leicht wollte sie es wem auch immer, der das Auto fand, nicht machen. Es war bereits dunkel, immer noch warm und sternklar. Weit und breit keine Wolke zu sehen.

Sie bewegten sich schweigend. Ivy hielt Kits Hand fest umklammert, während sie durch das letzte Stück Dschungel bis ans Wasser liefen. Die anderen warteten schon aufbruchsbereit. Sie erkannte Tristans kantige, untersetzte Silhouette und den größeren Jimmy mit seinen schlanken Beinen in Shorts. Sam stand mit hochgezogenen Schultern, die Hände in den Hosentaschen vergraben, ein Stück abseits. Außerdem waren da zwei Männer, die sie nicht kannte und die bereits im Boot saßen. Sie sah, wie Jimmy den Kopf suchend in ihre Richtung drehte, lächelte und einen Finger an seine Lippen legte.

Er half zuerst Alma ins Boot, stieg danach selbst ein, und die anderen folgten ihm. Kit hob Ivy hinein und kletterte dann als Letzter an Bord.

Sie kauerte sich neben ihn auf den feuchten Boden, Alma saß dicht neben ihr, Sam gegenüber. Sie ruderten, anstatt den Motor zu benutzen, und die Riemen glitten durchs Wasser, während sie die Minen umschifften. Keiner sprach, bis sie die Insel ein ganzes Stück hinter sich gelassen hatten. Dann machten sie sich flüsternd mit den beiden fremden Männern bekannt: Navy-Lieutenants namens Gibbs und Porter, die in den letzten paar Tagen immer wieder Leute nach Sumatra gebracht hatten. Schließlich ließ Gibbs den Motor an, und Ivy zuckte wegen des verräterischen Lärms zusammen. Sie tuckerten in die Dunkelheit. Kit hatte Ivy und Alma auf der Fahrt zum Boot ihre Route erklärt und dass sie sich auf dem Weg nach Sumatra nah am Land halten mussten, fern von den tieferen Gewässern, die größere Schiffe mit Flüchtenden nahmen. Hoffentlich würden sie auf diese Weise japanischen Patrouillen entgehen.

Ivy blickte zu ihm hoch, wie sie es auch schon auf der Autofahrt immer wieder getan hatte, als müsse sie sich davon überzeugen, dass er wirklich bei ihr war, wirklich in Sicherheit. Er erwiderte ihren Blick, auch wenn sein Gesicht im Dunkeln lag, als müsse er das Gleiche tun. Sein Kiefer war angespannt, er wirkte erschöpft. Sie versuchte sich vorzustellen, was er durchgemacht hatte, und sah fürchterliche Bilder vor ihrem inneren Auge.

»Versuch, dich auszuruhen«, flüsterte er.

»Ruh du dich aus«, antwortete sie und erahnte sein Lächeln.

Er zog sie enger an sich, und sie lehnte den Kopf an ihn. Dabei spürte sie seine Wärme und seinen Herzschlag. *Gott sei Dank.* Nach wenigen Augenblicken wurden seine

Atemzüge tiefer und länger. Sie fragte sich, wann er wohl zuletzt geschlafen hatte. Jimmy und Tristan schliefen bereits am anderen Ende des Boots und benutzten dabei ihre Stiefel als Kopfkissen.

Alma rückte sich neben ihr zurecht.

»Alles in Ordnung?«, flüsterte Ivy.

»Müde, würde ich sagen«, antwortete Alma. »Und froh, hier zu sein.«

»Du kannst dich auf meinen Schoß legen, wenn du möchtest.«

Das tat Alma. Sie rollte sich neben ihr zusammen und legte den Kopf in Ivys Schoß. Ivy schaute abwechselnd auf das Wasser und zu den Sternen hinauf. Gibbs und Porter steuerten das Boot, beide konzentriert und hellwach. So passierten sie die dunkle Masse der zahlreichen Inselchen, während Ivy sich vorzustellen versuchte, wie es Alex, Elsie, Jane und Vanessa ging. Sie betete, dass sie alle noch unversehrt waren. Bestimmt betete Mae gerade genauso für sie. Wann sie wohl in der Lage sein würde, ihr mitzuteilen, dass sie es von Singapur fort geschafft hatte? Diese vielen Ungewissheiten beschäftigten sie. Es dauerte Stunden, bis auch ihr die Augen zufielen.

Sie erwachte im warmen Morgenlicht. Mit schmerzendem Nacken und trockener Kehle. Kit hielt sie nach wie vor im Arm, aber an seiner Körperspannung merkte sie, dass er schon wach sein musste. Alma war auf der anderen Seite bei Tristan und Jimmy. Mit zerzausten Locken kniete sie dort und trank Wasser aus einem Kochgeschirr. Sam schlief noch fest. Mit zurückgelehntem Kopf und offenem Mund.

»Wie spät ist es?«, fragte Ivy.

»Du bist wach«, sagte Kit sanft. »Es ist gleich sieben.

Wir mussten einen Umweg machen, um einem Schlachtschiff auszuweichen. Jetzt haben wir noch ein ganz schönes Stück vor uns.«

Sie bewegte vorsichtig ihren schmerzenden Nacken und fragte, ob sie einen Schluck Wasser haben könne. Kit bat Tristan, eine Flasche herüberzuwerfen. Das Wasser war warm und schmeckte nach dem Metall der Flasche, aber sie trank es trotzdem dankbar. Sie hatten auch Dosenpfirsiche, Bananen und Kekse. Alle aßen davon. Als Sam aufwachte, erklärte er, am Verhungern zu sein, und verdrückte seinen Anteil blitzschnell.

Als Jimmy das restliche Essen wegpackte und die Sonne schon heiß am Himmel stand, meinte Gibbs, der gerade durch sein Fernglas schaute: »Verdammt.« Er hielt Porter das Fernglas hin, der gleich darauf auch fluchte.

»Was ist denn?«, fragte Sam, als ob es da allzu viele verschiedene Möglichkeiten gäbe.

Niemand antwortete ihm. Gibbs machte den Motor aus, sodass es in der morgendlichen Hitze plötzlich still wurde. Das Boot schaukelte auf den sanften Wellen. Jimmy, Kit und Tristan schauten abwechselnd mit den beiden anderen durchs Fernglas.

Ivy kniff die Augen ein wenig zusammen und starrte in die Richtung, in die sie gezeigt hatten. »Ist das Rauch?«, fragte sie und stand jetzt auch auf.

Es war Rauch. Kit reichte ihr das Fernglas, und sie erkannte die Umrisse eines halb gesunkenen Schiffs am Horizont. Vielleicht das, mit dem Alma eigentlich hätte fahren sollen. Japanische Flugzeuge umkreisten es. Nicht weit entfernt lagen zwei japanische Kriegsschiffe und ein Truppentransporter vor Anker.

»Können wir um die herum fahren?«, fragte Tristan.

»Nein«, meinte Gibbs, »da geht uns der Treibstoff aus. Wir müssen an Land.«

»Wie weit sind wir noch vom Indragiri entfernt?«, fragte Kit.

»Ziemlich weit«, meinte Gibbs, der gegen den Messstab fürs Benzin schnippte. Zähneknirschend sagte er halblaut: »Verdammt.«

»Na gut«, sagte Kit. »Zeigt uns doch mal, wo wir gerade sind.«

Karten wurden ausgebreitet, und Gibbs zeigte ihnen die ungefähre Position an der Südküste Sumatras. Das Letzte, was er gehört hatte, war, dass sich in der Gegend noch keine Japaner befanden, aber (wie Sam nicht müde wurde zu betonen) niemand wusste, wie lange das so bleiben würde, vor allem in Anbetracht des Truppentransporters, den sie gerade sahen. Da ihnen aber kaum eine andere Wahl blieb, beschlossen sie, sich durch den Dschungel bis Indragiri durchzuschlagen und dann hoffentlich mit einem Boot nach Rengat zu gelangen.

»Das ist in Ordnung«, sagte Jimmy. »Nicht mehr als eine Woche Fußmarsch.«

»Seid ihr wahnsinnig?«, sagte Sam. »Das ist nicht *in Ordnung*.«

Kit sah ihn tadelnd an. »Du kannst ja hier warten, Kumpel.«

»Nennen Sie mich nicht Kumpel.«

»Jetzt komm schon, Sam«, sagte Alma.

»Hör auf, mich zu bevormunden.«

»Niemand hat dich bevormundet«, mischte Ivy sich ein.

»Jetzt beruhigen sich alle mal«, sagte Tristan.

Dann ruderten sie Richtung Land und auf einen schmalen, vom Dschungel umwucherten Strand. Es roch nach Salz und warmer Erde. Stille. Kein Geschützfeuer. Gar nichts. Sie hörten nicht einmal mehr die Motoren der Flugzeuge, die sie vorhin noch gesehen hatten. Ivy vermutete, dass sie schon fort waren, und fragte sich schaudernd, was aus den Menschen auf dem Schiff geworden sein mochte.

Sie packten ihre Vorräte ein und marschierten los. Sam jammerte immer weiter, inzwischen darüber, dass sie allerhöchstens genug Wasser und Essen für drei Tage hätten. Er hörte einfach nicht damit auf – macht das denn sonst niemand Sorgen? –, bis Alma ihm sagte, er solle endlich die Klappe halten.

Im Dschungel brummten jede Menge Insekten. Man hörte Gibbons und Orang-Utans schreien. Vögel krächzten. Die Hitze wurde mit jeder Stunde schlimmer, feucht und drückend. Die Sonne brannte durchs Blätterdach, und Ivy, die nur ein kurzärmeliges Kleid trug, spürte, wie ihre helle Haut verbrannte. Jimmy, der anders als die anderen Männer sein Hemd zum Schutz anbehielt, sprach ihr sein Mitgefühl aus. »Eine englische Rose«, sagte Tristan, während er Lianen beiseite schlug. Ivy, die direkt hinter Kit ging, sah, wie seine dunklen Schultern vor Lachen zuckten. Dieses Lachen sorgte dafür, dass sie sich ein bisschen besser fühlte.

Mittags machten sie Rast, aßen noch mehr Dosenpfirsiche und ein bisschen Corned Beef. Sie aßen schweigend, weil alle erschöpft waren, und, da war Ivy sich sicher, an die langen Tage dachten, die sie noch vor sich hatten. Sie sah Kit an, der ihr gegenüber saß. Seine Erkennungsmarke hing ihm locker um den Hals. Er ließ den Blick über die nachdenklichen Gesichter aller anderen schweifen und wirkte besorgt.

»Wir brauchen Ablenkung«, sagte er, »das ist sonst nicht gut.«

»Hast du vielleicht Gin?«, fragte Tristan.

»Nein, mein Freund. Wir müssen uns anderweitig behelfen.«

Jimmy schlug Kartenspielen vor, aber sie hatten auch keine Karten. Am Ende kam Kit auf die Idee mit Dschungellektionen. Bei jeder Rast, so sein Vorschlag, sollte einer von ihnen etwas für die anderen vorbereitet haben. Irgendwas Überlebenswichtiges. »Also beispielsweise«, er holte tief Luft und überlegte, »wie man ein Krokodil davon abhält, dass es einen beißt.«

»Oder«, meldete Tristan sich mit Blick auf Jimmy und Ivy zu Wort, »wie man sich keinen Sonnenbrand holt.«

»Du kannst mich mal«, knurrte Jimmy.

»Ich finde die Idee klasse«, rief Alma, die tatsächlich begeistert aussah. Ihr Gesicht war gerötet, und ohne ihr ganzes Make-up wirkte sie viel jünger. Ivy spürte eine Welle von Zuneigung für sie. »Ich bin die Erste«, sagte Alma.

»Ja?«, fragte Kit.

»Ja«, erklärte sie, »und schau mich nicht so an. Ich habe jahrelang in Singapur gelebt. Ich werde euch beibringen, was zu tun ist, wenn man von einer Schlange gebissen wurde.«

»Ich will wissen, wie Kit ein Krokodil daran hindert, mich abzumurksen«, kicherte Tristan.

»Das wird schwer«, sagte Alma, »aber du wirst warten müssen. Ivy, gib mir mal deinen Arm …«

Es war ein Spiel und ziemlich albern, das wussten sie alle, aber es lenkte sie immerhin vom Grübeln ab.

Als sie am Nachmittag weitermarschierten und Tristan mit dem Kompass navigierte, dachte Ivy über ihre eigene Lektion nach. Da sie nur einen einzigen Trick beherrschte (danke, Pfadfinderinnen) und verhindern wollte, dass jemand ihr zuvorkam, meldete sie sich am Abend freiwillig. Sobald sie anhielten und sich auf einer kleinen Lichtung niedergelassen und die Moskitonetze an Zweigen über sich befestigt hatten, schickte sie alle los, trockenes Holz zu sammeln. Dann sagte sie, sie sollten gut aufpassen, während sie selbst sich auf ihren schmerzenden Knien niederließ, zwei Stöckchen aneinanderrieb, darauf blies, wieder rieb und so weiter, bis sich endlich Rauch und schließlich eine Flamme bildete. Sie spürte die Hitze an ihren glühenden Wangen, grinste siegessicher, machte einen Knicks und sagte: »Tadaaa.« Kits Augen suchten ihre und blitzten vor Vergnügen. Da wurde ihr Lächeln noch breiter.

»Ivy«, beschwerte Tristan sich, »ich wollte auch Feuer machen.«

»Tut mir leid«, sagte sie und kuschelte sich an Kit. In Wirklichkeit tat es ihr kein bisschen leid.

Sie hielten das Feuer die ganze Nacht hindurch am Brennen. Die Jungs meinten, es würde auch wilde Tiere abschrecken. Sam wollte wissen: »Was für Tiere denn?«

»Tiger, denke ich«, meinte Alma und rollte mit den Augen, als er erschrak.

Sie hielten abwechselnd Wache. Alma und Gibbs als Erste. Ivy lag in Kits Armen und hörte, wie Gibbs Alma von seinem acht Monate alten Sohn erzählte, den er noch nie gesehen hatte. »Schau mal«, sagte er und sein Yorkshire-Akzent mischte sich mit dem Knistern des Feuers, »das war gleich nach seiner Geburt.« Weil Ivy die Augen vor Müdigkeit nicht mehr offen halten konnte, stellte sie sich nur vor, dass er ihr ein Foto zeigte. »Das ist meine Frau«, fuhr Gibbs fort, »er sieht ihr ähnlich, findest du nicht?« Ivy spürte, wie sich Kits Brust gleichmäßig hob und senkte. Ihr Atem passte sich seinem an, ihre Gedanken wurden langsamer, und sie versank zunehmend im Unbewussten. Nur ganz verschwommen nahm sie noch wahr, dass Alma Gibbs recht gab, dann war auch sie eingeschlafen.

Das Nächste, was sie wahrnahm, war, dass Kit neben ihr kauerte und flüsterte, sie solle aufwachen. Es war kurz vor Morgengrauen, und ihre Wache fing an. Sie bewegte sich und merkte, wie ihre Seite vom Liegen auf der harten Erde schmerzte. Sie setzte sich auf und blinzelte den Schlaf weg. Alle anderen schliefen. Selbst Tristan und Sam, die zuletzt Wache geschoben hatten, lagen schon unter ihren Moskitonetzen.

Kit lächelte sie an. »Dein Haar ist voller Blätter«, flüsterte er.

»Deins auch«, flüsterte sie zurück und beugte sich vor, um ihm eines herauszupflücken.

Da hielt er ihre Hand fest und küsste sie, was auch sie zum Lächeln brachte.

Schließlich saßen sie nebeneinander an den glimmenden Resten des Feuers und beobachteten, wie die letzten Glühwürmchen verschwanden und die Bäume rundherum im Licht der aufgehenden Sonne sichtbar wurden. Sie unterhielten sich leise: über den gestrigen Tag, das untergegangene Schiff, Sams Gesicht, als Jimmy gesagt hatte, wie lange sie vermutlich unterwegs sein würden. Während die Minuten verstrichen, begann Kit, Ivy mehr von seinen Gefechten in den vergangenen Wochen zu erzählen – von der Panik, seiner Wut über den Einsatz so vieler ungeübter Soldaten. »Normalerweise spreche ich nie über solche Themen«, sagte er. »Ich habe es immer in mich hineingefressen.« Er runzelte die Stirn, als habe er Mühe, sich selbst zu verstehen. »Ich dachte, das müsste ich.« Seine Augen suchten ihren Blick. »Wenn ich mit dir zusammen bin, kann ich mich erinnern«, sagte er. »Wenn du da bist, scheint mir das in Ordnung zu sein.«

»Ja?«, fragte sie sanft und wünschte sich, sie könne irgendetwas tun, um ihm diese Last abzunehmen.

»Ja«, sagte er.

Sie beugte sich zu ihm und küsste ihn. »Mir geht es genauso.«

Seine Augen glitzerten. »Ich wäre nie ohne dich weggegangen, weißt du. Das hätte ich nicht gekonnt.«

»Ich weiß«, sagte sie, und sie war sich wirklich vollkommen sicher. Dann rückte sie noch ein bisschen näher, spürte seinen Arm um ihre Schultern und fühlte sich unglaublich getröstet. Sie seufzte tief, sah, wie er sie betrachtete, und fand es unvorstellbar, dass es eine Zeit gegeben hatte, als sie ihn noch nicht kannte. Oder dass sie ihm je einen Platz in ihrem Leben verwehrt hatte.

»Wir werden das hier durchstehen«, erklärte er.

»Ich weiß«, sagte sie wieder.

»Ach ja?«

»Nein«, gestand sie, »nicht wirklich.«

Und daraufhin mussten sie beide leise lachen, obwohl daran eigentlich nichts lustig war.

Die anderen wachten auf, sobald die Sonne ganz aufgegangen war. Sie aßen Bananen, beseitigten die Spuren ihres Lagers und machten sich wieder auf den Weg. Zur Mittagsrast zeigte Tristan ihnen, wie man sich Blutegel von der Haut brennt. (»Wenn Ivy so gut wäre, vorher ein Feuer zu machen. Oder nein, nicht nötig. Ich habe Streichhölzer.«) Am Abend erklärte Jimmy ihnen, wie sie von einem Baum Wasser abzapfen konnten. Ivy schob in der Nacht wieder mit Kit Wache. Die Minuten, in denen sie allein am Feuer saßen und die Köpfe zusammensteckten – während sie sich behutsam und mit dem Gefühl, das Schicksal mit jedem Wort herauszufordern, erstmals über die Zeit nach dem Krieg unterhielten –, vergingen, ganz anders als tagsüber, viel zu schnell.

Bei der nächsten Mittagsrast war Kit mit einer Lehrstunde an der Reihe und erzählte von den schwachen Kiefern eines Krokodils. Alle bis auf Sam lachten, als er diesen Umstand mithilfe von Tristans Armen demonstrierte, einfach indem man dem Tier das Maul zuhielt, damit es einen nicht beißen konnte. (»Ja, ja, genau so. Tristan, Junge, verdammt noch mal …«) Am Abend taten Porter und Gibbs sich zusammen, um ihnen vorzumachen, wie man einen halb ertrunkenen Menschen wiederbelebt. (»Was hat das denn mit dem Dschungel zu tun?«, fragte Tristan. »Das ist hier wirklich eine lustige Show.«) Bei der nächsten Mahlzeit weigerte Sam sich, mitzumachen. Er behauptete, sie benähmen sich alle wie Kinder. Also war Alma wieder an der Reihe.

»Was haltet ihr davon, zu sehen, wie man aus Blättern einen Teller bastelt?«, schlug sie vor.

»Angenommen«, sagte Tristan.

So vergingen die Tage. Und wenn auf den langen Strecken, die sie zurücklegten, Stille eintrat und Ivy plötzlich von ihrer Angst um Alex und die anderen überfallen wurde, dann lernte sie, ihre Panik zu unterdrücken, weil sie ja ohnehin nichts tun konnte. Sie sah Almas entschlossenes Gesicht neben sich und vermutete, dass ihre Freundin in dem fleckigen, zerrissenen Kleid genau das Gleiche tat.

Am vierten Morgen erreichten sie ein Dorf und tauschten dort Geld gegen frisches Wasser und Obst. Sie wuschen sich am Dorfbrunnen Dreck und Schweiß ab, während die Einheimischen sie neugierig beobachteten. Danach setzten sie sich auf die Mauer neben der Pumpe, ließen sich in der Sonne trocknen und waren alle zu träge, um sich zu rühren. Kit schaute in Richtung Dschungel, während aus seinem ausgebleichten und zerzausten braunen Haar Wasser tropfte. Seine Finger berührten Ivys.

»Nur noch zwei Tage«, sagte er. »In zwei Tagen haben wir den Fluss erreicht.«

Das war nicht mehr lange. Ivy begann zu glauben, dass sie es tatsächlich schaffen könnten. Das war natürlich naiv von ihr.

Später am selben Tag kämpften sie sich durch ein besonders dichtes Stück Dschungel, als Tristan, der vorn ging, die Hand hob, damit sie stehen blieben. Alle schwiegen. Ivy schluckte, obwohl ihre Kehle wie ausgetrocknet war. Alma, die atemlos neben ihr stand, formte stumm mit ihren Lippen, *Was ist los?* Ivy zuckte mit den Achseln. Dann betrachtete sie die Bäume rundherum und lauschte, um zu erkennen, was Tristan zum Anhalten bewegt hatte. Zuerst hörte sie nichts außer der Kakophonie der Insekten.

Doch dann ein dumpfes Wummern, nicht besonders weit entfernt.

Sie sah wieder Kit an. Sein dunkles Gesicht wirkte angespannt und war schweißnass. »Sind das Schüsse?«, flüsterte sie.

Er nickte knapp.

»Mist«, zischte Jimmy hinter ihnen.

Tristan trat zu ihnen und fragte, was sie tun wollten. Man beschloss, dass Ivy und Alma, weil sie mitten im Dschungel gut getarnt waren, sich versteckt halten sollten, während die anderen vorausgehen würden, um auszukundschaften, ob der Weg frei war. Auf diese Weise würden sie zwar langsamer vorankommen, aber anders ginge es nicht.

»Ich bleibe auch zurück«, sagte Sam, »um die Mädchen zu beschützen.«

»Gut, Kumpel«, sagte Kit und gab Ivy seine Waffe. Er hatte ihr schon gezeigt, wie man sie benutzte. »Wir sind in einer Minute wieder da«, sagte er.

»Wir kommen schon klar«, sagte sie und weigerte sich, ihr wachsendes Unbehagen zur Kenntnis zu nehmen. »Geht.«

»Wir sehen uns gleich wieder«, sagte Kit, küsste sie nur flüchtig auf die Stirn und folgte den anderen.

Sie sah seinen gebräunten Rücken im Unterholz verschwinden, setzte sich auf die Erde und lehnte sich an einen Baumstamm. Alma ließ sich nicht weit entfernt nieder, während Sam mit den Händen in seinen Shorts stehenblieb, ungeduldig mit dem Fuß tippte und geräuschvoll durch die Nase atmete.

Eine Minute verging. Ivy wischte sich den Schweiß vom

Gesicht und betrachtete einen bunten Vogel hoch oben im Geäst. Eine weitere Minute verstrich.

Endlich sagte Alma flüsternd ihren Namen.

»Was ist denn?«, fragte Ivy.

»Beweg dich nicht«, zischte Alma sofort, »schau nur her. Direkt vor mir.«

Ivy tat genau das, zuckte jedoch zusammen, als sie eine Schlange auf Almas Wade zugleiten sah. Da hielt das Tier inne, als spüre es ihre Aufmerksamkeit, hielt aber den Kopf angriffsbereit erhoben.

»Shit«, sagte Sam.

»Rühr dich nicht«, sagte Alma. »Wag. Es. Nicht. Dich zu bewegen.«

Die Schlange starrte sie aus ihren gelblichen Schlitzaugen an.

*Hau ab*, versuchte Ivy ihr per Gedankenübertragung zu befehlen, *hau ab*.

»Scheiß drauf«, sagte Sam und sprang in den Schutz der Bäume.

Im selben Moment schoss die Schlange vorwärts und schlug ihre Zähne in Almas Wade. Alma schrie auf, und Ivy, die nicht wusste, was sie sonst tun sollte, zückte den Revolver und schoss auf die Schlange. Mit aufgerissenem Maul fiel das Tier nach hinten, Alma klappte zusammen und umklammerte ihr Bein. Blut floss aus zwei dunkelvioletten Löchern.

Sam schrie ihnen über die Schulter zu, er würde die anderen suchen gehen. Ivy ignorierte ihn. Sie lag schon auf den Knien, dachte an nichts anderes als Almas Dschungellektion (»Oh Gott«, schluchzte Alma, »was für ein Witz«) und saugte das Gift aus ihrem Bein.

Sie wusste gar nicht, wie lange sie das tat, aber sie hatte zu große Angst, um aufzuhören. Erst als Alma mit höchst alarmierter Stimme »Ivy« sagte, hob sie den Kopf. Immer noch auf den Knien, sah sie Alma ins Gesicht und merkte, wie ihr eiskalt wurde. Denn Alma schaute mit versteinerter Miene über sie hinweg.

Ivy rührte sich nicht und drehte sich nicht um. Sie wusste auch so, wer da war.

Die japanische Stimme, die ihr befahl aufzustehen, war keine Überraschung mehr.

Kit fuhr herum, als er den Schuss hörte. Das Herz schlug ihm bis zum Hals, und ohne nachzudenken – abgesehen davon, dass er sich verfluchte, weil er sie überhaupt allein gelassen hatte –, rannte er los, zurück in die Richtung, aus der er gerade gekommen war.

Jimmy und Tristan folgten ihm, wobei Tristan Gibbs und Porter noch auftrug, hier auf sie zu warten. Sie sprinteten durch die Bäume zurück, wobei Äste gegen ihre Arme und Beine schlugen. Dann trafen sie auf Sam, dessen rundes Gesicht voller Panik war.

»Was ist passiert?«, fragte Kit mit furchtsam angespannter Stimme.

»Die Japaner sind da«, keuchte Sam. »Ich habe sie in ihre Richtung laufen sehen. Wo sind die anderen?«

»Was meinst du mit, die verdammten Japaner sind da? Hast du die Mädchen allein gelassen?«

Sam antwortete nicht, sondern rannte einfach weiter weg.

Kit wollte in Richtung der Mädchen laufen, aber Tristan hielt ihn zurück. »Langsam«, sagte er nach Luft schnappend, »wir müssen uns anschleichen. Es hilft ihnen gar nichts, wenn man uns gleich sieht.«

»Er hat recht«, sagte Jimmy schwitzend und keuchend.

»Na gut«, gab Kit gegen seinen Instinkt nach, »na gut.«

Den Rest der Strecke legten sie schweigend zurück. Kit hörte seine eigenen panischen Atemzüge, seinen hämmernden Herzschlag. Dann sah er Ivy, auf Knien, vor Alma, eine tote Schlange neben sich, und Japaner, zwölf, wenn nicht mehr, überall rundherum. Er wollte losstürzen, aber Tristan und Jimmy packten seine Arme und hielten ihn zurück.

»Erschrick sie nicht«, zischte Tristan. »Warte.«

»*Josho*«, sagte der Mann, der am nächsten bei Ivy stand. »*Ima. Josho.*«

Kit wollte wieder losstürmen, aber Jimmy und Tristan hielten ihn fest.

»*Josho*«, wiederholte der Mann.

Ivy reagierte nicht. Sie wollte sich nicht anmerken lassen, dass sie ihn verstand.

Er schnauzte sie erneut an.

Sie blieb reglos.

Da murmelte der Soldat irgendetwas, griff an seinen Gürtel und zückte einen Revolver. Kit riss die Augen auf, aber bevor er versuchen konnte, sich loszureißen, sagte der Soldat in stockendem gebrochenem Englisch: »Ich nicht will verletzen euch. Aufstehen.«

Langsam kam Ivy der Aufforderung nach. Alma kauerte immer noch neben der toten Schlange am Boden. Kit dachte sich, dass sie gebissen worden sein musste, und wollte zu ihr, um zu helfen. Außerdem *musste* er zu Ivy. Aber sein Verstand war inzwischen schon klarer, daher wusste er, dass Tristan recht hatte. Sie durften es nicht riskieren, eine Panik auszulösen, nicht bei so vielen Waffen, die auf die Mädchen gerichtet waren.

Jetzt deutete der Soldat mit seiner Pistole auf Ivy und befahl ihr, die Hände hochzuheben. Kit beobachtete schweren Herzens, wie ihre Arme dabei zitterten.

»Das sind zu viele, um es mit ihnen aufzunehmen«, flüsterte Tristan.

Er hatte recht. Auch damit. Kit verfügte ja nicht einmal über seine eigene Waffe, denn die hatte er Ivy gegeben. »Geht ihr die anderen holen«, sagte er.

Weder Jimmy noch Tristan rührten sich von der Stelle.

Kit starrte auf die vielen Soldaten und zermarterte sich das Hirn, wie man sie überwältigen könnte. Er sah, wie mehrere von ihnen Ivy und Alma anglotzten und erkannte unmissverständlich die Gier in ihren Blicken. In dem Moment stieg ihm Galle die Kehle hoch.

Der Soldat mit der gezückten Waffe erklärte den beiden, sie seien Kriegsgefangene. »Wer noch bei euch?«

Ivy antwortete, aber Kit verstand es nicht.

Dem Japaner schien es genauso zu gehen, denn er wiederholte seine Frage.

Da sagte sie mit lauterer, furchtbar zittriger Stimme: »Niemand.«

Der Mann schien das zu akzeptieren. Auf Japanisch bellte er einen Befehl an seine Männer, dann wurde Alma auf die Füße gezerrt, und man fesselte beiden die Hände hinter dem Rücken.

»Oh mein Gott«, murmelte Jimmy. »Was sollen wir tun?«

Kit sagte nichts. Er hatte immer noch keine Idee.

Schließlich musste er mitansehen, wie einer der Männer erst Ivy, dann Alma in den Rücken stieß, damit sie losgingen. Noch nie in seinem ganzen gottverdammten Leben hatte er sich derart hilflos gefühlt.

# 22. Kapitel

*1897*

Mitte September fuhr Laurie wieder zur See. Harriet und Mae warteten ebenfalls darauf, endlich aufzubrechen. Der Hauskauf in London war abgewickelt. Die Papiere auf Maes Namen lagen mit einem Stapel Banknoten, Reiseunterlagen und Tickets auf Maes Sekretär bereit. Nur zogen sich die Tage bis zu ihrer in den Oktober verschobenen Abreise, wenn ihre Übelkeit hoffentlich nachließ, endlos hin.

Sie glaubte nicht, dass es ihr je besser gehen würde. Jeden Tag wachte sie mit dem beißenden Nachgeschmack des Erbrochenen der vergangenen Nacht im Mund auf. Ihre Zähne fühlten sich pelzig an, ihr Kopf schien zu zerspringen, und es war wieder ein bisschen unwahrscheinlicher, dass sie sich jemals wieder wohlfühlen würde. Sie hatte begonnen zu glauben, es läge an der Insel, und konnte es kaum erwarten, von dort wegzukommen: von der lähmenden Hitze, dem unablässigen Zirpen der Zikaden, den glotzenden Affen, die an ihren Fensterläden rüttelten, und dem Schweißfilm, der ständig auf ihrer Haut lag. Und von der Einsamkeit. Vor der musste sie so dringend fliehen. So etwas wie die Stille dieser Tage hatte sie noch nie erlebt. Die Bediensteten sahen sie mit so kalter Distanziertheit an, und Harriet verachtete sie. Sie verdiente das – und versuchte nicht einmal, sich selbst etwas anderes einzureden –, aber es machte sie unendlich traurig, unablässig. Ihre einzige Hoffnung bestand darin, dass, wenn sie erst einmal fort wären, von Singapur und allem, was damit zusammenhing, die Verletzungen heilen könnten. Sie brauchte den Glauben an diese Möglichkeit, dass ihre letzte Chance noch nicht vertan war.

Doctor Yardley, der ihre Ungeduld vor dem Aufbruch nicht verstand, wollte, dass sie die Reise bis nach der Geburt des Babys verschob. Er war nach einem Fall von Malaria an der malayischen Grenze direkt zu ihr gekommen. Es war seine dritte Visite und die erste aus eigenem Antrieb. Offensichtlich hielt er sie nicht mehr zuvörderst für eine pathetische werdende Mutter, sondern eher für jemand, der seinen Rat verdiente. (Ihr gab das allerdings ein schlechteres und kein besseres Gefühl.) »Der Herzschlag ist nicht so kräftig, wie ich ihn gerne hätte«, erklärte er, »und für den vierten Monat ist Ihr Bauch noch sehr klein.« Sie zuckte zusammen, weil sie wusste, dass sie schon im fünften Monat war, ihm das aber nicht sagen konnte. »Warum können Sie denn nicht einfach bleiben?«, fragte er. »Ich bin mir sicher, dass Mr Blake nicht wollen würde, dass sein Kind den unnötigen Strapazen der Reise ausgesetzt wird.« Mae war sich dessen keineswegs so sicher und blieb hartnäckig.

Yardley seufzte entnervt. »Zumindest besteht keine Gefahr mehr, dass Sie sich mit Malaria anstecken, wenn Sie erst fort sind«, sagte er. »Ihr Immunsystem dürfte inzwischen sehr geschwächt sein.« Schließlich hatte er sie streng angesehen. »Bleiben Sie bis zur Abreise im Bett.« Diesem Rat folgte sie nur zu gern.

Jetzt lag sie da, während ein Affe am Fensterladen kratzte, und starrte in die Falten ihres Moskitonetzes hinauf. Dort entdeckte sie ein Loch. Kein Wunder, dass sie dauernd gestochen wurde. Sie presste eine Hand auf die leichte Wölbung ihres Bauchs. »Sei wohlauf, ja?«, sagte sie zu dem Baby. Auch wenn es Davids Kind war (*Harriet, Harriet*. Die Erinnerung daran verfolgte sie), fand sie die Vorstellung schrecklich, dass sein kleines Herz in ihr zu kämpfen hatte und nicht ordentlich wuchs, weil sie keinerlei Nahrung bei sich behalten konnte. »Bitte sei wohlauf. Wenn du das nicht bist, wäre alles vergebens gewesen.«

Harriet stand am Fuß der Treppe, schaute zu Maes Zimmer hinauf und spürte den vertrauten Drang, zu ihr zu gehen. Sie stellte sich vor, wie sie auf ihrem Bett lag, dünn wie ein Gerippe, Schatten wie Ölflecken in ihrem bleichen Gesicht, die Augen tiefliegend und dehydriert. Sie machte einen Schritt, entschlossen, zumindest den Versuch zu machen, sie zu trösten. Doch dann kamen ihr, wie schon so oft, Erinnerungen in den Sinn: Wie Mae sie überredet hatte, für den Ball beim Gouverneur die Kleider zu tauschen; die Vorstellung, wie sie Alex in die düstere Bibliothek gelockt hatte. Sie umklammerte das Treppengeländer, versuchte, all das zu verdrängen, aber dann kehrte sie doch um und ließ Mae allein – wie die es, ihrer Vermutung nach, schon immer befürchtet hatte. Stattdessen durchquerte sie den Flur, verließ das Haus und lief zur Bucht bei Pasir Panjang: als kurze Erholung von allem.

Sie wünschte, Laurie wäre noch da. Die einzige Person,

mit der sie jetzt noch reden konnte, war Sally, die zweimal wöchentlich zu Besuch kam, aber nicht wirklich zählte. Sie steckte immer voller Fragen – über Mae, das neue Haus, ob es keine Nachrichten von Alex gab (nein) –, und Harriet wusste, dass sie nur auf Klatsch und Tratsch aus war. Nicht zuletzt als Ablenkung von ihrer Furcht vor der Malariaepidemie. Immer wieder starrte sie auf Harriets gewölbten Bauch, so auch beim letzten Besuch. »Du siehst sehr … gesund aus«, hatte sie gesagt. Eine verrückte Sekunde lang hatte Harriet sich ausgemalt, wie es wäre, ihr zu gestehen, dass sie schwanger war. Und zwar mit einem Kind ihres Schwagers, das sie am Vorabend von dessen Hochzeit empfangen hatte. Sie stellte sich Sallys Gesicht vor und hatte ein Lachen in sich aufsteigen gespürt – kein nettes, eher ein verrücktes, halb schluchzendes. Dann hatte sie rasch nach der Teekanne gegriffen. »Noch ein Tässchen?«, hatte sie gefragt und Sallys Bemerkung einfach übergangen.

Jetzt erschauerte sie in der Hitze des Spätnachmittags, wenn sie sich vorstellte, wie kurz davor sie gewesen war und wie wenig sie immer noch wusste, was sie tun sollte.

Sie knüpfte direkt am Wasser ihr Kleid auf und schnürte das Korsett auf. Dann seufzte sie erst einmal befreit auf. Es war ein klarer Tag, und der Sand war heiß, als sie sich setzte, um die Strümpfe auszuziehen. Als sie die hauchzarte Seide von ihrem Bein streifte, erinnerte sie sich an Alex' Berührung, als er sie ihr an jenem letzten Abend auszog. Als sie auch den zweiten Strumpf neben sich fallen ließ, hörte sie wieder das nun schon vertraute Rascheln in den Bäumen. Sie drehte sich um, rechnete eigentlich mit niemand – doch diesmal sah sie jemand.

Verlegen legte sie die Arme schützend um ihren Rumpf. »David. Was machst du denn hier?«

»Sieh nicht so furchtsam drein«, sagte er mit Schmerz in der Stimme, »bitte.«

Sie stand auf, griff nach ihrem Kleid und hielt es sich vor den Bauch. Hatte er es schon gesehen?

»Du bist in Schwierigkeiten«, sagte er, womit augenblicklich klar war, dass er es gesehen hatte. »Ich möchte für dich sorgen.«

»Ich brauche deine Sorge nicht.«

»Doch, das tust du«, sagte er und ging auf sie zu. Dabei schlug er nach einem Insekt auf seinem Handgelenk. »Ich habe dich beobachtet ...«

»Du hast mich beobachtet?« Sie erinnerte sich an all die Male, wenn sie das Laub hinter sich rascheln gehört hatte. »Hier?«

Er antwortete nicht. »Lass mich dich heiraten«, sagte er stattdessen.

»Nein.«

Er war nun schon fast bei ihr angekommen. Sie wich zurück. Er streckte die Handflächen aus, wie um sie zum Stehenbleiben zu bringen, als wäre sie ein unberechenbares Tier. Er hatte keine Ahnung, was sie dachte, das konnte sie ihm ansehen. Und er wusste auch nicht, was sie tun würde. Sie sah ihm an, wie ihn das beunruhigte, doch dieses eine Mal fühlte sie sich ihm nicht überlegen, denn sie wusste selbst nicht, was sie dachte.

Da begann er zu reden. Seine Stimme klang gleichförmig und zurückhaltend, wie so oft, als hätte er sich vorher zurechtgelegt, was er sagen wollte. Er erzählte, wie beunruhigt er an jenem Abend vor Maes Hochzeit gewesen war, als sie mit Alex' Kutsche davonfuhr. Er sei ihr gefolgt, habe sie mit Alex gesehen (»Ein Tier«, sagte er, »dich so auszunutzen«). Und seither sei er zu besorgt, sie sich selbst zu überlassen. Irgendwann habe er begriffen, dass sie ein Kind erwarte. Das sei nicht ihre Schuld. Sie sei so schlecht behandelt worden, dass er sie trotzdem heiraten wolle. »Ich kann das Kind nicht in meinem Haus dulden, aber ich werde sicherstellen, dass es anständig versorgt ist. Ich werde ihm meinen Namen geben. Siehst du denn nicht, wie sehr ich dich liebe?«

Sein Blick im Sonnenschein war eindringlich. Er schwitzte am ganzen Körper und hatte schon dunkle Ringe unter den Armen. Harriet konnte die Hitze spüren, die stickige, feuchte Luft. Sie überdachte alles, was er gesagt hatte, was er gesehen haben musste. Sie und Alex nackt zusammen. »Nein«, sagte sie. »Nein.«

»Doch«, sagte er und ergriff ihre Hände. Sein Griff war feucht und aufdringlich, so ganz anders als der von Alex. Alex, dessen Kind er ihr wegnehmen wollte. Alles, was ihr von ihm geblieben war. Wie kam er darauf, dass sie sich darauf einlassen würde?

Ihre Hände begannen zu zittern, dann auch ihre Schultern. Bald zitterte sie am ganzen Körper, vor Wut und vor Ekel. Endlich reagierte ihr Körper, und sie stieß ihn von sich. »Nein«, sagte sie. »Ich werde dich niemals heiraten.«

»Dein Vater wollte das.«

»Wollte?«

»Ja.« David verzog das Gesicht. »Ich habe von seinem Anwalt gehört.«

»Ist er tot?« Sie spürte nichts angesichts dieser Neuigkeit. Nur frischen Zorn, weil David sie ihr auf derart typische Weise mitgeteilt hatte. Aber selbst dieses Gefühl war gedämpft. Unter all den Dingen, die gerade passierten, war das Ableben eines Mannes, dem sie nie begegnet war, noch das mit der geringsten Bedeutung.

David sagte: »Du kannst doch den letzten Willen deines Vaters nicht missachten wollen.«

»Natürlich kann ich das. Und jetzt will ich, dass du gehst.«

»Nein.«

»*Doch*.« Inzwischen schwitzte sie auch. Sie spürte, wie ihr die Unterröcke an den Beinen klebten, was sie daran erinnerte, wie wenig sie anhatte.

Er sagte: »Nicht bis du versprichst, mich zu heiraten.«

»Das. Werde. Ich. Nicht. Tun.«

»Du musst.«

»Nein, muss ich nicht.«

»Doch, musst du. Weil wenn du es nicht tust, werde ich jedem erzählen, dass du ein Kind vom Ehemann deiner Schwester bekommst.«

Harriet riss vor Schreck die Augen auf. »Das würdest du nicht tun.«

»Das würde ich. Ich wollte es nicht sagen müssen, aber du hast mir keine Wahl gelassen.« Er schüttelte den Kopf. »Warum bringst du mich dazu, dir so zu drohen? Ich werde dir ein guter Ehemann sein.« Er streckte die Finger wieder nach ihren Händen aus, aber sie zog sie rechtzeitig weg. »Das wirst du sehen.«

»Das werde ich nicht«, sagte sie, »weil ich dich nicht heirate. Es ist mir egal, was du jedem erzählst.« Sie war sich nicht sicher, ob das stimmte, sie wusste nur, dass es so sein musste. »Ich gehe ohnehin nach London.«

»Und was für eine Zukunft wird dein Kind dort haben, wenn erst einmal alle wissen, was es ist? Ich habe dort Familie, Soames auch. Wir werden dich finden.«

»Du hast es Soames erzählt?« Sie stellte sich den Gouverneur vor, wie er die Augenbrauen hochzog und *Well, well* sagte.

»Ja, er weiß Bescheid«, antwortete David, »und auch, dass ich für dich sorgen will.«

»Das nennst du für mich sorgen?« Sie hätte fast gelacht, wenn ihr nicht so zum Heulen zumute gewesen wäre. »Du kannst mich doch nicht erpressen«, sagte sie. »Das werde ich nicht zulassen. Ich werde mit Alex und mit Laurie reden. Sie werden mir helfen …«

»Das werden sie nicht«, sagte David mit solcher Überzeugung in seiner Stimme, dass sie an seine Worte vor Monaten denken musste. *Ich kriege immer, was ich will.*

»Warum nicht?«, fragte sie mit gespielter Sorglosigkeit. In Wirklichkeit hatte kaltes Grauen sie gepackt.

»Weil sie es bereuen würden, wenn du einen von ihnen da hineinziehst.«

Harriet spielte immer noch die Gleichgültige. »Was kannst du schon tun?«

»Viel«, sagte er und sah aus, als täte sie ihm leid. »Ich kann dafür sorgen, dass Hinds aus der Navy entlassen wird, Blake den Handel unmöglich machen und alles zerstören, wofür er gearbeitet hat.« Er schwieg. »Manchmal«, sagte er und klang nicht mehr ganz so siegessicher, »kann Leuten auch in den Lagerhallen und auf den Kais etwas zustoßen …«

»Nein«, sagte sie ungläubig, »das brächtest du nicht fertig.«

»Ich würde alles für dich tun.«

»Ich würde es nicht zulassen.«

»Du könntest mich nicht daran hindern.«

»Ich werde es Soames sagen …«

»Es war seine Idee.« Er hielt ihren Blick fest.

»Du bist widerwärtig«, sagte sie.

»Ich liebe dich«, erwiderte er, als würde das alles rechtfertigen.

Und für ihn war das wohl so.

»Lass mich einfach in Ruhe«, sagte sie und hasste, wie unterlegen es klang.

Er zögerte und sah aus, als wolle er widersprechen. Sein Körper wirkte angespannt, bereit, sie anzufassen. Sie hielt den Atem an und war darauf gefasst, ihn abzuwehren. Doch er rührte sich nicht. Schließlich nickte er zögerlich, als würde er nachgeben. »Ich werde dich morgen aufsuchen«, erklärte er, »dann können wir alle Vorkehrungen treffen.«

Sie versuchte nicht, ihm zu widersprechen und zu sagen, dass sie zu nichts von alldem bereit sei. Sie wollte einfach nur, dass er verschwand.

Sobald er fort war, ließ sie sich ins Gras fallen, legte den Kopf auf die Knie, presste die Hände auf ihren schwitzenden Nacken und versuchte – wie schon viel zu oft –, einen Ausweg aus seinen Drohungen, seinen Klauen zu finden. Aber ihr Verstand weigerte sich. Es schien tatsächlich nur einen einzigen Ausweg zu geben. Auch wenn es nicht einmal ein Weg war.

Als sie gegen Abend endlich die Bucht verließ, hatte sie sich vor lauter Verunsicherung und Furcht fast in den Wahnsinn getrieben. Sie brauchte Hilfe. Sie wusste, dass sie Hilfe brauchte. Aber es gab nur noch einen einzigen Menschen, an den sie sich wenden konnte.

Und sie hatte keine Ahnung, ob sie imstande war, sich dazu zu überwinden.

Als die Dämmerung sich um sie senkte und sie nach Hause zurückkehrte, wo sie zitternd den hell erleuchteten Flur von Alex' Haus betrat, wusste sie immer noch nicht mehr. Mit müden Augen schaute sie zu Maes Zimmer hinauf und versuchte, sich vorzustellen, dass sie tatsächlich dort hinaufging und ihr alles erzählte. Es erschien ihr so schwer wie eh und je, ihr wieder zu vertrauen, irgendetwas mit ihr zu teilen – insbesondere diese Angelegenheit. Vor allem jetzt, wo die Folgen ihres Betrugs unerträglicher waren denn je. Sie wusste nicht, ob sie das schaffen würde. Sie war sich nicht sicher, ob das überhaupt irgendeinen Sinn hätte. Würde Mae ihr helfen wollen? Sie konnte ebenso wütend und verärgert sein. Harriet war sich nicht sicher, ob sie es ertrüge, mit einer solchen Reaktion ihrer Schwester umzugehen.

Jetzt presste sie sich den Handballen gegen die Stirn und versuchte, Ordnung in ihre chaotischen Gedanken zu bringen. Sie hatte Davids Stimme noch im Ohr. *Ich kann das Kind nicht in meinem Haus dulden.* Sie sah ihn vor sich am Ufer, wie es ihn in den Fingern juckte, sie anzufassen. *Siehst du, wie sehr ich dich liebe?* Sie kniff die Augen zu, versuchte sein Bild zu vertreiben, aber es funktionierte nicht. Sie konnte ihn nicht loswerden. Und auf einmal war es ihr unerträglich, gar nichts zu unternehmen. Sie musste es wenigstens versuchen. Das war die ganze Sache wert. Sie zögerte noch einen Moment, doch dann zwang sie sich, in dem Wissen, dass es keinen anderen Weg gab, loszugehen und ihre Schwester aufzusuchen.

Sie lag im Bett, seitlich zusammengekrümmt. Ihre Augen wurden groß, als sie Harriet erblickte, was ihre Blässe und Magerkeit noch betonte. Trotz ihrer eigenen Panik bekam Harriet ein schlechtes Gewissen, weil Mae derart krank aussah und sie sie alleingelassen hatte. Auch jetzt war sie ja nur aus eigener Verzweiflung gekommen. Wäre sie nicht so absolut verzweifelt gewesen, hätte sie jetzt vielleicht irgendetwas halbwegs Freundliches gesagt und mehr nicht. Aber das durfte sie sich nicht erlauben. Nicht, wo sie nun schon einmal hier war. Sonst brächte sie es nie mehr über die Lippen. Es musste raus. *Siehst du, wie sehr ich dich liebe?*

Irgendwie schaffte sie es, ihrer zugeschnürten Kehle Worte abzuringen: »Ich brauche deine Hilfe.« Erst am Klang ihrer eigenen erstickten Worte erkannte sie, dass sie weinte. »Ich erwarte ein Baby.« Jetzt kamen noch mehr Tränen. »David will es mir wegnehmen. Ich weiß nicht, wie ich ihn daran hindern soll.«

Ein paar Sekunden lang herrschte Schweigen. Mae starrte sie mit offenem Mund an: Es war der gleiche stumme Schock, den Harriet erlebt hatte, als sie von Maes Schwangerschaft hörte. Sie wartete und war sich furchtbar sicher, dass Mae tatsächlich wütend werden würde, und wünschte, sie wäre überhaupt nie hergekommen. Warum nur hatte sie geglaubt, es wäre richtig, das zu tun?

Doch dann passierte etwas Seltsames. Mae verzog das Gesicht, und ihre Augen blickten schmerzerfüllt. »Oh Harriet«, sagte sie und klang nicht wütend oder ärgerlich. Überhaupt nicht. Nur sehr, sehr traurig. »Erzähl mir alles«, sagte sie und versuchte, sich in den Kissen hochzustützen. »Bitte.«

»Ja?«, fragte Harriet unter Tränen.

»Ja«, sagte Mae, und ihr Gesicht wurde noch trauriger. »Bitte erzähl mir, was passiert ist.«

Und genau das tat Harriet. Und während sie sprach – stockend, das Gesicht oftmals verzerrt und nach jedem Wort suchend – und Mae zuhörte, zu schwach, um viel zu sagen, außer hier und da ein »Nein«, »Das könnte er doch nicht« und mehrere Male »Das tut mir so leid« einzuwerfen, da erinnerte sie Harriet so sehr an die Schwester, die sie einst gehabt hatte. Und das brachte sie erst recht zum Weinen. Es lag auch an der Erleichterung über Maes Mitgefühl, das sie nicht erwartet hatte. Und an der Trauer darüber, dass sie es eigentlich hätte erwarten sollen.

»Bitte«, sagte sie, als sie mit ihrem Bericht fertig war, »sag mir, dass du weißt, was ich tun soll.«

»Das will ich«, erwiderte Mae, »das will ich so sehr.«

»Ich wünsche es mir auch, dass du es willst.«

»Das werde ich«, sagte Mae. »Ich versprech's dir.«

Harriet wollte ihr glauben. Und es wäre ihr leichter gefallen, wenn Mae, die schon Mühe hatte, sich aufzusetzen, auch nur halbwegs so gewirkt hätte, als sei sie selbst davon überzeugt. Aber auch sie sah besiegt aus, wie sie da in ihrem Bett lag. Und ebenso verängstigt, wie Harriet sich fühlte.

Sie waren immer schon dermaßen machtlos gewesen, sie beide.

Wie betäubt hörte sie Mae ihr erneut versprechen, dass sie alles in Ordnung bringen würde. Sie versuchte, als Antwort zu nicken, um ihr eine Spur Hoffnung zu vermitteln. Aber dann verließ sie das Zimmer niedergeschlagener, als sie es betreten hatte. Gleichzeitig hatte sie das ganz seltsame Gefühl, bleiben zu sollen.

Sie ging über den Flur auf ihr eigenes Schlafzimmer zu und kam dabei an der Tür zu Alex' Zimmer vorbei. Zögernd blieb sie stehen und strich über die Klinke. Sie schloss die Augen, rief sich sein Gesicht in Erinnerung und dachte an die einsamen Stunden, die endlose Nacht, die sie erwarteten. Sie wusste noch, wie sich seine Umarmung, seine Nähe angefühlt hatte. Wieder sagte sie sich, dass seine Abwesenheit gut war, das Beste für alle.

Und dann wünschte sie sich, allen Drohungen Davids zum Trotz, dass er doch nach Hause käme.

Alex war sich gerade überhaupt nicht sicher, ob er jemals wieder nach Hause zurückkehren würde. Er war krank, sehr krank. Bis jetzt waren schon mehrere Gäste des Hotels in Kuala Lumpur, wo er abgestiegen war, gestorben. Er hatte den englischen Arzt bei einer seiner Visiten davon sprechen hören, als dessen Stimme in dem abgedunkelten, stickigen Zimmer zu ihm vorgedrungen war. *Sie müssen weiterkämpfen, damit das Fieber sinkt. Wir werden Sie in ein kühleres Zimmer hier verlegen, bis im Krankenhaus ein Bett frei wird.* Alex wusste nicht mit Gewissheit, wann das gewesen war. Auch nicht, wann er in dem neuen Bett aufgewacht war, in dem er jetzt lag. Mit Fenstern rundherum, die Licht und Luft hereinließen und auch die Geräusche der Stadt: Hufschläge von Pferden, Glöckchen der Rikschas, chinesisches Stimmengewirr. War es am Vortag gewesen? Oder vielleicht noch einen Tag früher? Vielleicht auch erst an diesem Morgen? Wegen seines benebelten Kopfs hatte er jedes Zeitgefühl verloren.

Die Tür ging auf. Ihm fehlte jedoch die Kraft, sich umzudrehen und zu schauen, wer da kam. Er hörte eine deutlich artikulierte malayische Stimme, präzise, aber erschöpft. Er erkannte vage jemand vom Hotelpersonal. »Gut«, sagte die Stimme seufzend, »wenigstens jemand, der noch am Leben ist. Wo sind wir jetzt? In Zimmer 42.« Man hörte Papiere rascheln. Alex stellte sich vor, dass der Mann eine Namensliste durchging. »Mr Phillips«, sagte der Mann müde. »Man soll seiner Familie schreiben, dass er ins Krankenhaus gebracht wurde.«

*Ich bin nicht Mr. Phillips.* Alex war zu schwach, um die Worte laut auszusprechen.

Er wurde hochgehoben und vorsichtig auf eine Trage gelegt. Jede Bewegung war eine Qual. Seine Knochen schienen aneinanderzureiben, sich zu verhaken und zu knirschen. Seine Haut fühlte sich an wie verbrüht.

»Wir gehen jetzt, Mr Phillips«, hörte er eine andere Stimme sagen.

Alex hatte keine Ahnung, wer Mr Phillips war. Es kümmerte ihn auch nicht. Ihn kümmerte nur Harriet und dass er sie verloren hatte. Wie hatte das nur passieren können?

Er wusste es immer noch nicht. Ihm war nur klar, dass er es nicht akzeptieren konnte und die Sache wieder in Ordnung bringen musste. Unbedingt.

Alles andere spielte keine Rolle mehr.

Die Nachricht des Hotels traf sechs Tage später in Bukit Chandu ein.

Mae war gerade auf der Veranda, als der Bote aus Malaya kam. Sie hatte versucht, David abzuwimmeln. Seit letzter Woche kam er jeden Morgen, verlangte, Harriet zu sehen, und jedes Mal hatte Mae gelogen und erklärt, Harriet sei zu krank, um irgendwen zu empfangen. David loszuwerden war der einzige Grund, weshalb sie selbst aus dem Bett aufstand.

David wünschte sich, Mae wäre wütender auf Harriet. Mehrmals hatte er sie schon gefragt, warum sie es nicht war. *Sie trägt das Kind deines Ehemanns aus*. Mae störte das nicht. Auch wenn sie einen Moment lang beschämenden Neid verspürt hatte, als Harriet ihr von der Schwangerschaft erzählt hatte – weil sie so gesund aussah und tatsächlich Alex' Baby austrug. Aber all das war sofort verschwunden angesichts Harriets offensichtlicher Verzweiflung und der Tatsache, dass Harriet sich nichts genommen hatte, was sie, Mae, ihr nicht zuvor gestohlen hatte. Alles, was sie sich jetzt wünschte, was sie jetzt tun musste, war, ihr zu helfen und irgendwie Wiedergutmachung zu leisten.

Nur war David heute Morgen mit der Neuigkeit aufgetaucht, er habe eilig die Genehmigung für seine Hochzeit mit Harriet erwirkt. Die Trauung fände am kommenden Samstag, also in fünf Tagen, in St. Andrew's statt. Das war mehr als eine Woche vor Maes und Harriets gebuchter Reise nach England. Mae hatte David erneut angefleht, Harriet mit ihr gehen zu lassen, sie einfach in Ruhe zu lassen. Er hatte sich geweigert.

»Sag ihr, dass sie dort zu sein hat«, erklärte er, gerade als der Bote eintraf und Mae ein teuer aussehendes Kuvert überreichte. »Ich erwarte, dass sie dort erscheint.« Gereizt kratzte er sich am Handgelenk und starrte finster auf den Briefumschlag. »Was ist das?«, fragte er.

»Ich weiß es nicht«, sagte Mae und ließ sich in einen der

Korbsessel sinken. Bei der Berührung mit dem Möbelstück schmerzte ihr dünner Körper. Alles tat ihr weh, und sie wünschte sich sehnlich nach oben und bei geschlossenen Fensterläden in ihr Bett. Ihr Kopf zersprang fast, und die Morgensonne machte es noch schlimmer. Doctor Yardley hatte gemeint, die Kopfschmerzen kämen von der Dehydrierung, aber sobald sie versuchte, auch nur einen Schluck Wasser zu trinken, kam er ihr wieder hoch. Sie wollte noch einmal mit ihm sprechen, weil sie meinte, auch Fieber zu haben. Doch Xing-Hao hatte gesagt, der Arzt sei selbst erkrankt. »Tut mir leid, Ma'am Mae«, hatte er mit unbewegter Miene gesagt, wobei es schien, als täte es ihm kein bisschen leid.

Sie fuhr mit ihren schwachen Fingern in den Umschlag, zuckte zusammen, weil auch das Papier an ihrer Haut schmerzte, und zog einen Brief heraus. Unbeteiligt fragte sie sich, ob es darin wohl um den Tod von Mr Palmer ging.

Darum ging es nicht.

Nicht um seinen Tod.

Ihre Augen glitten über die kurze Nachricht (*Ich bedaure, Ihnen mitteilen zu müssen …*), dann schloss sie sie und ließ das Blatt Papier fallen. Hätte sie noch einen letzten Rest Flüssigkeit in ihrem Körper gehabt, hätte sie geweint. Ihre Augen brannten nur. Sie stellte sich Alex' hübsches Gesicht vor, seine stattliche Figur. *Tot*. Wie konnte er tot sein? Sie erinnerte sich an sein warmes Lächeln, spürte seine kräftigen Arme und seine Lippen; der einzige echte Kuss, den sie je erhalten hatte, doch er hatte nicht ihr gehört, niemals ihr. Ein trockenes Schluchzen stieg in ihrer Kehle auf, dann noch eines und dazu der Gedanke: *Wie soll ich das Harriet beibringen?*

Nur am Rande nahm sie wahr, wie David den Brief aufhob und die Einzelheiten von Alex' Malariaerkrankung sowie seinem Tod in einem Hotelzimmer las. Sie hörte ihn sagen: »Ich gehe jetzt zu Harriet«, und als sie ihre wunden Augen aufschlug, sah sie den Triumph in seinen.

»Wage es bloß nicht«, würgte sie hervor. »Und ich werde auch nicht zulassen, dass sie dich heiratet.«

»Das muss sie.«

»Das muss sie nicht. Du kannst ihr nicht mehr drohen.« Wenigstens das.

»Und ob ich das kann«, sagte er nüchtern. »Was ist mit Laurie Hinds? Und dem Kind? Nein«, jetzt klang er wieder entschlossen, »sie wird nicht riskieren, ihm seine Zukunft zu ruinieren.«

»Ich werde für sie sorgen«, sagte Mae, obwohl sie sich noch nie so wenig in der Lage gefühlt hatte, für irgendjemand zu sorgen.

David, der sie dieses eine Mal genau verstand, sagte: »Du kannst doch nicht einmal für dich selbst sorgen. Und jetzt sag ihr bitte, dass die Trauung am Samstag um zehn stattfindet.«

Mae versuchte noch einmal zu protestieren, aber er weigerte sich, sie anzuhören. Er hatte seine Entscheidung getroffen und beabsichtigte eindeutig nicht, sie zu ändern. *Ich kriege immer, was ich will.*

Sie sah ihm nach, schob dann die Gedanken an seine Entschlossenheit und seine Drohungen als undenkbar beiseite. Auch wenn jede Bewegung schmerzte, bückte sie sich und hob den Brief des Hotels auf. Sie las noch einmal die Nachricht von Alex' Tod, die unglaublichen schrecklichen Worte, die doch die herzzerreißende Wahrheit mitteilten. Dann stand sie auf, ohne zu wissen, wie sie weitermachen sollte. Sie wusste nur, dass sie es tun musste. Und so ging sie hinein und die Treppe zu Harriets Zimmer hinauf.

Dann brach sie das Herz ihrer Zwillingsschwester zum zweiten Mal in diesem Jahr.

# 23. Kapitel

*März 1942*

Ein Monat war seit Ivys und Almas Rückkehr nach Singapur auf einem japanischen Truppentransporter vergangen. Zusammen mit Tausenden anderer Kriegsgefangener war sie im heruntergekommenen Gefängnis von Changi im Norden der Insel interniert worden. Mit seinem hohen Wachturm aus Beton und vier Zellenblöcken – die jeweils auf einen kahlen, sonnenverbrannten Hof hinausgingen – war das Gefängnis für höchstens sechshundert Insassen ausgelegt. Aber fast so viele Frauen und Kinder waren schon in den glutheißen Block A gepfercht, und täglich wurden es mehr. Sie schliefen zu zweit, eine mit den Füßen dort, wo die andere den Kopf hatte, in schmalen Stockbetten in unbelüfteten, fensterlosen Schlafsälen.

Stockdunkel und erstickend heiß brachten die Zellen Ivy die alten Albträume zurück. Sie wachte schweißgebadet auf, hielt sich selbst umklammert, um dann festzustellen, dass die Realität nicht mehr viel besser war als ihre Albträume. Es machte sie zudem fast krank, zu wissen, dass die Bedingungen in den Zellen der männlichen Zivilisten, Seeleute und Soldaten, aber auch in denen der alten Generäle und führenden Offiziere mindestens ebenso schrecklich waren. Zweifellos waren auch die Zustände in den angrenzenden Baracken – wo man Tausende weitere australische und britische Kriegsgefangene festhielt – nicht besser. Erfahren konnte sie darüber jedoch nichts. Eine Mauer, die viermal so hoch war wie sie selbst, trennte in Changi die Frauen von den Männern. Der einzige gemeinsame Bereich war die überfließende, von Fliegen verseuchte Latrine, aber selbst hier war der Zugang streng reglementiert. Sie sah nie irgendjemand.

Dabei waren es so viele gewesen, die mit Ivy und Alma aus Sumatra wieder zurückmussten. Hauptsächlich australische Soldaten und Piloten, die man bei der verlorenen Schlacht um Palembang im Süden des Landes gefangen genommen hatte. Die hatte noch angedauert, während sie ahnungslos auf Rengat zumarschiert waren. Es waren zudem andere Frauen an Bord, die man allesamt aufgegriffen hatte, als sie genau wie sie versuchten, durch den Dschungel zu entkommen, teilweise mit traumatisierten Kindern in ihrer Obhut. Dann hatte man sie auf dem Schiff in winzige Kabinen ohne Luft und Wasser gesperrt. Es gab nur Eimer als Latrinen. Eine kranke Frau in Ivys und Almas Kabine war gestorben, und die Kinder, die das mitansehen mussten, hatten untröstlich geschrien. Sie hatten zusammen nach den Wachen gerufen, damit sie ihre Leiche mitnehmen sollten. Doch niemand war gekommen, bis sie den Hafen erreicht hatten. Da hatte die Tote in der Wärme bereits zu riechen begonnen. Weder Ivy noch Alma hatten seither darüber gesprochen. Und nicht einmal die Stimme von Gregory in ihrem Kopf, *Gescheitert,* konnte Ivy dazu bringen, das auch nur zu versuchen.

Mit Elsie hatten sie immerhin reden können. Schon

eine Stunde nach ihrer Ankunft in Block A hatten sie sie entdeckt. Sie wickelte in einem provisorischen Lazarett – ein paar Klapptische unter einer Zeltbahn am hinteren Ende des glühenden Innenhofs – Verbände auf. Unter Tränen hatte sie sie beide umarmt. (Händedrücken gab es nicht mehr.) Sie hatte Ivy versichert, Alex sei am Leben, genau wie Phils Vater Toby. Beide waren in einem der Männerblocks interniert, also nicht weit entfernt. Sie hatte ihnen erzählt, was nach der Kapitulation, nur zwei Tage nach ihrem Aufbruch, passiert war: Massenexekutionen von Chinesen, denen man Kollaboration mit den Briten unterstellte, die erste Welle von Europäern, die hatten packen und sich am Raffles Place melden müssen; von dort ließ man sie die ungefähr zwanzig Meilen durch die Hitze bis zum Gefängnis marschieren; jeder Einheimische, der ihnen unterwegs Essen oder Wasser geben wollte, wurde geschlagen.

»Zuerst haben sie nicht jeden interniert«, sagte sie, »einige Frauen mit kleineren Kindern blieben verschont, aber sie kommen jetzt nach. Und vielen Krankenschwestern und Ärzten erlaubte man zunächst, in der Stadt zu bleiben, um zu helfen …«

»Was ist mit Vanessa und Jane?«, fragte Ivy und ließ dabei den Blick über die ausgemergelten, schwitzenden Fremden auf dem Hof wandern. »Sind sie hier?«

Elsies Augen füllten sich mit Schmerz. »Es tut mir so leid«, sagte sie. Ivy und Alma wurden blass. »Nein«, stöhnten sie, »*nein.*« Doch Elsie hatte den Kopf geschüttelt und sich sichtlich gewünscht, ihnen etwas anderes berichten zu können. Dann hatte sie stockend geschildert, dass das Alexandra Hospital am Tag vor der Kapitulation eingenommen worden war. Die meisten Schwestern, Ärzte und Patienten waren von den einfallenden Truppen mit Bajonetten getötet oder erschossen worden. Alle Überlebenden hatte man gefangen genommen, über Nacht eingesperrt und am Morgen des nächsten Tags erschossen.

Ivy hatte sich an Almas Arm geklammert, und Tränen waren über ihre heißen Wangen geströmt. »Nein«, hatte sie wiederholt, »bitte, bitte, nicht.« Bilder des Angriffs, die Vorstellung von all dem Grauen und ihren Schreien hatten sie gequält. Dazu die Erinnerungen an all die hilflosen Patienten auf dem Rasen, Vanessa mit einem Gin Sling, wie sie Alex die Kanüle setzte, auf Knien, als sie nach Ivys Plimsolls suchte; Jane auf ihrem Bett, mit nachdenklicher Miene, wie sie still einen ihrer Briefe nach Hause schrieb oder total verliebt in Clark Gable aus dem Cathay-Kino kam. Marcus, der den Tisch mit Kit und den anderen darauf anhob. *Gute Show.*

»Ich kann das nicht glauben«, hatte Alma geschluchzt.

Elsie hatte versucht, sie zu trösten, doch sie waren untröstlich. Selbst jetzt noch, nach all den Wochen, war der Schmerz so schrecklich wie damals und allgegenwärtig. Zumindest sprachen sie darüber. Oft traf der Gedanke an den Verlust sie unvermittelt, in einem Moment der Schwäche kam die Erinnerung an das, was passiert war, und dass ihre Freundinnen tot waren, tatsächlich tot. Trotzdem musterten sie beide jedes neue Gesicht, das ins Gefangenenlager kam und hofften wider jede Hoffnung, dass sie es wären, lebend und gesund, bereit, mit den Augen zu rollen, und dass sie ihnen erklären würden, Elsie habe sich getäuscht, sie seien nur so beschäftigt gewesen. Aber nun seien sie auch hier.

Doch sie kamen nie.

Elsie sagte, das Wichtigste sei, dass Ivy und Alma sich davon nicht völlig demoralisieren ließen. Das würden Vanessa und Jane nicht wollen. Sie mussten aufeinander aufpassen und selbst überleben. Ivy versicherte sie, dass Toby ihr versprochen hatte, auf Alex zu achten und dafür zu sorgen, dass er es überstand. »Wahrscheinlich geht er ihm auf die Nerven, indem er dauernd mahnt, man müsse die typisch britische *stiff upper lip* behalten, durchhalten, nicht aufgeben.« Dabei hatte ihre eigene Oberlippe zu zittern begonnen. »Sie werden so traurig sein, wenn sie erfahren, dass man euch Mädchen geschnappt hat.«

Ivy war sich sicher, dass sie es inzwischen schon wissen mussten. Kit, Tristan und Jimmy mussten sie bereits getroffen haben, denn sie befanden sich ja auch in dem Lager. Sie hatten sich nur wenige Meilen von der Stelle entfernt, an der man Ivy und Alma in Gefangenschaft genommen hatte, finden lassen, den Soldaten aber keinen Hinweis darauf gegeben, dass sie einander kannten.

»Das hättest du nicht tun sollen«, hatte Ivy ihm in der ersten Nacht zugeflüstert, als sie mit gefesselten Händen aneinandergekauert Rast machten.

Daraufhin hatte Kit sie verzweifelt angesehen. »Natürlich hätte ich das tun sollen.«

»Und wir auch«, hatte Jimmy ihm so entschieden beigepflichtet, dass klar wurde, sie hatten darüber schon gesprochen.

»Ganz recht«, hatte Tristan bestätigt.

Die drei hatten sich den ganzen Weg durch den Dschungel zurück an die Küste wie ein Schutzschild dicht bei ihnen gehalten. Ivy war sich zwar nicht sicher, was sie im

Ernstfall zu ihrem Schutz hätten ausrichten können, aber zumindest hatten die Wachsoldaten aufgehört, sie anzüglich anzustarren; nicht ein einziges Mal hatten sie versucht, sich ihnen zu nähern. Warum, wussten sie nicht. Aus Scham vielleicht. (»Aus Furcht«, behauptete Alma mit gespielter Tapferkeit. »Sie wollten keinen Ärger mit den Jungs.«)

Ivy hoffte, dass das auch jetzt, wo sie interniert und nach einem Monat magerer Reisrationen in Changi deutlich geschwächt waren, niemand wollen würde. Sie dachte ständig an die anderen, am meisten an Kit. In ihren Gedanken waren sie immer präsent, genau wie Vanessa und Jane: ihre neuen Geister. Sie träumte von ihnen in den langen furchtbaren Nächten in ihrem Stockbett, wo sie sich verschwitzt gegen Alma pressen musste, sodass ihre Knochen sich berührten. In jeder Minute der endlosen Tage sah sie sie vor sich.

Irgendwie schaffte sie es trotzdem, normal zu funktionieren – während sie in der dampfigen Küche des Zellenblocks beim Kochen der Mahlzeiten für die Gefangenen oder auf der Krankenstation half. Genauso bei den Appellen dreimal täglich, wenn sie mit den anderen Internierten aufgereiht in der prallen Sonne stand, das Gesicht geradeaus und möglichst reglos, während die Wachen vor ihnen aufmarschierten und sich verächtlich über ihr strähniges Haar und ihre zerlumpten Kleider äußerten. Immer versuchte sie, sich vorzustellen, wo Kit und die anderen waren. Sie merkte, dass sie wieder und wieder den Vorfall im Dschungel durchging, als könnte das auch nur das Geringste ändern.

*Wenn ich die Pistole nicht abgefeuert hätte,* fragte sie

sich, *wären dann die Japaner überhaupt aufgetaucht? Aber wenn ich das nicht getan hätte, wäre Alma dann vielleicht gestorben?*

*Wäre Sam nicht losgerannt, hätte sich die Schlange dann überhaupt bewegt?*

»Du musst aufhören, dich selbst damit zu quälen«, sagte Alma. »Es ist passiert.«

Aber Ivy konnte nicht anders.

Und bei jedem Schuss, den sie aus der Richtung des Männerlagers herüberschallen hörte, riss sie den Kopf hoch, meinte, ihr Herz müsse brechen, und fragte sich, ob die Kugel einen von ihnen getroffen hatte.

Die einzige kleine Erleichterung war, dass noch niemand bemerkt zu haben schien, welche Art von Arbeit sie verrichtet hatte oder dass sie in Kranji stationiert gewesen war. Und das, obwohl sie beim Eintreffen im Gefängnis beim Wachposten ihre Identitätskarte ausgehändigt und bestätigt hatte, dass sie wie Alma eine weibliche Angehörige der britischen Navy und daher Kriegsgefangene und keine Zivilistin war. Der japanische Beamte, der ihre Daten aufnahm, hatte sie kaum angesehen und rasch an seinem Schreibtisch vorbei und ins Lager gewunken, um sich der nächsten Frau in der Schlange zu widmen. Als die Tage vergingen und niemand kam, um sie wegen irgendetwas anzuklagen, begann sie zu glauben, sie sei davongekommen. Schließlich waren sie so viele, und die bloße Anzahl der in Block A zusammengepferchten Menschen gab ihr ein Gefühl von Anonymität. Sie dachte, wenn sie den Kopf immer gesenkt hielte, würde es ihr vielleicht wirklich gelingen zu verschwinden. Alma stimmte ihr zu. Obwohl sie beide, wie auch Elsie, rasch in die Schwarzmarktgeschäfte des Lagers involviert waren: Man bestach Wachen, um an medizinisches Material, zusätzliche Essensrationen, kostbare Gläser mit Vitamin-B-reichem Marmite-Aufstrich gegen Beriberi zu kommen (die Einheimischen schmuggelten ihnen Geld herein, das sie bei Todesstrafe in Säcken voller Reis und Körben fast verdorbener Fische versteckten). Ivys Rolle beschränkte sich darauf, das Geld aus der Küche zu schmuggeln, indem sie es im Bund ihres Rocks versteckte, und es dann einer der anderen zu geben. Nie sprach sie persönlich mit den Wachen.

Ganz besonders ging sie dem Lagerkommandanten Sasamoto aus dem Weg. Allerdings war dieser niemals lächelnde Mann immer überall, seine Augen schweiften ständig durch Zellen, über den Innenhof und durch die Küche, wo er nach Beweisen für Subversion suchte.

Von der Benutzung von Funkgeräten war er wie besessen. Er wusste, dass es im Lager Spione gab. Darüber schwadronierte er ständig bei den Appellen. Er war sicher, dass sie japanische Geheimnisse verrieten. Doch er würde herausfinden, wer sie waren und wie sie es anstellten. Sie sollten sich in Acht nehmen und würden schon sehen. Er würde dahinterkommen. Niemand sah ihm beim Sprechen ins Gesicht; alle waren, wie unschuldig sie auch sein mochten, panisch darauf bedacht, nicht schuldig zu wirken. Sogar die anderen Wachen wandten die Blicke von ihm ab. Ivy war in ihrem ganzen Leben noch keinem so reizbaren und vollkommen freudlosen Menschen begegnet. Es ging das Gerücht, er sei nur deshalb als Kommandant in Changi eingesetzt worden, weil er nach der Schlacht um Malaya zu traumatisiert war, um weiterzukämpfen. An seiner

Wange hatte er eine dunkelviolette Narbe, die sich um seinen ganzen Hals zog, als hätte ihn jemand gewürgt. Manchmal fragte sie sich, was genau ihm passiert sein mochte.

Es war ein heißer grauer Tag Ende März, als sie es erfahren sollte.

Der Nachmittagsappell war gerade zu Ende, und sie gingen alle in ihre Zellenblöcke zurück, wo als Nächstes ihre Betten inspiziert werden sollten. Ein morgendliches Gewitter hatte übel riechende Pfützen überall auf dem Innenhof zurückgelassen, und sie traten mit ihren Sandalen in das dreckige Wasser. Sasamoto musterte sie im Vorbeiziehen und tippte dabei unablässig mit seinem Gummiknüppel gegen den eigenen Oberschenkel. Plötzlich blieb sein Blick an einer Frau direkt vor Ivy hängen. Sie hielt die Hand ihrer vielleicht sieben oder acht Jahre alten Tochter. Aus keinem erkennbaren Grund verzog Sasamoto das Gesicht vor Zorn. Bevor Ivy wusste, wie ihr geschah, packte er das Kind und stieß es in eine der Pfützen, dann drängte er die Mutter gegen die Wand und presste den Gummiknüppel an ihre Kehle. Auf Japanisch schrie er sie an, sie solle es nicht wagen, auf seinen Hals zu schauen; das sei das Werk eines britischen Soldaten, eines Hurensohns mit einem Draht. Ihr Ehemann vielleicht. Ob das ihr Ehemann gewesen sei, der ihm das angetan habe? Er habe ihn sowieso getötet und ihm beim Sterben zugesehen, so wie er es gleich bei ihr tun würde.

Die Augen der Frau traten hervor, ihr erstarrtes Gesicht blickte unverständig und wurde dunkelrot. Ihre Tochter kam angestürzt, versuchte Sasamoto wegzuzerren, und ohne zu überlegen machte auch Ivy einen Schritt auf ihn zu, um das Kind wegzuziehen, bevor Sasamoto es packen würde. Während sie das tat, drehte Sasamoto sich um, nahm den Knüppel von der Kehle der Frau weg, hielt ihn aber hoch erhoben, wie um das Mädchen zu schlagen. Ivy holte tief Luft, aber dann änderte sich plötzlich alles. Sasamoto fing ihren Blick auf. Er musste das Grauen oder irgendetwas anderes darin gesehen haben, das ihn schockierte, denn er erstarrte.

Die Frau, die er fast erwürgt hatte, schnappte nach Luft, streckte die Arme nach ihrer Tochter aus und umarmte sie schluchzend.

Ivy rührte sich, gefangen in Sasamotos starrem Blick, nicht von der Stelle.

»Du hältst mich für ein Tier«, sagte er, immer noch auf Japanisch, aber sehr leise und wie zu sich selbst. »Nein.« Er runzelte unter seiner Schirmmütze die Stirn. »Das bin ich nicht.«

Vielleicht lag es daran, wie schnell alles passiert war. Oder an Ivys Panik. Denn obwohl sie versuchte, nicht auf seine Worte zu reagieren oder sie auch nur zu hören, verrieten ihre Reflexe sie anscheinend. Sie merkte selbst, wie sie das Gesicht verzog und dadurch Verstehen signalisierte.

Sasamotos Blick veränderte sich, als käme er wieder zu sich. Seine Augen wurden schmal, abrupt wandte er sich ab und ging davon. Doch Ivy empfand keinerlei Erleichterung, nur Furcht. Denn nun hatte er Notiz von ihr genommen. Er würde sie sich merken, da war sie sich ganz sicher.

Danach bemerkte sie oft, dass er sie beobachtete.

In den folgenden Tagen rechnete sie damit, dass er sie ansprechen würde, doch nichts passierte. Das Leben im Internierungslager ging weiter. Immer mehr Gefangene kamen dazu, und von Flöhen verseuchte Matratzen mussten in den metallenen Treppenhäusern der Zellenblocks sowie in Zelten auf dem Innenhof ausgelegt werden. Die Latrinen liefen über. In den Becken wimmelte es von Maden, und es war unmöglich, den Brechreiz zu unterdrücken, wenn man nur in die Nähe kam. Ivy wartete immer bis zum allerletzten Moment, bevor sie dorthin ging. (Das war nicht schwer, da sie wie alle anderen dehydriert war und durch die fast ausschließliche Ernährung mit Reis an Verstopfung litt. »Wenigstens ein Gutes«, sagte Elsie.)

Ein paar Lehrer gründeten eine Schule für die Kinder, und Ivy meldete sich, um Französisch zu unterrichten. *Das Beste ist es, sich eine Beschäftigung zu suchen.* Alma bot ebenfalls ihre Dienste an und wagte es sogar, in Sasamotos Büro nach Samen zu fragen, damit die Kinder neben der Küche ein kleines Gemüsebeet anlegen konnten. Der Kommandant willigte ein, allerdings nur unter der Bedingung, dass die Hälfte der Ernte den Wachen überlassen würde. »Als Dankeschön«, sagte er, »ja? Weil wir für euch sorgen.«

Sie pflanzten Gurken, Kartoffeln und Tomaten und warteten, dass sie wuchsen. Die Frau eines Pastors begann, Chorproben zu veranstalten, gleich nach dem Nachmittagsappell. Fast fünfzig Frauen versammelten sich im Schatten des Zellengebäudes und hatten ihre knochigen Hände über den Taillen ihrer fadenscheinigen Seiden- und Baumwollkleider gefaltet. Ihre Stimmen schallten durch die dampfige Hitze, über Dreck und Krankheit hinweg, sodass alle anderen und sogar Sasamoto stehen blieben und ihnen zusahen.

»Ich wünschte, sie könnten den ganzen Tag lang singen«, sagte Ivy zu Alma. »Es beruhigt mich.«

»Ich glaube, ihnen ergeht es genauso«, sagte Alma und deutete traurig mit dem Kopf auf die Mauer, hinter der sich das Lager der Männer befand. Der übliche Lärm von dort war verstummt.

»Ja«, seufzte Ivy. »So muss es wohl sein.« Sie blickte auf die hohe Steinmauer und stellte sich Kit, Alex und die anderen dahinter vor. Vor ihrem inneren Auge sah sie Kit genauso dastehen wie sie selbst, als würden seine grünen Augen durch die Mauer direkt zu ihr blicken.

*Bitte sei in Sicherheit,* flehte sie stumm. *Bitte sei wohlauf.* Die Stimmen des Chores wurden lauter. *Bitte, sei einfach da.*

*Sei bei den Zuhörern.*

Etwa hundert Meter vom Eingang des Internierungslagers entfernt drehte Kit sich in die Richtung, aus der der Gesang kam. Seine Augen wurden schmal, und sein Blick ging über den Vorplatz voller Männer, über all die ausgemergelten Gesichter und eingefallenen Körper, die Hitze und die Fliegen hinweg zu der fernen Mauer. Eine Sekunde, nur eine Sekunde lang war er bei ihr.

Dann stieß ihn einer der Männer in den Rücken, damit er weiter ins Lager marschierte.

»Ich geh ja schon«, sagte er.

Mit einer Hand fuhr er sich über den kurz geschorenen Kopf. Sein Arm schmerzte wie auch sein ganzer Körper. Die Shorts hingen lose auf seinen Hüften. Gerade war er mit Jimmy und Tristan vom Arbeitseinsatz zurück. Zusammen mit anderen Briten und Australiern hatten sie seit Tagesanbruch an einem neuen Flughafen für die Japaner gearbeitet. Gemäß der Genfer Konvention mussten sie das als Offiziere nicht tun, für den Feind arbeiten. Aber die Arbeit bedeutete zusätzliche Rationen, die sie dann mit Männern wie Alex teilten, die zu alt oder zu schwach waren, um in der glühenden Hitze zu graben oder Zement zu mischen.

Kit war sich sowieso nicht sicher, ob es überhaupt besser wäre, im Lager zu bleiben. Er war froh, den Krankheiten, dem Dreck und Hunger sowie den gelangweilten, bösartigen Wachen zu entgehen. Die Hälfte von den Männern war betrunken, und den meisten gefiel es, grundlos auf jeden einzuprügeln, der ihnen unterkam. Auch wenn natürlich alles doch nur verschiedene Spielarten der Hölle waren, denn dem zu entkommen bedeutete, lange Stunden unter tropischer Sonne mit der Spitzhacke auf Fels einzuschlagen.

Noch einmal schaute er zu der Mauer hinüber, während Staub und Schweiß in seinen Augen brannten, und wünschte sich, hindurchsehen und nur einen Blick auf Ivy werfen zu können. Das letzte Mal hatte er sie gesehen, kurz bevor sie Sumatra verließen. Da hatte sie mit Alma die Planken einer Gangway überquert, mit gefesselten Händen und in ihrem dreckigen, zerfetzten Kleid. Sie hatte ihn angesehen, als wolle sie sich ihn zum letzten Mal einprägen. Als man sie schon vorwärts in den Bauch des Schiffs stieß, hatte er ihr zugerufen: »Ich werde dich wiedersehen, ich werde dich finden.« Sie hatte versucht zu lächeln, um auszusehen, als glaube sie ihm, und dieser Anblick hatte ihn fast umgebracht. Seither bedeutete dieses Versprechen ihm alles. Der Gedanke, dass er es eines Tages einlösen würde, hielt ihn aufrecht. Doch er musste wissen, dass es ihr gut ging. Diese Ungewissheit … Das war Folter.

»Ich halte das verdammt noch mal nicht länger aus«, sagte er, an niemand Bestimmten gerichtet.

»Ja«, sagte Tristan, »es ist ziemlich unerträglich.«

»Er meint nicht das Lager«, sagte Jimmy. »Er meint Ivy.«

»Ich habe alles zusammen gemeint«, sagte Kit und runzelte die Stirn. »Ich wünschte, es gäbe irgendetwas, das ich tun könnte.«

Jimmy starrte ebenfalls mit einem Seufzen auf die Mauer. Dann kniff er die Augen zusammen, sodass seine Sonnenbrandblasen sich in Falten legten, und sein Blick blieb an der Tür direkt daneben hängen. »Tja …«, sagte er.

An einem sonnigen Nachmittag Anfang April trug Ivy, als die Chorprobe fast zu Ende war, einen Eimer abgekochtes Trinkwasser aus der Küche ins Lazarett. Ihre Miene war regungslos, als sie das glutheiße Zelt betrat, und versuchte, von dem Gestank nach Schweiß und Exkrementen nicht zu würgen. In jedem Bett lagen Patienten mit Ruhr oder Diphtherie. Sonnenstrahlen, die durch den Zeltstoff fielen, erhellten die ohnehin blassen Gesichter der Frauen und Kinder. In dem Internierungslager gab es nicht genug Medikamente, aber inzwischen immerhin eine Ärztin und ein paar Krankenschwestern. Sie kamen alle vom ehemaligen Allgemeinen Krankenhaus, und dann waren da natürlich noch die Freiwilligen wie Elsie, die dort jeden Tag halfen. Gemeinsam bewahrten sie so viele Menschen wie möglich davor, auf dem sich rasch füllenden Friedhof hinter dem Gefängnis zu enden.

So war es auch Elsie, mit der Ivy sich gerade unterhielt, als ein junger Wachmann namens Yoto mit einem Müllsack in der Hand zu ihr kam.

Er sprach nicht zum ersten Mal mit ihr. Oft hatte er beim Unterricht der Kinder zugesehen und dabei gelächelt. Mehr als einmal hatte er ihr schon gesagt, dass die Kleinen ihn an seine jüngeren Geschwister daheim in Kyoto erinnerten. Sie wusste, dass auch Alma sich mit ihm unterhielt, denn er war einer der Wachen, der für das eingeschmuggelte Geld Vorräte aus der Stadt ins Lager zu bringen half. Allerdings war er der Einzige, der sich weigerte, dafür selbst Geld anzunehmen.

»Ivy-San«, sagte er jetzt und hielt den Müllsack in die Höhe. »Bringen das für mich weg, ja? Es die richtige Zeit.«

»Ist gut«, sagte sie, fragte sich aber, warum er sich die Mühe gemacht hatte, sie zu finden, anstatt den Sack selbst wegzubringen.

»Ich helfen dir«, sagte er und gab ihr den Sack. »Ich bringen dich. Tor noch nicht abgeschlossen.«

Sie war noch verwirrter, weil er sie holen wollte, wo er doch mit seinem Schlüssel überallhin konnte. Aber da es nun schon so war, folgte sie ihm mit dem Müll durch die Tür in der Zeltplane des Lazaretts nach draußen. Der Chor sang gerade die letzten Takte von »Lift Your Glad Voices«. Ein paar Kinder spielten in der Hitze lustlos mit einem Lederball. Frauen standen plaudernd und ihre Flohbisse kratzend in Gruppen zusammen. Unter den mageren Hälsen ragten ihre Schlüsselbeine deutlich hervor. Ivy ließ – wie es ihr zur Gewohnheit geworden war – die Augen auf der Suche nach Sasamoto ängstlich über die Menge schweifen, doch er war nirgends zu sehen.

Schließlich erreichten sie das Tor zum Müllplatz. Yoto zog seinen Schlüssel aus der Tasche, sperrte auf und bedeutete Ivy hindurchzugehen.

Der stinkende Hof war menschenleer. Dafür summten überall Fliegen, die in den Müllbehältern Kartoffelschalen, Fischgräten und Obstreste fraßen. Auf der anderen Seite war die Holztür zum Lager der Männer geschlossen. Rundherum ragten hohe Ziegelmauern mit Stacheldraht auf. Ivy schaute auf den Sack in ihrer Hand und warf ihn, immer noch etwas verwirrt, in den nächsten Behälter.

»Erledigt«, sagte sie zu Yoto.

»Nein«, erwiderte er und lächelte unter seiner Dienstmütze, »nicht erledigt. Schauen doch«, er zeigte auf den am weitesten entfernten Behälter. »Da drunter«, sagte er und stampfte mit dem Fuß auf. »Ich warten hier.«

»Ich verstehe nicht.«

»Werden verstehen, Ivy-San.« Yoto nickte. »Das gute Sache. Ich versprechen. Nicht Schlimmes.«

Ivy rührte sich nicht. Sie war sich nicht sicher, ob sie ihm glauben sollte.

»Ivy-San.« Er lächelte wieder in Richtung des Müllbehälters. »Bitte.«

Zögernd, weil sie fürchtete, in eine Falle zu tappen, aber gleichzeitig auch keine andere Möglichkeit sah, nickte sie und drehte sich um. Sie war sich jedes ängstlichen Atemzugs, den sie tat, deutlich bewusst, während sie auf den Abfallbehälter zuging, sich davor bückte und ihn anhob.

Darunter lag ein Stück Karton. Und ein Bleistift. Neugierig zog sie beides hervor und erstarrte dann, als sie die Schrift sah. Seine Schrift. *Seine*. Erst zitterte nur ihre Hand, dann ihr ganzer Körper. »Oh«, sagte sie. »Oh.« Ihre

Augen füllten sich mit Tränen, und alles verschwamm. Sie verlor keine Zeit damit, Yoto zu fragen, wie die Nachricht hierhergekommen war, sondern las Kits Worte nur gierig wieder und wieder, während Tränen über ihre Wangen liefen. Während sie las, spürte sie, wie er wieder wirklich wurde, wirklich und lebendig. Am liebsten hätte sie nie mehr aufgehört zu lesen.

*Ich denke ständig an dich. Geht es dir einigermaßen gut? Der Wachmann sagt, er hätte sich davon überzeugt, aber ich fürchte, dass das nur ein Trick ist. Sag mir, dass es stimmt. A (sie vermutete, dass er Alex meinte) geht es gut, ich weiß, dass du dich um ihn sorgst. Mir geht es auch gut, uns allen. Bitte, hab kein schlechtes Gewissen, weil wir hier sind. Ich weiß, dass du dich deshalb quälst – darin bist du sehr gut –, aber es ist überhaupt nicht deine Schuld. Wirklich nicht. Und ich könnte sowieso nirgendwo anders sein, weil ich hier wenigstens in deiner Nähe bin. Das sollst du wissen. So nah. Und ich lebe für den Moment, wenn ich wieder zu dir kann.*

Ivys Tränen tropften auf den Karton. Sie schaute zu Yoto zurück und schämte sich jetzt, weil sie ihm misstraut hatte. Er lächelte immer noch in ihre Richtung.

»Danke«, sagte sie.

»Geheimnis«, sagte er. »Ja? Unser Geheimnis.«

»Ja«, sagte sie. »Ja.« Sie umklammerte das Stück Karton. »Aber wie …?«

»Mein Freund«, sagte er. »Er Wache in Männerlager. Er kennen deinen Freund. Er helfen will, ich helfen will, ja?«

»Ja«, sagte Ivy und strahlte vor Erleichterung und Dankbarkeit.

»Dein Freund«, sagte Yoto, »er wissen will, Ivy-San gut. Ja? Also du schreiben. Wir nicht haben Zeit. Andere bald kommen. Jetzt, Ivy-San«, er nickte knapp, »du schreiben jetzt.«

»Ja«, sagte sie und schluckte ihre Tränen hinunter, »ja.«

Ihre Finger zitterten, als sie nach dem Bleistift griff. Es gab so vieles, was sie ihm sagen wollte.

*Mir geht es gut, das schwöre ich dir. Es ist kein Trick. Ich denke auch an dich, du kannst dir nicht vorstellen, wie sehr. Ich frage mich, wo du bist, was du isst oder machst oder sagst. Vor allem wünsche ich mir zu wissen, wie lange das hier noch dauert und ob es jemals zu Ende geht …*

»Ivy-San«, drängte Yoto flüsternd. »Jetzt fertig. Ja?«

Sie nickte und kritzelte eilig noch ein paar Worte auf den freien Rest des Kartons hin.

*Bitte, pass auf dich auf. Ich ertrage die Vorstellung, dass dir etwas zustößt, nicht. Umarme A und die anderen von mir. Ich bin hier, gleich hier. So nah, und ich warte, ich warte immer auf dich.*

Dann schob sie den Karton unter den Behälter, stand auf und zwang sich, auf Yotos zunehmend panischen Befehl hin, von der Stelle, an der auch Kit gewesen war, fortzugehen und ins Frauenlager zurückzukehren.

Danach brachte sie täglich den Müll weg. Egal, wie oft

Alma sie warnte, damit aufzuhören. Sie erklärte ihr, wie dumm es sei, aber sie konnte es nicht lassen.

»Würdest du aufhören, wenn es Phil wäre, der dir schreibt?«, fragte sie.

»Nein«, zischte Alma, »aber ich habe auch nichts extrem Gefährliches vor einem Mann zu verbergen, der mich ununterbrochen beobachtet.«

»Aber Sasamoto hat doch noch nicht einmal mit mir gesprochen.«

»Er passt nur den richtigen Moment ab. Das weißt du so gut wie ich.«

Alma hatte recht. Doch Ivy wollte nicht darüber nachdenken. Sie lebte für die Minuten, die sie auf dem Müllhof verbrachte. Yoto stand Wache, während sie zwischen Fliegen kauerte, den Gestank von Verrottendem in der Nase, und die Zeilen las, die Kit für sie geschrieben hatte. Dann schrieb sie ihm hastig eine Antwort. Immer wenn sie sich dort aufhielt, war es fast, als wären sie zusammen. Wie sollte sie darauf verzichten können?

Das Stück Pappe war von ihren Nachrichten bedeckt: von oben bis unten, in allen Ecken. Kit beschrieb ihr seinen Alltag, dass die Offiziere von den gemeinen Soldaten und den Zivilisten getrennt waren, es ihm aber gelinge, Alex und auch Phils Dad im gemeinsamen Hof zu sehen.

*Der ist übrigens einer der englischsten Menschen, die mir je begegnet sind. Ich stelle ihn mir immer mit A als seiner Schwiegertochter vor. Das bringt mich zum Schmunzeln.*

Er erzählte, dass einer der anderen australischen Offiziere

einen Schläger und einen Ball besitze, sodass sie abends, bevor das Licht ausgeht, alle zusammen Kricket spielen.

*T schlägt dauernd ins Aus. Wie du dir vorstellen kannst, macht ihm das keinen Spaß. Jimmy hat sich eine neue Art von Sonnenhut gebastelt. Aus Bambus und Stroh, unbeschreiblich.*

Sie schrieb ihm über die Schule, das Gemüsebeet und den Chor. Sasamoto erwähnte sie genauso wenig wie die kleinen Käfige neben der Wachhütte, in die Frauen oft zur Strafe gesperrt wurden. Er schrieb nie etwas über die Schüsse, die sie hörte.

*Wir werden das durchstehen,* behauptete er.

*Du klingst immer so zuversichtlich,* erwiderte sie wollte es auch glauben.

*Das bin ich auch. Wir haben Dinge zu erledigen, du und ich. Ich möchte dich heiraten und wünschte, ich hätte dir das schon vorher gesagt. Ich wünsche mir, dass wir unser Leben zusammen verbringen. Diese Vorstellung ist mir schon so ans Herz gewachsen.*

*Ja,* schrieb sie, *mir auch.*

*Gut,* schrieb er daraufhin und sie stellte sich seine leuchtenden Augen dabei vor. *Dann werde ich dir einen wunderschönen Ring kaufen und eines Tages werden wir in einem friedlichen Garten sitzen und uns an den Händen halten. Das hier wird dann alles vorbei sein. Es wird Vergangenheit sein, und wir werden nur auf unsere Zukunft schauen. Wart's ab, und du wirst es erleben.*

*Na schön,* antwortete sie und lächelte beim Schreiben, *ich nehme dich beim Wort.*

Inzwischen war es schon fast Juni. Yoto brachte Ivy seit beinah zwei Monaten zum Müllplatz. Er war sich sicher, dass niemand davon wusste. Niemand erzählte er davon, und er war sich sicher, dass sein Freund im Männerlager – derjenige, den Major Langton bestochen hatte – es genauso machte. Das Risiko war für sie beide einfach zu groß. Yoto sprach auch nie von den anderen Dingen, auf die er sich eingelassen hatte, seit man ihn nach Changi versetzt hatte: die Besorgungen in der Stadt, von wo er Salz zum Rehydrieren, Zucker, zusätzlichen Reis und Hefeextrakt mitbrachte. Er redete nicht einmal mit den Wachen, von denen er vermutete, dass sie das Gleiche taten. Er wollte helfen. Es half ihm, anderen zu helfen. Aber er hatte auch Angst, deswegen zu sterben. Deshalb war er vorsichtig.

Trotzdem wurde er eines Tages in Sasamotos Büro zitiert.

Auf dem Weg dorthin ging er mit vor Angst weichen Knien über den glutheißen Innenhof. Die Nachmittagssonne stand unbarmherzig hoch am Himmel. Das Büro befand sich an der Vorderseite der Gefängnisanlage, in einem flachen Betonbau neben dem Wachturm und den Strafzellen mit Holzgittern, die ausnahmsweise beide leer waren. Oben auf dem Turm saßen zwei Wachen umgeben von Stacheldraht hinter einem Maschinengewehr. Auf dem Hof dahinter hörte Yoto Männerstimmen. Es waren neue Gefangene aus Sumatra eingetroffen. Einige warteten anscheinend auf ihre Registrierung und die Zuweisung eines Blocks.

Yoto näherte sich dem Betonbau, ballte seine vor Angst zitternden Hände zu Fäusten, betrat die kleine Terrasse und klopfte an Sasamotos Tür.

Schweiß trat ihm auf die Stirn, aber er schwitzte auch überall sonst. Am Hals und unter den Armen. Er schaute an seiner Uniform herunter, ob seine Hosenbeine ordentlich in den Stiefeln steckten und seine Tunika richtig geknöpft war. Kurz dachte er an seine Frau Reiki, zu Hause in Kyoto, und an seine Tochter, die kurz vor seiner Einberufung im letzten Jahr zur Welt gekommen war. Er stellte sich die beiden krank und hungernd hier im Lazarett vor. Davon träumte er manchmal …

»Herein«, ertönte Sasamotos Stimme.

Yoto zuckte zusammen, öffnete die Tür, betrat den gekachelten Raum und blieb salutierend vor Sasamotos hölzernem Schreibtisch stehen. Das Büro war dank einer kleinen Klimaanlage und eines Deckenventilators kühl. Yoto spürte den Luftzug auf seiner erhitzten Haut.

Sasamoto sah ihn mit unergründlicher Miene an. Dann lächelte er zu Yotos Überraschung. Allerdings lächelten nur seine Lippen, nicht die Augen. Das machte Yoto nur noch nervöser.

»Ich muss mit dir über deine Freundin sprechen«, sagte Sasamoto.

»Meine Freundin?«, fragte Yoto.

»Ivy«, sagte der Hauptmann und zog die Silben so in die Länge, dass es wie *Aiii-wiii* klang. »Aiii-wiii Harcourt. Ich habe gesehen, wie du mit ihr gesprochen hast. Du begleitest sie immer zum Müllplatz, oder?«

Yotos Herz hämmerte. »Wir müssen sie begleiten«, sagte er und merkte, wie trocken sein Mund sich anfühlte. »So lautet die Vorschrift.«

»Ja, ja.« Sasamoto hob die Hände. »Keine Sorge. Ich werfe dir das nicht vor.«

Kurz herrschte Schweigen.

Sasamoto griff in seine Tasche, holte seine Zigaretten heraus und zündete sich eine davon an. »Ich brauche deine Hilfe«, sagte er. »Ich glaube, Aiii-wiii spricht Japanisch. Ich glaube, sie ist eine Spionin.«

Das war so ungefähr das Letzte, was Yoto erwartet hatte. »Nein, Hauptmann …«

»Doch«, sagte Sasamoto und blies den Rauch aus. »Ich beobachte sie. Ich sehe, wie sie sich benimmt. Manchmal wenn wir reden, hält sie inne. Sie versteht uns.«

Hatte er recht? Yoto dachte an die vielen Male, wenn er sie getroffen hatte, und daran, dass er selbst auch schon einmal darüber nachgedacht hatte. Vielleicht, aber … »Selbst wenn sie versteht«, sagte er, »bedeutet das nicht, dass sie eine Spionin ist.«

»Es geht um die Tatsache, dass sie es verheimlicht hat«, sagte Sasamoto. »Ich traue ihr nicht. Und wenn ich richtigliege, muss sie erschossen werden.« Er zog wieder an seiner Zigarette und schnippte die Asche auf den Boden. »Stimmst du mir da nicht zu?«

»Ich …«, begann Yoto und verstummte. Er sah sie vor sich: ihr Lächeln, wenn sie neben den Abfalltonnen kniete, wie sie mit den Kindern lachte, wenn die in ihrem Unterricht etwas Lustiges sagten. Dann versuchte er, sich vorzustellen, dass sie getötet wurde, und empfand nur Trauer. »Ich glaube nicht, dass sie eine Spionin ist«, sagte er, ohne zu wissen, ob es stimmte, nur weil er Sasamoto davon überzeugen musste. Dann kam ihm eine Idee. »Sie ist nicht schlau genug.«

»Du behauptest also, dass ich mich irre?«

»Ich sage nur, dass sie nicht klug ist. Sie ist nur eine Frau, eine dumme Frau.«

»Hm«, machte Sasamoto. Er tippte auf seine Zigarette. »Ich weiß nicht.«

»Das ist es, was ich denke, Hauptmann.«

»Dann hast du sie also nie etwas Verdächtiges tun sehen?«

»Nein, Hauptmann.«

»Sie kommuniziert mit niemand? Mit überhaupt niemand?«

Yoto dachte an die Abfallbehälter, die Nachrichten. »Nein, Hauptmann.«

Vielleicht kam seine Antwort zu schnell oder nicht schnell genug, denn die Narbe in Sasamotos Gesicht zuckte.

Yoto zwang sich, seinem Blick standzuhalten. Wenn er nur weniger schwitzen würde.

Sasamoto legte den Kopf in den Nacken und blies den Rauch Richtung Decke. »Ich glaube, du lügst«, sagte er. »Aber das ist egal, weil ich jemand anderen gefunden habe, der mir helfen kann.«

Yoto drehte sich der Magen um. »Ja, Hauptmann?«

»Ja.« Sasamoto nickte. »Er ist heute hier eingetroffen. Ich war dabei, als man ihn registrierte. Da hat er nach jemand gefragt. Und weißt du, wer das war?«

»Nein, Hauptmann.«

»Kannst du es dir nicht vorstellen?«

»Nein, Hauptmann«, wiederholte Yoto und blinzelte die Schweißperlen weg.

Sasamoto fixierte ihn. »Dann bist du wohl derjenige, der hier nicht schlau ist. Denn es war *Aiii-wiii*. Deine Freundin ...«

»Sie ist nicht meine Freundin ...«

»Halt die Klappe«, schrie Sasamoto. Yoto zuckte wieder fürchterlich zusammen. Sasamoto starrte ihn weiter an und lächelte dann wieder. Genau wie vorhin aber nur mit dem Mund. »Dieser Junge, der erst angekommen ist«, sagte er, »wurde im Dschungel aufgegriffen. Ganz allein. Verirrt. Er hat richtig große Angst. Er fürchtet zu sterben. Er sagt, er kann mir helfen, mir mehr über Aiii-wiii sagen. Ich habe ihn«, er deutete mit dem Kopf zu den Räumen hinter seinem Büro, »hier hinten. Gleich werde ich mit ihm reden.« Er drückte seine Zigarette aus. »Aber ich gebe dir noch eine letzte Chance, mir auch zu helfen und zu sagen, was sie hier getan hat. Dann kann ich eine Beförderung und eine Auszeichnung für dich arrangieren. Möchtest du das nicht?«

»Ich weiß nichts, Hauptmann.«

»Deine Frau«, bemerkte Sasamoto, »wird bestimmt unglücklich sein, wenn sie erfährt, dass du eine andere Frau schützt.«

»Ich schütze niemanden, Hauptmann.«

»Doch, das tust du«, sagte Sasamoto.

»Nein, Hauptmann.«

»Ich glaube schon.« Sasamoto seufzte. »Willst du mir nicht verraten, worüber du und Aiii-wiii euch unterhaltet?« Er lächelte wieder. »Komm, sprich mit mir. Lass dir von diesem britischen Bastard namens Sam Waters doch nicht allen Ruhm streitig machen.«

# 24. Kapitel

Zu Hause in London sorgte Mae sich permanent um Ivy. Sie schlief wenig und war vor lauter Furcht erschöpft. Zuerst war ihre größte Angst, dass sie bei der Invasion getötet worden war. Jetzt, wo sie dank einer Liste von Gefangenen, die das Rote Kreuz endlich veröffentlicht hatte, wusste, dass sie in Changi war, plagten sie neue Ängste. Die Zeitungen waren voll von japanischen Grausamkeiten. Erst kürzlich hatte sie einen Bericht über ein Schiff voller Nonnen gelesen, das man versenkt hatte, als diese versuchten, damit aus Singapur zu fliehen. Die Nonnen hatten auf den Rettungsbooten eine nahe Insel erreicht, waren jedoch von den Japanern gezwungen worden, zurück ins Meer zu gehen, wo sie sie dann erschossen. *Nonnen.* Was mochten sie dann erst Ivy antun? Mae stellte sich immer neue Möglichkeiten vor – eine schlimmer als die andere. Jeder sagte ihr, sie dürfe die Hoffnung nicht aufgeben: die Dame beim Roten Kreuz, mit der sie gesprochen hatte, als die Liste mit den Gefangenen veröffentlicht wurde; das für das Postamt zuständige Ehepaar, wo sie täglich vorbeiging – für den Fall, dass ein Telegramm sie nicht erreicht hätte. Aber es fühlte sich für sie an, als durchlebe sie erneut, was damals mit Beau passiert war. Er hatte so lange als vermisst gegolten, bevor man ihn für tot erklärte.

Und selbst danach hatten die Leute ihr geraten, die Hoffnung noch nicht aufzugeben. Sie hatte auf sie gehört und geglaubt, er würde zurückkommen, es wirklich geglaubt. Manchmal hoffte sie es immer noch. Und sie hatte solche Angst davor, sich erneut zu irren.

Und jetzt wollte auch noch Sally sie besuchen kommen.

Das hatte sie allem anderen zum Trotz nicht vergessen. Ihr Brief stand auf dem Kaminsims in der Küche, an eine Vase mit Osterglocken gelehnt. Die hatte sie vor zwei Wochen gepflückt, als sie sich selbst hatte ermutigen wollen, als sie daran glauben wollte, das Leben könne eines Tages wieder seinen normalen Gang gehen. Inzwischen waren sie verwelkt, tot. Sie fragte sich, ob Sally das bemerken würde. Wahrscheinlich schon, aber sie warf sie trotzdem nicht fort. Was für eine Rolle spielte das schon?

Mae setzte den Kessel auf den Herd. Als der Dampf in Spiralen aus der Tülle aufstieg, gingen ihre Gedanken wieder einmal zu Ivy. Sie dachte an die letzten Briefe, die sie von ihr erhalten hatte, kurz nach Weihnachten. Datiert waren sie alle vom vergangenen Sommer. Darin plauderte sie fröhlich von einer Alma, Raffles, Stränden und Partys. Und natürlich ging es um Ivys anhaltende Verdrossenheit, weil sie immer noch keine von Maes angekündigten Antworten auf ihre Fragen bekommen hatte. Dabei hatte Mae ihr da schon längst geschrieben und erklärt – es hatte sie viele schmerzvolle Stunden gekostet, aber sie hatte es getan. Sie hatte Ivy gebeten, ihr ein Telegramm zu schicken, sobald sie diese Nachrichten erhalten hätte. Jetzt vermutete sie, dass es dazu nie mehr kommen würde, und wusste nicht, ob sie darüber erleichtert oder verärgert sein sollte, weil man Ivy vorher gefangen genommen hatte. Sie kannte Ivys Briefe inzwischen jedenfalls auswendig und liebte, wie glücklich, wie lebendig ihre Enkelin darin geklungen hatte. Jetzt wartete sie verzweifelt auf einen weiteren Packen Briefe. Doch mehr als alles andere wünschte sie zu erfahren, wie es Ivy jetzt, in diesem Moment ging. Sie schloss die Augen und versuchte, es sich, wie schon so viele Male, vorzustellen.

Ob sie wohl gerade schlief?

Lächelte?

Hungrig war?

Angst hatte?

Sie strengte sich an, doch es funktionierte nicht. Sosehr sie sich auch bemühte, sie konnte nichts davon sehen.

Als es an der Tür klopfte, fuhr sie zusammen.

Sally.

Mae holte tief Luft, fasste sich, zog den Bund ihres Kleids zurecht – es war eher eine verlegene, weniger eine notwendige Geste – und trat auf den Flur. Wie sie auf die Haustür zuging, sah sie durch das rautenförmige Fenster schon Sallys Kopf in der Maisonne. Natürlich mit einem großen Hut. Sie atmete tief durch. Noch immer hatte sie nicht entschieden, ob sie ihr die Wahrheit erzählen sollte. Aber sie war sich auch nicht sicher, ob sie genug Energie besaß, um ihr etwas vorzumachen. Abgesehen davon sah sie darin auch keinen Sinn mehr.

Mit der Hand auf der Klinke hielt sie einen Augenblick inne, sagte sich, sie solle es hinter sich bringen, und öffnete.

Sally strahlte sie an. Sie war ebenso breit wie hoch, hatte weiße Locken und rot geäderte dicke Wangen, außerdem hielt sie ein Körbchen mit Scones in der Hand. Selbst mit ihren gut siebzig Jahren hätte Mae sie überall wiedererkannt. Und trotz allem, was damals passiert war, stellte sie fest, dass sie selbst zaghaft lächelte.

»Hallo, Sally«, sagte sie. »Es ist lange her.«

Vielleicht lag es an der Art und Weise, wie sie sprach, vielleicht an ihrem Lächeln. Jedenfalls veränderte sich Sallys Miene, und ihre Augen wurden schmal. Schlagartig wurde Mae klar, dass es gar keine Rolle spielte, ob sie es ihr erzählen wollte oder nicht. Die nach wie vor scharfsinnige Sally war schon drauf und dran, es selbst zu erraten.

Sie wandte sich ab, weil sie doch etwas mehr Zeit brauchte, bevor sie es erklärte, und forderte Sally auf, ihr in die Küche zu folgen. Trotz des Durcheinanders ihrer Gedanken fragte sie, wie ihre Reise aus Devon gewesen war, kochte Tee und legte die Scones auf einen Teller. »Sie sind gar nicht so schwer, wie ich sie in Erinnerung habe.«

»Äh, nein«, sagte Sally, die offenbar mit etwas anderem beschäftigt war. »Das lag an der Luftfeuchtigkeit. Aber hör mal …«

»Wann genau ist die Hochzeit?«, unterbrach Mae sie.

Doch Sally ließ sich nicht ablenken. »Ich bin ziemlich irritiert, meine Liebe. Ich habe nämlich das seltsame Gefühl, also, korrigier mich, wenn ich mich irre …«

Dann redete sie einfach weiter, und während sie das tat, setzte Mae sich und seufzte tief. Sie spürte Sallys Blick auf sich, die Last ihrer Neugier und war auf einmal wieder zwanzig.

»Warum hast du das getan?«, fragte Sally.

Mae zögerte noch eine Sekunde, sah dann ein, dass es ohnehin nichts nützen würde, und vielleicht sogar eine Erleichterung wäre, endlich darüber zu sprechen, was passiert war. Sie begann zögernd zu erzählen, doch bald sprudelten die Worte wie von selbst aus ihr hervor. Sally starrte sie an, und die Faszination stand ihr unübersehbar ins dicke Gesicht geschrieben. Erst als Mae an den Punkt kam, wo sie von Alex' Tod sprach, schien es ihr nicht mehr so viel Spaß zu machen, und ihre neugierigen Augen blickten stattdessen skeptisch.

Irritiert machte Mae eine Pause. »Was ist denn?«, fragte sie.

»Du …?« Sally unterbrach sich zunächst selbst und sah ihr Gegenüber konzentriert an. »Du glaubst, dass er tot ist?« Ohne Maes Antwort abzuwarten, fuhr sie fort. »Er ist nicht tot, meine Liebe. Er ist nicht gestorben.«

Jetzt war es an Mae, sie anzustarren. Die Worte hingen noch in der Luft, da und doch nicht da und bestimmt nicht wahr. Ihre Hände umklammerten die heiße Tasse. Sie spürte, wie der Tee ihr die Finger verbrannte und den Puls in ihren Fingerspitzen. »Wie meinst du das?«

»Er ist nicht tot«, wiederholte Sally. »Er war es nie. Ein anderer Mann, den man in Alex' Hotelzimmer untergebracht hatte, ist gestorben. Da herrschte solches Chaos, du weißt doch, wie das war. So viele Menschen waren krank, und wir hatten noch nicht die Medikamente, über die wir heute …«

»Alex ist nicht gestorben?« Maes Stimme klang angestrengt und sogar für ihre eigenen Ohren schwach.

»Er kam nach Singapur zurück«, sagte Sally. »Das dürfte nicht lange nach deiner Abreise und Harriets …« Sie beendete den Satz nicht.

Maes Handflächen glühten. »Er lebt?«, sagte sie. »Immer noch?«

»Ja«, sagte Sally. »Laurie hat bei ihm gewohnt. Ivy auch. Ich ging davon aus, du müsstest das wissen. Laurie hat dir doch ein Telegramm geschickt. Ich dachte mir, wie nett, als ich davon hörte. Jetzt allerdings nicht mehr, denn er ist ja immer noch dort. Unter den Japanern …«

Mae konnte sich nicht bewegen. All die Jahre. Ivy bei ihm …? »Nein«, sagte sie. »Er kann nicht mehr am Leben sein.«

»Das ist er, meine Liebe, das ist er.« Sally stand auf, kam um den Tisch herum und nahm ihr die Tassen aus den Händen.

Maes Hände blieben reglos, nur dass das Brennen jetzt nachließ. »Er war tot. In dem Brief stand, dass er tot sei.«

Sally schüttelte den Kopf. Tränen traten ihr in die Augen, und dieses eine Mal kam ihr Bedauern von Herzen. »Es tut mir so leid«, sagte sie. »Wenn du doch nur geschrieben hättest, gefragt, dann hätte ich es dir gesagt. Aber keiner von uns wusste ja, wo du warst …«

Mae schloss die Augen. Die ungeheure Tragweite dessen, was sie getan und was sie unterlassen hatte, erfasste sie. Er war am Leben. *Am Leben.* Er war es all die Jahre über gewesen. Sie musste ihn sehen. Aber sie konnte nicht. Er war in Singapur gefangen. Genau wie Ivy.

Sie spürte, wie sich ihre Gesichtszüge verzerrten.

Dann rief Sally etwas und schloss sie in die Arme, wiegte sie wie ein Kind. Die Schluchzer stiegen in ihr auf, wegen all der vergeudeten Zeit und des Herzeleids. Sie klammerte sich an Sally – die doch eigentlich eine Fremde war, aber sie hatte ihn gekannt … und sie alle. Endlich ließ sie all den Tränen freien Lauf, die sie in den letzten Wochen zurückgehalten hatte. Und die eines ganzen Lebens davor.

Mae kam, nachdem die Nachricht von Alex' Tod sie erreicht hatte, nie mehr hinunter, um David zu empfangen. Sie konnte es nicht. Nicht einmal für Harriet. Am nächsten Morgen delirierte sie und wurde in ihrem glutheißen Zimmer von Fieberkrämpfen geschüttelt. Sie war sich sicher, dass nicht mehr nur das Baby sie krank machte. Verzweifelt sehnte sie sich nach frischer Luft, aber sie brachte nicht die Kraft auf, vom Bett aufzustehen und die Fenster zu öffnen. Nachthemd und Laken hatten sich um sie verheddert und waren nass geschwitzt. Ihr Körper fühlte sich an, als hätte man sie geschlagen.

Ein junger Dienstbote, den sie noch nie gesehen hatte, erschien. Er erklärte, Xing-Haos Cousin zu sein, weil Xing-Hao nach seinem ebenfalls kranken Vater habe sehen müssen, und dass auch die Haushälterin erkrankt sei. »Ma'am Harriet, sie schläft in Mr Blakes Zimmer. Sie nicht bewegen will. Sie sagt, ich sagen Mr Keeley sie zu krank für Runterkommen.«

»Gut«, schaffte Mae zu antworten.

»Sie wollen irgendwas?«, fragte der Junge.

*Sterben*, hätte sie beinah gesagt. *Damit das hier vorbei ist.*

Sie schloss die Augen. Als sie sie wieder aufschlug, um ihn zu bitten, die Fenster zu öffnen, war er schon fort.

Als er am Abend zurückkam, hatte sie bereits vergessen, dass sie überhaupt jemals frische Luft gebraucht hatte. Sie war zurück im köstlich kühlen Indien. Draußen fiel Schnee und sie lag mit Harriet in ihr Bett gekuschelt.

Sie wünschte sich nirgendwo sonst hin.

Der Junge sagte Harriet nicht, *wie* krank Mae war, nur dass sie krank sei – was sie ja schon seit so langer Zeit war. Er hielt Harriet auch für krank. Das merkte sie daran, wie er im Türrahmen stehen blieb und sich ein Taschentuch vor den Mund hielt, wann immer er kam, um zu fragen, ob sie etwas brauche. Er sagte überhaupt nicht viel. Nur dass Mae immer noch im Bett liege und David aufgehört habe, vorbeizukommen (bei seinem letzten Besuch hatte er eine Nachricht hinterlassen, in der er Harriet an den Termin ihrer Hochzeit erinnerte. *Du wirst es niemals bereuen, wenn du kommst, das schwöre ich dir, aber es bereuen, wenn du nicht erscheinst*), genau wie Sally. »Sie sagen, ihr Mann auch krank.« Harriet nahm die Neuigkeiten kaum wahr. Sie drehte sich nur in Alex' Bett um und tat, als schliefe sie, bis der Junge wieder ging. Kurz erwog sie, nach Mae zu sehen. Sie wusste, dass sie das eigentlich tun sollte. Sie spürte das wachsende Bedürfnis, in ihrer Nähe zu sein. Mae hatte so lieb auf ihre Schwangerschaft reagiert und war so mitfühlend gewesen, als sie ihr die Nachricht von Alex' Tod überbrachte.

Trotzdem konnte sie sich nicht überwinden aufzustehen.

Sie verbrachte eine ganze Woche in Alex' Zimmer. Ihren Körper auf die Matratze gebettet, auf der er geschlafen hatte. Ihre Finger strichen über sein Laken, und sie vergrub das Gesicht in seinem Kissen. Durch seine Fenster sah sie die Zeit vergehen – feuchtes Morgenlicht, das durch die Jalousien drang, die goldene Ebbe des Sonnenuntergangs und den plötzlichen Einbruch der Nacht. Sie wünschte, sie könnte die Tage anhalten, denn es war ihr verhasst, wie sie Alex immer weiter in die Vergangenheit drängten. Manchmal raffte sie sich auf und trat an seinen

Schrank, nur um seine Anzüge und Hemden zu betrachten. Sie presste sie an ihr Gesicht, als suche sie nach einer Spur seines schlagenden Herzens, und sank dann weinend zu Boden, weil nichts zu finden war.

Das Baby strampelte, als wolle es sie an seine Anwesenheit erinnern. Sie hielt sich den Bauch, dachte an dieses Stück von Alex in sich, das bereits lebte, und zerbrach sich den Kopf darüber, wie es ihr gelingen könnte, das Kind zu behalten, David zu entfliehen und auch Laurie vor ihm zu schützen.

Am Freitagabend vor der Hochzeit war sie einer Lösung immer noch nicht näher gekommen, und das machte ihr Angst. Sie erwog, mit Mae zu sprechen. Zwar hatte sie kaum Hoffnung, dass ihr ein Ausweg eingefallen war, aber sie verspürte das dringende Bedürfnis, sie zu sehen.

Es war schon nach elf Uhr abends, als sie sich endlich dazu entschloss. In dem stillen, schlafenden Haus erhob sie sich von ihrem Bett und ging zu ihr.

Der Flur war dunkel, hinter den Fensterläden schrie eine Eule. Während Harriet mit einer Kerze in der Hand über den polierten Holzboden auf Maes Tür zuging, hörte sie noch ein anderes Geräusch, und ohne genau zu wissen, was das war, überkam sie ein Unbehagen. Je näher sie kam, desto deutlicher wurde das Geräusch, eine Art Wimmern. Besorgt beschleunigte sie ihre Schritte, öffnete die Tür und wich sogleich vor dem furchtbaren Geruch, der sie umfing, zurück: alter Schweiß und noch etwas Stärkeres, etwas widerlich Bitteres. Im Zimmer war es, bis auf das Licht ihrer Kerze, stockdunkel. Die Fenster waren geschlossen. Wann war zuletzt jemand hier gewesen?

»Oh Gott«, sagte sie. »Oh Mae.«

Sie trat sofort an die Fenster und öffnete sie. Schnell zündete sie dann mit zitternden Händen die anderen Kerzen an ihrer eigenen an und blickte entsetzt auf Maes ausgemergelte Statur. Die hatte sich in die Laken gekrallt, als friere sie in dem kochend heißen Zimmer. Dabei gab sie immer noch dieses seltsame Geräusch von sich, als habe sie Schmerzen beim Atmen. Ihre wächserne Haut war schweißnass.

Harriet stellte ihre Kerze weg und trat zu ihr. Als sie eine Hand an Maes Stirn legte, zuckte sie von der Hitze zurück, nahm dann eine von Maes Händen in ihre und sah ihr ins Gesicht. In den tiefliegenden Augen standen Schmerz und Furcht. Harriet empfand sofort das Gleiche. »Wie lange bist du schon in diesem Zustand?«

»Ich weiß … es nicht«, brachte Mae heiser hervor, und immer wieder klebten ihre Lippen zusammen. »Ich war mit dir in Simla.«

Eine Träne rollte über Harriets Wange. »Ja?«

»Ja«, sagte Mae und versuchte, den Mund zu verziehen. Vielleicht zu einem Lächeln. »Jetzt bin ich wieder hier.«

Noch eine Träne. »Wo es nicht so schön ist.«

»Nein«, sagte Mae. »Ich habe gehofft, dass du kommst.«

Warum hatte sie das nicht früher getan? »Ich bin hier.«

»Ich kann mein Baby nicht mehr spüren«, sagte Mae. »Es hat aufgehört, sich zu bewegen.«

»Oh Mae.«

»Es war nicht von Alex.« Das Sprechen fiel ihr schwer, jedes Wort bedeutete eine Anstrengung. »Ich habe es dir sagen wollen. Es war von David. Es tut mir so leid.«

»Ist schon gut«, sagte Harriet, die nicht einmal den Versuch machte zu verstehen. Sie konnte an nichts anderes denken als daran, wie allein Mae in diesem dunklen, stickigen Zimmer gewesen sein musste. Dann spürte sie, wie ihr eigenes Kind sich bewegte, als würde ihr Kummer, ihr schlechtes Gewissen es beunruhigen. »Ist schon gut«, wiederholte sie.

»Du bist nicht böse.«

»Nein.« Harriets Antwort war mehr ein Schluchzen. »Nicht auf dich.« *Nicht mehr.* Sie presste ihre Lippen auf Maes Hand.

»Ich habe gehofft, dass du kommst«, wiederholte Mae. »Ich weiß jetzt, was du tun musst.«

»Ja?«, fragte Harriet erstickt, war sich aber sicher, dass sie es nicht wüsste.

»Du musst von hier weggehen.«

»Ich kann nicht. Du weißt doch, dass ich das nicht kann.«

»Du kannst«, sagte Mae. »Sei ich.« Sie holte einmal und dann noch einmal röchelnd Luft. »Du kannst ich sein.«

Harriet brauchte eine Sekunde, um zu begreifen, was sie meinte. »Nein«, wehrte sie erschrocken ab.

»Bring mich in dein Bett«, sagte Mae, als hätte sie nicht widersprochen. »Sag diesem Jungen, du wärst ich. Ich habe trotz des Babys doch kaum zugenommen. Er wird es nicht merken. Doctor Yardley ist selbst krank, also wird jemand anders kommen, und man wird mich sofort begraben, das tun sie doch immer …«

»Mae, nein …«

Aber Mae sprach weiter, ihre gequälten Worte kamen schnell, als fürchte sie, dass ihr keine Zeit mehr dafür bliebe. »Die Papiere für das Haus liegen auf meinem Schreibtisch, das Geld und dein Ring auch. Nimm noch den hier«, sie zog sich mühsam den Ehering vom Finger und ließ ihn aufs Laken fallen. »Nimm ein Schiff, irgendeines, und fahr noch heute Nacht. Sei ich. Mich wird David niemals suchen.«

»Nein«, sagte Harriet wieder. Ihr Blick war ganz verschleiert, weil sie so heftig weinte. »Du musst du sein.« Es kümmerte sie nicht mehr, was geschehen oder gelogen worden war. In diesem Moment wusste sie nur, dass sie Mae ihr ganzes Leben lang geliebt hatte und sie nicht auch noch verlieren durfte. »Du musst du sein«, sagte sie, »bitte, wir werden dich wieder gesund pflegen …«

»Ich kann nicht gesund werden. Ich habe es wirklich versucht.«

»Verlass mich nicht. Bitte. Tu das nicht.«

Da begann Mae, mit einem Mal zu husten. Ihr ganzer Körper wurde davon geschüttelt. Aus einem Mundwinkel tropfte Blut.

»Oh Gott, oh Mae …«

»Bitte«, sagte Mae, »versprich mir, dass du gehen wirst. Dann kann ich auch gehen. Ich will sterben.« In ihrem gezeichneten Gesicht stand pure Verzweiflung.

»Na gut«, hörte Harriet sich selbst unter Tränen sagen. »Na gut.«

Mae atmete flach und rasselnd aus. »Zieh dich an«, sagte sie, »nimm meine Sachen. Pack. Und dann bring mich in Alex' Zimmer.«

Irgendwie schaffte Harriet es, zu tun, was Mae ihr aufgetragen hatte. Vor Trauer und Panik am ganzen Leib zitternd holte sie eine der Reisetaschen aus Alex' Schrank und stopfte Kleider, Unterwäsche, die Dokumente, den

Ring und das Geld hinein. Sie hielt nicht inne, überlegte nicht und merkte kaum, was sie tat.

Dann kehrte sie an Maes Seite zurück und half ihr auf, stützte den ausgemergelten Körper ihrer Schwester mit ihrem eigenen. Halb trug, halb zog sie Mae über den stickigen Flur bis in Alex' Bett. Erst da holte sie kurz Luft. Sie blickte auf Mae hinab, die jetzt so allein auf Alex' Kissen lag, unerreichbar, schon auf dem Weg in den Tod. Sie dachte: *Was mache ich hier?* und dann, *Ich kann das nicht tun, ich kann sie nicht zurücklassen.*

»Du musst«, sagte Mae leise, die ihre Gedanken gelesen hatte. »Es ist der einzige Ausweg.«

»Aber ich will nicht.«

»Ich weiß«, sagte Mae.

Harriet schloss die Augen, dann beugte sie sich herab und küsste ihre Schwester auf die heiße Stirn. Danach wich sie gerade so weit zurück, dass sie ihr in die Augen sehen konnte.

Mae schaute hoch, als wolle sie sich an ihr festhalten. Ihr Atem ging jetzt leise und flach, ihre Brust bewegte sich dabei kaum noch. »Ich habe Angst.« Das Geständnis war nur ein Flüstern. »Ich war ohne dich noch nie irgendwo.«

Harriet spürte, wie sich ihre Miene verzog, erlaubte sich jedoch nicht zu weinen. Noch nicht. »Hab keine Angst«, sagte sie.

»Ich glaube, ich muss loslassen.«

»Das kannst du«, sagte Harriet, »das kannst du.«

»Sind wir in Indien?«

»Ja, wir sind da.«

»Diese Laken«, sagte Mae, »die riechen nach dir.«

Jetzt konnte Harriet ihre Tränen nicht mehr zurückhalten.

Aber Mae sah sie nicht.

Sie war bereits gegangen.

⁂

Harriet blieb noch über eine Stunde bei ihr, weil sie sich nicht losreißen konnte. *Ich war ohne dich noch nie irgendwo.* Erst das in ihrem Bauch strampelnde Baby brachte sie schließlich dazu zu handeln, zwang sie weiterzumachen. Hinterher wusste sie gar nicht, wie sie es geschafft hatte, aber irgendwoher nahm sie die Kraft, mit ihrer Tasche die Treppe hinunterzugehen, hinaus in die warme Dunkelheit und die Treppe zur Unterkunft der Hausangestellten hinauf. Dort fand sie den neuen Jungen schlafend vor. Sie weckte ihn und erklärte ihm mit von Trauer belegter Stimme, dass er den Bestatter holen solle. Harriet sei gestorben. Seine Reaktion wartete sie gar nicht erst ab. Sie machte auf dem Absatz kehrt, und bevor der Mut sie verlassen konnte oder sie vielleicht über dem, was sie alles verloren hatte, zusammenbrechen würde, ging sie. Außen an der Villa vorbei und die dunkle Einfahrt hinunter, fort von dem Haus, von dem sie einst gehofft hatte, es würde sie so glücklich machen.

Im Keppel Harbour lag ein kleiner Dampfer vor Anker, der bald nach Malakka auslaufen würde. Sie kaufte sich ein Ticket auf Maes Namen und ging in Malakka sofort an Bord eines größeren Schiffs, das nach Colombo fuhr. Die gesamte Reise über blieb sie in ihrer Kabine, roch den Gestank der Kohle und wurde von den Schiffsbewegungen in ihrer schmalen Koje hin und her geschaukelt. Sie versuchte, an nichts zu denken, schon gar nicht an Singapur, aus Angst, die Trauer an sich heranzulassen. Das durfte nicht passieren, wenn sie durchhalten sollte. Sie musste es unterdrücken, alles unterdrücken. Was blieb ihr auch anderes übrig?

Alex unterdrückte nichts. Er war gar nicht in der Lage dazu.

Genau an jenem Morgen war er aus Kuala Lumpur zurückgekehrt, immer noch schwach von den Nachwirkungen seiner Krankheit, aber entschlossen, alles irgendwie in Ordnung zu bringen. Voller Vorfreude darauf, Harriet wiederzusehen, und elektrisiert von den Möglichkeiten, die die Zukunft bringen könnte, gelangte er vor seinem Haus an.

Doch dann hatte er einen jungen Diener erblickt, den er nicht kannte und der ihn nervös auf der Veranda erwartete. Er hatte dessen betrübte Miene, das seltsam stille Haus – alle Fenster und Türen standen offen, während niemand zu sehen war – wahrgenommen und gespürt, dass für ihn soeben die Welt unterging. Noch bevor der Junge ein Wort gesagt hatte, wusste er, dass es zu spät war. Dass er zu spät kam.

Jetzt kauerte er auf dem Fußboden seines Zimmers, die Laken, in denen Harriet gestorben war, an sich gepresst, und schluchzte, wie er es seit seiner Kindheit nicht mehr getan hatte. Er wiederholte für sich immer wieder, was der Junge ihm gesagt hatte, und konnte es trotzdem kaum glauben. Sie war tot, begraben im Morgengrauen, allein, bis auf David Keeley, der ebenfalls an Malaria gestorben war und nun an ihrer Seite lag, genau wie er es immer gewollt hatte. Alex schluchzte erneut. Es war nicht auszuhalten. Und er wusste nicht, wie er jemals damit fertigwerden sollte.

So verbrachte er den Rest des Tages. An Mae und daran, warum sie so kaltherzig verschwunden war, dachte er kaum. Er interessierte sich nicht für sie und schon gar nicht für das Kind. Nie war es ihm weniger als sein eigenes vorgekommen, und nie hatte er dessen Mutter mehr gehasst.

Zumindest war er froh, dass sie fort war.

Er wollte sie niemals wiedersehen.

In Colombo mietete Harriet sich im Hotel Galle Face ein. Da sie von Davids Tod nichts wusste und ihre Furcht davor wuchs, er würde womöglich doch versuchen, Mae aufzuspüren, oder irgendwie erraten, was sie beide getan hatten, entschied sie sich für eine Lüge, als der Portier um ihren Namen bat. Weil sie es nicht ertrug, Maes Namen ganz zu verlieren, erfand sie den Nachnamen Harcourt, in der Hoffnung, David damit ins Leere laufen zu lassen. Dann erstand sie mit Unterstützung des Hoteldirektors ein Ticket nach England. Er riet ihr, sich dort im Savoy einzumieten, wo ein enger Freund von ihm Direktor sei und ihr in allen Angelegenheiten helfen könne.

Auf der langen Überfahrt sprach sie nur mit wenigen Menschen, denen sie erzählte, sie sei verwitwet und ihr Mann, John Harcourt, in Ceylon verstorben. Zwar spürte sie die neugierigen Blicke auf ihrem Bauch, doch fragte niemand, ob sie ein Kind erwarte. Man schien ihre Trauer zu respektieren.

An einem frostigen Novembermorgen mit schwacher

Wintersonne lief das Schiff in den Hafen von Tilbury ein. Sie nahm einen Zug in die Stadt, dann eine Droschke zum Savoy. Unterwegs machte sie große Augen angesichts der vielen Menschen und des Lärms, der Busse und Pferde sowie der hohen Häuser, die sie bisher nur in Reklamedarstellungen und auf Postkarten gesehen hatte.

Der Direktor des Savoy war so hilfsbereit, wie man es ihr versprochen hatte. Er suchte ihr einen Anwalt, der wiederum half, Maes Haus zu verkaufen und aus dem Erlös ein anderes, und zwar unter ihrem neuen Nachnamen, in Hampstead zu erstehen. Nie fragte er sie, warum sie den Namen Mae Harcourt benutzen wollte, aber er schlug vor, dass sie ihm ihre Heiratsurkunde überlassen solle. Dann wüsste er jemand, der gegen eine kleine Gebühr die nötigen *Änderungen* vornehmen würde, die hilfreich sein könnten, wenn es um die Geburtsurkunde ginge. Sie mochte ihren Anwalt. Sehr sogar. Er war es auch, der ihr vorschlug, sie solle ihre Dienste als Nachhilfelehrerin für Französisch und Deutsch inserieren. In Hampstead gäbe es viele wohlhabende junge Damen, die Unterricht nehmen wollten, und schließlich bräuchte sie irgendwann auch ein Einkommen. Referenzen könne man arrangieren. Die erste würde seine Frau schreiben (freundliches Lächeln). Dafür würde er nichts berechnen.

Das neue Jahr brach an, und Mae – inzwischen hatte sie gelernt, sich auch selbst so zu nennen – zog in die Stille ihres neuen Hauses. Sie dekorierte es, schaffte Möbel an und pflanzte Blumenzwiebeln für den Frühling. All das tat sie eher für das Kind als für sich selbst. Es gab auch einen regen Zustrom von Schülern – Jungen und Mädchen aus der örtlichen Schule. Sie mochte es, wenn sie kamen, genoss ihren Lärm, ihre verzweifelten Ausrufe, wenn Verbkonjugationen geübt werden mussten, und triumphierenden Blicke, wenn sie sie nach einer gut gelösten Aufgabe lobte. Während der Unterrichtsstunden gelang es ihr beinahe, ihre Trauer und alles zu vergessen, das sie so verzweifelt hinter sich gelassen hatte und von dem sie sich gleichzeitig nicht trennen wollte.

Das Baby kam früh, an einem frostigen Februarabend des Jahres 1898. Sie – und auch die Hebamme, die ihre Nachbarn geholt hatten – waren regelrecht überrascht. Nach einer kurzen Phase der Wehen war er auch schon da, ein Sohn. Ihr wunderschöner Junge.

»Er konnte es wohl nicht abwarten, sich vorzustellen«, sagte die Hebamme, als sie ihr das winzige Bündel in die zitternden Arme legte.

Ihr Blick glitt begierig über sein Gesicht, der Schmerz seiner Ankunft war bereits vergessen. Aus großen Augen sah er sie fragend an, genau wie sein Vater. Seine perfekten Lippen verzogen sich zu einem lautlosen Ausruf.

Mit einem Finger streichelte sie seine weiche Wange und konnte kaum fassen, dass er ihr gehörte. Dann hob sie ihn ein Stückchen höher und presste ihre Lippen an seine süß duftende Haut. Dabei erinnerte sie sich an den letzten Menschen, den sie so geküsst hatte, und spürte trotz ihres Glücks den Schmerz der Trauer. Dieser Schmerz würde immer da sein, sie nie verlassen. Doch jetzt hatte sie ihren Sohn. Innerhalb von Sekunden war er zu ihrer Welt geworden und viel zu kostbar, als dass sein Leben mit Traurigkeit getrübt werden sollte.

»Ich bin alles, was du hast«, flüsterte sie ihm zu. »Ich hoffe, das genügt. Ich werde dich beschützen. Ich werde dich glücklich machen.« Sie küsste ihn erneut. »Und zwar solange ich kann.«

Er blinzelte träge und gab dann einen kleinen Laut von sich.

Da wusste sie, dass er ihr glaubte.

# 25. Kapitel

*April 1942*

Sally blieb an jenem Tag lange bei Mae, weigerte sich zu gehen und nannte sie immer wieder Harriet.

*Oh Harriet.*

*Lass mich dir noch eine Tasse Tee machen, liebe Harriet.*

*Du darfst jetzt nicht darüber nachgrübeln, Harriet. Tu dir das nicht an. Was vorbei ist, ist vorbei.*

*Bitte hör auf zu sagen, dass ich gehen soll, Harriet. Wie könnte ich dich denn in dieser Verfassung alleinlassen?*

Es kam ihr fremd, ja vollkommen seltsam vor, diesen Namen wieder zu hören. Ihren Namen. Alles, was sie jetzt wollte, war, allein zu sein, um es zu begreifen und sich mit dem Chaos der tosenden Gefühle in ihrem Körper, ihrem Geist zu beschäftigen.

»Wirklich, es geht mir gut«, beteuerte sie Sally gegenüber und erinnerte sich dabei an all die Male, als sie Ivy für diese Lüge getadelt hatte. Ivy, die bei Alex gewohnt hatte. *Alex.* »Oh Gott«, sagte sie und merkte, wie sich ihr Gesicht erneut zum Weinen verzog. »Mein Gott.«

»Harriet«, sagte Sally, »du armes Ding. Soll ich noch eine Kanne aufgießen?«

*Nein,* hätte Harriet (war sie tatsächlich wieder sie?) am

liebsten geschrien. Stattdessen wischte sie sich über die Augen und blickte zur Uhr auf dem Kaminsims. Zu ihrem Entsetzen war schon mehr als eine Stunde vergangen. »Sicherlich beginnt die Hochzeit deiner Patentochter doch bald«, sagte sie.

Zu ihrer Erleichterung schaute auch Sally auf die Uhr und stimmte ihr widerstrebend zu. Sie stand auf, eilte unter mehreren Umarmungen hinaus und versprach, mit Laurie zu sprechen und in Verbindung zu bleiben. (»Warte, bis er das erfährt …«) Nachdem Sally endlich fort war, zwang Harriet sich, Mantel und Hut anzuziehen und ebenfalls das Haus zu verlassen. Es wäre einfacher gewesen, das nicht zu tun. Eigentlich wollte sie am liebsten dableiben und nur immer weiterweinen. Aber in einem Punkt hatte Sally recht: Das nützte nichts. Und sie fürchtete, noch den Verstand zu verlieren, wenn sie es täte oder eine Sekunde länger über das Leben sinnierte, das hätte sein können.

Das Einzige, was sie wusste, war, dass sie sich nun von Sallys Behauptung, Alex sei auch in Changi, überzeugen musste. Mit eigenen Augen musste sie seinen Namen auf der Liste sehen, und dann musste er überleben, genau wie Ivy, weil sie ihn wiedersehen musste. Sie musste einfach. Was vorbei war, mochte vorbei sein, aber das konnte noch nicht alles gewesen sein. Das war doch nicht möglich. Ihr Bedürfnis, sich Gewissheit zu verschaffen, trieb sie aus dem Haus und durch den Sonnenschein in die U-Bahn und weiter bis zu den Büros des Roten Kreuzes am Belgrave Square. Sie hielt im Gehen den Kopf gesenkt, damit niemand ihre verquollenen Augen sah. Sie hörte auch kaum auf die Zeitungsjungen, die an den Straßenecken die neuesten Meldung ausriefen: Bombardierungen durch die Royal Air Force in Frankreich und Deutschland; der japanische Angriff auf Bataan; anhaltende Gefechte in der ägyptischen Wüste. Alles, was sie hörte, war sein Name, alles, was sie sah, sein Gesicht.

Dann eilte sie mit klackernden Absätzen die Stufen hinauf und durch die Eingangshalle.

In der Abteilung für Vermisste war es wie immer brechend voll. Lauter Menschen, die verzweifelt hofften, einen Informationsschnipsel über einen Sohn oder eine Tochter zu bekommen, irgendetwas, woran sie sich festhalten konnten. An einer langen Reihe von Schreibtischen aus Mahagoni saßen mitfühlende Damen mittleren Alters in Twin-Sets. Vor sich ängstliche Ehefrauen oder Eltern, die sich jeweils an ihre Hüte oder Handtaschen klammerten, dazu um Entschuldigung bittende Mienen für die Zeit, die sie beanspruchten. Trotzdem beschworen sie die Mitarbeiterin, es doch bitte zu tun, ihnen endlich eine gute Neuigkeit mitzuteilen.

Zu Harriets riesiger Erleichterung tat die Dame, die sich um sie kümmerte, genau das. Sie zog die entsprechende Liste hervor und erklärte ihr, Alex sei sicher, tatsächlich in Changi, genau wie Ivy.

Er war am Leben, wirklich am Leben. Ihre Augen, die noch von den zuvor vergossenen Tränen brannten, schwollen weiter an. Erst jetzt begriff sie, wie groß ihre Angst gewesen war, dass man ihr eine gegenteilige Mitteilung hätte machen können. Sie zog eilig ihr Taschentuch hervor, presste es an ihre Lippen und rang um ihre Fassung. »Tut mir leid«, sagte sie, sobald sie wieder in der Lage war zu sprechen.

»Das muss es nicht.« Die Stimme der Frau war sanft und voller Mitleid.

»Gibt es irgendeine Möglichkeit, einen Brief dorthin zu schicken? Ich war schon einmal wegen meiner Enkelin hier, aber die Dame sagte, alles, was wir schicken könnten, wären Postkarten, fünfundzwanzig Wörter ...«

»Ja«, sagte die Dame, »die japanischen Behörden sagen, das wäre alles, was sie zulassen. Ich rate den Menschen, es trotzdem zu versuchen ...« Sie griff in ihre Schublade und nahm einen Schreibblock und einen Bleistift heraus. »Am besten ist es, sich auf eine Seite zu beschränken. Ich kann Ihnen nicht versprechen, dass der Brief durchkommt, aber wer nicht wagt ...« Sie lächelte mitfühlend. »Sie brauchen jetzt Hoffnung, Mrs Harcourt. Mut und Hoffnung.«

Harriet wischte sich über die Augen. »Ich bin des Hoffens so müde.«

»Ich weiß«, sagte die andere. »Ich weiß es wirklich.« Sie hielt ihr den Block hin. »Aber wir müssen durchhalten«, sagte sie. »Immer weitermachen.«

Harriet nahm den Block entgegen und musste daran denken, wie oft sie sich genau das im Laufe der Jahre schon gesagt hatte. Und dann griff sie mit zitternder Hand nach dem Bleistift. Sie zwang sich, die Mine aufs Papier zu drücken.

*Alex,* schrieb sie, *hier ist Harriet,* und der Rest ergab sich von allein. Sie schrieb schnell, wegen der Frau direkt hinter ihr und den anderen Wartenden. Die Seite füllte sich, vorn und hinten: ihre Schwangerschaft, Davids Drohungen, die Enthüllung, dass Maes Kind von ihm, nicht von Alex war. *Ich kann mir kaum vorstellen, wie du dich fühlen musst.* Sie versuchte, nicht weiter über das nachzudenken, was sie schrieb, aus Angst, dann zusammenzubrechen. Aber ihre Augen schwammen trotzdem in Tränen, während sie ihm von Maes Krankheit schrieb, von ihrer beider Überzeugung, er sei tot und von Maes letztem verzweifeltem Versuch, ihr zu helfen. *Es tat ihr so leid. Und sie hatte solche Angst*. Dann ihre Reise nach London, der erfundene John Harcourt. Und Beau, ihr wundervoller gemeinsamer Sohn. An dieser Stelle versuchte sie nicht einmal mehr, ihre Tränen zurückzuhalten. *Ich werde mir auf ewig wünschen, dass du ihn kennengelernt hättest. Er war auf so unendlich viele Arten dein Sohn*. Ihr ging der Platz aus, aber sie wollte nicht mit Schreiben aufhören. Nie mehr. Es gab so vieles, was sie Alex unbedingt über ihren Sohn erzählen musste, jede Kleinigkeit über ihn, alles, was er gemacht hatte …

»Sie müssen Schluss machen«, riss die freundliche Stimme der Dame sie aus ihren Erinnerungen, »der Brief ist schon so lang.«

Harriets Bleistift schwebte über dem letzten freien Zentimeter des Blattes. Ihre Augen überflogen die Worte, die schon darauf standen, als ihr schlagartig die schreckliche Wahrscheinlichkeit bewusst wurde, dass er nichts davon je zu lesen bekäme. Es machte ihr solche Angst, dass er es vielleicht nie erfahren würde. Doch irgendwo tief in ihrem Inneren schöpfte sie noch einmal Hoffnung.

*Halte durch, schrieb sie. Ihr beide, haltet durch.*

*Ich komme, sobald ich kann.*

Alex, der sich gerade draußen auf dem Exerzierplatz des Lagers befand, war angespannt. Es war später Nachmittag und das Wetter klar, aber in der heftig feuchten Luft lag eine seltsame Anspannung. Nur ein paar Meter von ihm entfernt und direkt vor dem hohen Wachturm standen Hunderte junger Männer in Reihe. Die weite Khakikleidung schlotterte an ihnen. Vor den Füßen hatten sie jeweils ihren kargen Besitz, und so warteten sie auf den Befehl, aus dem Lager zu marschieren. Die kantigen, sonnenverbrannten Gesichter wirkten nachdenklich. Keiner sprach ein Wort, während die Wachen mit den Waffen im Anschlag vor ihnen auf und ab gingen, dafür gingen ihre Blicke nervös hin und her. Sie hatten sich alle freiwillig gemeldet, um in ein neues Lager zu kommen. Die Wachen hatten ihnen von einem kühlen Ort in den Bergen erzählt, wo sie arbeiten müssten, aber mehr Platz hätten, bequeme Betten, frische Luft und reichlich zu essen und zu trinken. *Ein Paradies.*

»Verdammter Schwindel«, hatte Phils Dad Toby dazu gesagt.

Alex fragte sich, ob einige der Männer bereits die gleichen Zweifel plagten.

Aber das war nicht das Einzige, was ihm Sorgen bereitete. Vor etwa fünf Minuten waren auch einige Wachen in ihrem Lager aufgetaucht, die er nie zuvor gesehen hatte. Ihr Anführer, ein Japaner mit einem nervösen Zucken und einer langen Narbe um den Hals, sprach seither mit dem Kommandanten des Militärlagers. Es sah aus, als versuche er, ihn zu irgendetwas zu überreden. Alex wusste nicht, worum es ging, aber es vermittelte ihm an sich ein schlechtes Gefühl. Etwas lag in der Luft. Eindeutig.

Er näherte sich den Männern, blinzelte in der gleißenden Sonne und spürte, wie seine Knochen schmerzten. Er war zu alt, um hier zu sein, das merkte er von Tag zu Tag deutlicher. Aber er musste weitermachen, durchhalten, und sei es nur, um zu erfahren, dass auch Ivy es geschafft hatte. Das war ihm inzwischen wichtiger als alles andere. Sie war zu seinem Ein und Alles geworden. Wie sehr er sich wünschte, ihr Vater hätte eine andere Mutter gehabt, sie war trotz allem seine Enkelin. *Seine.* Dieses Wunder hatte er ab der Sekunde gespürt, als sie das erste Mal miteinander gesprochen hatten. Er hatte in seinem Leben schon so viel verloren, war so oft gescheitert. Sie wieder in Sicherheit und glücklich zu sehen, das war alles, was für ihn jetzt noch zählte.

Eine weitere Minute verging. Der Militärkommandant nickte zögernd und schien dem Mann mit der Narbe nachzugeben. Beide schauten auf, als das Haupttor sich öffnete und Kit mit vielen anderen Arbeitskräften nach einem weiteren Tag beim Bau des neuen Flughafens zurückkehrte. Zusammen waren es ungefähr siebzig Männer. Keiner von ihnen hatte sich freiwillig für den Abtransport gemeldet. Kit, Tristan und Jimmy marschierten in der Mitte. Alle, sogar der sonnenverbrannte Jimmy, trugen nur Shorts. Unter ihrer dunklen Haut standen die Knochen hervor. Sie verschenkten einfach zu viel von ihren Extrarationen. Alex sagte ihnen immer wieder, dass sie selbst mehr essen müssten, um bei Kräften zu bleiben.

Der Mann mit der Narbe musterte sie alle. Alex' Augen wurden schmal, und instinktiv bewegte er sich auf Kit zu, um ihn wegen seiner schlechten Vorahnung zu warnen.

Kit sah ihn und lächelte müde.

Doch bevor Alex ihn erreichen konnte, schrie der Mann auf Englisch mit hartem Akzent, dass er einen Kit Langton, einen Major Kit Langton sprechen müsse.

»Das bin ich«, sagte Kit ohne Zögern. Falls er sich Sorgen machte, ließ er sich die nicht anmerken.

Jimmy und Tristan sahen allerdings beunruhigt aus. Die anderen Arbeitskräfte rundherum ebenso. Das verstärkte Alex' Befürchtungen nur noch mehr.

»Du kommen mit mir«, erklärte der Mann mit der Narbe und ging auf Kit zu. Er winkte den anderen Wachleuten, die mit ihm hergekommen waren, und sie steuerten ebenfalls auf Kit zu. »Ich habe was, dir zu zeigen«, erklärte der Mann mit den Narben. »Und dann du gehen weg.«

Kit runzelte die Stirn. »Ich werde nirgendwohin gehen, mein Freund.«

»Do-och«, betonte der Mann, »das wirst du, *Freund*. Und jetzt du mich folgen.«

Alex hatte die beiden jetzt erreicht. »Wo bringen Sie ihn hin?«, fragte er.

Der Mann mit der Narbe ignorierte ihn.

Also wiederholte er seine Frage.

Bevor er wusste, wie ihm geschah, fuhr der Mann herum, hob seinen Knüppel und ließ ihn hart auf sein Schlüsselbein krachen. Er spürte den Schmerz explodieren und bekam nur am Rande mit, dass Kit rief: »Lassen Sie ihn in Ruhe.« Dann setzten sich auch schon die Wachleute in Bewegung und drängten Kit weg.

»Was zum Teufel soll das?« Das war Tristan, der einen Satz in ihre Richtung gemacht hatte und versuchte, sich zwischen die Wachen und ihn zu drängen. »Lasst ihn in Ruhe.«

Jimmy kam, mit seinen von Brandblasen übersäten Armen fuchtelnd, auch dazu. »Nehmt ihn nicht mit, verdammt noch mal, nehmt ihn nicht mit.«

Aber auch er wurde von den Wachen weggestoßen.

»Ihr keine Sorge haben«, rief der Mann mit der Narbe ihnen über seine Schulter zu. »Euer Freund gehen zu Paradies. Aber vorher ich mitnehme, jemand zu sehen. Er sehen Aiii-wiii.«

Da begann Alex zu schreien.

Ivy wartete in Sasamotos Büro. Die beiden Wachen, die sie aus der Küche geholt hatten, standen links und rechts neben ihrem Holzstuhl. Es waren die, die für Sasamoto immer im Einsatz waren, wenn er Menschen in die Strafkäfige sperren ließ. Sie wusste nicht, was passieren würde, ob man sie auch dort hineinstecken würde. Sie hatten ihr nichts gesagt. Als sie den Hof überquerten, war Yoto dicht an ihr vorbeigegangen und hatte gezischt: »Ich nix sagen über Abfall.« Dann hatte er noch etwas von Sam erwähnt. Weil es so heiß war, sie große Angst hatte und durcheinander war, hatte sie es nicht verstehen können.

Seither war eine Stunde vergangen, und sie hatte immer noch keine Ahnung, was er wohl gemeint hatte. Was war mit Sam?

Da ging die Tür des Büros auf. Sasamoto kam hereinstolziert und wischte sich die Stirn mit einem Taschentuch trocken. Auf der kleinen Terrasse hörte man schlurfende Schritte, doch Sasamoto schloss die Tür sofort hinter sich, sodass alles andere draußen blieb.

Langsam trat er an seinen Tisch, setzte sich dahinter und sah Ivy mit schräg gelegtem Kopf an.

»Danke schön«, sagte er, »dass mich Gesellschaft leisten.«

Sie zwang sich zu einer gleichmütigen Stimme: »Natürlich.«

Er lächelte. »So höflich«, sagte er. »So ruhig.«

Sie spürte, wie ihr Herz heftig gegen ihr Brustbein schlug.

Sasamoto kramte in seinen Papieren. Dann erzählte er Ivy, dass die Männer nebenan noch an diesem Tag verlegt würden. Um eine Eisenbahnstrecke zu bauen. Sie dachten, sie würden in einen Urlaub geschickt. »Das nicht lustig?«, fragte er mit einem seltsamen Lächeln. »Sie glauben, wir sie schicken in Urlaub?«

Ivy sah ihn nur an und überlegte, warum er ihr das erzählte. Es konnte doch nichts mit Kit oder Alex zu tun haben, oder?

»Sie nicht denken, das lustig?«

»Nein«, sagte sie.

Er lachte. Aber nur mit dem Mund. Seine Augen blieben tot.

Sie schluckte.

»Ist da jemand, Sie traurig sein, wenn er geht?«, fragte er.

Sie zögerte nicht. »Nein.«

Es folgte ein langes Schweigen. Die Männer links und rechts von ihr traten von einem Fuß auf den anderen. Ivy konnte ihren Schweiß riechen. Einem von ihnen knurrte vor Hunger der Magen. Draußen auf dem Hof ertönten Trillerpfeifen als Signal fürs Abendessen.

»Ah«, sagte Sasamoto, »Essenszeit. Es Sie stören, *Aiiiwiii,* Essen zu verpassen?«

»Das ist in Ordnung«, erwiderte sie, als hätte sie eine Wahl.

»Gut«, sagte Sasamoto. »Gut. Wir mehr Zeit brauchen, Sie sehen.«

»Wozu?«, presste sie hervor.

Er antwortete nicht. Stattdessen klopfte er mit den Fingern auf seinem Schreibtisch herum und sah skeptisch drein, weil ihm anscheinend missfiel, was er sah. Er griff in die Schreibtischschublade, holte eine Schere heraus und schnitt ein Stück von seinem Daumennagel ab.

Noch mit der Schere in der Hand schaute er wieder zu Ivy.

Die umklammerte ihre Hände im Schoß, damit sie nicht so stark zitterten.

Sasamoto sagte: »Ich heute das Vergnügen, reden mit Ihrem Freund.«

Sie umklammerte ihre Hände noch fester. »Meinem Freund?«

»Ja. Private Waters.«

Sie fürchtete, sich gleich zu übergeben.

»Er mir sagen, dass Sie vorher in Kranji arbeiten. Abhörstation, ja?«

Sie sagte nichts.

Er lächelte. »Ich sehr interessiert zuhören, dass Sie dort arbeiten.« Seine Augen zuckten. »Sie nie sagen, *Aiii-wiii*. Warum Sie nicht sagen?«

»Weil mich niemand gefragt hat.«

»Hmmm«, er nickte langsam, als denke er über ihre Antwort nach. »Ich fragen Private Waters, was Aiii-wiii tun in Kranji. Sie wissen, was er sagen?«

Mit purer Willenskraft konnte sie verhindern, dass Sasamoto ihr die wachsende Panik am Gesicht ablas, aber ihr Verstand raste. Würde Sam für sie gelogen haben? Sie hatte kaum Grund, das zu glauben, aber wenn doch und wenn sie nun eine andere Lüge auftischte, dann wäre trotzdem alles verloren. Also rutschte sie auf ihrem harten Stuhl herum, spürte das Kleid an ihrem Rücken kleben und ihre von Flöhen zerstochenen Beine jucken, während sie versuchte, sich etwas einfallen zu lassen.

»Aiii-wiii, was Ihr Freund mir sagen Sie getan?«

Sie holte kurz Luft und sagte dann auf gut Glück: »Dass ich mit ihm in der Verwaltung gearbeitet habe.«

Sasamotos Lächeln verblasste. »Ja«, antwortete er.

Sie fühlte eine Spur Erleichterung.

Doch da sagte Sasamoto: »Ich nicht glauben ihm. Ich ihm sagen, ich nicht glauben ihm. Ich ihm zeigen, was ich mit Leuten machen, denen ich nicht glauben.«

Ivy wurde blass. »Was meinen Sie damit?«

»Nein, nein.« Sasamoto machte ein gekränktes Gesicht. »Ich ihm nicht wehtun. Ich nur erklären, wie ich benutzen Wasser, um helfen Leute, Dinge erinnern. Wir, wie soll ich sagen ...?« Er sprach ein paar Worte Japanisch. »Sie verstehen, *Aiii-wiii*?«

»Nein«, sagte sie, zitterte dabei aber so heftig, dass die Stuhlbeine wackelten.

»Sie sicher?«

»Ich bin mir sicher. Vielleicht wenn Sie es auf Englisch erklären?«

Er gestikulierte. »Das ist mein Problem. Ich vergessen richtige Wörter auf Englisch.«

Der Wachmann links von Ivy trat von einem Fuß auf den anderen. Sie schaute zu ihm hoch und sah, dass er heftig schwitzte und dabei nervös aussah.

Ihr Atem ging schneller. Sie konnte es nicht verhindern.

Sasamoto sagte: »Wie wir können Ihnen erklären?« Er

sprach wieder zuerst Japanisch, dann sagte er auf Englisch: »Sie verstehen jetzt?«

»Nein«, sagte sie und wusste, dass er ihr eine Falle stellte, aber sie konnte nicht klar denken, um einen Ausweg zu finden.

»Dann«, sagte Sasamoto, »ich denken, wir besser Ihnen zeigen, ja? Damit Sie verstehen.«

Bevor sie sich auch nur eine Antwort überlegen konnte, herrschte Sasamoto die Wachen an, es sei jetzt Zeit. Da packten die beiden sie auch schon an den Armen. Danach passierte alles blitzschnell. Sie zog die Arme instinktiv zurück, versuchte, auf dem Stuhl sitzen zu bleiben, aber sie rissen sie hoch und schleppten sie aus dem Büro auf die von der Sonne aufgeheizte Terrasse. Sie versuchte, sich zu wehren, und schrie: »Nein, nein, nein.« Von dem grellen Licht, der Hitze und Furcht tränten ihre Augen, aber sie zerrten sie weiter, wobei ihre Sandalen kaum den Boden berührten. Erst durch eine weitere Tür und dann in einen abgedunkelten Raum.

Ihr Kopf wirbelte herum, und sie stellte fest, dass es eine winzige Kammer war. Das allein machte ihr schon Angst, aber nicht so sehr wie der Wasserschlauch in der Ecke. Wieder versuchte sie mit aller ihr verbliebenen Kraft, ihre Arme loszureißen, aber die Wachen hielten sie fest. Keiner der beiden sah sie an. Dann ging eine Tür auf, und ein Japaner, den sie noch nie gesehen hatte, trat ein. Er trug eine andere Uniform und um den Arm eine Binde mit den Insignien von *Kempeitai,* der Geheimpolizei. Mit angstgeweiteten Augen starrte sie auf die Armbinde und den Sack in seiner Hand, der ihr im nächsten Moment schon über den Kopf gezogen wurde. Sie trat um sich, schrie und spürte, wie man ihr auch noch einen Strick um den Hals band, sodass sie fast erstickte. Dann wurde ihr Kopf nach hinten gerissen. Ihr blieb keine Sekunde, um zu begreifen, was passierte, oder Sasamoto zu bitten aufzuhören, denn schon floss Wasser in ihren Mund, was sie zum Würgen brachte, aber es wurde in ihre Kehle gezwungen, tiefer und tiefer, immer mehr, sodass sie nicht atmen konnte. Es füllte ihre Brust, ihre Lunge. Sie spürte, wie ihre Muskeln sich verkrampften, wie alles in ihrem Inneren zu brennen schien, es war, als würde sie zerrissen. Das Wasser floss weiter in sie hinein. Da gaben ihre Beine nach, alles um sie her schien zu schwimmen …

Das Wasser wurde abgestellt. Sie nahmen ihr den Sack ab. Sie übergab sich, einmal und gleich noch mal, während sie spürte, wie ihre Lunge sich zusammenzog in dem verzweifelten Versuch, Luft aufzunehmen. Einer der Wachmänner hielt sie um die Taille und am Arm. Seine Hände zitterten heftig. In einem Winkel ihres Bewusstseins fragte sie sich, ob er derjenige war, der vorhin so geschwitzt hatte.

Sie hörte Schritte auf den Fliesen, und die Spitzen von Sasamotos Stiefeln traten in ihr Blickfeld. Er bückte sich, sodass sie gezwungen war, ihn anzusehen.

»Das«, sagte er, »das, was wir tun. Sie verstehen jetzt?«

Sie übergab sich erneut.

»Aiii-wiii, Sie verstehen?«

»Ja«, brachte sie heraus.

»Also sagen mir jetzt, sind Sie ein Spion? Wer helfen Sie benutzen Funkgerät in Camp?«

»Was für ein Funkgerät?«, sagte sie.

Er nickte, und schon wurde ihr der Sack wieder übergestülpt, ihr Kopf nach hinten gerissen, und das Wasser schoss erneut in sie hinein. Diesmal wurde sie fast ohnmächtig. Sie hörten gerade noch rechtzeitig auf.

»Wer helfen Ihnen mit Funkgerät?«

»Ich weiß von keinem Funkgerät.«

»Sie haben in Kranji gelernt eines bauen?«

»Nein.«

»Sie eines hier bauen? Wer Ihnen geholfen?«

»Nein. Niemand.«

Neuerliches Nicken. Noch mehr Wasser. Weitere Fragen. Als sie sich übergab, schmeckte sie Blut in ihrem Mund. Ihre Brust brannte wie Feuer. So ging es immer weiter, aber Sasamotos Stimme blieb die ganze Zeit über kühl und überlegt. Welche Wachen hatte Ivy belauscht, als sie über japanische Geheimnisse sprachen? Was wusste sie von ihren Plänen? Wo, *wo* war das Funkgerät, das sie benutzt hatte?

»Ich benutze kein Funkgerät«, sagte sie auf dem Fliesenboden kniend. Die Haare hingen ihr nass ins Gesicht. Aus ihrer Nase tropfte Blut. »Ich habe keins.«

Sie erwartete, dass der Sack ihr wieder übergezogen würde. In ihr war keine Kraft mehr vorhanden, um sich dagegen zu wehren. Sie wollte nur noch, dass es aufhörte.

Doch da sagte der Kempei auf Japanisch zu Sasamoto, dass sie aufhören müssten. Sasamoto nickte zögernd.

Ivy schaute zähneklappernd zu ihm hoch und versuchte zu erkennen, ob es nur ein Trick war. Er blickte über seine Schulter, und da bemerkte sie zum ersten Mal ein langes, schmales Fenster in der Wand hinter ihm. Er nickte mit dem Kopf in die Richtung und widmete dann seine Aufmerksamkeit wieder ihr.

»Ich wusste, dass Sie mich nicht verraten Ihre Geheimnisse«, sagte er. »Ich wusste, weil ich kluger Mann. Also ich bereit, Sie zu bestrafen. Ich Sie nicht töte wegen Spionage …«

»Ich bin keine Spionin«, brachte sie über ihre aufgerissenen Lippen.

»Das ist genau, was ein Spion sagen«, sagte er. »Aber ich Sie nicht töten. Ich glaube, gibt Schlimmeres als töten.«

Ihre Zähne klapperten weiter. Ihr ganzer Körper zitterte. Wasser tropfte von ihr herab.

Sasamoto sprach weiter. »Ich fragen Private Waters. Ich fragen ihn, was machen Aiii-wiii traurig?« Seine Stimme hellte sich auf. »Er mehr glücklich darüber sprechen. Ich nicht denken, er mögen Major Langton so sehr.«

Da hob sie ruckartig den Kopf. »Oh nein«, sagte sie, »nein, nein …«

Sasamoto zeigte lächelnd auf das Fenster hinter sich. »Er jetzt gerade da«, sagte er, »er sehen, Sie spucken, Sie weinen. Und jetzt er werden gehen. Diese Eisenbahn, ich erzähle Ihnen. Er gehen sie bauen.«

Tränen liefen Ivy übers Gesicht und vermischten sich mit Spucke und Blut aus ihrer Nase. »Nein«, keuchte sie wieder. »*Nein.*«

»Wenn Sie nicht gewesen so stur«, sagte Sasamoto, »ich vielleicht ihn hätte lassen hier. Aber Sie mir nichts erzählen, was ich will wissen. So jetzt er gehen. Keine Freunde mit ihm. Ich schicke Nachricht mit Wachen. Ich sage neuen Wachen, ihr nicht nett zu ihm sein.« Er lächelte wieder und sagte dann auf Japanisch: »Ich habe ihnen aufgetragen, dafür zu sorgen, dass er nicht überlebt.«

Ivy schluchzte weiter. »Nein«, sagte sie, »bitte nicht …«

Sasamoto seufzte tief. Dann sagte er auf Englisch: »Es dein Fehler, Aiii-wiii. Es alles dein Fehler.«

Alex, Jimmy und Tristan standen immer noch auf dem Appellplatz, als Kit zurückkam. Alex hielt sich sein Schlüsselbein und war verzweifelt vor Angst, die Jungs fluchten auf den Militärkommandanten des Internierungslagers. Immer wieder schrien sie ihm zu, dass es gegen die Genfer Konvention verstoße, Kit wegzuschicken, dass er etwas dagegen tun, dass er eingreifen müsse. Doch der Kommandant, der nur gute zehn Meter entfernt beim Wachposten stand, ignorierte sie. Er tat, als höre er sie gar nicht. Und sie kamen nicht näher an ihn heran. Der Bereich um die geöffneten Tore war umzäunt, während die Männer des Transports hinausmarschierten. Diese Absperrung wurde von weiteren Wachen gesichert, die alle unbewegt vor sich hin starrten und Maschinenpistolen im Anschlag hielten.

Kit wurde in dem Moment zurückgebracht, als die letzten Gefangenen Richtung Paradies abzogen. Er tobte vor Wut und wand sich im Griff der Japaner, die ihn festhielten. Sie zwangen ihn, mit den abmarschierenden Gefangenen zu gehen, während er sie als Hurensöhne und Bastarde beschimpfte. Sein dunkles Gesicht war von Schmerz gezeichnet. Er sah verzweifelt, besiegt aus. Alex merkte, wie sich alles in ihm zusammenzog. *Sie haben sie ermordet*, dachte er, *mein Gott, sie haben sie ermordet.*

Aber dann riefen Tristan und Jimmy Kits Namen. Er drehte sich um und sah sie. Da wurde sein Blick klarer, eindringlich. »Sagt ihr, ich werde sie finden«, schrie er ihnen zu, was Alex mit größter Erleichterung aufnahm. »Sagt ihr, ich werde sie finden. Das müsst ihr ihr sagen.«

Es blieb ihnen keine Zeit mehr zu antworten, irgendwelche Versprechungen zu machen. Die Wachen stießen Kit vorwärts, und eine Sekunde später schlossen sich die Tore. Er war fort.

Als Sasamoto befahl, Ivy nach draußen zu bringen, war es schon dunkel. Benommen dachte sie, er wolle nicht, dass jemand sie so sah, dass ein Teil von ihm sich schämte. *Du hältst mich für ein Tier,* hatte er gesagt, an dem Tag, als er beinah das Kind geschlagen hätte. *Nein, das bin ich nicht.*

Immer noch nass und weinend stieß er sie auf die Terrasse und erklärte, wenn sie zu irgendjemand ein Wort darüber verlor, was gerade passiert war, würde er es noch mal machen. Dann ließ er sie von den Wachen in einen der Strafkäfige sperren. »Zum Nachdenken, ja? Darüber, was Sie getan haben. Ob da noch etwas, Sie mir jetzt sagen wollen.«

Der Käfig war winzig, ein weiterer Kokon. Sie presste die Hände an die Wände ringsherum, während ihr Tränen über das Gesicht strömten und eine neue Panik sie erfasste. Sie konnte sich weder hinlegen noch stehen. Als sie sich sagte, *denk an den Park, an die Enten,* musste sie erst recht schluchzen, weil sie das an dem ersten Abend versucht hatte, als Kit sie auf den mit Lampions geschmückten Innenhof geführt hatte, und weil er, dieser Abend und der neblige Londoner Park so endgültig verloren schienen. Sie umklammerte die Holzstäbe des Käfigs. Immerhin ließen sie Luft herein. Am nächsten Tag würde es hier glühend heiß, aber jetzt konnte sie mit ihren geschwollenen Augen die Sterne sehen. Sie schaute zu den weißen Nadelstichen hinauf, ihr Blick verschwamm, und sie versuchte, sich vorzustellen, dass Kit sie jetzt auch sah. Sie zwang sich regelrecht zu der Überzeugung, dass er – egal, was Sasamoto gesagt hatte – am Leben bleiben würde. Er würde das überstehen.

Irgendwann mitten in der Nacht tauchte Yoto auf. Halb rannte, halb kroch er zu ihr und blickte immer wieder ängstlich über seine Schulter. Er brachte ihr Wasser und ein Betelblatt gefüllt mit Reis. »Du essen, Ivy-San«, flüsterte er, »du trinken.«

»Nein«, sagte sie und merkte erst an ihrer eigenen Stimme, dass sie immer noch weinte. »Ich kann nicht.«

»Du musst, Ivy-San.« Yoto schob ihr das Wasser hin. »Er nicht aufgeben«, sagte er, »also du nicht aufgeben, ja?«

Sie dachte, er meine Kit. Einen Moment, nur einen Moment lang, spürte sie Hoffnung aufkeimen.

Aber dann blickte Yoto wieder über seine Schulter zur Tür von Sasamotos Büro.

»Er nicht aufgeben«, wiederholte er.

Und das tat er niemals. In den folgenden Monaten beobachtete Sasamoto sie hartnäckig. Auf Almas Rat hin kehrte Ivy nie mehr zum Müllplatz zurück, nicht einmal um in ihrer Verzweiflung nachzusehen, ob Kit ihr eine letzte Nachricht hinterlassen hatte. Das wäre ohnehin sinnlos gewesen, denn Yoto hatte ihr gesagt, er habe ihr Kartonstück verbrannt. Sie schmuggelte auch kein Geld mehr. Aber all das nützte nichts. Jede zweite Woche wurde sie in ihrem Stockbett wachgerüttelt oder aus der Küche oder dem Lazarett gezerrt und wieder in den Käfig gesteckt. Nichts davon wurde jemals leichter, weder ihre furchtbare Angst um Kit noch ihre klaustrophobische Angst in dem winzigen Käfig. Sasamoto kauerte sich manchmal neben ihr nieder, schaute durch die Gitterstäbe, während die Sonne ihre Haut verbrannte und ihre Lippen aufspringen ließ. Wieder und wieder behauptete er zu wissen, dass sie Funkgeräte baue und es ihre Pflicht sei, ihm zu verraten, wie sie das mache. Er brauche Namen, denn er hatte der *Kempeitai* Namen versprochen. Er erzählte ihr auch, dass Postkarten von ihrer Großmutter in London eingetroffen seien, nahm ihr aber sofort die Möglichkeit, eine Spur Erleichterung darüber zu empfinden, weil er erklärte, sie schon vernichtet zu haben. Weil sie sie nicht verdiene. Sie sei eine Spionin. Warum gab sie das nicht zu?

Sie gab nichts zu.

Er wurde wütender.

Sie bekam die Ruhr, eine Weile später noch mal und noch mal. Er kürzte ihr die Essensrationen, und sie wurde schwächer. Doch sie war nicht die Einzige, auf die er es abgesehen hatte, da waren noch viele andere. Manche mussten tagelang im Freien auf Stöcken knien. Viele ließ er schlagen oder verhungern – doch bei allen außer ihr veränderte sich seine Aufmerksamkeit, von manchen ließ er ab, immer in Bereitschaft, überall neue Feinde zu entdecken. Sie war die Einzige, die er mit dieser sorgsamen Regelmäßigkeit verfolgte.

»Halt durch«, sagte Elsie.

»Bleib stark«, sagte Alma.

»Du nicht aufgeben«, sagte Yoto.

Irgendwie schaffte Ivy es, genau das zu tun. Dabei wusste sie gar nicht, warum sie so kämpfte – obwohl Sasamoto sie immer wieder daran erinnerte, wie groß die Wahrscheinlichkeit war, dass Kit bereits nicht mehr lebte –, aber sie tat es trotzdem. Alma, Elsie und Yoto halfen ihr, Alma am meisten. Wie Yoto kam sie oft nachts zu den Käfigen geschlichen, mit Wasser und irgendetwas Essbarem, das sie hatte auftreiben können. Dann blieb sie bei ihr in der Dunkelheit, kümmerte sich nicht um das Risiko und schenkte Ivy kostbare Minuten bei Verstand und ihre Gesellschaft.

»Ich hasse ihn«, sagte sie, während sie vor den Gitterstäben auf ihren knochigen Beinen kauerte und mit ihren übergroß wirkenden Augen Ivys Blick festhielt. »Ich hasse ihn dermaßen …«

Ivy empfand genauso. Nie hatte sie einen Menschen mehr gehasst. Aber das war auch etwas, das sie durchhalten ließ, weil sie es nicht über sich brachte, ihn gewinnen zu lassen, indem sie irgendetwas von dem glaubte, was er ihr erzählte, oder indem sie ihn sehen ließ, wie sie zusammenbrach. Nachdem er ihre Postkarten aus London vernichtet hatte, kämpfte sie auch für ihre Großmutter weiter. Und für Alex. Endlich war ihr klar geworden, warum er immer so vertraut ausgesehen hatte. Sie hatte sein Gesicht tausendmal zu Hause auf dem Kaminsims gesehen: Es war das Gesicht ihres Vaters. Das wollte sie ihm sagen. Das und auch, dass sie trotz allem froh war.

»Sie einfach sagen, dass Sie ein Spion«, verlangte Sasamoto zum hundertsten Mal von ihr. »Sagen mir, wer Sie helfen, geben mir Namen, und dann ich lassen Sie sterben. Wie Major Langton, ja?«

Sie gab nichts zu. Sie wusste keine Namen und hätte sie ihm auch nicht genannt, wenn sie welche gehabt hätte.

Die Monate vergingen schleppend, und sie wurde kränker und schwächer.

Aber er gab keine Ruhe.
Er gab niemals Ruhe.
*Er nicht aufgeben.*

# 26. Kapitel

*Drei Jahre später, August 1945, England*

Harriet stand auf dem warmen Rollfeld, den Koffer zu ihren Füßen. Die Luftwaffenbasis lag an diesem Sommermorgen still da. Auf dem Rasen drängten sich keine Kampfpiloten, die auf ihren Einsatz warteten, keine Spitfires landeten angeschlagen nach Bombardierungen auf dem Kontinent. Der Krieg in Europa war seit drei Monaten zu Ende. Jetzt, nachdem der japanische Kaiser infolge der Atombomben auf Hiroshima und Nagasaki kapituliert hatte, war auch der Krieg im Pazifik endlich vorbei. Die Truppen warteten allerdings noch darauf, Malaya und Singapur zu befreien. Sobald die Kapitulation unterzeichnet war, würden sie einmarschieren.

Harriet ließ den Blick über den Flugplatz schweifen. Nur eine einzige Passagiermaschine stand im Sonnenschein glitzernd auf dem Rollfeld. Die Propeller standen still. Daneben sah sie zwei Offiziere in den blauen Uniformen der Air Force. Beide rauchten und plauderten entspannt. Die warme Luft roch süß und würzig nach frisch gemähtem Gras, Blumen und Speck aus der Mannschaftsküche. Ein paar Spatzen zwitscherten ihr Morgenlied.

Sie presste ihre behandschuhten Finger an die Brust

und spürte ihr Herz heftig klopfen. Sie trug ihr leichtestes Sommerkleid. Im Koffer steckten noch mehr davon, alle aus der Zeit vor dem Krieg. Dort, wo sie hinwollte, war es so heiß. An diese Hitze erinnerte sie sich noch genau. Es war jetzt fast ein halbes Jahrhundert her, dass sie sie zuletzt gespürt hatte, doch in fünf Tagen würde sie wieder in Colombo, zurück in Südostasien sein. Laurie hatte das arrangiert. Im vergangenen Jahr hatte er sie oft besucht. Eigentlich seit er nach England zurückgekehrt war, um bei den Plänen zur Invasion in der Normandie mitzuarbeiten. Oft hatte er auch seine Frau Nicole mitgebracht. *Ich liebe die Heide,* hatte Nicole beim ersten Mal gesagt. *Wie wär's mit einem Spaziergang, bei dem wir Sallys Scones an die Vögel verfüttern?* Harriet mochte sie sofort. Es war ihr ein solcher Trost gewesen, die beiden zu sehen. Vor allem natürlich ihren alten Freund Laurie.

»Sie werden in weniger als einer Woche in Singapur sein«, hatte er ihr erst vor zwei Tagen versichert. »Ich habe mich angeboten, rüberzukommen und dabei zu helfen, die Dinge am Boden zu regeln. Ich will hin.« Er hatte die Stirn gerunzelt. »Ich muss hin.« Sein verunsicherter Blick hatte ihre Augen gesucht. »Ich glaube, du auch.«

»Ist das denn erlaubt?«, hatte sie gefragt.

Da hatte er wie früher gelächelt. »Es lässt sich einrichten, egal ob erlaubt oder nicht.«

»Ich habe solche Angst«, hatte sie zugegeben. Die ganze Zeit über hatte es nicht die geringste Nachricht gegeben, von keinem von ihnen. »Ich fürchte, dass wir hinkommen und sie tot sein werden.«

»Ja«, sagte er leise, »diese Befürchtung habe ich auch.«

Jetzt blieb er neben ihr stehen. Schick in seiner weißen

Marineuniform, die Mütze unter dem Arm. Nicole war auch mitgekommen, um sie beide zu verabschieden. Unter ihrem Sonnenhut hervor blinzelte sie Harriet aufmunternd zu. »Bist du bereit?«, fragte sie.

Harriet nickte. »Das bin ich«, sagte sie. »Schon seit drei Jahren.«

Im Internierungslager herrschte Stille.

Sie befanden sich nicht mehr in Changi. Alle Frauen, Kinder und Zivilisten hatten im Vorjahr von dort weg gemusst, um Platz für neue Kriegsgefangene zu machen. Sie hatten zu Fuß meilenweit durch die Sonne marschieren müssen und waren dann auf das ohnehin schon überfüllte Gelände der alten Basis der Royal Air Force an der Sime Road gepfercht worden. Im Lauf der Monate waren die Rationen immer kleiner geworden. Der Reis, den sie bekamen, war immer voller Maden und Käfer. (»Eiweiß?«, hatte Alma mit schwacher Stimme gescherzt. »Ja«, meinte Elsie. *Es hat alles sein Gutes.*) Und etwas anderes als völlig verdorbenes Obst gab es nie. Medikamente waren längst ausgegangen. Es war, als stürbe jeden Tag jemand: an Diphtherie, Ruhr, Malaria, Typhus … Alma, ausgemergelt und mit längst braunen statt blonden Haaren, war eine der wenigen, die abgesehen von gelegentlichen Fieberschüben noch nie erkrankt war. Elsie litt immer wieder an Diphtherie, hielt aber trotzdem durch.

»Ich kann jetzt nicht aufgeben«, hatte sie gesagt, als Ivy sie zuletzt gesehen hatte. Damals lagen sie nebeneinander im trostlosen Hospital des Lagers, wo es keine Medizin gab. »Nicht, wenn das Ende so nah ist.«

Dass dem so war, wussten sie alle. Gerüchte vom Vorrücken der Alliierten kursierten schon das ganze Jahr über. Irgendwer hatte irgendwo ein Radio auf Weltnachrichten eingestellt gehabt, was Sasamoto zu rasender Wut trieb. Seit Kurzem kreisten immer wieder britische Aufklärungsflugzeuge über dem Lager. Wohl zur Vorbereitung der Befreiung, darin waren sich alle einig. Sie stand unmittelbar bevor. Die sich unendlich erstreckenden Tage schienen ein Ende zu nehmen.

Zumindest für einige von ihnen.

Ivy versuchte immer noch, daran zu glauben, dass Kit durchgehalten hatte, aber es waren nun schon beinah drei Jahre, und jeden Tag fiel es ihr schwerer, die Hoffnung nicht aufzugeben. Sie hatte auch keinerlei Informationen darüber, ob Alex überlebt hatte, und das tat so schrecklich weh. Nur ein einziges Mal während ihrer Internierung hatte sie ihn gesehen, damals, als sie aus Changi in der Sime Road eintrafen. Sie hatte am Eingang ins Männerlager geblickt und ihn am Holztisch der Wachen stehen gesehen. Trotz all der wandelnden Skelette um sie herum war sie von seiner Hinfälligkeit entsetzt gewesen. In ihrer Vorstellung war er der Mann geblieben, den sie zuletzt gesehen hatte, krank zwar, aber längst nicht dermaßen gebrechlich. Sein Kopf hatte gewirkt, als wäre er viel zu groß für seinen Körper, seine breiten Schultern hatten aus dem schmuddeligen Hemd hervorgestanden. Plötzlich hatte er sich umgesehen, als spüre er ihren Blick auf ihm, und hatte dann ebenso erschüttert zu ihr hinübergeschaut. Er hatte ihr etwas zugeschrien. Es hatte geklungen wie *dich finden*. Zwischen den vielen Menschen und dem wütenden Geschrei der Japaner und ihren Trillerpfeifen hatte sie mehr nicht verstehen können.

Jetzt war sie sich nicht sicher, ob sie noch jemals erfahren würde, was er gesagt hatte. Selbst wenn er – was sie so hoffte – noch am Leben war, blieb ihr selbst auch nicht mehr viel Zeit. Anders als Elsie spürte sie keine Kraft zum Weitermachen mehr in sich. Sie war nun schon so lange krank. Erst vor zwei Tagen hatte Sasamoto befohlen, dass sie das Hospital verließ und am Appell auf dem Haupthof teilnahm. Alma hatte sie gestützt, während er in sein Megaphon brüllte, keiner der Gefangenen solle sich freuen, dass ihre Armee anrücke. Sie würden noch ihre eigenen Gräber schaufeln und dann alle erschossen werden, bevor der Erste ankäme. Daraufhin fingen einige Kinder an zu weinen, aber die Erwachsenen brachten sie zum Schweigen und erinnerten sie flüsternd an die Aufklärungsflieger. *Die behalten die Dinge im Auge. Vergiss nicht, dass unsere Soldaten schon ganz nah sind. Niemand wird jetzt noch jemand sterben lassen.* Sogar Ivy hatte da noch gehofft.

Doch dann war Sasamoto direkt vor ihr stehen geblieben. Eine endlose Minute lang hatte er sie angestarrt und nichts gesagt. Sie hatte versucht, aufrecht zu stehen, aber ihre schwachen Beine hatten sie nicht mehr tragen wollen. Ihr war so schwindelig.

Er hatte ihr auf die Füße gespuckt. Sie erinnerte sich daran, wie sie das auf ihrer brennenden Haut schwach gespürt hatte. »Sie denken, Sie mich geschlagen, *Aiii-wiii*?«

»Nein«, hatte sie gesagt, »nein.«

»Sie jetzt kommen mit mir. Besonderer Ort, ja?«

»Nein«, hatte sie geflüstert, erfüllt von einer schlimmen Vorahnung.

»Lassen Sie sie in Ruhe«, hatte Alma, die wegen der

gleichen Befürchtung blass geworden war, sich eingemischt.

»Komm, *Aiii-wiii*.«

»Ich will nicht«, hatte sie gesagt und war, ihn mit zitternden Händen abwehrend, zurückgetaumelt.

Da hatte er sie am Arm gepackt, und mehrere Wachen waren plötzlich zur Stelle gewesen. Was danach passierte, hatte sie nicht mehr genau in Erinnerung. Alma hatte sie angeschrien, woraufhin einer von denen sie geschlagen hatte. Da war sie verstummt. Sie hatten Ivy hierher gebracht, an den Rand des Lagers. Als Nächstes hatten sie ihr einen Spaten gegeben und gesagt, sie solle graben, aber bald die Geduld verloren, weil sie dazu nicht in der Lage gewesen war. Deshalb hatten sie die Grube selbst ausgeschaufelt.

Darin befand sie sich jetzt. Über ihr hatten sie ein Netz gespannt. Es war dunkel, so dunkel, voller lauter krabbelnder Kreaturen und dazu alle ihre Geister. Ihr bis jetzt schlimmster Albtraum.

»Sie mich kränken in all den Jahren«, hatte Sasamoto ihr noch durch das Netz zugerufen, bevor er sie zurückgelassen hatte. »Sie lügen und lügen, so jetzt Sie sterben, ja, so sterben. Das ist, was ich mit Spionen machen.«

Sie wünschte, er hätte sie einfach erschossen.

Und sie wünschte, sie wüsste, warum im Lager so eine Stille herrschte. Ihre Sicht durch das dichte Netz war verschwommen. Aber es schien heller zu werden. Die Sonne ging auf.

Sie schloss die müden Augen. Es musste jetzt zu Ende gehen. Sie war besiegt, gebrochen vom Kampf. Er hatte es doch geschafft. Wenn sie doch nur Kit wiedersehen würde. Das wünschte sie sich mehr als alles andere.

Sie hörte Lärm. Es war nicht mehr still. Lastwagen und Stimmen. Verschiedene Stimmen. Träumte sie? Ihre Augenlider öffneten sich flatternd. Da war ein stechender Schmerz in ihrem Kopf und ihren Gliedern. Wenn sie schlief, war es besser. Sie wollte einschlafen.

»Ist sie am Leben?« War das Alma? »Sagen Sie mir, dass sie noch lebt.«

»Mein Gott«, sagte eine andere Stimme. Eine Männerstimme. Britischer Akzent. Nicht Kit. Sie wollte Kit. »Sie sind jetzt in Sicherheit«, sagte die Stimme. »Sie sind in Sicherheit.«

Und dann wurde sie hochgehoben. Sie spürte Arme, die sie umfingen und sie so behutsam hielten wie ein Kind. Das war schön. Sie schloss die Augen wieder.

Das war schön.

*

Sie hatten sich direkt zum Allgemeinen Krankenhaus begeben. Der Flug hatte sich wegen Schlechtwetter verspätet, und als sie Colombo erreicht hatten, um ihre Reise von dort fortzusetzen, hatte die Befreiung Singapurs bereits begonnen. Das war jetzt zwei Tage her. Auf den großen Regierungsgebäuden im Stadtzentrum – die so anders aussahen als die in Harriets Erinnerung – wehten bereits wieder britische Flaggen. Laurie hatte im Rathaus, wo großes Durcheinander herrschte, mit einem Beamten gesprochen. Glücklicherweise hatte der sie zu dem Mann weitergeschickt, der für die Verlegung der Gefangenen aus dem Lager für Frauen und Kinder an der Sime Road zuständig war. Er hatte ihnen berichtet, dass man Ivy schon in ein Krankenhaus gebracht hatte. »Viel besser dort«, hatte er grimmig gesagt. »Wenn man bedenkt, wo sie vorher dahinvegetieren mussten …«

»Dann ist sie am Leben?«, hatte Harriet gefragt und ihn mit ihrem Blick durchbohrt, um ganz sicher zu sein.

Sein schwitzendes Gesicht hatte gelächelt. »Vor zwei Tagen war sie es«, hatte er geantwortet.

»Und Alexander Blake?«, hatte Laurie gefragt.

»Tut mir leid«, hatte der Mann geantwortet, »über die Männer habe ich keine Aufzeichnungen.«

Laurie hatte sich am Eingang zum Krankenhaus von Harriet verabschieden müssen. Widerwillig zwar, aber er musste sich in Fort Canning zum Dienst melden. Er versicherte ihr, innerhalb von drei Stunden zurück zu sein. Sie ging also allein zum Haupteingang, mit trockenem Mund, schwitzend und zitternd, was ein wenig an der Eile, vor allem aber an ihrer Furcht lag. Mit jedem Schritt ihrer Reise von England hierher war die Angst um die beiden immer größer geworden. Jetzt graute ihr vor den Neuigkeiten, die sie im Krankenhaus erwarten mochten.

*Bitte lass es ihr gut gehen,* dachte sie. *Bitte lass es ihnen beiden gut gehen.*

Auf den Rasenflächen ringsherum lagen kaputte Röntgengeräte und alle möglichen anderen medizinischen Gerätschaften verstreut. Offenbar hatten die abziehenden Japaner das alles dort hingeworfen. Auch die Scheiben an dem länglichen weißen Gebäude waren eingeworfen. Beschädigte Rollwagen standen zwischen den Palmen. Harriet ging weiter, die Stufen hinauf, bis in die Eingangshalle, wo reges Treiben herrschte. Es roch stark nach Desinfektionsmittel. Überall standen Bahren, in der Eingangshalle und auf den offenen Fluren. Ausgezehrte, sonnenverbrannte Gesichter schauten aus den viel zu weiten Krägen der weißen Krankenhausnachthemden. Völlig erschöpfte Patienten saßen auf Stühlen, während Schwestern vor ihnen in der Hocke kauerten, leise mit ihnen sprachen und sich Notizen machten. Kinder wimmerten.

»Kann ich Ihnen helfen?«

Harriet schrak zusammen, als sie die Stimme der Krankenschwester vernahm. Ihr australischer Akzent erinnerte sie sogleich an Ivys Mutter. Sie drehte sich zu der jungen Frau um und erklärte ihr, dass sie nach ihrer Enkelin und einem Mann namens Alexander Blake suche. Die Schwester bat sie, mitzukommen, und führte sie zur Rezeption. Harriet wartete, während sie die Listen durchging, und ballte dabei die Hände so fest zu Fäusten, dass ihre Nägel sich in ihre feuchten Handflächen bohrten.

»Einen Alexander Blake haben wir nicht hier«, sagte die Schwester, »tut mir leid.«

»Schon gut«, sagte Harriet, obwohl sich ihre Augen sogleich mit Tränen füllten und sie ihre Enttäuschung kaum verbergen konnte. Es war nicht gut. Sie wusste selbst nicht, warum sie das vorzugeben versuchte. Sie wagte kaum zu fragen, tat es aber doch. »Und was ist mit Ivy Harcourt?«

Die Krankenschwester ging ihre Listen noch einmal durch. Harriet ballte die Hände wieder zu Fäusten. Aber dann blieb der Finger der Schwester an einem Namen hängen und sie sagte: »Ich hab sie. Sie liegt oben.«

»Dann ist sie also am Leben?« Harriet fürchtete sich davor, es zu glauben.

»Ist sie. Ich bringe Sie zu ihr.«

Sie ging mit schnellen Schritten, weil sie verstand, wie eilig Harriet es hatte. Unterwegs warnte sie sie, dass es immer ein Schock sei, einen geliebten Menschen leiden zu sehen. *Das weiß ich*, sagte Harriet leise. »Ich weiß nicht, was genau ihr fehlt«, sagte die Schwester, »aber ich fürchte, sie liegt auf der Intensivstation.«

»Intensivstation?« Harriets Stimme brach.

»Ja.« Die junge Frau sah sie so mitfühlend an, dass es ihr noch schwerer fiel, nicht zu weinen. »Aber sie ist in guten Händen, halten Sie sich das immer vor Augen.«

Dann waren sie auch schon angekommen, durchquerten weiße Schwingtüren und standen in einem weißen, stillen Raum. Deckenventilatoren drehten sich rasch über den Betten der Patienten vor den zerbrochenen Fenstern. Es waren mindestens zwanzig, lauter Frauen. Harriet ließ den Blick über die eingesunkenen Gesichter wandern und blieb dann an einem in der Mitte hängen. »Nein«, sagte sie und schlug die Hand vor den Mund. »Nein, nein …«

Ivy war winzig. Wie ein Streichholzpüppchen. Ihre Haut war von der Sonne dunkel verbrannt und spannte über den Knochen. Die geschlossenen Augen wirkten wie Höhlen und schienen in ihrem Schädel zu verschwinden. An der Hand war eine Infusion befestigt, und ein anderes schrecklich mageres Mädchen mit braunem Pferdeschwanz saß neben ihr und streichelte ihren Arm. Sie schien mit ihr zu sprechen.

»Treten Sie ruhig näher«, sagte die Schwester und schob Harriet sanft in ihre Richtung. »Damit sie Sie sehen kann.«

Harriet kam näher, da schaute das Mädchen mit dem Pferdeschwanz auf und zwang sich zu einem gleichmütigen Lächeln, das ihre Zähne entblößte und ihr Gesicht noch dünner wirken ließ. »Sie können nur Ivys Gran sein«, sagte sie mit amerikanischem Akzent und einer Stimme, die viel kräftiger klang, als sie aussah. »Sie haben solche Ähnlichkeit. Sie wird außer sich vor Freude darüber sein, dass Sie hier sind.« Sie streckte ihre Hand aus. »Ich bin Alma.«

Harriet versuchte, das Lächeln zu erwidern. Sie wollte stark sein und Alma erzählen, wie nett Ivy über sie geschrieben hatte und wie sehr sie sich wünschte, auch nur das Geringste daran ändern zu können, was den beiden widerfahren war. *Ich würde alles für euch tun, was in meiner Macht steht.* Aber als sie Almas Hand in ihre nahm und jeden einzelnen Knochen des armen Mädchens spürte, da fehlten ihr die Worte. Stattdessen kamen ihr die Tränen.

»Oh nein«, sagte Alma, »nein, Sie dürfen nicht glauben, dass das hier das Ende ist. Sie hat so lange gekämpft, da wird sie jetzt wohl kaum aufgeben.«

Harriet unterdrückte ein Schluchzen. »Was fehlt ihr denn?«, brachte sie hervor. »Was haben die Ärzte gesagt?«

Da erzählte Alma ihr von Ivys Mangelernährung, der Beriberi-Krankheit und einem Bandwurm. »Die Ärzte nehmen an, dass sie wahrscheinlich auch Typhus hat«, sagte sie bedauernd. »Die entsprechenden Tests sind noch nicht abgeschlossen.«

»Ist sie schon wach gewesen?«

»Nein«, sagte Alma. »Ich bitte sie zwar dauernd aufzuwachen, aber sie ignoriert mich.«

Harriet betrachtete das reglose Gesicht ihrer Enkelin, und Tränen liefen ihr über die Wangen. Langsam, als fürchte sie, etwas kaputtzumachen, beugte sie sich über sie und küsste die viel zu heiße Stirn. Das erinnerte sie an einen anderen Kuss und einen grauenvollen Abschied.

»Wach auf, mein Schatz«, flüsterte sie. »Bitte, wach doch für mich auf.«

Doch das tat sie nicht.

Sie rührte sich kein bisschen.

Alex blieb am Eingang zur Intensivstation stehen, um sich zu sammeln, bevor er wieder hineinging. Er hatte ein paar Minuten fortgemusst, um woanders wieder Hoffnung zu schöpfen. Das Wasser, das er für Alma geholt hatte, hielt er in der Hand. Er hatte auch Toby welches gebracht. Der befand sich auf der benachbarten Station, wo er Elsie besuchte. Sie wurde wegen Diphtherie behandelt, aber man rechnete damit, sie in ein paar Tagen schon nach Hause entlassen zu können. Nicht so Ivy. Niemand schien irgendeine Besserung bei ihr zu erwarten, und das brach ihm das Herz. Er kam sich vor, als hätte er sie im Stich gelassen, weil er das Lager aus eigener Kraft hatte verlassen können, während man sie hinaustragen musste. Aber hier war er. Obwohl er im Laufe der Jahre sieben Ausbrüche von Malaria durchlitten hatte, hatte er mithilfe von Vanessas Tabletten jeden davon überstanden. Sie hatte ihm damals auf der Terrasse des Krankenhauses genug davon gegeben. *Die könnten Sie noch brauchen,* hatte sie geflüstert, *also passen Sie gut darauf auf*. Am Ende waren sie ihm ausgegangen, aber sie hatten mehrere Leben, darunter auch das von Toby, gerettet. Vanessas letztes Geschenk. Er verzog schmerzlich das Gesicht, wie er es immer tat, wenn er an sie dachte und an alle, die damals im Krankenhaus gewesen waren …

Die Tür zur Station öffnete sich, und ein Krankenpfleger kam heraus. Alex trat beiseite, um Platz zu machen, richtete sich gerade auf und ging hinein. Sein Blick ging sofort zu Ivys Bett.

Dann blieb er wie angewurzelt stehen. Er verschüttete Wasser aus dem Papierbecher über seine Hand, die sowieso schon vor Schwäche zitterte, und immerhin war er sechsundsiebzig Jahre alt.

War sie das wirklich?

Er fürchtete sich davor, zu glauben, was er sah.

Er hatte bereits versucht, sie zu erreichen, hatte ihr zwei Telegramme geschickt, die beide nicht zustellbar gewesen waren. Daraufhin hatte er panische Angst gehabt, ihr könne auch etwas zugestoßen sein. Er war sich nicht sicher, ob er das ertrüge. Ihren Brief trug er in der Tasche: feucht, zerfleddert, aber immer bei sich. *Ich komme, sobald ich kann.* Er hatte auf sie gewartet, seit dieser Wachmann in Changi ihm den schlichten, unauffälligen Umschlag zugesteckt hatte, seither hatte er gewartet. Er hatte ihre Worte wieder und wieder gelesen, darum gerungen, sie zu verstehen, sich gequält, bis er fürchtete, tatsächlich den Verstand zu verlieren – angesichts all dessen, was hätte sein können, was verloren war, sein Junge, *auf so unendlich viele Arten dein Sohn.* Aber bei alldem hatte es auch so viel Hoffnung gegeben. *Ich komme.*

Er schaute sie an, ohne zu wissen, warum er sich nicht mehr bewegte. Sie stand mit dem Rücken zu ihm, trug ein pfirsichfarbenes Sommerkleid und war so schlank wie eh und je. Er sah die Linie ihres Nackens, ihrer Schultern. Genauso. Noch *genauso.* Sein Blick verschwamm. Fast fürchtete er immer noch, sie könne nur ein Gespenst sein.

Alma blickte auf. »Da bist du ja wieder«, sagte sie.

Harriet drehte sich um, während Alma sprach. Er sah

ihr bei dieser Bewegung zu, wie sie sich in der Vergangenheit, ihrer beider unerreichbaren Vergangenheit, auf hundert andere Arten bewegt hatte. Er hielt den Atem an. Da trafen ihre Augen voller Tränen seine. Genauso. Noch *genauso*.

Eine Sekunde lang existierte sonst nichts.

Dann schien ihr Gesicht sich aufzulösen, vor Erleichterung, aus verzweifelter Trauer, und er hielt es nicht aus. Das hatte er noch nie gekonnt. Er machte einen Schritt auf sie zu, und sie tat das Gleiche, beide wurden schneller, überwanden die Entfernung, bis er sie auffing, in seine Arme schloss. Genauso. Noch *genauso*. Er war unfähig zu begreifen, was er da wirklich tat, und zitterte deshalb umso mehr. Sie klammerte sich an ihn, als wolle sie nie mehr loslassen, und er küsste sie aufs Haar, auf die warmen, tränennassen Wangen. Kein Geist, kein Gespenst mehr.

Er blickte auf sie herab, weil er sie noch einmal ansehen musste. Sie lehnte sich zurück, schaute mit ihren dunklen Augen in seine: dasselbe Verlangen. Er trank ihr Bild, sah wieder das Mädchen, das er gekannt hatte, und die Frau, die sie jetzt war: die kleinen Falten, die Schatten, wie die Zeit ihre Gesichtszüge geschärft hatte; ihr Leben in ihrem Gesicht, schöner, als er es je in Erinnerung gehabt hatte.

Sie streckte die Hand aus, berührte seine eingefallene Wange. Da legte er seine Hand über ihre. Ein Schluchzen schüttelte ihren Körper, und er wusste, dass sie um Ivy und um alles andere weinte. Er spürte, wie ihm selbst wieder Tränen in die Augen traten. »Harriet«, sagte er, »es wird alles wieder gut.«

»Deine Stimme …«, sagte sie und schluchzte wieder. »Deine Stimme …«

Er nickte, ließ seinen Tränen freien Lauf und genoss den Klang ihrer Worte, denn er verstand. Verstand genau, was sie meinte.

Auch ihre klang noch genauso.

Sie schmiegte das Gesicht an seine Brust. »Ich kann es nicht glauben«, sagte sie. »Ich kann es nicht… Ich hatte solche Angst.« Mit großen Augen sah sie ihn beschwörend an, hielt sich an seinem Hemd fest. »Bist du echt? Bist du wirklich echt?«

»Ja«, sagte er, »ja.«

»Ich hatte solche Angst«, wiederholte sie, »solche Angst. Aber jetzt bist du hier. Du bist hier …«

»Das bin ich«, sagte er, »ich bin hier.« Und er hielt sie noch fester, weil er sie dringender als alles andere trösten musste. Dabei fühlte er sich zurückversetzt in den Moment ihrer letzten Begegnung – sie beide in der Bucht, so jung, ihr ganzes Leben noch vor sich: ihr warmer Körper in seinen Armen, als sie sich so unendlich viel gewünscht hatten, wovon viel zu viel unmöglich gewesen war. Aber in diesem Moment wurde ihm vor allem klar, dass er sie nie, nie wirklich losgelassen hatte.

Ivy merkte vage, dass sie sich nicht mehr im Internierungslager befand. Weil sie die frischen Laken an ihrer Haut spürte und ihr dauernd Glasröhrchen in den Mund geschoben wurden, musste sie wohl in einem Krankenhaus sein. Da waren auch Stimmen. Sie hörte so viele verschiedene Stimmen. Aber sie stellte keine Verbindung zwischen ihnen und sich selbst her. Sie bildete sich ein, ihre Gran sei gekommen, aber das konnte nicht wahr sein. Auch Alex, doch sie fürchtete, auch das sei nur Wunschdenken.

Dass Alma bei ihr war, schien als Einziges Sinn zu ergeben.

Es gefiel ihr, sie bei sich zu haben. Sie hörte sie gerne reden. Und sie erzählte ihr so viel: dass sie zusammen mit Toby in die alte Wohnung in der Stadt gezogen war. Ein japanischer Offizier hatte darin gewohnt. Im Küchenschrank hatte er Litschis in Konservendosen zurückgelassen. Nachdem sie die gegessen hatten, war es ihnen hundeelend gewesen. Laurie war auch zurück auf der Insel und wohnte bei ihnen, ebenso wie Ivys Großmutter und Alex (die beiden wieder; Ivy vermutete, dass sie das nur träumte), da Alex' Haus erst wieder ganz instandgesetzt werden musste. Sie hatte auch ihre früheren Hausangestellten, Dai und Lu, wiedergesehen. Sie hatten die Besatzung beide überlebt, doch Dais Bruder war das nicht vergönnt gewesen. »Er war für die Widerstandsbewegung tätig, und am Ende schnappten sie ihn. Dai ist darüber natürlich sehr traurig.«

*Natürlich*, dachte Ivy und empfand auch Trauer. Dann schlief sie, weil das alles sie anstrengte, wieder ein.

Als Nächstes merkte sie, dass Alma fort war. An ihrem Bett war es still. Dann kamen Schritte, und eine gestärkte Schürze raschelte. Ein Thermometer wurde ihr in den Mund gesteckt.

Sie schlief.

Sie träumte, Alex erzähle ihr, dass Kit versprochen hatte, sie zu finden. Dass sie daran glauben musste. Sie schlief erneut, und dann war ihre Gran wieder da und diesmal streng. Sie ermahnte Ivy weiterzukämpfen. »Ich bin nicht bereit, dich jetzt zu verlieren, hörst du?« Auch Alex' Stimme hörte sie wieder. Er nannte ihre Großmutter Harriet.

»Du wirst sie nicht verlieren, Harriet. Das wirst du nicht.« Danach unterhielten die beiden sich miteinander: über Mae, was verwirrend war, und darüber, wie leid es ihr getan hatte. Alex klang furchtbar traurig. »Ich habe sie gehasst«, sagte er, »so lange habe ich sie gehasst. Jetzt wünschte ich nur, Keeley hätte sie in Ruhe gelassen. Das war in Wirklichkeit er, alles er …« Ivy wusste nicht, wer Keeley war. Die beiden sprachen auch über sie, aber am meisten über ihren Vater. Da waren all die Geschichten über ihn, an die sie sich noch aus ihrer eigenen Kindheit erinnerte … Alex weinte. Sie weinten beide. Was für seltsame Träume.

Dann Stille.

Vögel, die vor dem offenen Fenster sangen.

Wieder ein Thermometer.

Alma. Phil hatte ein Telegramm geschickt. Er sei in München, würde aber herkommen. Sobald man ihn aus dem Militärdienst entließ, würde er kommen. Ob Ivy das glauben könne. Ivy wollte es glauben. Sie versuchte zu lächeln, aber ihre Lippen bewegten sich einfach nicht. Sie konnte auch die Augen nicht öffnen.

Dann war Alma wieder fort.

Dafür kamen Ärzte. Sie sprachen über sie. Ihre Worte verschwammen. *Paratyphoides Fieber, anthelminthische Medikation, nicht ansprechbar*. Weil ihr die Kraft fehlte, um weiter zuzuhören, schaltete sie einfach ab.

Laurie kam. Sie war sich nicht sicher, ob er so real war wie Alma oder ob sie ihn sich auch einbildete. Er erzählte ihr, dass Sasamoto tot sei. Er hatte sich, nicht weit entfernt vom Lager, umgebracht. »Aus Scham, hoffe ich. Oder aus Angst. Wir kriegen sie alle. Und wir werden unser Bestes tun, damit die richtigen Leute bestraft werden. Dein Freund Yoto ist allerdings auf dem Weg nach Hause. Ich dachte, das würdest du gern wissen.«

Sie hoffte, dass sie zumindest das nicht nur träumte.

Es wurde dunkel. Das merkte sie trotz ihrer geschlossenen Lider.

Dann wurde es wieder hell.

Alma. Sie hatte Sam gesehen. Er war die ganze Zeit über in Changi gewesen, so wie am Ende auch Gibbs und Porter. Also hatte es keiner aus ihrer kleinen Truppe damals durch den Dschungel geschafft. Sam hatte nach ihr gefragt; er besaß tatsächlich die Unverfrorenheit, nach ihr zu fragen. »Willst du nicht gesund werden, damit du ihm sagen kannst, er soll sich zum Teufel scheren?«

Ivy wollte nur eines. Aber die Zeit verging, das spürte sie, und obwohl sie von den Geräuschen her – Krankenwagen in der Einfahrt, Rufe nach Tragbahren und Gespräche über Transporte aus Lagern in Thailand und Sumatra – wusste, dass ständig noch neue Patienten eintrafen, war er nie darunter.

Niemand schien ihn zu erwähnen, bis auf Alex in ihren Träumen.

Also schlief sie wieder.

Sie wollte wieder hören, wie er ihr versicherte, dass Kit sie finden würde.

Sie beobachteten sie. Inzwischen schon seit drei Wochen. An ihrer äußeren Erscheinung änderte sich wenig. Zwar war ihre Haut nicht mehr so sonnenverbrannt, aber sie war noch genauso abgemagert. Keine Spur von wiederkehrenden Rundungen, wie sie bei allen anderen langsam sichtbar wurden. Sie hatte die Augen noch nicht wieder geöffnet. Sie hatte noch nichts gegessen. Nur die Infusionen hielten sie am Leben.

Harriet war sich nicht sicher, ob sie das ohne Alex an ihrer Seite durchgestanden hätte. Sie konnte auch immer noch nicht richtig glauben, dass sie ihn wiederhatte, und obwohl er schon wieder zu Kräften kam, sah er immer noch sehr dünn und erschöpft aus. Egal, wie oft er ihr versicherte, dass es ihm gut ginge, sie hatte immer noch schreckliche Angst, ihn zu verlieren. »Mir geht es genauso, Harriet«, sagte er leise. Seit ihrer Ankunft hatten sie sich kaum voneinander getrennt, weil das keiner von ihnen aushielt. Sie schliefen mit einander zugewandten Gesichtern ein – nachdem sie über die Vergangenheit, die nicht zu ändernde Vergangenheit, sowie über Ivy und vor allem über Beau gesprochen hatten – und wenn sie aufwachten, sahen sie einander wieder an. Das war alles, was Harriet sich je gewünscht hatte.

Sie hatte Fotografien mitgebracht, die sie ihm am ersten Abend, als sie zu Toby und Elsie zurückgekehrt waren, zeigte. Sie saß neben ihm, ihre Knie berührten sich, und sie hielt seine Hand, während er die Bilder seines Sohnes in sich aufnahm. Er hielt sich an ihr fest, so fest, und ihr tat das Herz weh, als sie das Staunen in seinem Gesicht sah. Er studierte jedes einzelne genau: Beau als pausbäckiges Baby, als Kleinkind in kurzen Hosen, gut aussehend und unglaublich jung am Tag seiner Hochzeit.

»Er war so glücklich«, hatte sie gesagt und auch auf das Foto geblickt. »Ich kann dir gar nicht sagen, wie glücklich. Das waren sie beide …«

»Er sieht glücklich aus«, hatte Alex gesagt. »Er sieht

aus, wie ich mich vermutlich gefühlt hätte, wenn ich dich geheiratet hätte.«

»Ja?«

»Ja.« Er hielt den Blick weiter auf Beau gerichtet und konnte sich nicht davon losreißen. »Er gehörte uns«, hatte er gesagt. »Uns.«

Harriet hatte genickt. »Ja.«

Alex hatte ein paar Augenblicke geschwiegen. Dann hob er die Augen, die in Tränen schwammen. »Ich will es zurück«, hatte er gesagt. »Ich will das alles zurück …«

»Ich weiß«, hatte sie gesagt, den Arm um seinen bebenden Körper gelegt und das auch alles zurückhaben wollen.

Sie hatten keine Pläne gemacht oder auch nur über die Zukunft gesprochen. Das konnten sie nicht, solange Ivy in diesem Zustand war. Vorläufig wohnten sie noch bei Elsie und Toby. Elsie war inzwischen auch wieder zu Hause. Sie erinnerte Harriet an Sally. (»Allerdings weniger erdrückend«, meinte Laurie. »Gib ihr Zeit«, sagte Alma mit ihrem typischen schiefen Lächeln.) Sie aßen täglich gemeinsam zu Abend und redeten sich ein, morgen würde der Tag sein, an dem Ivy endlich wieder aufwachte.

Doch das geschah nicht.

Harriet nahm jetzt Ivys Hand in ihre. Es dämmerte schon, und so war die weiße Station in rosafarbenes Licht getaucht. Draußen lärmten schon die Nachtvögel. Alex' Arm ruhte auf der Stuhllehne hinter Harriets Rücken. Tristan war auch bei ihnen. Er kam oft um diese Zeit und war selbst noch Patient, der sich von einem schlimmen Malariaanfall erholte. Sie hatten ihm erzählt, wie sehr es ihnen widerstrebte, Ivy am Ende der Besuchszeit allein zurückzulassen. Da hatte er die Schwester überredet, dass er noch bleiben durfte. Sein Freund Jimmy, der wegen infizierter Brandblasen Penicillin bekam, war normalerweise auch dabei, aber gerade hatte man ihm ein Desinfektionsbad verordnet. (»Der arme Kerl«, hatte Tristan gemeint und war dabei zusammengezuckt. »Könnt ihr euch vorstellen, wie weh das tut?«)

Harriet drückte Ivys Fingerspitzen. »Sieh mich an«, sagte sie, »bitte, öffne deine Augen und sieh mich an.«

Ihre Lider flatterten ganz leicht, aber mehr passierte nicht.

»Sie versucht es«, meinte Alex.

»Sie muss sich noch ein bisschen mehr anstrengen«, sagte Tristan und klang dabei durchaus mitfühlend. »Komm schon, Ivy«, sagte er und beugte sich dichter zu ihr, »wach auf und erklär mir noch mal, wie man Feuer macht.«

Wieder dieses schwache Flattern.

Schritte näherten sich. Das war Jimmy, der in seinem Krankenhaus-Pyjama kam. Die Haare standen ihm büschelweise vom Kopf ab, er machte ein grimmiges Gesicht und war am ganzen Körper krebsrot.

»Wie ist es gelaufen?«, fragte Tristan.

»Ziemlich unangenehm«, sagte er. »Wie geht es ihr?«

»Keine Veränderung«, sagte Tristan.

»Sie will Kit, glaube ich«, sagte Alex.

Tristan nickte. »Denkt ihr, sie hört uns?«

»Ich weiß nicht, was sie hört«, meinte Harriet.

Tristan seufzte.

Jimmy tat es ihm gleich. Dann schaute er hoch an die Decke. »Vielleicht ist es an der Zeit, dass wir sie bei ihm sein lassen«, sagte er.

Vielleicht ist es an der Zeit, dass wir sie bei ihm sein lassen.

Sie fragte sich, ob das wirklich Jimmy war, der da sprach. Sie war dieser Träume, der Thermometer und Injektionen so müde. Ihr Körper schmerzte einfach zu sehr.

Also blendete sie alles aus und fiel in einen reglosen Schlaf. Das war viel besser.

Als sie wieder aufwachte, wollte sie darüber weinen, dass sie es getan hatte. Auf der Station herrschte Stille, es war einsam und dunkel. Um sich herum hörte sie die anderen Patienten tief atmen. Die Vögel draußen waren verstummt, sie hörte nur Zikaden.

Dann ein Flüstern. »Ich bin mir bei dieser Sache überhaupt nicht sicher. Ihre Krankenschwester meinte …«

»Zum Kuckuck mit ihrer Schwester.« War das Tristan? »Außerdem fand Alex auch, dass wir es tun sollten.«

*Diese Träume.*

Jimmy sagte: »Schwester Garton wird mich umbringen, wenn sie mich woanders als in meinem Bett sieht.«

»Jetzt tu nicht so, als ob dir das keinen Spaß machen würde. Hilfst du mir endlich mal?«

»Ja«, sagte Jimmy. »Ja.« Sie hörte schlurfende Schritte, dann sich drehende Räder aus Metall. »Du nimmst ihre Beine.« Mehr Geschlurfe. Sie war sich nicht sicher, was da passierte. Aber sie spürte, dass man sie hochhob und jemand vor Schmerz nach Luft schnappte. »Verdammt«, zischte Jimmy, »meine Haut …« Dann lag sie auf einer härteren Matratze und hatte ein Plastiklaken unter sich. Etwas bewegte sich unter ihr, und Türen wurden quietschend geöffnet. In ihrem schmerzenden Kopf drehte sich alles.

»Schnell«, flüsterte Tristan, »ich kann die Schwester schon wieder zurückkommen sehen.«

Die Bewegung wurde schneller, und ihre Lider flatterten, bevor sie sich mühevoll öffneten. Was für ein seltsames Gefühl nach all der Zeit. Sie sah die Decke über ihr sich bewegen und wusste mit einer Deutlichkeit wie schon seit Wochen nicht mehr, dass sie wach war. Sie schaute zu Tristan und Jimmy hoch, in ihre konzentrierten, starr geradeaus gerichteten Gesichter, während sie über den dämmrigen Flur eilten. Sie wollte ihnen sagen, wie froh sie darüber war, dass sie überlebt hatten. Sie wollte fragen, wo die beiden sie hinbrachten. Aber das Öffnen der Lider hatte ihre ganze Energie aufgezehrt.

Die Augen fielen ihr wieder zu.

Eine Fahrt mit dem Aufzug, wieder ein Flur und die Stimme einer Schwester: Australierin, amüsiert und bemüht, nicht verärgert zu klingen. »Ihr beiden«, sagte sie. »Ihr seid ja reichlich spät. Es ist schon nach Mitternacht.«

»Die Stationsschwester wollte einfach nicht weggehen«, sagte Tristan.

»Vielleicht hättet ihr dann besser bis morgen Früh gewartet.«

»Wir dachten, dass wir nicht mehr warten sollten.«

»Ach wirklich?«

»Ja, wirklich«, sagte Tristan. Seine Stimme schien zu lächeln. »Ich merke, dass Sie das genauso sehen. Lassen Sie uns jetzt rein?«

Ivy hatte keine Ahnung, wovon sie sprachen. Sie wünschte sich jetzt, man würde sie in Ruhe lassen. Sie war so furchtbar müde.

Die Schwester meinte: »Ich bin mir immer noch nicht sicher. So etwas ist nicht gerade üblich.«

»Nichts von alldem hier ist üblich«, sagte Jimmy.

Die Schwester erwiderte nichts darauf. Aber sie musste genickt haben, denn der Wagen, auf dem Ivy lag, bewegte sich weiter. Dann wurde er gewendet, rückwärts geschoben und blieb stehen.

»Da sind wir«, sagte Jimmy sanft, und sie war sich nicht sicher, ob er noch mit ihr sprach.

»Wie versprochen«, sagte Tristan. »Entschuldige die Verspätung.«

»Sie sieht aus, als läge sie im Sterben«, flüsterte eine heisere, kaum hörbare Stimme.

Da merkte sie, wie sie erstarrte.

»Ivy?«, fragte die Stimme.

Eine Träne rollte über ihre Wange. Sie spürte, wie kühl sich das anfühlte.

»Ivy?«

Irgendwie schaffte sie es, den Kopf zu drehen. Dann öffnete sie, weil es noch schlimmer gewesen wäre, es nicht zu tun, nach zwei flachen Atemzügen die Augen und blickte in seine, die in seinem tiefdunklen Gesicht so grün waren. *Da, wirklich da.* Es kamen noch mehr Tränen, und er weinte auch. Sein Gesicht, das auf dem weißen Kissen so ausgemergelt aussah, war tränennass. Er war so dünn. So furchtbar schrecklich dünn.

»Ivy«, sagte er noch mal, »was haben sie mit dir gemacht?«

*Was haben sie mit dir gemacht?* Die Worte waren nur ein Krächzen. Es war schon zu lange her, dass sie gesprochen hatte. Sie schluckte, was wehtat, und versuchte es erneut.

»Ich …« Das eine Wort strapazierte ihre Kehle schon. Ihre Wangen zuckten. »Ich wollte zu dir.«

»Du hast mich gefunden.« Er ließ sie nicht aus den Augen. »Bleib bei mir.«

Wieder eine Träne. »Das will ich.«

»Dann tu es.«

»Ich bin so müde.«

»Dann ruh dich aus.« Sie sah, wie die Muskeln in seinem abgemagerten Gesicht arbeiteten. »Aber du musst bei mir bleiben, Ivy. Bei mir … Wir haben Dinge zu erledigen.«

»Ja?«

»Das weißt du doch.«

Sie schaute ihn unverwandt an, aber sein Gesicht war irgendwie verschwommen. »Ein stiller Garten?«

Seine Augen strahlten. »Ein hübscher Ring.«

Sie merkte, wie ein Schluchzen in ihr hochstieg. »Ich dachte, du wärst tot.«

Er rutschte auf seinem Kissen näher zu ihr. »Das hast du schon beim letzten Mal gesagt.«

Ihre Lippen zitterten. »Bring mich nicht dazu, es noch einmal zu sagen.«

Er lächelte, ganz zaghaft.

Aber der Schatten verschwand.

»Einverstanden«, sagte er. »Einverstanden.«

# Epilog

*Oktober 1947 – Whale Beach, Australien*

Vom Garten aus konnte man das Meer sehen. Weiter unten brachen sich Wellen auf dem breiten Sandstrand. Ein großer Rasen war von Frangipani und Jacarandabäumen gesäumt. Eine leere Hängematte schaukelte dort. Ivy schlummerte darin oft an den Nachmittagen im Schatten der Blätter. Im Moment fand sie nachts nicht sehr viel Schlaf. Das tat niemand von ihnen.

Heute Abend waren die Bäume mit Wimpelgirlanden und Luftballons dekoriert. Auf dem Tisch im Freien standen jede Menge leerer Gläser und die Reste der Torte. Es war kein großes Fest gewesen. Phil und Alma waren da gewesen; sie blieben noch den Rest des Monats, nachdem sie extra aus Singapur angereist waren, wo sie immer noch das alte Haus in Bukit Chandu bewohnten. Phil arbeitete für Alex und führte das Büro in Singapur, so wie Kit das neue in Sydney. (»Schließlich habe ich das alles aufgebaut, um es mal jemand zu hinterlassen«, sagte Alex. »Ich kann euch gar nicht sagen, was mir das bedeutet.«) Tristan war auch gekommen, aber er war sowieso immer wieder hier. Schließlich wohnte er keine fünf Meilen die Küste hinunter. Er hatte die Krankenschwester von Kits Station damals geheiratet. Jimmy konnte leider nicht kommen. Aber er hatte ein Telegramm geschickt. *Wünsche euch den glücklichsten Tag überhaupt STOP Erhebe mein Glas euch zu Ehren STOP*. Ivys Onkel, der Bruder ihrer Mutter, war mit ihren zwei Cousins aus Melbourne angereist. Kits Familie war komplett anwesend.

Inzwischen war der Garten aber schon fast wieder leer und lag ganz still da. Phil und Alma waren zu einem Spaziergang an den Strand aufgebrochen. Nur Alex und Harriet waren noch da. Sie wohnten fast so nah wie Tristan, aber in einem eigenen Haus, dicht am Wasser. Sie waren hergezogen, sobald Ivy und Kit sich hier niedergelassen hatten. Dass sie das tun würden, hatte nie zur Debatte gestanden.

Die Sonne ging unter. Die Kookaburras ließen ihr markantes Vogelgelächter im Geäst ertönen. Das Grammophon, das unter den Bäumen aufgestellt war, spielte »Stardust« von Bing Crosby. Ivy kannte jedes Wort, jede Note und den Rhythmus des Lieds auswendig. Es war nämlich das einzige, das ihre und Kits drei Monate alte Tochter Lila zum Einschlafen brachte. Sie wollte nämlich einfach nie schlafen.

»Sie ist ein Partygirl«, meinte Kit und schaute auf den Rasen hinunter, wo Alex sie auf seinen Schultern trug. »Genau wie ihre Mutter.«

Ivy lachte leise und beobachtete Alex, der sich zur Musik drehte. Ihre Großmutter sah ihm ebenfalls zu, nur ein paar Schritte von ihm entfernt und mit dem Ausdruck absoluter Zufriedenheit im Gesicht. »Ich habe nicht mehr viel von einem Partygirl«, sagte sie.

»Ach, ich weiß nicht«, sagte Kit und lächelte sie an. »Ich bin mir ziemlich sicher, dass du es noch in dir hast.«

Die beiden saßen am Tisch und teilten sich den Rest des Taufchampagners. Kits Hand zitterte immer noch leicht, wenn er sein Glas hielt, genau wie Ivy nachts in ihrem Zimmer die Fensterläden offen haben musste. Sie wusste nicht, ob das jemals anders werden würde.

Kit holte tief Luft und schaute wieder auf den Garten, ihre Tochter und das Meer. Sie folgte seinem Blick und spürte die schwache Wärme der Abendsonne noch auf dem Gesicht. Dann stellte sie ihr Glas ab und streckte die Hand nach ihm aus. Ohne hinzusehen, wusste sie, dass er das Gleiche tat. Ihre Finger trafen sich. Seine schlossen sich um ihre.

Sie hielten einander fest.

# Dank

Es hat mir unheimlich viel Freude bereitet, dieses Buch zu schreiben, und ich hatte das unglaubliche Glück, dabei so viele Menschen an meiner Seite zu wissen. Meiner wundervollen Agentin Becky Ritchie und allen bei A.M. Heath kann ich gar nicht genug danken. Das Gleiche gilt für das Team bei Sphere: Manpreet Grewal, für die fantastische Unterstützung von Anfang an, Emma Williams, Thalia Proctor und Stephie Melrose.

Ich hatte das Glück, einige Jahre in Singapur zu leben, bevor ich *Das Echo unserer Träume* schrieb. Meine Besuche von Changi-Museum, Reflections in Bukit Changi, Fort Canning und den Befestigungsanlangen bei Siloso und Labrador Park halfen mir sehr bei meinen Recherchen. – Ebenso das brillante Werk *The Battle for Singapore* von Peter Thompson. Ausgesprochen dankbar bin ich auch Singapore-based Journeys für die ausgezeichneten Wanderungen und das Ermöglichen einer Besichtigung des Battlebox-Bunkers in Fort Canning – obwohl der eigentlich geschlossen war und erst nach meinem Umzug zurück nach England wieder zugänglich gewesen wäre.

Ohne die wundervolle Unterstützung meiner Familie und Freunde könnte ich nichts vollbringen: Kerry Fischer, mein fantastischer Schreibkumpel, Tracy Buchanan, Iona Grey, Karen Hamilton, Isabel Costello, Amanda Jennings, Dinah Jefferies und so viele andere, die mich angespornt haben. Und schließlich geht wie immer ein Riesendank an meinen Mann Matt, unsere wunderbaren Kinder, meine ganze Familie und vor allem an meine großartigen Eltern: Mum und Dad, dieses Buch ist euch gewidmet.